Richard Linxweiler

Wonnemond

Buch: Wonnemond

Unerhörte Dinge geschehen, als im Keller eines Bauernhauses ein Skelett ausgegraben wird. Der Tote liegt dort seit über einhundert Jahren und ist dennoch identisch mit einem Lebenden. Wie kann das sein?

Es beginnt eine spannende Zeitreise in die zweihundertvierzig jährige Vergangenheit eines Bauerndorfes im saarländischen Ostertal, in die Städte St. Wendel, Ottweiler, Neunkirchen, Saarbrücken und Zweibrücken, in die Ränkespiele der Herzöge von Pfalz-Zweibrücken und des Jagd versessenen Fürsten Ludwig von Nassau-Saarbrücken.

Der Herzog von Pfalz-Zweibrücken, Christian IV., kommt auf ungeklärte Weise ums Leben. War es ein Jagdunfall oder ein vorsätzlicher Mord? Die Hauptperson, Holle gerät in Verdacht und in den Strudel des Prozesses. Kommt er nochmal davon und lässt sich das Geheimnis um den mysteriösen Kellerfund aufklären?

Das Buch *Wonnemond* ist die Fortsetzung des ersten Teils der Geschichte mit dem Titel *Pockenmond*. Die vorliegende Erzählung kann unabhängig von der ersten gelesen werden.

Autor:

Richard Linxweiler ist Designer und Hochschullehrer. Er ist in dem Ort, wo die Geschichte überwiegend spielt, geboren und aufgewachsen. Heute wohnt er in der Nachbarschaft des Ortes.

Richard Linxweiler

Wonnemond

Eine Geschichte aus dem Saarland

Roman

SEHNERT

Bibliografische Information der Deutschen Nationalbibliothek
Die Deutsche Nationalbibliothek verzeichnet diese Publikation in der Deutschen Nationalbibliografie; detaillierte bibliografische Daten sind im Internet über http://dnb.d-nb.de abrufbar

Linxweiler, Richard:

Wonnemond: Eine Geschichte aus dem Saarland - Groß-Umstadt
Sehnert, 2010

ISBN 978-3-9807541-4-9

FSC
Mix
Produktgruppe aus vorbildlich bewirtschafteten Wäldern und anderen kontrollierten Herkünften
www.fsc.org Zert.-Nr. IMO-COC-26041
© 1996 Forest Stewardship Council

Druck und Bindung: Druckerei Lokay e.K., Reinheim

Printed in Germany

Für Marion...

...besonderen Dank an Sami, Raimund, Winfried und Armin für das unermüdliche Lesen und die wertvollen Tipps.

Die Ros' ist ohn warumb,
sie blühet weil sie blühet,
sie achtt nicht ihrer selbst,
fragt nicht ob man sie sihet.

Angelus Silesius

Hinweis: alle in der Gegenwart handelnden und lebenden Personen sind frei erfunden. Vor Nachahmungen, insbesondere vor ungenehmigten Stollenbegehungen wird gewarnt!

I

Max Gass traute seinen Augen nicht. Was er vor sich sah, war eigentlich nicht möglich. Aber auf dem Computerausdruck stand es schwarz auf weiß. Der Doktorand am Institut für Rechtsmedizin des Universitätsklinikums Homburg winkte seinen Bruder zu sich heran und hielt ihm den Bogen vor die Nase. Die Ergebnisse der DNA-Analyse aus dem Gerippe des Leichenfundes hatte er zuvor in die hauseigene Datenbank eingegeben und im Suchmodus sofort einen Volltreffer gelandet. Ergebnis: der vorliegende Befund existierte bereits von einer anderen Person! Die beiden DNA waren vollkommen identisch. Sie stammten mit einer Irrtumswahrscheinlichkeit von eins zu zehn Millionen von ein und demselben Individuum. Diese andere Person war jedoch nicht tot, sondern lebte. Das wussten die Studenten genau, denn sie kannten ihn, weil sie aus demselben Ort kamen, wie er!

„Moment mal, das ist doch vollkommen absurd, da muss uns irgendwo ein Fehler...", rief der Herbeigerufene aus, „...oder willst Du mich etwa auf den Arm nehmen? – Wir müssen sofort wieder ran, das bleibt jedenfalls so nicht stehen."

Erneut gingen sie an die Arbeit. Knochenproben zermahlen, ins Mikrogefäß füllen, Nukleinsäure herauslösen, aufreinigen, vervielfältigen, sequenzieren. Max, der ältere der beiden, nahm nun eigens eine erneute DNA-Analyse des Skeletts vor, während sein Bruder Hannes eine neuerliche Probe aus dem eilig herangeschafften Referenzmaterial des fraglichen Patienten extrahierte. Sämtliche etwaige Fehlermöglichkeiten, alle Eventualitäten wurden wieder und wieder durchgegangen. Jegliche Verunreinigungen des vorliegenden Probenmaterials wurden peinlich genau identifiziert und beseitigt, Fremd-DNA eliminiert, unter modifizierten Bedingungen neue Proben gezogen. Alles, was irgend die Ergebnisse hätte beeinflussen oder verfälschen können, wurde sorgfältig ausgeschlossen. Den Fehler mussten sie finden, mit diesem widersinnigen ersten Befund würden sie ihrem Chef jedenfalls nicht unter die Augen treten.

Sie arbeiteten bis in die Nacht. Als sie das Licht des Laborraumes löschten, waren sie keinen Schritt weitergekommen. Bei allen drei neuen Proben war das Ergebnis vom Nachmittag jedes Mal bis aufs Haar bestätigt worden. Die beiden Mediziner wussten, dass es infolge dieses eindeutigen Sachverhalts an kritischen Fragen ihres Profs nur so hageln würde. Aber die Resultate der genetischen Analysen ließen keine Interpretationen zu: bei den untersuchten Knochenfragmenten des Skelettes, das neulich im Rübenkeller eines Bauernhauses bei Aushubarbeiten aufgefunden worden war, handelte es sich - nach dem DNA-Tatbestand - um die Leiche des Bergmanns Johannes Peter Holger Neufang aus dem Ostertalort Werschweiler.

Die Liegezeit des Gerippes war vorab analysiert und auf über hundertdreißig Jahre, das Alter der Leiche jedoch auf unglaubliche zweihundertvierzig Jahre geschätzt worden. Das war kaum nachvollziehbar, ja geradezu absurd. Die Blutprobe aus der Referenzbank wurde vor nicht einmal eineinhalb Jahren eben diesem Mann abgenommen, als er mit einer mysteriösen Pockeninfektion hierher eingeliefert worden war und seine Krankheit nach intensiver Notfallbehandlung so gut wie unbeschadet überstanden hatte. Der Fall hatte damals für erhebliches Aufsehen in der Klinik und, mehr noch, bei der Presse gesorgt, weil die Pocken seit mehr als dreißig Jahren ausgerottet waren und zwar weltweit. Und damals waren sie bei ihm wieder aufgetaucht.

Ausgerechnet der Neufang! Was war der Kerl bloß für ein Unglücksrabe, dass ihm jetzt auch noch so was passieren musste? Hatte sich vor einiger Zeit urplötzlich aus einem Jagdgang nicht mehr zurückgemeldet, sich regelrecht abgeseilt. Niemand im Dorf wusste damals, wo er sich herum trieb. Seine Schwester hatte schon Vermisstenanzeige aufgegeben, dann tauchte er auf einmal, schwerkrank, wieder auf. Mit Blaulicht und Martinshorn war er abgeholt und auf direktem Weg in die Uniklinik geschafft worden. Mysteriöse Sache, damals. Kurz nach seiner Entlassung aus der Klinik war er von einem auf den anderen Tag erneut spurlos verschwunden. Vor sechs Wochen erschien er plötzlich abermals auf der Bildfläche und ständig hielten die unterschiedlichsten Autos vor seiner Tür, des Öfteren auch die Polizei. Einer geregelten Arbeit ging der Mann seit Neuestem auch nicht mehr nach, das wusste die gesamte Nachbarschaft. Unglücksrabe? Eher seltsamer Vogel.

Auf dem Heimweg knobelten die Geschwister untereinander aus, wer am nächsten Morgen das fragwürdige Vergnügen haben würde, diese Abstrusität ihrem Doktorvater beizubringen. Vorm Werschweiler Hirtenhaus stand Neufangs Geländewagen, als sie vorbei fuhren. Er räumte gerade seinen Kofferraum aus.

Professor Zengermann zog die Augenbrauen hoch und schüttelte den Kopf. Das könne nicht sein, kommentierte er sarkastisch, er wolle wissen, wer von den beiden versehentlich ins Glas gespuckt habe. Er grinste und überflog den Bericht ein zweites Mal.

Also, resümierte er spitz, wenn es sich bei dem vorliegenden Skelettfund nicht zufällig um einen eineiigen Ururururahn, meinetwegen auch um so etwas wie einen eineiigen Zwillings-Zombie des lebenden Toten handele, dann sollten sie den ganzen Fall schleunigst abschließen und vergessen.

So wie er die Untersuchungsergebnisse zusammenfassend verstehe, sei der Mann erstens alt wie Methusalem geworden, zweitens vor langer Zeit verstorben und dann auf nicht ganz schickliche Weise beigesetzt worden. Eine identische DNA mit einer lebenden Person sei nicht gerade nachvollziehbar, aber so was käme schonmal vor. Da weder Spuren einer Gewalteinwirkung am Skelett oder Schädel, noch irgendwelche Rückstände schädlicher Substanzen im Knochengewebe nachweisbar seien, sei es drittens in Anbetracht der aktuellen Datenlage die pure Zeitverschwendung, sich weiter mit der Angelegenheit zu befassen. Das meinte er jetzt im Ernst.

Mehr sei da jetzt nicht herauszuholen, also: bitte keine faktenlosen Interpretationen anstellen, keine vagen Vermutungen, nichts hineindeuten, was nicht auch unzweideutig belegbar sei, ihre Arbeit sei erledigt. Wenn die Staatsanwaltschaft keine Veranlassung sehe, dem Fall weiterhin nachzugehen, dann sollten sie die Geschichte mit den identischen DNA unter der Rubrik *unplausible Befunde genetischer Fingerabdrücke* ablegen. Sie sollten ihren Bericht, bitteschön zügig, zu Ende bringen, ihn für die Staatsanwaltschaft und das LKA ordentlich aufbereiten und den Fall zu den Akten legen. Es gäbe da noch zwei dringende andere Sachen zu erledigen, die er der Ermittlungsbehörde für diese Woche versprochen habe.

Außerdem, so gab er zu verstehen, hätte sich das LKA wegen der eher historischen Dimension des Fundes zwischenzeitlich eh so gut wie aus der Sache verabschiedet. Für solcherlei Artefakte sei die Kripo nicht, vielmehr, nicht mehr zuständig. Das sei jetzt Sache des Landeskonservatoramtes, allenfalls der Kriegsgräberfürsorge.

Es müsse wohl nicht ausdrücklich erwähnt werden, fügte der Institutschef hinzu, dass auch hier die ärztliche Schweigepflicht weiter bestehe. Also, bitte, keinerlei Spekulationen lostreten. Irgendwelche Informationen für die Zeitungspresse oder den Rundfunk, falls sich dafür überhaupt jemand interessiere, sollten sie der Staatsanwaltschaft oder besser dem Landesamt für Denkmalschutz überlassen. Das war für den Augenblick alles, was der Professor über den Fall zu kommentieren hatte. Die beiden Studenten verließen achselzuckend das Büro ihres Doktorvaters.

II

St. Wendel, Adventsmarkt, Christmond 1773

„Geck!“ geiferte die Hirtemarie. Sie spie dem Fremden angewidert den Priem vor die Füße. Der rührte keine Miene. Er stand nur da und wartete.

„Sonst noch was, womit ich dienen soll?“ blaffte sie ihn an. Die Alte schnäuzte sich in die Schürze. Mit dem Ärmel fuhr sie unter der Nase weg, streckte breit die Zunge gegen ihn aus und legte aus der Spitztüte nach. Sie blickte ihm dabei mitten ins Gesicht. Davon ließ sich der Mann nicht beeindrucken, im Gegenteil: er erwiderte ihre giftigen Blicke noch mal so ungeniert und streckte ihr jetzt sogar auffordernd den Brief entgegen.

Wie das? Die Alte stutzte. Ihre Kaubewegungen setzten aus, nahmen Fahrt auf, hielten abermals inne.

Das war eine - ungehörige Anmaßung, ein Unflat war das, was ihr der Kerl gerade angetragen hatte! Was hatte sie auf dem Adventsmarkt mit diesem Hergereisten zu schaffen, dass er ihr rund heraus einen lumpigen Dienstbotengang abverlangte, als sei sie die hinterste Vettel aus den Gerberhütten? Dafür stand sie nicht hier, das war nicht ihr Geschäft. Sollten sich doch andere, vielmehr, er sich selber um seine bizarre Fracht kümmern, wenn ihm so daran gelegen war. Nicht mit ihr. Die Alte war beleidigt, verärgert und missgelaunt und sie misstraute ihm, sie misstraute jedermann.

„Findet scheint's grad niemand Dümmeren für Seine Sendung, dass Er ausgerechnet bei mir Station macht", schnauzte sie ihn an, „sind Ihm wohl nicht gut genug, die Zuträger aus den Weinstuben? Oder haben die auch schon quittiert?"

Zänkisch zog sie die Nase hoch und stierte an ihm vorbei in die Luft. Der Kiefer fing erneut an zu mahlen, erst stockend, dann emsiger. Da könnte ja sonstwer daherkommen. Wer war sie denn, dass der - aufgeputzte Stutzer, den sie nicht kannte, der sie überhaupt gar nichts anging, sie so mir nichts, dir nichts vor allen Leuten anpöbelte? Sie hatte schließlich auch ihren Stolz.

Andererseits: was ereiferte sie sich über die Bagatelle? Es war eine Bagatelle. Was war denn schon gewesen? Lediglich eine Briefbotschaft sollte nach dem Ostertal besorgt werden, mehr war ja nicht. Warum sich deswegen groß zieren? Zieren, zieren, es war nicht ihr Tag. Die Marie war unleidlich, sie hatte Wetter geladen. Da lagen seit Stunden ihre gottserbarmseligen, dürftigen Zottel-Mistel-Sträußchen auf dem Korb, die niemanden interessierten und hier konnte sie sich leicht was dazu verdienen. Und dann machte die Alte auch noch so ein Aufhebens um ein Nichts. Was war schon dabei, außer der Reihe mal den Überbringer einer Botschaft zu machen, zumal nach dem eigenen Ort? Gehörte sich das nicht? War das unter ihrer Würde, war es ungehörig? Ja, es war ungehörig. Und wenn es das war. Als hätte sich die Marie jemals um derlei Bedenken geschert? Skrupel hatten sie noch nie davon abgehalten, zu tun, was ihr nützte. Und dieses kleine Geschäft, selbst wenn es unschicklich war, kam ihr durchaus zustatten, weil es was einbrachte; wenig zwar, aber immerhin. Nun also: worauf wartete sie? Die Alte war erstmal eingeschnappt, deshalb fremdelte sie störrisch weiter.

In seiner ganzen großmännischen Herrenstatur hatte sich der Mann vor der Zwergin aufgebaut, hielt ihr jetzt sogar den Umschlag direkt vor die Nase, als wolle er ihr bedeuten: „Was denn nun, ja oder nein?"

Schließlich, als die Angelegenheit zu kippen schien, der Fremde zog bereits die Schultern hoch, langte sie doch noch rasch nach dem Schrieb in seiner Hand. Mein Gott, unverbindlich inspizieren konnte doch wohl nicht schaden. War noch lange kein Handschlag. War ja nur mal so. Konnte ihn auch gleich wieder zurück...

Aber wie sie es drehte und wendete, es fand sich nichts zum Einwenden, im Gegenteil: der Gedanke an Geschriebenes sagte ihr auf einmal sogar zu, kam ihr zupass, war ihr zuträglich. Sie befingerte die Botschaft, fühlte Weiches, Warmes und schnüffelte. Nach Pferd roch der Umschlag und nach Veilchenwasser auch.

In großzügigen, dabei zierlichen Schwüngen stand eine Anschrift auf die Vorderseite gemalt. Die Schnörkelzeichen überzogen das Couvert wie ein Geflecht. Kurze Buckel machten sie, sie streckten sich und gingen in die Höh; erhaben, regelrecht nobel kamen sie auch daher, die Haken und die Schlaufen, die Ösen und die Säume, wie sie ausholten, um sich im Schwung zu vereinigen, sich durchdrangen und abermals voneinander wegstrebten. Sie hatten geradezu eine Art von eigenem Stolz. Der Gegenstand weckte nun doch ihr Interesse, mehr noch, er gewann ihr gar so was wie Respekt ab. Obgleich die Alte nicht imstande war, das Geschriebene zu lesen - sie konnte überhaupt nicht lesen -, packte sie nun doch entschiedene Neugier nach der Depesche. Sie führte die Botschaft abermals ans Gesicht, blinzelte, roch. Jetzt, aus unmittelbarer Nähe - ganz deutlich - dominierte der Blütenduft. Er war wie ein Hauch von Schmelzwasser und kommendem Frühling.

Mit einem Mal schaute sie auf. Sie musterte den Fremden erneut. Nochmals ging der Blick auf die Zeilen, es folgte ein knappes Kopfnicken und stracks ließ sie die Nachricht mitsamt der ausgehändigten Geldmünze unter ihren Röcken verschwinden.

„Allez gut, wenn's denn weiter nichts ist", quäkte sie, „werd ich nun also Seine Correspondenz-Ordre in Gottes Namen auf mich nehmen. Heute, längstens morgen, hat er sein Billet, das kann Er Seinem übervornehmen Herren Adressaten ausrichten. Kann auf die Hirtemarie trauen. Hab sowieso noch Besorgung im Kirschgarten, also mag ich das genau so gut in einem erledigen, das eine wie das andere und kommt insgesamt auf das Gleiche heraus. Nun also in Gottes Namen, warum denn nicht?"

Das Weib nickte vor sich hin, zog entschlossen die Nase hoch. Sie wurde gewahr, dass der Fremde sie weiter anstarrte.

„Warum reitet Er eigentlich nicht selber hinunter nach Werschweiler, wenn Er mir nicht zutraut? Steht wohl was drin, was nicht jeder lesen soll? Oder darf Er sich da etwa nicht blicken lassen? Kann ja das Gässchen nicht verfehlen und ist eh nicht weiter, als grad mal eine knappe halbe Stunde Wegs bis nach dem Tal. Da soll Er ihm die Botschaft halt persönlich auf den Tisch blättern. Bekommt für den extra Gang vom Hausherrn gewiss auch einen kräftigen Brannteweein gratis verehrt und einen schönen Gruß an den Absender dazu. "

Bevor der Mann in den hohen Stulpenstiefeln und dem sauberen Rock anhob, sich zu erklären, winkte die Alte ab. Sie blaffte ihr abschätziges *„aach, geh mir doch fort"* gegen ihn hinaus und wendete sich wieder ihren Verrichtungen zu. Es gab Obligateres für sie, als dem Mann einen Disput zu halten. Das ließ nur unnötig aufhorchen, weckte nur noch mehr Neugier bei den Leuten von nebenan, die sowieso schon die Ohren spitzten. Er kannte sie nicht, sie hatte ihn nie zuvor gesehen, der Handel war gemacht, fertig. Der Botendienst war für sie sowieso insgesamt das Äußerste, den sie nur des Geldes wegen auf sich nahm, damit sie heute überhaupt noch auf ihre Kosten kam. Es war ein schlechter Tag.

Ihre Beschäftigung hatte seit dem Morgen darin bestanden, aus einem Korb voller Mistelbüsche die ebenmäßigsten Zweige herauszufingern, um sie vor den Augen der Marktgänger zu kleinen Sträußchen zusammenzuklauben. Die fertigen Gebinde hatte sie nacheinander in das Flechtwerk ihres Weidenkorbes drapiert, um ihre Ware den Besuchern wenigstens einigermaßen ansehnlich darzubieten. Aber bisher fand sich, bis auf eben diesen Frankfurter Tuchhändler, nicht ein Interessent, der auch nur ein Auge auf ihren mageren Adventsschmuck hatte. Mit ihrem Geschäft hatte sie bisher nicht einen Kreutzer zusammengebracht.

„Dann halt nicht. Haben heute offenbar nur Sinn für Grobzeug, für Pferdsgebiss und Ziegeneuter, die Leute, für Ochsenring und Hafersack und nicht für das Gemütliche, für das bisschen Seelenarznei auf die Feiertage."

„Ist noch nicht an der Zeit", wird sie sich eingeredet haben, „alles noch zu grob für die rechte Festtagslaune. Nächste, übernächste Woche etwa, wenn die Hausfrau anfängt, *Hirschhorn, Pottasche und Zimmet*[1] einzurühren, wenn's duftet im Haus; wenn die Dielen gescheuert sind, wenn's feierlich wird und die Kinderbrut anfängt zu schwärmen und zu quängeln. Dann taut's bei denen in der Stube am warmen Herd vielleicht auf, das grantige Bauerngemüt und gemahnt sich so mancher Hintersässer vielleicht doch noch beizeiten auf den Urbrauch des Haussegens unterm grünen Mistel zurück. Dann geht vielleicht wieder was."

Sie hatte sich abgefunden, sich leidlich arrangiert. Es war heute nicht ihr Tag. Nach zähen Stunden des Herumstehens, des aussichtslosen Anpreisens ihrer Bouquets, stieg der Marie allmählich die Nässe in die Beine. Die Ostluft vom Bosenberg kam ihr bissig hinzu und kältzte ihr das Kreuz in den Nacken hinauf bis es ihr endgültig ungemütlich wurde.

Was stand sie hier noch herum wie eine alte Vogelscheuche? Der Tag war sowieso nicht mehr zu retten. Die vierte

Nachmittagsstunde war noch nicht angebrochen, da hatte sie genug. Sie räumte zusammen und raffte ihre Mistel in den Korb. Ein paar Bauern und Mägde aus den Ostertalflecken Werschweiler und Dörrenbach nächst ihres Standplatzes, die sich heute ebenfalls nutzlos hierher auf den Weg gemacht hatten, taten es ihr gleich. In den Gassen nach dem Glockenhof und auf dem Fruchtmarkt machte sich Aufbruchstimmung breit. Es war Zeit.

Die nassauischen Marktgänger, die sich anschickten, ihre Habe zusammenzuraffen, um von hier aus retour ins nahegelegene untere Ostertal zu gehen, sammelten sich, traten von einem Fuß auf den anderen und maulten über den vergeudeten Markttag. Für ihren Rückweg würden sie, wie gewöhnlich, die kürzeste und schnellste Route, den Butterpfad nehmen. Dieser alte Fußsteig entlang des Hirschberges wurde von ihnen seit jeher eingeschlagen, das war so, so würde es auch heute sein.

Nicht für die Marie. Die Strecke wurde von der Alten gemieden, der Weg war nichts für sie, weil zu stark belaufen. Zu viel Geraatsche und Getraatsche um sie herum, das war ihr beim Gehen seit je zuwider. Außerdem hatte sie den ganzen Tag das Markt-Getümmel ertragen müssen, nicht auch noch auf dem Heimweg. Da brauchte sie ihren eigenen Takt im Einklang mit sich selbst. Überdies war ihr die Strecke längs des Butterpfades längst nicht mehr ergiebig genug. Touren, die nichts einbrachten, machte sie nicht. Es musste unterwegs immer dies und das für ihren Korb abfallen, sonst war's kein Weg. Aufgelesen werden wollte immer sein, aber Auflesen war auf den vielbelaufenen Hauptstraßen nicht gegeben, weil sie längst abgegrast waren wie eine alte Weide. Da wusste sie sich einträglichere Wechsel hinüber nach dem Ostertal, wo es für sie immer noch abzupflücken, auszugraben, herunterzuschütteln, aufzuraffen gab. Der Butterpfad brachte es nicht.

Hin und wieder, wenn die Gelegenheit günstig schien, schlug sie für ihren Heimweg schonmal die Route entlang der

Niederkircher Chaussee ein. Sie wusste da und dort Stellen im Wald, die je nach Witterung oder Jahreszeit überreich hergaben. Diese Plätze wollten von Zeit zu Zeit sorgfältig inspiziert sein, aber regelmäßig und ohne Säumen.

Die Route über die Pfälzer Gemarkung war für die Nassauischen Ostertäler natürlich ein glatter Umweg, denn er war um ein Beachtliches weiter als die direkte Strecke. Dazu auch gewagter von wegen der unregelmäßig inspizierenden Grenzpatrouillen und ein Stück mühsamer zu bewerkstelligen war er obendrein. Den machten eigentlich nur die Leute aus der Mühl und den Dörfern Selchenbach, Marth, Niederkirchen, Saal und Bubach; gut, vielleicht noch mal die Heewmer, aber eher weniger. Und dann und wann die Marie.

Ihre heutige Retoure aus der Stadt führte sie über eine dritte Route, nämlich am Kappesbord vorbei, direkt nach der Hoheit und von da aus mitten durch den Beckerswald nach der Lautenbach zu. Das war ein Weg, der im Anfangsstück recht kommod angelegt war, jedoch von den Leuten aus dem Ostertal kaum gemacht wurde, weil er späterhin bös zu gehen war. Aber zu Beginn war er fest und hatte eine ordentliche Trasse aufzuweisen und das erste Stück Wegs kam für die feinen St. Wendeler Bürgersleute nach der Sonntagsmesse als kleine Flanierpromenade, wenn die Sonne schien, sogar hin und wieder zur Geltung.

Ihren Korb auf dem Kopf, war sie mit gutem Vorsprung vor den anderen aus dem oberen Stadttor hinausgeeilt. Jetzt trippelte sie schon wieder hinter der Stadtmauer entlang, an den Gemüsegärten vorbei, vorüber am Mühlenwehr gegen die Obstgärten zu und war in Gedanken schon ganz bei ihrem ominösen Botengang nach dem Kirschgarten.

Ein galanter Brief mit rotem Siegel aus der Stadt Frankfurt für den Neufang. Was der bloß mit dem Ausland zu schaffen hatte? Was hatte diesen Stenz von Tuchhändler bloß dazu bewogen, ausgerechnet ihr seine pikante Botschaft anzuvertrauen und nicht dem Wagner oder dem Geißen-Meyer aus dem Dorf? Er hatte sich sie ausgeguckt; sie, die alte Vettel mit dem Krähengesicht, dem Krückstockkreuz und den Beinen eines alten Melkschemels, ihr, der man einen derartigen Botengang womöglich am wenigsten anvertraut hätte. Weil sie halt alles andere als vertrauenswürdig war. Die Hirtemarie war eine alte Hexe.

Seine Wahl hatte doch wohl ihre Bewandtnis. Dem allem durfte man ruhig mal auf den Grund gehen. Stand wohl doch was drin, was nicht jeder lesen sollte...

Mit dem Neufang war was, ihr machte niemand was weis, sie hatte bei dem ein Gespür. Nicht, dass ihm was angehaftet hätte, das nicht. Es war da schon eher ein Ding von Scheu mit im Spiel, von aus dem Weg gehen, wie es aber weder die Einheimischen noch die Fremden an sich haben. Die haben so was nicht, die Hiesigen, denn die gehören entweder dazu und dann ist es gut. Oder sie werden gemieden, wie die Marie, dann ist es auch gut. Seine Art von Stellung war eine andere, nämlich weder noch. Wie der vor drei Jahren plötzlich mit seinem noblen Hund aus dem schieren Nichts im Dorf aufgetaucht und ebenso unerwartet wieder von der Bildfläche verschwunden war, um späterhin als anderer zurückzukehren. Da war was, das war nicht einfach so. Mit dem stimmte was nicht. Von wegen, zuerst Dibo und dann Neufang, das konnte der sonst wem erzählen. Soweit, wie sie mit dem Neufang durch war, war man im Dorf noch lange nicht. Was hatte der insgesamt überhaupt hier zu schaffen? Das ging ihr schon seit Wochen immer mal wieder durch den Kopf.

Ein paar geplotzte Birnen, auch Holzäpfel, klaubte sie über diesem Nachsinnen aus dem Gras heraus. Die eine oder andere Frucht, die in den kahlen Ästen hängen geblieben war, fuchtelte sie mit dem Hesselstock herunter. Sie wanderten allesamt in den Korb. Es war für die Alte fast ein Spaziergang nach der Bosenbach hinauf, so kommod ließ es sich anfänglich gehen, obgleich ihr heute irgendwie nicht nach Gehen zumute war, ihr war nicht ganz wohl in ihren Kleidern. Der Weg, den sie einschlug, wurde rasch schmäler, war bald nur noch Pfad und verlor sich allmählich in einem kleinen Schlenker nach der Bosenbach, dem die Alte mit flinken Schritten folgte. An der kleinen Wegegabelung beim kurzen Grenzstein legte sie einen Zwischenhalt ein, stellte den Korb ab, nahm in Gedanken Anlauf. Dort begann der erste stramme Anstieg durch die ausgefahrene Hohl am Kniebrecher, den sie, wie gewohnt, nach kurzem Atemholen, beherzt und fast energisch, anging. Sie kam bei diesem Unterfangen heute jedoch dermaßen hinter die Luft, dass sie gut in der Hälfte zum Stehen kam, ihren Korb erneut vom Kopf hob und sich in die Röcke schnäuzen musste. Ja, nickte sie sich zu, mit dem Neufang war was.

Keinen Steinwurf von der alten St. Wendeler Banneiche entfernt folgte sie linker Hand am verwitterten Wegekreuz dem knapp fuhrwerksbreiten Waldsteig durch die hohen Buchen hinein in den Schlabatzenwald. Der Pfad führte alsbald schräg hinab gegen das Seitersbächelchen, wo die Mauerreste der verfallenen Hochmühle noch deutlich zu erkennen waren. Im Sommer durfte sie aus dem klaren Rinnsal, sofern es nicht versiegt war, schonmal einen erfrischenden Schluck aus der hohlen Hand schöpfen. Heute war sie froh, diese trübe Senke rasch hinter sich gelassen zu haben, denn es dusterte schon merklich ein.

Dem diesigen Waldweg folgend, sputete sich die Alte weiter bis zur Reitersbrück, sodann bei hurtigem Fußmarsch durch den Beckerswald, wo sich hier und da an den moderndən Baumstrünken noch einige Reststücke von Zunderschwamm zum Mitnehmen fanden. Nein, verkommen ließ die Marie auf ihrem Heimweg nichts, mochte der Geist des alten Schlabatz hinter den schummerigen Erlen noch so sehr seinen Spuk mit ihr treiben. Ihn hatte sie längst durchschaut, er konnte ihr schon lange nichts mehr. Hier und da raffte sie auch mal einen Arm voll Laub in ihren Korb, holte eine Handvoll Kremplinge an ihren alten Stellen aus dem Boden und stand nach einer guten viertel Stunde Wegs endlich an den neuen Feldern, dort, wo sich der Forst nach dem Nassau-Saarbrückischen auftat. Da hatte sie nun Gottlob den Kuhberg jenseits des Osterbaches vor sich und den trübdämmerigen Waldsaum der Espenhecke im Rücken. Zum Tal hin konnte sie im Halbdunkel gerade noch die ersten Firste der Strohdächer hinter den Bäumen und Hecken hervorlugen sehen, bevor die Konturen der Pfade, Felder und Ackerraine ganz verblassten. Die Alte tummelte sich, ins Tal zu kommen.

Auf halbem Weg, bei der Geiswies, kamen ihr zwei Gestalten im Laufschritt entgegen, die sie in der hereinbrechenden Finsternis nicht recht erkennen konnte. Die Männer hetzten gestikulierend an ihr vorbei, erschraken, als sie ihrer gewahr wurden, verstummten sogleich und strebten jetzt noch eiliger dem Wingertsberg zu. Die Marie blieb stehen und spähte ihnen kopfschüttelnd nach, bis sie in der Nähe der Banneiche von der Dunkelheit restlos verschluckt wurden. Das hölzerne Gattertor am Dorfeingang fand sie offen. Sie ging hindurch, ließ es hinter sich wieder in den Riegel fallen, um nach dem Teufelsloch und von dort aus, der Lautenbach folgend, hinunter zum Hirtenhaus zu gelangen. Als sie bei der Mangelwies angekommen war, konnte sie erkennen, wie einige Bauern mit ihren Funzeln in der Hand nach dem Dorfplatz zustrebten, unterdessen sie sich lebhaft miteinander unterhielten. Es war hier scheints gerade etwas Bedeutendes vorgefallen, was die Leute in Aufruhr und Betrieb gebracht hatte.

Das war ihr heute Abend egal, damit hatte sie kurz vor ihrer Heimstatt nichts mehr zu schaffen. Die Marie verschwand durch die Stalltür ins Haus. In der Tenne stellte sie den Korb ab und sortierte ihre Mitbringsel heraus. Die Pilze nahm sie mit in die Kammer, wo sie ein Öfchen stehen hatte, auf dem sie die Fundstücke trocknen konnte. Sie würde früh genug erfahren, was im Dorf Wichtiges vorgefallen war, dass die Leute ihre Mistgabeln in die Ecke gestellt hatten. Es sollte sie nicht weiter kümmern. Sie hatte mit sich selbst zu tun, denn ein plötzliches Frösteln und ein Schädelreißen überkam sie und wurde heftiger, als sie das kleine Öfchen mit Reisig einschürte, um sich einen Aufguss aus getrockneten *Hetschepetsch* zu brühen. Mitsamt ihrer Röcke legte sich die Marie in ihren Bettkasten. Ausschwitzen, auskuren musste sie, damit sie anderntags ihr Pensum machen konnte. Ein kräftiger Schlaf durch die Nacht würde es bis morgen in der Früh schon wieder richten, getreu ihrem Rezept, dass von alleine geht, was von alleine kommt. Ihren Brief für den Kirschgarten und auch der Schreiner Beck mussten halt bis morgen warten.

III

Während der Marie in ihrem Schlaflager die Hitze zu Kopf stieg, trug sich in der Ortsmitte ein Ereignis zu, das die Leute gehörig in Aufruhr brachte. Die Empörung infolge des Vorfalles war jedenfalls beträchtlich, denn das Schelten war lauthals und hielt an. Die Menschen waren sich sämtlich einig: allerhand hatte man bisher an Drangsalen von der fürstlichen Herrschaft ertragen müssen. Dass aber eine höchst oberamtliche Visitation mit einem regelrechten Aufmarsch und einer abendlichen Attacke der Tabaksgarde gegen den direkten Wohnsitz des herrschaftlichen Landmeiers geritten wurde, das hatte es weiß Gott wie lange nicht gegeben. Das war hier seit Gedenken nicht vorgekommen.

Der Vorfall begann damit, dass sich an jenem Spätherbstabend ein berittener Trupp zu Vieren bei seiner wöchentlichen Landkampagne auf eigene Hand gewaltsamen Einlass ins Dorf verschaffte. Es galt ihnen, einen dringend Gesuchten aufzugreifen, der sich angeblich im Ort aufhielt. Um die fünfte Nachmittagsstunde war es, der Tag dusterte schon stark ein, als es geschah. Wie gewöhnlich war das Gattertor der Dorfumfriedung, unterhalb des Bienengartens, zeitig mit dem Läuten der Abendglocke verriegelt worden. Bei seinem obligaten Spätrundgang hatte der Dorfbüttel Leonhardt die Ottweilerschen von weitem mit ihren lodernden Fackeln über den Ostersteg hereinkommen sehen und war sofort stutzig geworden. Was er tat? Er tat seine Pflicht und passte sie ab, indem er sich ihnen in den Weg stellte. An ihm würden sie erstmal nicht vorbeikommen, sie mochten sein, wer sie wollten. Mit einem entschlossenen „Halt, wer da!" würde er sie schon zur Räson bringen. Aber der vornweg reitende Korporal fackelte nicht lange. Er trieb den Alten kurzerhand mit einem Peitschenstreich zur Seite, dass es nur so klatschte, sogar die Pferde scheuten und schlugen aus. Dabei schalt er den Dorfdiener einen Saukerl und elenden Hundsfott, weil er dem Trupp nicht augenblicklich gewichen war. Das hölzerne Gattertor zu erbrechen war für die Männer ein Leichtes.

Auf dem Hof des Meierhauses stellte sich die Garde in einer Front auf und richtete sich aus. Dann verlas der Anführer dem herbeigerufenen Ortsvorsteher vom Pferd herab einen Visitations- und Ergreifungsbefehl herunter und drängte auf sofortige Auslieferung des Täters. Nicht lange, da waren der Sohn und Adjunktus des Meiers, Jacob Weiler sowie der Schöffe Fuchs eingetroffen. Die restliche Einwohnerschaft war natürlich ebenfalls zusammengelaufen, um zu kundschaften, was es um diese Unzeit Dringliches auszuhandeln gäbe, dass sich die Ottweiler Herrschaft genötigt sah, ihre Landgarden loszuschicken. Sie waren bald im Bilde. Im Schein der flackernden Tranfunzeln lamentierte die Menge alsbald in steigender Empörung von wegen der Frechheit der Tabaksgarde, zu dieser abendlichen Fütterungs- und Melkstunde redliche Bauern zu belästigen. Man habe gefälligst Dringenderes zu tun, als sich mit nichtsnutzigen Launen und derben Soldatenspäßen abzugeben. Das sei allerhand und würde immer doller werden. Da höre sich bald alles auf, wenn man nicht einmal mehr in Ruhe seiner geringsten Unterhaltungspflicht in der eigenen Haushaltung nachkommen könne, ohne von den Ottweilerschen immerfort sinnlos drangsaliert zu werden. Ob die Korona sich nicht schäme, sie solle sich gefälligst zu Teufel scheren, und so fort. Dermaßen ging in der Dämmerung die scharfe Rede der Bauern gegen die unerbetenen Eindringlinge. Aber davon ließen sich die Berittenen nicht im wenigsten beeindrucken, denn sie hatten Ordre von oben und dieser kamen sie nach.

Es wurde in dem Auslieferungsbefehl von Amts wegen gefordert, dass genannter hierorts ansässiger Landmedicus aus dem Oberschwäbischen mit Namen *Doktor Karl-Ernst Schönberger* sich ohnverzüglich der Landgarde zu stellen habe. Denn, so der berittene Ausrufer zu Pferd, der Gesuchte habe sich eigenmächtig über die Nassau-Saarbrückische Medicinal- und Arzneyordnung hinweggesetzt. Er habe ohne jede herrschaftliche Genehmigung über etliche Wochen hinweg die - *Impfung* - genannte Pfuscherei mit Kuhgift von wegen grassierender Menschenblattern in der hiesigen Landmeierei praktiziert. Dabei sei etlicher Schaden an Leib und Seele der solchermaßen traktierten Untertanen angerichtet worden. Folglich der wiederholten Eingaben und Beschwerden, die beim Oberamt zu Ottweiler geführt worden seien, sei durch den herrschaftlichen Advokatus Lauckhardt per behördlichem Decretum verfügt worden, dem Treiben des infrage stehenden Quacksalbers vermittelst dessen Festsetzung sowie anschließender Landverweisung ein Ende zu setzen. Beschuldigter habe sich sofort der Garde zu stellen. Er sei auf direktem Wege nach dem Amtssitz des Oberamtes zu verbringen. Man forderte den Landmeier Weiler auf, das erwähnte Subjekt jetzt und hierher auf den Platz zu führen.

Ungläubiges Staunen auf der einen, Achselzucken auf der anderen Seite, nachdem der Korporal geendigt und dem Vorsteher auffordernd ins Gesicht blickte. Da der Berittene keine Anstalten machte, sich weiter zu erklären und sich nicht im Sattel rührte, erheischte der Meier mit barschen Worten die Wiederholung der absurden Anschuldigungen. Nun rückte sich der Angesprochene auf seinem Pferd zurecht, der Sattel knarrte, er zog den Papierbogen erneut umständlich aus dem Rocksaum und hob auf ein Neues an, den geschriebenen Befehl abzulesen:

„...Beschuldigter hat sich stracks der Garde zu stellen. Er ist jetzt und hierher auf den Platz vorzuführen!“

Der Meier stand erst stocksteif, dann drehte er zögernd den Kopf nach seinem Sohn hinüber. Die Umstehenden folgten murmelnd seinen Blicken - abrupt hielten sie inne, als Adam sich entschlossen wieder dem Berittenen zuwandte, den Anführer mit zusammengekniffenen Augen taxierte.

„Du kommscht mir grad geschlich, Du!“ grollte der Alte in sich hinein. Ein jeder konnte erkennen, dass er bereit war, dem Eindringling allen Ernstes die Stirne zu bieten. Der Korporal rührte sich nicht, schwieg beharrlich über die Menge hinweg und war anscheinend im Begriff, die Attacke auszusitzen. Auf beiden Seiten geschah nichts. Lediglich Geraune und das Hufeschlagen und Schnauben der Pferde begleitete die Szene. Die Situation zog sich in bedenklicher Anspannung dahin. Es lag was in der Luft.

Und dann geschah es. Vielmehr, es wäre passiert, wenn nicht in allerletzter Sekunde der Meiersohn Jacob in die Bresche gesprungen wäre. Prompt, bevor der Alte gewaltig anhob, wie Blitz und Donner aus der Haut zu fahren, war der Sohn zur Stelle und hielt ihn mit energischem Griff am Ärmelsaum zurück. Ein Seitenstüber bedeutete ihm, gerade jetzt, um Gottes Willen, vor all den Leuten und im Gegenüber der Ottweilerschen unbedingt die Fassung zu bewahren, sich irgend nicht wieder gehen zu lassen! Zum Glück verstand der Mann den Appell, sich vor denen ja nicht zu entblößen. Es fiel ihm schwer, aber immerhin, Adam hielt an sich, lenkte ein. Er war schließlich der Meier, Herr über fünf Ostertalortschaften. Und jene auf den Gäulen nur ein armseliges Häufchen nichtsnutziger, weil arbeitsscheuer, obrigkeitshöriger Lakaien, die es nur darauf angelegt hatten, ihn zu provozieren. Adams Groll war offensichtlich. Er schnaubte wie ein Ross, aber er hielt sich, wenn auch mit Mühe, im Zaum. In seinen Backentaschen kollerten die Priemknödel.

Adam wurde zur Seite geschoben. An seiner statt trat jetzt sein Sohn Jacob nach vorne. Er gab dem Kommandanten zu verstehen, dass er, stellvertretend für den Meier, bereit sei, sich zur Sache zu äußern.

Die Nachricht von der überfallartigen Ortsvisitation ging wie ein Lauffeuer durch die Gassen. Sie erreichte auch den Gesuchten, Doktor Schönberger, der sich gerade im Flur des Meierhauses aufhielt, wo er eben im Begriff war, aus der Haustüre auf den Hof hinauszutreten. Gerade erkannte er noch, dass der unerbetene Ausflug der Garden ihm gegolten hatte, denn sein Name war soeben gefallen. Schönberger war sofort im Bild. Er konnte noch unbemerkt den Oberladen schließen und die Bühne nach hinten durch das rückwärtig gelegene Brennhaus hindurch verlassen. Von dort gelangte er im Nu nach dem Kirschgarten, wo er den Schreinergehilfen Johann Peter Neufang, genannt Holle, in der Werkstatt bei der Arbeit fand. Nach hastiger Schilderung und Erklärung der Geschehnisse, nach einem überstürzten Adieu bei Holles Leuten und dessen entsetzter Braut Katharina, machten sich die beiden nach der Rückseite des Dorfes auf dem St. Wendeler Weg in die Dunkelheit davon, wo sie der Hirtemarie über den Weg liefen. Sie waren auf der Flucht.

Jacob Weiler, der junge Adjunktus des Meiers Adam, begriff die Lage. Er übernahm die Initiative und gab dem Mann von der Garde unumwunden zu verstehen, dass er den Gesuchten kenne, ja, dass er ihn während seines Aufenthaltes in seinem Hause beherbergt habe. Dass folglich sein Vater mit der Sache nicht das Geringste zu schaffen habe.

Sofort setzte sich der Tross hinüber nach den Heilgärten in Bewegung, um den Gesuchten zu ergreifen und abzuführen. Doch dort war er nicht mehr ausfindig zu machen. Schönberger war verschwunden. Seine Kammer war aus- und aufgeräumt, als würde sie seit Wochen leer stehen. Nachdem sämtliche Stuben und Winkel des Anwesens rasch visitiert worden waren – selbst das Dämmergelass des dahin siechenden Jakob blieb nicht verschont – wurde der Meieradjunktus umständlich verhört. Er gab auf ausschweifende Fragen ebenso ausufernde, Zeit schindende Antworten, um die Häscher im Haus hinzuhalten. Aber er kam bald nicht mehr umhin, im Zusammenhang mit den Umständen der Tat auch den Namen von Holle, des jungen Schreinergehilfen Peter Neufang aus dem Beckschen Kirschgarten, zu nennen, nachdem er eindringlich nach der Person befragt wurde, welche den Medicus ins Dorf geholt habe. Da nach allem diesem die sofortige Auslieferung nicht zustande gekommen war, schritten, vielmehr ritten die fünf Uniformierten zur nächst höheren Stufe ihrer abendlichen Amtshandlung. Diese bestand in der vollständigen Durchsuchung sämtlicher verdächtiger bewohnter wie unbewohnter Behausungen, Ställe und Scheunen, Abtritte, Gräben und Hecken, Brunnen und Gruben. Es sollte laut Anweisung des Anführers in allen Ecken ausgiebig gewühlt, gestochert, geschoben, angehoben, beiseite gerückt werden, um den Gesuchten ausfindig zu machen oder doch wenigstens wichtige Indizien zu beschlagnahmen.

Im Haus des Dorfschreiners Beck wurde der Trupp bei der Visitation in der Gehilfenkammer von Peter Neufang fündig. Ein Gardist zog aus der Strohmatratze seines Nachtlagers einen Beutel mit französischen Goldmünzen hervor. Neben etlichen Louis d'Or befanden sich in dem geschnürten Ledersäckchen ein Brief sowie zwei gesiegelte Zettel, die sich bei näherer Inspektion als Schuldscheine erwiesen. Diese waren ausgestellt auf den Schreiner Johann Nickel Beck zu Werschweiler und empfangen von dem Gläubiger, dem Viehhändler und Geldverleiher Marum Weyel, wohnhaft zu Konken im Zweibrückischen. Der daneben aufgefundene Brief trug als Absender den Namen des Gesuchten Dr. Karl-Ernst Schönberger und war datiert auf Zweibrücken, den 22. Oktober 1773. Der Korporal überflog den Inhalt des Schreibens und zog erstaunt die Augenbrauen hoch. Die Zeilen waren in einer ausländischen, an lateinische Buchstaben verweisenden Schreibschrift abgefasst, die ihm die größte Mühe beim Entziffern bereiteten. Auch kam er mit den kurios anmutenden, geradezu hölzernen Formulierungen der Briefbotschaft nicht zurecht. Dennoch, die Sache war nach dem eindeutigen Fund für ihn klar.

Wem all diese Gegenstände gehörten, wollte der Uniformierte vom Hausvorstand, dem Ackerer und Schreiner Nickel Beck, wissen?

Das sei sämtlich Eigentum seines Schreinergehilfen und künftigen Tochtermannes, Peter Neufang und ginge niemanden etwas an, opponierte der Beck.

Ob und wen es etwas anginge, möge Er gefälligst den Visiteuren überlassen, herrschte der Korporal den Bauern an, wo der Fragliche sich gegenwärtig aufhalte, solle Er ihm augenblicklich herausgeben?

Hier und dort sei er. Sein Gehilfe sei in Geschäften unterwegs.

Das sei aber keine Antwort auf seine Frage, blaffte der Schnauzbärtige gegen den Hausherrn, er wolle wissen, wohin der Gehülf unterwegs und wann er wieder zurück sei?

Das könne sich hinziehen, gab der Schreiner schnippisch zurück.

Was Er damit sagen wolle?

Er wolle sagen, dass er es nicht genau zu sagen wüsste, wann sein Gehilfe wieder zurück sei, denn dieser sei vor wenigen Stunden erst aufgebrochen. Wohin er aufgebrochen sei, das wüsste er ebenfalls nicht zu melden, aber das habe er Ihm ja bereits gesagt, hierhin und dorthin.

So gut also, gab der Uniformierte knapp zurück.

Was Er damit sagen wolle, hakte der Schreiner Beck nach?

So gut also, fuhr der Korporal fort, dann seien die aufgefundenen Gegenstände eben vorläufig konfisziert und zwar solange, bis der angebliche Eigentümer persönlich die

Rechtmäßigkeit seines Erwerbes nachgewiesen habe. Außerdem sei zu klären, was es mit dem Brief des Missetäters Schönberger auf sich habe. Im Übrigen könne so viele Goldgulden nur ein Geldschneider und Erzbetrüger wie der Gesuchte Schönberger zusammengerafft haben. Und im ausdrücklich hämischen Ton fuhr der Kommandant fort, dass ein Landbauer, ein hiesiger Untertan zumal, selbst wenn er das Schreinerhandwerk ausübe, eine derartige Summe wohl kaum auf eigene Hand zustande gebracht haben könne. Das Indizienstück würde der Inhaber wieder zurückerhalten, sobald er sich zu der Barschaft erklärt habe und er, wie bereits gesagt, zweifelsfrei der rechtmäßige Eigentümer an der Sache sei.

Darauf ließ er den Lederbeutel mit den Goldmünzen und den Schriftstücken in seiner Brusttasche verschwinden, stellte eine geschnörkelte Quittung über einbehaltene fünfzehn Louis d'Or, doppeltem Schuldschein und einem Brief aus und verließ grußlos das Haus.

Die Land-Kampagne war nach erfolglosen weiteren Rundgängen durch ein paar Ställe, Scheuern und Vorgärten der Nachbarschaft von ihrem Kommandeur abgebrochen worden, die vermeintlichen Täter zwischenzeitlich längst über alle Berge. Vielmehr, sie waren durch alle Berge, denn ein Erdloch bei den Wingertsberger Wiesen hatte sie verschluckt und löste sich sofort danach, wie von wundersamer Hand befohlen, wieder in Wohlgefallen auf. Auf der anderen Seite waren sie durch einen Lüftungsschacht wieder ausgestiegen, da war es rund zweihundertfünfunddreißig Jahre später. Die Rückreise von Peter Holger Neufang, Holle gerufen und Dr. Karl-Ernst Schönberger in ihre Heimat des Jahres 2007 dauerte keine Stunde.

Der Gesuchte war den Häschern entwischt. Aber immerhin: die Tabaksgarde zog wenigstens nicht mit leeren Händen aus dem Dorf ab. Die Uniformierten waren fündig geworden. Sie hatten stichhaltige Indizien, klimpernde Beweisstücke und ein verräterisches Schreiben, ausfindig machen können. Ihren

Ausflug ins Ostertal hatten sie nicht vergeblich angetreten. Das Ganze würde, darüber waren sich die Beteiligten um den Vorsteher im Klaren, ein deutliches Nachspiel haben. Der Altmeier Adam Weiler, den man in Ottweiler auf dem Oberamt für die gescheiterte Aktion verantwortlich machen würde, spie auf den Boden und zertrat den Priem. Er war von seinen Vorgesetzten wieder einmal zutiefst gedemütigt worden. Diesmal in Gestalt der nichtsnutzigen Tabaksgarde und, weit schlimmer noch, vor allen seinen Leuten.

IV

Hannes Gass hatte soeben einen echten Fund gemacht. Er hatte einen regelrechten Volltreffer gelandet, mit dem er seinen Punkte-Rückstand gegen die Entdeckung seines Bruders beim DNA-Datenbankabgleich locker wieder wettmachte. Drei Tage, nachdem die beiden Doktoranden ihren Abschlussbericht über die DNA-Analyse des Skelettfundes an das LKA und die Staatsanwaltschaft geschickt hatten und sein Bruder Max schon wieder vollständig im neuen Projekt aufgegangen war, widmete sich der Jüngere noch einmal dem Schädelfragment des mysteriösen Kellerfundes aus dem Dorf Werschweiler. Die dubiosen Ergebnisse ihrer Analyse hatten ihm keine Ruhe gelassen. Sie würden ihn todsicher solange umtreiben, bis er eine für sich schlüssige Antwort auf die Kuriositäten um diesen Fall gefunden hatte. Es drängte ihn, sich die Unterlagen und Indizien wenigstens noch einmal in aller Gründlichkeit anzuschauen, bevor die Skelettreste von der Staatanwaltschaft zur Bestattung oder Verbrennung freigegeben werden würden.

Was war es, was ihn hier antrieb? War es die pure Eingebung, dass da was nicht stimmte? War es der Zufall der Ereignisse, dass der Protagonist dieser widersinnigen Laborbefunde ausgerechnet aus demselben Ort kam, wie er? War es das detektivische Aufklärungsspiel des Falles, der Reiz, vielleicht eine ungeheuerliche Entdeckung zu machen, die wider alle wissenschaftliche Einsicht womöglich so etwas wie ein Zeitparadoxon enthüllen würde? Unsinn! Lächerlich der Gedanke! Mochte sein, dass es bloß eine Art geschwisterlichen Wettbewerbs um die Trophäe des größeren Enthüllungs-Erfolgs war, dem anderen eine Nasenlänge voraus zu sein. Oder ging es hier lediglich um eine kleine Abwechslung vom Einerlei des Unibetriebs? War es Neugier auf den Ausgang dieses Spieles, das schließlich in einer Banalität enden würde? Und wenn schon?

Auf dem Röntgenbild des Schädels war, bis auf die Oberaugenwülste und eine gut verheilte, rund vier Zentimeter lange alte Fraktur vom Stirnbein quer hinauf bis zur Kranznaht, auf den ersten Blick nichts Auffälliges zu erkennen gewesen. Aber zwischen dem zweiten und dem dritten oberen linksseitigen Backenzahn zeigten sich am äußeren Zahnhals winzige Reste einer Amalgamfüllung, denen man augenscheinlich in einer ersten Analyse bei den Ermittlungsbehörden keine besondere Beachtung beigemessen hatte. Es war dies eigentlich auch nichts Ungewöhnliches, denn diese Technik der Zahnfüllung gab es schon seit langem. Sie war auch schon zum errechneten Datum des Ablebens der Person, also gegen Ende des neunzehnten Jahrhunderts, in der Praxis etabliert. Dennoch unterzog Hannes der Vollständigkeit halber die Reste einer Analyse und da hatte er es: es handelte sich um Partikel von sogenanntem Zwei-Phasen-Silberamalgamen und die gab es in jener Zeit noch lange nicht. Diese spezifische Art der Legierung wurde erst seit rund zwanzig Jahren, seit den späten achtziger Jahren des vorigen Jahrhunderts, in der Zahnheilkunde verwendet.

Der Mann, dem dieser Schädel gehörte, konnte demnach unmöglich schon seit einhundertdreißig Jahren tot sein, es sei denn... Oder etwa doch? Dass dieser Schädel tatsächlich dem Bergmann aus Werschweiler, Peter Neufang, den hier alle nur *Holle* nannten, gehören könnte, war absurd. Es war geradezu lächerlich, darauf einen Gedanken zu verschwenden. Der Mann war schließlich am Leben! Es musste eine gänzlich andere, ebenso plausible Erklärung für den Sachverhalt geben, die bisher noch nicht in Erwägung gezogen worden war. Hinter diese musste der Studiosus kommen. Ein weiteres Mal machte er sich an die aufwändige Alters- und Liegezeitbestimmung des Schädels. Konnte ja möglich sein, dass der Kopf am Ende gar nicht zum restlichen Teil der Knochen dazugehörte.

Das Ergebnis war einmal mehr irritierend, denn auch der Schädel ließ sich auf ungefähr zweihundertvierzig Jahre datieren. Das war eigentlich ausgeschlossen, vielmehr vollkommen unplausibel, genau wie die vorherigen Ergebnisse der DNA-Analyse. Er nahm sich vor, diese Ungereimtheiten erst einmal in seinem Kopf zu sortieren, bevor er voreilige Schlüsse ziehen würde. Bis dahin würde er die Untersuchungsdaten für sich behalten. Seinem Bruder erzählte er vorerst nichts von den Abwegigkeiten seiner neuen Entdeckung.

V

Johann Adam Weiler war von Haus aus Leineweber und Ackerer. Er war als Vorsteher der Meierei Werschweiler zwar das Oberhaupt von fünf Ortschaften im unteren Ostertal und damit eine gewichtige Person in der vorliegenden Geschichte. Aber zuallererst war er, was er war: nämlich Bauer und zwar durch und durch. Wie es sich für den rechtschaffenen Landmann gehörte, hielt er getreulich auf seinen Stand und auf stramme Ordnung in seinem Hofwesen. Er bestellte im Frühjahr und Herbst seine Wiesen und Äcker, zog sich sein Vieh und kümmerte sich insgesamt, wie je, selbst um seine Hofhaltung. Obwohl er mit seinen bald siebzig Jahren längstens aufs Altenteil gehörte, dachte er nicht ans Aufhören, das kam für ihn nicht in Betracht. Aber das ist eine eigene Geschichte.

Im Stall hatte Adam zwei brave Ardenner Gäule stehen. Dazu die beiden Zugochsen, die stark in die Jahre gekommen waren. Sie waren ihm mittlerweile ein rechtes Kreuz geworden, so halsstarrig, wie sie sich bisweilen anstellten. Es waren halt Ochsen. Aber sie waren gut eingearbeitet, einigermaßen wesensfest und von daher draußen auf dem Acker bei mancher Arbeit noch unentbehrlich. Fünf Glantaler Milchkühe, drei Fersen, zwei Kälber, vier Schweine waren der Grundstock seiner Existenz, sein Stammkapital. Allesamt standen sie gut im Futter, waren soweit gesund und Adam war zuversichtlich, dass sie den Winter gut überstehen würden. Heu- und Beifutter war jedenfalls zur Genüge da. Als Bauer hatte

Adam insgesamt sein Auskommen. An und für sich war er mit seiner Hofhaltung schon einer der Bessergestellten im Dorf, das darf man ruhig so sagen. Er hatte die ererbten Ländereien, wie es sich gehörte, stets in Ehren gehalten, nichts verkauft und an Gärten und Wiesen sogar dazu genommen.

Hinterm Haus betrieb er in einem ganz aus Stein gemauerten Häuschen eine kleine, von der Herrschaft privilegierte Brennerei. Dort rauchte ab dem Oktober den ganzen Winter hindurch der Kaminschlot. Die Brennstube war dann abends der Treffpunkt für den ganzen Ort, das war im Dorf so üblich. Und dann zahlte der Mann, obgleich er der Meier war, wie alle anderen Gemeindsleute auch, seinen vollen Zehnt. Er zahlte sein Frongeld, Fouragekreutzer, seine Mühlen- und Kartoffelabgaben und sogar sein Schweine-Dechtum. Das war die Abgabe für die Waldhutung. Adam Weiler baute an: Spelz auf der Dinkler Himes, Flachs, Hafer in den Äckeren, Roggen am Wingertsberg, ein wenig Weizen auf der Steinbach, auch Wicken und Hanf auf dem Lehm, Bohnen auf der Mauer und selbstverständlich Kartoffen auf Willenborn und hinter dem Berg. Vom neu aufgekommenen Kleeanbau hielt er überhaupt nichts, obwohl manche Ackerer im Dorf die Futterpflanze mit ihrem Sprüchlein über den grünen Klee lobten: *„Wetz macht de Kuh e Detz, Klee awwer noch viel mee“.*[0] Die Futterpflanze war den Bauern vom Fürsten seinerzeit regelrecht aufgezwungen worden und was von oben, das hieß von der Obrigkeit, kam, das war für den Adam meist von Übel. Außerdem hatte er mit dem gehabten Feldbau sein Auskommen und war damit soweit zufrieden.

Gerne führte Adam jedermann seine drei Pfaffenziegen vor. Auf die war er ziemlich stolz. Er hatte sie vor Jahren vom alten Ulrich aus Fürth wegen ihrer imposanten schwarzweißen Färbung und den mächtigen Hörnern um einen unverschämten Preis erstanden, aber sei’s drum. Die hatte er sich in den Kopf gesetzt, außerdem: So was war noch nicht im Dorf.

Auch sechs Fuchsschafe sowie die erwähnten vier braun-weiß gescheckten Landschweine schickte er allmorgendlich mit dem Hirten Schnable auf die Weide. Des Weiteren durfte der Mann eine vielköpfige Hühnerschar samt heimtückischem Hahn zu seiner Unternehmung rechnen. Diese hatte er zwar hinter dem Brennhaus, nach dem Gässchen zu, in den Verschlag weggesperrt, auf dass sie ihm nicht in den Füßen herumspazierten. Die Tür zum Geflügelpferch stand aber meistens sperrangelweit offen, weil entweder die Schwiegertochter oder eines seiner Enkelrotznasen den hölzernen Schnappriegel nie richtig einhakten. Wo stolzierte das gackernde Gesindel herum? Im Hausflur oder auf dem Misthaufen oder in der Küche. Naja, egal.

Auch hatte der Meier zu seiner Plaisir eine Parade von Starenkästen am Hausgiebel hängen. Die hatte er stets ordentlich in der Reih. Sie waren noch von seinem Vater, dem alten Caspar selig, in Gebrauch. Adam hielt die Tradition des alljährlichen Staren- oder wie man hierorts sagte, *Sprähenpflückens*, solange es ihm noch gegeben war, in Ehren. Schon im zeitigen Lenz, wenns gut ging, sogar um Lichtmess herum, ging's zum Ausputz hinauf auf die Leiter. Altes Nistmaterial vom Vorjahr raus, eins oder zwei Pfötchen getrocknetes Rainfarn eingestreut, Kästen hin und her gedreht und nach der Sonne ausgerichtet, fertig. Das war von jeher seins. Diese Muse durfte ihm niemand streitig machen, denn seine Starmatzkolonie brachte ihm alleweil das ganze Frühjahr hindurch manches leckere Kükenmahl auf den Tisch. Wie schnalzte er mit der Zunge, wenn die gerupften Nestlinge mit ihren bräsemgestopften Bäuchlein in der Eisenpfanne brutzelten! Das ganze Pfannengericht dabei satt mit Grieben abgeschmälzt oder nach Belieben mit zerlassener Butter, hinterher mit einem oder zwei Gebund Bettseicher garniert, ja. Das ließ er sich gefallen. So war ihm seine Starenbrut jedes Jahr eine unverzichtbare Frühjahrskur, an der er nach Herzenslust lecken und schmecken durfte.

Das war nicht alles. In seiner Amtsstube unterhielt der Meier, der Gesellschaft und stillen Erbauung wegen, einen Dompfaffen im Vogelbauer. Der war auch nicht mehr der Jüngste, aber weise war der Vogel und von ihm ließ er sich bei so manchem Missbehagen oder Tumult in der Stube noch am ehesten besänftigen. Ganz droben unter der Dachschräge hatte er sich vor Jahren eine kleine Familie weißer Ziertäubchen von wegen des christlichen Haussegens eingenistet. Er nannte sie seine Johannes-Täubchen, nach Johannes dem Täufer, über dessen Haupt im Buch stets eine strahlenumkränzte Taube schwebte. Dieses Bild hatte er fest in seinem Herzen eingeschlossen. Wenn die auf dem Strohfirst gurrend umeinander her stolzierten und sich aufplusterten, dann blühte der Meier Adam jedes Mal auf und der Frühling war ihm nicht mehr weit. Das war seine eine Seite.

Der Meier Adam war sich nicht zu schade, wenn ihm danach war, beim Dorfwirt Fuchs schonmal handfest einen zu trinken und dabei durch die Gegend zu fluchen wie ein schwedischer Landsknecht. Damit führte er sich keineswegs unterhalb seines Standes auf, denn dergleichen kam hier schon mal vor und es machte hinterher auch niemand groß Federlesens um die Sache. Wenn er jedoch seine Tour hatte und ihm wer kam, wenn es also wieder mal soweit war, dann war er durchaus imstande, auch mal beide Fäuste auf den Tisch fahren zu lassen, dass die Bierkrüge hüpften. Das war dann nicht mehr nach der Sitte, das war mehr Ausfälligkeit. Wenn es aber ganz dick zuging, sein Weib ihn etwa aus der Kammer hinauskomplimentieren wollte, weil er noch im Schlaf lauthals weiter debattierte und keine Ruhe geben wollte oder wenn er das Schnarchen nicht sein ließ und sie ihn darob noch rüffelte, ihre Ellbogen einsetzte oder ihn etwa einen alten Hornochsen schalt, dann konnte er ganz und gar außer Rand und Band geraten. Da flog der Nachttopf schonmal durch die Kammer, dass es nur so spritzte und schepperte, da plärrten die aufgeschreckten Kinder und die Katzen verzogen sich. Das ließ dann auch jedesmal die Nachbarn aufhorchen, wenn er seinen Ausraster hatte und sie konnten mal wieder nur verständnislos mit dem Kopf schütteln. Ja nun, er war in dieser Hinsicht eben auch keinen *Gotteskrümmel* besser, als mancher verstockte Hintersasse aus dem Dorf.

Soweit war es leider in den Jahren mit ihm gekommen. Jähzornig und verbockt bis zur Halsstarrigkeit war er geworden. Verknöchert und grantig bis in die Füße kam er bald jedermann, legte sich quer, ließ keinen Widerspruch gelten, fuhr unnötig übers Maul, wenn er sich angegangen wähnte, der sture Esel. Hatte er das nötig? Nein, das hatte er nicht. Aber er war halt so, da war nichts zu machen. Und trotzdem war er für einen Dorfbauern ziemlich beschlagen. Was das anging, war er eben immer noch ganz der Alte, besser gesagt, noch ganz der Meier. Der Mann hatte es eben im Kopf. Leider war er ein wenig scheel und verwittert in seiner Seele, obwohl er sonst ein tiefgläubiger Mensch war.

Manche behaupteten, der Meier habe die Bibel sogar siebenmal von vorne bis hinten durchgelesen und sich alles behalten. Ihm mache in frommen Dingen und auch sonst so schnell niemand was vor, auch nicht der alte Engel aus Dörrenbach. Und der war der Pfarrer. In Bezug auf den Pfaffen wusste der Meier, trotz seiner Sturheit und Starrköpfigkeit, immerhin noch, was sich gehörte. Hier hatte er sich bei allem Groll über den Dörrenbacher seinen ureigenen christlichen Respekt vor dem hohen Amt der Geistlichkeit bewahrt. Was das betraf, wäre es ihm, wenngleich es ihn oft genug juckte, niemals in den Sinn gekommen, den Engel zu einem Disput über die rechte Christenanschauung zu stellen. Schon gar nicht in der verqualmten Schankstube beim Fuchs, Sonntags morgens nach dem Gottesdienst, wo ja doch das lautstarke Lamentieren und Backen aufblasen am runden Tisch so gut wie an der Tagesordnung waren.

Seine angeborene Räsonier-Sucht war mit ein Grund dafür gewesen, dass ihn bestimmte Angelegenheiten heftiger als ratsam umtrieben und beschäftigten. Über kleinste Unbotmäßigkeiten, vor allem wenn sie vonseiten der verhassten Ottweilerschen kamen, konnte er sich exzessiver ereifern, als im Normalen angemessen oder zuträglich gewesen sein mochte. Sein Hang zur Rechthaberei hatte sich bei ihm in den letzten Jahren eher noch rein- als rausgewachsen, was in seiner Umgebung zunehmend mit Kopfschütteln zur Kenntnis genommen wurde. Niemand in seiner Nähe, nicht sein Weib und sein Erstgeborener, Georg, eben so wenig, konnten noch recht verstehen, wo es damit beim Alten hinführen wollte. Es war ihm einfach nicht beizukommen. Schon wegen der kleinsten Lappalien entspann sich das hitzigste Geplärre, sofort kamen sie hintereinander, ständig gab es neue Händel. Da war insgesamt etwas aus dem Lot geraten, was von der Familie im Meierhaus nicht zu richten war, weil er sich nichts sagen ließ. Der einzige, der einigermaßen an den Alten herankam, war sein Sohn Jacob und der war vor Jahren zu seinem Weib nach den Heilgärten hinübergegangen. Sein Sohn hielt ihm als Adjunkt ohnehin jetzt schon den größten Ärger mit dem Ottweiler Oberamt vom Hals, denn von dort kam es eigentlich her.

Die Ottweiler Herrschaft war beim Meier sowieso lange unten durch. Die hatte er allesamt *gefressen*, wie sie sich unterm Vorwand fürstlicher Anordnungen ungeniert bei jedweder Amtshandlung ihre Scherflein für die Privatschatulle abzweigten, ohne dass mal einer von denen dazwischen ging. Alles eine Bande, ein Pack, wie sie da hinter ihren Kathetern auf ihren Geldsäcken saßen.

Die aller Schlimmsten aber kamen aus dem eigenen Stand. Das waren in Sonderheit die Bauern, die sich für was Besseres hielten, am meisten besaßen und am wenigsten abzugeben bereit waren. Das waren die, die den Rachen nicht voll bekamen, die erzscharfen Opponenten in seiner Meierei, die gegen alles waren und den Meier Adam Weiler den eigentlichen Strauchdieb schalten, weil er als einer der Ihren die eigenen Interessen verrate. Weil er die Ottweiler Brut in ihrer Raffgier auch noch unterstütze, für die korrupte Beamtenschaft nach wie vor den Steuereintreiber mache, obwohl er doch längst hätte einsehen müssen, wie sie alle miteinander von denen da oben immer hemmungsloser geschröpft wurden. Weil er zu feige sei, sich denen offen entgegenzustellen, dafür verachteten sie ihn.

Ach ja, Adam Weiler hatte, bei allem Verdruss seines Amtes, leider den Blick für so manch gute Anlage bei den Menschen in seiner Umgebung eingebüßt. Das war schade, denn eigentlich hatte der Alte durchaus seine gesunden, handfesten Prinzipien. Er hatte bei alledem eine grundehrliche Seele und ein redliches Herz und war, wenn man ihn nur richtig zu nehmen verstand, so beteuerte sein Sohn Jacob immerzu, beinahe der umgänglichste und gutherzigste Mensch auf der ganzen Welt.

Auf die siebzig ging er zu. Er war eben doch schon im zwanzigsten Jahr im Amt, welches er zu Anfang durchaus mit Fleiß, Stolz und Würde versehen hatte. Aber jetzt? Jetzt hatte er genug. Ein guter Vorsteher war er seinem eigenen Bekunden nach weiß Gott gewesen. Immerhin, er hatte etliches für seine Ortschaften bei der Herrschaft erreicht und so manches hatte der Mann seit seinem Amtsantritt mitgemacht, besonders beim Vater des Fürsten Ludwig. Denn der, und nicht sein Filius, war der große Geldverschwender und Schuldenmacher gewesen mit seinem Größenwahn bei der Errichtung von Lustgärten, Jagdschlössern und Kirchen. In mancherlei Hinsicht war der alte Wilhelm Heinrich sogar noch skrupelloser mit seinen Untertanen umgesprungen als sein Sohn. Aber niemals, niemals wäre es den alten Herrschaften eingefallen, ihn mit ihren Mutwilligkeiten dermaßen zu demütigen, wie es in den letzten beiden Jahren geschehen war. Ihm die Gardisten auf den Hof zu schicken, ihn, den Meier, vor seinen eigenen Leuten im Ort solchermaßen vorzuführen, das war der Gipfel. Sein Dienst für die Herrschaft war ihm nun bald endgültig sauer geworden. Er hatte genug.

VI

Adams Sohn, Johann Jacob Weiler, ebenfalls Schlüsselperson im nun Folgenden, stand im dreiunddreißigsten Jahr und war seit zehn Jahren verheiratet mit seiner Großcousine Anna Maria Schwingel. Seit seiner Verehelichung wohnte er bei den Leuten seiner Frau im Schmidtseck. Noch immer waren die beiden ohne Nachkommenschaft, aber dennoch hegte er bescheidene Zuversicht, dass auch seinem Eheweib doch noch einmal der ersehnte Nachwuchssegen zuteil werden würde. Als Adjunktus seines Vaters und designierter Meier des Gemeindeverbundes trug er seit geraumer Zeit bereits Verantwortung und übte faktisch schon jetzt die meisten Amtsgeschäfte für die Landmeierei aus.

Jacobs Wesensanlagen, sein gesamtes Temperament stand im stichgenauen Gegensatz, man kann sagen, auf der gegenüberliegenden Skalenseite zu dem Charakterbild und der Denkungsart seines alten Herrn. Der Meieradjunkt war nämlich von jeher ein ausgesprochener Gewohnheits- und Gemütsmensch. Jacob Weiler schätzte die Eintracht in allen Lebenslagen, hielt auf einen guten Tropfen Nuss am Feierabend, bevorzugte die Beschaulichkeit und gönnte jedem das Seine. Daher lautete seine Devise: *Leben und leben lassen.* Ihn konnte normalerweise nichts so schnell aus der Ruhe bringen. Jacob ruhte in sich wie ein Fels. Wer weiß, woher er diese seltene Gabe hatte? Vielleicht noch am ehesten von seinem

Großvater, dem seligen Meier Caspar Weiler, von seinem Vater oder seiner Mutter jedenfalls nicht.

Es war ihm ob seines ausgeglichenen und ausgleichenden Charakters noch immer ein Leichtes gewesen, mit den unterschiedlichsten Zeitgenossen in seinen Meierorten klarzukommen. Ohne ersichtliche Mühe, man kann fast behaupten, mit regelrechter Eleganz wusste er so manchen Disput mit der Beamtenschaft aus Ottweiler oder mit seinen Ostertäler Gemeindsleuten aus der Welt zu schaffen. Vieles ließ sich leichter angehen, Differenzen reibungsloser klären, wenn man den Leuten Leine ließ und ihnen erstmal zuhörte. Das war dem jungen Weiler gegeben. Mit seiner Gabe, unvoreingenommen auf sie zuzugehen, ihre Meinungen mit der gebotenen Respektbezeigung zu würdigen, hatte er sich rasch die Achtung der Bauern erworben. Wenn bei einem etwa aufkommenden Streit die Wogen dadurch geglättet werden konnten, dass von seiner Seite erst einmal ein versöhnlicher Ton angeschlagen wurde und damit die Achtung vor dem Menschen wie vor der Sache im Interesse aller bewahrt werden konnte, dann war Jacob der wärmste Befürworter eines solchen Vorgehens. War aus den Zwistigkeiten erst einmal die Hitzköpfigkeit heraus, dann war damit fast schon alles getan. Das stiftete, wenn man es recht bedachte, größten Nutzen für die Meierei. Die abwägende Umsicht, mit der er die Dinge anzugehen wusste, war eine seiner zusätzlichen Stärken. Daher baute Jacob in dieser Hinsicht ganz auf die mäßigende Wirkung seiner Besonnenheit, die auch in der Sache des unnötigen, weil vollkommen überzogenen abendlichen Zwischenfalls mit der Tabaks-Garde im Dorfe geboten war.

Nun war er, Jacob, es indessen gewesen, der seit gut vier Wochen den gesuchten Medicus aus Ulm in seinem Haus beherbergt und verköstigt hatte; ebenfalls eigenmächtig, ebenso ohne vorherige Absprache mit seinem Vater, aber mit dessen stillschweigender Duldung. Das war, bei Licht besehen, nicht korrekt gelaufen. Aber darüber sah der amtierende Altmeier, ganz nach seiner speziellen Gewohnheit gegenüber seinem Sohn Jacob, geflissentlich hinweg. Dennoch fühlte Jacob eine gewisse Mitverantwortung für die Unbill, die seinem Vater jetzt offensichtlich in Ottweiler bevorstand. Es war damit nicht zuletzt auch an ihm, sich als Moderator klärend in die Sache beim Oberamt einzuschalten.

Möglicherweise vermochte sogar Doktor Schönberger selbst, dieser ungewöhnliche Medicus, der ihn, Jacob, mit seiner ruhigen und klaren Art so sehr für sich eingenommen hatte, nach seiner baldigen Rückkehr die Sache selbst geräuschlos aus der Welt zu schaffen. Der beeindruckenden Kraft seiner Argumente, die für die seinerzeitige Impfkampagne im Ostertal ausschlaggebend war, würden sich die Herren des Oberamtes gewiss nicht ganz verschließen können. Vorausgesetzt, sie waren ein wenig guten Willens für die Sorgen und Nöte, die damals während der letzten grassierenden Blatternwelle unter den heimgesuchten Familien geherrscht hatten. Wenn jemand wahrhaft überzeugend zu argumentieren verstand, dann war es der Arzt aus Ulm. Immerhin hatte er sogar seinen starrköpfigen Vater, der sich in den vergangenen Jahren seiner Amtszeit zusehends griesgrämiger, ja bis zur Wurmstichigkeit verstockt gab und sich in seinem gesamten Denken zusehends nach rückwärts entwickelte, durch seine ruhige Beharrlichkeit mitsamt seinen Heimeiern aus dem unteren Ostertal dahin bringen können, ihm die Impferlaubnis mit Kuhpocken zu geben. Warum also dann nicht auch die Behörde an der Blies besänftigen oder gar umstimmen? So optimistisch, so ganz aus der familiären Reihe geschlagen war der junge Jacob, aber das war halt ganz nach seiner eigenen Fasson.

Gewiss hatte der Mann aus Ulm bei seinem überstürzten Reißaus vom Schreinergehilfen Neufang zwischenzeitlich die Hintergründe der abendlichen Aktion der Landreiter mitbekommen. Er würde sich bestimmt noch in dieser oder doch in der nächsten Nacht wieder bei ihm einfinden. Dann würde sich Jacob mit seinem Vater und dem Doktor sofort zusammensetzen, um die unerfreuliche Angelegenheit in aller Ruhe bei einem guten grünen *Haselnussschnaps*[2] zu bereden. Dabei würden sie gemeinsam eine Lösung für das weitere Vorgehen mit dem Ottweiler Oberamt finden, dem auch der Altmeier zustimmen konnte. So würde doch wenigstens in der Haushaltung seines Vaters hinterher wieder einmal etwas mehr Ruhe und Zuversicht für das Kommende einkehren können.

Jacob, optimistisch wie er war, sah seinen Vater bald wieder besänftigt. Er sah ihn in Gedanken sogar schon wieder mit altem Schaffensdrang an dessen Stammsitz, dem knarrenden Webstuhl hocken. Dort konnte er nach seiner Gewohnheit ganz für sich sein und sich nach der gemeinsamen Übereinkunft über alles Weitere mit den Ottweilerschen in aller Ruhe wieder sammeln und festigen.

Das war überhaupt sein Platz, dort auf dem Stiegenpodest des oberen Hausflurs am schweren Holzgestell, wo er sich am groben und gröbsten Linnen zu schaffen machen konnte. Der hockte den Winter über, wenn die Stallarbeit beim Vieh und die Schreibarbeit in der Meierstube getan war, nachgerade immerzu an seinem blank durchgesessenen Käfig, wo er ohne Unterlass stundenlang im trüben Schein der Funzel wie ein altes Göpelwerk vor sich hinklapperte. Bei dieser Prozedur durfte ihn niemand behelligen, nicht mal eines seiner Enkel. Die Weberfron war nämlich sein recht eigener Feierabend, sein häuslich frommer Stubendienst. Das war ihm aufrichtige Christenbuße, es war sein Stück Erquickung und Erbauung. Die Arbeit am Kettbaum war sein Gemüts-Ausgleich, sein Kraft spendendes Gegenpendel zur täglichen Amtsquälerei und dem zehrenden Tagewerk in Stall und Acker.

Der Meier Adam war ohnehin der Ansicht, der Webstuhl habe mit seinem derben Balkengestell etwas geradezu Gleichnishaftes. Er gemahne ihn immerfort an die zusammen gezimmerten Kreuze auf dem Berge Golgatha, die eben so kreuz und quer verschränkt da standen, wie sein ausladendes Fadengestühl auf der oberen Stiege. Fest und mahnend, unverrückbar und generationenalt sei ihm das Gewerke. Dessen eingedenk könne man es fast als ein Hausheiligtum ansehen. Das war seine Rede, obschon er dergleichen als Reformierter, als Evangelischer zumal, eigentlich nicht denken, geschweige denn aussprechen durfte. Aber das war ihm einerlei.

Die Tätigkeit des Webens sei ohnehin dem Büßen und Sühnen verwandt, pflegte Adam bei passender Gelegenheit zu behaupten. Sie zwinge den Gläubigen, wie im Betstuhl, zur strikten äußeren wie inneren Einkehr. Sie hielte einem läuternd immerzu die Last Jesu unter dem Kreuz während dessen letztem Weg auf den Hügel vor Augen. Der Platz zwischen den Planken sei daher recht eigentlich der stille Ort zum in-sich-Gehen. Er halte an zum stetigen Einerlei des sich Versenkens in die wiederkehrende Litanei der Sühne, die jedem sündigen Menschen auferlegt sei. Es sei überhaupt jener mahnende Bibelspruch, der so viel Weisheit und Trost für die geplagte Menschheit in sich berge, der treffendste von allen für die Fron am Holzkerker, der da hieß: „Im Schweiße Deines Angesichts sollst Du Dein Brot essen, bis Du zurückkehrst zum Ackerboden, von dem Du genommen bist“.

Der Webstuhl könne, wenn man sich nur recht pflichtgetreu an ihm abarbeite, ganz und gar wie eine liturgische Tretmühle, ja beinahe wie ein handfestes protestantisches Gegenstück zum papistischen Rosenkranz angesehen werden, der einem bei der redlichen Tätigkeit an Kett- und Schussfaden so ganz unmittelbar in die gehörige frommgeistliche Sühnestimmung versetze. Beim eintönigen Hin und Wider des Schiffchens, beim steten Auf und Nieder der Schäfte könne sich der Altmeier am beschaulichsten in seinen Gedanken ergehen. Hier dürfe er am reinsten mit sich und Gott ins Gebet gehen und es gäbe am Ende immer auch ein Stück. Da sehe er eigentlich erst, dass er bei seinem Tagewerk zwar mühsam, aber doch stetig vorankomme. Und wenn er dann hinterher nach seiner klappernden Andacht allgemach mit seiner Rechten über das Stückchen weißen Linnens streichen könne, welches so unter der Hand entstanden war, wenn er hier und da die eingewebten Spelzen herauszupfen durfte, das sei überhaupt das Beste. Darein sei doch wohl insgesamt die aufrichtigste bäuerliche Frömmigkeit mit eingewebt, auf die man des Nachts getrost sein müdes Haupt betten dürfe. Da würde er sein eigenes Kreuz erst rechtschaffen spüren und den Schultern wäre derlei ausladende Betätigung ohnehin ein Segen. Da würde es ihn mit Stolz erfüllen, dass er dem Ackerboden, aus dem er entstamme und zu dem er zurückkehre, doch über seine eigene, diesseitige Zeit hinaus ein Stückchen entrissen habe und sei es auch nur eine Bahn sauberen Leinenweißzeugs. Über dem Weben könne er für ein paar Stunden sogar vergessen, dass ihm sein Meieramt schon lange keine Freude mehr machte. So spitzfindig, so einfältig und dabei so charakterfest fromm dachte und redete der Meier manchmal eben immer noch daher, wenn es ihm in den Sinn kam.

VII

Kaum, dass die Landgarde aus dem Dorf in die Nacht hinein abgerückt war, machte sich der Schreiner Nickel Beck mit einem flackernden Kienspan in der Hand auf den Weg zum Jacob nach Owwerschde Schmidts. Wie ein tanzendes Glühwürmchen kam er die Gasse hinab durch den Bienengarten gegeistert. In den Heilgärten vorm Haus angekommen, rumpelte er stürmisch gegen den angelehnten Oberladen der Stalltür und verlangte nach dem Jungmeier.

Dem herbeigeeilten Jacob gab er in aufgeregten Worten die Geschehnisse preis, die sich kurz zuvor mit der Tabaksgarde im Kirschgarten zugetragen hatten, nachdem der junge Vorsteher fortgeschickt worden war. Sein Gehilfe, Neufang, habe sich mitsamt dem Medicus gerade noch rechtzeitig vor dem Einrücken des Trupps davon gemacht, um den Doktor vor dem Zugriff der Uniformierten zu bewahren. Hinunter nach der Reichsstadt Ulm werde er ihn escortieren, habe er ihm im Hinausgehen noch zugerufen. Auf keinen Fall würde er ihn alleine in der Gegend umherziehen lassen, das gehöre sich nicht, käme nicht in Frage. Dass er demnach auf absehbare Zeit nicht wieder im Dorf zurück sein könne, sagte er ihm auch. Bis zu seiner Rückkehr würden bestimmt zwei Wochen ins Land gehen, eher noch deren drei, sodass er sich wahrscheinlich sogar erst zum Christfest wieder bei ihnen einfinden werde. Die Ereignisse seien dermaßen in Hetze und Gelärme über den Kirschgarten hingegangen, dass sich seine gesamte Hauserling immer noch vollkommen in Konfusion befinde und bis jetzt nicht wieder in der *Fuhr* gehe. Daheim stände das Vieh weder gemolken noch gefüttert im Stall und finge schon an zu brüllen. Daher müsse er auch gleich wieder zurück. Dann gab er dem jungen Weiler heraus, dass der Truppführer bei der Visitation in der Kammer seines Gehilfen einen Lederbeutel mit diversem Inhalt aus dem Bettgestell hervorgezogen und auf der Stelle beschlagnahmt habe. Dass seine Tochter Katharina nach all diesem vollkommen kopflos ums Haus herumgehe, sich nicht beruhigen ließe und sich unaufhörlich ins Sacktuch weine. Er wisse nicht, wo ohne den Neufang jetzt anfangen bei der vielen Arbeit und dies alles, wo das Fest vor der Tür stehe.

Was sich in dem Lederbeutel befunden habe, dass sich der Korporal das Recht herausnahm, fremdes Eigentum einzubehalten, fragte Jacob vorsichtig nach?

Was sollte der Nickel sagen?

Geld, sagte er, diverse Münzen, auch Goldmünzen, etliche Stücke wohl habe der Kommandant zutage gefördert. Es seien daneben zwei Papiere, Briefe, gefunden worden, deren Inhalt den Truppführer offenbar veranlasst habe, die Beschlagnahme auszusprechen.

Welchen Inhalts diese Schreiben gewesen seien? Stände dort etwa Kompromittierendes, vielleicht sogar Problematisches von Belang darinnen, was man wissen sollte?

Er könne nicht mit Bestimmtheit sagen, ob die Blätter etwann eine Sache über die Haushaltung hinaus gewesen seien, er habe die Beweisstücke ja nicht in persönlichen Augenschein nehmen dürfen. Das eine Papier sei offenbar ein Schuldschein oder dergleichen. Das andere Schreiben trage den Namen vom Doktor Schönberger, das habe er selbst gesehen. Daher rühre der Verdacht und infolgedessen die Einbehaltung des Geldes. Er habe denen immerhin eine Quittung über die Konfiskation des Fundes abgehandelt, da! Und er hielt Jacob den Zettel entgegen. Der staunte nicht schlecht:

also nun doch eine Handhabe, die gegen uns eingerichtet werden kann!

Fünfzehn Louis D'Or, das seien ja, den Louis d'Or zu elf Rheinischen Gulden gerechnet, hundertfünfundsechzig Gulden, murmelte Jacob. Das sei mindestens so viel, wie vier Pferde kosten, wenn hierzulande auf dem Pferdemarkt diese vornehmen güldnen Münzen überhaupt angenommen werden würden. Die könnten tatsächlich dem Schönberger gehören. Wo sonst sollte das viele Geld beim Neufang herkommen? Aber was war das für ein Schuldschein? Was habe beim Neufang eine Promesse zu suchen?

Eine Weile wurde noch hin- und herspekuliert, bis beide zu einem Ende kamen. Was sollte bei der jetzigen Situation das Lamentieren über des Neufangs Angelegenheiten. Davon kam er auch nicht zurück und auch nicht der Schönberger. Und eigentlich gingen diese sie nichts an. Der Neufang sei schließlich alt genug, um sich in den zurückliegenden Jahren mit aller Rechtmäßigkeit ein bescheidenes Vermögen erworben zu haben. Jetzt müsse sich der Nickel erst mal beruhigen, meinte Jacob, das werde sich alles gewiss zur allseitigen Zufriedenheit aufklären. Erst müsse man mal einen oder zwei Tage abwarten, die Sache sich abkühlen lassen, nicht übereilt die falschen Dinge tun, den dampfenden Topf vom Feuer nehmen, bevor man unbedacht hineinlangt und sich am Ende daran verbrüht. Das sei es im Ganzen doch auch nicht wert, sich einen Kopf über die Ottweilerschen zu machen, die taten sowieso, was sie wollten.

Jacob werde sich auf jeden Fall kümmern, falls sich das mit der Beschlagnahme nicht bald von selbst erledigt habe oder sich unnötig lange hinziehe. Außerdem sei ja nicht gesagt, dass die beiden wirklich auf direktem Weg nach dem Süden seien. Es könne gut sein, dass sie sich lediglich nach der Stadt oder aus dem Dunstkreis der Tabaksgarde entfernt hätten, bis die Gardisten über die Osterbrücke wieder verschwunden seien. Nickel werde schon sehen: In ein paar Stunden, spätestens in ein paar Tagen seien beide wieder zurück und dann werde sich alles richten. Mit diesen Worten suchte er den Nickel zu besänftigen und hieß ihn, zurück nach dem Kirschgarten zu gehen um nach den Seinen zu sehen. Seine Tochter bedürfe jetzt des väterlichen Beistands.

Man kann nicht behaupten, dass dieser Vorfall den sonst so souveränen Meieradjunktus unberührt ließ. Es begann zu arbeiten, vielmehr geradezu zu räderwerken in seinem Kopf. Denn nachdem der Schreiner Beck seinen Heimweg gegen den Kirschgarten angetreten hatte, kehrte Jacob nicht sogleich zurück in den Stall zu seiner Arbeit. Er drückte sich im Hausflur herum, ging dies und das in Gedanken durch und kam am Ende zu keinem klaren Schluss, wie mit dieser ärgerlichen Sache umzugehen sei. Ihn ließ die Frage nicht los, was diese unerbetene abendliche Visite der Ottweilerschen Landgarde ob ihres Matratzenfundes mitsamt Beschlagnahme im Beckschen Haus wohl noch nach sich ziehen konnte; was aus diesem Zwischenfall, der wie ein fernes Grollen eines heranziehendes Sturmes daherkam, noch alles erwachsen mochte?

Obwohl das Ganze sich auf den ersten Blick eigentlich eher als eine aufgebauschte Lappalie aus der Laune eines übereifrigen Amtsadvokaten heraus, denn als eine verfolgenswürdige Angelegenheit ausgenommen hatte, gewissermaßen als ein Ausfall von Übermut der Garden, durfte man die Vorsätze der neuen Oberamtsherren, die unzweifelhaft hinter der abendlichen Aktion standen, nicht unterschätzen. Sie hatten einen höchsten Auftrag direkt aus Wien, das war dem Meier bereits aus anderem Anlass mitgeteilt worden. Sie waren von der Schuldentilgungskommission, die vom Kaiser Joseph persönlich zur Rettung des nassauischen Haushaltes eingesetzt worden war, gewiss auf gnadenloses Durchgreifen eingeschworen worden, das konnte sich Jacob leicht ausrechnen. Folglich waren die herrschaftlichen Beamten und ihre Helfer entschlossen, die geeigneten Mittel zu ergreifen, um ihre Ordres befehlsgemäß zu erfüllen. Der Vollzug bestand darin, jede noch so kleine Unregelmäßigkeit mit noch der geringsten fiskalischen Bedeutung aufzudecken und gnadenlos zu verfolgen. Das bedeutete für die Oberämter des Fürstentums, dass sie jedweden Vorfall ausfindig machen mussten, der nach Strafgeldern roch. Sie waren strikt gehalten, finanziell relevante Ergebnisse zu produzieren, nach Möglichkeit Täter zu überführen. Vor allen Dingen aber mussten Schuldige verurteilt und gefälligst Zahlungsmittel in die Kasse eingeliefert werden. Ihrem Fürsten hatten die Abgeordneten der Kommission bei ihrem Amtsantritt feierlich versprochen, von nun an durch noch unnachgiebigere Härte beim Zehnt, bei der Steuer und bei den Fouragefahrten auf strengere Ordnung im Lande zu halten, um die verlotterte Moral der Untertanen wieder ins Lot zu bringen. Dazu benötigten sie jeden erklärlichen Grund, sei er noch so gering, sich beim Fürsten durch tatkräftige *Execution* in Szene zu setzen. Und wenn kein geeigneter Anlass vorhanden war, dann wurde halt einer geschaffen. Passend musste er sein, Gulden musste er einbringen. Vor allem aber durfte er keinen allzu großen Aufwand seitens der Administration hervorrufen, man war zur strikten Ökonomie angehalten worden. So gingen Jacobs Gedanken im Hausflur hin und her. Sie verhießen einiges Ungemach.

„Moment mal“, bremste er sich. Wenn das nicht zu weit ausgeholt war, was er hier vor sich hin spekulierte. Wer war denn durch die Impfkampagne des Doktor Schönberger in der hiesigen Meierei zu Schaden gekommen? Niemand, nicht ein einziges Kind, bis auf hier und dort vielleicht ein bisschen Geplärre wegen des unmaßgeblichen Lanzettenpieksers. Nicht einmal die eingebildeten Nichtskönner von Medicusse, weder der Stadt- und Landphysikus Dr. Rauch, noch der Chirurgus Karcher waren von den Kuren des Ulmer Pockenarztes in ihrer Arbeitsverrichtung auch nur tangiert worden. Wie viel weniger hatten die dreisten Apotheker aus dem Ottweilerschen Anlass, sich über die Machenschaften des Schönberger zu ereifern. Das taten sie doch nur, weil sie um ihre Pfründen und ihr Ansehen fürchten mussten, wenn sich ein tüchtiger Arzt in der Gegend niederließ und diesen Kurpfuschern einmal eine wirklich gründliche Behandlung entgegensetzte. Seiner Kenntnis nach hatte jedenfalls niemand der Betroffenen aufgrund der Impfung bisher einen ernsthaften Affekt davongetragen. Daher war es für ihn nicht sonderlich wahrscheinlich, dass man gegen den Arzt aus Ulm eine durchsetzungsfähige Handhabe würde vorbringen können. Und wenn man denn beim Oberamt im schlimmsten Fall eben doch Unnachgiebigkeit demonstrieren sollte, so vertraute er halt auf sein erprobtes Gespür für Diplomatie, Ausgleich und Kompromiss. Das würde er schon irgendwie wieder in die rechte Fuhr lenken, das wäre ja gelacht! Dennoch war ihm in dieser ganzen Angelegenheit nicht recht wohl. Ob bloßes Abwarten, dieses bisher probateste Mittel aller amtlichen Problembewältigung, in dem Fall wieder einmal das Rechte war? Er war sich nicht einig.

Und er selbst? Wie war ihm bei der trüben Aussicht zumute, als Handlanger seines Vaters, das hieß, im Namen des Fürsten, am Ende womöglich gegen die eigenen Leute im Dorf vorgehen zu müssen? Was sollte er tun, wenn es denn soweit käme, dass er aufgefordert würde, die angeblichen Täter herbeizuschaffen, sie auszuliefern oder Strafgelder in beliebiger Höhe einzutreiben, gegen seine Überzeugung? Daran mochte er lieber nicht denken, denn es war nicht seine Natur, sich das Schlimmste vor Augen zu führen. Er dachte lieber in zuversichtlichem Optimismus, mochte sein Gemüt eher in beschaulichere Gefilde lenken.

Jacob langte in seine Tasche. Er ertastete das wunderliche Plastikfeuerzeug, welches ihm Doktor Schönberger vor wenigen Tagen erst gegeben hatte und nahm es hervor. Dieses eigenartige Ding, das so blendend in seiner grünen Farbe erglänzte, womit man derart elegant die Flamme zum Züngeln bringen konnte, dieses wahrhaftige Zauberwesen aus der neuen Materie, die er nicht zu benennen wusste, es zog ihn jetzt wieder in seinen Bann. Derartiges zu bestaunen, war ganz nach seiner Art. Es rief in ihm sogleich die faszinierenden pennsylvanischen Lektionen des Schönberger aus den letzten Tagen in Erinnerung. Sie erstanden jetzt von Neuem zum Leben, waren ihm beim Anblick des kleinen Wunderdings so gegenwärtig, dass ihm der abendliche Vorfall, der das Dorf dermaßen in Aufruhr versetzt hatte, geradezu töricht anmutete. Töricht und albern kam ihm der Aufmarsch des Trupps in der Tat vor, wenn er ihn im Lichte jener geradezu ungeheuerlichen Einsichten und Neuigkeiten aus des Doktors Mund bedachte.

Der Mann aus Schwaben war kein Schwindler. Er war weiß Gott kein Abenteurer, kein windiger Alchemist, wie sie hierzulande so zahlreich bei den hohen und höchsten Herrschaften ein- und auszugehen pflegten. Dieser Mann hatte Niveau, Charakter, Format. Er hatte in Jacobs Augen endlich nachgewiesen, dass es neben dem frommen Gebet und dem Hoffen auf die Gnade Gottes auch eine durch Menschenhand wohlbedachte und durchführbare Handhabe im Kampf gegen die Blattern gab. Das war, nach gegenwärtigen Maßstäben betrachtet, zwar nahe an der Gotteslästerung, weil sich der Mensch mit seinem Tun erstmals selbst gegen die Schöpferwut erhob, aber stand nicht in der Bibel, dass sich die Menschenkinder die Erde untertan machen sollten? Und wenn diese Krankheit nicht nur eine göttliche, sondern zuerst eine irdische sei, dann war es geboten, dagegen aufzustehen, so hatte es ihm der Schönberger auseinandergesetzt. Eine irdische Pein müsse man mit irdischen Mitteln austreiben, behauptete er und das Beste wider die Pocken seien eben die Pocken: Pein muss Pein vertreiben, so wussten es auch die Leute auf dem Lande. Diese seine Überlegungen waren so neu nicht, aber ungewöhnlich für die bestehende Denkungsart und sie waren segens- und hilfreich. Sie hatten niemandem einen Schaden zugefügt, sie waren eigentlich im Nachhinein simpel zu nennen und dabei gleichzeitig einleuchtend, weil die Idee der Vakzination nicht zuletzt auch durch die überstandene Kuhpockenkrankheit der jungen Beckin bezeugt worden war.

VIII

Hannes Gass war nach Tagen des Hin und Her noch immer zu keinem rechten Entschluss im Fall Neufang gekommen. Da nicht abzusehen war, worauf die ganze dubiose Geschichte des Kellerfundes hinauslief, ob er sich nicht womöglich in etwas verrannte, was ihm den nüchternen Blick auf das ganze Drumherum der Entdeckung verstellen könnte, entschloss er sich, seinen Bruder ins Vertrauen zu ziehen. Der konnte sich immer noch entscheiden, ob er weiter mitmachen oder sich ganz und gar seinem Promotionsthema und der klinischen Studienphase zuwenden würde.

Für ihn stand jedenfalls fest, dass er sich des Holle-Falls noch mal annehmen würde, auch wenn die Leute von der Kripo mit ihren Ermittlungen in der Zwischenzeit womöglich längst weiter gekommen waren, als er. Dennoch: mit dem Indiz der Amalgamfüllung war die Zufälligkeit der beiden DNA-Proben und ihre Analyseergebnisse eher noch stärker in Frage gestellt als vorher. Ihm war es jedenfalls ein handfester Hinweis, dass sowohl mit dem Fund, als auch mit dem Neufang aus dem Hirtenhaus in Werschweiler insgesamt etwas nicht ganz *koscher* war.

Das Zwei-Phasen Amalgam war immerhin seine Entdeckung, sein Terrain. Dass sich irgendjemand einen makabren Scherz mit dem Schädel erlaubt haben könnte, war doch allzu weit hergeholt. Oder konnten die Zähne womöglich dennoch nachträglich in den Kiefer...? Wem sollte eine derartige Manipulation irgend Nutzen bringen? Bewegte sich der junge Student mit seinen Grübeleien nicht längst auf einem Feld der Abwege, der jugendlichen Räuber- und Gendarm-Spielerei? War er auf dem besten Weg, den Bogen seiner detektivischen Allüren zu überspannen? Darüber hatte er in den letzten Tagen ebenfalls nachgegrübelt, aber das war insgesamt alles viel zu bizarr, um nur Zufall zu sein.

Max war nicht sogleich Feuer und Flamme, obgleich er sonst eher der Spontanere der beiden war. Er hörte sich an, was ihm sein Bruder von dessen Nachforschungen preisgab. Wenn der Ältere, wie es sonst seine Art war, sogleich bei den geringsten Unstimmigkeiten nachzuhaken, dem Jüngeren in seinem spontanen Eifer mit seiner Meinung gar manchmal ins Wort zu fallen pflegte, dann hielt er hier sichtlich an sich. Er runzelte lediglich ab und zu die Stirn und erwiderte erstmal nichts, wartete ab, bis Hannes fertig war und ihn ermunterte, mal was zu sagen.

Dann stellte er Fragen. Wie er ausgerechnet auf den Kiefer gekommen sei, was ihn an der Aussage ihres Doktorvaters störte, dass er nicht aufhören könne, weiter zu stochern, das sei alles irgendwie reichlich kindisch. Max wartete Hannes' Antworten nicht ab, sondern sagte ihm seine Meinung. Ihm missfiel dieser nicht abgesprochene Alleingang, obwohl er zugeben musste, dass sich mit Hannes' *Operation Zahnplombe,* wie er dessen Aktion ironisch nannte, die ganze Skelettmarotte um den Vorfahren von Holle eher noch undurchsichtiger darstellte als vorher. Eigentlich wäre es an der Zeit, dem Hauptdarsteller des ganzen Theaters mal direkt auf den Zahn zu fühlen, feixte er, aber Max gab bei allem Reiz der Sache zu Bedenken, dass der Abschlussbericht geschrieben, vom Chef unterschrieben und abgeschickt worden sei. Damit war die Akte für das Institut abgeschlossen. Alles was sie hinterher noch herausbekommen und den Behörden nicht mitteilen würden, käme einer nachträglichen Verschleierung gleich. Wenn ihr Chef davon Wind bekommen würde, was sie hinter seinem Rücken mit dem ominösen Untersuchungssubjekt im Alleingang so alles anstellten, das würde todsicher Ärger geben.

Sein Bruder musste einräumen, dass an den Einwänden was dran sei. Andererseits habe sich durch den neuerlichen Befund an der Faktenlage für die Behörden eigentlich nichts Wesentliches geändert. Es sei lediglich ein neues Indiz hinzugekommen, das den Bericht nur noch weiter bestätigte und dem Fall kein Fünkchen von seiner bisherigen Widersinnigkeit nehmen würde. Nichts habe sich dadurch gewandelt. Wenn es ihm, Max, so wichtig sei, die Regularien einzuhalten, dann ließe sich ja noch ein kleiner Nachtrag für das Institut und die Behörden nachschieben. Alles Weitere könnten sie ja auch ohne Skelett und Institut sondieren, sozusagen auf privatem Terrain und direkt mit dem Hauptdarsteller. Auf jeden Fall solle Max im Ernst nicht glauben, dass er sich mit der Einordnung des Falles als *unplausibler Befund* zufrieden gebe, auch wenn noch so viele ähnliche nicht aufgeklärte Ungereimtheiten in den Akten der Archive lagen.

IX

Die Tage gingen dahin, die Aufregung über die abendliche Bataille im Dorf hatte sich allmählich gelegt. Nur hier und da flackerten abends im Widerschein der angelehnten Ofentürchen die Abfälligkeiten über das Husarenstück der Ottweilerschen Tabaksgarde nochmals ein wenig auf. Ansonsten aber verrann die Woche wie gewohnt in geschäftiger Haus- und Stallarbeit.

Der erste Schnee war gefallen. Er machte die Gärten, die Gassen watteweich, bauschte die Strohdächer mit weißen Mützen auf und brachte die aufgeregte Jugend bei ihren Schneeballschlachten ganz aus dem Häuschen. Schneehütten wurden errichtet, Walzen zu kolossalen Festungen aufgetürmt, Schneemänner gebaut, Schlitten gezogen und überhaupt durch das kleine Dorf gepoltert, dass man gerade meinen konnte, eine Horde Zandtscher Truppen sei auferstanden und marodierend unterwegs. Lange hielt die Ausgelassenheit indes nie an, denn eine Maßregelung des Vaters oder der Mutter über die Gasse genügte, um die Jugend wieder an die Arbeit zurückzuholen.

Mit dem Dusterwerden, nachdem in den Ställen, Verschlägen und zugeschneiten Schweinekoben das Vieh versorgt, sodann die Menschen abgespeist waren, kehrte allabendliche Adventsstimmung in die Kammern ein. Den miefigen Tranfunzeln wurde eine, wenns hoch kam, zwei extra duftende Kerzen aus Bienenwachs beigestellt, die Hausbibel kam daneben auf dem Tisch. Der Hausvater las, wie jedes Jahr zur Adventszeit, die Verkündigungsgeschichte. Gebete wurden gesprochen und es wurde gesungen: *Es ist für uns eine Zeit angekommen, die bringt uns eine große Freud; es kommt ein Schiff geladen; Oh Heiland reiß den Himmel auf.*

Nebel lag über dem Tal. Der Schnee war nach knapp drei Tagen wieder zusammen geschmolzen und die alte Wetterfahne auf der Kapelle ruckte und rührte sich nicht von der Stelle. Katharina, Holles siebzehnjährige Verlobte, hatte sich nach etlichen Stunden der Niedergeschlagenheit und Ratlosigkeit allmählich leidlich erholt. Sie folgte dem Rat ihres Vaters, im Haushalt fleißig zur Hand zu gehen und immer gefällig für die baldige Rückkunft ihres Bräutigams zu beten, dann gewönne sie auch bald wieder ihre Zuversicht zurück. Wenn Zuversicht da sei, dann sei auch Fleiß da und wenn Fleiß da sei, dann nahm man die Sache selbst in die Hand und das sei überhaupt das Wichtigste: sich nicht gehen zu lassen, sondern selbst zu gehen. Habe sie das einmal begriffen und beherzigt, dann wäre schonmal für das Nötigste gesorgt. Das hatte Katharina verstanden. Sie gehorchte auch der Mutter, wie sich das gehörte. Bei ihrer Hausarbeit war sie jetzt nicht mehr fahrig und jähzornig, sondern ruhig und gefasst und übte sich überhaupt in der aufrichtigsten Hoffnung, ihren Bräutigam noch vor dem Christfest wieder bei sich zu haben.

Im Hirtenhaus lag die Marie seit gut einer Woche in ihrer Kammer und hob keinen Fuß aus der Bettlade. Die Alte war malad. Unaufhörlich schnäuzte und räusperte sie sich, wurde von Schweißausbrüchen attackiert und von hartnäckigen Hustenanfällen geschüttelt. Längst hätte sie ihren Gang nach der Schreinerei absolvieren sollen, um ihre Depesche loszuwerden. Daraus wurde nichts. Sie verschwendete darauf jetzt auch keinen Gedanken, denn sie lag schwer danieder. Zum ersten Mal seit langem musste sie dem Diktat ihrer Unpässlichkeit vollständig nachgeben. Das machte sie unausstehlich. Sie schniefte und jammerte den lieben langen Tag vor sich hin, wollte nicht essen, nichts trinken und war im Ganzen überhaupt kaum zu ertragen. Sobald es draußen duster wurde, grämte sie sich ein und wehklagte, dass nunmehr ihr letztes Stündlein nahe sei, dass es mit ihr und der ganzen Welt sowieso bald ein Ende habe und so fort.

Von ihrem Sohn, dem Schweinehirt Schnable, hatte sie unterdessen erfahren, dass der gesuchte Arzt aus Ulm und der Neufang seit dem abendlichen Vorfall mit den Ottweilerschen im Ausland unterwegs seien. Das interessierte sie wenig. Es würde sich gewiss, vorausgesetzt, der Allmächtige ließe sie nochmal davonkommen, schon wieder einmal eine Gelegenheit ergeben, sich des Fremdkörpers unter ihren Leibröcken zu entledigen. Der Neufang sei auch ohne ihren Zuspruch zeitig genug von seinem Ausflug ins schwäbische Gebirge zurück. Bis dahin sei sie entweder tot oder habe sich in Gottes Namen wieder in Gang gesetzt und dann werde man weitersehen. Damit gab sie sich drein in ihren unleidlichen Zustand, resümierte den Wahlspruch: *es ist, wie es ist* und nahm es so, wie es war. Erst mal ausschwitzen den Beelzebub, austreiben die grundschlechten Plaggeister, mit einem scharfen Sud aus Nesselwurz und wildem Thymian von der Kitzwies hinterm Berg; verscheuchen den modrichten Schlabatz aus der Brust mit einem konvenablen Wahrspruch und dazu dreimal täglich heißem Huflattichaufguss. Das würde es schon wieder einigermaßen richten, das alte Gestell. Die Hirtemarie litt.

So miserabel konnte es ihr, bei näherer Sicht betrachtet, denn doch nicht gehen, denn die Unpässliche ließ sich schon am dritten Tag ihrer Maläse von ihrer elfjährigen Enkelin Margareta den Absender auf der Rückseite des Schreibens, das sie unter ihrem durchgeschwitzten Mieder hervorzog, abbuchstabieren. Mit dem mühevoll entzifferten Namen konnte sie nichts anfangen.

Am achtzehnten Dezember, der Überfall der Landgarde auf das Dorf war schon beinahe zu einer absurden Episode verblasst, wurde dem Meier Adam Weiler von einem berittenen Amtsboten aus Ottweiler ein offizielles Schreiben ausgehändigt. Der Vorsteher wurde darin aufgefordert, mit Anbruch des kommenden Tages in Begleitung des Ulmer Wundarztes Doktor Karl-Ernst Schönberger sowie des Schreinergehilfen Johann Peter Neufang, beide zur Zeit ansässig zu Werschweiler, beim herrschaftlichen Oberamtssekretär Schmoll in der Ottweiler Verwaltung vorstellig zu werden. Die beiden genannten Subjekte hätten sich für eine Reihe von Vergehen zu verantworten, die nachfolgend aufgelistet waren. Außerdem habe sich der Werschweiler Meieradjunktus Johann Jacob Weiler der ungenehmigten Beherbergung von Fremden in seinem Hause schuldig gemacht, wofür er sich separat zu verantworten habe. Die dargelegte Angelegenheit werde insgesamt noch vor dem Christfeste eine befriedigende Aufklärung finden müssen, so die Direktive des Briefes, der am Schluss, wie stets, vom Schmoll anonym mit *Oberamtshandschrift* abgezeichnet war.

In der Meierstube beratschlagten der Vorsteher und sein Sohn Jacob beim trüben Öllicht die Lage. Bei der Sache gab es nichts zu deuteln. Das Faktum lag auf dem Tisch: der Schmoll legte, entgegen Jacobs Optimismus und ganz nach Adams Orakel, offenbar nach. In Ottweiler war man allem Anschein nach darauf aus, dieses Mal ein Exempel zu statuieren und den Fall nicht stillschweigend auf sich beruhen zu lassen, wie in den vergangenen Jahren hin und wieder praktiziert. Seit der überraschenden Absetzung des moderaten Saarbrücker Regierungspräsidenten von Günderrode und seinem Weggang aus dem Fürstentum befleißigte sich die neu geschaffene Administration eines strammeren Umgangs in den Angelegenheiten mit ihren nachgelagerten Behörden. Das waren die Konsequenzen der neuen Gangart von oben, wie sie hier auf dem Dorf ankamen. Es war nun eben doch zu befürchten, dass sie den Meier für die Verfehlungen in seinem Amtsbezirk persönlich zur Verantwortung ziehen und ihn die neuerprobte Entschlossenheit der Obrigkeit spüren lassen würden. Das war zuviel.

Der Alte sagte seinem Sohn rundheraus ins Gesicht, er werde *den Arsch tun*, der Vorladung nachzukommen. Sollten sie sich doch gefälligst zu ihm bemühen und ihn hier an Ort und Stelle, am besten gleich beim Misthaufen examinieren, wenn sie durchaus meinten, ihrem obersten Diener der hiesigen Meierei solchermaßen vor den Giebel stoßen zu müssen. Keinesfalls werde er sich von selbst die Blöße geben, diesen nichtswürdigen Kielspitzern von der Blies auch noch freiwillig in die Feder zu laufen. Da könne der schmierige Schmoll auf seinem Katheder schmollen, wie er wolle, eher ginge er zu Fuß bis nach Jerusalem, als noch einmal mit dem Niederlinxweiler Pfaffen in dessen Ottweiler Amtsstube die Dielen knarren zu lassen. Außerdem sei er nicht wohl. Seit ein paar Tagen habe es sich wieder auf die Brust gelegt, der alte Katarrh mache ihm auf ein Neues zu schaffen. Das Wetter, die schlechte Luft, die Täubchen oben im Dachboden, naja, er wisse ja Bescheid. Hoffentlich käme der Schnee bald einmal zur Gänze von da oben herunter, dass ihm die Last der Oberluft nicht mehr so auf die alte Pumpe drücke.

Es wurde nicht lange verhandelt. Vater und Sohn kamen schnell überein, dass der Adjunktus sich weiter um die Sache kümmern werde und dortselbst, sofern es ihm beliebe, morgen vorstellig werden möge. Er würde, da sei sein Vater zuversichtlich, gewiss die nötige Geschicklichkeit an den Tag legen, die Angelegenheit mit der gehörigen Würde im Sinne des hiesigen Meiers zu verhandeln. Damit war das Gespräch in der Meierstube gehalten. Adam holte tief Luft, erhob sich und ging hinüber zu seinem Vogelbauer an der Eckvitrine, wo er seinem alten Dompfaffen einige gewisperte Worte des Zuspruchs zukommen ließ und ihn mit ein paar Hanfkörnern abspeiste. Jacob hatte verstanden. Ihm war es eigentlich nur recht, den leidigen Vorfall alleine angehen zu können. Seinem Vater traute er soundso nicht mehr recht zu, diesen Zwist mit dem Oberamt einigermaßen glimpflich und mit Anstand aus der Welt zu schaffen. Dazu war der Alte mittlerweile zu starrsinnig geworden.

Am nächsten Tag, dem neunzehnten des Christmondes, machte sich Jacob Weiler zeitig, noch in der Dunkelheit, auf den Weg. Er ritt hinüber über die Weißwies, von dort beim *Grääweloch* hinauf auf den Hungerberg und in den Himmelwald hinein, dann die Werschweiler Chaussee hinunter, am Wingertswehr vorbei und war nach knapp zwei Stunden vor dem Gebäude der Oberamtsverwaltung beim Marktplatz in Ottweiler angekommen. Im Flur des Amtsgebäudes war es zugig wie auf dem Werschweiler Chausseedamm und beißend kalt. Außerdem herrschte ein ohrenbetäubender Lärm, weil sich ein Trupp Handwerker mit ihren Brecheisen und Hämmern im Treppenaufgang an der Auswechselung zweier maroder Giebelfenster zu schaffen machten. Jacob hatte sich bei seiner Ankunft sogleich beim Amtsdiener angemeldet. Er stand fast eine Stunde im Staub und Dreck, bis der Bedienstete ihn endlich wortlos zum Oberamtssekretär hereinwinkte.

Friedrich Christian Schmoll, genannt Eisenwerth, war ein stark untersetztes, hageres, ja leibarmes Persönchen von ungefähr Mitte fünfzig, der bei Jacobs Eintreten missgelaunt wie ein verstockter Schrat hinter seinem mächtigen Schreibtisch kauerte. Er war tief in seine Amtsrobe versunken, als der Besucher sich näherte. Von sich selbst ließ er nur wenig mehr als die Draufsicht auf seinen kahlen Schädel erkennen, von dem einige dürftige schüttere Haarbüschel nach allen Seiten wegstrebten. Die Nase dicht über der Tischplatte, malte er mit einem übergroßen Gänsekiel, der bis an seine Spitze gerupft war, eine Reihe von Zahlenkolonnen untereinander auf einen aufgeschlagenen Quartbogen. Die Anwesenheit des Meieradjunktus schien ihn nicht im Geringsten zu interessieren, er ließ sich jedenfalls keinen Deut von seiner Tätigkeit ablenken.

So kannte ihn Jacob von seinen gelegentlichen Vorladungen: stets mürrisch und abweisend, darauf konnte man sich verlassen. Manchmal begegnete er den Leuten geradezu scheu, ja fremdelnd bis zur Wunderlichkeit. Mit diesem Gehabe schien er sich jedwede Begehr der Untertanen vom Leibe halten zu wollen. Meist blaffte er seine Gegenüber an, als wäre die geringste Bitte schon eine persönliche Amtsbeleidigung. Das war der Schmoll - jedenfalls meistens. Aber dennoch war er nicht vollkommen verschlossen, wenn man seine Launen kannte und ihn recht zu nehmen wusste. Trotzdem spürte Jacob, dass der Mann heute Morgen zusätzlich geladen hatte, das galt doch nicht etwa ihm? Der Eindruck verstärkte sich vielleicht auch wegen der zugezogenen Brokatvorhänge, die den Raum stark abdunkelten und den sauertöpfischen Bürokraten noch tiefer in den Schatten seiner ausladenden Amtsrobe versinken ließ.

Es verging eine Weile. Jacob stand in der Mitte des Raumes und gewöhnte sich langsam an das Dämmerlicht, da hob sich drüben die Nase in die Höhe. Schmallippig und blinzelnd inspizierte Schmoll den Ankömmling. Dann riss er die Augen auf.

„Trete Er gefälligst näher, dass ich Ihn erkennen kann“, krächzte er ungehalten. Jacob schritt unter einer respektvollen Verbeugung an den Schreibtisch des Mannes heran. Schmoll musterte ihn mit vorgehaltener Hand, als wolle er sich vor schräg einfallendem Licht schützen.

„Ich habe den Vorsteher der Meierei Werschweiler erwartet und nicht seinen Adjunktus. Wo hat Er also den Meier gelassen und die beiden anderen?“ geiferte das Männlein ihn an. Ein Knoblauchschwall schlug dem jungen Weiler entgegen. Jacob hielt stand. Er wich nicht zurück.

„Mein Vater, der Meier Adam Weiler, er ist, wie ehrenwerter Herr Oberamtssekretär bemerkt haben, nicht anwesend.

Da ihm nicht wohl ist, hat er mich beordert, für ihn zu sprechen."

„Wo sind sodann die beiden anderen Subjekte? Sie sind vorgeladen und erdreisten sich, nicht zu erscheinen", blökte Schmoll über den Tisch.

„Gebe ehrenwertem Oberamtssekretär untertänigst zu bedenken, dass der Ulmer Stadtmedicus und Chirurgus Doktor Schönberger bereits das Land verlassen hat, um seine neuen Methoden anderwärts zu propagieren. Und dass der Schreinergehilfe Neufang gegenwärtig noch in Geschäften unterwegs ist, sich aber sogleich nach seiner Rückkehr bei Ihro herrschaftlichem Oberamt vorstellen wird."

Schmoll stemmte beide Hände gegen den Schädel, als wollte er das soeben Gehörte sogleich wieder aus seinem Kopf herauspressen. Sein Gesicht verzog sich. Er musterte Jacob erneut dünnlippig und mit flatternden Augenlidern von oben bis unten ab. Dann langte er nach einer kleinen Glocke, die er aus der Schublade zog und vorsichtig schüttelte, wobei er abermals seine Abscheu mit einer gequälten Grimasse zum Ausdruck brachte. Zwei uniformierte Wachleute traten ein.

„Zum Advokaten Lauckhardt führen, ich werde später dazukommen", befahl der Gnom in angestrengtem Flüsterton, „nein nicht in sein Officium, in die hintere Stube. Die Treppe hinauf mit ihm". Er winkte die drei Männer angeekelt nach draußen und lehnte sich in seinen Stuhl zurück. Jacob verstand nicht. Die beiden Wachleute nahmen ihn in ihre Mitte und führten ihn ab wie einen Übeltäter.

In der kleinen, oberen Verhörstube, die von zwei schmächtigen Giebelfenstern leidlich erhellt war, war es genauso kalt, wie auf dem zugigen Flur. In der Mitte des Raumes stand ein Holztisch mit geschnörkelten Beinen sowie fünf Schemeln - drei auf der einen Seite, zwei gegenüber. Dort stand Jacob, alleine, verunsichert und irritiert und harrte auf das Kommende. Es dauerte noch einmal eine gute halbe Stunde, bis eine Seitentüre geöffnet wurde und der Oberamtsadvokat Lauckhardt, gefolgt vom Landchirurgus Karcher und dem Physicus Reuter grußlos in die Stube eintraten. Ihnen hinterher kam ein Protokollant, der sich ein Stehpult mit Schreibutensilien in den kleinen Raum mitbrachte und dieses in der Nähe des Fensters schräg zum einfallenden Licht aufstellte. Mit einer Handbewegung hieß Lauckhardt den Wartenden, sich auf dem Schemel niederzulassen. Sie selbst blieben hinter dem Tisch stehen und tauschten in gedämpfter Lautstärke einige offenbar organisatorische Anweisungen aus, bevor Lauckhardt sich an Jacob wandte:

„Antworte Er mir präzise und mit knappen Worten, wenn ich eine Frage an Ihn richte. Er soll nur dann reden, wenn Er dazu aufgefordert wird. Hat Er das verstanden?“

Jacob ließ seinen Blick von einem zum anderen wandern. Er begriff immer noch nicht, aber er nickte dem Advokaten wortlos zu. Der Schreiber im Hintergrund hielt seinen Federkiel über den Bogen und wartete auf die Instruktionen des Verhörleiters.

„Ist Er der Meieradjunkt Johann Jacob Weiler aus der Meierei Werschweiler? Ist Er von seinem Vatter, dem Ottweiler Landmeier Johann Adam Weiler, beauftragt, in dessen Namen Auskunft über den Vorfall zu geben, so äußere Er sich dazu“, fuhr Lauckhardt fort.

Jacob nickte und schwieg.

Lauckhardt gab ein Zeichen in Richtung des Sekretärs, dann hieß er die beiden Ärzte, ihre Fragen an den Vorgeladenen zu stellen.

Karcher, der Landchirurg und Physicus, wollte zunächst von dem Mann wissen, wie der fremde Medicus überhaupt in die hiesige Gegend gekommen sei und warum jener ausgerechnet hier im Nassauischen seine Kunst auszuüben sich unterstanden habe, da er doch, wie aus den Unterlagen zu entnehmen, aus der Ulmer Gegend entstamme.

„So weit ich dazu Auskunft geben kann, weiß ich zu sagen, dass der ehrwürdige Arzt, Doktor Schönberger ist sein

Name, in der Zweibrücker Gegend wegen der dortigen Zuchtanstalt für Glanvieh auf der Suche nach geeignetem, weil passendem Blatternkontagium gute Bedingungen für seine Arbeit vorgefunden hat. Angelegentlich eines Besuches bei meinem Bruder, er ist Hufschmied im Leyenschen Münchweiler an der Glan, wo die Rindviehblattern ausgebrochen waren, hat er von der schlimmen Blatterepidemie im Ostertal erfahren und konnte hier bei uns sogleich helfend tätig werden. So hat er den Weg zu meinem Vater, dem Meier gefunden. Er ist, wenn ich das hinzufügen darf, nicht ohne das ausdrückliche Einverständnis des Meiers sowie der Heimeier an die Arbeit gegangen."

Karcher blickte zu seinem Kollegen Reuter hinüber. Der wollte jetzt von Jacob wissen, in welcher Manier dieser - Doktor - die herrschaftlichen Untertanen, die ja doch ohne Ausnahme das Eigentum unseres Landesfürsten seien, gekuhpockt habe und was daraufhin mit den so Behandelten geschehen sei.

„Mit einer reinlichen Metalllanzette, die er zuvor über einer starken Flamme gedreht hat, sodann in die Kuhblatternflüssigkeit eintauchte, stach er den Impfwilligen zwei Mal in den Oberarm. Soweit ich selbst an meinen Neffen und Nichten - ich habe deren übrigens mehr als fünfzehn - beobachten konnte, erblühten nach einem Tage die Impfstellen und hoben heftig zu jucken an. Die Kindlein wurden von unserem, pardon, vom Doktor strikt aufgefordert, sich bloß nicht an diesen Stellen zu kratzen, sondern das Hautjucken freudig über sich ergehen zu lassen und um so herzlicher dagegen anzulachen, je mehr der Kitzel anwachse. Das haben denn auch alle miteinander getreulich getan, wenngleich manchen nicht zum Lachen zumute gewesen war. Nach zehn Tagen waren die Wunden fast allesamt ausgeheilt und die geimpften Kindlein hatten es allesamt glücklich überstanden. Ich habe mich selbst davon überzeugen können"

Wie es nun zugehen könne, dass sich aus den Meierei-Dörfern Remmesfurth und Münchwies etliche ebenso behandelte Bauern beschwert haben, wenn den Leuten nicht Ärgeres geschehen sei, als soeben von ihm vorgetragen, wollte Lauckhardt ungeduldig wissen.

„Ehrenwerter Herr Advokat, das weiß ich nicht zu sagen, da ich davon hier und jetzt zum ersten Mal Kenntnis erlange. Zu sagen weiß ich, dass ich in Amtsgeschäften regelmäßig in diese Dörfer komme und bisher dergleichen Beschwerde von den Leuten nicht vernommen habe, obgleich sie doch sonst mit keiner noch so lächerlichen Lappalie hinterm Berg halten.“

Das besage doch wohl überhaupt nichts und das müsse er ja doch am besten wissen, blaffte Lauckhardt zurück. Jacob hielt sich bedeckt, er zog wie zur Entschuldigung beide Schultern hoch, um den Advokaten nicht weiter zu provozieren.

Wie der Adjunkt Weiler, nein, wie alle zusammen, die dem Quacksalber die Erlaubnis zum Stechen gegeben haben, denn beurteilen, geschweige denn wissen könnten, dass die von ihm geschilderte Behandlung je würde dazu imstande sein, die Blattern abzuwehren? Wo doch niemand von ihnen ein im Fache Studierter, sondern allesamt einfache Grindbauern seien, warf Chirurgus Karcher abschätzig ein.

„Ob die neue Methode wirksam ist, das kann man noch nicht beurteilen, da die Impfungen sich erst jüngst vollzogen haben. Aber wir sind alle zuversichtlich, denn wir vertrauen auf den Doktor“, erwiderte Jacob und das hörte sich bei den Befragern beinahe so an, als wäre er, Jacob Weiler, selbst einer der Urheber der fraglichen Aktion.

Was um Gottes Willen zu solch absurder Zuversicht Veranlassung gebe, empörte sich der Landchirurg Karcher, da könne ja doch wohl jeder Enziankrämer dahergelaufen kommen und sich als der bravste Medicus, als der wunderlichste Alchemist hinstellen. Und die einfältigen Bauern kauften ihm auch noch alles ab, von den gemahlenen Hufspänen über falsches Opodeldok und Magensteinen, bis auf zusammen geschwindeltes Theriak und gar deren eigenen Körpersäften, die sie dem Peuple auch noch als Lebenswasser anpriesen. Die blanksten Jahrmarktssitten seien das, sekundierte Reuter aus dem Hintergrund.

Das durfte Jacob, bei allem Respekt, nicht auf sich sitzen lassen, er intervenierte: „Doktor Schönberger ist, nach allen Anschauungen, die wir gewinnen konnten, ein zum Äußersten gewissenhafter Mann, der in seiner Gegend hohes Ansehen genießt. Er hat uns versichert, dass seine Okulationsmethode die bisher einzig wirksame Arznei gegen die Blattern sei. Auch sehe er auf absehbare Zukunft für derartige Krankheiten nichts anderes geboten, als die vorsorgende Impfung. Wir haben auf seine Aussagen und sein Können das größte Vertrauen und das tun wir solange, bis uns jemand, das heißt, den Meier, seine Schöffen, die Heimeier und seinen Adjunkt, vom Gegenteil der Schönbergerschen Methode überzeugt."

Jetzt starrten sie einhellig, sogar der Schreiber aus dem Hintergrund, wie gebannt, ja empört auf den Bauern aus dem Ostertal. Keiner der anwesenden Befrager war in der Lage, die rechten Widerworte auf diese Aussagen zu finden, sie waren im Augenblick zu verblüfft ob seiner unverschämten Dreistigkeit.

Jacob aber ließ sich nicht beeindrucken. Er fuhr unbeirrt fort: es sei doch auch naheliegend, dass alle Untertanen sich bei den heutigen unerquicklichen Zuständen gesund zu halten wünschten, weil sie andernfalls ja doch nicht mit Fleiß und Gehorsamkeit ihrer Herrschaft zu dienen wüssten. Dann sprach er das Folgende betont langsam aus, dass sie nur ja auf seine Worte Acht hätten:

„Es ist vielmehr auch die Pflicht der Obrigkeit, mit der rechten Fürsorge auf ihre Untertanen zu blicken, da diese bei körperlichem Wohlergehen auch mehr zu leisten vermögen sowie das ihnen eigen Zukommende wohl besser erschaffen können. Das aber gehet nur an, wenn sie, neben anderem, schließlich einmal endlich von den Geiseln der Blattern und anderen üblen Grausamkeiten verschont werden. Über die Notwendigkeit einer vorsorgenden Prävention, insbesondere nach dem verheerenden Seuchenzug aus dem siebziger Jahr, waren sich die Landmeier ohnehin schon lange einig gewesen, nicht nur bei uns im Ostertal, sondern in der gesamten Herrschaft Ottweiler, ob zu Dirmingen, Wiebelskirchen, Uchtelfangen, Stennweiler, Berschweiler, Bexbach, Linxweiler, Neunkirchen oder gar in der Stadtmeierei Ottweiler daselbst. Sie sollten sich nur einmal recht umhören."

Jacob ließ sich nicht unterbrechen, obwohl der Advokat Lauckhardt nun energisch anhob, ihm ins Wort zu fallen:

Es habe sich durch die aufmerksamsten Betrachtungen der Lehren des Doktor Schönberger, wie dieser schon bei seiner Ankunft vor einigen Wochen dem Vorsteherkollegium in der Meierei glaubhaft versichern konnte, herausgestellt, dass etwa diejenigen, so vorher an den harmloseren Kuhpocken erkrankt seien, sich hinterher niemals mit den Menschblattern angesteckt hatten.

Das war die Höhe. Ob es für eine derartige absurde Behauptung belegbare Indizien, nicht lächerliche Vermutungen, gäbe, wollte Reuter sogleich wissen?

Alleine sieben Untertanen in seinem Dorfe wüsste Jacob zu benennen und das könnten etliche mehr aus seinem Dorf ebenfalls bezeugen. So seien bei der letzten großen Blatternepidemie im siebziger Jahr im Orte Werschweiler mehr als zwanzig Kindlein hinweggestorben und sein eigenes Eheweib sei daran beinahe ebenfalls zugrunde gegangen. Sie habe damals ihr einziges Kind noch im Mutterleibe verloren. „Unser bisher einziges Kind", setzte Jacob mit gesenktem Kopf nach.

In einer Familie jedoch habe die Seuche besonders arg gewütet. Wie die Furie sei sie dortselbst umgegangen. In weniger als zwei Wochen habe sie von den vier Töchterlein drei mit sich fortgerissen. Allein die erstgeborene, Katharina geheißen, sei davongekommen – ohne jeglichen Affekt - warum? Weil sie als Kleinkind einmal an den Kuhblattern erkrankt sei und fortan vollkommen unbeeindruckt von den Schrecken der Menschenpocken weiter existieren könne.

Reuter machte eine wegwerfende Geste und schüttelte energisch den Kopf. Dann setzte er nach und beschimpfte den Weiler, wie er um alles in der Welt behaupten könne, dass das überlebende Kind der Familie je den ansteckenden Dämpfen der Blatternmiasmen ausgesetzt worden sei. Er sei keinesfalls befugt, hierzu irgendeine Meinung abzugeben, das sei die reinste Amtsanmaßung.

Jacob intervenierte auf der Stelle: In einem Bette haben sie alle miteinander gelegen, davon hätten sich ja die drei gegenseitig infiziert, wie könne es da wohl möglich sein, dass ausgerechnet die Katharina verschont geblieben wäre? Nein, es könne bei all diesem ja doch nur der Schutzschild aus der einst überstandenen Kuhblatternerkrankung gewesen sein, welcher das Kind vor einer Ansteckung mit den Menschenpocken bewahrt habe. Die Erklärungen, die ihm der Doktor Schönberger aus diesen Schilderungen auseinandergesetzt habe, seien für ihn insgesamt glaubhaft und einleuchtend gewesen. Da gäbe es seines Dafürhaltens nichts zu deuteln, es sei denn, es käme jemand mit einer besseren Erklärung. Ihn jedenfalls habe der Doktor vollkommen von seiner Ansicht überzeugen können.

Die Chirurgen verzogen gleichzeitig angewidert ihr Gesicht. Sie tauschten mit dem Advokaten wissende Blicke. Nun setzte sich Lauckhardt zum weiteren Verhör dem Mann aus dem Ostertal gegenüber an den Tisch, während die beiden Chirurgen sich nach der Zimmerecke entfernten und flüsternd miteinander weiter konferierten. Der Jurist entnahm seiner Brusttasche einen Brief, öffnete diesen und verlangte von Jacob eine Erklärung, indem er sich an ihn mit den Worten wandte:

„Dem Oberamt liegt ein konfisziertes Schreiben des fraglichen Doktor Schönberger vor. Hat Er sich nicht über den bizarren Vornamen Seines Doktors gewundert – Karl-Ernst? Wir kennen als üblichen Erstvornamen Johann, allenthalben noch Johannes, selbst im papistischen Bayern, auch in Schwaben ist ein solch unchristlicher Vorname niemals gebräuchlich. Wo bleibt bei dem Mann die Bekenntnis zum christlichen Glauben? Wo bleibt die fromme Bezeugung zu dem Namen seiner Väter und Vorväter, die ihn einst erzeugt haben? Was hat Er dazu zu sagen?“

Jacob war verwundert über die Frage. Er wusste damit nichts anzufangen, er zog nur die Schultern hoch und gab dem Advokat die ehrliche Antwort, dass er den hochverehrten Doktor niemals mit dessen Vorname angesprochen habe und ehrlicherweise zugeben müsse, jetzt, hier an diesem Tisch, zum ersten Mal diesen Rufnamen zu hören. Er wolle untertänigst erfragen, ob der Name im Zusammenhang mit den herrschaftlichen Ermittlungen von Belang sei.

Lauckhardt gefiel diese beharrliche Aufsässigkeit des Untertanen aus dem Ostertal überhaupt nicht. Er blaffte zurück, das solle er gefälligst ihm überlassen, welche Fragen von Belang seien. Dann fuhr er mit einer anderen Frage fort. Dazu las er folgende Zeilen aus dem Schreiben vor, welches Dr. Schönberger vor gut zehn Wochen aus dem Zweibrücker Gefängnis im Himmelsbergkeller an Peter Neufang gerichtet hatte:

„Lieber Herr Neufang! Sie werden sich jetzt wahrscheinlich sehr wundern, wer Ihnen diesen Brief schreibt, aber es ist wahr. Nicht nur Sie, auch ich bin hier in die Alte Zeit hineingeraten, etc. etc. Ich hätte es selbst im Traume nicht für möglich gehalten, dass das, was Sie mir und dem Befragerteam in der Universitätsklinik preisgaben, etc., etc. Ich habe es gewagt, Ihnen das Absurde zu glauben und bin Ihnen nachgereist, vielmehr eigentlich vorausgereist in die Vergangenheit, etc. etc.“

Lauckhardt blickte seinem Gegenüber ins Gesicht. Er wollte wissen, was dieser von dem Schreiben halte. Außerdem sollte ihm Jacob Auskunft darüber geben, welcher ausländischen Schreibschrift sich der Absender bedient habe, das sei doch nicht mal die Französische. Welche Kenntnis er des Weiteren über eine Universitätsklinik besitze und was der Briefschreiber etwa damit gemeint haben mochte, als er von seiner Reise in die *Vergangenheit* berichtete.

Hierauf gab der Befragte zu Protokoll, dass auch er sich auf diese Passagen des Schreibens keinen rechten Reim zu machen wisse. Wenn es dafür eine Erklärung gäbe, dann doch eher in der Weise, dass der Doktor im Zusammenhang mit der Universität womöglich seinen eigenen Ausbildungsort im Schwäbischen gemeint haben könne, in Ulm etwa oder wo sonst derlei Einrichtungen bestünden. Die Bezeichnung *Vergangenheit* möge sich allenfalls auf die weniger fortgeschrittenen Methoden in der Heilkunst in der Zweibrücker Gegend bezogen haben, aber auch dieses vermöge er sich nicht schlüssig zu erklären. Außerdem sei ihm der fragliche Brief bis zu diesem Augenblick unbekannt.

Jacob spürte, dass die letzten Fragen von Lauckhardt nur noch der Formalität halber angeführt worden waren. Die Herren waren sich augenscheinlich längst unausgesprochen darüber einig geworden, wie jetzt zu verfahren sei. Es hatte ja keinen Zweck, sich weiter zu rechtfertigen, der Fall würde ohnehin so hingebogen werden, wie man es haben wollte. Auf das abschließende Angebot von Lauckhardt, sich nach Belieben zusätzlich zu erklären, verzichtete der Befragte. Er musste sich eingestehen, dass es mit seinen gerade vorgeführten sogenannten diplomatischen Überzeugungskünsten nicht allzu weit her war. Jacob war irgendwie gescheitert, das war ihm augenblicklich klar geworden. Er erhob sich von seinem Stuhl und verneigte sich, als Lauckhardt und die beiden Chirurgen ihn anwiesen, die Stube nicht zu verlassen und die vier Amtsleute grußlos durch die Seitentüre hinaus traten.

Eine weitere Stunde war mühsam verflossen, als sich die Seitentüre erneut öffnete und der Oberamtssekretär Schmoll in der Tür erschien. Der herrschaftliche Bedienstete stak noch immer in seiner ausladenden Amtsrobe, einem Riesentalar, der ihn so absurd umfing, als sei er für einen ausgewachsenen Giganten geschneidert worden. Schmoll nahm sich darin geradezu armselig aus, wie er seine Adlernase aus dem textilen Genist herausstreckte und in den Raum hineinspähte, als müsse er sich vor seinem Eintreten vergewissern, dass die Luft rein sei. Mit einer Hand hielt er sich am Türrahmen fest, mit der anderen rieb er sich immerfort angestrengt die Stirn. Mehr huschte er, als zu schreiten, mit dem gefalteten Papierbogen in der Faust zum Tisch und nahm dem Wartenden gegenüber Platz, um das Urteil der Kommission zu verkünden. Den Weiler wies er unwirsch an, sich gefälligst wieder auf den Schemel zu setzen, von dem dieser sich bei Schmolls Eintreten erhoben hatte. Dann schlug er den Bogen auf und holte mit hochgezogenen Brauen zum Verlesen des Beschlusses aus.

Die Kommission war zu dem Schluss gekommen, dass der Meieradjunktus Johann Jacob Weiler zu Werschweiler von dem Quacksalber Doktor Karl-Ernst Schönberger in der ärgsten Weise verblendet worden war. Nicht nur der hier Anwesende, sondern auch dessen Vater, der Meier Adam Weiler und mit ihm fast die halbe Landmeierei Werschweiler, bis hinunter, vielmehr, bis hinauf nach dem Orte Münchwies, habe sich leichtfertig verführen lassen und damit Schuld auf sich geladen. Da der Beschuldigte sich nicht mehr im Lande aufhalte, sei eine Bestrafung von acht Tagen Schuldturm sowie einer zusätzlichen Geldstrafe in der Höhe von fünfundzwanzig Gulden Rheinisch zu verhängen, die bei dem eigentlichen Hauptverantwortlichen für die schändlichen Umtriebe, dem Meier Johann Adam Weiler aus Werschweiler, einzufordern sei.

Des Weiteren habe sich der hier nicht anwesende Meier Johann Adam Weiler zu Werschweiler die ungenehmigte Erlaubnis der illegalen Ausübung der Heilkunst zuschulden kommen lassen und sei mit einer Strafe von fünf Gulden Rheinisch zu belangen, ersatzweise mit einer Beugehaft von zwei Tagen Schuldturm. Etwaige körperliche Benachteiligungen und Schäden, welche sich aus der unzulässigen Impferei mit dem Kuhgift entwickelten und welche unzweifelhaft auf diese Behandlung zurückzuführen seien, müsse der Meier Adam Weiler auf seine eigene Hand ersetzen. Der gegenwärtig anwesende Meier-Adjunktus Johann Jacob Weiler zu Werschweiler in der Meierei Werschweiler habe sich darüber hinaus der unerlaubten Beherbergung Fremder zum eigenen Nutze und ohne erkennbare christliche Absicht schuldig gemacht, worauf eine Strafe von einem Gulden Rheinisch stehe.

Die im Hause des Johann Nickel Beck konfiszierten Gegenstände, als da waren: zwei Schreiben sowie etliche französische Goldtaler, seien hierorts solange einzubehalten und aufzubewahren, bis der rechtmäßige Eigentümer vorstellig geworden sei und seine Ansprüche ehrlich nachweisen könne. Die gegenwärtige Geldstrafe belaufe sich in Summa auf den Betrag von einunddreißig Gulden Rheinisch. Diese seien binnen Jahresfrist bei der hiesigen Kellerei in Geld, Ersatzes halber in guten Naturalien, abzuliefern.

Nachdem Schmoll das Urteil mühsam und unter ständigem Hüsteln verlesen hatte, kramte er aus seiner Rocktasche umständlich sein Glöckchen hervor und klingelte die beiden Uniformierten herbei, die Jacob nach draußen bringen sollten. Dieser saß aufrecht auf seinem Stuhl. Er war bei der Verkündung des empörenden Schiedsspruches beinahe aufgesprungen. Das war ein starkes Stück. Damit hatte er in der Tat nicht gerechnet, dass das fürstliche Oberamt, der Schmoll zumal, zu derartig drastischen Maßnahmen gegen seinen alt gedienten Landmeier aus Werschweiler griff. Jacob wusste, was das für seinen Vater bedeutete. Das Urteil des Lauckhardt war ein Affront gegen insgesamt fünfundzwanzig, nein, seinen Großvater Caspar selig eingerechnet, mehr als vierundfünfzig Jahre pflichtschuldigsten, treuesten Meieramtes, mehr als fünf Dekaden gehorsamsten Dienstes seiner Familie für den Fürsten. Wie sollte er das seinem alten Vater bloß beibringen? Das war fürwahr eine schöne Bescherung kurz vor dem Weihnachtsfest.

Jacob blickte dem Oberamtssekretär in die Augen. Dieser setzte eine beleidigte Miene auf, verzog sich dann in seine Robe zurück, als würde er sich erst jetzt genau darüber bewusst geworden sein, was er da im Namen des Fürsten und der Kommission für einen Spruch gefällt, was er damit angerichtet hatte. Seine Verlegenheit war nicht zu übersehen. Schmoll zog sein Schnupftuch aus der Manteltasche, mit dem er sich umständlich seine feuchtfahle Gesichtsfront abtupfte, während die Wachmänner eintraten, um Jacob mitzunehmen.

Bevor Jacob sich hinausführen ließ, nahm er aus seiner Tasche ein kleines Emaille-Döschen und aus diesem eine halbe Paracetamol-Tablette, die er noch von Schönberger bei sich führte. Diese schob er dem Schmoll direkt vor die Nase.

„Darf ich dem ehrenwerten Herren Oberamtssekretär und Seiner werten Familie ein besinnliches Christfest wünschen und Ihm diese Arznei anbieten, die wird Ihn vorerst vom ärgsten Schädelreißen befreien."

Der Meieradjunkt hatte es ehrlich gemeint. Schmoll tat ihm sogar ein wenig leid, denn der Mann litt. Außerdem hatte nicht er das Urteil gefällt, sondern war nur der Verkünder des Richtspruchs.

Schmoll reagierte auf das Angebot des jungen Weiler mit keiner Geste. Er saß nur wie versteinert da und starrte auf den kleinen weißen Halbmond, der vor ihm auf dem Tisch lag. Jacob erhob sich von seinem Platz. Im Rückwärtsgang verließ er unter einer angedeuteten Verbeugung den Raum. Die beiden Wachleute führten ihn nach unten, als würde er den Weg hinab nicht schon etliche Male ohne Begleitung gefunden haben. Schmoll, dessen Hinterhaupt-Pein von der Anstrengung bis fast ins Unerträgliche gewachsen war, nahm mit steifem Hals das kleine weiße Halbrund an sich, quälte sich zum Fenster, öffnete einen Flügel und warf die Tablette unter stechenden Kopfschmerzen in den Innenhof. Der kalte Luftzug tat ihm gut.

X

„Nicht schon wieder!“ fluchte er, als er die erneute Vorladung der Polizei in Händen hielt. „Mir reicht’s! Weg von hier“, schoss es ihm durch den Kopf, „Zelte abbrechen, raus aus dem ganzen Zirkus“. Hier hatte er bald nichts mehr verloren. Holle hatte genug. Nicht nur, dass er seine chaotischen Erlebnisse der vergangenen Wochen und Monate noch nicht im Ansatz entwirrt hatte, jetzt standen ihm die Behörden schon wieder auf den Füßen. Was die nach dem Trouble der vergangenen Tage und Wochen, seit seiner Rückkehr aus seinem *alten Dorf,* jetzt erneut von ihm wollten, war ihm schleierhaft. Nach den endlosen Verhören, den ergebnislosen Untersuchungen, den Berichten und Statements über sein Verschwinden und das seines Begleiters Schönberger kam auch noch der dubiose Skelettfund von vor vierzehn Tagen hinzu, obwohl er der Spurensicherung an Ort und Stelle längst sämtliche relevanten Details zu Protokoll gegeben hatte. Was war da jetzt noch oder schon wieder abzuklären?

Dass er den beiden neuen Hauseigentümern, Werner und Gerlinde, mit der Aushubarbeit im Keller bloß zur Hand gehen wollte, weil er etwas Geld brauchte und Abwechslung, um nicht immerzu an seine Katharina denken zu müssen, die er schmerzlicher denn je vermisste, war das etwa verboten? Es war ihm nach dem tiefen Durchhänger gleich nach seiner Rückkehr sowieso alles zuviel geworden und eigentlich wollte er endlich seine Ruhe haben, sich wieder tätig einrichten, sich fangen. Außerdem stand irgendwann die Suche nach einem neuen Job an, denn Saarberg hatte ihm fristlos gekündigt. Das hatte Holle schon während seines Aufenthaltes in seinem alten Dorf erwartet, es interessierte ihn inzwischen auch nicht mehr. Irgend etwas würde er schon finden, was, war ihm erst einmal egal.

Als er bei dem Aushub im Meierhaus dann auch noch auf die Knochen stieß - Scheiß Zufall - da ging's schon wieder los mit den Behörden. Und jetzt dies: An den Knochenresten habe man Spuren seiner DNA, was auch immer damit gemeint war, gefunden. Er werde gebeten, sich in den nächsten Tagen zur Beantwortung einiger offener Fragen nochmals bei der St. Wendeler Polizei zu melden, stand in dem Schreiben. Er hatte doch bereits zu Protokoll gegeben, dass er sich bei der Buddelei an der Hand verletzt und die Knochenreste auch angefasst habe, weil er sie zur Seite raffen wollte. Dabei seien wohl einige Blutstropfen auf die Fundstücke draufgekommen, das habe er nicht weiter beachtet. Wenn er dies nicht gleich bei seiner ersten Vernehmung ausgesagt hätte, dann nur deshalb, weil man nicht jeden kleinen Schrammen, den man sich bei der Arbeit hole, an die große Glocke hängen müsse. Außerdem, wer habe denn die Polizei sofort verständigt, wer habe denn ordnungsgemäß, wie es sich gehört, gehandelt, als er den ganzen Schlamassel vor sich habe liegen sehen?

Dass er circa eine Stunde vorher mal schnell sein Wasser ausgerechnet auf die spätere Fundstelle abgeschlagen hatte, hatte er bei seiner Aussage selbstverständlich nicht erwähnt. Das ging die Grünen auf dem Revier überhaupt nichts an. Außerdem: wer hätte denn im Traum daran gedacht, dass hier einer unterm Boden liegen würde?

Und dann kam auch noch die Nachricht, dass die Bergwerksbehörden die umgehende Schließung der Wingertsberger Kalkstollen angeordnet und vor wenigen Tagen durchgeführt hatten. Er hatte letztens die fraglichen Stellen heimlich selbst in Augenschein genommen. Der Eingangsbereich im

Katzenlocher Stollen war schwer vergittert und das Luftloch, durch welches er und Doktor Schönberger gemeinsam ausgestiegen waren, hatten sie mit einer dicken Betonplatte versiegelt. Zu seiner Braut, die drüben im achtzehnten Jahrhundert auf ihn wartete, konnte er nicht mehr zurück und hier in der Gegenwart waren sie ihm plötzlich wie einem Aussätzigen begegnet, wie jemandem, der nicht ganz klar im Kopf war, weil er womöglich von seiner dubiosen Pockenerkrankung doch etwas zurückbehalten habe. Sogar von seinen Jägerkollegen wurde er wegen seiner abenteuerlichen Geschichten schon als der wilde *Förster Malditz* aus dem Ostertal gehänselt. Und sein bester Kamerad Klaus hatte ihm im Vertrauen angeraten, mit seiner spinnerten Story von seinem *alten Dorf* endlich aufzuhören. Er mache sich bei den Leuten allmählich lächerlich, ob er das denn nicht selbst merke? Alle waren sie auf einmal gegen ihn. Die einzige, die ihm ohne Vorbehalte begegnete, war seine Schwester. Aber sie fürchtete ihrerseits immer noch ein terroristisches Komplott und empfahl Holle, eine Zeitlang bei ihr auf der Hangart zu wohnen, bis sich der schlimmste Trubel gelegt haben würde. Das kam für ihn überhaupt nicht in Betracht, er ließ sich seinen Ort nicht ausreden, er musste aushalten. Das wäre ja noch schöner, wenn die es fertigbrächten, ihn aus seinem Hirtenhaus hinaus zu komplimentieren.

In St. Wendel ließ Holle auf der unteren Jagdbehörde des Landratsamtes seinen bald abgelaufenen Jagdschein, diesmal nur auf ein Jahr, verlängern. Ein Dreijahresschein war ihm entschieden zu teuer, außerdem mochte er soweit in die Zukunft gar nicht denken. Zum Glück musste er seine Waffen nicht vorlegen, sonst hätte er mindestens seinen Drilling als verschollen melden müssen und das hätte ihm einen gewaltigen Ärger eingebracht. Über dem Portal des Haupteingangs zum Landratsamt stach ihm zum ersten Mal das Wappen des Saarlandes bewusst ins Auge, weil ihm Bekanntes aufgefallen war. Im linken oberen der vier Wappen-Segmente erkannte er den goldgekrönten silbernen Löwen in dem blauen, von etlichen silbernen Kreuzen besäten Feld. Das gleiche Banner war ihm vor Wochen in der Amtsstube des Meiers Adam Weiler ins Auge gestochen.

„Lächerlich", dachte er beim Eintreten ins Gebäude, „da hat die Wappenkommission oder wer auch immer, damals bei der Angliederung ins *Reich*, in die Bundesrepublik, doch glatt die alten Feudalinsignien der absolutistischen Herrschaft von Nassau-Saarbrücken, Pfalz-Zweibrücken, Lothringen und dem angrenzenden Kurtrier ins Saarländische Hoheitssymbol übernommen. Was die sich dabei wohl gedacht haben mochten?"

Auf der Polizeidienststelle musste Holle fast eine geschlagene Stunde warten, weil die zuständigen Bediensteten anderweitig beschäftigt waren. Holle ärgerte sich über die verschwendete Wartezeit. Dann kümmerte sich ein freundlicher Beamter mit einer belanglosen Frage nach der anderen um ihn. Er musste zum hundertsten Mal bestätigen, dass er 1974 in Steinbach geboren worden war, von evangelischer Konfession sei, ledig, kinderlos. Dass er eine ältere Schwester mit Namen Hanne habe, dass seine Eltern vor ein paar Jahren bei einem Autounfall ums Leben gekommen seien, seine Schreinerausbildung in Ottweiler, Grundwehrdienst, fristlos entlassen von Saarberg und jetzt Arbeit suchend. Wieder wurden Fragen zu seinem Knochenfund an ihn gestellt, die er allesamt bereits beantwortet hatte, selbstverständlich kam auch der Homburger Zufallsbefund einer identischen DNA zur Sprache. Er gab genervt eben solche belanglose Antworten, auch wiederholte er die bereits gemachte Aussage mit seiner Quetschwunde an der Hand bei der Aushubarbeit. Der Polizist nahm die Aussage Schulter zuckend zu Protokoll, welche in eine alte Schreibmaschine eingetippt und ihm abschließend mit eine Ritsch aus der Walze gezogen und zur Unterschrift vorgelegt wurde. Nach ein paar spitzen Rückfragen von Holle, die der Beamte nicht beantworten konnte, wurde er nach Hause geschickt mit der Auflage, sich zur Verfügung zu halten. Holle ärgerte sich.

XI

Die Tage des Weihnachtsfests waren gekommen. Sie bescherten dem Tal den nächsten Schnee, der in der Nacht auf den vierten Adventssonntag über die Gegend hereinbrach und die Äcker und Hütten, die Bäume, die Hausgärten mit ihren Kohlstrünken und Lattenzäunen und den Kirchhof mit seinen Grabkreuzen unter einer dicken Kapuze versinken ließ. Am Morgen lag das Nest unter dem trägen Kaltrauch der Rauchfänge regelrecht wie hingekauert da und kam nicht recht in Gang. Im Dorf lärmte und hämmerte es nicht mehr, wie in den vergangenen hektischen Adventswochen und wenn sich einmal jemand mit seinem Vieh oder der Gerätschaft vor der Stalltüre zu schaffen machte, dann klang das alles eher gedämpft, fast beschaulich ruhig, es kam wie von fern daher.

Jacob Weiler, der seit einigen Jahren, neben dem Amt als Adjunktus seines Vaters, auch den Kapellendienst im Ort versah, machte sich am Tag des Heilig Abend schon in aller Frühe rund um das kleine Gotteshaus auf dem Schäferhügel zu schaffen. Für den Christgottesdienst am zeitigen Morgen des kommenden Ersten Weihnachtstages war noch allerhand zu besorgen. Im Laufe des Vorabends hatte es aufgehört zu schneien. Daher war von Jacob noch in der kalten Mondnacht der Fußsteig hinauf zum Kapellentor sowie die Gräberpfade frei geräumt und gefegt worden, damit die Stätten der Verstorbenen von den Angehörigen für die Ankunft des Heilandes gerichtet werden konnten. Auch hatte der Büttel Leonhardt schon etliche Gebunde Anmach- und Feuerholz an der Kapellenmauer auf der Steinbank aufgeschichtet. Diese schaffte Jacob nacheinander in den Altarraum und heizte den Gussofen schonmal vor. Er würde heute noch einige Male nach dem Feuer sehen, sogar nach dem abendlichen Gang zur Christfeier in der Dörrenbacher Kirche würde er erneut einheizen müssen, damit es für den Gottesdienst am zeitigen Weihnachtsmorgen im Inneren, wenn schon nicht warm, so doch wenigstens etwas überschlagen war.

Drinnen, direkt neben der Kanzel, prangte ein herrlicher, übermannshoher Christbaum. Er war mit Apfelringen, Strohherzen, Backpflaumen, Mistelsträußchen, Haselnüssen und etlichen weißgetünchten Bucheckernsternen geschmückt. An ihm durfte sich die Kinderschar des Dorfes nach der Christfeier erfreuen und bedienen. Das hatte Jacob sich im Vorvorjahr bei seinem Bruder Adam in der Kirche zu Glanmünchweiler abgeschaut, denn im von-der-Leyenschen Herrschaftsgebiet war der Brauch seit wenigen Jahren fleißig und mit großem Zuspruch der Bevölkerung ausgeübt worden. Der Pfarrer Engel aus Dörrenbach hätte derlei erzheidnische Possen niemals geduldet. Doch die Werschweiler Kapelle wurde seit nunmehr zwei Jahren von dessen Sohn und Pfarrergehilfen Wilhelm Kasimir versehen und dieser hatte den Christschmuck im vergangenen Jahr mit einem Lächeln und nachsichtigen Kopfschütteln quittiert.

Auch dem Meier Adam war dieser gottlose neumodische Brauch aus dem Blieskastelschen Ausland ein Dorn im Auge. Er hätte seinem Filius das *dünkelhafte Geferretz,* wie er sich derb ausdrückte, bereits im vergangenen Jahr am liebsten rundheraus untersagt, ihm dann schließlich auf inständiges Bitten seines Eheweibes doch nachgeben müssen. Er musste erkennen, wie seine eigenen Enkelkinder ob des überwältigenden Anblickes des Bäumchens in Verzückung geraten waren. Sollten sie doch den neuen Moden nachäffen, wie sie wollten, er machte da nicht mit. In diesem Jahr war dem Alten ohnehin ganz und gar nicht weihnachtlich zumute. Ihn hatte die Nachricht über das harte Urteil der Ottweiler Kommission zutiefst getroffen, so tief, dass sie ihn an der ganzen Sache seines Meieramtes zweifeln ließ und ihm regelrecht den Brustkasten einschnürte. Das Luftleiden hatte sich über seiner maßlosen Erregung sogar bis zur akuten Atemattacke ausgewachsen. Seit zwei Tagen war Adam bettlägerig. Er weigerte sich, aufzustehen. Er kniete in seiner Bettstatt, hielt sich mit beiden Händen am hölzernen Kopfende fest und pfiff und rasselte beim Ein- und Ausatmen, dass sein Weib die Hände überm Kopf zusammenschlug und vor Ratlosigkeit sogar nach der Hirtemarie schicken ließ. Adam war ernstlich erkrankt. Er war nicht nur malad in seiner Brust, weit mehr war er gekränkt in seiner Ehre und seinem Meierstolz.

Seinem Sohn Jacob gab er, als die schlimmsten Anfälle ausgestanden waren, zu verstehen, dass er über die Tage vor jedweden amtlichen Begehrlichkeiten in der Meierei in Ruhe gelassen werden wolle. In Sonderheit von den Vorgängen um den Schönberger und erst recht von *denen Kielspitzern dahinten in Ottweiler* solle man ihn gefälligst verschonen. Das Jahr, so forderte er beleidigt, möge wenigstens von irdischen Verirrungen entledigt, in halbwegs innerem Frieden, Gott gefälliger Einkehr und insgesamt, wie es die rechte Frömmigkeit gebiete, christlicher Beschaulichkeit seinen würdigen Ausklang finden dürfen.

Im Kirschgarten rüstete sich unterdessen die Frau des Nickel Beck in ihrer Haushaltung mit allerlei Vorbereitungen in der Küche zum Weihnachtsmahl. Ihre Tochter Katharina war des morgens vom Vater nachdrücklich angehalten worden, ihrer Mutter bei den anstehenden Verrichtungen fleißig zur Hand zu gehen. So kam sie doch wenigstens stundenweise auf andere Gedanken, als unaufhörlich ihrem Peter nach zu sinnieren und zu trauern. Und wenn einmal wieder das Gespräch unweigerlich auf den Bräutigam kam, dann tröstete die

Hausfrau ihre Tochter, sie möge nur recht zuversichtlich sein, denn sie wüssten schließlich beide, dass ihr Peter sein Versprechen unbedingt einhalten werde. Außerdem kenne sie sich mit der Freierei aus. Sie wüsste sehr wohl zu unterscheiden zwischen leichtfüßigem Stenz und ehrlichem Herzen. Katharina werde sehen: noch heute Abend, spätestens aber am Christmorgen, stehe ihr Bräutigam auf der Türschwelle und dann hätte sie ihn wieder bei sich und alles sei gut.

Währenddessen werkte und wirkte der Hausvater im Kirschgarten unaufhörlich in der Werkstatt an der Hobelbank, denn er kam der sich anhäufenden Arbeit längst nicht mehr hinterher. Zu viele Aufträge hatten sich in den vergangenen Wochen addiert, zu viel war unerledigt liegen geblieben. Seine Aussicht auf eine baldige Rückkehr seines Gehilfen hielt sich, entgegen der festen Überzeugung seiner Frau, in Grenzen. Im Gespräch mit dem jungen Jacob hatte er inzwischen eine hinreichend klare Vorstellung davon gewonnen, wie weit in der Welt sich die alte Reichsstadt Ulm befinde, wohin die beiden Entschwundenen seit nunmehr annähernd drei Wochen unterwegs waren. Das lag nach seinen überschlägigen Berechnungen mindestens zwanzig stramme Tagesmärsche von hier entfernt und bereits jenseits des schwäbischen Gebirges. Dazu kam das unbeständige Wetter der letzten Tage und Wochen, was das Vorankommen der beiden Reisenden zusätzlich erschwerte. Zählte er dazu noch einmal einen notwendigen Aufenthalt in der Stadt am Donaufluss von weiteren starken zehn Tagen hinzu, dann konnte man ehestens mit einer Rückkehr des Neufang, ja wann wohl, doch nicht vor Lichtmess rechnen. Also, zu Anfang des Hornungmonats, im Februar, konnte der Termin günstigstenfalls gesetzt werden. Von da an aber ging's schon stramm auf die Einsaat zu und die Pflüge und Eggen, das gesamte Ackergeschirr mussten gerichtet sein. Vor seiner Werkstatt indes häuften sich die hölzernen Gerätschaften der Bauern zur Reparatur. In den kommenden Tagen, das wusste der Handwerker aus Erfahrung, würde noch etliches hinzu kommen. Wie sollte er das alles allein in Gottes Namen noch vor der Schneeschmelze zu Wege bringen? So dachte der Schreiner Nickel Beck am Tag des Heilig Abend, während er räumte und richtete. Von friedlicher Beschaulichkeit, von Weihnachtsgeschichte und frommchristlicher Krippenstimmung war bei dem Handwerker nicht die Spur.

Aber im Dorf. Um die Hütten herum wurde es allmählich duster, schließlich dunkelte es zur Gänze ein. In den unteren Kammerfenstern erstrahlten nach und nach die Kerzenlichter. Nach einer Weile wurde es in den Ställen zur Fütterungs- und Melkzeit noch einmal rege. Es klapperten die Eimer, es muhten die Kühe, Pferde schnaubten, Hufe schlugen auf die Steinplatten, Schweine grunzten, Flackerlichter bewegten sich hin und her. Dann wurde es endlich still. Heiligabend war da.

Um die Tische herum saß die ganze Familie zum abendlichen Mahl zusammen. In manchen Häusern zählte die Sippe der Anwesenden um zwanzig und mehr Häupter. Es wurde gebetet, wie jeden Abend, die Löffel gingen reihum. Die Suppenschüssel war in den meisten Häusern zur feierlichen Stunde reichlicher als sonst beigefüllt, die Brotlaibe dicker geschnitten. Zu den Quellkartoffeln und der Dickmilch lag neben dem Salztopf heute Abend auch ein großer Batzen Butter bereit. Auf dem beigestellten Holzbrett waren einige Scheiben aufgeschnittene Griebenwurst aus dem steinernen Hafen garniert. Während des Essens wurde, wie üblich, nicht gesprochen, jeder war in seine frommen Gedanken vertieft. Der Hausherr beendete das Mahl mit dem abschließenden Dankgebet, die Tischrunde sekundierte ihr Amen, hob ihre Häupter und wandte sich dem Vater zu, der nun, wie jedes Jahr, die Geburtsgeschichte aus der Bibel vorlas. Hinterher nahm die Hausmutter das Gesangbuch zur Hand und stimmte schonmal eine Strophe allein vorsingend ein, in die auf ihr Zunicken die Übrigen eintraten. Es waren feierliche, festliche

Lieder zum Lobe des Herrn Jesu, als da waren: *Es ist für uns eine Zeit angekommen, Es kommt ein Schiff geladen* oder *Ich steh an Deiner Krippen hier.*

Hinterher wurde erneut gebetet, bevor der Hausvater abermals aus der Bibel oder aus dem christlichen Sendbrief vorlas. Hier und da schmückte schon ein kleiner Christbaum die Stube. Von dem durfte sich die Kinderschar zum Nachtisch einen Apfel, eine angemalte Walnuss, Haselnuss oder ein kleines Gebäckstück herunternehmen. Auf der Ofenbank lauschte die Familie den Erzählungen der Alten, wie in vormaligen Zeiten das Christfest begangen wurde. Oder sie hingen an deren Lippen, wenn sie davon kündeten, wie hart der Winter von 1739 auf 1740 den Menschen zugesetzt habe, der bereits im frühen Oktober hereingeschneit kam und bis weit in den darauffolgenden Juni aushielt. Damals seien beide hiesige Dorfbrunnen, selbst die meisten Hausbrunnen bis in den Mai hinein vollständig zugeeist gewesen, dass das Wasser zu Kochen sogar mit der Axt kleingehackt werden musste. Die Atzeln und die Krammetsvögel seien mitten im Fluge tot vom Himmel gefallen, weil ihnen das Blut in den Adern gestockt und gefroren sei und die hungrigen Füchse und Wölfe habe man des Nachts um das Dorf herumheulen hören. Dem Nickel Leonhardt sei im Januar gar die Zungenspitze abgefallen, als er draußen bei klirrender Kälte im Hinschlittern einen Krug mit Branntwein verschüttet und versucht habe, den kostbaren Schnaps vom Schnee aufzulecken. An anderer Stelle wurde mit großer Geste schauerlich vermeldet, wie in alten Zeiten, im siebenundsiebziger Jahr des vorigen Jahrhunderts, die Franzosen die Stadt St. Wendel vollkommen nieder brannten, dass es in der Nacht hier im Orte vom Widerschein der auflodernden Flammen tagehell gewesen sein soll. Und wie die Mordbrenner nach allen Seiten ausgeschwärmt und am darauffolgenden Tag hierher nach dem Ort Werschweiler gekommen seien, um zuerst das unschuldige Töchterchen vom Dorfschmied Hoffmann in der Dunggrube zu ertränken, nur weil der Mann sich weigerte, auf ihren Befehl sein eigenes Haus anzuzünden. Sodann habe man dem winselnden Vater solange den alten Schwedentrunk eingegeben, bis er selbst endlich tot vom Stein gefallen sei. Wie der alte St. Wendeler Steuereinnehmer Schlabatz nach über zweihundert Jahren des Abends noch immer im Schlabatzenwald umhergehe, um die Bauern und Marktgänger zu foppen und so fort. Außerdem wurde immer mal wieder der schwarze Ritter Hans Trapp ins Feld geführt, um die unartigen Kinder zur Räson zu bringen. Das half in den meisten Fällen auf der Stelle, wenn die Alten das Lied *„wer hat Angst vorm schwarzen Mann“* anstimmten und dabei die Gesichter verzogen und Fratzen machten. Es waren dies insgesamt gruselig schöne Geschichten, welche die Kinder atemlos in Bann zogen und sie nicht einschliefen ließen, sodass sie in der Nacht reihenweise zu den Eltern in die Betten gekrochen kamen.

Auch im Haus am Kirschgarten wurde Heilig Abend begangen, nur, dass hier die Stimmung, besonders bei Katharina, gedrückt war, weil sie ja immer noch heimlich gehofft hatte, ihr Bräutigam würde am Ende schließlich doch noch zur Türe hereinkommen. Nach Gebet und Gesang erbarmte sich der Hausherr seiner Tochter und verehrte ihr in Peters Namen einen herzlichen Weihnachtsgruß, der sie zunächst, entgegen des Vaters Erwartung, vollends in Tränen ausbrechen ließ. Aber das ging bald vorüber.

Es war der kunstvoll geschnitzte Schwibbogen aus Holz, an dem Holle in der Vorweihnachtszeit fast bis zur Vollendung gearbeitet hatte. Ursprünglich symbolisierte das Halbrund der hölzernen Wölbung ein Mundloch oder einen Stolleneingang. Allerdings hatte Holle ihm durch seine aufgesetzten Märchenfiguren eine andere als die ursprüngliche Bedeutung verliehen. Soweit Katharinas Vater in die zierlichen Szenerien eingeweiht worden war, übernahm er nun stellvertretend für den Erbauer der Weihnachtsgabe den Auftrag, seine Tochter erzählend in die liebevoll dargestellten Märchen und Geschichten einzuweihen. Er berichtete von Hänsel und Gretel, vom Wolf mit den sieben Geißlein, natürlich von Frau Holle und vom gestiefelten Kater. Allesamt waren dies neue Erzählungen, die sowohl der Hausfrau Margarete, als auch der Tochter vollkommen unbekannt waren. So war es ihr denn doch ein Trost und eine rechte Erbauung für ihre Seele und sie erfreute sich herzlich an diesem ehrlichen Präsent der Treue und Anhänglichkeit.

Weihnachten war in Würde und frommer Andacht vorübergegangen, ohne dass die wieder genesene Hirtemarie inzwischen auf den Gedanken gekommen wäre, den ominösen Brief des Frankfurter Tuchhändlers nach dem Kirschgarten zu tragen. Sie wusste, dass der junge Neufang noch immer nicht zurückgekehrt war. Da sie die Order hatte, die Botschaft dem Adressaten persönlich zu überhändigen, sah sie überhaupt keine Veranlassung, von ihrem Auftrag abzuweichen und vor der Zeit hinüber zu gehen. Die andere Sache hatte ihr Sohn längst mit dem Nickel auf der Gasse ausgehandelt. Also verwahrte sie das Schreiben weiterhin unter ihrem Mieder und ließ ihren bizarren Spekulationen, wenn auch nur hin und wieder, weiterhin freien Lauf. Sollte der Neufang erstmal wieder von seinem Ausflug zurückkommen, dann war immer noch Zeit genug, abzuliefern.

Der Jahreswechsel hatte wieder Tauwetter ins Tal gebracht. In den letzten Tagen des alten Jahres, nach dem traditionellen Zahl- und Wandertag der Bediensteten, der Mägde und Knechte, sattelte Jacob Weiler das Pferd und ritt hinüber nach dem Bliesstädtchen Ottweiler, wo er in der dortigen Amtskellerei die fällige Strafsumme in Höhe von einunddreißig Gulden Rheinisch gegen Quittung ablieferte. Einunddreißig Gulden waren eine immense Summe. Das war soviel, wie der Meier einschließlich seines Adjunktes für sein undankbares Amt in einem halben Jahr an Vergütung vom Oberamt erwarten durfte. Dieser Verlust war schmerzlich für die Haushaltung des Adam Weiler, weil man seit Jahren regelmäßig fest auf das Geld kalkuliert hatte, das jetzt in der Kasse fehlte. Einiges hing davon ab, aber abhängig machte sich der Alte deswegen noch lange nicht.

Es war Neujahr geworden, ohne dass in den Gemeinden in der äußersten Ecke des Fürstentums viel Aufhebens darum gemacht worden wäre. Das Datum zeigte auf den ersten Januar, da stand Adam aus seinem Bett auf und verschwand in seiner Amtsstube. Was er da tat? Johann Adam Weiler schrieb. Einen langen, sauberen Brief richtete er direkt an seinen obersten Dienst- und Landesherrn, den allergnädigsten, durchlauchtigsten Herren und Fürsten Ludwig von Nassau-Saarbrücken. In den Zeilen suchte er untertänigst um seine sofortige Entfernung aus dem Meieramt nach.

Angesichts seiner bedeutenden Verfehlungen im Amt sei er hinfort nicht mehr würdig noch fähig, diese ehrenvolle, weil gewichtige Position auszuführen. Außerdem sei er aufgrund seines hohen Alters sowie seiner stetig zunehmenden Gebrechlichkeiten und einer zusätzlichen akuten Schwachheit auf der Brust nicht mehr in der Lage, den Ansprüchen seiner gestrengen Amtsvorgesetzten in Ottweiler zu genügen. Fernerhin gebiete ihm seine aktuelle Knappheit in seiner Haushaltung, sich gänzlich auf die Erhaltung seiner eigenen Wirtschaft zu konzentrieren, denn jetzt sei er vollkommen gezwungen, in Folge der erhobenen peinlich hohen Strafe gegen ihn und gegen seinen Sohn, mit seinen ihm noch verbleibenden Mitteln noch strammer denn je zu haushalten. Außerdem habe er mit seinem unbedachten Handeln von wegen der unerlaubten Pockenimpfung in der gesamten hiesigen Landmeierei Werschweiler bei den Untertanen jegliches Vertrauen verwirkt. Dieses aber sei unabdingbare Kondition für ein rechtes Oberhaupt einer Meierei, um mit dem nötigen Respekt und Anstand regieren zu können. Wie könne jemand als Richter und Gesetzeshüter über seine Mituntertanen mit dem gehörigen Ansehen rechten und richten, wenn ihm selbst die aller schwersten Verfehlungen vorgeworfen worden seien. Mit weiterem Verbleib im Amte würde er nicht nur sich selbst, sondern auch seinem obersten Herren, dem allergnädigsten Gebieter und Fürsten, zum höchsten Schaden gehen. Um dieses Ungemach erst gar nicht aufkommen zu lassen, bitte er untertänigst um die sofortige Suspension von allen seinen Aufgaben. Er bitte des weiteren untertänigst, vorschlagen zu dürfen, zur Abwendung von Unbilligkeiten und allfälligem Schaden für die Herrschaft, den Oberamtssekretär Schmoll aus dem Oberamte Ottweiler, bis zur Ernennung eines geeigneten Nachfolgers, mit allen Aufgaben gnädigst betrauen zu wollen. Im Lichte ihrer Abirrungen könne es seinem Sohne und Adjunktus Johann Jacob Weiler ebenso wenig wie ihm selbst zugemutet werden, als Verbrecher weiterhin den in seine ehemalige Obhut gegebenen fünf Ostertalgemeinden vorzustehen. Er danke zum Beschlusse untertänigst für die Gnade und die Ehre, die ihm und seiner Familie während der vergangenen - vierundfünfzig - Jahre mit dem hohen Meieramt zuteil geworden war und ersterbe in Dankbarkeit und aufrichtiger untertänigster Hochachtung, etc. etc. Johann Adam Weiler, gewesener Meier der Meierei Werschweiler, dem Oberamte Ottweiler zugehörig. Werschweiler, am Ersten Januar des Jahres Anno Domini 1774.

Mit der Beförderung des Schreibens nach Saarbrücken beauftragte er den jungen Werschweiler Ackerer Nickel Ulrich, den er anwies, sich in jedem Falle eine Quittung über die Aushändigung des Schriftstückes ausstellen zu lassen. Seinen Sohn Jacob hatte Adam nicht eingeweiht. Es war schließlich seine eigene Sache, über sich selbst und sein Amt als herrschaftlicher Meier zu befinden.

Der Januar ging für die Bauern gnädig ins Land. Er brachte bald heitere und sehr milde Tage, so mild, dass der Grünspecht zur Unzeit in die Sonne lachte und der Spitzeschar schon flötend den Frühling einläuten wollte. In den Gassen lärmte das Kindergeheck, auf den Höfen hämmerte und werkte es und Nickel, der Schreiner, kam vor Geschäftigkeit aus dem Schwitzen nicht mehr heraus. Von Holle, seinem Gehilfen Peter Neufang, gab es noch immer keine Nachricht. Die Atzeln begannen, ihre Kobel in die kahlen Baumkronen hineinzuflechten, die Staren schillerten in der Sonne und die Spatzen tschilpten unter den dampfenden Strohtraufen der Dächer. Die ersten *Veiolen* streckten ihre Köpfchen aus den kahlen Wiesen hervor, die *Maßliebchen* taten es ihnen nach. Kurzum, der noch junge Winter schien sich in diesem neuen Jahr vorzeitig verabschieden zu sollen, um dem milden Lenz den Vortritt zu lassen.

Da gab es etwas in der Haushaltung des Jacob Weiler, was im Laufe der Handlungen nicht übergangen werden soll. Es ist nämlich für den Januar des Jahres 1774 neben den sonstigen, an Geschehnissen recht eintönigen Tagen hier zu vermerken, dass immerhin ein weiteres eintragenswertes Begebnis geschehen ist, welches manchen Leser überraschen mag. Besonders würde es jedoch Holle in helle Aufregung versetzt haben, wäre er dessen nur gewahr geworden, denn er hielt ihn für tot. Wen? Jacobs älteren, törichten, wunderlichen Bruder, Jakob, mit *„k“,* geschrieben. Aber Peter Holger Neufang weilte in diesen Tagen längst wieder in der Zukunft und der Rückweg nach hier war ihm versperrt, weil die Behörden zwischenzeitlich die Stolleneingänge, den einzigen Weg zurück in die Vergangenheit, verriegelt hatten:

Entgegen der Aufzeichnungen aus dem Kirchenbuch, die für den Januar 1774 - oder sollte die zweite Ziffer von rechts, die sieben, am Ende etwa eine verunglückte eingetragene neun gewesen sein? - das Ableben des mysteriösen Johann Jakob Weiler, des wunderlichen, geistig zurückgebliebenen Jakob, dokumentierte, ging dieser noch nicht hinüber in die Unzeitlichkeit. Nein, er hielt sich tapfer im Diesseits seiner

Bettstatt in der muffigen Kammer, auch wenn er schon seit gut sechs Wochen immer mehr dahinsiechte. Mit einem Wort: der Einfältige hielt aus. Er dämmerte weiterhin in seinem stummen Universum vor sich hin, unfähig einer menschlichen Regung oder eines verständlichen Lautes. Aber auffällig genug konnte es schon anmuten, dass selbst der Hund, der treue Weimaraner Areus, in stoischer Zuversicht die Kammertüre seines Gebieters bewachte, ganz so, als wolle er jedem bedeuten, den Jakob noch nicht aufzugeben, sondern an den Mann zu glauben, er tue das schließlich auch.

Jedoch war der Unglückliche – wenn er denn wirklich unglücklich in seiner Lage war – nach wie vor für niemanden ansprechbar, nicht einmal für seinen Bruder, den innig geliebten Jacob den Jüngeren, der ihn regelmäßig aufsuchte, um den Kontakt zu ihm nicht abreißen zu lassen. Und nun kommt's: es begab sich, dass der stumme Einsiedler im Hause Owwerschde Schmidts in jenen Tagen des Januar allmählich wieder Nahrung und Trank zu sich nahm, armselig wenig zwar, aber immerhin. Jakob war offensichtlich noch nicht bereit, sich aus dieser Welt zu verabschieden. Leider blieb es für die nächste Zeit bei diesem sich-am-Leben erhalten, beim eher primitiven vor-sich-hin-Vegetieren. Das war der ganze Fortschritt. Mehr geschah nicht. Jacobs anfängliche Euphorie wich trauriger Ernüchterung. Er war jedoch nicht gewillt, seinen großen Bruder aufzugeben und hörte nicht auf, nach ihm zu sehen.

In den letzten Tagen des Januar drehte sich die Wetterfahne auf dem Kapellenturm doch noch einmal scharf gegen das zweibrückische Ostertal hinauf, so dass die Alten skeptisch ihre Joppen bis oben hin zuknöpften und von Schnee und baldig wiederkehrender strenger Kälte raunten. So kam es. Der Winter brach wieder herein. Zuerst mit scharfem Wind, dann mit Bergen von Wolken und zuletzt mit Massen von Schnee. Lichtmess war da, die Tage wurden jetzt merklich länger, da lag gegen den Abend des zweiten Februar die weiße Pracht gerade wieder so dick über den dampfenden Misthaufen, wie über die Weihnachtstage des verflossenen Jahres.

Am übernächst darauffolgenden Morgen, am vierten Hornung, kam ein uniformierter Jäger in Eilbotendiensten von dem vier Wegstunden entfernten Schloss Jägersberg bei Neunkirchen, herübergeritten. Er avisierte dem herrschaftlichen Meier Johann Adam Weiler - er war doch kein Meier mehr, hatte sein Amt niedergelegt -, dass am kommenden Tag auf dem Werschweiler sowie dem Dörrenbacher Gemeindebann eine herrschaftliche Parforcejagd stattfinden werde. Es könne zwar nicht der gnädigste Serenissimus höchstselbst dahier erscheinen, jedoch beabsichtige sein Hofjägermeister Schadt die Jagdgesellschaft persönlich anzuführen. Auf Adams unwirsche Frage, was das alles in Herrschaftsnamen um diese Unzeit des anbrechenden Frühjahrs wieder zu bedeuten habe, erklärte der Bote, was er in Erfahrungen gebracht hatte: dass nämlich aus dem Jagdgatter der Zweibrückischen des Vortags in der Labach, gegen Frohnhofen hinüber, ein an der Grenze stehender hochkapitaler Hirsch mit noch stark wurzelndem Geweih nach dem diesseitigen Nassauischen Ostertal entwichen sei. Den galt es zu erlegen, noch bevor das Trumm von Tier seine mächtige Geweihkrone irgendwo ins kurtrierische Gesträuch unwiederbringlich, weil unauffindbar für die Hiesigen, von sich werfe. Es werden zu diesem Jagdereignis des anderen Morgens gegen neun Uhr aus den Meierei-Dörfern Werschweiler, Dörrenbach und Fürth jeweils sieben Treiber zu Fuß vor dem Meierhause zur Jagdfron erwartet. Diesen werde befohlen, sich zeitig, ausgerüstet mit starken Stecken und Klappern, hierorts einzustellen. Es sei daneben ein stabiles Fuhrgespann mit zwei guten Pferden zum Abtransport der Jagdbeute bereitzuhalten. Auch müsse hierorts genügend Hafer sowie Laubstreu für die Pferde bereitgehalten werden. Die Reittiere nebst zahlreichen mitgeführten Windspielen und Hetzhunden benötigten einen bequemen Einstellplatz im Stall oder in der Scheune eines ortsansässigen Bauern. Der Fürst erwarte von den Jagdhelfern keinerlei Widerspruch, sondern freudige und untertänige, tätige Anteilnahme an dem hohen Jagd-Ereignis.

Was ging das den Adam an? Er erklärte sich gegenüber dem fürstlichen Jäger sofort rundheraus für derlei derbe Späße nicht zuständig. Er sei auch für eine Beherbergung in seinem Hause nicht zu haben und überließ das Spektakel überhaupt seinem sogleich herbeigeeilten Sohn Jacob, der sich in aller Form für die vorübergehende Unpässlichkeit seines Herren Vaters entschuldigte. Alles Geforderte werde selbstverständlich umgehend in die Wege geleitet, darauf könne sich die Herrschaft verlassen. Sein Haus im Schmidtseck stünde der hohen Jagdgesellschaft zur vollkommenen Disposition. Der Eilbote möge unbesorgt wieder nach dem Jägersberg zurückkehren und vollständigen Vollzug seines Auftrages vermelden. Der Uniformierte hob ob der offensichtlichen Verstimmung beim Alten ratlos die Schultern und bestieg sein Pferd.

Der alte Adam aber, bevor er mit seinem in solchen Fällen obligaten Donnerwetter anhub, besann sich, drehte beiden den Rücken zu, ließ sie auf dem Hof stehen und entschwand grußlos ins Haus. Die Tür fiel krachend ins Schloss. Jacob tat, was zu tun war. Er beauftragte den Büttel Nickel Leonhardt, dessen Ältesten hinunter nach Dörrenbach und Fürth zu schicken. Er möge sich zur Erledigung der Ordre seines, Jacobs Pferds, bedienen und für alles Nötige bei den dortigen Heimeiern sorgen. Auch möge er nicht verabsäumen, beim Fürther Jäger Schäfer im Schützenhaus vorbeizuschauen und ihm wegen der anstehenden Sache Bescheid zu geben, bevor man diesen wieder einmal, wie so oft in der Vergangenheit, übergehe. Jacob selbst richtete inzwischen Zuhause in der rasch ausgeräumten Tenne alles für den Jagdtross sowie für die Hundemeute her und informierte dann seine Leute über das bevorstehende Ereignis. Die Stimmung hielt sich in Grenzen.

In der Nacht war kein Neuschnee mehr gefallen. Dafür war es wieder kälter geworden. Der Morgen war so frisch, dass der eisige Harschschnee unter den Stiefeln knirschte, schlechte Voraussetzungen zum geräuschlosen Ausgehen der Rotwildfährten. Kaum schickte die Sonne ihre Strahlen hinterm Kuhberger Himmel ins Tal, der kalte Nebel dampfte noch über dem Mühlenwehr, da kam auch schon der ganze herrschaftliche Tross von den benachbarten Dörrenbacher Wiesen über die Banngrenze nach dem Ort Werschweiler hereingefahren. Schellenbimmelnd, scherzend und lachend, escortiert von aufgeregtem Hundegebell, kam die herrschaftliche Jagdgesellschaft in ihren winterlichen Parade- und Plaisierschlitten mit den vorgespannten dampfenden Apfelschimmeln und den stolzen Braunen, durch die gleißende Schneelandschaft bei der Weißwies dahergezogen.

Jacob, der am Dorfgatter die illustre Schar abzupassen hatte, zählte deren fünf Gespanne, die von wiederum je zwei Reitern zur Rechten wie zur Linken flankiert waren. Hinterdrein folgten in der Nachhut noch einmal ein kleiner Trupp berittener Jäger und Hundeführer, Flintenträger und Schlossspanner. Auch ein Versorgungsschlitten hatte sich der Kompagnie angeschlossen. Alle zusammen wurden sie beständig von der jiffenden Hundemeute umrundet. Die ganze muntere Gesellschaft mutete fast wie ein fahrender Wanderzirkus an, wie er mit seinem enormen Aufwand an Mann und Tier, an Gerätschaft, an Gehänge und Gepränge durch den kalten Frühdunst gegen den verschneiten Weiler gezogen kam. Und dieses ganze Theater für einen - einzigen Hirsch? Jadoch, die Inszenierung galt einem einzigen stolzen, edlen, der gnädigen Herrschaft würdigen Hochgeweihten, jenem unbestimmt Begehrten befleißigte man sich dieses prachtvolle Vergnügen. Für ein solitäres, weißblitzendes, ausladendes, endenstarkes Gestänge, für das an der Hörner gespickten Front des Neunkircher Jagdschlosses gewiss bereits ein Ehrenplatz bestimmt worden war, machte die Herrschaft ein solches Aufheben, denn der Kapitale war ein besonderer: er war ein Herzoglich Zweibrückischer.

Die berittene Vorhut, es waren der Ottweiler Jägermeister Klein und der Fürther Jäger Schäfer, ließen sich von Jacob einweisen. Die Jagdgesellschaft folgte den beiden nach dem Hause in den Heilgärten. Am Bienengarten, der direkt an Jacobs Anwesen stieß, war inzwischen wieder das halbe Dorf zusammengekommen und bestaunte über den Lattenzaun hinweg mit unverhohlenen Ahs und Ohs, die vornehme Schlittenparade, die gerade auf den Hof einglitt und in einem Halbrund vor dem Haus zum Stehen kam. Der herrschaftliche Hofjägermeister Schadt schlug als erster die Kniedecke zurück und entstieg mit einem entschlossenen Sprung dem Schlitten. Er wurde vom Ottweiler Jäger Klein begrüßt und sogleich dem bereitstehenden Meieradjunktus vorgestellt, der ihm untertänigst salutierte.

Was war das aber für eine Erscheinung, was für ein Recke baute sich da vor Jacob auf! Der Herrschaftliche war ein Hüne von Jäger, groß wie ein Pferd und ebenso gebaut und in eine atemberaubende, ja märchenhafte Jägeruniform hineingeschneidert. Unter den schwarz glänzenden, schenkelhohen Stulpstiefeln trug der Hofjägermeister eine cremegelbe Kniehose aus feinstem Leder. Sein Schrank von Brustkasten war umschlossen von einem bis zu den Knien reichenden, wuchtigen tannengrünen Sammetüberkleid, der an den Ärmeln sowie an den Rockschößen verschwenderisch silberbetresst war. Ebensolche zahlreiche silberne Schlingen schmückten das ausladende Revers sowie die flügelförmigen Armstulpen. Unter dem Mantel wölbte sich der kugelige Leibrock in leuchtendem Rot hervor. Ein etwas schräg sitzender, kecker, mit Silber betresster samtgrüner Dreispitz, krönte des Gewaltigen Haupt. Der Kommandant war eine wirkliche Erscheinung an diesem frühen Morgen, da mochten sich die hinterwäldlerischen Werschweiler Bauern kaum satt sehen. Wie mochte sich neben diesem der durchlauchtigste Fürst aber selber ausgenommen haben?

Sogleich inspizierte der Jagdleiter in einem knappen Rundgang die zubereitete Tenne sowie die in Reihe angetretene Jagdtreiberwehr auf dem Hof. Jacob hatte bei den herbeigeschafften maulenden Gemeindsleuten mit viel Einfühlungsvermögen vorher dafür sorgen können, dass sich niemand in unmittelbarer Gegenwart des Jagdtrosses unbotmäßig ereiferte. Weiter abseits des Geschehens hatten die Hundeführer ihre vor Aufregung zitternden Tiere in Position gebracht und ihre Anweisungen vom Jagdleiter Schadt entgegengenommen. Daneben waren die Berittenen im Spalier zu Pferde angetreten und hatten bald auch ihre Ordres empfangen. Die Hörnerbläser setzten zum Signal *Jagdaufbruch* an, die Bauern erstarrten vor Respekt, die Hunde jaulten.

Währenddessen harrten die herrschaftlichen Jagdgäste, unter ihnen etwelche herausgeputzten Hof- und Gesellschaftsdamen, gleichmütig und wohlbehütet unter ihren Schlittenplaids in angeregter Unterhaltung des Kommenden. Sie ließen sich durch die Hornsignale keinesfalls stören, steckten die Köpfe zusammen und waren unter der musikalischen Darbietung in aufgeräumtes Plaudern über dies und das, wohl auch über den herrlichen Morgen sowie die beeindruckende Schneelandschaft unterm Kuhberg vertieft. Von der Weiblichkeit machte niemand Anstalten, sich vom Platz zu erheben oder etwa das Kufengefährt zu verlassen, denn es war diese momentane Vorinspektion auf dem Bauernhof ja lediglich ein knapper Zwischenstopp auf dem Weg ins Labachtal. Der Jagdtross hatte keine Zeit zu verlieren, wenn die Reiterwehr des Hochgeweihten habhaft werden wollte. *Keine vorzeitigen Ablenkungen oder Tändeleien mit den Damen*, so war vorab die Parole des Anführers ausgegeben worden. Der Hirsch musste – gelte was es wolle – gleich im ersten Treiben aus dem Grenzgebiet herausbugsiert und auf sicherem Boden gestellt werden.

Die notwendigen Absprachen mit den aktiven Jagdteilnehmern waren unterdessen ohne Verzug vonstatten gegangen und die ganze Schar, vorneweg die Schlittengesellschaft, hinterdrein im Laufschritt die Treiberwehr aus dem Ostertal, setzte sich alsbald in Richtung Osterbrücke gegen den Ort Frohnhofen in Bewegung.

Jacob hatte sich dem Spektakel nicht angeschlossen. Er blieb im Dorf zurück, um alles Nötige für das abschließende jagdliche Streckenlegen vor seinem Haus zu richten. Da er und die Seinen mit den Vorbereitungen zum abschließenden Schüsseltreiben reichlich zu tun hatten, war ihm vollkommen entgangen, dass, ungefähr eine halbe Stunde nach dem Abrücken der Jagdgesellschaft zwei uniformierte Reiter ins Dorf hereingaloppiert kamen. Sie lenkten ihre Pferde schnurstracks zum Meierhaus und saßen ab. Einer blieb bei den Pferden stehen, der andere, groß, mit Dreispitz und einem schlichten Mantel gekleidet, trat ins Haus. Nach lebhafter, teils lautstarker Unterredung mit dem alten Meier war der Uniformierte eine gute halbe Stunde darauf wieder aus dem Haus herausgetreten, um auf das Pferd aufzusitzen und mit seinem Begleiter in Richtung der Jagdgesellschaft gegen den Pfalzberg hinüber zu entschwinden.

Die Jagd war ebenso schnell vorbei, wie sie begonnen hatte. Der Kapitale aus dem Zweibrückischen war vor den Treibern gleich zu Beginn ihres Vorrückens hoch gemacht worden und abgegangen. Mit viel Getöse war der Gekrönte mitsamt seiner beiden Beihirsche durch die Hecken davongerauscht. Er war durch die Lücke im Gatter nach der Bubacher Gemarkung zurückgesetzt und wieder hinübergewechselt, von wo er gekommen war, und eigentlich auch hingehörte; ohne dass ein einziger Schuss gefallen war.

„Sapperlot!“, werden die Chasseurs zu Pferde beim Anblick dieser drei Edlen wohl ausgerufen haben: „der ganze herrliche Spaß dahin, bevor er noch recht angefangen hat.

Aber, heilige Diana! Was für ein Anblick, was für ein kurzes, herrliches Schauspiel an diesem frischen Morgen!“ Dann eben nicht. Mochte man diese vorzeitige kapitale Retoure dem herzoglich zweibrückischen Oberjägermeister, der mit den Seinen von der anderen Seite das ganze Treiben abgepasst hatte, als ein gut nachbarlicher Hüte- und Treiberdienst zurück in den Stall vermelden, auch gut. Fini, vorbei die Jagd, Hahn in Ruh. Die Hunde jaulten, die Bauernwehr wurde mit den Parforcehörnern zurückgeblasen, es erklang das Signal zum Abbruch der Kampagne. Der ganze Tross sammelte sich oberhalb des Labacher Grubenstollens auf der Freifläche hinter der Schlackenhalde, dort, wo noch gut Nassauisches Terrain war.

Es dauerte eine Weile, bis alles angetreten war und vom Hofjägermeister Schadt, dem später geadelten Ehrenpfort, die abschließenden Anweisungen ausgegeben wurden. Die Bauern standen noch eine Weile keuchend beieinander, während von den Kutschern die prachtvollen Schlittengespanne mitsamt der aufgedrehten Damenbesatzung zu einem Rund zusammendirigiert wurden, so dass die hohen Herrschaften nunmehr unter sich waren. Es knallten die Korken, es klirrten die Gläser, es wurde auf das Wohl des durchlauchtigsten Fürsten angestoßen und es wurden Komplimente ausgebracht, ehrliche und weniger aufrichtige. Es wurde noch eine Weile geschäkert und gekichert, laut und herzlich gelacht. So gesehen waren am Ende doch eigentlich alle zufrieden. Zum einen, weil sie ihren rechten Spaß hatten und weil sie sich zum anderen nun endlich ganz den holden Begleiterinnen in ihren ausgepolsterten Logen zuwenden durften, mit denen sie in neckischer Zweisamkeit die herrlich klare Kaltluft genossen. Und die tat ja doch allen, den Akteuren, den Hunden, den Bauern, wie dem auserlesenen weiblichen Publikum in ihren sehr komfortablen Schlittengefährten, gut.

In Werschweiler wartete Jacob Weiler indessen vergebens auf die Rückkehr der illustren Gesellschaft. Die hatte sich noch an Ort und Stelle auf Einladung des herbeigeeilten Zweibrückischen Hofjägermeisters hinüber nach dem Schlosse Petersheim begeben, wo ein gepflegtes herzogliches Bankett des Vierten Christian auf die Ausflügler wartete. Bescheid bekam Jacob vom Fürther Jäger Schäfer. Die Treiberwehr hatte sich ebenfalls kurz nach Eintreffen der Zweibrückischen in alle Himmelsrichtungen aufgelöst, so dass die Bauern wenigstens um die Mittagszeit wieder bei ihren Leuten waren und sich wärmen und beim Mittagsmahl stärken konnten.

Am Schreibtisch in der Meierstube saß Adam Weiler genüsslich primkauend über einem Quartbogen und kritzelte ein erneutes Entlassungsgesuch an den durchlauchtigsten, gnädigen Herrn und Fürsten Ludwig, über den Dienstweg des Oberamtes Ottweiler, auf das Papier. Die alte Wanduhr schlug den Takt und der Dompfaff flötete hin und wieder sein melancholisches Lied in die Stube. Was er da erneut zu schreiben hatte? Wie gesagt, sein zweites Entlassungsgesuch, jedoch diesmal mit der untertänigsten Bitte um gnädigste Berücksichtigung seines Sohnes Johann Jacob Weiler bei der Benennung des Successors, seines Nachfolgers im Amte des Meiers. Die Behörde an der Blies hatte sich offenbar zwischenzeitlich ohne jeden Erfolg nach einem anderen passenden Ersatz für den Altmeier Adam Weiler umgeschaut. Der verspürte endlich wieder etwas wie wohlige Genugtuung in seiner Brust, denn neben ihm auf dem Tisch lagen, auf drei Häufchen sauber abgezählt, dreißig Gulden Rheinisch und daneben noch eine einzelne Münze sowie ein kleines, sauber mit goldenem Lack versiegeltes Briefchen, das Adam nicht geöffnet hatte. Er dachte nicht daran, es anzurühren. Der Inhalt interessierte ihn nicht, denn er wusste auch so, was jetzt zu tun war. Es war ja vorhin erst alles abgemacht und ins Reine gebracht worden.

XII

Nachdem die Gerichtsmediziner an der Homburger Universitätsklinik mit dem Schlussbericht ihren Auftrag erledigt hatten und bei den Behörden die entsprechenden Aussagen der Beteiligten abschließend ausgewertet waren, wurden die Knochenreste des Werschweiler Leichenfundes zur Bestattung freigegeben. Im Krematorium am alten Saarbrücker Friedhof wurde die Einäscherung auf Staatskosten vorgenommen.

Nach offizieller Lesart der Ermittlungen hatte es sich bei den sterblichen Überresten um eine männliche Person höheren, ja höchsten Alters gehandelt, die seit weit über einhundert Jahren im besagten Rübenkeller in der Erde geruht hatte. Es waren, soweit es sich feststellen ließ, keinerlei Spuren von äußerer Gewalteinwirkung an den Fundstücken nachgewiesen worden. Eine sinnvolle Rückverfolgung eines etwaigen Verbrechens war nicht mehr möglich und nötig. Die Akte war von der Kriminalpolizei geschlossen und weitergereicht worden, denn die Polizeibehörde war nicht zuständig.

Für die beiden Medizinstudenten von der Gerichtsmedizin in Homburg hatten sich mit der Einäscherung weitere Nachforschungen am Skelett erübrigt. Johannes Gass hätte auch keine wirklich handfesten Argumente vorbringen können, die für einen Aufschub der Verbrennung ausgereicht hätten. Er hatte es auch gar nicht erst versucht, denn sein Bruder hatte ihm sein Vorhaben ausgeredet. Er sah nicht ein, sich jetzt noch mit irgendwelchem diesbezüglichen Ärger am Institut herumschlagen zu müssen. Außerdem war der Fall abgeschlossen und es hatte kein zwingender Anlass bestanden, an den Ergebnissen der Untersuchungen zu zweifeln.

Am Tag der Beisetzung war es windig und beißend kalt. Neben Holle und zwei Bediensteten des städtischen St. Wendeler Friedhofsamtes, welche die Urne auf einem Wägelchen an die Begräbnisstätte heran schoben, waren nur wenige Einheimische auf dem Werschweiler Friedhof versammelt. Der für die Gemeinde zuständige Pfarrer sprach ein paar unerhebliche Worte über den Unbekannten, der, wie auch immer in das Kellergewölbe gelangt, nun seine ordnungsgemäße christliche Ruhestätte gefunden habe und in Frieden dem jüngsten Tage entgegengehen könne. Das alles ging vollkommen an Holle vorbei, denn er befand sich in Gedanken längst ganz wo anders. Außerdem, was hatte er mit dem Häufchen Asche eines halbvermoderten Skelettes aus einem nassen Keller zu schaffen, das seit über hundert Jahren dort drunten in der Erde steckte, außer, dass er der zufällige Entdecker des Fundes gewesen war und dadurch reichliche Unannehmlichkeiten zu den ohnehin schon bestehenden bekommen hatte.

Die Urne wurde in einem winzigen Rasenquadrat an der Mauer des Friedhofs in die Erde versenkt. Holle legte ein paar selbst gepflückte Blumen zur Seite des Rasenlochs nieder, der Geistliche sprach ein abschließendes Gebet. Damit war die Bestattungszeremonie beendet. Neben den sichtlich ergriffenen Hausbesitzern des Meierhauses, Gerlinde und Werner, war von Amts wegen noch die Ortsvorsteherin Fuchs anwesend sowie die Zwillinge Hannes und Max Gass und ihr Vater. Die beiden jungen Studenten verließen nach der Beisetzung als erste wieder den Friedhof. Nach einem kurzen Gespräch mit einigen Umherstehenden entfernte sich auch Holle. Für ihn war der Fall erledigt.

XIII

Wie erging es den Leuten im Kirschgarten, die nicht aufhörten, auf den Schreinergehilfen und Bräutigam Johann Peter Neufang zu warten? Die Kalkulationen des Beck auf die Rückkunft seines Handlangers für Anfang Februar waren nicht aufgegangen. Der Meister werkelte weiter alleine an der Hobelbank, von Holle war keine Nachricht, überhaupt kein Lebenszeichen eingegangen. Diesmal blieb die Tochter Katharina stark und zuversichtlich, während der Hausvater allmählich die Nerven verlor.

Er sei doch noch gar nicht über die Zeit, wenn man bedenke, dass wider die Erwartung des Vaters auf besseres Reisewetter, durch den hohen Schneefall auf dem Schwäbischen und unwegsamen Pfälzer Gebirge, ein Durchkommen in der veranschlagten Zeit nicht zu erwarten sei. Der Vater müsse allenfalls um starke zwei Wochen nachlegen.

Ob sie überhaupt ermessen könne, was zwei Wochen für ihn und sein Geschäft, zumal in der Ackererzeit, bedeuteten? Er sei soweit *hintenhott*, das hieß: hinterher mit seiner Arbeit, dass jetzt bald was geschehen müsse. Und wenn es denn gar nicht anders zu machen sei, dann müsse halt ein neuer Schreinergehilfe her, so ginge das jetzt nicht mehr hin. Die Mutter hielt sich mit Bedacht aus dem Gefeilsche der Beiden heraus und sprach abwechselnd ihrem Ehemann, dann der Tochter aus dem Hintergrund aufmunternd Geduld und Mut zu, aber zuvorderst bestärkte sie ihre Katharina in ihrer Gewissheit, dass alles doch noch ein gutes Ende nähme, sie werde schon sehen. Die Tage vergingen, nichts dergleichen geschah. Im Gegenteil, gegen die Mitte des Monats war es, die Kälte hatte sich hartnäckig im Tal festgesetzt, ebenso wie der Schnee, als von Konken herüber ein Bote des jüdischen Geldverleihers Marum Weyel vor die Werkstatt trat und nach dem Schreinergehilfen Neufang verlangte. Nickel Beck ahnte nichts Gutes. Was denn des Weyel Begehr sei, der Neufang sei für eine geraume Zeit nicht zu sprechen, weil in geschäftlichen Dingen unterwegs. Ob es um die Rückzahlung der fälligen Zinsen für den Hauskredit gehe? Die könne er auch selbst bedienen. Wenn dies die Belange des Geldverleihers Weyel seien, dann möge er sich getrost direkt an ihn wenden, wiegelte der Schreinermeister ab.

Es gehe nicht um Geld. Es gehe um Gewehrkugeln in Hülsen, mit anderen Worten, es handele sich um Patronen. Diese benötige er umgehend, dringenst und zwar deren im Packen zu fünfzig. Das sei sein Auftrag. Ohne die werde er seinem Auftraggeber nicht unter die Augen treten.

Patronen also. Um des Allmächtigen Willen, was seien denn das für seltsame Heilige - *Patronen*? Was habe sein Gehilfe um alles in der Welt mit *Patronen* zu schaffen? So viel er wüsste, sei sein Gehilfe kein Schießpulverkrämer, er sei eben sein Gehilfe. Holz, verstehe er, Holz, nicht Eisen, noch papistische Devotionalien seien ihr Geschäft.

Dann werde der Bote eben solange hier vor der Türe warten, bis der Neufang wieder da sei. Ohne das Aufgetragene werde er hier nicht vom Hof gehen und dem Geschäftsmann Weyel auch nicht kommen können.

Ob dieser sich die nötige Zeit zum Abwarten mitgebracht habe, denn es könne was dauern. Sie selbst seien bis dato auch bereits geschlagene zweieinhalb Monate in Erwartung. Er sehe, es könne sich durchaus eine Weile hinziehen. Er möge es sich in der Zwischenzeit schon mal gemütlich machen, hier bei den Ackergeräten vielleicht oder draußen an der frischen Luft, unterm Kastanienbaum womöglich?

Da hört sich doch alles auf, wie sprach der Nickel Beck auf einmal zu Marum Weyels Boten, zu dem Beauftragten des Mannes, dem er noch die enorme Summe von über achthundert Gulden Rheinisch auf Schuldschein zurück zu zahlen hatte? Ja, wie hätte er denn, bei allen guten Geistern, anders antworten sollen, als mit Spott und Ironie, bei einem derartigen Begehren? Von etwelchen Kugeln wusste er nichts, von Patronen hatte er nicht die entfernte Spur, hatte von derlei Spiel- und Gerätschaften sein Lebtag nichts gehört. Das war alles, was er dazu hätte melden können, hätte ihn wer gefragt.

Ob der Meister Beck durchaus nicht Willens sei, den Neufang selbst vorstellig werden zu lassen, wollte der Bote in einem letzten Aufgebot von Hartnäckigkeit wissen, er habe von ihm ja doch überhaupt nichts zu befürchten?

Willens sei er schon, nur eben nicht in der Lage, den Neufang herbei zu hexen, damit sei es seit hundert Jahren bedauerlicherweise vorbei, sonst würde er sich auf der Stelle auch noch mal in dieser Kunst versuchen. Leider nein, vorerst könne er dem guten Manne beim besten Willen nicht dienen.

Der Mann schien verstanden zu haben. Mit einem Mal gab er sich einen Ruck. Er sah ein, dass er hier nicht würde weiter kommen, denn der Meister war anscheinend nicht gut auf seinen Gesellen zu sprechen. Also bestieg er endlich seinen Gaul und hieß den Beck, umgehend Bescheid zu geben, sobald sein Gehülfe wieder zurück sei. Aus seiner Manteltasche zog er ein Schreiben vom Weyel, welches für den Neufang bestimmt war. Dieses übergab er dem Nickel mit der dringenden Bitte, es sofort an den Adressaten auszuhändigen. Damit entschwand er durch das Gässchen und lenkte sein Tier die Kleinbachgasse hinunter, in Richtung der alten Chaussee, nach Niederkirchen.

Was sollte der Schreiner von dieser Sache halten? So was war ihm noch nicht untergekommen, dass aus Konken seit

Monaten ausdrücklich keine Geld- oder Zinszahlung angemahnt worden waren, sondern Gewehrkugeln in Kartuschen, oder wie der Bote sagte: Patronen? Das würde ihm sein Gehilfe genauer auseinandersetzen müssen, vorausgesetzt er käme denn endlich einmal wieder nach Hause. Aber Holle kam nicht. Er blieb aus.

Der März rückte mit Sturm und Wind ins Land und dann schmeichelte er dem Tal mit milden, geradezu frühsommerlichen Temperaturen. Die Aussaat kam heran, die Aussaat war da und mit ihr häuften sich die Beschwerden beim Schreiner Beck. Sogar einiges lautstarke Gejohle und Gemaule der Bauern machte sich breit, weil dringend benötigte Gerätschaften bei allem fieberhaften Zurichten und Werkeln nicht fertig geworden waren, trotzdem ihm in der ärgsten Bedrängnis sogar seine Tochter, die sechzehnjährige Katharina, ungewöhnlich fleißig zur Hand gegangen war.

Im Märzmond, mitten in der Ackererzeit, stand der Bote aus Konken erneut in der Werkstatt und verlangte umgehend, ohne Ausreden, ohne alle Umschweife, den Johann Peter Neufang zu sprechen. Es dulde diesmal definitiv keinen Aufschub. Sein Auftraggeber sei durch die Säumnisse des Neufang selbst in die allergrößten Verlegenheiten geraten, da er seinem hohen Herrn und durchlauchtigsten Herzog von der Pfalz die von dort geforderte Ware längst überfällig schuldig sei.

Das war ja unerhört! In welche höchstherrschaftlichen Sphären hatte sich sein Gehilfe da ohne sein Wissen hinein manövriert? Mit wem unterhielt er darüber hinaus etwa noch alles seine immer suspekter erscheinenden Geschäfte? Vor allem: was waren das für Munitions-Händel, die offensichtlich keinen Aufschub mehr duldeten und von denen er nicht die Spur einer Ahnung hatte? Worauf hatte sich der künftige Tochtermann drüben im Zweibrückischen ohne seine Zustimmung leichtfertig eingelassen?

Der Bote möge sich hierher setzen, vielleicht dort in der Werkstatt auf die Ofenbank des törichten Jakob, da hielte es sich aus. Daselbst ließe es sich prächtig zuwarten, so wie er selbst seit Monaten auf seinen Gehilfen warte. Genau so, wie die hiesigen Bauern der Fertigstellung ihrer Gerätschaften harren müssten, jetzt in der Zeit der Aussaat, ebenso möge auch Er sich verbindlichst in nachsichtiger Geduld üben. Nur Ausdauer, es sei ja alles gleich soweit. Gut möglich, dass der allseits Gesuchte im Augenblick da zur Türe hereinkäme. Eher wahrscheinlich, dass sich der Bote aber allhier noch ein paar Wochen oder Monate gedulden möge. Er, Nickel habe nichts dagegen, solange der Bote ein wenig mithelfe bei seiner Arbeit, die ihm längst über den Kopf gewachsen sei. Nur zu, richte Er sich häuslich ein!

Das war zuviel für den Mann. Er hatte genug. Na gut, wie Er wolle, er werde den ehrenwerten Marum Weyel unterrichten, der möge das Geschäft mit dem Neufang fortan selbst in die Hand nehmen, er habe es satt, sich wie ein Hanswurst behandeln zu lassen. Der Beck werde schon sehen, was er davon habe. Damit saß er auf und ritt nach dem oberen Ostertal davon.

Nein, Nickel wollte von alledem nichts mehr hören. Er hatte anderes zu tun, konnte sich nicht kümmern, musste Streichbretter, Hacken, Eggen, Kummete, Mistgabeln zurichten. Der Gaul lahmte, vielmehr er verweigerte einmal wieder die Gefolgschaft, bei dem wusste man sowieso nicht, wo man dran war, wie beim Neufang. Die Roggenaussaat war noch nicht vorbereitet, ach, es war ihm bald alles zu viel. Und Jacob Weiler war zu allem Überfluss auch schon wieder bei ihm vorbeigekommen um zu sehen, ob seine Wagenbretter, die Aufsteller, endlich eingepasst seien, er müsse demnächst eine Fuhre machen, die er nicht länger aufschieben könne.

Lange besann sich der Schreiner über seinen Gehilfen nicht mehr. Nur noch ein einziges Mal simulierte er alle möglichen

Szenarien durch, die ihm eine schlüssige Erklärung für das Ausbleiben seines künftigen Tochtermannes liefern konnten. Er kam, wie er es drehen und wenden mochte, zu keinem Schluss. Sein Groll überstieg jedesmal die Befürchtungen, die von einem Verbleiben in der Stadt Ulm, über eine Verhaftung, bis zu einem Unfall, Überfall, zuletzt gar, er mochte es sich kaum eingestehen, bis zu der gewagtesten Annahme eines tödlichen Zwischenfalles gingen. Vielleicht war es ratsam, so beschloss Nickel seine Wirrungen, sich nach Steinbach zu Neufangs Leuten zu begeben; durchaus möglich, dass sie Neues wüssten. Ja, das würde er tun, sobald sich etwas Zeit von der Arbeit erübrigen ließ.

Beck besprach sein Vorhaben mit seinem Weib. Margarete riet ihm auf der Stelle entschieden ab. Dort würde er womöglich nur voreilige, weil unnötige Kümmernisse lostreten. Schließlich müsse er bedenken, dass so viel Zeit seit dem Fortgang des jungen Mannes noch gar nicht ins Land gegangen sei. Er möge dem Neufang durchaus noch ein paar Wochen geben. Mit seinem Weib redete er zuletzt über das ominöse Begehren des Konker Juden, denn er war sich nicht sicher, ob er jenen nicht bereits dermaßen verärgert hatte, dass dieser demnächst womöglich seine Zinszahlungen und darüber hinaus eine höhere Garantie-Summe als Tilgung einfordern würde. Zustehen würde ihm ein Abschlag auf jeden Fall. Diese trübe Aussicht machte ihm nicht wenig zu schaffen. Was sollte er jetzt noch auf des Neufangs seinerzeitige Zusicherung geben, es läge alleine in seinem, Nickels, Ermessen, wann er wie viel zurückzuzahlen willens und imstande sei.

Überhaupt hatte es mit dem Gehilfen insgesamt seine Bewandtnis, aus der er im Lichte seines Grolls nicht mehr klug werden wollte, trotzdem ihm dieser immer wieder weiszumachen versucht hatte, alles an ihm sei eben typisch pennsylvanisch. Alles noch von seiner Zeit aus der Neuen Welt. Diese Ausreden mochte er schon lange nicht mehr hören. Auch das gestand er jetzt seinem Weib. Er erinnerte einmal mehr an die wundersame Kleidung des Mannes, an dessen Schuhe, an sein gesamtes Gehabe, das doch so gar nicht in dieses Dorf, eigentlich auch so recht nicht, nein, überhaupt nicht in das Tal passe. Hatte er während seiner Zeit überm großen Wasser denn wirklich alles ganz und gar verlernt?

Er vergegenwärtigte sich jenen, zugestanden, ausnehmend liebenswert geschnitzten Märchenbogen für Katharina, mit seinen geradezu phantastischen Figuren, den Geschichten, die für ihn so vollkommen neu waren, als hätte sein Erschaffer sie allesamt gerade neu erfunden. Und dann, in der Schranklade die Figurenarbeiten: alle miteinander dermaßen fremd, geradezu unwirklich, dass er mit jenem Sammelsurium durchweg überhaupt nichts anzufangen wusste. Da waren Affen, Elefanten, Giraffen, Strauße, Nashörner, Krokodile, alles Tiere, die für den Nickel vollkommen fremd waren und allenfalls ins Reich der Fabelwesen gehörten.

Als *Feuerwehrauto* hatte sein Gehilfe einmal in Ungedanken ein hastig hingeschaffenes Stück Holz bezeichnet, welches ja doch in Wahrheit nicht viel mehr als ein paar Klötzchen auf vier kleinen, wulstigen Rädern mit einer aufgeschulterten Miniatur-Leiter war.

„Nicht weiter von Bedeutung, nur so eine Idee," hatte sein Tochtermann seinerzeit abgewinkt, als sich der Nickel neugierig über seinen Arbeitstisch gebeugt hatte. Überhaupt die Bezeichnung *Feuerwehrauto*? Feuerwehr, ja. Aber Auto? Er kannte Feuersprüche, die aufzusagen waren, wenn es brannte, während man drei Mal um den Brandherd laufen musste. Feuereimer kannte er sowieso, lederne, die mit Wasser gefüllt, stets zur Hand sein mussten, je einen im Stall und deren drei bis vier in der Tenne für den Fall, dass einmal eine Flamme von der Ölfunzel auf ein Stück Heu oder Stroh übergriff. So war es in der Nassauischen Ordnung vorgeschrieben, aber ein *Auto*? Wo befand sich denn da die Deichsel, wo das Sielscheid für die Pferde?

„Wie soll denn dieses Monstrum von Gefährt mit seinen armseligen Zwergenrädern die Gassen hinauf und hinunter kommen, so ganz alleine ohne Vorspann", hatte er den Neufang zur Rede gestellt, aber der zuckte nur mit den Achseln?

„Der Mann hat eben Phantasie, Ideen, weiter nichts", beschwichtigte ihn sein Weib, „ist er etwa nicht tüchtig in seiner Arbeit, geht er Dir nicht bienenfleißig zur Hand? Ist er unserer Katharina nicht ein ehrlicher, verlässlicher Bräutigam? Bedenke nur die anderen Burschen im Dorf. Die haben den Segen vielleicht auf dem Misthaufen aber nicht im Kopf, vielmehr, manche haben den Misthaufen womöglich gerade dort..." Nickel winkte verärgert ab. Das war seine Art nicht, diese ganze kapitale Angelegenheit abzuwiegeln. Dazu war sie ihm viel zu bedeutsam. Es ging schließlich um die Schreinerei, die Ackerwirtschaft, um seine Tochter, um die Zukunft der Haushaltung.

Allmählich war ihm der Eiertanz um seinen Tochtermann zuviel geworden. Es drehte sich in der letzten Zeit fast alles nur noch um ihn. Zuviel Unruhe, zuviel Hin und Her mit diesem Zweibrückischen Boten, zuviel Ärger mit der Ottweiler Herrschaft, überhaupt zuviel Einmischung von außen. Ein neuer, zuverlässiger Handlanger musste her und zwar sofort. Mochte der Neufang, zurückkommen, wann er wollte, das Warten musste ein Ende haben.

So kam es, dass sich der Schreiner Beck den jungen ortsansässigen Nickel Ulrich in die Werkstatt holte. Des Ulrichs Vater war gerade im neunundsechzigsten Lebensjahr an der Altersschwachheit gestorben und dem Nickel war zu Ohren gekommen, dass die kleine Familie ein äußerst mageres, ja ganz schlechtes Auskommen habe. Die familiäre Notlage war nicht zuletzt ein Grund dafür, den Nickel zu sich zu nehmen. Der junge Bursche war noch nicht zwanzig, aber ein besonnener, dabei arbeitsamer Kerl, der immer sofort erkannte, wo es fehlte und sich nicht scheute, zuzupacken, auch wenn am

Anfang vieles an umständlicher Anleitung notwendig war, um den Neuen einigermaßen einzuweisen. Dennoch, im Kirschgarten ging es mit der tätigen Mithilfe des Ulrich nun ersichtlich wieder voran.

XIV

Für Hannes Gass war der *Fall Neufang* mit der Beisetzung der Urne auf dem Werschweiler Friedhof keineswegs abgeschlossen. Im Gegenteil, ihm bedeutete es eine umso größere Herausforderung, jetzt hinter das Rätsel zu kommen, als er wusste, dass sich von offizieller Seite fortan niemand mehr mit der Sache befasste. Außerdem war seine Entdeckung der zweiphasigen Amalgamfüllung, von der noch Fotos und Befundreste im Institut lagen, keineswegs aufgeklärt.

Max kannte seinen Bruder gut genug, um zu wissen, dass dieser sich so schnell nicht von seinen Nachforschungen abbringen lassen würde. Das war ihm eigentlich egal, sollte er doch machen was er wollte, aber dennoch behagte es ihm nicht.

Hannes benötigte für das, was er nun mit dem Neufang vorhatte, eine glaubhafte Argumentation. Mit dem DNA-Fall durfte er ihm nicht kommen, das Thema war für ihn seit der Beerdigung erledigt. Also musste für ihn ein regionales Studienprojekt zur Untersuchung von Bakterien der Mundschleimhaut in der ländlichen Bevölkerung herhalten. Unter diesem Vorwand ging Hannes hinunter ins Hirtenhaus.

Holle war wider Erwarten aufgeräumt, ja geradezu aufgeschlossen, als er den Besucher ins Haus hereinließ. Er gab sich geradezu so, als hätte er ihn seinerseits erwartet. Dem Anliegen des Studenten stimmte er sofort zu, sammelte während Hannes' Erläuterungen bereitwillig Spucke im Mund. Nach der ersten Probeentnahme kam das langstielige Wattestäbchen zum Einsatz. Die erwartete Amalgamfüllung war nicht vorhanden. Auch das Kieferbild des Untersuchten entsprach insgesamt nicht ganz dem Homburger Schädel, den er längst bis in die hintersten Winkel auswendig kannte. Johannes war irritiert, dann ernüchtert. Er wusste nicht, ob er erleichtert oder enttäuscht sein sollte.

Als die Prozedur beendet war, ließ sich Holle die Zusage geben, sich die Befundergebnisse vom *Dockter,* wie er sagte, persönlich erklären zu lassen und gemahnte seinen Besucher beim Hinausgehen daran, dass ihm dessen Onkel neulich versprochen hatte, ihm die Familienchronik der Werschweiler und Dörrenbacher Einwohner leihweise vorbeizubringen. In dem Folianten gäbe es einige interessante Daten von früher aufzuspüren, hatte ihm Norbert vor Wochen empfohlen. Besonders im Hinblick auf das Becke Haus, das man gerade erst abgerissen hatte, um an dessen Stelle einen für seinen Geschmack eher unpassenden Flachbau hinzustellen, könne man fündig werden.

Es war unglaublich. Aus den Speichelproben von Peter Neufang ergab sich rein gar nichts. Überhaupt waren keinerlei DNA zu erkennen. Nicht aus der ersten und nicht aus allen folgenden Extraktionen war irgendetwas Verwertbares herausgekommen, was mit dem ersten verblüffenden Laborergebnis von vor gut zwei Wochen in irgendeinem Zusammenhang stand. Es war, als hätte der Student reinstes, von allen Mikroben und Kleinstverunreinigungen freies, destilliertes Wasser analysiert. Wie konnte das möglich sein? Hatte jemand seine Proben weggeschüttet, durch Wasser ersetzt, ausgetauscht? Hatte sich womöglich Max einen Scherz erlaubt? Stimmte mit Holle etwas nicht? Wie konnte es sein, dass ein Mensch aus Fleisch und Blut keinerlei Erbsubstanz in sich trägt? Hannes schüttelte den Kopf, Unsinn! Es musste eine simple Erklärung für das alles geben. Wenn sich nicht aufklären ließ, was man ihm da offensichtlich untergeschoben hatte, dann würde er eben noch mal an sein Untersuchungssubjekt ran, um neue Abstriche zu machen. Aber erst einmal dachte er in Richtung Max. Hatte der ihm womöglich gerade einen unwitzigen Streich gespielt?

Hannes' Onkel machte noch am selben Tag auf seinem Rundgang durch das Dorf beim Hirtenhaus Station und lieferte Holle das Familienbuch ab. Der machte zwei Tage lang einen Bogen um die Chronik. Sie blieb unangetastet auf dem Küchentisch liegen. Holle war noch nicht soweit. Er redete sich dies und das an Erledigungen ein, die er vorher noch hinter sich zu bringen hatte, bis er sich endlich ein Herz fasste. Es kostete ihn einige Überwindung.

Seinen eigenen Namen, vielmehr, den seines Namensvetters aus dem achtzehnten Jahrhundert, fand er unter der alphabetischen Familienrubrik der Steinbacher Neufangs auf Anhieb heraus. Es war jedoch lediglich der Vor- und Nachname, sein Geburtsdatum und ein Detailverweis für die nächstliegende Seite eingetragen. Holle schlug nicht um. Er wich nach vorn auf die ersten Buchseiten aus, auf den Buchstaben *B*. Johann Nikolaus Beck und dessen Ehefrau Margareta Wahlster fand er sofort. Vier Kinder standen unter ihrer Familienrubrik eingetragen. Drei davon waren im Januar 1770 gestorben, hinter Katharina stand ein Detailverweis. Sein Herz schlug schneller, die Hände begannen zu zittern. Holle ging dem Querverweis abermals nicht nach. Stattdessen schlug er ganz nach hinten, nach dem Buchstaben *W*, näherte sich dem Namen Weiler und der Familie des Meiers Adam Weiler. Er erschrak über die Vielzahl von Adams Kindern, die schon in ganz jungen Jahren gestorben waren. Was hatte die Familie alles erlitten und gelitten! Mitten unter der Namenskolonne stand der Name geschrieben. Er war es, Jakob.

Abermals versank er, wie so oft in den letzten Tagen und Wochen, in abgrundtiefen Jammer. Unter der Rubrik Nr. 2264 der Familienchronik stand es abgedruckt: Johann Jacob

Weiler, geb. 26. Februar 1737, gest. Jan. 1774. Das war die ganze Notiz. Er war es. Sein Freund, der im Geist Einfältige, der wunderbare Philosoph der vagen Gesten und Andeutungen, der Mensch mit den seherischen Gaben, der ihn als erster bei seinem damaligen Irrgang in die Vergangenheit wie einen Freund und Kameraden begrüßt hatte. Jakob, den er neulich verlassen musste, als dieser schon im letzten Dahinsiechen lag, er war wenige Wochen nach seinem Weggang aus dem Dorf tatsächlich gestorben. Jakob, der Sonderling aus dem achtzehnten Jahrhundert, dem Holle noch vor wenigen Wochen in seiner Kammer beigestanden hatte, war wieder zurückgekehrt ins Nichts, aus dem er einst gekommen war, weil er der diesseitigen Welt überdrüssig wurde.

Da lag sein Dorf, aufgeschlagen in anonymer alphabetische Auflistung der längst Dahingegangenen: Name, Geburtsdatum, Taufdatum, Hochzeit, Kinder, Sterbedatum. Vielleicht hier und da eine zusätzliche Bemerkung, wenn sie denn der Kirche einen Eintrag ins Buch wert gewesen waren; aufgearbeitet und übersetzt die unlesbare Schnörkelschrift in lateinische Groteskbuchstaben und Ziffern. Fremd, geradezu abweisend standen die Notizen auf den Seiten, nichts sagend die meisten Namen, auch für ihn. Und doch wünschte sich Holle zurück in sein Dorf, das längst zu seinem Zuhause geworden war, obwohl ihm dies alles schon wieder wie ein phantastischer Spuk vorkam, der so unreal erschien, wie die Erinnerungen an die Geschehnisse der letzten Monate. Und seine Katharina? War sie für ihn noch Realität oder war ihre Existenz in seiner Erinnerung nur noch Wunschbild der Phantasie? Was hatte er, der hier am Küchentisch saß und fast zweihundertvierzig Jahre von ihr getrennt, über das Buch gebeugt, Daten nachforschte, für eine Handhabe, zu ihr zurückzukehren? Wenn es zutraf, dass sich Spuren seines Namens und Katharina's in den Aufzeichnungen fanden, dann war es ja nicht er selbst, sondern allenfalls ein Phantom, eine Wunschidentität, in die er gern hineingeschlüpft wäre, um die

Geschichte des alten Dorfes weiter zu leben. Was hatte ihm demgegenüber die Gegenwart zu bieten?

Warum nicht jetzt endlich aufschlagen und nachschauen, was die entsprechende Rubrik hergab, warum sich nicht der Auflistung stellen? Wenn es nun doch ganz anders enden würde, wenn bei der Verweisrubrik seiner Katharina jemand ganz anderes als Ehemann eingetragen war oder wenn sie zeitlebens unverheiratet geblieben war? Gesetzt den Fall, sein Namensvetter aus dem achtzehnten Jahrhundert hätte irgendeine Maria oder Eva oder Anna oder Amalia oder eine werweißdennich aus Steinbach oder Wiebelskirchen oder Welschbach geehelicht? Ja dann. Dann hatte er wenigstens Gewissheit.

Es war der Detailverweis unter der Registriernummer 2847, der in seine innere Ödnis einen Lichtstrahl brachte, der ihm alle seine Zuversicht der hellsten Zeiten wieder zurückbrachte und ihn wieder hoffen, ja wissen ließ. Dort fand er seinen eigenen Namen und der Name seiner Braut, Anna Katharina Beck, zusammengeführt, gemeinsam eingeschrieben in das Kirchenbuch der Kirchengemeinde Dörrenbach unter dem Datum im Jahre des Herrn, dem einundzwanzigsten Februar 1775! Es war der Tag seiner Hochzeit mit der Katharina Beckin. Es gab einen Weg für ihn zurück!

XV

Der März verging. Er endete mit nasskaltem Wetter, mit Sturm und Hagel. Die Aussaat des Sommerroggens kam bei den widrigen Umständen nicht voran, so dass die Bauern unter den Regenschauern immer wieder gezwungen waren, vorzeitig aus ihren schlammigen Äckern zu steigen und heimzukehren. So wie der März gekommen war, nämlich wie ein Wolf, so ging er auch hinüber in die Osterzeit. Der April, der Ostermond, kam ins Land, er begann gerade so, wie der März geendigt hatte; er strich mit rauen, stürmischen Regen- und Schneeschauern über das Tal, gleich vom ersten Tag an. Der erste April war der Karfreitag und für den hielten die Bauern hierorts seit allen Zeiten eine feste Wetterregel bereit, welche lautete: „Wenn's dem Herrn Jesus ins Grab hineinregnet, so gibt's einen trockenen Sommer".

Gegen Ende des Monats blühte die Natur endlich auf. Allerorten hörte man den Kuckuck rufen, die Wiesen standen sattgrün mit gelben und blauen Teppichen von Löwenzahn und Schaumkraut, die Schlehenhecken waren eines Morgens mit weißen Blüten überpudert. Bald knospten die Wildkirschbäume auf und es kam nach dem langen Nachwinter endlich wieder frisches Wildgemüse und Salat, Wildlauch, Brennnessel, Bärlauch, Maßliebchen und Löwenzahn auf den Tisch.

Aber das Frühjahr brachte in diesem Jahr auch wieder Unglück und Leid, denn es brach wieder einmal eine verheerende Blatternepidemie über die Gegend herein, die in den benachbarten Herzogtümern des Westens so schwer wütete, dass die Einwohner aus der Stadt Paris in Scharen auf das Land flohen. Der gute König Louis von Frankreich wurde in den letzten Apriltagen erfasst, er lag danieder und ging unter Weinen und Klagen des gesamten Hofes dahin. Am zehnten des Maienmonats, der doch eigentlich der Wonnemond war, hauchte er sein Leben aus. In Saarbrücken kämpfte die Gemahlin des Fürsten Ludwig, Wilhelmina, unterdessen ebenso mit der Pein, wie zahlreiche ihrer Untertanen. Sie entkam der harten Prüfung schwer gezeichnet mit der allergrößten Not. Der Allmächtige hatte in Seiner Güte indes die Menschen auf dem Land mit Seiner Acht einigermaßen verschont. Nur hier und da waren Opfer zu beklagen, allesamt waren Kindlein vor ihrem zehnten Lebensjahr betroffen.

In den unteren Ostertaldörfern, in Sonderheit in den Flecken der Meierei Werschweiler, war nicht ein einziger Blatternfall aufgetreten. Hier lebten die Bauern fromm, aufrichtig und fleißig in ergebener Zuversicht auf die Gnade des Herrn, dass Er sie diesmal verschonen möge. Ihre Bitten wurden erhört, wofür sie Ihm mit noch mehr Innigkeit und eifrigerem Kirchgang nach der Dörrenbacher Kirche dankten.

Der Mai war vorüber gegangen, ohne dass von Peter Neufang auch nur das kleinste Zeichen, die spärlichste Nachricht angekommen wäre. Auch der Konker Jude Marum Weyel ließ, entgegen den Befürchtungen aus dem Kirschgarten, vom Schreiner ab und belästigte ihn nicht mehr. Die junge Katharina hatte sich offensichtlich mit der Situation abgefunden. Ihre Mutter musste ihr nicht mehr beistehen, wenn ihre Stunde der Besinnung gekommen war. Das Mädchen wurde jedoch zusehends in sich gekehrt und stiller. Die Blumensträuße in der Kammer ihres Bräutigams verwelkten, es wurden von ihr keine neuen mehr aufgestellt und die Bittgebete ließen allmählich nach. Stattdessen sammelte sie um das Haus herum immerzu alte Schneckenhäuser zusammen, stapelte sie vor

Peters Kammertüre auf und verhielt sich insgesamt ein wenig wunderlich. So behauptete sie eines Tages gegen ihren Vater, sie hätte den Bräutigam letzthin auf dem St. Wendeler Wochenmarkt gesehen. Er sei an ihr vorbei gegangen und habe sich nicht mal umgedreht. Er habe sich benommen, als hätte er nicht das Geringste mit ihr zu schaffen, das müsse man sich mal vorstellen. Dem würde sie bei nächster Gelegenheit gehörig Bescheid geben, so ließe sie sich nicht behandeln, auch nicht vom Bräutigam. Margareta sorgte sich ernstlich um ihre Tochter und für den Nickel stand fest: so ging das nicht weiter, es musste etwas geschehen. Am zweiten Junisonntag ging der Schreiner Beck, ohne mit seiner Frau gesprochen zu haben, hinauf nach Steinbach zu Holles Leuten.

Die sechzehnjährige Braut wurde immer sonderlicher. Die Schneckenhäuser hatte sie allesamt im Ofen verfeuert, statt dessen sammelte sie jetzt unaufhörlich allerlei Wildblumen und Gräser, die sie vor Peters Kammertüre legte. Hinein ging sie nicht mehr. Manches Mal klopfte sie an seine Türe und antwortete ihm auch, er solle sich nicht so anstellen und sie hereinlassen. Sie sei ihm nicht gram. Dann wieder ging sie in größter Zuversicht hinüber in die Heilgärten und brachte dem vor sich hin duselnden Jakob ein selbstgepflücktes Sträußchen mit und erzählte ihm, wie sie mit ihrem Peter neulich einen Spaziergang über die *Sang* nach den *Schlechtfeldern* gemacht habe und wie sie ihn dabei mitgenommen hätten. Der sah sie mit großen, ins Nichts blickenden Augen an und rührte sich mit keiner Geste. Dann wieder nahm sie den treuen Hund Areus mit sich und ging mit ihm über die Gärten und Felder, um zu sehen, wie die Frucht auf den Halmen vorankam und ging wieder zurück in den Kirschgarten, mitsamt dem Weimaraner. Der trottete jedes Mal, gegen den Abend zu, wieder hinüber in den Schmidtseck, um seine Kammerwache bei dem Entrückten zu halten.

So ging das bis um Johanni herum, bis an einem jener späten, freundlichen Junitage schließlich etwas geschah, was in den Kirchenbüchern wie folgt aufgezeichnet wurde:

Anno 1774 den dreiundzwanzigsten Juni hat der allmächtige Gott die Ostertalorte abends um fünf Uhr mit einem erschrecklichen und jedermann den Tod drohenden Sturm Wind heimgesucht. Nachmittags gegen zwei Uhr sah der Himmel auf die vorhergehende große Hitze nach Westen zu schwarz und fürchterlich aus. Man vernahm dabei Getöse und Donner. Nach vier Uhr stieg noch ein Gewitter von Südosten auf, welches wie Feuer und Flammen daher zog. Um fünf Uhr verdunkelte sich der ganze Horizont, wobei wenige Tropfen Regen niedergingen. Gleich darauf aber war alles finster und dunkel und es folgten hintereinander zwei grausame Erdstöße, welche einen entsetzlichen Schaden und größte Verwüstung anzurichten schienen. In dem Ostertalorte Lautenbach wurden etliche Dächer beschädigt und ein Schornstein war eingestürzt. Viele Häuser aber wanderten umher und wurden erschüttert, so dass die Bewohner derselben in den äußersten Schrecken und Todesangst versetzt wurden. Das Allerbeklagenswürdigste bei diesem Unglück war der Verlust von etlichen schönen und großen Obstbäumen. An die vierzig derselben wurden teils umgeworfen teils mit den Wurzeln aus der Erde herausgerissen und weit von ihrer Stelle weggeschlagen, teils an ihren ehedem starken Stämmen abgebrochen und zersplittert. Der große Gott möge uns vor weiteren Prüfungen bewahren und uns gnädig sein.

An diesem Abend stand der Werschweiler Meieradjunkt Jacob Weiler noch lange in der Haustüre und verfolgte mit Bangen, wie sich die schwarzen Wolken endlich gegen das obere Ostertal hin verzogen, indessen der Ort noch einmal glimpflich davongekommen war. Aber die Erdstöße hatten merklich auch am Haus in Owwerschde Schmidts gerüttelt, so dass die Bewohner allesamt auf die Knie gefallen waren und ihren Gott inständig um Beistand angefleht hatten. Das schreckliche Wetter war gerade vorbeigezogen, da ging in der oberen Kammer die Türe auf und wer stand da? Der einfältige Jakob erschien droben auf der Stiege. Von dort herunter sprach er in den Hausflur: „Jakob hat jetzt Hunger, Jakob geht jetzt in den Stall, das Vieh streicheln und morgen geht er mit Areus hinüber in den Kirschgarten den Holle besuchen“.

XVI

Lange genug hatte er in der Turmluke gekauert. Wie ein Tier hatte er sich dort droben klein gemacht und in die Ferne gespäht, ob ihm das Firmament oder die dahin ziehenden Wolken nicht doch irgendein Zeichen gäben. Jetzt fingen seine Beine zu kribbeln an und begannen taub zu werden. Länger würde er es in der Hocke nicht aushalten, das war ihm gewiss. Ein Zurück gab es für ihn nicht. Er musste springen.

Holle schickte einen letzten Blick in die Tiefe, dem er standhielt, bis ihn der Höhenschwindel erneut erfasste. Er kniff die Augen zusammen. Dann versuchte er sich aufzurichten, strauchelte und erhaschte Halt am Holzrahmen der Dachluke. Weit unter ihm schossen in wilden Pulks die kreischenden Scharen von Mauerseglern um die schiefen Seitentürme dahin und in das Dunkel der überschatteten Gassen hinein. Der Domplatz tief zu seinen Füßen war um die Kirchhofsmauer herum beherrscht vom emsigen Treiben und lauten Händler-Gefeilsche des Vieh- und Wochenmarktes. Dort gackerten die Hühner, es schnatterten die Enten, Schafe blökten, Ziegen meckerten und Kühe, auch Kälber wurden an Stricken durch die Gassen geführt. Niemand der Marktbesucher schien sein Tun bisher bemerkt zu haben. Er befand sich hoch über dem Gedränge der Stadt und somit abseits des Gelärmes und Geschehens. Es roch hier oben nach dem alten Holz des Dachgebälks, nach Vogelkot, nach dem Ausdunst der Gerbergruben vom nahen Todbach. Der Wind schnitt ihm Grimassen ins Gesicht, nahm ihm den Atem, wirbelte in seinen Haaren, heulte bedrohlich um die Schieferschindeln. So profan ging es also kurz vor dem großen Sturz zu. Keine wichtigen Eindrücke bewegten ihn in diesem Moment, kein Resumée seines Lebens, nur namenlose Furcht und heftige Windböen um den großen bauchigen Mittelturm des Domes umfingen ihn. Es war allenfalls wie ein absurder Moment, der ihn hier an seinem Tun zweifeln ließ, obschon er seine Tat Mal um Mal gründlich durchdacht hatte. Er hatte sich längst entschieden, durfte sich durch wiederkehrende Anflüge von Launen im letzten Augenblick nicht noch weiter aufhalten lassen.

Holle ließ tastend los. Unter erneutem Ausbalancieren streckte er vorsichtig die Arme aus und richtete sich schwankend auf. Den Blick auf seine Füße gerichtet, rückte er seine Schuhspitzen abermals einen Deut weit über die Simskante nach vorne und stand nun frei über dem Abgrund. Er spürte, dass es in diesem Augenblick kein Zurück mehr gab. Plötzlich, fern unter ihm, erste Ausrufe des Entsetzens: „Da droben steht wer auf dem Turmsims, da will wer springen, da droben, so seht doch nur!“ Rastloses Hin- und Herschauen, dann suchende Blicke nach oben zu ihm hinauf, bis sie ihn im Visier hatten. Immer mehr Menschen drängten sich mit einem Mal drunten auf dem Platz zusammen, suchten ihn aufs Neue zu erspähen, reckten die Hälse, hielten in ungläubigem Erschrecken die Hände vor den Mund, wichen vor seiner imaginären Flugbahn zur Seite aus. Es war ihm jetzt hier oben egal.

Seine Blicke glitten langsam an den Fassaden der Bürgerhäuser hinauf, fuhren über die Dächer der alten Pilgerstadt hinweg und von dort in die Ferne, wo gegen Nordwesten über dem trüben Dunstschleier des Horizontes die bewaldete Kuppe des Schaumberges zu erkennen war. Noch einmal die Gegend schauen, seine Heimat, sein Land sehen, wie es in diesen Tagen des Jahres 1774 unter ihm lag, bevor es unwiderruflich geschehen würde. Er holte tief Luft. Dann schloss er erneut die Augen und verlagerte allmählich sein Gleichgewicht nach vorn. Er spürte noch den Wind, der jetzt scharf von unten kam. Es war im Fallen wie ein Versinken in einem wilden Strudel, der ihn immer schneller mit sich nach dem Abgrund riss. Aufschreie aus der Tiefe. Nein, keine Reue über seine Tat, gleich würde es vorüber sein, gleich hatte er es hinter sich gebracht. „Oh Herrgott", dachte er zuletzt, „Herr im Himmel, ich habe mich geirrt, gewaltig geirrt, es funktioniert nicht, es geht nicht, das ist mein Ende".

Und plötzlich: ein Knall, ein heftiger Ruck in seinen Schultern, jäh wurde sein Körper nach oben gerissen. Die Luft, sie trug ihn ja doch, sie schleuderte ihn gewaltig hinauf in die Höhe. Holle riss die Augen auf. Aus der Tiefe spitze Schreie. Hände gestikulierten wirr in der Luft, Fenster flogen auf, die Menge dort drunten war wie erstarrt. Eine Windböe katapultierte ihn aufwärts, am Wetterhahn der Turmspitze vorbei, bis weit über die Stadt hinaus, bis seine Euphorie fast grenzenlos zu werden schien. Holle war gerettet. Es hatte ja doch geklappt, die Luft trug ihn, er flog! Die Augen tränten ihm vor Jubel. Unten liefen unter lautem Gejohle noch mehr Neugierige zusammen und wiesen mit ausgestreckten Armen in die Höhe, wo Holle jetzt allmählich ruhig unter seinem weit aufgespannten Gleitschirm zu kreisen begann. Was für ein Anblick, was für ein gewaltiger, welch überwältigender Augenblick war das. Es war schier unvorstellbar, unfassbar. Er hatte soeben die Natur bezwungen, den freien Fall. Die Luft hatte Flügel, nein, er selbst hatte Flügel bekommen, er beherrschte die unsichtbare Materie, die Luft, den Himmel, wie es nur wenigen anderen Gottesgeschöpfen gegeben war. Nie zuvor hatte ein menschliches Wesen die Stadt, die Gärten, die Felder aus dieser Perspektive gesehen. Er war der Erste, der sich frei in die Höhen schwang und all das nach seiner Rückkehr aus dem einundzwanzigsten Jahrhundert in dieses über zweihundertdreißig Jahre zurückliegende 1774. Quer durch die Gassen rannten sie ihm hinterher, verfolgten fassungslos die Flugvorführungen des fremden Wesens unter einem aufgespannten Schirm, seinem wogend ruhigen Gleitflug über den Dächern St. Wendels, bis hinaus in die Wiesen der Vorstadt, wo die verängstigten Hirtenjungen unter dem herannahenden Schattenvogel hastig ihr Vieh zusammen zutreiben begannen.

Er war der Erste. Er war der König. Jetzt war ihm alles möglich! Jetzt konnte er mit seinem Wissen, mit seinem Können, das er aus der Zukunft mitgebracht hatte, wahrhaftig die gesamte Vergangenheit dieser Epoche beherrschen, ja umkrempeln konnte er sie, wenn er wollte, denn er kannte schon ihren Verlauf. Den Gang der Geschichte konnte er bestimmen, wenn es ihm beliebte. Er war in der Lage, die Wünsche des Landesherren zu manipulieren, ja er konnte sogar nach seinem eigenen Belieben die französische Revolution manipulieren. Er vermochte selbst Napoleons kometenhaften Aufstieg unmöglich zu machen, wenn er nur wollte, indem er dessen Absichten rechtzeitig entlarvte, sich in die bedeutenden Schicksale einmischte, die den Gang der Geschichte bestimmte. Die Feudalherrschaft vermochte er mit einem Handstrich auszuwischen und damit die Leibeigenschaft abzuschaffen, die Pocken, die Pest konnte er ausrotten, schwerste Bakterieninfektionen war er in der Lage niederzuringen mit seinen mitgebrachten Antibiotika. Ihm war es gegeben, den gesamten Lauf der Geschichte zu manipulieren, er schwebte gleichsam wie ein Gott über allem und alle schwenkten die Hüte, fuchtelten mit den Armen, jubelten ihm von dort unten zu! Ein wahrhaft erhabenes, überirdisches Gefühl erfüllte seinen kühnen Flug über die Menschenmassen! Was war er in diesem Augenblick? War er Ikarus, ein Engel? War er der Künder einer neuen Welt? Es war dies die Erfüllung seiner kühnsten Träume, denn er war jetzt über allen. Er fühlte nicht Allmacht, nicht Hochmut, es war auch nicht Stolz. Es war ganz einfach ein in bis in die letzten Fasern seines Wesens ausfüllendes, gemächliches und ruhiges Schweben über den Menschen, über der Erde.

Plötzlich riss der Luftstrom ab, ein Ruck ging durchs Fluggeschirr, der Schirm begann zu flattern, Holle kam ins Trudeln. Jetzt ging's jäh abwärts, schneller und schneller. Der Schirm hatte sich verdreht. So sehr er auch in Panik an den Leinen zerrte und riss, der Parasol ließ sich nicht mehr öffnen. Er befand sich jetzt wieder direkt über der Stadt und keine sechzig Meter mehr bis zum Aufschlagen auf den Boden. Das Geschrei von unten kam immer näher, wurde immer lauter. Entsetzensrufe aus der Tiefe, und nun erkannte er seine Braut, Katharina. Sie hatte auch ihn längst erkannt und riss in wilder Panik ihre Arme in die Höhe, sie kreischte wie irre. Dazwischen Hundegebell, das immer wütender und lauter wurde. Holle stürzte, die Erde raste auf ihn zu, schreckverzerrte Gesichter, ein letzter flehender Blick nach oben, dann war alles schwarz.

Holle hielt sich die Stirn. Er stand auf und setzte sich auf sein Bett, aus dem er gerade gefallen war. Ein Hund bellte vor der Tür. Da war er endlich: Es war sein Hund Areus, den er bei seiner Flucht in der Vergangenheit zurückgelassen hatte! Er hatte vom alten Dorf her den Weg durch den Tunnel in die Gegenwart wieder gefunden und jetzt war er da und würde ihn abholen, zurück in sein *altes Dorf.*

XVII

Viel Zeit würde ihm für den Weg nach drüben nicht bleiben, denn der Mond hatte seinen Zenith bereits überschritten. Eine halbe Stunde nach Mitternacht war alles Nötige zusammengetragen. Als er endlich zum Aufbruch bereit war, stand der volle Mond schon wieder weit hinter der Althöh und im Dorf waren längst die Lichter gelöscht. Niemand sollte ihn jetzt noch bei seinem Vorhaben stören oder gar aufhalten. Es gab für ihn jetzt kein Zurück mehr.

Holle war soweit. Er hatte mit der diesseitigen Welt der Gegenwart abgeschlossen, seit er die Eintragung gefunden hatte. Sein Girokonto war zwar nicht zur Gänze aufgelöst worden, aber er hatte fast alles Geld abgehoben und mit der Barschaft in aller Eile Vorräte für die Rückkehr in sein *altes Dorf* zusammengekauft. Unsummen für Medizin waren dafür draufgegangen, alles dies hatte er halblegal über das Internet erworben. Ein schriftliches Testament war gemacht, es lag in einem Couvert in der Schublade seines Nachtschränkchens. Der größte Teil seiner zurückgelassenen Habe war für seine Schwester bestimmt, den Rest mochten sich die Jägerkollegen aus dem Dorf teilen. Seinen altersschwachen Allradwagen sollte nehmen, wer wollte, er war sowieso so gut wie schrottreif. Holle stand vor einer Reise ohne Wiederkehr.

Vor Tagen hatte Doktor Schönberger noch einmal aus Bonn angerufen und wollte wissen, wie es jetzt mit ihm weitergehe. Er wollte sich erkundigen, ob Holle sich für ein

Hierbleiben oder für den Versuch, wieder einen Weg zurück in sein Dorf zu finden, entschieden habe. Mochte der Doktor mit seiner Nachfrage beabsichtigen, was er wollte, Holle würde niemanden von hier mitnehmen, außer seinen Weimaraner Areus. Schönberger gegenüber hatte er mit keinem Wort erwähnt, wie nahe sein endgültiger Weggang bevorstand. Nein, es sollte ihn niemand begleiten, auch Doktor Schönberger nicht. Das Dorf war sein Dorf, die Menschen waren seine Leute, nicht Schönbergers.

Holle schob den hoch gepackten Bobschlitten, den er unter den Kufen mit vier Rädern ausgerüstet hatte, aus dem Verschlag und zog ihn an der eigens anmontierten Deichsel hinter sich her. Sie kamen keine hundert Meter weit den Hirtenweg hinauf, als er einsah, dass es keinen Zweck hatte, weiterzumachen. Bei seiner Planung für die Tour hatte er sich übernommen, die Gepäcklast war viel zu schwer. Ihm blieb keine Wahl, als umzukehren. Areus zögerte, dann folgte er seinem Herrn zurück ins Hirtenhaus. Eine halbe Stunde später waren sie erneut auf dem Weg. Diesmal tat sich Holle leichter mit der Ladung. Einen Teil seines Gepäcks trug er jetzt in einem geräumigen Rucksack auf seinem Rücken.

Areus führte seinen Herrn durch das Neubaugebiet in den Bornbacher Weg. Von dort lief der Vierbeiner links den geteerten Pfad hinunter über den Kleinbachsteg und verharrte direkt am Teufelslocher Graben, wo er auf den Nachkömmling mit seinem voll beladenen Schlittengefährt wartete. Aber der Weimaraner kehrte bald wieder zurück auf den Teerweg und bedeutete ihm eine andere Richtung, nämlich auf die nächtlich beleuchtete Dorfstraße in Richtung St. Wendel. Der Reisende keuchte schwer unter der Last. Es war noch immer mächtig viel, was er sich da aufgehalst hatte, aber ausgangs des Ortes führte die Landstraße abwärts in die Senke der Geiswies hinein und hinterher den Wingertsberg hinauf. Ein Auto kam ihnen entgegen, blinkte auf, hupte, jemand winkte ihm zu, fuhr vorbei. Es war ein mühsamer Anstieg den Berg hinauf und eine elende Plackerei, bis sie endlich auf halber Höhe links der Straße bei der kleinen, markanten Senke an der Wingertswiese angekommen waren.

Dort tat sich mitten in der besagten Delle ein schwarzes Loch auf, ein Erdeinstieg, der für Holle vollkommen neu war. Er hatte ihn nie zuvor gesehen. „Da hinein?“ gab Holle seinem Begleiter keuchend zu verstehen. „Da hinein“, bedeutete ihm Areus, er war sofort im Stollenschlund verschwunden. Anfangs ging alles sehr viel leichter, als er es sich vorgestellt hatte. Besonders mit seinem beladenen Lastschlitten hatte er auf dem Weg hierher noch befürchtet, den Gang nicht machen zu können. Aber es war kein Problem. Dieser Stollen war für ihn vollkommen neu und im Einstieg weit besser zu passieren, als der Katzenlocher Kalkgang, durch den er sich auf seinem Weg ins alte Dorf zuvor schon zweimal hindurchgezwängt hatte. Alle dortigen Grubenöffnungen, auch die Lüftungsschächte im Wingertsberger Wald, waren infolge seiner spektakulären Ergreifung durch die Polizei nach der letzten Rückkehr von der zuständigen Bergwerksbehörde mit schweren Stahlgittern und Betonplatten verschlossen worden. Dies war ein neuer Weg. Wer hatte ihn geschaffen?

Unter dem Lichtkegel seiner Stirnlampe bot sich Holle nach seinem Einstieg ein vollkommen anderes Bild, als im hinteren Katzenlocher Stollen. Während ihm dort schon auf den ersten Metern gefährliche Deckeneinbrüche, deren Stein- und Sandhaufen erst mal beiseite geräumt werden mussten, den Weg versperrten, zeigte dieser Tunnelgang keinerlei Nutzungsspuren. Er war, wann auch immer, mit äußerster Präzision angelegt worden. Die Wände erschienen ihm penibel glatt geputzt, nirgends gab es Zeichen von Spitzhämmern am Fels. Die Decke war nicht rußgeschwärzt von den Fackeln und Grubenfunzeln der Kalkgräber, wie drüben im alten Gang. Boden und Wandnischen zeigten keinerlei Spuren von Dachs, Fuchs oder Fledermaus. Es zeichneten sich hier drinnen zwar ebenfalls die typischen Kufenrinnen für die Kalkloren am Boden ab. Aber diese hier schienen geradezu mit einer Präzisionsmaschine ausgefräst worden zu sein, ohne jegliche Zeichen einer Abnutzung. Holle wähnte sich fast wie in einem neuzeitlichen Vorzeige-Tunnel. Das Bauwerk machte den Eindruck, als wäre es niemals in Gebrauch gewesen.

Sie kamen schnell voran. Areus schien die Strecke bestens zu kennen, er führte Holle zielsicher, ohne bei den Abzweigungen auch nur einen Moment zu zögern, voran und in den Berg hinein. Die Räder des Schlittenfahrzeugs liefen in den Rinnen wie eingepasst. Er konnte hier sogar aufrecht gehen und zog das Gefährt ohne allzu große Mühe hinter sich her. Weit konnte es bis zum Ausgang eigentlich nicht sein, denn der alte Ausstieg unter der Madonneneiche lag von der Stelle, in die sie gerade eingefahren waren, keine fünfzig Meter entfernt. Der Tunnelgang beschrieb unter dem Strahlenschein seiner LED-Stirnlampe jetzt eine ausladende Linkskurve und führte noch immer leicht abwärts in den Berg hinein. Nach weiteren dreißig Schritten war die Stollensohle erreicht. Holle fiel sofort auf, dass hier, entgegen seinen Erfahrungen, keinerlei Wasserpfützen am Boden zu finden waren. Er blieb stehen, rief nach Areus, der in die Dunkelheit entschwunden war. Der Hund hatte sich längst entfernt. Hinter der Sohle beschrieb der Weg einen engen Schlenker nach links und stieg danach plötzlich stark, geradezu steil an. Einige wenige Schritte zerrte er seinen Rollschlitten noch hinter sich her, bis er die Stelle erreichte, wo sich der Stollen unversehens jäh verengte. Ab hier war überhaupt kein Weiterkommen mehr, denn vor ihm eröffnete sich nur noch ein schmaler Durchschlupf, der eine Passage mitsamt dem Schlitten unmöglich machte. Sein Gefährt war hier erst einmal sicher abgestellt, nachdem Holle es mit den Kufen gegen die Wand gerückt hatte, so dass es nicht zurückrollen konnte. Erst weiter erkunden, den Ausgang erreichen, danach konnte er nach und nach das Gepäck vom Wagen abladen und seine Habe nachholen.

Den Rucksack gurtete er, wie stets, am Fußgelenk fest und dann kroch er auf allen Vieren, mit dem Kopf voran, in den engen Schluff hinein.

Holle war nicht ganz hindurch, es fehlten noch ein paar Meter, als sich mit einem Mal eine deutliche Änderung der Umgebung einstellte. Die vorher klaren Konturen fingen an, jäh zu verblassen, sie verschwammen vor seinen Augen, diesmal sehr viel rasanter, als auf seiner letzten Rückreise aus dem alten Stollen in die Zukunft. Er wusste, was das zu bedeuten hatte.

„Jetzt wird's Zeit, jetzt wird's aber höchste Zeit!" Holle preschte nach vorn, rasch voran, nur rasch hindurch, er kannte das, er wusste genau, was gleich geschehen würde. Schnell, ehe sich der Stollen verschloss, musste er die Passage überwunden haben, sonst war er verloren. Los ging's in Richtung Mundloch, und schon fing die Röhre an, sich langsam zusammenzuziehen, zu vibrieren, Gestalt und Konturen zu verlieren. Enger, immer enger wurde es und im buchstäblich letzten Moment zerrte er seinen Rucksack aus der Stollenröhre heraus, die sich direkt hinter ihm unter vollständigem Verlöschen in Nichts auflöste und im nächsten Augenblick überwucherten nur mehr wildes Brombeergesträuch und Brennnesselgestrüpp die Stelle, an der er soeben der Erde entschlüpft war.

Er hatte es geschafft, er war hindurch. Holle lag erschöpft auf dem Rücken, pumpte nach Luft, ließ seine Augen in der Dunkelheit hin- und hergehen und hielt sich seine schmerzenden Ellbogen, mit denen er beim panischen Vorwärtspreschen wie irrsinnig an den Wänden entlang geschrammt war. Seine Sachen! Wo waren seine Sachen? Erleichtert zog er den Rucksack, den er gerade noch hatte herüberretten können, zu sich heran, er umklammerte ihn wie eine Planke auf hoher See.

Als sich die Wogen seiner Atemlosigkeit und Aufregung gelegt hatten, kamen endlich wieder klare Gedanken zurück und auch die erwartungsvolle Freude über die gelungene Flucht aus der Zukunft. War er wirklich da, war er bei seinem alten Dorf angekommen? Abermals forschte er in die Nacht.

Über ihm schimmerte groß und ruhig der sternenklare Nachthimmel. Der volle Mond stand im Niedergehen jetzt dicht hinter den Wipfeln des Waldes. Er warf lange Schatten auf die Wiesen und Felder. Hier und da ein Rascheln, ein Knistern im Laub, der Waldkauz heulte im Tal, ein Windstoß fuhr durch die Blätter der Bäume. Holle spähte nach Spuren und Zeichen am Firmament, nach Positionslichtern nächtlicher Flugzeuge, nach dem Blinken der schnell unter der Sternenkuppel vorüber ziehenden Satelliten. Er hielt Ausschau nach Autoscheinwerfern drüben auf der Bundesstraße nach Niederkirchen, horchte auf rasselnde Geräusche von Autoreifen auf der Asphaltstraße, rätselte nach Signalen der hinter sich gelassenen Zukunft, nach Martinshorn und Flugzeuglärm, suchte die Überlandleitungen oder Straßenlaternen, das unwirkliche Grün und Blau der Wohnzimmer im Widerschein der Fernsehgeräte. Derlei Anzeichen waren nirgendwo zu erkennen.

Da war sie ja! In unmittelbarer Nähe der Ausstiegsstelle stand die alte Banneiche, sein Madonnenbaum, in deren Krone die Blätter rauschten. Sie war ihm das erste vertraute Zeichen, unverrückbarer Deut für seine Wiederkehr in die Vergangenheit. Hier, an ihren Wurzelfüßen wähnte er sich sicher, durfte er innehalten, sich erst einmal ausruhen. Hier konnte er vorerst in Gedanken allmählich wieder in die ihn umgebende alte Welt zurückfinden; wie vor einigen Jahren schon einmal, nach seiner Flucht vor den Häschern, die er nach der wilden Verfolgungsjagd doch noch abgehängt hatte.

Bald hatte er Gewissheit. Dies war die andere Seite, sein Ostertal der alten Zeit. Holle war da, wieder beim Dorf angekommen. Das Sternengekräus über ihm war, bis auf einige kurz aufleuchtende Lichtschweife, die hier und da in die Dämmerung hinein geworfen wurden, vollkommen unbelebt. Er hatte es geschafft und war einmal mehr verblüfft, wie schnell das alles gegangen war, mit seinen Gedanken kam er alledem fast nicht hinterher. Seit seinem Einstieg von der anderen Seite in den Stollen war keine halbe Stunde vergangen und jetzt hatte er mit dem Ausstieg aus der Erde mehr als zweihundertdreißig Jahre hinter sich, vielmehr vor sich gelassen.

Areus war verschwunden. Womöglich war er längst ins Dorf vorgeprescht, würde in ein paar Augenblicken vielleicht schon wieder zurück sein, um ihn nachzuholen, vielleicht sogar in Gesellschaft seiner Braut, Katharina. Also noch ein wenig ausharren, warten, ob sich seine fixe Idee nicht doch erfüllen würde. Aber es war ja mitten in der Nacht, wer ging um diese Zeit aus der Dorfumzäunung hinaus? Nicht mal der alte Büttel Leonhardt setzte seinen Fuß auf die andere Seite des Gatters, wenn die Nachtglocke geläutet hatte. Keine Erwartungen, nicht jetzt. Hier wollte er einfach ein wenig ausruhen, auch ein paar ehrliche Gedanken an die Madonna im Baum schicken, die ihm und seinem vierläufigen Gefährten nun schon zum dritten Mal den Weg hierher eröffnet hatte.

Die Nacht war mild. Sie verging in ruhiger Beschaulichkeit, in innerer, stiller Einkehr und im schläfrigen Dahindämmern in den neuen Tag. Gegen den Morgen zu ertönte Wachtelgesang in den Roggenschlägen oberhalb des Katzenloches. Im Kallenborner Graben war lang gezogener, allmählich versiegender Nachtigallenschlag zu vernehmen. Holle war in seinem Halbschlaf immer wieder mal kurz aufgeschreckt, aber unterm Rauschen des Blätterdachs sogleich wieder eingeduselt. Im Schlummer waren ihm Bilder vom armen, sensiblen Jakob erschienen, der längst unterm Grabhügel lag. Auch der junge Jacob war ihm flüchtig begegnet, dann Margarete. Die Werkstatt im Kirschgarten bot sich ihm traumeshalber dar, wie sie vor Arbeit überquoll, wie die Holzspäne aus den Fensterlöchern heraus krochen und sich über den Weg gegen das Gässchen zu bewegten, wie ein mächtiger, knisternder Spanteppich. Zuletzt kam sein Packschlitten vorgefahren, gezogen von Arcus, neigte sich über dem Späneteppich gemächlich nach der Seite und verharrte in dieser Position. In einem neuen Trugbild lag das Gefährt plötzlich übergroß unter der Madonneneiche, war umgekippt, die beiden freien Räder drehten sich noch im Wind. Auf der gesamten Wingertswiese verteilten sich, wie breit ausgestreut, all die Sachen aus der Zukunft, die er für seine Expedition hierher auf das Gefährt aufgepackt hatte.

Da türmten sich Berge von Reißverschlüssen neben Klettbändern und roten Gummiringen. In regelrechten Gartenbeeten, die sich den Hang entlang zogen, sprossen mit einem Male die herrlichsten Tulpen, Rosen und Hyazinthen dem Sonnenlicht entgegen. Auch Erbsen, Tomaten und Maisstauden, an denen nicht Schoten, Kugeln, Kolben, sondern Popcornrosetten prangten, wucherten in seltsamen Verrenkungen in die Höhe.

Es blühte gelbschwarz der Topinambur, Kartoffeln schossen üppig ins Kraut, daneben erstrahlten in ihren bauschigen Blütenkugeln die bizarrsten Dahlienköpfe, in Stauden und lang gezogenen Gebüschen glänzten abnorm große Erdbeeren. Himbeeren, schwarze Johannisbeeren, Zuckerrüben, Runkelrüben, riesige Kohlköpfe kullerten unentwegt den Hang hinauf und hinunter. Aus großen Kisten quollen Kaugummiblasen und Lego-Steine, Kunststoffschwerter und Spielzeugautos in allen Farben und Größen hervor. Weiter unten, in der Senke, sonnten sich überdimensionale Gummibärchen auf Inseln von Luftmatratzen und prosteten sich mit Sekt zu, überschütteten sich geradezu mit dem prickelnden Nass, das schäumend auf aufgeklappte Solar-Laptops tropfte. In ihrer Nachbarschaft machten sich kleine Pockemons, sprechende Teddybären und schaukelnde Stehaufmännchen mit

Sonnenbrillen und Armbanduhren in übergroßen Gummistiefeln und festen Arbeitsschuhen an Luftballons, an Gummibällen, am Federballspiel zu schaffen. Eines der Plüschtiere kam sogar mit einem winzig kleinen Lenkdrachen dahergesegelt. Über einer langen Wäscheleine, die von der Eiche quer über den alten Rumpelweg nach einem knorrigen Birnbaum auf der anderen Seite gespannt war, drehten sich Mäntel, Regenponchos, Igluzelte, Nylonstrümpfe, dick gepolsterte Daunenschlafsäcke, Winter- und Sommerjacken in der lauen Luft. Auch Pfannen und Töpfe, Bundeswehrarbeitshosen, Parkas und Hüte, Mützen und Kopftücher in langen Reihen winkten im Wind herüber. Es waren sogar schwarz-rot-goldene Deutschlandfahnen, Notfalldecken mit goldener und silberner Aluminiumbeschichtung darunter, Angora-Unterwäsche, Spitzenwäsche und Gummibänder, selbst Tampons flatterten an blauen Fäden im Wind.

Aus einer geöffneten Seemannskiste, die direkt hinter dem Schläfer am Wurzelfuß der Eiche wie eine Schatztruhe schräg aus dem Boden herausragte, kamen Fuchsschwanzsägen, Stechbeitel, Hochleistungsbohrer, Akkubohrmaschinen mit integriertem Solaraufladegerät, Abfallbeutel, Schreinerhandbücher hervor. Es gab Kugelschreiber, Buntstifte, Bic-Nassrasierer, Modellflugzeug-Segler, Aquarellmalkasten und jede Menge Schreib- und Malblocks. Für die Jugend lagen um die Kiste herum bereits aufgeschlagen, weil von Ken und E.T. aufmerksam betrachtet, etliche Karl May Schmöker. Auch Struwwelpeter, Schatzinsel, Robinson Crusoe und Harry Potter-Schinken waren zu haben. Daneben stak ein kleiner Fernseher - Fernseher? - in der Erde. Von einer Goethe-Büste beschwert, lugten unterm Marmor-Sockel des Dichterkonterfeis ein dtv-Geschichtsatlas, Goethes Faust, Dichtung und Wahrheit, ein medizinischer Universalatlas und ein technischer Atlas hervor. Schließlich fand sich ein antiquarisches Buch über die „Mitteilungen landwirtschaftlicher Erfahrungen, Ansichten und Grundsätze – ein Handbuch für Landwirthe und Kameralisten“ praktische Anleitungen von 1838.

Über alledem schwebte traumhaft schön die zuversichtliche Madonna und streute aus ihrem Füllhorn Aspirin, Antibiotika, Zahnbürsten und Zahncremetuben, Zucker und Salz, Flohpuder, Süßungstabletten, Lutscher und Kunststofffeuerzeuge auf die Erde, aus der alsbald Aspirinblumen, Honigpflanzen, Salzstreuersträucher, Zahnbürstenbäume sowie Lutscherbarrikaden entwuchsen. Abseits davon schwamm eine einzige duftende Armada von Seifenstückchen, Shampooflaschen und übereinander gestapelten Klopapierrollen in einem See von kristallklarem Wasser.

Was für ein ungeheuerer, phantastischer Unsinn!

Holle schrak auf, als er im endgültigen Hinüberkippen mit dem Hinterkopf gegen die Borkenrinde schlug.

Was für ein grotesker Duseltraum, dachte er sich, doch gleichzeitig quälte ihn die Frage, was er bloß Wichtiges mitzunehmen vergessen hatte?

Als Holle den Eichenbaum erklomm, um vor seinem Gang ins Tal noch einmal die Madonna, die seit Urzeiten, seit dem Dreißigjährigen Kriege in der Achsel des mächtigen Hauptastes ihren Stammsitz behauptet hatte, aufzusuchen, ihr dankbar seine Ehrerbietung für seine ihm ermöglichte Rückkehr zu erweisen, krähten hinter der Althöh schon die ersten Hähne. Über dem Kuhberg rötete sich das Firmament. Das Höllenkonzert der Vogelwelt war längst wieder in vollem Gang. Wohl bewahrt war das Haupt der Hüterin vom Baum längst umwachsen, es schien ihn anzublicken, ernst und zuversichtlich. Er wusste: die Kräfte ihrer Augen waren es, die ihm den Weg von drüben nach hier geöffnet hatten. Es war ihr Wille gewesen, dass er zurück in seine phantastische Vergangenheit durfte. Mit einer Geste des Dankes und Respekts vor dieser Orts-Heiligen stieg er wieder ab, schulterte seinen Rucksack und war jetzt ganz Hoffnung und Freude auf das

Wiedersehen mit seiner geliebten Braut und seinen Leuten im *alten Dorf*.

Am Mittelmocher Sandweg, nahe des alten Werschweiler Butterpfades nach St. Wendel, waren zu dieser zeitigen Frühstunde bereits Leute nach der Stadt unterwegs. Er erkannte Frauen mit Körben auf dem Haupt, Männer, die mit ihren geschulterten Butterkiepen vorneweg in Richtung Schlabatzenwald eilten. Drüben, am kurzen Schreck, standen Mäherinnen in einer Reihe am Wiesenhang und schwangen im Gleichtakt die Sensen. Das Dorf war erwacht. Holle kramte sein Glas aus dem Rucksack, um zu schauen, ob er bekannte Gesichter ausmachen würde.

War da nicht seine Katharina unter den Leuten, die in Richtung St. Wendel unterwegs waren? Aber ja, das war sie, er verriet sie genau, seine Braut! Sein Herz schlug höher. Jetzt war er sich sicher: er hatte sie wieder, da drunten schritt sie hinter den Männern einher, gestikulierte lebhaft mit ihren Begleiterinnen und plauderte mit ihnen. Noch einmal ein Stück dahinter, in gehörigem Abstand zur männlichen Vorhut, kamen, laut schreiend, halbwüchsige Buben und Mädchen der Gruppe nachgelaufen. War da nicht auch Jacobs Frau Maria unter den Leuten und gleich dahinter, das war doch wohl – Holles Entschluss stand fest.

Natürlich, auf dem St. Wendeler Wochenmarkt würde er sich seiner Katharina zu erkennen geben. Mit einem prächtigen Hallo würden sie auf einander zustürmen, sich mit ausgelassenen Küssen überhäufen, sich lange umarmen und dann würde er ihr sehr feierlich noch einmal den Antrag machen. Ob sie vor Rührung in Tränen ausbrechen würde? Aber ja doch! Und dort, vor allen Leuten würde er ihr sein Geschenk überreichen. Genau so würde er es angehen, das war die angemessene Dramaturgie für ein herzergreifendes Wiedersehen! So musste es geschehen! Holle mochte nicht warten, bis sie am Abend erst wieder zurückgekehrt sein würde. Dennoch, soviel Überraschung musste sein, aber nicht jetzt, nicht gleich, nein, mitten auf dem Markt würde er ihr strahlend entgegentreten und sie wieder in seine Arme schließen.

Eine viertel Stunde Vorsprung gab er dem Trupp, dann nahm er den Rumpelweg bis zum hohen Dohlen und ging schrägwärts nach dem Waldpfad, der vor der Hoheit aus dem Wald herausführte und sich von dort hinunter in die Stadt hinein schlängelte.

XVIII

„Du bist wohl vollkommen plemplem geworden! Du gehst mit, basta!“ plärrte ihn sein Bruder an, „ich lass mir doch von Dir nicht meine Karriere versauen! Du hast Dich auf das Promotionsthema mit mir eingelassen und jetzt ziehen wir das gefälligst auch gemeinsam durch!“ Max Gass war außer sich vor Wut. Sein Bruder stand allen Ernstes kurz davor, seine Entsendung an die Partner-Uni in Shanghai, wo sie ihre Forschungsarbeit für ihr Promotionsthema fortsetzen sollten, abzusagen. Und alles nur wegen dieses Hirngespinstes mit Namen Holle, der seit drei Tagen erneut wie vom Erdboden verschwunden war und bei dem Hannes unbedingt noch die fehlgeschlagene Probenentnahme wiederholen wollte, weil Max ihm seine ersten Entnahmen wahrscheinlich in den Gully geschüttet hatte, wie er ihm in Halbrage unterstellte. Max hatte den Vorwurf vollkommen ignoriert, er war zu aufgebracht.

„Den kannst Du vergessen und Deine Aktion ebenso! Der ist auf jeden Fall erstmal weg, da kommst Du so schnell nicht wieder ran, das sag ich Dir. In sein *altes Dorf* wird er sich zurückgezogen haben, Urlaub auf der siebenten Sohle im Schacht Camphausen wird er feiern, steckt irgendwo in den Karpaten auf der Bärenjagd, hat möglicherweise in Hamburg oder Kleinumstadt ein Mädel und hier im Dorf erzählt er den Leuten Weißgottwas. Wie lange willst Du eigentlich auf die

Rückkehr dieses Spinners warten? Drei Wochen, drei Monate, ein Jahr? Um neue Proben zu testen, die zu nichts führen? Und was hast Du davon? Nichts hast Du oder glaubst Du im Ernst, dass Deine Amalgam-DNA-Aktion irgendeine verwertbare Relevanz für Dein Studium hat? Und dann auch noch mit dem Typen! Der macht doch eh, was er will, der mit seinem selbst gekochten Brennnesseltee und wirren Einbildungen. Den nimmt hier sowieso längst niemand mehr ernst, schau Dir doch nur mal an, wie der herumläuft. Und Du willst Deine Zukunft wegen diesem Phantasten und für ein paar widersinnige Laborbefunde aufs Spiel setzen? Nicht mit mir!"

Max verließ das Zimmer seines Bruders. Er war stinksauer. Zugegeben, was Hannes seit der DNA-Dublette alles an Fakten im Fall Gewölbekellerfund und Neufang zusammengetragen hatte, war reichlich dubios, hätte ausgereicht, auch Maxens reges Interesse an einer Weiterverfolgung zu wecken. Aber deswegen die weitere Lebensplanung über den Haufen zu werfen, das kam für den Älteren überhaupt nicht in Betracht, no way! Irgendwo mussten noch Prioritäten gelten, Prinzipien. Das Studium war schließlich keine Fahrt ins Blaue, es war ihr nächster wichtiger Lebensabschnitt und ging in jedem Fall vor.

Zwei Tage lang herrschte zwischen den Brüdern absolute Funkstille, dann lenkte Hannes ein. Er hatte sich mit seinem Vater ausgesprochen und der hatte einen akzeptablen Vorschlag gefunden, mit dem sein jüngster Sohn einverstanden war. Über die gerichtsmedizinische Akte durfte eigentlich nicht geredet werden, aber das tat der Student auch nur andeutungsweise gegenüber seinem Vater. Er eröffnete ihm jedoch den dubiosen Befund der Speichelprobe und dass es so etwas eigentlich nicht geben dürfe. Sein Vater bot ihm an, ihn während seines Auslandsaufenthaltes unbedingt auf dem Laufenden zu halten, nötigenfalls sogar mit dem Neufang zu reden und ihm eine neue Speichelprobe abzunehmen, wenn es denn sein musste. Hannes' Mutter könne die neuen Proben gegebenenfalls mitnehmen und diese an der Klinik auswerten lassen. Als MTA sei es für sie ein Klacks, die paar Analysen auch selbst durchzuführen. Damit konnte der Student leben.

XIX

Vom Glockenhof, über die Schlossgasse hinauf, bis zum Wendelsdom waren die Händler zu dieser Frühstunde bereits auf den Beinen und geschäftig dabei, ihre Buden und Verschläge für das Aufstellen ihrer Ware zu richten. Längs des Rathauses hatten als Erste die Bäcker ihre Plätze besetzt, sodann standen die Schlossgasse entlang die Fassmacher, Schreiner, Drechsler und Holzgeschirrmacher ihren Mann an den Auslagen. Weiter oben trugen die Nagelschmiede, Spengler, Schlosser und Hufschmiede ihre Waren zusammen und direkt vor der Kirchhofsmauer am Gotteshaus hatten die Schuhmacher, Hutmacher und Strumpfstricker Aufstellung genommen. Auf dem Hauptplatz des Geschehens, dem Fruchtmarkt sowie rings um die Kirche herum, setzte sich das rege Treiben und Lärmen des Wochenmarktes fort. Dorthin waren gemäß der hiesigen Marktordnung die trierschen, sponheimischen und nassauischen Händler zugeteilt worden. Die restlichen und die so genannten *Enzian-Krämer*[2] mussten die Plätze sämtlich hinter der Kirche unter sich ausmachen, wo es zu dieser zeitigen Stunde wie immer am lautesten zuging. Weiter hinten, die obere Gasse hinauf bis zum Obertor standen zum Abschluss des Marktbezirkes bei der Magdalenenkapelle die Geschirr- und Steinzeugkrämer mit ihren irdenen Nachttöpfen, Krügen und Vasen. Hier und da wurde von ausgesuchten Händlern sogar Ottweiler oder Zweibrücker

Porzellangeschirr angeboten. Die Pferde, Hämmel, Hornvieh und Schweine waren bei der oberen Dunggrube hinter dem Pfarrhaus versammelt. Es ging unter den Viehhändlern mit dem Feilschen und Beschauen schon munter zu und die ersten waren bereits geschäftig bei der Vorbeschau der interessantesten Tiere. Für ein schönes Füllen oder ein gutes Kalb musste man zeitig zur Stelle sein, denn der Handel war meistens gegen die Mittagstunde vollständig abgewickelt. Zwischen den Hufe schlagenden, schnaubenden Rössern schlichen sich Buben mit Kehrschaufel und Feger umher. Sie sammelten die dampfenden Äpfel ein, für die sie vom Kotpächter der Straße ein paar Kreutzer erhoffen durften.

Die Werschweiler Bauern hatten seit jeher zusammen mit den anderen Ostertälern sowie den Linxweilerschen ihren Platz auf der Südseite des Domes, wo es am Morgen noch frisch, ja geradezu schneidend kalt war. Ihre Butterbatzen, Milch- und Rahmtöpfe hatten die Ostertäler Marktgeher zum Transport und Frischhalten in große Rhabarberblätter eingeschlagen und diese jetzt auf weißen Linnentüchern auf den Steinstiegen der Seiteneingänge oder den aufgestellten Butterkiepen ausgelegt. Manche Bauern boten daneben auch frischen Käse und alte Kartoffeln an. Hier und da lagen Rhabarberstangen aus, auch Weidenkörbchen, hölzerne Löffel, Heurechen, zweizinkige Holzgabeln und sogar gedrechselte Kumpen vom Schreiner Beck waren zu haben.

Die duftigsten Walderdbeeren ließ sich die feinere Bürgerschaft der Stadt um diese Jahreszeit von der Hirtemarie liefern, obwohl der Haustürverkauf von der Marktordnung streng untersagt war. Das ignorierte die Marie vollkommen. Die Alte wusste die lauschigsten Orte im Wald und war am zeitigsten zur Stelle, so dass die Früchte noch taufrisch und nicht von den Schnecken angefressen waren, als sie sie pflückte. Die Ware wurde gemeiner Hand nicht offen angeboten, denn sie war zumeist vorreserviert und wurde von der Marie gewöhnlich direkt an der Haustüre in schön gebundenen Sträußchen an die Kundschaft ausgehändigt. Was etwa übrig blieb, das verkaufte sie auf dem Markt unter ihrer Schürze heraus an die Laufkundschaft. Dass auch das Pflücken von Waldbeeren und Früchten jedweder Art in den nassauischen Wäldern unter strenger Strafe stand, kümmerte die Alte nicht. Sie scherte sich ohnehin nicht um behördliche Beschränkungen. Auch bot sie Feldblumensträuße und allerlei Blätter und getrocknete Wurzeln, so von Komfrei, Zichorie und Baldrian an und machte darüber hinaus noch dies und das Geschäft mit selbst gekochten Salben und Tinkturen. Die Hirtemarie war an diesem Morgen lange vor den anderen Werschweiler Leuten in der Stadt eingetroffen und hatte ihre Hausgänge bereits absolviert. Sie war am zugewiesenen Platz für die Werschweiler Bauern als Erste zur Stelle und hielt den Leuten schon lautstark ihre Krautsträußchen hin. Um diese Zeit konnte sie noch nicht wissen, wer ihr heute noch über den Weg laufen würde.

Holle war dem Werschweiler Bauerntrupp in gebührendem Abstand durch das obere Tor in die Obergasse gefolgt und dann unterhalb des Wendelsbrunnens, vor der Weinstube *zum Sonnenwirth,* links durch die Gasse gegen die Stadtmauer hinunter, abgebogen. Er schlug einen Bogen um die Wendelskirche, weil er seiner Katharina jetzt noch nicht begegnen wollte, das war zu früh. Außerdem hatte er vorab noch etwas zu besorgen. Sie sollte in aller Ruhe an ihrem Standplatz ihre Ware auslegen, bevor er ihr gegenübertreten würde.

Für seine Braut hatte Holle ein besonderes Präsent aus der Zukunft mitgebracht, das er ihr bei ihrem Zusammentreffen gleich verehren wollte. Dieses Mitbringsel war ein goldener Ring mit einem filigranen Frauenkopf, der in ein ovales, lachsfarbenes Korallenplättchen hineingeschnitzt war. Für seine kleine Kostbarkeit benötigte er noch ein passendes Spanschächtelchen, das er sich vor dem Zusammentreffen an einem der hiesigen Markstände besorgen wollte. Zu dem Ring besaß er noch ein passendes Schmuckstück, eine Gemmenbrosche, die einst zur Halskette umgearbeitet worden war und die, nach *altem Brauch,* bei der Hochzeit der Kinder von den Besitzern an die weibliche Nachkommenschaft oder die Ehefrauen der Söhne übergehen sollte. Holle würde sie seiner Braut als besondere Gabe zum großen Tag überreichen.

Seine ältere Schwester hatte ihm die beiden Kleinodien vor ein paar Jahren vermacht, weil sie mit ihnen, nach ihrem eigenen Bekunden, *aber auch rein gar nichts* anfangen konnte. Das Kitschgepränge sei überhaupt nicht nach ihrem Geschmack. Sie fand den ganzen Plunder echt ätzend, um nicht zu sagen, peinlich fünfziger-Jahre-mäßig und nur scheußlich. Für sie stand fest: den Ramsch würde sie sich niemals umhängen oder anstecken. Holle dagegen hatte an den Sachen nichts auszusetzen, es waren immerhin Erbstücke.

Als er die Gasse zum Tuchmacherhaus heraufkam, sah er sie schon von Weitem auf der Domstiege stehen. Sie war geschäftig, hob mit einem hölzernen Spatel einen Butterspirgel von einem Batzen ab, um ihn einer Kundin zum Probieren zu überreichen. Wie anmutig ihre Gesten bei dieser Verrichtung waren, wie strahlend schön sie in diesem Morgenlicht erschien!

Holle hatte sie wieder, seine Braut, seine Katharina! Sei Herz schlug höher. Ein Lächeln ging über sein Gesicht, dann ein aufgeregtes Lachen. Sollte er sich jetzt schon zu erkennen geben, erst noch ein paar Schritte auf sie zu gehen, bevor er seine Arme ausbreitete?

Sie sah ihn sofort.

Katharina erbleichte in dem Augenblick, als sie seiner gewahr wurde. Der Spatel entglitt ihren Händen, fiel zu Boden. Ihr entfuhr ein Schrei, die Hände schlug sie sich vor den Mund, gegen die Stirn, auf die Wangen. Ihre Augen wurden feucht, sie suchten den Himmel, sie gingen ihr über. Leise hob sie an, vor sich hin zu schluchzen, es wurde ein Winseln, ein Greinen, schließlich brach sie vollends in Tränen aus. Hilfesuchend richtete sie ihre Blicke nach rechts, nach links, ergriff den Rocksaum der ihr nächst stehenden Person. Ein Mädchen sprang herbei, stützte sie, hielt sie fest, nahm sie in die Arme. Katharina schluchzte, wehrte den erschrockenen Holle, der sofort zur Stelle war, ab, als er ihre Hände ergreifen wollte. Sie verwies ihn von sich.

Seine eigene Braut wendete sich von ihm ab!

Holle war fassungslos.

War die Überraschung seines plötzlichen Erscheinens auf dem städtischen Wochenmarkt etwa doch zu heftig, zu krass ausgefallen? Hatte sie bei seiner unverhofften Wiederkehr, nach Monaten der Ungewissheit, womöglich einen übergroßen Schrecken, einen Wiedersehensschock erlitten?

Was jetzt? Sich erklären, sich Katharina noch mal nähern, einen neuen Anlauf nehmen?

Holle war verwirrt und verblüfft. Er blieb bei den Beiden stehen, unternahm nichts, bangte, was nun geschehen würde.

„Bring mich hier weg", hörte er die Unglückliche zu ihrer Begleiterin flüstern, „ich darf - ich kann nicht". Diese nickte verständnisvoll, setzte sich mit ihr in Bewegung, führte Katharina die Stiege hinauf in das Gotteshaus. Die schwere Tür fiel hinter ihnen ins Schloss.

Wie gelähmt stand er da, betrachtete das Schächtelchen in seiner Hand, bemerkte die vorwurfsvollen Gesichter der Umstehenden, suchte das Portal des Südeingangs, blickte hinauf in den morgenblauen Himmel.

Seine Gedanken ratterten, haltlose Verwirrung überkam ihn, fassungslose Ratlosigkeit paralysierte sein Hirn. Sollte er bleiben, weggehen, den beiden ins Gotteshaus folgen, sich weiter den empörten Blicken der umstehenden Werschweiler Bauern, der Marktbesucher aussetzen?

Holle war alles einerlei.

Er setzte sich aus, blieb stehen, wie angewurzelt verharrte er auf der Stelle. Er würde solange hier bleiben, bis er sich ihr über sein langes Ausbleiben erklärt hatte, bis er ihr Verständnis wiedergewonnen hatte, vernünftig mit ihr reden konnte, hier ging er nicht weg.

Nicht lange, da wurde die Kirchenpforte geöffnet. In der Tür stand die junge Frau, die Katharina in das Gotteshaus geführt hatte und deutete Holle mit einem knappen Kopfnicken herein. Holle verstand nicht. Sie wiederholte ihre Geste.

In der Halle kauerte Katharina in der Bank. Sie hielt ihr Haupt in die gefalteten Hände. Noch immer bebten ihre Schultern. Holle wagte nicht, sich ihr zu nähern. Er blieb am Kopfende der Kirchenbank stehen und starrte sie an. Seine Braut hatte ihn nicht bemerkt.

Zum Hauptportal kamen fremde Marktgänger herein. Sie beugten die Knie, bekreuzigten sich, strebten den Seitenaltären zu. Dort wurden Kerzen entzündet, knieten die Gläubigen abermals nieder, bekreuzigten sich ein andermal und rückten für ein anschließendes stilles Gebet in die Bankreihen ein. Eine seltsam feierliche Atmosphäre erfüllte den Saal. Hier erschien ihm im Lichte seiner Wiederkehr die Situation noch unwirklicher und grotesker, als sie in ihrer augenblicklichen Wirrnis ohnehin war.

Was, um des Allmächtigen Willen, war bloß geschehen, dass seine Katharina ihn derart abgewiesen hatte? Was hatte er falsch gemacht? Wie viel Zeit war hier seit seinem Weggang Anfang Dezember vergangen? Drei Wochen? Drei Monate? Drei Jahre? War es das? Hatte er sie zu lange im Stich gelassen?

Katharinas Begleiterin saß jetzt neben ihr in der Bank, gab ihr ein Zeichen. Sie flüsterten sich etwas zu, dann nickte Katharina und die junge Frau erhob sich. Langsam, fast feierlich kam sie auf Holle zugeschritten und gab ihm mit einer Geste zu verstehen, mitzukommen. Sie nahmen das Hauptportal nach draußen und blieben auf dem Treppenrund stehen. Das Licht blendete ihn, er kniff die Augen zusammen.

„Steinbach", sagte sie nur, „Katharinas Vater ist nach Steinbach gegangen und hat mit Deiner Familie gesprochen". Mehr sagte sie nicht. Dann drehte sie sich um und kehrte in die Kirche zurück.

Das war es also

Steinbach.

Holle sank auf die Stiegen nieder. Seinen Rucksack nahm er vom Rücken, stellte ihn zur Seite, zog ihn zu sich heran. Wieder gingen die Blicke in die Höhe, suchten Halt in den Grabkreuzen und Steinen des vor ihm liegenden Kirchhofs.

Das war es also.

Es musste ja soweit kommen, das hätte er sich längst denken können. Seinen künftigen Schwiegereltern damals weiszumachen, er komme aus Steinbach, wo seine Eltern lebten, war abenteuerlich, geradezu absurd gewesen. Aber feige wie er war, hatte er das Risiko, dass dieser Schwindel todsicher irgendwann einmal ans Licht kommen würde, stets vor sich her geschoben, leichtfertig verdrängt.

Ja, die Steinbacher Neufangs waren verdammt noch mal wirklich seine fünfmal Ureltern, die ihn selbstverständlich nicht kannten, weil sie ihn nie zuvor gesehen hatten, wie auch? Was hatten seine Vorfahren dem Schreiner Beck bei dessen unangekündigtem Besuch erzählt?

Was werden die groß gesagt haben?

„Wen bitte, Peter? Johann Peter Holle? Wer soll *das* denn sein? Unser Sohn? Gibt's hier nicht. Kennen wir nicht. Vielleicht in Lautenbach, Münchwies, Höchen. Was will Er überhaupt von uns? Auf jeden Fall: Wir haben keinen Sohn, auch keinen Anverwandten, der so heißt, nicht zweiten und dritten oder wievielten Grades. Wenn Er wenigstens nach unserem Johann Friedrich selig gefragt hätte, ja Gott, der war unser einziger Sohn, aber der liegt jetzt schon wieder seit über einem Jahr unterm Boden."

Nein, nein, noch mal: Er irre sich da gewaltig. Das Ganze müsse ein kapitales Missverständnis sein, sie kennen keinen

Johann Peter Neufang. Genau so werden sie das seinem Meister Beck beigebogen haben, mitten ins Gesicht. Haben dann gewiss auch mitbekommen, wie der Beck auf einmal nichts mehr zu erwidern wusste und immer käsiger im Gesicht geworden ist.

Und dann? Dann ist der Nickel mit Sicherheit schnurstracks das Ostertal hinauf und nach Hause in die Werkstatt und hat dort gleich mal klar Schiff gemacht. Hat die hintere Schranklade, sein Fach, ausgeräumt, hat all seine schönen Schnitzereien auf den Boden rumpeln lassen, den ganzen Kram zusammengefegt und ein sattes Feuerchen damit im Bullerofen veranstaltet und hat dabei mit angesehen, wahrscheinlich sogar mit einiger Genugtuung verfolgt, wie die Flammen aus der offen stehenden Ofentür herausgeschlagen sind. Und das alles im Sommer, bei den Temperaturen. Dann ist er hinein zu seiner Margarete - nein - sein Weib hat vorher gespürt, dass da was im Busch ist. Sie ist ihm also zuvorgekommen, hat ihn in der Werkstatt zur Rede gestellt und sofort alles erfahren. Im besten Fall hat sie vielleicht „Aha“ oder „soso“ gesagt und ist darüber ins Grübeln gekommen. Und dann das allerschlimmste: „Wie bringen wir das alles bloß unserer Tochter bei?“

Ja, wie haben sie das wohl der Katharina beigebracht? Wer ist zu ihr in die Kammer gegangen, hat mit ihr geredet? Wie hat sie diese Nachricht aufgenommen? Oh nein, nicht weiter!

Später haben sie bestimmt solange in seiner Kammer gewühlt, bis sie den zurückgelassenen Rucksack mit all den Goldtalern, inklusive all dem Zeugs aus der Zukunft gefunden haben: das Gewehr, Handy, die Plastikmülltüten – und den Lederbeutel mit dem Geld unter der Matratze.

Das war dann wohl endgültig die ganz große Ernüchterung im Kirschgarten. Der Schreinergehilfe, so ihr Fazit, ihr künftiger Schwiegersohn, war also ein Schwindler. Ein dahergelaufener Erzbetrüger war er, der sie alle, auch Jacob und Jakob und Adam und all die anderen im Dorf über die ganze

Zeit hinweg an der Nase herum geführt hatte! Einem Spitzbuben war der Beck aufgesessen. Ausgerechnet er und seine gesamte Haushaltung, die weiß Gott Prüfungen genug hinter sich hatten, mussten auf so einen hereinfallen. Einem Bauernfänger, Beutelschneider, Schmarotzer der übelsten Sorte war man auf den Leim gegangen, der die Gefühle der einzigen Tochter missbraucht hatte, um sich dort komfortabel einzunisten. Aber jetzt, gerade noch zur rechten Zeit, bevor weit Schlimmeres geschehen konnte, hatten sie ihn entlarvt, hatte er sich entpuppt, war er aufgeflogen.

Wie war ihm der Gang nach Werschweiler jetzt noch möglich? Wie sollte er den Leuten im Dorf unter die Augen treten, diesen aufrichtigen und ehrlichen Menschen, die ihm nicht die Türe gewiesen hatten, als er hier vor drei Jahren zum ersten Mal wie aus dem Nichts aufgetaucht war? Als er vor lauter Verdrehung im Kopf nicht wusste, wo vorn und wo hinten, wie sich erst einmal zurechtrücken in dieser entrückten Gegend? Die Leute, die es beinahe gut mit ihm gemeint hatten, die ihm ihr redliches Quantum an Vertrauensvorschuss entgegenbrachten, ihm, dem Hergelaufenen, der ohne jede Herkunft war, er hatte sie getäuscht, bitter enttäuscht. Wie konnte er sich im Ostertal überhaupt noch blicken lassen? Der kapitale Betrug hatte sich doch sicher längst herumgesprochen. Blieb ihm kein anderer Weg, als seine geliebte Katharina endgültig aufzugeben, wieder zurück durch den Tunnel in sein Hirtenhaus in die ferne Zukunft zu kehren, einfahren in den Schacht Camphausen, weiterleben wie bisher?

Aber es war ihm doch auch bewusst, dass sich am Ende ja alles zum Guten wenden würde, er hatte es Zuhause in der Familienchronik schwarz auf Weiß stehen: Johann Peter Neufang heiratet die Anna Katharina Beck am 21. 2. 1775 in Werschweiler. Wer sollten die beiden in der Rubrik denn anderes sein, als er selbst und seine Katharina, die sich drinnen in der Kirche vor Enttäuschung und Verzweiflung die Augen ausheulte?

Ja, ja, wie man sich bisweilen von Geschriebenem leimen und nassauern lassen kann. Wie so manche Eintragung in den Katastern mit der Zeit fehl geht, sich durch kleine Flüchtigkeiten Zahlendreher in große Hoffnungen verwandeln und pure Täuschung, blanke Enttäuschung hervorruft. Was ist schon Wunsch, was ist Wahrheit im Laufe der Jahrhunderte vor der Verklärung der menschlichen Selbstsucht? Ist doch alles eins, fällt doch alles dort hinten im Brennpunkt kleinlicher Begehrlichkeiten zusammen. Ach, wenn es denn doch so wäre, dass er Hoffnung hegen, Zuversicht wagen durfte.

Aber nein, dies war kein Missverständnis, keine Falschauskunft der Steinbacher Leute gewesen, die man so eben mal richtig stellen konnte. Dieses Desaster warf sein gesamtes Gegenwarts- und Zukunftsgebäude über den Haufen, vernichtete seine Sehnsüchte, Hoffnungen, seine gesamten Daseins-Pläne, deretwegen er hierher zurückgekehrt war.

Zurück ins Gotteshaus, direkt zu ihr hingehen, wo seine Braut wahrscheinlich noch immer in der Kniebank kauerte und vielleicht auf ein Zeichen von ihm wartete? Niederknien, Abbitte leisten für seine Schwindeleien kam nicht in Frage, dafür waren sie zu schwerwiegend. Die trübe Aussicht, nochmals abgewiesen zu werden, war ihm unerträglich. Wie sollte er sich ihr in seiner Lage erklären?

Alles offenbaren?

Seine wahre Herkunft gestehen?

Ihr versuchen begreiflich zu machen, dass er soeben eine kleine Zeitreise durch einen aufgelassenen Kalkstollen aus dem Jahre zweitausendsowieso direkt hierher ins absolutistische Zeitalter der Aufklärung gemacht habe, um sie vor den Traualtar zu führen, weil er sie liebe und sich ein Leben ohne sie nicht mehr vorstellen könne? Der Gedanke war lächerlich. Sie würde ihn verachten für seine miese Ausrede, die an Absurdität nicht zu überbieten war. Nein, hassen würde sie ihn, dass er sich nichts Gescheiteres für sie hatte einfallen lassen, als eine derart einfallslose, billige Geschichte.

Bloß nicht die Wahrheit, dann war alles dahin. Dennoch musste er handeln, tätig werden, ohne ihr jetzt allzu zu nahe zu treten. Holle nahm einen Zettel aus der Seitentasche seines Rucksackes und notierte eine Botschaft!

Der Platz, wo Katharina gesessen hatte, war leer. Die provisorischen Butterstände der Werschweiler Bauern am Südportal des Domes fand er vorzeitig geräumt. Die Leute waren allesamt zurück ins Ostertal gekehrt, noch bevor der Markt zu Ende gegangen war. Einzig die alte Hirtemarie stand noch an ihrem Platz und kümmerte sich um ihre Feldblumensträuße. Was hinter ihrem Rücken geschah, sollte sie überhaupt nichts angehen. Aber sie hatte dennoch dies und das mitbekommen, vor allem, dass der Neufang wieder im Land war.

In der heruntergekommenen Brotbäckerei und Weinschenke Simon in der Obergasse, nahe dem oberen Tor, nahm Holle sein vorläufiges Quartier. Dort bezog er eine winzige Erker-Kammer im obersten Stock. Die Stubenwand war löcherig wie ein morscher Weidenkorb, alter Lehmputz war herab gefallen und lag auf den nassen Dielen. Der Raum war seit Monaten nicht gefegt worden, es war staubig wie auf einem Karrenweg im Hochsommer und muffig wie in einem nassen Strohhaufen. Durch alle Ritzen zog der Wind, Tauben hatten sich hinterm Firstbalken eingenistet, der Kot häufte sich in der Ecke. Eine ordentliche Bettstatt suchte Holle vergebens, dafür waren immerhin ein Schemel und ein Tisch vorhanden sowie eine abschließbare Truhe, in die hinein er seine Mitbringsel verstaute.

Der Schankwirt verlangte unverschämte vier Taler für eine Woche im Voraus. Die hatte er nicht. Stattdessen händigte er dem Vermieter zum Pfand seine goldene Gemmenbrosche aus, bis er das geforderte Quartiergeld beschafft haben würde.

Holle war erleichtert, erstmal ein Dach überm Kopf zu haben. Nach diesem Tiefschlag musste er seine Gedanken halbwegs ordnen, sich einigermaßen in den Griff bekommen, dann würde er weitersehen. Das Abendessen in der Schankstube war ein mieser Fraß, der Ausschankwein so sauer, dass er angewidert sein Gesicht verzog.

Nach einer unsäglichen Nacht mit Mardergepolter im Dachgebälk, mit Armeen bluthungriger Wanzen und Flöhe in der Strohschütte und entsetzlichem Gegröle aus der Schankstube, war der Gang durch die Tiefenbachschlucht hinüber nach Konken für ihn eine Tortour ohnegleichen, die nicht aufhören wollte.

„Er hat mich zum Narren gehalten. Seine Patronen will ich nicht mehr“, näselte Marum Weyel beleidigt, „ich habe ein anderes Spielzeug für meinen hohen Herzog gefunden“.

Holle stand wie versteinert. Er fand keine Worte.

„Ist das Sein letztes Wort?“ wollte Holle wissen.

Marum gab keine Antwort. Er tat, als hätte er die Frage nicht gehört. Fahrig blätterte er in seinen Unterlagen, schlug die Seiten wieder zurück und klappte schließlich den Deckel zu. Im Aufstehen taxierte er sein Gegenüber, kniff die Augen zusammen und schellte mit seiner Tischglocke nach dem Kontorgehilfen.

„Und, Er möchte durchaus keinerlei Geschäfte mehr mit mir machen, gute und einträgliche Geschäfte?“ wollte Holle im Hinausgehen vom Juden wissen?

„Ich betreibe keine Händel mit unzuverlässigen Lieferanten. Ärger habe ich genug, da brauche ich nicht noch Leute, wie Ihn“, gab Weyel zu verstehen und wandte sich wieder seiner Arbeit zu.

„Beim alten Bäcker Simon in der St. Wendeler Oberstadt quartiere ich. Ich bin nicht mehr beim Schreiner Beck im Ostertal. Drei Tage bin ich noch da, wenn Er es sich bis dahin nicht überlegt hat, gehe ich selbst zum Herzog. Meine Patronen werde ich auch ohne Ihn los, das weiß Er so gut als ich. Adieu, werter Herr Weyel."

Der Jude hatte seine Worte nicht mehr gehört, sie waren ihm egal.

Auf dem Heimweg nach St. Wendel legte sich Holle einen Plan für den Fall zurecht, dass Weyel nicht mehr nach ihm schicken würde. Das war zwar unwahrscheinlich, aber möglich war jetzt auch dies. Der Herzog war im Besitz von Holles Drilling, den er vor gut einem Jahr für ein Vermögen an Weyel verhandelt hatte. Sein Pulver hatte der Serenissimus in der Zwischenzeit längst verschossen, weitere Patronen lagen in Form zweier gefüllter Pakete noch in seinem Rucksack. Fünf Päckchen waren in seinem Schlitten verstaut. Das war die Lage. Als Schutzjude und Vermittler der Ware musste er liefern, ihm blieb keine Wahl. Nichts würde Weyel diesem Wunderding von Waffe entgegensetzen können. Er wusste, dass der Jude bluffte.

Zwei Tage nach Holles Visite in Konken erschien Weyels Kontorgehilfe in der Weinschänke Simon in der St. Wendeler Oberstadt und verlangte Peter Neufang zu sprechen. Die Schankstube war, trotz der erbärmlichen Qualität von Essen und Trinken, mit johlenden Viehhändlern vom Wochenmarkt vollbesetzt und zugeräuchert. Holle bat den Gehilfen zu sich in das Stiegengelass unterm Schrägdach. Der Mann hielt ihm einen Lederbeutel mit zweibrückischen Christians-Gulden hin. Es waren abgezählt vierhundert. Dafür war er beauftragt, fünfzig Kugelpatronen und ebenso viele Schrotpatronen einzuhandeln. Holle gab dem Bediensteten zu verstehen, dass er sich auf dieses Geschäft nicht einlassen werde. Für zwanzig Patronen, die er bei sich habe, forderte er nicht vierhundert, sondern sechshundert Gulden Rheinisch und nicht Zweibrückisch. Am liebsten seien ihm gute Louis d'Or, fünfundfünfzig bitte, das möge er seinem Herren ausrichten. Morgen früh werde er den Weg nach Pettersheim zum Herzog antreten.

Der Bedienstete verschwand unter Achselzucken aus der Stube und klopfte eine halbe Stunde später wieder an die Tür. Für die Munition, die Holle dem Gehilfen ohne jede weitere Verhandlung übergab, bekam er fünfzig gute Louis d'Or. Auf den Juden Marum Weyel, der um die Ecke in einer Kutsche gewartet hatte, war wenigstens Verlass.

Noch am selben Abend löste Holle seine umgearbeitete Gemmenbrosche beim Simon aus, indem er die dreist überzogene Rechnung des Wirtes ohne jeden Einwand mit einem halben Louis d'Or beglich. Die Weinschenke verließ er sofort und bezog im *Weißen Ross* bei der Wendalinuskirche im Obergeschoss eine bequeme, geradezu großzügig eingerichtete Kammer mit guter Bettstatt und freiem Blick auf die Südpforte des Gotteshauses sowie den Fruchtmarkt.

Tags darauf suchte Holle den Herrenschneider Jacob Hallauer in der Schlossgasse auf, um sich für den Gang nach Steinbach ein ordentliches Wams mit Kniehose, Rock und Überrock anmessen zu lassen. Hallauer behandelte ihn beim Maßnehmen mit eifriger, ja ausgesuchter Zuvorkommenheit. Er konnte sich gut an ihn erinnern, denn Holle hatte sich bei ihm ein gutes drei Viertel Jahr zuvor für sein Verlöbnis neu ausstaffieren lassen. Die Kleidung des Kunden war ihm damals sofort ins Auge gesprungen aber er war diskret genug, sich zu dem ungewöhnlichen Zuschnitt der Jacke und der geradezu sensationellen Aufmachung des raffinierten Schließmechanismus am Hosenlatz des Klienten nicht zu äußern. Eine stramme Woche bitte sehr, werde es wohl dauern. Wenn es Ihm beliebe, würde er Ihm selbstverständlich noch ein konvenables Halstuch und einen passenden Chapeau beim Colling um die Ecke, das käme der Gesamterscheinung des jungen Herren insgesamt noch mehr zustatten, schmeichelte Hallauer gegen seinen Auftraggeber. Holle war einverstanden.

Die Woche war schon wieder um, ohne dass aus Werschweiler eine Nachricht gekommen wäre. Es war Donnerstag geworden, der Wochenmarkt wurde abgehalten und von seinem Zimmer im *Weißen Ross* aus beobachtete Holle die Südpforte des Domes, wo die Bauern aus seinem Dorf ihren Standplatz bezogen. Katharina war, wie befürchtet, nicht gekommen, auch nicht das junge Mädchen, das sie vor einer Woche in die Kirche geführt hatte. Auf ihrem Platz hatte sich ein Halbwüchsiger mit einem Melkschemel eingerichtet und bot allerlei gepresstes Pflanzenöl in steinernen Krügen an. Es war der fünfzehnjährige Adam Weiler, der Neffe des Meieradjunktus Jacob, Sohn des Ölmüllers Johann Georg Weiler. Ihn hatte Holle sofort erkannt, er war gewiss in der Lage, ihm Auskunft zu geben, was sich in der Zeit seiner Abwesenheit im Dorf getan hatte. Holle ließ den Schankjungen des Hauses kommen um nach dem Burschen zu schicken.

Es war kein großartiges Hallo oder Staunen, als der junge Weiler die Stube betrat. Dass sich Holle wieder in der Gegend aufhalte, war längst bis ins Ostertal vorgedrungen, der letzte Bengel aus dem Dorf wusste ja Bescheid. So zeigte sich der Knabe zwar etwas verunsichert, aber doch auch jugendlich unbekümmert gegen den Mann, über den man sich seit gut einer Woche im ganzen Nachbarort die Mäuler zerriss.

Seit seinem Fortgang aus dem Dorf habe sich etliches zugetragen, berichtete der Herbeigerufene. Zum Beispiel, dass der junge Ulrich jetzt beim Schreiner Beck sei und sich dort schon recht anstellig zeige. Ihm selbst hätte die Tätigkeit in der Werkstatt gewiss auch gefallen, aber sein Vater sei dagegen. Der Beck sei ersichtlich froh, dass er jetzt endlich jemanden habe, auf den er rechnen und der ihm schon mal das eine oder andere aus der Hand nehmen könne. Ach ja, und von ihm selbst gäbe es zu vermelden, dass sein altes Ekzem hinterm linken Ohr, da, er möge es selbst nachprüfen, nein da, von den Sprüchen und Handauflegen der Marie jetzt ganz weggegangen sei. Dass die Hiwwels Bella vor bald zwei Wochen verfohlt habe und um ein Haar selbst zugrunde gegangen sei, durfte nicht versäumt werden. Was sei das für eine

Aufregung gewesen, die Nachbarschaft bis hinunter zum Leonhardt habe dem Müller beigestanden.

Ach ja, und sein Großvater, er sagte *Vatter*, werde bereits im kommenden Erntemonat aus seinem Meieramt ausscheiden und sein Onkel Jacob würde in seine Nachfolge eintreten. So sei es bereits abgemacht, sogar, und das sagte er hinter vorgehaltener Hand, mit dem *Ferscht Durchlaucht* sei das Ganze höchstpersönlich ins Reine gebracht worden. Der sei extra dafür, als normaler Jäger gekleidet, er sagte *verboozt*, beim Vatter persönlich im Meierhaus erschienen. Das habe er ihm mal extra im Vertrauen, aber das wüsste auch schon jeder, daher wäre es auch kein Geheimnis mehr und er könne es ihm ruhig sagen. Auch sein eigener Vater habe sich längst damit abgefunden, dass sein Bruder und nicht er das Amtserbe werde antreten müssen. Es sei ja eben so abzusehen gewesen und außerdem nicht gerade eine Auszeichnung, sich so eine Bürde ohne Not aufhalsen zu lassen. Er berichtete auch von der Ortsvisitation der Ottweilerschen Landgarden am Abend seines Wegganges und von der Beschlagnahme eines Lederbeutels, in dem sich zwei Schreiben befunden haben sollen. Das alles habe im Dorf sofort die Runde gemacht, der Rummel sei entsprechend gewesen. Der Knabe zählte noch die Namen der in den letzten sieben Monaten – sieben Monate waren schon wieder vergangen – Verstorbenen aus dem Dorf auf und vergaß nicht, mit ein wenig Bauernstolz zu berichten, wie die Frucht *Diesjahr* schon so schön auf den Halmen stehe. Am Schluss erwähnte er beiläufig, als sei das die selbstverständlichste Sache auf der ganzen Welt, dass sein *blödsinniger Onkel Jakob*, wie er sich ausdrückte, vor Tagen wie aus heiterem Himmel wieder zu sich gekommen sei und immerzu, mit seinem Hundestöckchen einher fuchtelnd, im Ort herumgehe, um nach allem Möglichen, wohl auch nach Peter Neufang, Ausschau zu halten.

Stopp, Halt! Was hatte der Adam da gerade herausgelassen? Holle traf schier der Schlag! Der gute Jakob am Leben? Warum, wieso denn das?

„Jakob, unser guter - Jokkob, er lebt?“ hakte Holle ungläubig nach. Nicken und Schulterheben war beim jungen Adam eins, als wolle er sagen: „Na und?“

Aber - Jakob war doch laut Eintrag im Kirchenbuch seit Jahresanfang nicht mehr am Leben. Wie konnte er da im Ort herumgehen? Womöglich herumgeistern? Holle musste sich niedersetzen, das war eine so außerordentliche, eine dermaßen unerwartete Nachricht, wie sie irritierender und gleichzeitig beglückender nicht hätte sein können, einerseits. Das hatte, bei Gott, etwas zu bedeuten, das war ein Zeichen, was ja doch nichts anderes heißen konnte, als dass bald wieder alles gut werden würde, natürlich! Und andererseits? Andererseits war es in einem bedrückenden Maße betrüblich für Holle. Was sollte er jetzt auf die kirchlichen Eintragungen der Familienchronik geben, wenn sie schon bei Jakob nicht zutrafen?

Dennoch: Dies war eine wahrhaft unerhörte Neuigkeit, von der er vor schierem Schrecklassnach erst mal ablassen musste. Zurücktreten, Abstand halten vor dem Pflänzchen, das unbehelligt auskeimen musste. Jakob, er war tatsächlich am Leben! War er es am Ende gewesen, der seinen Areus zu ihm in die neue Welt hinübergeschickt hatte, um ihn abzuholen, weil die Zeit für seine Rückkehr gekommen war?

Für seine Braut kritzelte Holle hastig eine Nachricht und eine weitere für den Meieradjunkt Jacob Weiler in die Seiten seines Notizbüchleins, riss heraus, faltete, strich mit dem Daumennagel glatt, übergab beides dem Knaben und trug ihm auf, nicht ohne Antwort von Katharina aus dem Kirschgarten fort zu gehen und ihn hier sofort aufzusuchen, falls sie ihm ein noch so kleines Billet mitgeben sollte. Auch eine mündliche Botschaft von ihr solle er ihm umgehend abliefern, ohne Verzug, ob er das verstanden habe? Dem fassungslosen jungen Weiler zählte er im Voraus einen ganzen vollen Gulden

Wege- und Botengeld in die aufgehaltene Hand und schickte ihn dann zurück auf den Markt.

Es dauerte genau eine Woche, bis der Schneidermeister Hallauer mit Holles neuer Robe fertig war. Als der letzte Knopf angebracht, die abseitigste Fluse unterm Ärmel heruntergezupft, der letzte lose Zwirn abgebissen war, trat der Meister vor seinem Werk einen Schritt zurück und nickte anerkennend vor sich hin. So ungewöhnlich die Sonderwünsche des kuriosen Neukunden waren, es ließ sich nicht leugnen: der Mann hatte Geschmack. Die cremegelbe, rehlederne Kniehose zu den aschgrauen Seidenstrümpfen unter dem fahlgelben Wams und dem zichorienblauen, knielangen Gehrock nahmen sich so ausnehmend kleidsam auf seiner hölzernen Schneiderbüste heraus, dass Hallauer immerfort *jaja* und *jadoch* sagte und vor sich hinnickte. Das rüschengewirkte Halstuch und der kecke Dreispitz in Dunkelgrau mit gelber Schleife dazu, das hatte, trotz seiner strahlenden, unerhörten Jugendlichkeit, irgendwie Festigkeit, Treue, Stil, Charakter. Das war neu in seiner Kollektion und sagte ihm sofort zu. Jetzt, so schloss er zufrieden seine Beschau, konnte er seinen Gehilfen hinüber nach dem Ross schicken.

Holle zahlte fünfzehn Gulden für Stoff, Leder, Knöpfe, Futter, Schnüre sowie weitere vier gute Rheinische Gulden für des Schneiders Arbeitslohn. Hallauer nahm die Anerkennung des zufriedenen Clienten mit devoter Ehrerbietung entgegen, schaute unaufhörlich an dem jungen Mann herunter, als suche er nach kleinen Auffälligkeiten, die er letztens an seiner Hose entdeckt hatte, fand sie nicht und empfahl sich im Hinausbegleiten aus dem Laden für weitere Ordres, ihn baldigst einmal wieder zu beehren.

Der Markttag war da. Adam, der junge Liebesbote aus Werschweiler, stand in Holles Kammertür, nachdem er ihn hatte herbeiholen lassen. Der Jüngling war sichtlich verlegen. Er wusste nicht, wie er seinem Auftraggeber begegnen sollte.

Was sie gesagt habe, wie sie auf die Depesche reagiert habe, drängte Holle, er ahnte nichts Gutes.

Die Becke Kath, druckste Adam herum, sei wohl gar nicht gut auf ihn zu sprechen. Sie sei ihm ziemlich kurz angebunden, geradezu schnippisch gekommen, und habe ihn angeraunzt, ob er nichts Besseres zu tun habe, als bei einem hergelaufenen Tunichtgut den Kuppler zu machen. Sie habe seinen Brief nicht einmal anfassen wollen, da habe er ihn einfach auf den Prellstein am Scheuertor getan. Aber da sei er noch gestern genau so gelegen, wie vorige Woche. Sogar die Katze habe einen Bogen um das Papier geschlagen, das habe er selbst gesehen. Aber sein Onkel, ja der, der habe große Augen gemacht und ihm aufgetragen, den Neufang herzlich grüßen zu lassen.

Was weiter, was gäbe es sonst noch vom Kirschgarten mitzuteilen? Ob sich der Meister Beck oder die Hausfrau geäußert habe; habe die Katharina sonst noch was gesagt? Adam hob resigniert die Schultern, er wüsste sonst nichts von Belang zu melden.

Die Begegnung mit dem jungen Weiler war wenig ermutigend. Viel war aus dem Kirschgarten bis jetzt nicht erhoffen, das musste sich Holle eingestehen.

Er müsse jetzt wieder zurück an seinen Platz, ob er ihm sonst noch irgendwie zu Diensten sein könne?

Holle winkte resigniert ab.

Bevor der Jüngling wieder aus der Stube hinaustrat, hielt er ihm denn doch noch verlegen die geschlossene Faust entgegen und ließ etwas in Holles Hand fallen. Das da drinnen sei ihre Botschaft, so habe sie es ihm aufgetragen. Er wollte ja erst nicht, aber sie habe es ihm mit festen Worten befohlen, da sei ihm halt nichts anderes übrig geblieben. Damit war der Bube auch schon aus der Tür und im Laufschritt die Stiegen hinuntergepoltert.

Holle sah in seine aufgehaltene Hand. So also stand es jetzt um sie. Aufgekündigt. Vorbei. Aus. Fini. Sie hatte ihm das kleine Amulett und den Ring zurückgegeben, das er ihr damals aus Zweibrücken mitgebracht hatte. Es war sein erstes Zeugnis der Liebe zu Katharina und der Verlöbnisring.

Am darauf folgenden Morgen war es diesig. Der Himmel über dem Städtchen war tief Wolken verhangen, die Straßen lagen in der Früh noch wie ausgestorben. Zeitig war Holle in seine neue Robe geschlüpft und schon hinaus aus seiner Kammer, denn der Rosswirt Nikolaus Krap hantierte und lamentierte bereits seit geraumer Zeit mit dem gesattelten Wallach auf der Gasse herum, den sich Holle am Vorabend geordert hatte.

Wie sollte er da bloß hinaufkommen? Krap packte kopfschüttelnd Holles Schienbein, winkelte an und hievte ihn mit einem Schwung empor, während er besänftigend auf das Tier einredete. Holle hatte es damals auf der hinterhältigen Stute Olga bis nach Zweibrücken geschafft, dann sollte ihm der Ausflug nach dem Flecken Steinbach im Ostertal wohl auch noch zu bewältigen sein.

Der Gaul war ein gutmütiges Tier ohne Macken und Flausen, auf dessen Rücken er nach einer leidlich kommoden Landpartie über den Ostertäler Butterpfad nach Rutzweiler und von dort in den Himmelwald hinein und beim Wetschhauser Hof wieder aus dem Forst hinaus schunkelte, bis er die Anhöhe bei Steinbach erreicht hatte. Der Platz, wo das Haus seiner Eltern und jetzt seiner Vorfahren stand, kannte er noch von seiner Jugendzeit aus der fernen Zukunft, denn er war hier aufgewachsen. Auch sein Gang nach seiner ersten Ankunft im *alten Dorf* hatte ihn vor mehr als vier Jahren schon einmal hierher geführt, als er auf dem Weg von Neunkirchen mit seinem Areus eine dreitägige Rast in der Feldscheune eingelegt hatte. Aus der Visite war seinerzeit keine Begegnung mit seinen fünfmal-Ureltern zustande gekommen, weil die Leute gerade irgendwo auf dem Feld waren.

Aber heute: auf dem Vorplatz des schäbigen Anwesens fuhrwerkte ein Männlein an einer Schindmähre von einem Hornochsen herum, der sich nicht vor die Karre spannen lassen wollte. Mehr ratlos als entschlossen zurrte und zerrte der Bauer an Geschirr und Geschnür, rückte das übergestülpte Stirnkummet nach rechts, nach links, hievte den Nasenring zur Seite, bis das Rindvieh sich endlich befleißigte, einen Tritt zurück zu tun. Das war soweit des Mannes Geschäft, als Holle sein Reittier in den Hof lenkte. An den oberen Haustürladen der Hütte gelehnt, dirigierte ihm ein Fass von einem Weib über den Hof hinterher, er solle gefälligst von vorn und nicht hinten, nein da, und wenn er damit nicht endlich bald zu Streich komme, dann solle sie beide, Ochs wie Fuhrmann, der Teufel holen, wer kommt denn da über den Hof geritten, so zeitig am Tag?

„Seid Ihr der Balthasar Neufang“, sprach der Reiter und an das Weib gerichtet: „und Ihr seid Sophia, die Herrin dieser Haushaltung?“

Die beiden stutzten auf. Ihr beider Name war gefallen, genannt von einem, den sie nie zuvor gesehen hatten.

„Nein, keine Sorge, ich komme nicht aus Ottweiler, auch nicht von Wiebelskirchen“, beeilte sich Holle zu erklären, „ich muss mit Euch reden. Aber nicht über den Gartenzaun hinweg, drinnen, in der Kammer oder Küche, von Person zu Person“.

„Kein Protest, kein Widerspruch!“ parierte Holle entschlossen die prompte Ausfälligkeit der empörten Matrone, „was ich mit Euch zu verhandeln habe, ist günstig für Euch, sehr günstig sogar!“

Schon war er an dem Männlein und seinem Weib vorbei und voran ins Haus und durch den Flur geradeaus in die Küche, wo er sofort den Stirnplatz am Tisch besetzte.

„Da hört sich doch alles auf“, plusterte sich die Bäuerin auf und war ihm auch schon hinterher, stand da und stemmte vor dem Eindringling beide Arme in die Seite, um ihn sogleich wieder hinaus zu komplimentieren, bis Holle sich langsam erhob. Er ragte vor den beiden Däumlingen auf, wie ein Gebirge.

„Was kostet ein neuer Ochse, wenn Ihr Euer Wrack dort draußen auf dem Hof in Zahlung gebt? Ein Ochse, jung, kräftig, arbeits- und zugwillig? Zwanzig Gulden, dreißig? Wie viele Gulden müsst Ihr für ein gutes Ackerpferd berappen, wenn ihr dem Pferdehändler Michels vom Ottweiler Schlossplatz ein besonders schönes Exemplar abhandelt? Vierzig Gulden, fünfzig? Wie, einen Gaul könnt Ihr Euch nicht leisten? Auch keinen schönen, kräftigen Ochsen? Was ist man hier in der Gegend für einen neuen, guten Pflug mit Eisenschar schuldig, extra angefertigt für Euren Ackerboden, nicht zu tief, nicht zu breit? Beim Wagner Sicks am Ottweiler Viehof für Euch Maß genommen? Zehn, fünfzehn Gulden?“ stichelte Holle großspurig auf die Leutchen herunter. Und dann holte er aus, zog umständlich seine prall gefüllte Geldkatze aus der Manteltasche und sorgfältig zählte er einen nach dem anderen blinkenden Gulden wie mit dem Lineal gezogen in sechs akkuraten Reihen vor die beiden Entgeisterten auf den Tisch. Es machte jedes Mal *plopp*, solange, bis der Gegenwert eines jungen Mastochsen und eines guten Zugpferdes auf der Holzplatte lag und noch zwanzig Gulden für einen ansehnlichen Pflug dazu. Sogar für zwei Paar feste Schuhe vom Schuhmacher, eines für jeden, war mit einem Male an dieser Tafel gesorgt! Es war in Toto eine blinkende Ehrenformation von besten Münzen, die erst bei sage und schreibe neunzig offiziellen und hierzulande unstrittig couranten Rheinischen Gulden Halt machte. Eine derartige Summe hatten die beiden Bauern noch nie an einem Stück gesehen.

„Das ist Eurer Anteil an meinem Erbe, welches ich soeben vom alten Dibo selig bekommen habe, vielmehr von seinem Boten aus Pennsylvanien. Denn der Dibo, Euer gewesener Ehemann, mein Vater, er ist vor kurzem in seiner neuen Heimat hinübergegangen in die Ewigkeit und hat mir, seinem Sohn, das hinterlassen, was mir zusteht. Wohlgemerkt, das Erbe gehört zur Gänze mir. Aber ich habe es mir überlegt. Weil ich Euch verwandtschaftlich und auch sonst nahe stehe, werde ich mein Vermögen gerecht mit Euch teilen, denn der Dibo hat verfügt, dass es zur Hälfte seinem Sohne und zur anderen Hälfte seiner ehemaligen Hausfrau gehören soll, der Mutter seines Sohnes. Die Mutter seid Ihr und der Sohn bin ich, denn ich habe das Geld."

Jetzt fing die Bäuerin an zu wimmern und schlug die Hände vor den Mund, dem Alten klappte die Kinnlade ab. Es war nur noch ein Zahn vorhanden. Einer derartigen Attacke waren die einfältigen Leute hier nicht gewachsen. Sie taten dennoch, was zu tun war.

„Halt, nicht anfassen!" intervenierte Holle, „noch nicht. Bevor wir den Handel endgültig abmachen, benötige ich für den Boten meines Vaters für die Behörden in Pennsylvanien eine Bestätigung, dass alles seinen richtigen Gang gegangen ist. Hier habe ich ein Schreiben, denn geschrieben muss werden bei dem Geschäft. Das müsst Ihr beide mit Eurem Namens- oder Handzeichen versehen. Sodann werdet Ihr, Balthasar, umgehend einen Nachtrag über meine rechtmäßige Geburt als Euer Sohn im Kirchenbuch vornehmen lassen. Außerdem, und das ist für unsere Abmachung unabdingbar, geht Ihr beide morgen früh hinüber nach Werschweiler zum Schreiner Beck. Den kennt Ihr bereits, denn Ihr habt ihm eine folgenschwere Falschauskunft gegeben. Ihr werdet Euch in aller erdenklichen Form für die Verleugnung Eures Sohnes entschuldigen und alles, was und wie ich es Euch auftrage, beim Namen Eurer Ehre und beim Kreuze Christi richtig stellen. Habt Ihr mich verstanden? Danach dürft Ihr über das

Vermögen verfügen, das hier vor Euch liegt, nicht eher! Zwei Reihen dürft Ihr Euch abzweigen, sobald Ihr dieses Papier unterzeichnet, zwei Reihen, wenn Ihr Euren Gang nach Werschweiler hinter Euch gebracht habt und die restlichen beiden Reihen, wenn der Nachtrag im Taufbuch vorgenommen worden ist."

Holle entnahm seiner Brusttasche das gefaltete Schriftstück, legte es auf den Tisch und platzierte seinen Dauerschreiber daneben. Balthasars Weib war sofort aufgesprungen. Sie stand, wie vom Schlag gerührt, vor der glänzenden Bescherung.

„Aber", stammelte sie, „wir haben doch nur einen Sohn gehabt und jetzt haben wir keinen mehr, der Friedrich ist uns im vergangenen Jahr doch weggestorben."

„Dann habt Ihr jetzt eben wieder einen, nämlich mich. Ich darf Euch das Geld nur als Verwandter geben, so hat mir das der Bote vom alten Dibo aufgetragen, wollt Ihr oder wollt Ihr nicht?"

Jetzt wurde die Alte plötzlich schnippisch. Jetzt witterte sie Morgenluft, nahm sich ihr Hausrecht in ihren eigenen vier Wänden zurück. Jetzt war sie endlich wieder Herrin ihrer selbst.

„Einen Augenblick, Herr, Herr..."

„...Johann Peter Neufang", warf Holle ein.

„Das geht mir jetzt doch alles zu hopplahopp mit dem vielen Geld. Das ist doch insgesamt zu schön um wahr zu sein, was Er uns da offeriert. Wer weiß, in welchen Handel wir uns da leichtfertig hinein bugsieren lassen? Wer garantiert uns denn, dass das viele Geld nicht unerlaubt - dass das alles mit guten und rechten Dingen zugeht? Ich muss mich erstmal mit meinem Mann besprechen, so hurtig, sie sagte *tuttzwitt*, geht das nicht", und mit diesen Worten zog sie das Männlein vom Hocker an sich hoch und führte es in die Küchenkammer.

Als die beiden nach einigen lautstarken Händeln aus der Nachbarstube in die Küche zurückgekehrt waren, hatte Holle die Münzen, bis auf deren dreißig, in seinem Ledersäckel wieder verschwinden lassen und hielt den beiden den Bogen hin:

„Nun, wie habt Ihr entschieden? Wollt Ihr Euch weiterhin mit Eurem baufälligen Apparat von Ochsen da draußen abschinden oder habt Ihr gewählt, fortan etwas mehr Bequemlichkeit auf Eurem Hof walten lassen?“

„Und wer sagt uns, dass Ihr das Geld tatsächlich vom Dibo habt“, quäkte die Frau gegen den Fremden, „vielleicht habt Ihr es ja irgendwo gestohlen oder erschwindelt? Außerdem: Warum gerade wir? Sucht Euch doch ein anderes Opfer. Geht doch hinüber über die Gasse, drüben der alte Bleimehl, der hat's noch nötiger als wir, oder sucht Euch sonst wo im Dorf Eure Beute, hierorts findet Ihr überall dankbare Abnehmer für Euren überzähligen Reichtum.“

Holle tat jetzt in beleidigter Miene und erwiderte: „Na, gut wie Ihr wollt, dann werde ich auch die restlichen Gulden mitnehmen. Dann eben nicht, auch gut.“

„Nein, nein“, entfuhr es der Alten, „so war das nicht gemeint. Nicht so schnell. Wir sind einfache, ehrbare Leute, haben uns niemals was zu Schulden kommen lassen. Sollen wir uns mit Ihm auf unsere alten Tage noch auf einen Schwindel einlassen? Wir können doch nicht so mir nichts, Dir nichts von jedem vornehmen Herren Geld nehmen und hinterher behaupten, es wäre von einem Verwandten oder gar noch von unserem eigenen Sohn auf uns gekommen. Wo soll der denn auf einmal herkommen, der Spross und das auf unsere alten Tage? Wie sollen wir das denn unseren Töchtern und in der Nachbarschaft und überhaupt, das glaubt uns doch kein Mensch! Habt Ihr denn keinerlei Hinterlassenschaft aus der persönlichen Habe vom Dibo, der mir, uns, zeigen könnte, der wenigstens ein kleiner Hinweis sein könnte auf den Dibo...?“

Was sollte Holle darauf sagen? Selbstverständlich hatte er nichts Derartiges aufzuweisen, wo sollte dergleichen denn auch herkommen? Er kannte den Dibo nicht einmal, hatte ihn niemals gesehen.

Dann kam ihm doch noch ein Gedanke.

Aus seiner Brusttasche zog er eine Plastiktüte, die mit einer Klemmleiste verschlossen war. Aus dem Behältnis entnahm er die Gemmenbrosche, die er vor Tagen beim Wirt Simon ausgelöst hatte. Es war das alte, für seine Katharina bestimmte Erbstück von seiner Schwester, das sie ihm damals so großzügig überlassen hatte. Dieses legte er vor das Ehepaar auf den Küchentisch.

Der Hausfrau entfuhr ein Schrei: „wo habt Ihr das her, das gehört mir!“ Und schon griff ihre Hand nach der Gemme, aber Holle fasste nach und entrang ihr das Kleinod.

Sophia Neufang stand wie vom Schlag gerührt. Sie trat einen Schritt zurück, dann noch einen, drehte sich um, ging aus der Küche, hinauf in die Schlafkammer und kam kurze Zeit später wieder zurück.

In ihren Händen hatte sie dieselbe Gemmenbrosche, die exakte Dublette, das identische Gegenstück zu dem Exemplar, das dort auf dem Tisch lag!

Sie platzierte die ihre daneben.

Da lagen sie, die eineiigen Zwillinge, die es in dieser Erscheinung direkt nebeneinander eigentlich gar nicht geben durfte, es sei denn - aber nein.

Zu erkennen war, dass ihr Exemplar neuer, frischer, weniger abgenutzt erschien, als Holles schon verblasstes Erbstück. Es fiel auch auf, dass seine Brosche an den Rändern einige abgestoßene Kanten aufwies und die goldene Krappfassung an manchen Stellen abgescheuert war. Ansonsten aber wiesen sie die identischen Merkmale auf: Auf einer lachsfarbenen Korallenplatte war ein ebenmäßiger, junger Frauenkopf herausgearbeitet, der um den Hals eine Perlenkette trug. Bei beiden Gemmen fehlte an derselben Stelle eine Perle!

Sophie drehte zuerst ihr eigenes Schmuckstück, sodann die Brosche von Holle langsam auf ihre Rückseiten um, ihr stockte der Atem, sie riss die Augen auf: auf beiden Exemplaren war in identischer Schrift ihr eigener Name sowie das Datum ihres Hochzeitstages mit ihrem ersten Ehemann, Johann Friedrich Dibo, dem 23. September 1738, eingraviert!

„Das bin ich gewesen, als ich jung war", flüsterte die Alte und wies auf beide Gemmen, die jetzt wieder mit dem Frauenbild nach oben lagen.

Wie war das in Dreigottesnamen nur möglich?

Die Formalien waren schnell erledigt, obwohl die Bäuerin und ihr einfältig dreinschauender Hausmann Balthasar nun überhaupt nichts mehr verstanden. Es wurde auf der Stelle sogar die zweite Tranche mit dreißig Gulden über den Tisch geschoben, denn das Kirchen- und Taufbuch für Steinbach wurde vom alten Neufang im Beisein seines neuen Sohnes auf der Stelle in der gewünschten Form ergänzt. Neufang, sein neuer Vater, begleitete nämlich bereits seit etlichen Jahren das Amt des örtlichen Kirchenschöffen und verwaltete in dieser Funktion das Steinbacher Dokument für die Wiebelskircher Gemeinde in seinem Haus. In diesem stand jetzt sauber geschrieben: Johann Peter Neufang, geboren zu Steinbach, am 29. Juli 1750, getauft am folgenden Tage in der Kirche zu Wiebelskirchen als ehelicher Sohn des Johann Balthasar Neufang und der Appolonia Anna Sophia, geborene Lauer, geschiedene und verwitwete Appolonia Dibo zu Steinbach, der Meierei Wiebelskirchen, Oberamt Ottweiler zugehörig.

Es war dies ein wirklich denkwürdiger Tag in der Küche des Bauernpaares aus Steinbach. Hier lernte man sich kennen, kam sich näher, spann die ersten Bande der Eltern- und Kindschaft aus, indem man am Küchentisch sitzen blieb und ausgiebig berichtete. Hier erzählte Holle, erstaunlich ortskundig, dies und das aus seiner hiesigen Kindheit, die zu weit in der Zukunft lag, als dass ihr irgend hätte nachgeforscht werden können. Aber es gab doch die eine oder andere Einzelheit aus seinem Mund, die aufhorchen ließ. So erwähnte Holle zum Beispiel den Krautstein oder jenen rätselhaften Säulensockel von den alten Römern, der in eine Kellerecke dieses Hauses eingemauert war, obgleich, wie die Alten entsetzt feststellen mussten, der feine Herr doch nie zuvor die abgewetzten Sandsteinstufen hinab gestiegen war. Das war ihnen in Anbetracht des Geldhortes auf dem Tisch in diesem Moment aber eigentlich reichlich egal. Sie tauten unter dem warmen Geldsegen regelrecht auf, konnten sich gar nicht genug über ihren neuen Reichtum wundern. Die schönen Münzen klimperten hell und satt im Strumpf und man feierte zu dritt die amtliche Geburt des verlorenen Sohnes Johann Peter Neufang durch Eintrag in das Kirchen- und Taufregister.

Holle bläute seinen neuen Eltern ein, dass sie ihn fortan als ihren ehedem verstoßenen Sohn zu betrachten hätten, der sich mit seinen Erzeugern nach Jahren endlich ausgesöhnt habe. Nach langer Zeit der Abwesenheit sei er aus dem Land Amerika, aus Pennsylvanien, in die Gegend zurückgekehrt, um sich hier eine Existenz aufzubauen.

Mit diesem Akt hatte Holle endlich zurechtgerückt, was er vordem zu lange versäumt hatte zu klären, denn Steinbach lag von dem Ort Werschweiler gesehen ja doch wirklich nicht aus der Welt. Mit dieser kostspieligen Abmachung war nun endlich die Grundlage gelegt worden, auf der er seinem Meister, dem Schreiner Beck, wieder würde unter die Augen treten können und seiner Katharina ebenso, denn er liebte sie wie je.

XX

Holle ließ sich bei seiner Rückkehr nach seinem St. Wendeler Quartier Zeit. Ein wenig Muße und etwas Beschaulichkeit hatte er sich nach dem Steinbacher Coup, der ihn auf euphorische Höhen der neu erlangten Hoffnung trug, allemal verdient. Mit seinem Pferd nahm er den kleinen Umweg über Ottweiler gern in Kauf, denn er wollte sich in aller Beschaulichkeit ausmalen, welches Liebesglück ihm nun wieder zum Greifen nahe war. Es gab für ihn nun keinen Zweifel mehr, dass sich alles zum Guten kehren würde.

Außerdem wollte er die Gelegenheit nutzen, sich in dem benachbarten Residenzstädtchen an der Blies nach dem Stadtbild und den Bauwerken umzusehen, die er von früher, das heißt, von später her vielleicht noch kannte und die er während seines Zwischenaufenthaltes zuhause im einundzwanzigsten Jahrhundert ausgiebig in den alten Büchern nachgestöbert hatte. Dort fand er vor der Stadtmauer in der Neumünster Vorstadt, an den Steilhang des Wolfsbergs angelehnt, das imposante fürstliche Haus, das der vormalige Landesherr Wilhelm Heinrich für seine Frau hatte erbauen lassen und das jetzt leer stand, weil die Witwe es vorzog, ihr Quartier im Landschlösschen Lorenzen in der Grafschaft Saarwerden zu nehmen. Holle näherte sich der kleinen, späterhin berühmten Porzellanmanufaktur am Bliesbach, sah dort die Schlote qualmen, ritt an der überwucherten Trümmerhalde des abgerissenen Wasserschlösschens bei der Seilerbahn vorbei und stieg, auf dem Marktplatz angekommen, aus dem Sattel, wo er in der Ratsschänke einkehrte.

Sein Weg zurück führte ihn durch die eng Gass nach Westen die Kurzawann hinauf und dahinter wieder hinab, über Mainzweiler nach Remmesweiler. Von da aus lenkte er den Gaul über die Wurzelbacher Mühle, hinauf zur neuen Ziegelhütte, wo er von der Wirtin Wilma in einer armseligen, man sagte hierorts etwas abfällig: *oorscheerischen* Bretterbude, die zum Schankraum umfunktioniert und bis auf den letzten Stehplatz angefüllt war, einen Krug frisch gebrauten Braunbiers vorgesetzt bekam. Hier johlte und krakeelte es, die stattliche Wirtin feierte ihren Geburtstag. Holle trank einen aufs Haus. Und noch einen, bis er, von dem ungewöhnlich kräftigen Gebräu reichlich angesäuselt, quittierte und über die Tholeyer Chaussee endlich hinunter in die Stadt hineintrabte. Am unteren Tor passierte er die beiden Wachmänner, die plaudernd beieinander standen und ihn unbesehen durchwinkten. Holle war froh, nach seiner Ankunft in seiner bequemen Kammer ausruhen zu können. Er legte sich auf die Schlafpritsche und duselte sofort ein.

Die Nachmittagssonne warf schon lange Schatten auf die Gasse und den Fruchtmarkt. Holle war inzwischen wieder aufgewacht und stand am Giebelfenster, von wo aus er eine kleine Pilgerschar beobachtete, die gerade im Begriff war, gemeinsam die Treppe zum Hauptportal des Domes empor zu steigen. Da pochte es an seiner Kammertür. Holle öffnete, vor ihm stand - Jacob Weiler aus Werschweiler! Freude und Verlegenheit waren eins, Jacob musterte Holles vornehmen Aufputz, nickte anerkennend, der streckte irritiert seine Hand aus. Wer sollte anfangen? Verschämtheitsfrage von Holle: Das sei ja eine hoch willkommene Überraschung, was er denn hier...wo Er denn so plötzlich herkomme?

Ausrede von Jacob; zwiespältig, unsicher: er habe heute in Gesprächen mit dem hiesigen Schultheiß wegen der jüngsten Weidestrittigkeiten zwischen den beiden Gemeinden in der Stadt zu tun gehabt und wollte es bei dieser Gelegenheit nicht verabsäumen, den lange Entbehrten, den endlich Zurückgekehrten aufzusuchen und zu sprechen. Von dessen derzeitigem Quartier im weißen Ross am Dom habe er über seinen Neffen Adam erfahren, vielmehr habe es sich bereits im gesamten Dorf herumgesprochen, dass Peter Neufang, wenn zwar noch nicht wieder Zuhause, so doch in der direkten Nachbarschaft sein hoffentlich nur vorübergehendes Quartier genommen habe.

Abwarten auf beiden Seiten, bis Holle den Meieradjunktus endlich in die Kammer hereinbat und ihn hieß, am kleinen Erkertischchen Platz zu nehmen. Am Vortag hatte er sich in seiner Verzagtheit um seine Braut eine Flasche Wein geleistet, die noch fast voll war. Diese holte er nun hervor und mit zwei Gläsern in der Hand lud er Jacob ein, auf das freudige Wiedersehen einen Schluck zu nehmen. Es wurden zunächst ein paar artige Höflichkeiten ausgetauscht, über die gesunde Gesichtsfarbe des Jacob, ja das sei die Luft – von wegen der Gesundheit im Allgemeinen, den leidigen trockenen Sommer, den Stand der Feldfrüchte, die ja doch bei dieser Witterung aus keiner *Kaul* heraus kämen, den Wuchs des Korns, über die aufgeräumte Stube und so fort.

Das ging eine Weile hin und her, bis sich Jacob endlich entschloss, einen beherzten Vorstoß über den eigentlichen Grund seines Hierseins zu machen und zwar geradeheraus, ohne Umschweife:

Was denn da, sapperlot nochmal, neuerdings zwischen Ihm und dem Becke Klees, dem Nickel Beck, im Gange sei? Wie lange das alberne Säbelwetzen auf der einen und das Verschanzen hier, hinter der St. Wendeler Stadtmauer, auf der anderen Seite, etwa weitergehen solle? Das sei doch lächerlich, eine unwürdige Posse sei das und richte sich am Ende gegen eine gänzlich Unbeteiligte, nämlich gegen die unschuldige Beckin. Ob man sich nicht, in Dreiherrgottsnamen, allmählich mal zusammenraufen könne, um die leidigen Kindereien - jawoll, Kindereien nenne er das - und die närrischen Verstimmungen ein für allemal aus der Welt zu schaffen? Dass sei ja doch an und für sich ein unhaltbarer Zustand – der Peter hier in St. Wendel in Wartestellung, auf der Lauer und die Braut dort unten in Werschweiler in tiefster Verzweiflung und Hoffnungslosigkeit. Das habe nun lange genug angehalten, Er solle schließlich auch einmal zur Vernunft kommen.

Aha, Jacob machte also keine Umstände mit ihm. Dann hatte sich dort unten im Ostertal ja doch einiges aufgestaut, war im Kirschgarten etliches im Busch. Was die Ausgangslage zum Jacob, dem Vermittler zwischen den Kombattanten, anbetraf, so war sie für Holle durchaus günstig zu nennen. Denn der Meieradjunkt machte kein großes Federlesen um den Gegenstand und das sprach für eine gewisse Vertrautheit gegen Holle, die nach wie vor vorhanden war. Es war mehr, als er nach der scheinbaren Verstrickung erwarten durfte.

Was sagte Jacob?

Er solle endlich zur Vernunft kommen? Na gut, sollten sie doch auf beiden Seiten ihre Prügel aus dem Graben werfen. Aber: in diesem Fall kam doch wohl eher Holle als der Attackierte in Betracht und nicht der Nickel. Er war seinerseits sofort zur Klärung der Missverständnisse bereit, denn die Voraussetzungen für eine rasche Einigung waren erst am Vormittag sämtlich geschaffen worden, an ihm lag es nicht.

Jacob setzte nach: er kenne sie alle beide, Ihn wie die Katharina, gut genug, das ließe sich doch alles in Vernunft und Güte wieder einrichten. So voll sei der Acker schließlich noch nicht gelaufen, als dass man ihn nicht auch noch ablassen könne. Also, gebe Er sich endlich einen Ruck und mache den Schritt auf den Nickel zu.

Außerdem, so setzte er hinzu, wünsche er als Vertreter seines Vaters im Amte die ganze Sache und das leidige Drumherum, das alberne Geschwätz im Dorf und sowieso die ganze unhaltbare Situation, insgesamt nun endlich einmal an ein Ende geführt zu wissen, ob passabel oder miserabel, das würde sich dann ja wohl herausstellen. Besinnung und Besonnenheit, Klärung, Klarheit in der Angelegenheit, sei jetzt die Devise.

Jedenfalls, so Jacob weiter, sei die Margarete letzthin bei ihm gewesen und habe ihn beschworen, um alles in der Welt etwas zu unternehmen, das arme Kind sei ja schon ganz bleichsüchtig vor Gram. Und der Nickel sei beleidigt und verstockt und habe der Tochter gar bei Leibsstrafe untersagt, auf den Wochenmarkt zu gehen, solange sich der Neufang hinter der Stadtmauer herumtreibe. Seitdem säße das bedauernswerte Frauenzimmer zuhause in der Kammer und sei unaufhörlich am Greinen und Jammern. Und der Nickel täte so, als sehe er nur noch die Arbeit. Gänzlich verstockt und vergrätzt sei er in den letzten Monaten geworden und wohl auch ein wenig beleidigt, weil ihn sein bestes Pferd im Stall, seine beste Arbeitskraft, jadoch, Er, der Neufang sei damit gemeint, im Stich gelassen habe. Mein Gott, fügte Jacob hinzu, worauf solle das alles hinauslaufen, wenn diesem nichtsnutzigen Geplänkel nicht bald Einhalt geboten werde. Der Beck habe sich unter der Hand sogar schon einen neuen Handlanger eingewiesen, weil es so nicht mehr weiter ging mit seiner maroden Holzwirtschaft dort hinterm Gässchen. Nun müssten doch schließlich einmal die faulen Positionen zwischen ihnen aufgedeckt und aus der Rechnung hinausbugsiert werden. Ein Strich gehöre jetzt unter diese unglückliche Addition von Missverständnissen gezogen, nein, ein Doppelstrich müsse drunter und zwar bald!

Wie Er, Peter Neufang, sich dazu stelle? Nur beherzt heraus damit, ohne Eitelkeit und falsche Rücksichtnahme! Ihm dürfe Er die Wahrheit getrost anvertrauen, er sei schließlich kein Unmensch. Er habe so einiges gesehen in seinem Leben und nichts Menschliches sei ihm fremd. Was nun also?

Zuerst war noch reichlich betretenes Schweigen in der Stube. Dann kam Holle vorsichtig in Bewegung, fragte behutsam nach, ob ihm die Margarete, bei ihrem Gespräch um Vermittlung, weiteres mitgeteilt habe, was des Nickels Zorn etwa zusätzlich befeuert haben könnte?

Nicht Rechtes eigentlich, jedenfalls nichts, worauf sich Jacob einen schlüssigen Reim machen könne. Angedeutet habe sie dies und das, ohne jedoch auf den Punkt zu kommen, wie auch immer dieser sich ausnähme. In diesem Punkt könne Neufang einiges zur Klärung beitragen, setzte Jacob nach.

Und dann sprach der Mann aus Werschweiler des Nickels Gang nach Steinbach an, wo Neufangs Leute auf dessen Auskunftsersuchen entsprechend abweisend reagiert hätten. Jedenfalls hätten sie rund heraus bestritten, jemals einen Sohn namens Johann Peter gehabt zu haben. Das sei das Eine, was sich doch wohl mit Leichtigkeit klären ließe, oder? Ja, und darüber hinaus kam dann die Visitation der Ottweilerschen Tabaksgarde beim Nickel, mitten im Hause, ins Spiel, gleich nach beider Verschwinden aus dem Dorf, bei der die Gardisten in Holles Bettlade die Geldkatze gefunden hätten. Die Geldkatze mit einer beträchtlichen Summe französischer Goldmünzen sowie dazu drei Schreiben, die würde Er sicherlich kennen.

Dann sei da noch, zu allem Überfluss, ein Bote des Geldverleihers Weyel aus Konken gleich zweimal vorbeigekommen und begehrte dringend den Peter Neufang zu sprechen. Irgendwelche *Patronen* habe der verlangt, Schießstifte, wie er sich ausdrückte. Was wusste denn der verdutzte Beck schon von Pulver, Blei und Luntenkram? Schreiner war er, nichts wusste er, hatte nicht die Spur einer Idee, was eine *Patrone* darzustellen habe, war von dem abstrusen Begehren des Zweibrückers vollkommen überfordert in die Knie gegangen. Und dies und das sei beim Nickel noch hinzugekommen, Sein langes Ausbleiben sei sicherlich mit der ausschlaggebende Grund dafür gewesen, weshalb der Mann nach dem Gang ins Ostertal zu Seinen, Neufangs Eltern, dermaßen aus seiner Haut gefahren sei.

Jedenfalls, so schloss Jacob sein Plädoyer, sei er eben nicht zuvorderst in Amtsgeschäften mit dem St. Wendeler Schultheiß hierher in die Stadt gekommen. Es sei ihm vielmehr ein Anliegen, Ihm, Peter Neufang, seine tätige Mithilfe bei der Schlichtung und der Vermittlung im Disput mit dem Kirschgarten anzutragen. Denn am Ende würde in diesem unglücklichen Fall ja doch nur die rechte Vernunft, besonnene Ausgewogenheit im Handeln und vor allem unvoreingenommenes Zugehen aufeinander und zwar von beiden Seiten, weiterführen können. Es dürfe auf keinen Fall die arme Katharina die Leidtragende sein. Auch Er, Peter Neufang, solle sich gefälligst besinnen und alles dafür tun, dass sich diese absurde Verstauchung mit dem Nickel Beck bald wieder einrenke. Sie beide, Katharina und Peter, müssten nun endlich wieder zusammenfinden, denn sie seien ja schließlich füreinander bestimmt; so habe es der Pfarrer Engel im letzten November vor Gott und den Zeugen erklärt und so sei es abgesegnet worden bei ihrem Verlöbnisse in der Kirche zu Werschweiler und das sei schließlich auch Gottes heiliger Wille und dürfe nun nicht durch menschliche Unzulänglichkeit und kleinliche Sturheiten zerschlagen werden.

Was sollte Holle zu dieser kleinen Brandrede sagen? Dem war nichts hinzuzufügen. Das lag alles exakt auf seiner Linie. Nun war es an ihm, sich zu der Verstimmung zu erklären. Holle schenkte Wein ein und legte los. Er brachte dem Meieradjunkt in seiner Kammer lang und breit die gewesene unglückliche Konstellation des jahrelangen Zerwürfnisses mit seinen Steinbacher Leuten dar, wie das alles begonnen habe und wohin das alles im Laufe der Zeit geführt habe. Nach einer gewaltigen Auseinandersetzung um seinen Erbanteil habe ihn seine Mutter seinerzeit aus dem Hause geworfen und ihm erklärt, er solle ihr nicht mehr unter die Augen treten. Er sei nicht mehr ihr Sohn, mit ihm habe sie nichts mehr zu schaffen und so fort. Daher die scharfe Aussage seiner Eltern gegen den Nickel Beck.

Aber: just am heutigen Tage habe er seinerseits nach langem Schweigen endlich den ersten Schritt auf seine Leute zu gemacht. Er sei am frühen Morgen nach Steinbach gegangen, hatte mit den Seinen eine umständliche Aussprache geführt und den Zwist, der sie so lange auseinander gehalten, zur besten Zufriedenheit beider Seiten beigelegt. Wie ein verlorener Sohn haben die Eltern ihn wieder in die Hausgemeinschaft aufgenommen und nun sei alles wieder im Lot.

Auch über die Herkunft des Geldhortes war Holle bereit, Auskunft zu geben, nachdem Jacob ihm bedeutet hatte, dass der Neufang seinen rechtmäßigen Besitz über die vielen Louis d'Or bei dem Ottweiler Amtsschreiber Schmoll, vielmehr bei dem dortigen Advokaten Lauckhardt, nachweisen müsse, ehe man gewillt sei, ihm seine Habe wieder auszuhändigen.

Holle gab auch hierüber ein Räsonnement ab, aber: was für eine Version von Erklärung tischte er ihm auf? Ja welche denn? Die volle Wahrheit wohl kaum, aber die Geschichte, die er nun vor dem Jacob sich entwickeln ließ, war dann anfänglich auch nicht allzu weit von den Tatsachen entfernt, obschon sie sich im Verlauf der Darlegungen späterhin unmerklich verselbstständigte und immer weiter von den wirklichen Geschehnissen abrückte. Er erklärte nämlich, dass ihm der Arzt Dr. Schönberger eine langläufige Schusswaffe ausgehändigt habe, um ihn im vorigen Herbst aus dem Zweibrücker Gefängnis herauskaufen zu können. Der Ulmer Arzt war, nachdem er ein wertvolles Zuchtrind versehentlich mit Kuhpocken infiziert hatte, aufgegriffen und eingekerkert worden. Die Waffe habe er bei dem Geldverleiher, von dem Jacob eben gesprochen hatte, in Geld umgesetzt, um Schönberger auszulösen. Der Jude wiederum habe den Drilling als Geschenk dem Herzog Christian vermacht. Das sei als eine Art Schutzgabe zu verstehen, denn der Mann war auf die Protektion und Duldung seines Landesherrn angewiesen. Den Rest der Summe durfte er für seine Mühen behalten und die staken in der erwähnten Geldkatze. Die Waffe schösse jedoch nur mit den passenden Patronen, pardon, Kugeln, von denen er noch etwelche besitze, aber auch nur er. Da der Schönberger das Schießeisen seinerzeit aus dem fernen überseeischen *Terra Australis* mitgebracht habe und hierzulande eine derartige Technik noch nicht etabliert sei, gäbe es auch nirgendwo sonst in der Gegend Vergleichbares zu kaufen, einschließlich der Patronen. Die Herrschaft sei diesbezüglich vollkommen auf ihn und auf den Doktor angewiesen. Daher der aufdringliche Besuch des Boten aus Konken. Jacob sehe also, es ließe sich das Ganze füglich erklären.

Wo nun aber der Schönberger letzthin abgeblieben sei und überhaupt, woher er den gelehrten Doktor kenne, wollte Jacob nun wissen? Der wäre ihm doch wohl nicht so einfach über den Weg, vielmehr beim Pflügen oder beim Grundbirnen häufeln in die Quere gekommen? Auch hierüber wusste Holle dem Gegenüber eine passende Antwort abzugeben. Dies allerdings war ein Phänomen, welches den Meieradjunktus umso mehr überraschte, als er Derartiges die ganze Zeit nicht vollkommen ausschließen wollte, seitdem Holle sich in jener denkwürdigen Nacht dem Nachtwächter und Büttel Leonhardt in eigentümlichster Weise auf dem Gottesacker als entstofflichter Geist des Dibo präsentiert hatte. Holle sprach wie folgt:

„Dem Schönberger bin ich auf dem Segler Adolf seinerzeit auf dem Weg von der Neuen Welt nach Rotterdam begegnet, als ich im Auftrage meines Vaters hier im Nassauischen etliche Werkzeuge für die Mühle in Pennsylvanien zu besorgen hatte. Der Mann hatte damals als Arzt die Seekranken und die Siechen behandelt und dabei vielen Leidenden in bewundernswerter Weise über die Überfahrt hinweggeholfen. Auch ich war nicht ganz wohl auf der Passage, denn es war meist schweres Wetter auf dem großen Wasser, so dass nicht wenige der Passagiere an ihre Hängematten und Kojen gefesselt waren."

Jacob sprang auf, „so ist Er also nun doch nicht der Neufang, sondern der Dibo! Als hätte ich es mir nicht gleich gedacht - und was ist mit dem Namen Neufang?"

„Ich bin der Sohn meiner Mutter, die jetzt Neufang heißt und meines Vaters, des Dibo, der kürzlich in Pennsylvanien verstorben ist. Neufang wurde ich erst, nachdem ich wieder nach Steinbach zurückgekehrt war und dann hatte mich meine Mutter nach dem erwähnten Eklat des Hauses verwiesen. Aber bitte, ich möchte doch an diese Lappalie nicht weiter erinnern, denn es gibt Bemerkenswerteres zu berichten."

Der Arzt Schönberger, um auf ihn zurückzukommen, habe die neue Heilmethode des *Kuhpockens* aus der eben erwähnten ganz Neuen Welt, viel weiter westlich des Landes Amerika, nämlich aus den fernen Neu-Holländischen Kolonien mitgebracht. Dieser habe ihm seinerzeit überhaupt mit großem Enthusiasmus von der eigentümlichen Tierwelt zu berichten gewusst. So zum Beispiel existiere dort ein kurioses Beuteltier namens Känguru, welches seinen Nachwuchs in einer Bauchtasche vor sich hertrage und sich nicht anders durch die Welt bewege, denn durch fortwährendes Hüpfen auf den Hinterbeinen und Aussteuern mit seinem mächtigen Schweif. Auch gäbe es die seltsamsten Absonderlichkeiten von Vögeln; nicht Papageien, die seien ja doch nichts Besonderes. Nein prächtig schillernde Vögel mit Schwanzfedern, viermal so lange wie ihr ganzer Körper, welche ihre Bräute durch die kunstfertigsten Hausbauten beeindruckten. Diese Erdhütten glichen geradezu primitiven menschlichen Behausungen aus Ästen und Blättern, welche die immerfort tänzelnden Prachttiere unaufhörlich rein zu halten wüssten, indem sie jedweden etwa vorkommenden Stein im Hüttenrund aufsammelten und, seitlich über ihre Schultern werfend, nach draußen beförderten.

„Vieles mehr konnte er mir an vollkommen neuen Dingen, vor allem an Wissen vorbringen, von dem wir alle nicht den Anhauch einer Vorstellung haben. Das alles hat mich genau so interessiert und fasziniert, wie Ihn, den Jacob, der ja doch auch die eine oder andere lehrreiche Lektion von dem Arzt genommen hat, während er sich in Seinem Hause aufhielt".

Jacob nickte nachdenklich, nippte am Glas. Er war ernüchtert, dass ihm Schönberger seinerzeit nichts hiervon zur Kenntnis gebracht hatte und wollte schon näher auf den exotischen Gegenstand zu sprechen kommen aber Holle setzte sein Geständnis von vorher fort, denn ihm war daran gelegen, Jacob vollständig auf seiner Seite zu haben.

Auch sein langes Ausbleiben seit dem verblichenen Dezemberabend habe seine erklärlichen Gründe gehabt, die nicht, oder doch kaum von ihm zu beeinflussen gewesen seien. Der Schönberger habe ihn nämlich nicht, wie anfangs vereinbart, nach dem Süden, gegen seine Heimatstadt Ulm, geführt, sondern geradewegs in die entgegengesetzte Richtung. Im Pfalzstädtchen Kaiserslautern habe der Doktor eine bequeme Chaise für die Fahrt über die Haardt nach Worms gemietet. Von dort aus seien sie mit einem holländischen Holzfrachter, der Baumstämme für die Schiffswerften in Rotterdam geladen hatte, den Rhein bis nach der niederländischen Metropole hinunter gefahren. In der Hafenstadt angekommen, habe ihn der Schönberger genötigt, nach der englischen Stadt York mitzukommen, von wo er sich späterhin weiter mit einem Plantagenschiff nach der Südsee aufmachen werde. Auf den paradiesischen Inseln mitten im Ozean werde er einige Monate bei den Wilden verbringen, um dann auf seiner weiteren Fahrt nach dem soeben entdeckten Neu-Holland weiterzusegeln. Er aber, Holle, sei vom Schönberger dringend angehalten worden, die Reise bis nach York mitzumachen, was er anfangs rundheraus ausgeschlagen habe. Auf ihn warteten schließlich seine Leute und vor allen anderen seine Katharina. So sei das nicht abgemacht gewesen, er, Holle, sei auch anfangs wenig erbaut gewesen, überhaupt so weit mitgereist zu sein. Aber, was soll er sagen, Schönberger habe darauf bestanden und ihm Gründe benennen können, warum es notwenig sei, ihn bis nach York zu begleiten.

Jacob war jetzt einmal mehr hellhörig geworden und setzte sich gerade auf den Stuhl. Was denn das wohl für Gründe gewesen waren, wenn Neufang sich dazu äußern wolle? Das war Holle ein Bedürfnis, und was er nach dem dritten Glas Wein dem erstaunten Jacob auftischte, dessen Augen immer größter wurden, war schon abenteuerlich genug. Aber es hatte auch, ungeachtet der eingeflochtenen, geradezu grotesken Prosa, durchaus seine erzählerischen Reize:

„Kautabak", sagte er, „der Doktor hat dort in der Nähe, in einer kleinen Hafenstadt, ein Kontor, vielmehr eine kleine Manufaktur für südseeischen Menthol-Kautabak eingerichtet, wie ich dergleichen hierzulande nirgendwo gesehen habe. Und diese Manufaktur wollte er mir unter allen Umständen vorstellen. Nicht nur vorstellen wollte er mir seine Fabrik, er trug mir allen Ernstes an, dass ich mich während seiner Abwesenheit, stellvertretend für ihn, um die gesamte Einrichtung kümmere, was er mir jedoch erst an Ort und Stelle eröffnete. Zuerst war ich zutiefst verärgert und enttäuscht, denn ich hatte Wunderwas erwartet. Für eine schäbige Kautabaksmanufaktur schleppt der mich über den halben Kontinent in ein abgelegenes, stinkendes, englisches Fischernest, das er zu allem Überfluss auch noch Hafenstädtchen nennt? Aber ich musste ja irgendwie mit, denn der Doktor hatte das Geld für meine Rückreise nach hier und ich hatte in der Eile der überstürzten Flucht überhaupt nichts mitgenommen. Fahrtgeld nach Hause würde er mir nur geben, wenn ich den Schneid hätte, auch noch mit ihm den Kanal nach der Insel zu überqueren. Zum ersten Mal war ich richtig sauer auf ihn. Aber, was soll ich sagen, meine Verärgerung hielt sich in Grenzen, ja ging gänzlich zurück, als ich erst von seiner Ware genossen und dessen wohltuende Wirkung auf Kopf und Brustkorb sich sogleich eingestellt hatte. Es war unerhört!“

„Ich sage Ihm: der Schönberger ist beileibe weit mehr als nur der Pockenarzt, den wir in Seinem Haus kennengelernt haben. Er ist, wenn ich das so ausdrücken darf, alles auf einmal: Alchemist, Erfinder, Universalgeist, wie ich nie zuvor einen gesehen habe“ und damit zog Holle, jetzt langsam Fahrt aufnehmend, ein Päckchen - Kaugummistreifen in gezacktem Alupapier - aus der Tasche und legte es dem verdutzten Jacob direkt vor die Nase.

Da, bittesehr, Er möge probieren, wenn es Ihm beliebe. Und dann möge Er ihm endlich sagen, was Er von dem Schönberger halte. Fünf Päckchen habe er mitnehmen dürfen, es seien allesamt noch Proben, aber was für welche!

Das war im wahrsten Sinne des Wortes Kau-Tobak der derbsten Art.

Nachdem sich die erste genierliche Scheu, auch ein wenig Misstrauen über den kuriosen Tabakstreifen, gelegt hatte, langte Jacob zögernd zu. Er entfaltete das Glanzpapier und führte, nach wiederholt aufforderndem Zunicken von Holle, den gepuderten Teigstreifen zum Mund. Der Kiefer setzte sich langsam in Gang, wurde schneller, die Augen größer, die Stirn weiter und fast so etwas, wie Erleuchtung breitete sich auf dem Gesicht des Bauern aus.

Nun knatschte und blubberte es in der Stube. Die Blasen aus den gespitzten Mündern wuchsen an, wurden zusehends größer, weiteten sich mächtig auseinander, bis zur Überschweinsblasengröße wuchsen sie in die Kammer hinein, bis sie kollabierten und mit einem *Plopp* in tausend Fetzen nach allen Seiten davon stoben. Die Tabakschnipsel hingen in den Augenbrauen, bedeckten die Nasenflügel, überlappten das Kinn, klebten am Ohrläppchen und selbst die kräftigsten

Kaumuskeln mussten ob dieses Exzesses irgendwann einmal erlahmen. Jacob war außer sich vor Erleichterung und kindlicher Begeisterung, wiewohl er diese, ganz nach seiner besonnenen Art, in einem noch leidlich gesitteten Ausdruck zu halten verstand.

Wenn er einen solchen blütenweißen Tobakstreifen seinem Vater anböte, dann sähe der die Welt mit neuen, mit anderen Augen! Zu diesem Schluss war er nach eingehender Prüfung der Ware gelangt.

Die Stimmung hatte sich binnen kurzem enorm entspannt, was Holle insgesamt zupass kam. In geradezu spielerischer Unbefangenheit wurde von den beiden Akteuren die Kaumasse jetzt in noch gründlicherer Weise examiniert. Sie wurde zwischen Daumen und Zeigefinger gespannt, aufgewickelt, lang gezogen, unter die Tischplatte geklebt und wieder hervorgezaubert, es wurden alle Möglichkeiten des Dehnens und Streckens, des Stutzens und Breitdrückens, Klebens, Rollens und Kugelns durchexerziert, fast alles war möglich. Sie hatten, zusammen mit dem guten Wein, ihr wahres Vergnügen an diesen wunderlichen Gebilden gefunden und kamen von einer Idee zur anderen, bis ihnen irgendwann der Stoff ausging.

Als der Tabaksexzess endlich verraucht war, rückte sich Jacob seine Halsschleife zurecht, kam wieder zur Besinnung und erlaubte sich, nachzufragen, ob es den Kautabak auch mit Tabakgeschmack gäbe? Den würde sein alter Herr wahrscheinlich dem atemberaubenden Minzearom vorziehen.

Er habe vorhin von dem Universalgeist Dr. Schönberger gesprochen, bemerkte Holle, nachdem eine Pause eingetreten war, diese Feststellung bedürfe einer Ergänzung. Universalgeist sei in dem Zusammenhang des Schönberger nicht der richtige, weil unpassende Ausdruck. Es müsse ein mutigerer, ein beherzterer her. Universalgenie treffe ihn weit besser. Ein Universalgenie sei er in der Tat, denn was er, Holle, auf der gemeinsamen Reise von diesem Manne alles mitbekommen habe, das könne nicht anders als genial, als epochemachend bezeichnet werden. Und so jemandem stelle man im Ostertal mit der Tabaksgarde nach, um ihn nach dem Schuldturm in Ottweiler abzuführen, schob Holle nach. Mit dieser Bemerkung war Jacob unbedingt einverstanden und er wollte jetzt doch mehr hören, von dem Manne, der soeben in derartigem Überschwang beschrieben worden war.

Doch die Fortsetzung der Lektion über den genialen Doktor wurde abrupt beendet, denn von der Domuhr schlug es soeben sieben Mal. Jacob schrak hoch, sprang auf und erklärte das Gespräch auf der Stelle für beendet. Es müsse nach demnächst verschoben werden, denn er habe schon viel zu lange hier gesessen. Er müsse sofort nach dem Ostertal hinunter, denn dort warteten schon sein Vater und die Heimeier auf ihn, um seinen Bericht über den Ausgang der Verhandlungen mit dem St. Wendeler Schultheiß wegen der Grenzstreitigkeiten entgegen zunehmen. Man habe sich für die achte Stunde in der Meierstube verabredet, er möge ihm den raschen Abbruch des Gespräches nachsehen, aber es eile ungemein. Der Neufang habe sein Wort, Jacob setze sich noch morgen mit dem Schreiner Beck ins Benehmen, denn dieser müsse seinen Groll endlich zügeln und ihm die Hand zur Versöhnung reichen. Holle und Jacob verabredeten im Hinausgehen, dass man sich auf baldigst hier in der Stube zu Dritt zusammensetzen wolle, um die leidige Sache gütlich aus der Welt zu schaffen. Er gebe ihm sein Wort darauf, dass er für den Neufang einstehen wolle, so dass sich die beiden Brautleute endlich wieder in die Arme schließen dürften.

Daraufhin raffte Jacob hurtig seine Sache zusammen und war auch schon aus der Tür hinaus.

XXI

Die St. Wendeler Grabenstraße war eine schmale Gasse, die vom Fruchtmarkt hinunter, zwischen den eng stehenden Häusern, geradewegs zum Zwingertürmchen an der unteren Stadtmauer führte. Dort, wo tagsüber die Kinder der Unterstadt herumtollten und den Handwerkern bei der Arbeit zusahen, hatte der Wagnermeister Philipp Lauwer seine Werkstatt. Ihn empfahl der Rosswirt mit Nachdruck, als er von dem eigenwilligen Vorhaben seines Gastes ins Bild gesetzt worden war. Peter Neufang hatte sich nämlich etwas Besonderes als Wiedersehens- und Versöhnungsgabe für seinen Meister und künftigen Schwiegervater ausgedacht und diese Besonderheit wollte er sich vom Lauwer nach Aufriss anfertigen lassen. Er plante einen neuartigen Wendepflug nach der modernsten englischen Bauart, wie ihn hierzulande noch niemand gesehen hatte.

Holle hatte sich während seiner letzten Zwischenstation in der Zukunft intensiv mit Ackergeräten beschäftigt und sich mehrere Wikipedia-Artikel aus dem Internet über hölzerne Gerätschaften in der Landwirtschaft aus dem neunzehnten Jahrhundert ausgedruckt. Darunter befand sich die Abschrift jenes revolutionären Pfluges von der Insel, dessen Doppelschar man durch einen Hebel umlegen konnte. Dieser hatte den enormen Vorteil, dass man neben der soeben gepflügten Scholle auf dem Rückweg gleich an der bestehenden Fuhr weiterpflügen konnte, was eine erhebliche Zeitersparnis gegenüber vorher bedeutete. Außerdem hatte der Entwurf dieses neuen Modells gleich mehrere zusätzliche Besonderheiten aufzuweisen, nämlich zwei parallel zueinander angeordnete hölzerne Stelzräder und zwei Sterzgriffe, die das Führen des Pfluges in der Ackerrinne, im Vergleich zu der herkömmlichen Gerätschaft, wesentlich erleichterte. Obendrein sollte das neue Gerät mit einer gewölbten Doppelpflugschar aus Eisen ausgestattet werden, welche den Boden elegant abzuschälen und umzuwenden vermochte. Bei dieser empfahl es sich, laut Bedienungsanleitung aus dem Jahre 1878, vor dem Einsatz die eiserne Streichplatte mit etwas Schmalz abzureiben. Dermaßen behandelt, löse sich die Scholle wie Butter vom Brett. Die Beschreibung klang ihm verheißungsvoll.

So, so. Mit Seinem kuriosen Anliegen möge Er sich nur gleich zum Stellmacher Lauwer in die Grabenstraße begeben, der sei definitiv der Richtige für solcherlei Phantastereien, höhnte der Rosswirt. Der Kutschenbauer sei nämlich selber so ein eigenbrödliger Spintisierer. Nebenher habe der sich immer mal wieder alle möglichen absonderlichen Gerätschaften ersonnen und auf eigene Hand zusammengezimmert. Ein wahres Gruselkabinett von Missgeburten habe er mittlerweile in seinem Hinterstübchen stehen. Geradezu krähenfüßig seien manche seiner eisenbeschlagenen Beelzebuben über die Gasse dahergekommen; stelzbeinig die Heurupfer mit allerlei Hebeln und Stellrädern zum Drehen und zum Schieben, Anziehen und Nachjustieren, die ganze Palette seiner fragwürdigen Handwerkskunst eben. Auch eigene Gerätschaften zum Löchergraben habe sich der Mann ausgedacht. Mit ihren hölzernen Maulwurfschaufeln und eisernen Drillbohrerschnauzen stünden diese Abergeschöpfe in der Ecke und warteten heute noch auf ihren ersten Einsatz. Er solle sich mal die Lauwersche Mähmaschine mit ihren schräghin rotierenden Sensenblättern vorführen lassen, das seien regelrechte Windmühlenflügel auf zwei Rädern, eine Furie vom Gevatter Sensemann hätte sich der Lauwer da erschaffen, wie selbst der Satan in seinen dunkelsten Stunden nicht. Das sei Versuchung wider den Schöpfer in reinster Kultur, was der Mann in seinem rußigen Verlies betreibe. Auch eine Dreschmaschine mit umeinander wirbelnden Dreschflegeln, nach demselben Windmühlenprinzip, wie sein Sensenrad, habe er sich letzthin zusammengezimmert und einen beräderten Käfig mit regelrechten Kratzfüßen zum Heu wenden habe er neulich sogar auf seinem Werkstatthof stehen sehen. Das Ungetüm käme daher, wie eine scharrende Hühnerpatrouille auf dem Misthaufen. Seine Erfindungen ließen sich jede hinter einem Ochsen- oder Pferdegespann führen, alle Teile von ihm einzeln ausprobiert, optimiert und für gut befunden. Das sei eben der Lauwer in der Grabenstraße. Fantastisch und irrsinnig sei das, aber bitteschön, man muss schon sagen: alle seine Geschöpfe sind genau und gründlich durchdacht, alle funktionieren. Nicht eine seiner hölzernen Helfershelfer sei er jemals an einen Bauern losgeworden. Sowas braucht hier niemand, das ist wider den Herrn und die Kirche, das möge Er sich gleich von ihm sagen lassen. Also, nur zu, tue er, was Er nicht lassen kann, gehe Er zum Lauwer, der hat für solcherlei Späße alleweil was übrig.

Mit seinem Plan begab sich Holle am nächsten Vormittag hinunter in die Lauwersche Wagnerei und erntete bei dem grantigen Meister nur widerspenstiges Kopfschütteln. Was das denn für ein Kunststück werden soll, wer Er überhaupt sei, Ihn habe er hier noch nicht gesehen. Wo Er überhaupt herkomme mit Seinem Projekt? Wie Er mit Seiner Idee ausgerechnet auf ihn käme, das Ganze sei ja so gut wie nicht zu bezahlen. Außerdem benötigte man für ein derartiges Scheusal im Acker aber mindestens ein Zweiergespann an derben Ardennern und zwei kräftige Mannsleute zum Hintenrumheben.

Nachdem er sich derart gegen den Fremden ausgelassen hatte, bedeutete ihm der Lauwer, er solle ihm den Aufriss mal unverbindlich da lassen. Morgen um die Mittagszeit möge Er wieder kommen, dann könne er Ihm Bescheid geben, ob das alles überhaupt zu machen sei. Lauwer sah sich den Plan noch einmal an, drehte ihn hin und her und kratzte sich am Hinterkopf, betrachtete sich die Vermaßungen genauer, brummte irgendwas in sich hinein und gab grantige Kommentare: das müsse alles viel zierlicher und eleganter, führiger eben, ausgearbeitet werden, wenn überhaupt. Wer diesen Aufriss verfertigt habe, wollte er wissen, denn der verstünde schlichtweg nichts von seinem Handwerk. So könnte man doch die Teile nicht hinschwindeln. Liederlich sei das alles dahergekritzelt, da sei ja der reinste Laie ans Werk gegangen, bemerkte der Wagner, wobei er seinen Bittsteller von der Seite musterte. Holle wusste sofort, dass der Mann angebissen hatte. Einer dermaßen profitablen, mehr noch, kunsthandwerklichen Herausforderung erster Güte, würde der Tüftler aus der Grabenstraße gewiss nicht aus dem Weg gehen können.

Am nächsten Tag stand Holle zur Mittagszeit in der Stellmacherei und drückte eine Anzahlung von zwölf guten rheinischen Guldenstücken auf die Werkbank. Das war eine Menge Geld. Der Meister schüttelte schon wieder den Kopf und warf erneut einen Schrägblick nach seinen Auftraggeber. Es gab neben ihm eben auch noch andere Phantasten in der Stadt. Ehestens in einem Monat möge er mal wieder vorbei schauen, dann könne er, günstigstenfalls, mit seinem skurrilen Möbelstück rechnen.

Der Abend kam, es wurde dämmerig. Auf dem Kirchturm schlug die Nachtglocke eben zum zehnten Mal an. Der Nachtwächter hatte für seinen Rundgang gerade seine Laterne angefacht, da trat Holle seinen Weg nach der Wingertsberger Banneiche an. Es war an der Zeit, seinem unterirdischen Schlitten-Depot im Stollentunnel für den bevorstehenden Gang nach dem Kirschgarten eine Visite abzustatten. Einige bedeutende Mitbringsel für die Seinen wollten noch geborgen sein. Da das obere Stadttor längst verschlossen war, stieg Holle unweit des Amtmannhauses über einen Trümmerhaufen von Mauerresten, die noch nicht wieder hergerichtet worden waren, querte die Gärten am Kappesbord unterhalb der Mauer und schlug den Pfad hinüber nach dem Kniebrecher ein. Holle hatte sich mit dem Notwendigsten für seinen Gang versorgt. In seinem Rucksack lagen seine LED-Lampe, Seil und sonstige Ausrüstungsgegenstände, die er für seine Exkursion in den Wingertsberg benötigen würde. An der Reitersbrück, mitten im stockdusteren Wald, lief ihm unter seiner Stirnlampe eine Rotte Wildschweine über den Weg. Sie trabten so vertraut daher, als käme gleich der Sauhirt Schnable hinter einem Baum hervorgetreten, um seine grunzenden Schützlinge zusammen zu treiben.

Ausgangs des Waldes, beim Schützenhübel, lag am Wegesrand ein umgestürzter Baumstamm, der den Bauern auf halbem Weg nach der Stadt zur Rast diente. Auf diesem ließ sich Holle nieder und legte eine Tabakspause ein. Beim Schmauch der Pfeife ersann er sich einen Schlachtplan für seine Exkursion in den Stollenhort. Die vorderste Frage, die sich stellte, war: welche Sachen würde er am wenigsten entbehren können, womit ließe sich bei seinem Einstand im Kirschgarten am ehesten Eindruck erheischen? Die Mitbringsel durften nicht zu sperrig, nicht zu schwer sein, denn er hatte, bis auf seinen Ranzen, keinerlei sonstige Transportgelegenheit, mit der er sich in den engen Schluff der Erdröhre hineinbegeben konnte. Es durfte gerade so viel sein, wie in seinen geräumigen Lodenrucksack passte und an das mitgeführte Seil anbinden ließ. Das Behältnis hatte er in seiner Kammer beim *Weißen Ross* ausgeräumt, so dass sich für seine erste Expedition genügend Stauplatz bieten würde.

Zuerst die Sachen für Katharina, rechnete er sich aus: Nivea-Creme, einige Packungen Nylon-Strümpfe, Kontaktlinsen oder Pflegemittel. Sie war ein wenig kurzsichtig und sollte die Neuigkeit ruhig mal ausprobieren, vielleicht kam sie damit zurecht. Dazu auf jeden Fall Zahnbürsten, Zahnpasta, Duschgel in allen Duftvarianten und die sorgfältig ausgerüstete Kosmetiktasche selbstverständlich. In den beiden großen Außentaschen ließen sich beim ersten Gang unbedingt Zeckenspray, Flohpuder, Klettbänder, Reißverschlussbänder verstauen. Vielleicht eher noch mal was Praktisches in die geräumige Innentasche. Gummistiefel, Scheren, Handnähmaschine, Thermoskanne, Saatgut. Für den Schwiegervater hatte er Stechbeitel und Douglasbohrer, die Margareta würde Kämme, Lippenstift, Puder, Handschuhe, Ohrenstöpsel bekommen, der Nickel war ein Bär von einem Schnarcher. Funktionsunterwäsche für ihn selbst, seinen Arzneikoffer mit den Antibiotika-Tabletten, den Kondomen, reichlich Aspirin, Tampons für die Frauen, Wundpflaster und jede Menge Jodtinktur hatte er drüben gebunkert, ach er hatte an alles gedacht.

All dies stand sicher verstaut im Berg, behütet vor Mäusen und Ratten, wohl verwahrt vor all dem sonstigen lästigen Getier und abgeschirmt vor jeglicher Nässe, wie er bei Hindurchgehen kennerhaft feststellen konnte. Das war ein ideales Depot, es stand gut versteckt vor jeglichem neugierigen Zugriff, denn nur er selbst und womöglich noch der einfältige Jakob, wussten, wie sich der Einstieg in die Wingertsberger Erde herbeiführen ließ.

Eine knappe halbe Stunde Rauchwache am Schützenhübel waren abgehalten, dann brach Holle auf. Er folgte dem Mittelmocher Weg hinunter, querte das Rinnsal und bestieg am Wingertsberger Hang die alte Banneiche, die sein Tor in die neue und alte Welt war. Dort leuchtete er mit seiner gleißenden Stirnlampe das Antlitz der Madonna an, die tief geborgen in der Achsel des Seitenastes ruhte. Er strahlte ihr mitten in die rubinroten Augen und versank dabei in jene konzentrierte Andacht, in die er schon einmal gefallen war, vor mehr als acht Monaten, als er mit Schönberger in höchster Not aus dem Dorf geflohen war. Er tat dies, damit die Heilige sich ihm erleuchte, damit sich im Aufglühen ihrer Augen die Erde unter dem Wurzelgestühl auftue um ihn zu empfangen, ganz wie damals.

Aber die Madonna im Baum war noch nicht erleuchtet von seinem Licht. Sie gab den Einstieg in den Berg nicht frei, es passierte erstmal nichts. Nochmals strahlte er sie ab, ging ihr einleuchtend auf den Grund, suchte erhellend zu ergründen, was sich ihr hier oben in den Weg gestellt, sie von ihm abspenstig gemacht haben konnte, dass sie ihm nicht zu Willen war. Mochte gut sein, redete er sich zuerst ein, dass er sie über Gebühr geblendet, verblendet hatte, dass die Heilige womöglich heute Abend nicht in der Verfassung war, zu reagieren. Dass die Wetter-, vielleicht die Mondkonstellation sich gerade ungünstig darstellte. Dass der Mechanismus gerade versagt hatte, wie bei einem stotternden Motor, der beim ersten Umdrehen des Zündschlüssels nicht in der gewünschten Weise anspringe. Also gut. Erst einmal ablassen. Nicht drängen. Abwarten, vielleicht klappte es beim zweiten Anlauf.

Wenn Holle jedoch in diesem Augenblick Anflüge innerer Gemütsregungen verspürte, dann waren es keineswegs Schrecken oder Panik, die sich seiner bemächtigten, sondern eher das überraschende Anwehen eines Gefühls von Zuversicht, von Besänftigung. Es war ihm wie gelassene Gleichmut. Aber nicht nur dies: Es überkam ihn hier oben eine eigentümliche Gewissheit, dass er sich an diesem Ort ganz in seiner inneren Ruhe, in einer fast wohltuenden Entspannung befand und sich jetzt durch nichts zu unerwogenem Handeln würde verleiten lassen.

Wenn er es nun erneut versuchen würde, wenn er es gar zwingen wollte, würde seinem Begehr nicht nachgegeben werden. Nicht, dass es sich verschlösse. Nicht, dass es sich verwehrte. Es wäre bloß ein stilles Gemahnen, ganz so, wie es in der Schrift zu lesen steht: „Du sollst mich nicht versuchen“. In diesem Sinn würde die Botschaft verstanden sein für Holle, den Eindringling aus der neuen Welt, der im Bannbaum kauerte und Zugang zu seinem irdischen Hort begehrte. Holle sah ein, er spürte, es war ihm hier im Angesicht der Madonna geboten, heute von einem wiederholten Versuch abzulassen, auf Abstand zu gehen, Diskretion zu wahren.

Warum, so redete er sich im Eichengeäst ein, sollte es gerade heute Nacht geschehen, eigentlich hatte es ja doch Zeit. Wer drängte ihn denn schon? Niemand stand hinter ihm, nur er selber. Außerdem hatte er Mitbringsel zur Genüge für seine Leute. Er hatte das Erbstück, den kostbaren Gemmenring für Katharina. Und für den Nickel war ein revolutionäres Ackergerät in der Mache.

So verwarf Peter Neufang seinen Plan fürs erste und stieg behutsam, ganz als wolle er die Heilige im Baum nicht weiter behelligen, herab auf den Boden und wusste sich, auch ohne den Gang hinein in den Tunnel, sicher um seinen teuren Hort in der Wingertsberger Erde.

Holle war nach seiner nächtlichen Rückkehr in die Stadt beim Amtmannhaus wieder durch die Mauerbresche gestiegen und hatte in der Stube noch lange am Fenster gestanden und sich dem erlangten Gefühl von Zufriedenheit und auch ein wenig Gleichgültigkeit weiter hingegeben, so lange, bis von den Gärten herüber die ersten Hahnenschreie den heraufdämmernden Tag begrüßten.

Der Wirt trommelte ihn aus seinem Bett, da war schon heller Markttag vor der Tür und im unteren Flur wartete Besuch aus dem Ostertal. Es war der Meieradjunkt Jacob in Begleitung des Nickel Beck. Es war eine betretene, fast beschämte Begrüßung auf beiden Seiten. Niemand fand den rechten Einstieg. Aber dank der Vermittlung von Jacob kam die Unterredung dann doch in Gang. Die Aussprache dauerte bis gegen die Mittagszeit.

Holle erklärte sich zu allem ausführlich und erschöpfend. Genau so, wie er zuvor Jacob ins Bild gesetzt hatte, legte er seinem Schwiegervater alle Gründe, auch die leidigen Umstände dar, die zu seinem langen Ausbleiben geführt hatten. Nur, dass er dabei die Besichtigung der Kautabakmanufaktur bei der Stadt York unerwähnt ließ. Er wollte vor dem Beck nicht wie ein Luftikus dastehen. Holle legte seinem Meister auch ein abgezeichnetes Schreiben auf den Tisch, in dem mit der Signatur der beiden Bauersleute aus Steinbach belegt war, dass es mit den Bewandtnissen um die Steinbacher Verwandtschaft seine Richtigkeit hatte. Das war nicht nötig gewesen, denn der Mann erklärte seinem Gegenüber, dass *die Woche*, wie er sagte, Neufangs Steinbacher Eltern bei ihm in der Stube gestanden und für ihre törichte Auskunft von vor vier Wochen so etwas wie ausdrückliche Abbitte geleistet hätten.

Nickel Beck gab noch dies und das zu Bedenken. Er erwähnte noch einmal all die Ärgernisse, die er in der Zwischenzeit wegen des Neufangs Abwesenheit zu gewärtigen hatte und schlug endlich zum Abschluss mit seiner Hand ein auf die Versöhnung, die Jacob Weiler mit der Seinen obenauf besiegelte. Peter Neufang ließ auf dieses Ereignis eine Flasche guten Weines und drei Gläser auf die Stube kommen. Die Sitzung dauerte dann doch noch bis weit in den Nachmittag hinein, bis drüben am Südportal des Domes schon die Körbe zusammengetragen wurden. Vorläufig einigte man sich darauf, dass der Neufang noch eine oder zwei Wochen in seinem Quartier aushalten solle, bis man im Dorf die Leute an seine baldige Rückkehr gewöhnt hatte. Niemandem sei daran gelegen, dass im Überschwang der Wiederankunft womöglich abfälliges oder schäbiges Gerede die Runde machte. Natürlich würde ihm seine Kammer zur Verfügung stehen, da sei ja alles noch genau so, wie er es im vorigen Dezember verlassen hatte.

Katharina kauerte auf der Kirchentreppe vor dem großen Hauptportal. Es schüttelte sie vor Angst und Bangen. Die Furcht wuchs umso mehr, je länger das Tribunal im *Weißen Ross* sich in den Nachmittag zog. Der Wochenmarkt war wie hinter einem Schleier an ihr vorbeigezogen. Es lag überhaupt alles in weitester Ferne vor ihrem inneren Auge; das Verlöbnis mit ihm, sein Weggang, die schockierende Wiederbegegnung am Südportal vor – ja, vor wie vielen Tagen eigentlich? Und nun wartete sie und geriet in einen zunehmend verzagten Zustand, denn nichts geschah, jetzt, wo ihr Bräutigam nahe war. Aber was hieß schon warten? Seit einem halben Jahr hatte sie auf ihn gewartet. Sie hatte anfangs gehofft, er würde jeden Tag vor der Türe stehen. Dann hatte sie sich dieses Hoffen verboten, weil es ja doch nur tiefste Enttäuschung und Schmerz hervorrief, bis sie schließlich ganz in Lethargie, in Gleichgültigkeit verfallen war und sich alle heimlichen Wünsche, ihr Peter möge nun doch bald zur Türe herein treten, strikt verbat. Seitdem war Ereignislosigkeit in ihr Leben eingekehrt. Nein, warten hatte keine Zeitdimension mehr für sie. Warten, solange es keine Hoffnung auf ein Wiedersehen gab, war ihr vollkommen fremd geworden, weil sich in ihrem Dasein nichts mehr tat, was ihr noch irgend wichtig war.

Außerhalb ihres Herzens geschah vieles, aber es war für sie nicht von Belang. Es glitt an ihr vorüber, wie eine Wolke, die sich zeigt, um sich sogleich in Nichts aufzulösen. Und nun hatte dieses elende, dieses alles zermürbende Warten, dieses nahe sein am großen Wiedersehen, plötzlich doch wieder feste Gestalt angenommen. Denn hier und heute würde es sich entscheiden, ob sie ihren Verlobten wieder bei sich haben werde. Ob sie ihn, den sehnlichst Erwarteten, den, um dessentwillen die Zeit für sie stehen geblieben war, in ihre Arme und in ihr Herz würde schließen dürfen, damit es für Katharina wieder ein Hier und Jetzt gehen konnte.

Er kam aus dem großen Domportal und legte ihr von hinten die Hand auf ihre Schulter. Katharina erschrak nicht. Sie erhob sich, die Tränen kullerten ihr über die Wangen, als sie zu ihm aufblickte. Er ergriff ihre Hände und führte sie durch das Eingangsportal in den Vorraum des Domes, wo sie sich umarmten und küssten und lange umfasst hielten. Als sie gemeinsam, Hand in Hand, aus dem Südeingang der Kirche heraustraten, trug sie an ihrem rechten Ringfinger den zartrosa Gemmenring mit der kleinen, korallenen Frauenbüste. Er war das äußere Zeichen des Versprechens, dass Holle nicht wieder von ihr fortgehen werde. Auf dieses Gelöbnis hatten sie, die beiden Reformierten, zuvor im Dom zwei Kerzen angezündet. Sie wähnten sich dabei vollkommen im rechten Glauben und ohne jegliche Sünde, denn diese Geste des Andenkens und Dankes war ihnen beiden ein Herzensbedürfnis, das der fromme Augenblick ihnen mitten im Gotteshaus des heiligen Wendelin eingegeben hatte.

XXII

Bereits für den nächsten Tag hatte Holle sich bei seiner Braut im Kirschgarten angesagt. Es drängte ihn jetzt sehnlichst zu ihr, er durfte sie nicht länger alleine lassen. Sie hatte ihn lange genug entbehren müssen und sollte ihn endlich wieder um sich haben. Holle war beglückt und erleichtert, dass sie sich wieder gefunden hatten und nun alles im Lot schien. Nach der Aussöhnung mit Nickel und Katharina war es höchste Zeit, nun auch seiner künftigen Schwiegermutter die baldige Reverenz zu erweisen, denn sie sollte keinesfalls hinter ihrem Manne in seiner Ehrenbezeugung zurückstehen. Immerhin war sie während seiner Abwesenheit, wie ihr Katharina versichert hatte, stets auf seiner Seite gewesen. Nicht einen Augenblick habe sie daran gezweifelt, dass der Bräutigam sein ehrliches Versprechen einlösen und alles darein geben werde, so bald als möglich zu seiner Verlobten zurückzukehren. Nun war er wieder zurück und der Tag des Wiedersehens stand auch mit ihr bevor. Holle durfte hinunter nach dem Ostertal zu den Seinen, endlich zurück in sein *altes Dorf*. Jetzt war der Weg frei.

Der Simon in der Obergasse war zwar ein erbärmlicher Gastwirt, dafür gab er aber einen recht passablen Brot- und Kuchenbäcker her. Bei ihm bestellte der Glückliche gleich für den anderen Morgen einen guten Sturzkuchen und noch einen dazu, mit allem. Und in der Stadt ließ er sich noch ein extra viertel Pfund besten Kaffees aus den französischen Kolonien rösten, denn es sollte im Kirschgarten ordentlich und festlich aus der Küche und den Kumpen heraus duften, wenn sie zusammen um den Kaffeetisch saßen, um ihr Wiedersehen zu feiern. Für den Gang nach Werschweiler legte er gegen den Nachmittag sein bestes Gewand über den Stuhl bereit und ließ sich auch die Haare etwas einkürzen sowie den Barbier über seinem Stoppelbart ordentlich Schaum schlagen. Am Abend war Holle aufgekratzt und aufgedreht wie ein Jüngling vor seinem ersten Rendezvous. Er wälzte sich auf seiner Pritsche und lag noch wach, als der Nachtwächter längst die zweite Frühstunde ausgerufen hatte.

Unterwegs trug Holle seinen sorgsam gepackten Rucksack wie ein rohes Ei vor sich her, es war ein kurioses Dahinschreiten. Er nahm den kürzesten Weg durch die Bosenbach, über den Kniebrecher, die Hoheit und den Schlabatzenwald. In den raumen Buchen des Waldes war es ihm feierlich wie in einer Kathedrale zumute. An der Reitersbrück stellte er vorsichtig seine Fracht ab und hielt für ein paar Minuten inne, während er aus der hohlen Hand Wasser schöpfte. Er schritt weiter, hinüber durch den Beckerswald, gegen den Schützenhübel hinaus, kam auf der Hügelkuppe aus dem Wald herausgetreten und erblickte sie schon von weitem von der Nauwies auf ihn zu kommen.

Es waren sein Hund Areus und in einigem Abstand, Holle mochte es erst nicht recht glauben, – Jakob!

Er war es tatsächlich! Sein wunderbarer, wunderlicher Freund Jakob. Jokkob, der vorm Tode auferstanden war, war am Leben, aus seiner Kammer, aus dem Haus hinaus geeilt und kam dort unten mit kurzen Schritten auf ihn zugetrippelt.

Was war das für ein Wiedersehen!

Das Männlein schlich an seinem Promenierstecken mit dem geschnitzten Hundekopfgriff zwar noch ziemlich staksig einher, aber es war schon wieder wacker auf den Beinen. Jakob grinste über sein Gesicht und kam, immerzu emsig vor sich her murmelnd, auf ihn zugestakst, als müsse er ihm die vielen Neuigkeiten, die er aus seiner Dämmerreise mit sich herüber genommen hatte, alle auf einmal abschildern. Mit seinem Stecken fuchtelte er ab und zu in die Höhe, hielt sich dabei erstaunlich in der Balance und rückte auch schonmal seine Mütze für die Begegnung zurecht. Holle konnte sofort erkennen: der alte Freund hatte das Flanieren noch nicht ganz verlernt. Und wie erfasste ihn die Rührung, als der Gnom in schlackernden Hosenbeinen und strahlend vor Freude endlich vor ihm stand. Holle schloss ihn sofort in seine Arme, da mochte er sich jetzt sträuben wie er wollte, es war ein beglückender Augenblick. Unter den Leinen spürte Holle nichts wie Haut und Knochen.

Ausgemergelt und abgemagert war er nach den Wochen des Dahinsiechens geworden, Jakob war regelrecht zerbrechlich geworden und geradezu unter sich gewachsen. Aber er grinste ihn schon wieder an und quäkte: „Jakob hat ausgehalten. Für Holle hat er sich fein gemacht. Jetzt ist Er wieder da. Jetzt wird Jakob wieder gesund und kann wieder *bei ne maaje komme*“, er meinte, ihn besuchen kommen.

Im Augenblick seiner Verlegenheit griff er nach seiner Hundepfeife, die er noch wie ein Medaillon um den Hals trug, und stieß einen Pfiff aus. Das gelang ihm ganz gut, jedenfalls machte Areus zögernd einen Buckel und legte sich ab. Dann kicherte der Einfältige tapfer, ja stolz über sein eingefallenes Stoppelgesicht mit den verrotteten Zahnstrünken und tippte und zupfte Holle, wie in alten Zeiten, vertraut am Ärmel.

Auf dem Rückweg hakte sich Jakob bereitwillig bei Holle unter. Sie mussten zwar alle zwanzig Schritt eine kleine Verschnaufpause einlegen, aber das war vollkommen unerheblich, denn Holle hatte ihn wieder, den freundlichen und etwas mysteriösen Menschen, dem er ja doch in gewisser Weise sein Dasein im alten Dorf zu verdanken hatte. Er war nicht gestorben. Er lebte. Für Holle war es noch immer nicht recht zu fassen, daran musste er sich erst noch gewöhnen. So tippelten die beiden wie ein ungleiches Paar immerzu vom ausgelassenen Areus bellend umrundet, auf dem staubigen Karrenweg dahin in Richtung Dorf. Sie waren auch längst von den Kornmähern an der Mittelmocher Gewann bemerkt worden, die sich zunickten und dem kuriosen Gespann lange hinterher blickten.

Im Haus am Kirschgarten wurde Peter Neufang von seiner künftigen Schwiegermutter in freundlicher Zurückhaltung, aber doch auch herzlich begrüßt; so wie es stets ihre Art war, nämlich diskret, höflich, unvoreingenommen, offen und stets das Günstigste auf ihren Tochtermann haltend. Es wurden die duftenden Bohnen in der Handmühle gemahlen, heiß dampfender Kaffee aufgebrüht und der bessere der beiden Sturzkuchen, der mit den Rosinen und den Mandelstückchen, angeschnitten. Der andere hatte beim Wiedersehen mit Jakob ein wenig gelitten. Das gute Weißsteinzeug kam auf den Tisch, nachdem Katharina frisch gebleichtes Linnen von der Mangelwies aufgelegt hatte. Und in Jakobs Beisein, der sich abseits im Ohrenstuhl ein wenig von seinen Strapazen erholte, musste Holle den Seinen ausführlich Rapport erstatten, wie es ihm in den vergangenen Monaten auf seiner großen Reise mit dem Doktor Schönberger nach der Insel ergangen sei.

Während der lebhaften Abschilderung seiner Reiseerlebnisse hielt Holle, ganz der verliebte Kavalier, unaufhörlich Katharinas Hand, schaute sie auch hier und da bei besonders brisanten Stellen mit dankbaren Augen an und hielt sich redlich in der Fuhre seines Erzählstranges, während seine Braut seine Aufmerksamkeiten jedesmal mit dem strahlendsten Lächeln erwiderte. Ein paar Mal musste er etwas an sich halten, um nicht zu übertreiben. Aber weil ja sowieso alles erfunden und erlogen war, kam es auf die eine oder andere Spitze auch nicht mehr an. Es war beeindruckend, was er alles von sich gab. Mehrere *Ahhs* und *Ohhs* erschallten direkt hintereinander und: *doo denk emool aan* und: *das ess doch allerhand*, wurden auch noch ausgerufen, bis Margareta den Erzähler bat, für einen neuen Kaffeeaufguss unbedingt einen Moment lang einzuhalten, denn sie wollte nur ja nichts versäumen. Im Laufe der folgenden Abrisse schwenkte der Weltreisende endlich wieder leidlich auf die Wahrheit ein, so zum Beispiel, als es um den Bäcker Simon in der St. Wendeler Obergasse und die Ottweiler Zustände rund um den Trümmerhaufen des niedergelegten Schlosses ging. Zum guten Schluss herrschte betretenes Schweigen in der Stube. Es hielt gut und gerne seine halbe Minute lang an.

Man war sich einig: ihr Schwiegersohn, der Bräutigam, hatte in der Tat eine beeindruckende Odyssee hinter sich gebracht. Er war nach dem ersten überschlägigen Eindruck auch nicht im Mindesten für sein langes Ausbleiben zu belangen gewesen und sie waren alle froh, ihn endlich wieder bei sich zu haben.

Holle war jedoch, - wo denkt man hin? - noch lange nicht am Ende. Es wurde nochmal eine extra Portion Kaffee gebrüht, der ramponierte Sturzkuchen kam auf den Tisch, wurde geschnitten und Holle holte von neuem aus. Jetzt war es an der Zeit, seinen Schwiegerleuten und seiner Braut in aller gebotenen Einfühlsamkeit die Missverständnisse um seine Eltern in Steinbach auseinanderzusetzen, die unterm Strich dann doch allesamt zur vollkommenen Zufriedenheit der Anwesenden aufgeklärt worden waren.

Zuletzt kam vonseiten des Hausherrn doch noch der Bote des Geldverleihers Marum Weyel aus Konken zur Sprache, wobei der Nickel bei seiner Nachfrage nach diesem noch unbestellten Feld etwas ins Straucheln geriet. Er war sich nämlich nicht ganz einig, ob dieses Thema im Kreise der Lieben nicht etwas zu weit ginge. Ob der ganze Gegenstand nicht doch in die Nähe der Indiskretion gerate, wenn er all die Ungereimtheiten, die sich mit den Ereignissen um die Kugeln, vielmehr Patronen, so offen ansprach, offener vielleicht, als es vor diesem Publikum geboten war? Aber auch das war für Holle letzthin überhaupt keine Sache, bei der man an sich halten müsse. Das sei alles *no problem*, wie er sich versehentlich ausdrückte, hier könne er sogar vollends zur Entspannung beitragen, also das verhielte sich sämtlich wie folgt:

Dann tischte er der erstaunten Tafelrunde in beeindruckender Manier dieselbe Geschichte auf, mit der er Tage zuvor den jungen Jacob ins Bild gesetzt hatte. Alles war logisch zusammengestellt, jeder Aspekt seiner Darlegungen hatte ein solch zwingend Folgerichtiges, dass Nickel oder Margarete am Ende einfach nur bestätigend nicken konnten. Vielleicht mochten sie an der einen oder anderen Stelle noch mit einem *„Ja, wenn das so ist“*, oder einem lapidaren *„Ja, dann“* kommentiert haben, denn letzthin war alledem nach dem ausführlichen Bericht nichts mehr hinzuzufügen. Deshalb hätte man allseits eine gewisse Erleichterung verspüren, vielleicht auch entspannte Zufriedenheit in den Augen des Nickel lesen mögen, wenn da nicht in einem Winkel ein letzter Rest übrig geblieben wäre, eine Art Schneefleck in einer Ackersenke, der nicht recht abtauen wollte. Aber etwas Besseres hätte der junge Mann nach Margaretes Dafürhalten nicht sagen können, denn sie atmete nun wirklich auf, weil sie auch ihrerseits die vordem offenen Fragen jetzt in einen plausiblen Zusammenhang gebracht wusste. Margarete erhob sich von ihrem Platz und sagte nur: „Bin sogleich wieder zurück“.

„Dieses Behältnis habe ich vor dem Zugriff der Tabaksgarde im Dezember rechtzeitig in Verwahrung bringen können. Es gehört Ihm. Nehme Er es wieder an sich. Was sich darinnen befindet, weiß ich nicht, aber ich kann es mir denken“, kommentierte sie vielsagend und überreichte Holle seinen alten Rucksack, den er bei seiner überstürzten Flucht zurückgelassen hatte. Sie war im vergangenen Dezember den Uniformierten bei ihrer Visitation zuvorgekommen, hatte ihn aus der Kammer geholt und gerade noch in ihrer Bettlade in

Sicherheit gebracht. Der Nickel wusste nichts davon, Katharina nicht und die Tabaksgarde hätte sich damals unterstehen sollen, ihre eheliche Schlafkammer zu durchwühlen. Das war dem Nickel neu. Er staunte nicht schlecht, hatte seine Eheliebste selbst vor ihm dieses kleine Geheimnis gewahrt, aber sie ergriff, wie so oft bei derartigen Situationen, seine Hand und nickte ihm beschwichtigend zu.

Holle erwähnte in seinem durchaus ansehnlichen Rechenschaftsbericht selbstverständlich mit keinem Wort, wie viel Geld er mit dem Waffenhandel und Munitionsverkauf wirklich eingestrichen hatte, von dem der größte Teil im Rucksack stak, der jetzt vor ihm lag. Dennoch musste er irgendwie heraus mit der Sprache, denn der Hausherr hatte seinerzeit immerhin eine Quittung über fünfzehn Louis D'Or erhalten, die beim Corporal damals so geschwind hinterm Westenrevers verschwunden waren. Hier schob Holle die Schönbergersche Version vom geschenkten Drilling nach und hielt auch in dieser Hinsicht sein Pulver trocken. Die eingelösten Schuldscheine kamen nicht aufs Tablett, obwohl der Nickel immer wieder darauf spekuliert hatte. Doch die lagen erstens in Ottweiler beim Oberamtsschreiber, mussten also dort mitsamt den beschlagnahmten Louis d'Or noch zurückgeholt werden und zweitens wollte er sie bei seiner Hochzeit den Schwiegereltern zur Einstandsgabe verehren – auch darüber soweit noch kein Wort. Aber wie staunte seine selige Katharina über all das viele Geld, das waren ja immerhin fünfundfünfzig Gulden, die er sich unbedingt zurückholen musste, denn die gehörten ihm! Und dazu noch die kommenden Geschäfte mit dem Weyel, die in Aussicht standen. Er hatte doch noch ein paar dieser Schießstifte in der Hinterhand, oder? Ach ja, das war alles fast zu viel für die junge Braut, sie schwärmte, wie in den besten Zeiten und himmelte ihren Bräutigam um dessen großartige Weltmännischkeit an. Auch Nickel war, zugegeben, nicht wenig beeindruckt von Holles wilden Geschichten, die stellten in seinen Augen in dem abgelegenen Bauernnest fürwahr etwas dar.

Alles, oder doch fast alles war zwischen Holle und seinen Leuten endlich ins Lot gekommen, wieder in der schönsten Ordnung, als er sich gegen Abend nach St. Wendel verabschiedete. Die Stimmung war zum Abschluss nicht zuletzt auch deshalb so aufgeräumt, weil Holle sofort erkannte, woran es im Kirschgarten fehlte. Und was jetzt in Stall, Werkstatt und Acker zu tun sei. Er hatte dafür wieder einen Blick, das war dem Nickel nicht entgangen. Holle erbot sich daher bei seinem Aufbruch gleich für die nächsten Tage als Helfer beim Kornmähen, denn das günstige Wetter wollte unverzagt genutzt sein. Außerdem saß es ihm im Nacken, drängte es ihn, insgesamt Schönwetter zu machen, denn er hatte ob seiner halsbrecherischen Schwindeleien ein schlechtes Gewissen.

Den anderen Morgen war er in aller Früh zur Stelle. Man konnte in Anbetracht seines nimmermüden Fleißes geradezu den Eindruck gewinnen, er wolle in wenigen Tagen mit seinem geschäftigen Tun und seinem übertriebenen Getue in einem Schwall all seine Versäumnisse der letzten Monate wieder wettmachen. Holle war zornigfleißig, bienenrege. Er schwitzte sein Unbehagen beim Ausholen und Hineinfahren mit der Sense in die hohen Wiesen heraus. Er büßte im Acker seine schwindelerregenden Lügen und Vergehen an seinen Leuten. Er wurde von der hinterhältigen Olga dafür gemaßregelt und bei alledem war er auch noch stolz darauf, den Leuten zu bezeugen, wie er schuften konnte für zwei. In den darauf folgenden Morgenstunden stand der Bräutigam oft schon so zeitig im Kornschlag, dass er bereits zwei und drei Reihen niedergemäht und auch schon die Hüte auf die Kornkästen gesetzt hatte, als der Beck mit Tochter und Gehilfe Ulrich gerade eben erst den Feldweg herauf marschiert kamen. Es waren, bei allem heimlichen Unbehagen, das den jungen Bräutigam immerzu beschattete, dennoch gute, arbeitsame Tage, die die Ernte auf den Roggen- und Haferschlägen schnell voranbrachten. Es blieb nach der Feldarbeit sogar noch die Zeit und die Kraft, am Abend die nötigsten Arbeiten in der Werkstatt zu verrichten. Wer weiß, woher Holle all den Mumm hergenommen hatte? Er wird's gewusst haben. Seine Schublade war übrigens unangetastet, seine schönen Schnitzereien waren nicht im Ofen verfeuert worden. Holles schlechtes Gewissen regte sich immer mal wieder, aber die Verliebtheit überwog. Da es um diese Jahreszeit abends noch lange hell und Holle schwärmerisch verliebt war, ging er erst spät, lange nach der getanen Stallarbeit, wieder hinüber in das Städtchen, wo die letzten Tage seines Aufenthaltes angebrochen waren.

Beim Wagner und Stellmacher Lauwer in der Grabenstraße ging er gegen Ende der Woche noch einmal vorbei, um sich nach dem Fortgang seines Auftrages zu erkundigen. Der Meister winkte ab. Er habe nicht einmal angefangen, maulte er, es sei genügend anderes zu tun. Er möge in drei Wochen mal wieder hereinschauen, eher in vier. Bei diesem Besuch fielen ihm zum ersten Mal die vielen kleinen Papierzettel an den Wänden auf, welche vom ältesten Sohn des Meisters mit beeindruckenden Bleistiftskizzen bekritzelt waren und allesamt Portrait- oder Arbeitsstudien aus der väterlichen Werkstatt darstellten.

Nach nochmals gut einer Woche kündigte Peter Neufang seine Bleibe im *Weißen* Ross, packte seine Habe zusammen und zog endgültig wieder hinunter ins Ostertal. Die Kammer war für ihn neu hergerichtet, es waren sogar kleine Vorhänge aus gesticktem Linnen am Kammerfenster angebracht worden und auf einem Tischchen stand als Willkommensgruß eine kleine irdene Vase mit einem Strauß Wildblumen.

In jenen brühheißen Sommertagen war das halbe Dorf tagsüber auf den Kornfeldern beim Mähen, beim Kornkasten aufstellen, beim Hinaufhieven auf die Leiterwagen und beim Einfahren der Ernte. Es waren für Holle und seine junge Braut Tage der neuen Annäherung, der Hoffnung und der Zuversicht auf eine gemeinsame Zukunft ohne Zweifel und

Missverständnisse. Sie waren ausgefüllt mit mühsamer, kräftezehrender Arbeit, die dem Bräutigam immer weniger Zeit ließen, über seine niederträchtigen Lügenmärchen nachzudenken, aber sie gingen schon mal mit ihm heim, weil sie ihn in den stillen Stunden einholten. Dann kämpfte er regelrecht gegen seine Natur, die ihm eigentlich das Flunkern von jeher verbat. Dann schalt sich auch immer wieder mal selbst einen elenden Verräter an seinen ererbten Grundsätzen. Auch faltete er schon mal die Hände zum Gebet, was er lange nicht getan hatte und bat, gegen die Zimmerdecke sprechend, um Rat und um Zuspruch. Von da oben kam aber nichts. Kein Wunder, so wie er sich die Nothilfe von höchster Instanz vorstellte, lief das hier nicht, da hatte er noch eine Menge zu lernen.

Tagsüber aber war alles gut und er hatte vergessen, dass es ihn manchmal des Nachts heimsuchen wollte. Da war seine Katharina, die ihm in diesen Wochen keusche, aber beglückende Momente des Zusammenseins schenkte. Es war dies insgesamt eine Zeit der Eintracht und Zufriedenheit, denn es zeigte sich, dass die jungen Brautleute sich unausgesprochen zu ergänzen vermochten, dass man sich freudig zuarbeitete und miteinander harmonierte. Es gab nicht ein böses Wort, nicht eine einzige hitzige oder ungestüme Bemerkung, es glühte eher die Sehnsucht der beiden nacheinander auf, wenn sie sich nahe waren und sich fest die Hände hielten. Es hätte sich in ihrem Zusammensein wohl auch ein wenig mehr abgespielt, aber Katharina war reinen Herzens. Sie konnte züchtig an sich halten und es ihrem Bräutigam hier und da kichernd aber einfühlsam verweisen. Naja, hier und da kam es aber dennoch zu flüchtigen aber glühend erregenden Annäherungen.

Nicht nur ging es in der Beckschen Haushaltung und in der Schreinerei bald wieder stetig voran, auch der wunderliche Jakob aus Owwerschde Schmidts wusste sich allmählich zu richten. Er blühte behutsam wieder auf, kam immer mehr ins Leben zurück und war bis in den Spätsommer fast wieder der alte, etwas linkisch dahertapsende Schelm, der gerne die Jugend foppte. Auch die Mägdelein zwickte und neckte er ganz nach seiner harmlosen Art und mit seinem Hund Areus konnte er wieder in alter Manier die Felder wichtigtuerisch entlang patrouillieren, was man allseits mit einem gewissen Wohlwollen beobachtete. Der Mann kam zu Kräften, fast wieder zu seiner alten Konstitution. Holle hatte stets ein besonderes Auge auf ihn. Er brachte ihm hin und wieder, wenn er einmal den Gang in die Stadt gemacht hatte, kleine Leckereien mit. Damit lockte er seinen treu ergebenen Freund in die spänedufttende Werkstatt, wo sie ihn gerne um sich haben mochten, denn er verbreitete gute Laune und fiel niemandem lästig. Wenn er die Schreinerei aufsuchte, dann beanspruchte er, den Hund Areus zu seinen Füßen, stets seinen angestammten Platz bei der Bank am Kanonenofen. Dann schaute er hierhin und dorthin, stocherte auch mal mit seinem Flanierstock im Sägemehl, in den Holzspänen herum, gab zu diesem, bald zu jenem seinen Kommentar ab und war ansonsten vollkommen zufrieden mit sich selbst und seiner Welt.

Selbstverständlich war auch über die baldige Verehelichung des jungen Paares verhandelt worden, denn jedem war klar, dass die Verlöbniszeit allenfalls eine knappe Übergangsperiode sein würde. Dieses Stadium in der Schwebe war auf Dauer kein Zustand. Die Brautleute mussten es schnell hinter sich bringen, wenn sie sich nicht zum Gegenstand von unziemlichem Gesprächsstoff und Munkeleien im Dorf machen wollten. Wenn in der Familie nicht schon längst ein Hochzeitstermin feststand, so nur deswegen, weil zuvor die ungeklärte Sache mit dem Geld, auch mit den beschlagnahmten Schriftstücken, die noch in Ottweiler lagen, aus der Welt geschafft werden mussten. Außerdem gab es keine Hochzeit ohne die ausdrückliche schriftliche Erlaubnis der Obrigkeit. Diese bedurfte der Beantragung, der eingehenden Prüfung sowie der Zustimmung des Oberamtmannes Thomae oder seines Advokaten Lauckhardt. Neben der Kirche hatte die Herrschaft bei der Vermählung des jungen Paares also ein Wörtchen mitzureden, vielmehr, sie hatte das entscheidende Wort. Schließlich waren die Untertanen sämtlich Leibeigene des Fürsten und der Landesherr hielt ein Auge darauf, dass sich in seinem Herrschaftsgebiet nur verheiratete, wer die nötigen Voraussetzungen mitbrachte. Trauungsfähig war im Fürstentum nur, wer erstens vollkommen unbescholten war und darüber hinaus ein Mindestvermögen von einhundert Gulden vorweisen konnte. Damit sollte sichergestellt werden, dass im Lande nicht zu viele Bettlerehen geschlossen wurden, denn diese Leute lagen mit ihrem Umherstreifen und Handaufhalten dem Land unnötig auf der Tasche. Sie sorgten zudem mancherorts für Unmut, weil sie die Armenhäuser und damit die Kirchenkasse ungebührlich belasteten.

Holle versprach seiner Braut und ihren Leuten, direkt nach Abschluss der Kornernte nach Ottweiler hinüberzugehen, um sich sein Eigentum wieder zurückzuholen. Bei dieser Gelegenheit würde er um die Vermählungserlaubnis nachsuchen. Zuvor bedurfte es, weil er im Umgang mit den oberamtlichen Gepflogenheiten nicht firm war, eines klärenden Gespräches mit Jacob. Der wusste am besten, wie mit der Administration im Städtchen an der Blies zu verhandeln war. Den Meieradjunkt in diesen Tagen der Nachernte zu erreichen, war nicht zu machen, denn er war unaufhörlich in den Ortschaften unterwegs. Das hielt die Brautleute nicht davon ab, die Gestaltung ihres gemeinsamen künftigen Haushaltes zwischenzeitlich bis zur letzten Bettfeder einzufädeln und zu entwerfen. Es wurden Listen erstellt, wie viele Töpfe und Pfannen noch fehlten, was an Weißzeug schon da war und was nicht, wie die Stube und die Küchenkammer einzurichten und zu tünchen war und dass auf jeden Fall, darauf bestand Holle unabdingbar, nicht verhandelbar, eine brauchbare Lösung für die unzureichende *Sanitäreinrichtung* her musste. Katharina verstand nicht recht.

Die Flachs- und Dinkelernte war eingebracht, da fand sich endlich ein Stündchen in der Meierstube, um sich mit Jacob auszutauschen und endlich auch den Altmeier persönlich über die Hintergründe der Ereignisse aus den vergangenen Monaten ins Bild zu setzen. Insbesondere die Sache mit dem Oberamt wegen Neufangs konfiszierter Habe stand an. Sie war nicht aus der Welt geschafft worden, hing zwischen dem Schmoll und der Landmeierei Werschweiler weiterhin bedenklich in der Schwebe, wie so einiges noch nicht ins rechte Lot gerückt worden war. Adam wollte eigentlich von alledem nichts mehr wissen. Er hatte sich über den Einfall der Landgarden und deren Folgen zur Genüge zermürbt. Aber als Vorsteher hatte er Anspruch auf vollständige Unterrichtung zu allen Angelegenheiten, die für ihn als Amtsträger von Belang waren. Bis Holle mit seinem Bericht fertig war, vergingen geschlagene zwei Stunden. Der Meier saß da und schwieg. Dann gab er sein Urteil ab. Es war deutlich, markig und entschieden, wie es einem Mann mit festen Prinzipien gebührt.

„Mensch, Neufang!“ rief Adam aus, „das nenn ich mir einen Mann der Tat! Recht so, *net gegrault!*“, sagte er, „einen gesunden, geraden Schneid hat Er. Er geht dem Teufel vor die Schmidd, wenn’s sein muss, habe ich Recht? Recht hab ich, dass werd senn!“

„Er weicht und windet sich nicht, nur wacker drauf los, dann wird’s halb so schlimm. Deshalb die Parole: Attacke gegen den Feind, dem Schmoll nur frisch die Stirn geboten! So, wie Er das alles bisher ohne große Schrammen und Winkelhaken überstanden hat, ich meine, die Kampagne nach der Rheinmündung und hinüber nach Engelland, den Reißaus vor dem berittenen Gesindel, die Händel mit dem Judenkrämer, der beherzte Einzug in den Kirschgarten, so wird Er sich auch wacker ins Amts-Scharmützel mit den Strauchdieben dahinten in Ottweiler werfen, wenn es gilt, sich Seine Sach wieder zurück zu holen. Gut so, Er versteht's, sich rechtzeitig zu empfehlen und ist, wenn auch spät, wieder auf dem Posten, wenn man Seiner bedarf. Respekt, Respekt! So jemanden können wir gebrauchen. Der ist uns allen die rechte Verstärkung. Nur Courage, Neufang und munter eingetreten in die Reihe der Aufrechten. Wir werden stehen wie ein Mann, wenn's gilt. Sollen sie nur kommen!"

Zu seinem Sohn gewandt, gab er die Losung aus: „Dass ich es Dir sage: Ich bin fast wieder flott. Der alte Kahn hat die besten Aussichten auf Auftrieb, seit der Sergeant hier in die Stube getreten ist! Wir werden vor denen dahinten nicht die Fahnen streichen und wenn wir bei unserer Bataille einen zusätzlichen Mitstreiter in unseren Reihen begrüßen können, der mit uns ist, stolz und unverzagt, dann dreimal Hurra! Nicht wahr, Neufang?"

In solcher festen, ja beflügelten Stimmung trat der Alte an diesem Nachmittag Holle gegenüber. Er war insgesamt erbaut, ja hoch zufrieden mit dem Stand der Partie. Mal sehen, wie's unter diesen anspornenden Vorzeichen weiterging. Es fiel sogar ein kräftiger Schulterstüber für den Mann aus dem Kirschgarten ab, was fast soviel wie ein halber Ritterschlag bedeutete. Den Meier Adam jedenfalls hatte Holle voll auf seiner Seite, das war so gut wie ausgemacht. Dem Schreinergehilfen gratulierte der Alte bei dieser Gelegenheit bereits im Vorhinein zu der bevorstehenden Verehelichung mit dem *vortrefflichen Mädel*. Das sei eine wirklich saubere Partie, christlich, züchtig, fleißig, müsse er wissen, denn im Kirschgarten da sei noch gut Gottesfurcht, Redlichkeit, Wille und Arbeitsamkeit zuhause und das sei ja schließlich die Hauptsache für einen segensreichen Hausstand. Jacob musste ob seines Vaters Aufgeräumtheit gegen den Neufang schmunzeln. Er war's zufrieden, dass sein alter Herr nach den Monaten der Zermürbung und Resignation wieder dermaßen in den Tag hinein zu frohlocken wusste und das alles nur aufgrund von Holles Lügenmärchen, die einen solch nachhaltigen Eindruck auf den Altmeier gemacht hatten, dass dieser jetzt regelrecht wieder Wasser unterm Kiel hatte. So schlecht konnte das Flunkern also doch nicht sein.

Die Runde kam sich bei überseeischem Kautabak mit Minzegeschmack, nach sorgfältigem Abwägen allen Fürs und Widers überein, dass Peter Neufang nicht alleine, sondern in Jacobs Begleitung die Angelegenheit mit den Ottweiler Buschkleppern regeln möge. Die Spitzbuben sollten sehen, dass in dieser Sache alle Beteiligten aus Werschweiler in Treue fest zusammenstanden. Adam riet dem Bräutigam, sich der Sicherheit halber von dem Konker Judenkrämer ein schriftliches Dokument geben zu lassen, worin dieser den erwähnten Handel mit seinem Zeichen bestätigen sollte.

Am Rande mag noch erwähnt werden, dass dieses neumodische Zeugs von Minzetabak in Streifen dem Adam keineswegs behagte. Er griff lieber zu seinen klebrigen Primknödeln aus der Spitztüte, denn das war wenigstens etwas Hand-, vielmehr Bissfestes mit seinem adstringierendem Arom, etwas, was allenfalls eine rechte Farbe erzeugte, was ordentlich im Maul säftete und die Lebensgeister weckte und nicht so abscheulich süß war, als würde man auf einer angetrockneten Weiselwabe herumlutschen müssen, die einem unaufhörlich am Gaumen, er sagte: an den *Billere*, kleben blieb.

Sobald das Korn restlos in die Tenne eingebracht, der Flachs gedörrt, der Hanf gekämmt war, begab sich Holle hinüber nach Konken, wo ihm der mürrische Weyel, der eben im Aufbruch nach Pettersheim begriffen war, ohne jede Bedingung oder Gegenleistung das vorbereitete Schreiben abzeichnete. Neufang solle sich demnächst auf eine neue Patronenlieferung vorbereiten, der Herzog habe bereits ein entsprechendes Signal in seine Richtung ausgesandt. Holle hatte schon vorgesorgt, denn er legte sein letztes Paket auf den Tisch, das als Kompensation für das Schreiben mit des Juden Unterschrift gedacht war. Marum Weyel ließ ihm ohne weiteres

Gefeilsche sofort dreihundert Gulden für die Ware aushändigen und war schon so gut wie verschwunden.

Beim Ottweiler Oberamtssekretär Schmoll hatte der Meieradjunkt das Kommen des Werschweiler Schreinergehilfen Neufang für den dreiundzwanzigsten Heumond angemeldet. Sein Begehr sei das Einkommen um eine Heiratserlaubnis sowie die Klärung seines Eigentums an dem Lederbeutel mit den fünfzehn Louis d'Or, dem Schönberger-Brief und dem Schuldschein. Wie üblich wurde keine Antwort gegeben, aber das hatte in der Regel zu bedeuten, dass dem Vorsprechen beim Oberamt nichts im Wege stand. So machten sich denn zum besagten Tag Jacob und Holle zu Fuß auf den Weg hinüber nach dem Bliesstädtchen. Der Marsch ging über den Himmelwald und dauerte stramme zwei Stunden. Im kahlen Flur der Oberamtsverwaltung war es, wie immer, zugig, dabei jedoch angenehm frisch, denn über Nacht hatte es kaum abgekühlt und die Morgensonne hing schon wieder brütend über der Stadt.

„Das gibt noch was", hatte Jacob beiläufig mit Blick nach oben bemerkt. Sogleich nach ihrer Ankunft betrat Jacob die Amtsstube des Schmoll, um sich untertänigst anzumelden und sofort wieder abzutreten. Eine geschlagene Stunde verging mit hier und da Türenöffnen, Türenschließen, mit durch die Gänge schlurfen, bis der steifnackige Amtsbote den Meieradjunktus Jacob endlich wortlos zum Oberamtssekretär hereinwinkte. Drinnen wurde verhandelt, dann kam Jacob wieder heraus und bedeutete Holle, noch zu warten, bis die Herren Advokaten und Landphysici sich eingefunden hätten.

Die Befragung durch den Advokaten wurde in derselben Giebelstube durchgeführt, in der auch Jacob kurz vor dem Weihnachtsfest Rede und Antwort stehen musste, nur dass diesmal der Advokat Lauckhardt zunächst alleine war. Lauckhardt war ein Mann von Anfang vierzig Jahren, gut geschnittenem, schmalem Gesicht und einer hohen Stirn. Er trug eine kurze, gepuderte Perücke, graues Gilet, eine ebensolche Kniehose und einen knielangen dunkelblauen Gehrock, den er aufgeknöpft trug. Der Mann war als Advokat eigentlich dem nassauischen Amt Seeheim zugeordnet, versah jedoch in Ottweiler für seinen erkrankten Kollegen Weyl vorübergehend dessen Amtsgeschäfte. Außerdem war das Amt Seeheim vorübergehend von der Schuldentilgungskommission verpfändet worden und der tüchtige Rechtsgelehrte konnte noch rechtzeitig nach dem Nassauischen herübergerettet werden.

Lauckhardt ging bei seinen Formulierungen bedacht zu Werk. Er begann vorsichtig abwartend, nicht voreilig urteilend und insgesamt sogar durchaus höflich, ja geradezu wohlmeinend gegen Jacob Weiler und Peter Neufang. Holle konnte sich immerhin durch den unterschriebenen Zettel seiner vorgeblichen Steinbacher Eltern, sowie einer Copia aus dem Taufregister des Wiebelskircher Kirchenbuches identifizieren und legitimieren. Auf Verlangen legte er auch die Bestätigungsschrift des Juden Weyel aus Konken vor, worüber der Lauckhardt mit leichtem Kopfnicken sein offensichtliches Einverständnis bekundete.

Dann eröffnete der Beamte das offizielle Verhör mit der üblichen Einstiegsfloskel nach Name, Herkunft, Profession, Geburt, Konfession. Er solle gefälligst nur dann antworten, wenn er von ihm dazu aufgefordert werde, er solle keine unnötigen Monologe halten und sich klar und unmissverständlich ausdrücken, ob er das verstanden habe und so weiter. Holle sagte gar nichts. Er rührte keine Miene. Lauckhardt legte die Stirn in Falten, nickte.

Nun also, begann er kühl, fast vorwurfsvoll, was das mit jener Waffe auf sich habe, für die er in dem Städtchen Konken die besagte Summe Geldes gelöst habe. Die Louis D'Or aus dem beschlagnahmten Säckel, fragte er nach, kommen die von dort?

Was der konnte, das kam Holle allemal zupass.

„Also gut, wie Du willst“, dachte er sich und parierte ebenso unterkühlt, diese Waffe sei exklusiv für den durchlauchtigsten Herzog Christian von Zweibrücken angefertigt worden. Daher sei er, Peter Neufang von seinem Geschäftspartner darauf verpflichtet worden, über Einzelheiten vor Dritten absolutes Stillschweigen zu bewahren. Diesem Obligo komme er selbstverständlich nach und daher werde er zu dieser Angelegenheit keine weiteren Aussagen machen. Mit dieser Antwort schien der Advokat durchaus nicht einverstanden zu sein, aber er hielt an sich und lenkte sein Interesse jetzt auf ein anderes. Hauptbestandteil seiner nun folgenden Nachforschungen war die Person des Doktor Schönberger sowie der Inhalt seines Briefes, den er vor gut einem dreiviertel Jahr aus der Zweibrücker Arrestzelle an Neufang verfasst habe. Insonderheit konzentrierte sich der Ministeriale auf die Redewendungen, die ihm besonders verdächtig erschienen, nämlich um den Passus, in dem davon die Sprache war, dass nicht nur Johann Peter Neufang, sondern auch Doktor Schönberger in die Alte Zeit hineingeraten seien. Und weiter, dass der Arzt etwas Absurdes geglaubt habe und ihm in die Vergangenheit nachgereist sei.

Holle gab hierzu bereitwillig Auskunft und tischte dem Advokaten im Großen und Ganzen dieselbe Mär auf, die auch beim Jacob als Erklärung um die Identität seines Ulmer Doktors hergehalten hatte. Mit dem Brustton der Überzeugung verkündete er dem angestrengt lauschenden Befrager, dass eben im Vergleich zu den modernen Methoden, wie sie drüben im Überseeischen gälten und wo der ehrenwerte Doktor Schönberger überaus erfolgreich praktiziert habe, ihm die hiesigen Wissens- und Glaubenssätze wie aus einer längst vergangenen Zeit dünkten. Daher der Vergleich mit der Vergangenheit in dessen Brief. Während hierzulande die armen Kranken noch jedem dahergelaufenen Kurpfuscher ausgesetzt, ja vollständig ausgeliefert seien und reihenweise etwa an den Blattern dahin stürben - selbst der König von Frankreich, *Le Roi Louis le Bien-Aimé* sei solchen Nichtskönnern in die Hände gefallen - sei es in Neuholland oder Terra Australis, wie die Gelehrten sagten, schon seit geraumer Zeit Standard, die Menschen vorzeitig, präventiv mit Kuhpocken zu impfen. Das sei alles nichts wirklich Neues auf diesem Erdenball, nur dass diese neuen Erkenntnisse noch nicht bis hierher nach dem alten Europa vorgedrungen seien. Warum? Das könne er sich denken, denn die etablierten Landärzte und Quacksalber wollten ihre fetten Pfründen nicht aufgeben, so sei das doch wohl in den Zusammenhang zu bringen. Und weil das so sei, ließen sie alle die hilfreichen neuen Erkenntnisse aus der Neuen Welt nicht gelten, würden diese im Gegenteil zu unterbinden suchen, wo auch immer welche auftauchten. Der ehrenwerte Advokatus möge sich doch mal die jüngsten Tatsachen vergegenwärtigen. Welche? Die Zahlen der neulich an den Pocken Erkrankten im Oberamt Ottweiler. Wieviele davon seien denn wohl in der Meierei Werschweiler infiziert worden? Das könne er dem ehrenwerten Herrn Advokatus ziemlich genau benennen, nämlich nicht ein Einziger! Wem das zu verdanken sei? Wem wohl?

„Wem wohl? Der unendlichen Gnade unseres allmächtigen Schöpfers und Herrn vor dieser erbärmlichen sündigen Menschenbrut ist es zu verdanken, dass Ihr unteren Ostertäler für diesmal verschont geblieben seid!“ plärrte es aus dem Hintergrund, „ich warne Ihn, mäßige Er sich, Neufang, Er hat eine zu lockere Zunge!“ drohte der Oberamtssekretär Schmoll aus dem Türrahmen. Seine krächzende Stimme drohte sich zu überschlagen vor Rage, denn er war Pfarrer und durfte es unter keinen Umständen zulassen, dass in diesen herrschaftlichen Räumen solchermaßen unchristliche Lästerreden geführt wurden.

Lauckhardt hatte den Argumenten des Neufang durchaus interessiert und aufmerksam zugehört, daher winkte er diesmal gegen den Schmoll verärgert ab, stand von seinem Platz auf und schob den Sekretär in das Nebenzimmer, wo sich ein geflüsterter aber offenbar eindringlicher Disput entspann.

Es dauerte etwa zehn Minuten, bis der junge Advokat alleine wieder den Raum betrat und abermals seinen Platz einnahm. Er hieß Jacob und Neufang sich erneut hinzusetzen, die Befragung sei noch nicht zu Ende. Von dem Schreinergehilfen wollte er jetzt wissen, wie lange dieser sich selber im Überseeischen aufgehalten und was die Gründe für seine Rückkehr gewesen seien. Holle verstand durchaus, welche Fragen sich hinter dieser Anspielung verbargen, aber er ließ sich nicht in die Falle locken. Nein, sagte er, er habe keineswegs die Absicht, nach dem Lande Pennsylvanien zurückzukehren. Er wolle seinem hiesigen hohen Herrn und Fürsten dienen. Auch sei er weit davon entfernt, fürstliche Untertanen für die Neue Welt abzuwerben, das könne sein Begleiter, der designierte Meier Jacob Weiler, bestätigen. Er habe hier seine Braut gefunden, er wolle sich verheiraten und sich im Ostertal häuslich niederlassen, seine Steuern und Frohnden zahlen, sich als vorbildlicher Untertan erweisen, das sei der eigentliche Grund für sein Vorsprechen, denn er wolle hiermit in aller untertänigen Form um seine Verehelichungserlaubnis nachsuchen.

Es ging noch eine ganze Anzahl von Fragen über den Tisch. Holle gab zu allen Punkten bereitwillig und offen Auskunft, so gut er konnte. Die Sache schien sich in günstige Bahnen zu entwickeln, bis der Amtmann wieder auf die Neue Welt und die dortigen Freiheiten der Personen, deren offene Meinungsäußerungen, Wohnort- und Berufswahl, ihres Eigentums, ihrer Rechte, etc. zu sprechen kam. Was er, Neufang, von all diesen Ideen halte, wollte der Anwalt jetzt von ihm wissen?

Ja nun, das sei eben die Neue Welt drüben über dem großen Wasser, weit entfernt von uns und mit der Unserigen nicht zu vergleichen, gab er ihm etwas verlegen zu verstehen. Überzeugend klang das nicht. Was sollte er auch sagen? Sollte er dem Mann bekennen, dass er mit der Form des hierzulande herrschenden Feudalismus nie etwas am Hut gehabt hatte? Dass sie ihm alle miteinander herzlich schnuppe waren, die Freiherrn und Herzöge und Herolde und Fürsten und dass er sie eigentlich nur aus dem Geschichtsunterricht leidlich kenne. Sie waren ihm dort ohnehin nur verschwommen begegnet, weil ihn der ganze trockene Geschichtskram in der Schule sowieso nie sonderlich interessiert hatte, das war ihm eigentlich alles ziemlich wurscht, weil nicht aktuell und wenn überhaupt, dann sei ihm der ganze Prunk und Pomp der adeligen Fettsäcke allenfalls amüsant, eher jedoch zutiefst befremdlich und menschenverachtend vorgekommen. Außerdem laufe das alles seinen Grundüberzeugungen, so er denn in der alten Heimat überhaupt welche für wichtig erachtet hatte, total zuwider. Sollte er das jetzt sagen? Sollte er an diesem Tisch in ein Plädoyer einstimmen für Menschenrechte, Grundrechte, für den *Code Civil*, das Grundgesetz, überhaupt für menschenwürdige Verfassungen, wie sie in der modernen freien Welt des einundzwanzigsten Jahrhunderts seit langem etabliert waren und wie sie in genau zwei Jahren drüben in der Neuen Welt in der Verfassung der Vereinigten Staaten von Amerika verankert werden würden? Sollte er dem hochnäsigen Amtsadvokaten mal zeigen, was ne Harke war? Sollte er hier und jetzt mal so richtig loslegen, ausholen und weissagen, dass das gesamte feudalistische System des Hochadels aber so was von seinem Ende entgegenging, dass der selbstherrliche Fürst von der Saar, von jetzt gerechnet, noch siebzehn Jahre hatte, bis er von den französischen Revolutionstruppen hinweggefegt werden würde? Sollte er das tun? Sollte er? Er hatte bald gute Lust dazu. Das alles gab er nicht zu Protokoll, stattdessen legte ihm der Advokat nun seinerseits Holles soeben durchgespielte Gedanken in barer Münze auf den Tisch:

„Dieses Stück Metall haben wir in der Geldkatze unter den Louis d’Or Stücken gefunden, gehört das Ihm?“ fragte

Lauckhardt eindringlich und beugte sich zu Peter Neufang hinüber.

Auf dem Tisch lag eine Zwei Euro Münze. Sie zeigte auf ihrer Rückseite die Abbildung der Saarbrücker Ludwigskirche, das Konterfei des bekanntesten Stengelschen Bauwerkes, das doch noch gar nicht fertig gestellt war, welches erst im folgenden Jahr, nämlich 1775, vollendet sein würde. Darunter war die Zahlenkombination *2007* und die Aufschrift *Saarland* zu erkennen. Auf der geriffelten Stirnseite, der hohen Kante der Münze aber stand in lateinischen Kursivversalien eingraviert zu lesen: *Einigkeit und Recht und Freiheit.*

Wo diese Medaille herkomme? Dieses sei keine kurrante Währung, das sei doch eine sensationelle, niederträchtige Fälschung einer Münze. Was die Aufschrift *EURO*, was die Bezeichnung *Saarland*, was die Ziffer *2007* zu bedeuten habe, wollte Lauckhardt wissen?

Holle war entsetzt. Das Geldstück musste er in Ungedanken mitsamt dem Schuldschein und dem Brief in den Beutel getan haben, daran hatte er überhaupt nicht mehr gedacht. Nach einer bedenklich langen Verlegenheitspause, er hatte keine Worte gefunden, rang er sich schließlich zu einer geradezu grotesken Antwort, einem regelrechten Gegenangriff durch und erklärte dem Advokaten allen Ernstes, dass doch wohl nur zwei Menschen wüssten, wie die hier abgebildete Ludwigskirche fertig gestellt aussähe, nämlich der Baumeister Stengel und der durchlauchtigste Herr und Fürst Ludwig selbst, der ja sicherlich ebenfalls die geheimen Baupläne kenne. Ihnen möge er, mit Verlaub, die Frage stellen, nicht ihm, dem Neufang. Und wie die Münze in den Beutel gelangt sei, das könne er nun beim besten Willen nicht sagen, er sehe diese zum allerersten Mal, außerdem hege er den begründeten Verdacht, dass ihm da wohl gerade etwas Kapitales untergeschoben werde, das sei ja wohl die Höhe.

Betretene Stille im Raum. Was hatte Holle da gerade losgelassen? Jacob sah seinen Begleiter bestürzt an. Der aber war gerade daran, in Fahrt zu kommen, da schnitt ihm Lauckhardt in erregtem, eindringlichem Flüsterton das Wort ab:

„Ich warne Ihn ausdrücklich, Neufang, wage Er sich nicht, wage Er, sich gegen die Obrigkeit zu erheben. Erdreiste Er sich nicht, Verdächtigungen gegen Seine Herrschaft auszusprechen, erfreche Er sich nicht, in solchem Tone mit einem Amtsträger Seiner Durchlaucht zu verkehren. Ich hoffe für Ihn, dass Er weiß, mit wem Er es zu tun hat. Weiß Er das? Wenn es mir beliebt, zu handeln, wenn ich diese Affaire nach Saarbrücken weitermelde, das ist Aufwiegelung der Untertanen zum Opponieren gegen die Obrigkeit. Das ist Hochverrat, das sind französische Manieren, das ist Münzfälschung zur Untergrabung des geregelten Geldverkehrs. Das ist... Ich werde es herausfinden, wer diese niederträchtigen, diese aufrührerischen Rousseau'schen und Fenelonschen Parolen auf den Münzgrat eingestanzt hat, wer hinter diesem Komplott gegen unsere gnädigste Herrschaft an der Saar steckt", flüsterte Lauckhardt seinen beiden Gegenüber abwechselnd zu. Dann nahm er die Münze demonstrativ wieder an sich, stand auf und verließ den Raum.

Ratlosigkeit, fast Verzweiflung stand den beiden Zurückgebliebenen auf der Stirn, in den Augen. Die Türe wurde noch einmal aufgestoßen, Lauckhardt beugte sich herein, die Münze in der rechten Hand hochhaltend, befahl er:

„Beide bleiben hier am Tisch sitzen und werden gefälligst warten, bis ich wiederkomme!"

Es war mindestens eine volle Stunde verstrichen, in der Neufang und Holle wie gelähmt auf ihren Plätzen verharrten, bis Lauckhardt endlich - alleine - durch den flurseitigen Eingang wieder zur Kammer herein geschritten kam und sich auf seinen Stuhl niederließ. Er schlug einen hoch beschriebenen Bogen auf und verkündete den beiden Wartenden:

„Dem heute, am Freitag, den dreiundzwanzigsten Julius Anno 1774 hier anwesenden Stallknecht und Schreinergehilfen Johann Peter Neufang von Werschweiler, gebürtig aus dem Orte Steinbach bei Ottweiler, wird hiermit eine Strafe von zweiundzwanzig Gulden Rheinisch auferlegt, weil er den Arzt Doktor Schönberger von Ulm unerlaubt ins Land gebracht hat und sich selbst auf eigene Hand für ein halbes Jahr aus dem hiesigen Fürstentum entfernt hat. Im Weiteren ist eine Strafe auf nicht entrichtete Abgabenobligos sowie eine Steuerschuld aus den getätigten Warengeschäften mit dem ausländischen Kaufmanne Weyel aus dem Orte Konken zu entrichten von insgesamt sechsundsechzig Gulden Rheinisch. Aufgerechnet auf die hier seit einem halben Jahre einbehaltenen fünfzehn französischen Goldthaler verbleiben sieben Goldthaler, welche an den Beschuldigten zurück zu entrichten sind. Über den Restbetrag von sieben französischen Goldthalern bleibt die derzeitige körperliche Verfügung nach Anordnung des herrschaftlichen Oberamtes Ottweiler bis auf weiteres als Garantiemünze bei der herrschaftlichen Amtskellerei stehen. Die beiden anhänglichen Schriftstücke, als da sind das Schreiben des Doktor Karl-Ernst Schönberger vom zweiundzwanzigsten Oktober 1773 sowie des doppelten Schuldscheines des Johann Nickel Beck von Werschweiler verbleiben des weiteren als Beweisstücke bis auf Abruf beim Oberamte Ottweiler. Dem hier anwesenden Peter Neufang wird sodann auferlegt, bis auf Abruf, zum fünfzehnten eines jeden Monats bei dem Oberamte persönlich vorstellig zu werden, um seine aufrichtige Liebe und Treue zu seinem Vaterlande und zum durchlauchtigsten Fürsten und Herren mit seiner körperlichen Anwesenheit unter Beweis zu stellen.“

„Das Begehren um eine Verehelichungserlaubnis ist vorläufig zurückzuweisen, da der Begehrsteller den Besitz der zur geordneten Familiengründung erforderlichen einhundert Gulden nicht nachzuweisen imstande ist, er ferner aufgrund der zuvor auferlegten Geldstrafen infolge seiner besonders erheblichen Verfehlungen nicht als wohl beleumundet angesehen werden kann. Der Beschuldigte und Verurteilte Peter

Neufang bekennt sich mit seiner untenstehenden Handsignatur zu seinen hier dargelegten Verbrechen und versichert gleichzeitig feierlich, von jeglichen Verstößen gegen die herrschaftlichen Erlasse und Verordnungen fürderhin gänzlich absehen zu wollen und seiner Herrschaft künftig in aufrichtiger Ehrerbietung, Freundschaft und mit besonderem Fleiße als williger Untertan dienlich zu sein. “

Lauckhardt sah vom Blatt auf und blickte Holle streng ins Gesicht: „Hat Er das verstanden?“

Der Verurteilte saß wie versteinert. Ein Stoß in die Seite ließ ihn zu sich kommen. Jacob Weiler hielt Holle den bis obenhin gerupften Gänsekiel hin und nickte ihm zu. Der setzte unter dem Urteil an und schrieb in seiner langsamen, sorgfältig gekrakelten, verweichlichten lateinischen Kinderhandschrift seinen Namen Johannes Peter Holger Neufang aus dem Ostertal Flecken Werschweiler, Kleinbachstraße Nummero 3.

Die Unterschrift wurde mit Löschsand bestreut, Lauckhardt schwenkte das Blatt wie ein Goldwäscher im Kreis herum, dann ließ er die restlichen glitzernden Partikel schräg in eine Schale rieseln und schlug den Bogen zusammen. Die beiden Gegenüber musterte er noch einmal eindringlich von oben bis unten ab und erhob sich schließlich, um die Sitzung zu beenden.

„Ich rechne darauf, dass Er verstanden hat“, riet er dem Verurteilten, „ich will Ihn in einem Monat hier wieder sehen. Die beiden Untertanen sind entlassen, sie können Nachhause gehen“, sagte Lauckhardt, schon vollkommen abwesend, im Hinausgehen.

XXIII

Gleich nach ihrer Heimkehr ins Ostertal erstatteten Peter Neufang und Jacob Weiler dem Altmeier Adam Rapport über die Ereignisse in Ottweiler. Jacob hatte Holle noch auf dem Rückweg dringend dazu angehalten, den Vorfall nicht aufzublasen, damit sein Vater den Anlass nicht ausnutze, sich über die Maßen über den Lauckhardt zu ereifern. Das alles sei ärgerlich genug für ihn und den Neufang, da möge wenigstens der Vatter verschont bleiben.

In der Meierstube wurden die Ankömmlinge nicht nur vom Adam empfangen. Zu ihrer Überraschung hielten sich zufälligerweise die drei Becke Leute, Nickel, Margareta und Katharina, einer anderen Angelegenheit wegen, in der Amtstube auf und auf der Haustürstiege wartete der einfältige Jakob mit dem Hund Areus auf die beiden Rückkehrer.

Sie waren mit der vorsichtigen Abschilderung ihrer Visite an der Blies nicht ganz bis zur Hälfte vorangeschritten, da war für den Alten wieder einmal der Augenblick gekommen. Da war es wieder soweit. Da hatte er die erbärmliche Quintessenz des Ausflugs längst zur Gänze erfasst, winkte ab, krähte: „Genug gehört, aufhören!“ und hob an, sich wie ein Kerftier aufzupumpen um mit mächtigem Getöse in die Luft zu gehen. Jedenfalls kam Adam vor dem Publikum ganz schön in Fahrt und er sah dabei nicht ein, irgend an sich zu halten mit seinem Urteil. Wie ein Kettenhund tobte er gegen die gottlosen Strauchdiebe und Wegelagerer dahinten in Ottweiler, die es ja doch nur auf des Neufangs Geld abgesehen hatten, um sich in skrupelloser Raffgier, in der niederträchtigsten Manier am Fürsten vorbei, auf Kosten der redlichen Bauernschaft zu bereichern. Weil diese beamteten Pfaffensäcke und Advokatenschleimer allesamt nicht imstande seien, auch nur einen Pflugsterz in die Hand zu nehmen, geschweige denn die Gerätschaft in redlicher Manier durch den Acker zu führen, setzten sie sich wie die Schmeißfliegen an die Geldtöpfe, die der Fürst den armen gottesfürchtigen Untertanen abgepresst habe, um mit ihrer ganzen Schmarotzerbrut auf jede Gelegenheit zum Geldaussaugen zu lauern. Sie alle sollten zum Teufel gehen, sie dürften dereinst nicht ein Fünkchen Gnade vor dem Höchsten finden, mochten sie doch, alle wie sie da hinten saßen, in der allertiefsten Unterhölle schmoren. Es wurde im Aufspringen der Hocker umgeworfen, die flache Hand, die Fäuste sausten abwechselnd auf den Tisch nieder, Adam war in Vollrage. Aber, so plärrte es aus ihm heraus, zum Glück habe er das alles so gut wie hinter sich, mit ihm machten die dort hinten nicht mehr den Hanswurst, diese arbeitsscheuen Einschleimer, diese skrupellosen unchristlichen Ausbeuter, diese niederträchtigen, selbstherrlichen, diese nichtsnutzigen Kontorfurzer und hochfürstlichen Arschlecker. Und wir sollen auch noch die Vorhut spielen, diesen Kielspitzern säckeweis die abgepressten Steuer- und Frongelder heranzuschleifen! Nein, sagte er, da sei was falsch gelaufen in all den Jahren, das sei ihm ja doch beim Bibellesen neulich erst wieder vor die Augen gekommen, das sei nicht mehr sein Verständnis von christlicher Nächstenliebe. Der Alte war dermaßen in Rage, dass sogar der Nachbar Leonhardt vor der Haustüre stehen blieb und bedächtig mit dem Kopf nickte um festzustellen: „Aha, jetzt hat er's wieder, jetzt hat er wieder seine Tour."

Jacob konnte den Vater nur mühsam besänftigen, es sei ja nun doch einmal nicht zu ändern. Auch gab er zu bedenken, dass alles hätte sehr viel übler ausgehen können. Er verstieg sich sogar beschwichtigend zu der Annahme, dass der Advokatus Lauckhardt sogar gewissermaßen, wenn man es recht bedenke, man könnte gar beinahe annehmen, dass dieser fast so etwas wie - auf des Neufangs Seite stünde. Hätte er ihn sonst, lediglich mit der Auflage, sich alle vier Wochen beim Oberamt einzufinden, wieder abziehen lassen? Sein Vorgänger hätte niemals derlei nachsichtig Recht gesprochen, das wüsste niemand besser, als der ehrenwerte Vater selber. Beim alten Advokaten säße Peter Neufang längst im Turm, womöglich sogar abgeschoben auf die Arbeitsgaleere, wäre am Ende wie ein Fürstendieb dem Henker vorgeführt und abgeurteilt worden, wie ein Hochverräter und Totschläger. Und, das fügte Jacob besänftigend hinzu, dieses sei ja dem Vater ebenso geläufig: Wer hierzulande nicht sogleich gerichtet wird, der wird nimmer gerichtet, so sei die alte Erfahrung.

Adam wollte von all dem Beschwichtigen und Abwägen und Für und Wider nichts wissen. Er wusste alles und er hatte endgültig genug, denn er war felsenfest davon überzeugt, dass die Sache mit dem ominösen Geldstück wieder einmal eine inszenierte Standard-Finte war, um dem unbescholtenen Mann etwas anhängen zu können, obwohl Holle ihm kleinlaut einräumen musste, dass er die besagte Euro-Münze in der Tat vom Schönberger bekommen und sie aus lauter Unachtsamkeit in jenen Lederbeutel getan habe, wo sich auch die Goldthaler befunden hätten. Ja doch, das müsse er bei alledem schon zugeben. Adam stutzte.

Holle musste die Kirche schon im Dorf lassen. Also klärte er die Anwesenden endlich darüber auf, was es um die besagte Euro-Münze auf sich habe. Ja nun, wie es um die Münze mit der Abbildung der Ludwigskirche bestellt sei, das hätte folgende Bewandtnis: Die Währung *Euro* sei in dem Kontinent *Neu-Holland* oder *Terra Australis*, wo sich der Doktor Schönberger einige Zeit aufgehalten habe, die gängige Währung, denn dort gäbe es seit geraumer Zeit eine Gemeinschaft von Holländern und anderen europäischen Siedlern, die dort so etwas wie die Vereinigten Staaten von Europa in der Ferne gegründet hätten. Auch sei wohl ein Neusiedler, der es dort hinten zu großem Einfluss gebracht habe, über lange Umwege aus seiner Heimatstadt Saarbrücken dort angekommen. Dieser habe zuvor als Dombaumeister an der Saarbrücker Kirche gearbeitet und zum Gedenken an seine geliebte Heimat habe er halt die Münze prägen lassen. Im Übrigen habe der Doktor Schönberger eine ganz erkleckliche Auswahl verschiedener Münzen jener Art vorweisen können, darunter sogar ein Euro-Geldstück aus Frankreich mit dem *Liberté-Egalité-Fraternité* - Aufdruck und zwar nicht auf der hohen Kante, nein mitten auf der Prachtseite. Also, was rege sich der Lauckhardt auf, da gab es noch ganz anderes. Außerdem seien das nichts weiter als bedeutungslose Propagandasprüche, die ja doch nie, weder hier und heute noch irgendwann und irgendwo in der fernen Zukunft würden Wirklichkeit werden. Das seien alles hehre Phantasien, man möge derlei nicht unnötig überbewerten.

Um auf den Urteilsspruch zu seiner Verehelichungserlaubnis zu kommen, das sei ein ebensolch hohler Einschüchterungsversuch von denen da oben, der ihn *nicht die Bohne* beeindrucke. Um seine baldige Vermählung sei ihm überhaupt nicht bange. Da könne das Oberamt verweigern, soviel es wolle, tönte Holle immer dreister daher, die Hochzeit fände ja doch in absehbarer Zeit statt. Das Publikum stutzte auf. Woher hatte er auf einmal dieses Selbstbewusstsein, bei dieser seiner Lage? Hatte ihn das Verhör des Ottweilerschen Advokaten dermaßen aus der Fasson gebracht, dass er sich im Eifer des Gefechtes zu derartigen Äußerungen verstiegen hatte?

Holle ließ sich auch nicht von Jacob bremsen, er wusste ja, wovon er sprach. Wo er schonmal am Zuge war, da wollte er auch zeigen, wie er gedachte, mit dem Verbotsdekret des Lauckhardt umzugehen. Er stand in der Stube und gab sich jetzt dermaßen abgeklärt, wie nur irgendjemand in seiner Situation, dass seine Braut es fast mit der Angst zu tun bekam. Was hatte er von den Ottweilern schon zu befürchten, er wusste ja aus den Niederschriften des Kirchenbuches ungefähr um seine nähere Zukunft. Um seinen Leuten zu beweisen, wie ernst es ihm mit seiner Katharina war, wie aufrichtig, wie unschuldig er an diesem ganzen bisherigen Hindernislauf – Hindernislauf? – um seine Braut sei, erklärte er unverblümt den festen Termin für seine Hochzeit mit seiner Verlobten! Hier und heute und alle sollten es erfahren, was Gott ihm zu seiner Zuversicht auf seiner Odyssee im Traume eingegeben habe und wie Recht er am Ende mit seiner Behauptung habe, denn er habe es von ganz Oben. Das, was er in wenigen Augenblicken kundzutun sich anschicke, sei weder Jahrmarktgewäsch, noch ein lediglich fromm herbeigesehnter Herzenswunsch. Das sei, und er bitte, sich unbedingt auf seine nun folgende Aussage festlegen zu lassen, eine unumstößliche Tatsache. Und nun sprach er sehr feierlich: Er, Johannes Peter Neufang, verkünde hiermit den Tag seiner Vermählung mit der Anna Katharina Beck auf den Dienstag, den einundzwanzigsten Februar des kommenden Jahres, vormittags elf Uhr in der Dörrenbacher Kirche.

Das war allerhand! Adam war über diese Anmaßung die Kinnlade abgeklappt und Jacob, der ihm die baldige Vermählung ja doch von Herzen wünschte, sah Holle bekümmert an, während er ihm tröstend seine Hand auf die Schulter legte. Nur dessen guter älterer Bruder, der törichte Jakob, der bei dem jetzt ausbrechenden Tumult in der Amtsstube nicht fehlen durfte, nickte eifrig und strahlte über sein ganzes Gesicht. Das war auch Margarete und Katharina nicht entgangen.

„Dienstag, ja gut, der ist schon recht, wenn's nur kein Samstag oder Sonntag ist, aber wieso erst Anfang des kommenden Jahres?", intervenierte Katharina einfältig, „das ist aber nicht nach den hiesigen Gepflogenheiten. Bei uns wird direkt nach der Ernte vor den Traualtar getreten."

Dies war Holles erste Weissagung.

Peter Neufang fand auf den gutgemeinten Rat des Meiers Adam seine vorübergehende Heimstatt für die verbleibende Zeitspanne bis zur vorausgesagten Vermählung in Owwerschde Schmidts in seiner ehemaligen Kammer, direkt neben Jakobs und Areus' Quartier. Die Empfehlung des Vorstehers, das spürte er sofort, war in redlichster Absicht und zum Wohle von Neufang abgegeben worden. Daher befolgte er sie ohne Wenn und Aber. Ein Verbleib im Kirschgarten war nach des Adams Einschätzung infolge des Richtspruchs aus Ottweiler, vor allem aber vor dem Dorfe, aus christlicher Anschauung sowie aus allgemeinen Sittlichkeitserwägungen, nicht gut zu verantworten.

Er möge ihn nicht falsch verstehen, es sei zum allseitigen Besten, denn es könne niemandem daran gelegen sein, dass so ein Hintertreiber und Spitzel wie der Senft oder andere, beim Dörrenbacher Pfarrer Engel am Ende gegen den Kirschgarten Stimmung machten. Im Dorf würden sich schon jetzt Fraktionen bilden, das habe er aus erster Hand. Die Haltung der *Verbrecher aus dem Oberamt*, sofern diese denn je eine dazu hatten, und sie hatten eine, interessierte ihn allenfalls am Rande. Holle war, im Gegensatz zu seiner Braut und seinen künftigen Schwiegereltern, die mit einer Stimme energisch zu intervenieren versuchten, mit Adams Anregung sofort einverstanden. Ein Verbleiben mit seiner Braut im selben Haus, ohne kirchliche und herrschaftliche Legitimierung einer rechtmäßigen Ehe, wollte er seinen Leuten nicht weiter zumuten. Außerdem sei es ja nicht mehr so lange hin, bis beide sich ihren gemeinsamen Hausstand in Becke einrichten konnten.

Tagsüber ging Holle wieder in der Schreinerei mit Eifer und Geschick zu Werke. Der junge Ulrich zeigte sich nach anfänglichen Irritationen als folgsamer und gelehriger Bursche, mit dem Holle schon ganz gut auskam. Bei seinen Leuten hielt sich der Tochtermann solange in den Abend hinein zur Verfügung, bis alle Arbeit in der Haushaltung und im Stall restlos getan war.

An einem dieser späten Julitage, es war der neunundzwanzigste, überraschte ihn seine Braut mit einem großen Feldblumenstrauß auf dem Küchentisch und einem wunderbar zarten Kuchen von wilden Himbeeren, die sich Katharina bei Kälber hüten in der Sang gepflückt hatte. Es war Holles Geburtstag. Da kein Bohnenkaffee mehr im Haus war, hatte Margarete rasch eine Mischung aus gebrannter Gerste und Zichorie, Wegwartewurzeln, angesetzt. Daraus braute sie einen kräftigen *Muckefuck*, der ja doch auch seinen Geschmack hatte. Zu dem Ehrentag ihres Bräutigams hatte das Mädel sich mit einer weißen Spitzenschürze herausgeputzt, hatte ihr schweres, dunkles Haar zu einem Zopf geflochten, den sie, wie ein Kranz um ihr schönes Haupt geflochten hielt. Sie trug sogar ihren Gemmenring, den ihr Peter bei ihrem zweiten Wiedersehen auf der Treppe des Wendelsdomes auf den Finger gesteckt hatte.

Es war ein beschaulicher Nachmittag in der niedrigen Stube. Man war allseits entspannt und plauderte über dies und das. Holle wurde einmal mehr angehalten, von seiner Reise nach Engelland zu berichten, was er mittlerweile, ganz gegen seine eigentliche Natur, gerne und ausführlich tat. Nach der Kaffeetafel trank man noch ein Gläschen Schlehenschnaps und war schon im Begriff, die Tafel aufzuheben, als Holle, das Geburtstagskind, ebenfalls zur Feier des Tages, eine kleine Neuigkeit aus der Tasche zog. Diese Überraschung war keine zweite vollmundige Weissagung, das wäre zuviel des Guten gewesen. Nein, sie war von eher materieller Beschaffenheit. Aus der Brusttasche ließ er ein metallenes Etwas erscheinen, das die Anwesenden wie eine breite Doppelleiste anmutete, zwischen deren glänzenden Backen eine große Anzahl quadratische Stege angebracht war. Dieses wunderliche Instrument zauberte beim Draufpusten wie beim Ansaugen die bizzarsten Fisteltöne hervor. Holle bezeichnete sein kleines Wunderding als *Mundharmonika.* Seine Leute staunten nicht schlecht, als er auf der Lippentastatur dieses putzigen Leierkastens in wahrhaft verzauberten Akkorden zu musizieren anhob, äußerst geschickt, fast ohne Fehler und alle in der Stube dargebotenen Melodien frei heraus interpretiert.

Zunächst, ziemlich unpassend zwar für die Jahreszeit, aber umso frischer, kam Holles Lieblingsstück zum Vortrag: *Es tönen die Lieder der Frühling kehrt wieder, es spielet der Hirte auf seiner Schalmei.* Diese kleine Canzonetta war der Runde vollkommen unbekannt, gefiel aber so ausnehmend, dass Holle es noch mal und ein anderes Mal vorsingen und -spielen musste, bis Text und Melodie bei den Zuhörern saßen. Das zweite Musikstück hieß: *Im schönsten Wiesengrunde*, darauf folgend wurde die alte Volksweise *Ännchen von Tharau ist die mir gefällt*[4] angestimmt, worauf die niedliche Katharina allen Ernstes von Holle wissen wollte, was das denn für ein *Entchen* sei? Schließlich kam der Dreivierteltakter *Lass doch der Jugend ihren Lauf* zur Aufführung. Die Zuhörer waren über diese Weise dermaßen entzückt, dass sie unisono forderten, diese Kostbarkeit müsse ebenfalls sogleich erlernt und eingeübt werden.

Wie da aus einem anfangs leisen Mitschwingen beim *Lass doch der Jugend, der Jugend, der Jugend ihren Lauf* von Margarete und Katharina allmählich ein fröhliches Schunkeln erwuchs, wie aus dem Schunkeln ein Mitsummen beim *schöne Mädchen wachsen immer wieder auf, lass doch der Jugend ihren Lauf* und schließlich ein allseitiges Einstimmen in den Lauf der Melodie beim *Sing mit dem Holle, tanz mit dem Holle, walz bis Schweinau mit dem Holle* einsetzte, das hatte schon Klasse und war dermaßen ansteckend, dass selbst der etwas schüchterne Nickel sich hier und da ein verstohlenes melodisches Brummen unter den Taktschlägen seiner Finger auf die Tischplatte nicht versagen mochte. Mutter und Tochter aber stimmten einträchtig mit ihren glockenklaren Stimmen in den Rhythmus ein und machten hinterher einen weiteren und noch einen Wunsch geltend, bis zum Abschluss noch das allseits bekannte Lied vom *klein wild Vögelein*[3] heruntermusiziert wurde. Es war ein erbaulicher, ans Herz und ans Gemüt gehender Nachmittag, von dem sich die Leute erst losreißen konnten, als die Kühe im Stall schon unruhig an ihren Ketten zu rasseln begannen.

„Wer hätte das gedacht, dass wir einmal wieder einen rechten Musikus ins Haus bekommen. Da hätte sich der Johann Sebastian Beck, unser Fiedel spielender Ahnherr mit seinem Instrument gewiss dazugesellt", belobigte der Hausvater seinen künftigen Schwiegersohn. Bevor sie sich von ihren Plätzen erhoben, nahmen sie sich fest vor, ab jetzt alle Woche einmal im kleinen Kreis diese Hausmusik auf ein halbes Stündchen unter Begleitung des kuriosen Instrumentes, welches derart überirdische Töne und Harmonien zu erzeugen wusste, zu pflegen. Der Kirschgarten war an diesem Tage um eine kleine, aber beträchtliche Attraktion reicher geworden, so sahen es jedenfalls die beiden Damen des Hauses.

XXIV

Sie erkannte ihn sofort. Wie damals auf dem Adventsmarkt stand er wieder direkt vor ihr und verlangte Antwort. Jetzt. Sogleich. Auf der Stelle. Damit hatte die Hirtemarie nicht mehr gerechnet. Es war ihr entgangen oder sollte man besser sagen: entfallen, was sie dem Neufang längst aufzutragen schuldig war. Und jetzt hatte es sie eingeholt. Jetzt wollte er Auskunft. Was wäre das für eine Erklärung geworden, wenn sie ihm gestanden hätte, dass es sich bisher schlichtweg noch nicht ergeben habe, den Brief auszuhändigen? Vor diesem Hünen. So brauchte sie ihm nicht kommen, nicht so. Schreien? Um Hilfe rufen? Weglaufen? Keine Chance. Also vertröstete sie ihn, er möge halt bis morgen zuwarten, vom Kirschgarten habe sie noch keine Rückantwort erhalten. Aber einmal würde sie den Boten noch für ihn machen, ein letztes Mal.

Das sei nicht nötig, lehnte der Mann höflich ab, er fände diesmal schon selbst den Weg hinunter nach dem Ostertal und dann wolle er doch mal sehen, was sie bei dem Adressaten ausgerichtet habe.

Hinterm alten Kastanienbaum passte sie ihn ab. Sie hatte ihn regelrecht erschreckt, als er aus der Werkstatt kam und im Halbdunkel an den Baum herantrat um sich zu erleichtern. Der Brief, oder was sie von dem ehemaligen Schreiben noch aus ihren Röcken zog, war zerflettert und nicht mehr lesbar.

Er roch nach Mensch. Umständlich, stockend, als hätte sie sich mit dem Alter das Sprechen abgewöhnt, begann die Marie mit ihrer kargen Mundbeichte und sagte ihm sodann den Inhalt der Depesche auf, den sie wie ein vorformuliertes Geständnis ableierte. Sie standen nicht lange unterm belaubten Kastaniengeäst zusammen. Holle traute ihr nicht über den Weg aber es war ihm bei allem Missbehagen irgendwie einerlei. Er tat sich schwer, ihr das Bekenntnis abzunehmen, mit dem sie sich hilflos zu erklären suchte. War das denn jetzt noch so wichtig? Am nächsten Morgen in der zeitigen Früh gab er der Hirtemarie dennoch ein geschnürtes Paket mit auf den Weg nach St. Wendel und ging dann in die Schreinerei an seine Arbeit ohne die leiseste Gewissheit, ob dieses seinen Adressaten erreichen würde.

Die alte, schieläugige Olga war das Pferd der Becke, noch immer. Sie hatte eine Hängelippe, Schlappohren und einen Kullerwanst und war eigentlich zu nichts Rechtem mehr zu gebrauchen. Olga, die Kaltblutstute hatte - immer schon - zwar einen großen, durchaus unberechenbaren und eigenwilligen Charakter, aber dieser zeigte sich nicht segensreich, sondern entlud sich in so mancherlei heimtückische, geradezu kaltblütige Überraschungsattacken gegen seinen Halter und stellte damit die Geduld des Nickel auf etliche harte Proben. Man hätte sich die Frage stellen mögen, aus welchem Stall er sich diese Zähre hatte aufschwatzen lassen? Der Beck hatte die Ardenner Kaltblutstute aus einer Versteigerung des Anwesens Bill in Niederlinxweiler vor vielen Jahren günstig angeboten bekommen, daher erachtete er die Offerte als willkommene Gelegenheit. Damals war dem armen Bill der Stall mitsamt der Scheuer bei einem allzu nachlässigen Neujahrsschießen heruntergebrannt und er musste wieder ganz von vorne anfangen. Mag sein, dass das Pferd Olga vom Rauch und vom Feuer seinerzeit einen Hau wegbekommen hatte.

„Wir müssen ihr Zeit geben, sich bei uns einzugewöhnen. Beim Bill in Niederlinxweiler hat sie es eben nicht gelernt“, vertröstete Nickel sein Eheweib, „diese Altschweden drüben an der Blies konnten halt noch nie recht mit Pferden umgehen. Das bekommen wir beide schon hin, nicht wahr Olga“, meinte er. Aber Olga war meist anderer Meinung, was sie durch das warnende Vibrieren ihrer Hängelippen und bedrohliches Hufescharren zum Ausdruck brachte. Sie war halt doch ein rechter Krampen. Ein geduldiges Dasein in stiller Pferde-Ergebenheit, das sich durch braven, dankbaren Umgang mit ihren Brotgebern hätte entäußern mögen und der ja doch eigentlich so gut wie alle Kaltblüter auszeichnete, hatte sich im Laufe der Zeit bei ihr leider nicht eingestellt. Olga blieb, was sie war: eine zickige alte Jungfer, die mit jedem irgendwie über Kreuz lag. Sie konvertierte auch durch anhaltenden Zuspruch leider nicht hinüber zu mehr Gelassenheit und Sanftmut, sondern gebärdete sich eher noch eingebildeter und hinterhältiger als zu Beginn ihrer Karriere im Kirschgarten - insbesondere gegenüber den Frauen des Hauses.

Vielleicht musste man ihr einfach einmal einen Hengst zuführen, müsste sie die Freuden des Mutterglückes erleben lassen, das half ja doch in den meisten Fällen bei einer derartigen Diagnose; nicht jedoch bei ihr. Es sollte sich einer dieser lüsternen Pferdemänner unterstehen, ihr zu nahe zu treten. Die hatten ja doch nichts, als ihren schnellen Spaß im Sinn. Bei ihr blitzten sie alle ab, auch die stolzesten Freier schäkerten vergeblich an ihr herum und manchem aufdringlichen Galan, der besonders selbstbewusst um sie gefreit hatte, gab sie einen eindrucksvollen Hufabdruck auf der Brust mit auf den Heimweg. So blieb die Olga unbemannt und sie wäre ja auch wohl eine miserable Mutter geworden, wenn sie sich in ihrem unnahbaren Wesen nicht grundlegend geändert hätte, naja, vielleicht war's auch besser so, wenn man bedenkt - das arme Füllen.

Katharina und sogar die einfühlsame Margarete weigerten sich übrigens schon seit langem, dem Gaul zu nahe zu kommen. Füttern und tränken musste der Hausherr oder Holle, aber der hatte auch einige blau unterlaufene Lektionen an Schultern und Armen durch Olgas heimtückische Pferdeküsse einstecken müssen.

Holle hatte bereits bei seiner Auftragserteilung über die Herrichtung des Wendepfluges in St. Wendel beim Phillip Lauwer in Richtung eines geeigneten Zugpferdes nachgedacht, denn ihm war klar, dass sich Nickels Schindmähre nicht mehr freiwillig vor den neuen Pflug spannen lassen würde. Gut, vielleicht würde sie das unter Umständen schon noch über sich ergehen lassen, aber sie würde sich nicht mehr so in die Riemen legen, wie das bei dieser Innovation notwendig war. Die Sache war beschlossen, es musste ein neues Pferd her, wenn der neue Pflug überhaupt vernünftig würde zum Einsatz kommen können.

Noch vom Schönberger her wusste Holle im Zweibrücker Gestüt eine Rasse außerordentlich kräftiger, dabei eleganter Rösser, die der Doktor gerühmt hatte. Es waren dies Tiere aus einer kleinen aber feinen Zucht mächtiger französischer Kaltblüter aus dem Percheron mit arabischem Einschlag. Sie waren seinerzeit das Einstandsgeschenk des französischen König Ludwig XV. für die Einweihung der Zweibrücker Pferde- und Rinderzucht seines Freundes, dem Herzog Christian IV. von Zweibrücken, im Jahre 1755. Von dieser imposanten Rasse stünde ein besonders beeindruckendes Exemplar in einem Stall in Glanmünchweiler. Das hatte er gelegentlich eines Gesprächs über die neue Rasse der Glanrinder von Jacob erfahren, denn der dortige Schmied, Jacobs jüngerer Bruder, Adam Weiler, hatte jenes Pferd im Hufbeschlag. Wiederholt habe er dessen Leistungsfähigkeit und ausgeprägte Sanftmut erwähnt. Für Holle stand sofort fest: So eines musste es sein.

Bei einem der nächsten wöchentlichen Gänge zum St. Wendeler Markt war der Besuch in der Lauwerschen Werkstatt wieder fällig, denn der Auslieferungstermin des neuen Wendepfluges stand an. Holle nahm sich vor, seine Braut unterwegs in seine Pläne einzuweihen, ein neues Ackergerät zu erwerben. Womöglich könne sie das fertige Stück beim dortigen Stellmacher schon in Augenschein nehmen. Er eröffnete ihr sogar sein Vorhaben, für den neuen Pflug, der ja doch ein Trumm von einer Maschine darstelle, natürlich auch für die sonstige anstehende Feldarbeit, endlich einen anständigen Gaul beischaffen zu wollen, damit das jämmerliche Gerackere mit der hochnäsigen Pferdematrone Olga einmal seinen definitiven Abschluss finde. Diese Unternehmung traf sofort auf Katharinas Zustimmung. Sie sah darin nicht zuletzt auch eine Entlastung für ihre Männer. Der bisherige Zustand sei schon lange nicht mehr mit anzusehen, außerdem stünde ihnen allmählich auch mal etwas Neues zu, mit dem man unter die Leute gehen und sich auch mal blicken lassen könne. Die Olga würde es schon seit langem nicht mehr leisten. Damit war ihr Schicksal besiegelt.

In St. Wendel angekommen, suchte das junge Paar sofort die Werkstatt in der Grabenstraße auf. Da stand er, der neue Pflug. Schön war er anzusehen, Glänzen tat er, neu und elegant präsentierte er sich seinen Besuchern. Lauwer hatte ihn auf einem Holzgestell aufgebockt, sodass der Kunde ihn jetzt frei umrunden und all die Feinheiten und Kunstgriffe bestaunen konnte, die sich der Meister während der Bauphase noch hatte einfallen lassen. Obwohl der Handwerker sich unaufhörlich am Hinterkopf kratzte, während er um sein Werk herumschlich, war doch deutlich zu erkennen, dass der Mann nicht ganz unzufrieden mit seiner Konstruktion war. Er hatte dies und das aus eigener Anschauung verbessert und stellte dem Neufang in Aussicht, den fertigen Pflug schon in der nächsten Woche zur Abholung bereithalten zu können. Seinem Auftraggeber bekannte der Mann sogar in ungewohnter Offenheit, dass die Konstruktionsskizze durchaus seine gewissen Raffinessen habe, auf die er selbst nicht gekommen sei, jedenfalls habe sich ihm die Idee hinter dem Aufriss nicht sogleich, sondern recht erst beim direkten handwerklichen Umgang mit den Details erschlossen. Das fertige Stück könne, wenn er's genau bedenke, unter gewissen Umständen eine zwar nicht epochemachende, so doch von durchaus segensreicher Neuerung sein. Vorausgesetzt, der Ackerer hinter dem Apparat verstünde sich auf diese gewöhnungsbedürftige Art des Umganges mit Stelzrad, schwingendem Streichblatt und doppeltem Führungsholm.

Die Pflugschar müsse allerdings noch nachmontiert werden, gab er zu verstehen aber er habe alle notwendigen Vorrichtungen zum Justieren bereits angebracht. Das eiserne Pflugblatt könne sich der Neufang beim Schlosser Wendel Weisgerber nebenan abholen. Wenn auch sonst kaum jemand Notiz von den eigensinnigen Konstruktionen des Meisters genommen hatte, so war dieses neuerliche Lauwersche Gebilde doch immerhin so beachtlich, dass einige kundige Bürger der Stadt und sogar der älteste Sohn des Meisters, Nikolaus, in der Werkstatt erschienen waren. Auf dieses Gerät durfte man schon mal einen ausgiebigeren Blick werfen und nebenbei auch den illustren Auftraggeber jenes aufwändigen Machwerkes in Augenschein nehmen und - ganz nebenbei, versteht sich – auch ein Auge auf die anmutige junge Braut riskieren. Dass die Blicke des Lauwerschen Filius ein wenig länger als nur flüchtig auf dem Antlitz der Bauernmaid verharrt hatten, das war der koketten Betroffenen selbst und sogar Holle nicht verborgen geblieben. Der junge Bräutigam hatte im Gespräch mit dem Senior zwischenzeitlich auch herausgefunden, dass der Sohn des Lauwerschen Hauses, um die zwanzig mochte er sein, Schöpfer all der beeindruckend gezeichneten Zettel an der Werkstattwand gewesen war, die ihm schon bei seinem ersten Besuch aufgefallen waren. Auf Nachfrage gab der junge Mann zu verstehen, dass er vorhabe, diese Liebhaberei künftig zu seiner Profession machen zu wollen. Er weile in diesen Augusttagen nur kurz zu einem Zwischenaufenthalt in der Stadt. Seine zeichnerischen Studien zu Trier habe er soeben abgeschlossen und nun trete er seine akademische Malerausbildung im kurbadischen Mannheim an. Mit ihm kam Holle bei dem heutigen Besuch nochmals flüchtig ins Gespräch. Man redete über dies und das, dann verabschiedete sich das Paar. Beide waren hochzufrieden über den Fortgang der Dinge aus der Lauwerschen Werkstätte und an der Südpforte des Wendelsdomes nahmen sie wieder Aufstellung hinter den Auslagen ihrer hölzernen Produkte von Löffeln, Kellen, Schüsseln und Tellern.

An einem dieser Tage ergab es sich, dass sich im Meierhaus Besuch aus Glanmünchweiler ankündigte. Für das Wochenende hatte der Hufschmied Adam eine Fuhre Krampen und Nägel aus seiner eigenen Produktion bei seinem Vater, dem Altmeier Adam abzuliefern. Holle tat Jacob seine Absicht kund, es wurde ein Treffen eingerichtet und mit dem Mann aus dem von-der-Leyenschen Territorium kam ein Gespräch zustande. Nach anfänglichem Zögern war der Hufschmied bereit, betreffs der Angelegenheit bei dem Münchweiler Besitzer des Percheronschimmels, Simon Feick, vorstellig zu werden. Gesagt, getan. Auf die folgenden Tage wurde ein Besuch in dem Flecken am Glanfluss vereinbart. Für die Becksche Olga gab es nun keinen Aufschub, keine Gnade mehr, sie hatte die Leute im Kirschgarten lange genug tyrannisiert. Die Haushaltung war sich sämtlich einig über das Schicksal der Alten: die Pferdematrone müsse nun endgültig entsorgt werden, am besten auf dem Quirnbacher Vieh- und Pferdemarkt, der nach Auskunft des Hufschmiedes Adam demnächst außer der Reihe im Kleinen abgehalten werden würde. Das kam Holle zupass.

Vor seinem Reiseantritt entnahm Holle aus der häuslichen Vorratstruhe eine Spandose mit weißem, fein gemahlenem

Pfefferpuder, den er jüngst von einem Enzian-Krämer auf dem Wochenmarkt erstanden hatte. Es war dies für die hiesigen Leute ein kostbares Gewürz aus fernen Landen, für ihn war es indes ein banales Allerweltsaroma aus dem Gewürzregal. Er benötigte es für einen *Feldversuch* am lebendigen Objekt. Den Tipp mit dem Pfefferspreu hatte er vor knapp einem Jahr bei einem denkwürdigen Ausflug ins Pfälzische Ausland mitbekommen.

Ihm war die beschwerliche Reise mit der alten Olga nach Zweibrücken zur Auslösung des Doktor Schönberger aus dem dortigen Kerker noch gut in Erinnerung, wo er kurz vor der Residenzstadt in einer verräucherten Poststation sein Nachtquartier genommen hatte. Damals schnappte er im erschöpften halb- bis viertelwachen Dahindösen über seiner Breischüssel einen geflüsterten Dialog zweier Tischgesellen auf, die für ihn Grund genug waren, seinen Morpheusdienst bis auf weiteres insgeheim einzustellen. Die Beiden waren, zumindest den aufgefangenen Wortfetzen nach zu schließen, abgebrühte Pferdehändler, die sich, nach Holles Neuzeitverständnis, über fragwürdige verkaufsfördernde Handelspraktiken austauschten. Alten, abgerackerten, nur mit äußerster Mühe gerade noch auf den Stelzen zu haltenden Krampen galten ihre Finten, über die sich die beiden kenntnisreich unterhielten. Holle hatte damals alles mitbekommen, er war im Bilde.

Die Hinreise nach dem Ort Münchweiler absolvierte Holle auf der sonst sturen Olga diesmal in erstaunlicher Bequemlichkeit. Die Stute schien etwas zu wittern, denn sie war direkt gut aufgelegt. Wahrscheinlich dachte sie, dass ihr wohl demnächst die Ablösung aus dem Beckschen Stall in eine bessere Zukunft bevorstand. Kurz vor dem Flecken Quirnbach deklarierte der Reiter seinen Gaul hinter eine Hecke und rieb ihr die Afterrosette mit einer Portion Pfeffer ein. Die ersten Häuser waren kaum erreicht, da hub Olga, diese alte

Schachtel, auf der Stelle laut furzend zu tänzeln und zu lachen an, als ob es geradewegs mit ihr in einen zweiten Frühling ginge. Auf dem Ortsplatz angekommen, wurde sogleich das Interesse aller Anwesenden geweckt, die Lebhaftigkeit der kaum im Zaum zu haltenden jungen Edelstute mit ihren bebenden Flanken erzeugte derart spontane Begeisterung, dass innerhalb kürzester Zeit zur Verwunderung von Holle mehrere leichtgläubige Interessenten näher traten, um sich das Paradeross in Augenschein zu nehmen. Für die abgefeimten Vieh- und Pferdehändler indes bedurfte es lediglich eines kenntnisreichen Blickes auf die Kruppe und die Hinterhand der Schindmähre, um sofort zu erkennen, dass da offensichtlich ein lächerlicher Amateur von Rosstäuscher sein Debüt geben wollte.

„Immerhin“, dachte Holle, „es gab sie noch, die Unwissenden, die den Profis auf den Leim gehen, oder etwa doch nicht?“ Natürlich war ihm das alles viel zu öde, wer war er denn, dass er je auf die Idee käme, die Leichtgläubigkeit unbedarfter Jungbauern ausnutzen zu wollen? Es ging ihm um den Feldversuch, nichts weiter und dieser hatte ihm bestätigt, dass Lug und Trug schon immer für reiche Geschäfte gut waren. Holle zog sich mit der allmählich sich wieder beruhigenden Olga zurück, nachdem ihm klar wurde, dass es genugsam Teilnehmer am öffentlichen Miteinander gab, die ihm an Finten und Tricks weit überlegen waren und mit denen man daher besser keine unbestellten Disputfelder beackert.

Es war ein Abschied, den die Diva bei ihrem geringen Pferdeverstand unsinnigerweise vollkommen zu begrüßen schien. Sie ahnte nicht, was nun auf sie zukommen würde, denn Holle verkaufte die alte Dame bei dieser seiner letzten Zwischenstation auf dem Weg nach dem Nachbarort für einen Schrottpreis an einen grinsenden Pferdemetzger, der Olgas Schweif lüftete und sofort Bescheid wusste. Zum Adieu gab Holle der Matrone noch einen freundlichen Klaps auf die

Hinterhand und war froh, die restliche Strecke allein und auf Schusters Rappen absolvieren zu dürfen.

Die Verhandlung ging alles in allem unkomplizierter vonstatten, als ursprünglich gedacht, denn der Feick war ein David von Bäuerchen mit einem Goliath von Pferd. Es ging um seine junge, dreijährige Stute, die von Monat zu Monat stattlicher wurde, so stattlich, dass sie kaum noch durch Feicks Stalltür passte. Ihr Besitzer musste tatenlos mit ansehen, wie ihm das Tier immer weiter über den Kopf wuchs, es war ihm mit keiner Maßnahme in seiner körperlichen Entwicklung Einhalt zu gebieten. Das Ross entfaltete sich wie eine schwangere Matrone vor der Mehrlingsgeburt. Was sollte der Feick machen? Abstoßen, verkaufen, war der einzige Ausweg, so leid es ihm tat. Er musste doch wenigstens in der Lage sein, so begründete er seine Verkaufsabsicht, ohne Zuhilfenahme von Dreibeinschemel oder Wiesbaumleiter dem Monstrum das Geschirr überzuwerfen, geschweige denn über dessen mächtigen Kopf zu streifen. Außerdem hatte der Mann längst nicht mehr die nötigen Ackerflächen, auf denen sein Percheron gescheit hätte zum Einsatz kommen können. Holle war neugierig auf das Tier. Er wollte es endlich sehen.

Sie war ein Bild von einem Ross. Das war vielleicht ein Koloss, ein Denkmal von einem Pferd! Dergleichen Beeindruckendes hatte er noch nicht gesehen. Die Stute – schon wieder eine Stute – war bildhübsch und hatte eine Risthöhe von mindestens an die zwei Meter. Gut, nicht ganz so hoch, aber doch weit über die einsfünfundachtzig. Was war das für ein Pferdeweib! Das Tier hatte bei näherer Betrachtung indes einen solch liebenswerten, beinahe lächelnden Gesichtsausdruck und derart lebhafte aber doch auch, man könnte sagen, direkt melancholische, geradezu persisch-orientalisch anmutende schwarze Augen mit fast überlangen dunklen Wimpern, dass sie eine geradezu atemberaubende Anmut ausstrahlte.

Holle war sofort restlos überwältigt von der Erscheinung. Die war's, die musste es sein und keine andere. Es war Liebe auf den ersten Blick. Die kleinen Ohren spielten lebhaft hin und her und stellten sich aufrecht nach vorne, als Holle zu ihr hintrat und jetzt erst recht in respektvolle Achtung vor dieser Stute geriet, die sich doch gleichzeitig so anmutig gebärdete, als sei sie ein zierlicher Andalusier.

Das Pferd roch gut; zwar im Hintergrund nach Stall, aber doch an der Oberfläche, der Decke, vernehmlich nach frischer Kleewiese und ein wenig auch nach Honig. Der lange, kräftige Hals war in seiner Oberlinie unter der in leicht gedrehten Locken herabhängenden Mähne durchgespannt, geradezu gewölbt, wie er es von Araberpferden kannte, was die ungemeine Eleganz ihrer Erscheinung noch zusätzlich beförderte. Dabei zeigte sich die mächtige Brust breit und tief, mit ausgesprochen muskulösen Oberarmen und kurzen Röhrenbeinen, die in massige Gelenke übergingen und mit einem leichten Behang an den Gamaschen endete. Der dichte Schweif, die deutlichen Forellenflecken auf der Hinterhand unterstrichen das Gesamtbild des Tieres eindrucksvoll. Mit einem Wort: es war ein Meisterwerk von einem Pferd. Holle bat den Besitzer, das Ross über den Hof zu führen, mal im Schritt mal im Trab und da beeindruckte ihn die Stute vollends, denn sie griff energisch im Schritt wie im Trab aus und dennoch wirkte das Tier in seiner ganzen Bewegung harmonisch und insgesamt auffallend wendig. Feick führte sogar kleine Dressurkunststücke mit seiner Riesen-Stute vor. Nun ja, ein Zirkuspferd wollte er eigentlich nicht, aber gut, was konnte das schon schaden?

Auf welchen Namen das Tier denn höre, fragte Holle beim Feick nach?

„Olga", gab das Männchen zu verstehen. Olga drehte elegant den Kopf zu ihrem Herrn um und spitzte die Ohren.

Holle war entsetzt. Diese Königin von einem Pferd, diese Inkarnation von Vornehmheit, Eleganz und Imposanz! Die

Stute müsste sich diesen Namen doch geradezu entschieden verbitten, sofern sie nur den kleinsten Anhauch jenes widerwärtigen Charakters der alten Beckschen Schindmähre erwitterte, die dahinten in Quirnbach wahrscheinlich gerade zum Schafott geführt wurde.

„Napoleon“, sagte Holle.

Die Stute reagierte nicht.

Der Preis war nicht verhandelbar. Er betrug laut Aussage des Feick fünfundfünfzig Christians-Gulden oder fünf Louis d’Or, einschließlich Kummet, Leder- und Sattelzeug. Holle zahlte ihm das Geld sofort in die Hand und gab noch zwei Gulden obendrauf, wenn ihm der Feick noch einen halben Sack Hafer als Wegzehrung für die Schimmelstute aufpackte.

Die Reise zurück ins Ostertal, vielmehr zunächst nach St. Wendel, war ein Gedicht von einem Reiterlebnis. Sie war, für einen Kaltblüter, geradezu Luxusklasse im Vergleich zum störrischen Geholze der alten Olga. Trotz der Massigkeit des Tieres saß der Reiter nicht annähernd so breitbeinig auf ihrem Rücken wie auf dem gewesenen Krampen aus Niederlinxweiler. Trotz ihrer Statur war eine Eleganz in der gesamten Bewegung, als würde der Reiter geradezu schweben, das war wirklich nicht übertrieben. Und Napoleon, so nannte er die Stute von nun an, es war ihm egal, bockte nicht, war nicht stur und zickig, sondern ergab sich ganz und gar in die angedeuteten Kommandos ihres Reiters, als hätte sie in ihrem Leben niemand anderen, als immer nur Peter Neufang durch die Gegend getragen.

Nach einem knapp eineinhalbstündigen Ritt waren Ross und Reiter in St. Wendel angekommen, wo in der Grabenstraße der Wagnermeister Lauwer seinen Kunden schon erwartete. Der nagelneue Pflug war sogar schon auf seine Stelzräder aufgebockt. Auch die Pflugschar hatte der Wagner bereits aufmontiert, sie blitzte in der Nachmittagssonne. Phillip Lauwer erklärte seinem Clienten noch ein paar nachträgliche Änderungen und Finten, die der Altmeister aus seinem reichen Erfahrungsschatz noch ergänzt hatte, der Neufang werde schon sehen. Der Restpreis des neuen Ackergerätes wurde sofort in die Hand entrichtet. Holle spannte an und Lauwer nickte anerkennend, als der Kunde ihm das edle Tier vorführte. So kam es, dass der neue Besitzer des Gespannes den Rückweg von St. Wendel nach dem Ostertal durch das untere Stadttor und die Blieswiesen hinter einem auf vier Stelzrädern hochgebockten Pflug mit mäßig angezogener Radbackenbremse und einem neuen, beeindruckenden Koloss von Ackergaul antrat; sehr zur Verwunderung der Leute, die ihm auf dem Karrenweg nach Werschweiler im ausgreifenden Marsch dahin schreiten sahen.

Dass das *Hallo* bei der Ankunft auf dem Hof beträchtlich, ja ausschweifend ausgefallen war, kann man sich denken. Das war eine Überraschung, die bis jetzt so ziemlich alles in den Schatten stellte, was der Bräutigam in seiner kurzen Zeit im Dorf abgeliefert hatte. Die Leute liefen zusammen und teilten sich sofort in zwei Lager, nämlich in neunzig Prozent, welche sich dem Kasten von Tier zuwendeten und erkleckliche zehn Prozent, die sich vor dem blitzblanken Pflug aufstellten und immerfort den Kopf schüttelten. Den letzteren war erstmal nicht zu helfen, klar, was der Bauer nicht kennt und so wurde ziemlich einmütig beschworen, geweissagt, dass sich dieser Handkarren von Pflug spätestens vor Ort, nämlich in der Ackerfurche, als hohles *Gefürz*, sie sagten *Ferretz*, herausstellen würde. Die überwältigende Mehrheit aber war entschieden für die Sehenswürdigkeit aus Fleisch und Mähne und schrak vor dem Monstrum von Pferd zuerst regelrecht zurück, um hinterher nicht mehr von ihm ablassen zu können vor Hingabe und Begeisterung. Die Stute Napoleon ertrug dies alles mit der allergrößten Freundlichkeit und Gelassenheit. Ja, sie ließ sich nicht einmal im Geringsten irritieren, als der Versuch, sie in den Stall zu führen, bereits am Türgesims, sowohl links als rechts, oben wie unten schon im Ansatz scheiterte. Holle kratzte sich am Hinterkopf.

XXV

Im Kirschgarten wurde für die Stute Napoleon in aller Eile das Türgesims des kleinen Pferdestalls herausgebrochen und in die sodann vergrößerte Türöffnung wieder eingepasst. Für den neuen Eingang gab es eine schöne zweigeteilte Tür mit Oberladen und eingeschnitztem Pferdekopf. Das war bei Weitem die ausladendste und zugleich vornehmste Stalltür, die der Ort aufzuweisen hatte. Holle baute seinem Prachtstück eine geräumige Pferdebox zusammen, in dem die Stute sich frei bewegen konnte. Leider war die Deckenhöhe nicht ganz nach Napoleons Größe, so dass sie meistens ihren Kopf zum Oberladen herausstreckte, um ihr edles Haupt erheben zu können. Mit klugem, lebhaftem Interesse verfolgte sie dabei das Treiben auf dem Beckschen Hof. Und der neue Pflug? Immerhin, der ließ sich, nach anfänglichen Eingewöhnungsschwierigkeiten auf dem Acker, beim Umbruch der Winterroggenschläge schon recht gut an, jedoch noch nicht in dem Maße, wie sich Holle das ausgerechnet hatte.

Napoleon dagegen, das ließ sich ohne Einschränkung bestätigen, hatte sich als ein wahrer Glücksgriff für die Landwirtschaft im Kirschgarten erwiesen. Dieses Pferd, so kolossal es daherkam, war in der Tat elegant wie ein Dressurhengst, lammfromm zu jedermann und dabei, im Pferdemaßstab gesehen, blitzgescheit. Er ging selbstständig alle Fuhren ab, es brauchte keine Extraeinladungen, sondern reagierte genau so, wie es zu sein hatte, nämlich beim kleinsten Wink.

Napoleon war ein bis in die Zehen anständiges Tier und dabei in allem grundverständig. Es ließ sich führen wie Butter, legte so gut wie nie die Ohren an, vibrierte nicht mit der Unterlippe, scharrte nicht mit den Hufen und wenn überhaupt, dann nur, um zu signalisieren, dass es jetzt mit der Arbeit endlich weitergehen solle. Das Tier führte alle Anweisungen sofort und ohne den geringsten Verzug aus, sogar der zierlichen Katharina folgte Napoleon wie ein dressiertes Schoßhündchen.

Auf die Frage, wie Holle zu diesem kuriosen Namen, zumal für eine Stute, gekommen sei, das sei doch wohl allzu ungewöhnlich, konnte er nur erklären, dass er ihm beim ersten Ausritt halt so beigefallen sei. Er wüsste ja auch nicht recht, aber das sei auf einmal über ihn gekommen beim Holpergalopp. Zugegeben, ein bisschen holprig klänge der Name ja auch und es würde sich, sofern überhaupt von Bedeutung, irgendwann schon einmal herausstellen, was das zu heißen habe. Keine Ahnung, womöglich habe er dabei ja auch nur irgendwie an die Nibelungen gedacht, die ja damals auch so hoch zu Ross durch die Wälder geritten kamen. Katharina intervenierte noch ein wenig, der Name sei ja doch nicht besonders originell, warum man dieses schöne Tier nicht vielleicht besser Isabella - es hätte so was Spanisches an sich - nennen solle oder warum nicht gleich, der Bequemlichkeit halber, Olga. Ja nun, das sei nicht eben viel einfallsreicher als Napoleon, sie sagte *Napolium*, aber dann müsste man sich wenigstens nicht umgewöhnen und das sei doch im Grund genommen ein so hässlicher Name nicht gewesen.

Und dann verkündete die kecke Katharina, dass sie ihren *Napolium* von jetzt ab doch lieber *Olga* nennen würde, mal sehen, auf wen sie besser zu sprechen sei. Von Anfang an verhielt sich Napoleon, Holle wusste es ja gleich, zu seiner süßen Braut irgendwie einen Deut aufmerksamer, als zu den übrigen Familienmitgliedern. Aber Holle gönnte es seiner Katharina von Herzen, denn sie bildete sich darauf schon etwas ein, dass sie ein derartiges Ungetüm von Kreatur solchermaßen im Griff hatte.

Die Getreidefrucht war eingeholt, in den Gärten stand die Kohlernte bevor und für Holle näherte sich abermals die Monatsmitte, die pflichtgemäße Visite beim Advokaten Lauckhardt in Ottweiler war fällig. Holle erschien pünktlich, Lauckhardt war nicht in der Stadt und der mürrische Schmoll schickte ihn mit einer knappen Meldebestätigung wieder nach Hause. Der einfältige Jakob streifte mit seinem treuen Begleiter Areus durch das Dorf und stattete der Schreinerwerkstatt seine pünktlichen Besuche ab, Altmeier Adam werkelte in seinem Bienengarten an den Beuten herum und erntete Honig, während der designierte Meier Jacob unaufhörlich in den Ortschaften unterwegs war, um mit den Bauern über die strammen Abgabenlasten ins Gespräch zu kommen, damit sie sich auf das Kommende rechtzeitig vorbereiten mochten. Das waren weiß Gott keine Sonntagsausflüge, denn die Untertanen klagten wie kaum zuvor über die Drangsale der Herrschaft und konnten es nicht verstehen, dass Jacob bei seinem vorgeblichen Verhandlungsgeschick nicht in der Lage war, auch nur die kleinsten Entlastungen für das untere Ostertal herauszuhandeln, wo doch abzusehen war, dass die Ernte nicht eben gerade üppig ausfallen werde. Die einzige Ausrede, die Jacob vorbringen konnte, bestand darin, dass alle anderen Meiereien der Herrschaft von den harten Maßnahmen der Schuldentilgungskommission ja doch genau so betroffen seien, wie die hiesige und da müsse eben jeder das Seine beitragen. Er selbst und auch sein Vatter, der Meier, seien von den neuerlichen Sonderabgaben keineswegs ausgenommen, nur dass sie auch noch den Kopf bei den eigenen Gemeindsmännern und Hintersassen für die ganze Unbill hinhalten müssten.

Sie könnten doch auf der Stelle quittieren, hinschmeißen. Wenn das alles für sie eine derart zusätzliche Beschwernis sei, bräuchten sie sich doch nur mehr um ihre Hofwirtschaft kümmern, also: so schlimm könne das alles für die Weilers denn doch wohl nicht sein?

Und wer das dann an seines Vaters und seiner Statt machen solle, war seine Gegenfrage, doch hoffentlich kein von der Obrigkeit direkt eingesetzter Meier aus Ottweiler, denn dann würde alles womöglich noch viel schlimmer kommen. Ob ihnen daran im Ernst gelegen sei, wollte er wissen. Ja dann! Ja dann würden sie aber vielleicht alle zusammen mal große Augen machen. Naja, ob er sie damit überzeugt hatte, das glaubte er wohl selber nicht.

So werkten sie im Tal in den September hinein, jeder nach seiner Kraft und unter dem freundlichen Spätsommerwetter, das ihnen doch noch gnädig ins Land geschickt worden war und eine immerhin erträgliche Ernte in Aussicht stellte. An den Gartenzäunen standen die Zinnien und die Malven in voller Blüte und die Staren wie die Schwalben rückten auf den Strohfirsten zusammen und palaverten über die Dächer hinweg. Es wurde der Spät-Grummet gemäht, er wurde in luftige Schoren zusammen gerechelt, auf die Leiterwagen gehievt und in die Scheunen eingefahren. Die ersten steinharten Feldbirnen fielen von den Bäumen, in den Kellern wurden die Äpfel gehortet und die Frühkartoffeln aus dem Boden gehoben. Auf den Ackerschlägen qualmten die Krautfeuer, die Kinder rösteten an langen Haselstecken über der Glut ihre *Grombeere*, die so herrlich rauchig dufteten und meist innen noch roh waren. Aber das schmeckte noch mal so gut, wenn man während des Röstens mit allerlei gewagten Sprüngen und Sprüchen über die niederbrennenden Krauthaufen hinweghüpfte.

Da die Kartoffelernte leidlich ausgefallen war, gab es in diesen Tagen *Grombeere* satt, damit die Sippschaft endlich mal, insbesondere die Kinder, ohne den sonst üblichen scharfen Verweis zulangen durften. Es dampfte in jeder Küche die gleiche Mahlzeit auf dem Tisch: Kartoffeln gekocht und gepellt mit Salz und Sauermilch, Kartoffeln gebraten mit Eiern und erstem Mausohr, Kartoffeln gestampft mit frischem, zerkochtem Kappes und Apfelmus, Kartoffeln gewürfelt und in Salzwasser weichgekocht, mit Haferbrei vermengt. Nie aber sah Holle, der im Kirschgarten bei den Seinen im Kostgang war, seine alte Lieblingsspeise auf dem Herd brutzeln, die hierorts offensichtlich noch erfunden werden musste, nämlich *Schaales*. Da ihm niemand, weder seine Katharina, noch Margarete, auch nicht Jakobs Eheweib Maria, die mindeste Auskunft über ein derartiges Gericht geben konnte, erklärte sich Holle bereit, an einem der kommenden Mittage, wenn es in der Schreinerei etwas ruhiger zugehe, die Regie über Küche und Herd zu übernehmen. Die Frauen waren über diesen durchaus ernstgemeinten Vorschlag des jungen Mannes zuerst amüsiert, dann entsetzt. Dass sich der Mann freiwillig bereit erklärte, den Kochtopf zu bedienen, war ihnen noch nicht untergekommen. Aber Holle setzte sich durch, denn er versprach den verblüfften Weibern eine wahrhaft leckere Speise zum Mittagstisch.

Seine Katharina durfte ihm in den Vorbereitungen natürlich zur Hand gehen, was sie mit großem Eifer und Hingabe tat. Zunächst waren die Kartoffeln fein zu rappen, was die erste Hürde in der Herstellung der Mahlzeit darstellte. Es fehlte das Werkzeug, um dieses zuwege zu bringen. Also musste die Junge Braut die *Hääb,* eine Art kurzstieliges Beil, zur Hand nehmen und die Kartoffeln klein häckseln, bis sie zu Brei geschreddert waren. Die gelblich braune Masse gab sie in die große zinnene Schüssel hinein, ließ sorgfältig die Wasserbrühe ablaufen und um dem Flüssigkeitsentzug noch ein wenig nachzuhelfen, drückte sie den Brei mehrmals kräftig durch ein leinenes Tuch. Da der Hausgarten um diese Zeit noch keine Lauchstangen hergab, behalf sich Holle mit Zwiebeln, die er kleinschnitt, gab drei Eier in die Masse, schmeckte mit Salz und Pfeffer ab und ließ sich von Katharina noch zwei Handvoll alte Brotkrusten einweichen, die sie ausdrückte und dazukippte. Es war im Haushalt zwar kein Bohnenkraut vorhanden, das kannten die Leute noch nicht. Ersatzweise bediente sich Holle dafür aus frischen Gebunden wildem Oregano sowie Thymian aus der Kuhberger Kitzwiese, die seine Braut gegen Ende August dort gesammelt und an der Luft getrocknet hatte. Sie wurde, während Holle mit bloßen Händen mengte und probeschleckte, geheißen, die mächtigste Eisenpfanne, die sie finden konnte, auf den Feuerbock zu stellen. Darin briet sie gewürfeltes Dörrfleisch an, worin anschließend der ganze vermengte Kartoffelbrei solange *rommedomm* gehoben wurde, bis sich auf jeder Seite des imposanten Fladens eine kräftige Kruste gebildet hatte. Fertig war der dampfende *Schaales*, wie ihn Holle aus Steinbach von seiner Mutter und deren Mutter einst kennen- und schätzen gelernt hatte. Jetzt hatten die Leute im Kirschgarten ihre Bescherung. Es war dies fast wie Feiertag, kurzum eine regelrechte Sensation, dass der Becke Tochtermann sich selbst an den Herd gestellt hatte, um ein bisher unbekanntes Mahl aus *Grombeere* hinzuzaubern. Klar, dass die Episode alsbald im Dorf die Runde machte und bei den Leuten, die sich fleißig um das Rezept bemüht und mit dieser und jener Variante nachgebacken hatten, als ungeahnter Erfolg geschmacklicher Innovation am Mittagstisch mindestens ein über die andere Woche mit immer derselben Begeisterung eingefordert und genossen wurde.

Der September war auch die Zeit, da die Felder des abgeernteten Sommergetreides für die nächste Wintersaat unter den Pflug kamen. Hinter dem Dorf, in der Flur Steinbach, gegen Dörrenbach zu, lagen die Äcker vom Nickel Beck, Jakob Wagner und Adam Fuchs unmittelbar nebeneinander. Da wegen des herrschenden Flurzwanges benachbarte Äcker nicht im unterschiedlichen Dreifelderrhythmus bestellt werden durften, bot es sich an, diese gemeinsam in einem hin zu beackern und zwar mit dem neuen Wendepflug, den die Stute

Napoleon anführen musste.

Was soll man groß sagen, dieser Traktor von einem Pferd spazierte im Nullkommanichts durch die Fuhren hindurch und schälte die Scholle um, als wäre sie die reinste Butter. Das ging wie's Linneweben, hin und her, her und hin und binnen eines halben Morgens war die Sache vergessen. Nicht übel, wie die Bauern dort hinten auf einmal aufgestutzt und gleich zweimal hingeschaut haben, die haben vielleicht Augen gemacht. Und weil Holle die ganze Vorführung selbst in die Hand genommen hatte und nicht sonderlich geschafft war von dem vormittäglichen Ausflug, so rechnete er ihnen hinterher noch kurz vor, dass die Pflugzeit, dividiert durch die Gesamtfläche des soeben umgelegten Ackerlandes, multipliziert um die jeweiligen Flächenanteile der Eigentümer, verglichen mit der üblichen Bearbeitungszeit ohne den neuen Pflug, im Endergebnis zu einer Zeitersparnis von überschlägig fünfunddreißig Prozent geführt hatte, und zwar bei Jedem. Voilà! Und diese Veranstaltung hatte er bei einer ums Vielfache gründlicheren Wendung des Ackerbodens, wie alle Beteiligten am Tatort feststellen mussten, mal so eben nebenbei hingelegt, war das etwa nichts? Das mit der anteilig umgerechneten Zeitersparnis wollte dem Fuchs und dem Wagner nicht recht einleuchten, das war ihnen schlicht zu hoch, aber sie staunten nicht schlecht, wie die schwarze Ackerfläche jetzt so scheitelgerade, Furche für Furche, fett in der Sonne glänzte. Das war doch mal ein Bild! Sie standen noch eine Weile etwas betreten herum, nickten vor sich hin oder schüttelten den Kopf, konnten irgendwie nicht ablassen von dem Werk und sagten immerzu *allezhopp dann* und *eijo gutt, wass dann noch,* zu dem Gesamtwerk, während die Stute Napoleon schon wieder mit den Hufen scharrte, als wollte sie den Leuten bedeuten: „Was gibt's da zu glotzen, weiter geht's, wo liegt der nächste Schlag?"

Zumindest Napoleon hatte sich unter den Gemeindsleuten bald den unbestrittenen Respekt erworben, denn er war stark wie vier Ochsen, friedlich wie der gutmütigste Ardenner und gleichzeitig wendig, elegant und klug wie ein Andalusisches Paradepferd. Mit dem neuen Pflug indes konnten sich die Bauern trotz dieses Anfangserfolgs nicht recht anfreunden. Ob die Behandlung mit der tiefgreifenden Pflugschar der sensiblen Ackerkrume zuträglich sei, ob er ihr nicht doch zu tiefe Wunden zugefügt hatte, was die Scholle womöglich zum unnötigen Ausbluten veranlassen werde, das war noch nicht ausgemacht, das musste sich erst noch zeigen. Erst einmal abwarten, im kommenden Sommer würde man ja sehen. Wie das im Dorf so zugeht, fing man, anstatt sich an dieser Neuerung zu freuen oder doch zumindest mit vorsichtiger Zustimmung zu reagieren, an zu spekulieren. Wo der Beck auf einmal das viele Geld herhabe, um sich ein derartiges Trumm von Pferd zulegen zu können und sich ein Spielzeug von einem Pflug nach Maß obendrein schneidern zu lassen und dann noch vom Lauwer. Wer weiß, wo der Neufang sich die ganze Zeit herumgetrieben habe, denn von dem sei der ganze Segen doch wohl gekommen.

Der September näherte sich seinem Zenit, es war wieder einmal Zeit für den Gang nach Ottweiler. Holle stand beim Schmoll in der Amtsstube, holte sich seine monatliche Meldebestätigung ab und fragte vorsichtig nach, ob man in Sachen Heiratserlaubnis bei der Herrschaft schon weitergekommen sei? Das wurde sofort strikt verneint mit dem Kommentar, was sich der Mann erlaube, danach zu fragen, er sei ja nicht einmal Hintersasse, geschweige denn Gemeindsmann. Darüber zu befinden sei ausschließlich, so wie die Sache stehe, in das Ermessen der Herrschaft gestellt und auch der Werschweiler Meier habe sich da gefälligst herauszuhalten. Er wüsste ja warum. Außerdem sei der ehrenwerte Advokat

Lauckhardt für den Neufang nicht zu sprechen, das wäre ja noch schöner. Na gut, dachte Holle, auch recht.

Der Monat ging mit freundlichen Herbsttagen dahin, der Oktober begann stürmisch, er schüttelte das Obst von den Bäumen. Äpfel und Birnen füllten die Fässer, wanderten in die Kelter und liefen als goldgelber Saft in die Steinkrüge oder in die Viezfässer in den Kellerverliesen.

Der eilfte Oktober des Jahrs 1774 war ein regengrauer Dienstag. An diesem Tag kam gegen die Mittagsstunde der Ottweilersche Amtskellerei-Adjunktus Rebenack vor das Meierhaus geritten und verlangte sowohl den Altmeier Adam Weiler, als auch seinen Sohn und Adjunktus, Johann Jakob, zu sprechen. Beide waren zugegen, denn sie erwarteten für diesen Tag ein wichtiges Dekret ihres Fürsten. Es war ihnen eine Woche vorher von höchster Stelle bereits avisiert worden. Rebenack, beiden als Gehilfe der herrschaftlichen Amtskasse flüchtig bekannt, wurde in die Amtsstube hereingebeten. Adam forderte ihn auf, auf dem Schemel Platz zu nehmen. Dies lehnte der Bote ab. Er nahm stattdessen im Stehen aus seiner Reittasche eine Umschlagsmappe hervor, öffnete sie und legte dem Meier Adam zwei Exemplare eines vom Fürsten persönlich signierten Dekrets auf den Tisch, mit der Bitte, diese mit ihrem Handzeichen zu versehen. Das gesiegelte Schreiben lautete wie folgt:

„Decretum. Nachdem der bisherige Meyer zu Werschweiler im Ottweilerschen Johann Adam Weiler um seine Entlassung von seinem Meyeramte wegen seines hohen Alters, unterthänigst nachgesucht und erhalten hat, so übertragen wir solches nunmehr hiermit seinem ihm zeither adjunktierten gewesenem zweiten Sohn Johann Jacob Weiler dergestalt, dass er diesen Dienst jederzeit mit erforderlicher Treue, Fleiß und Eifer pflichtmäßig und gewissenhaft verstehen, folglich unseren Nutzen und unserer Unterthanen bestes dabei mög-

lichst beobachten, richtige Rechnung über die ihm anvertrauten Gelder führen, und seinen Vorgesetzten die schuldige Respekt und willige Folge leisten; dagegen aber, zu einer jährlichen, mit dem Anfang nächstkünftigen Jahres angehenden Besoldung, Siebenzig Gulden in fixo, halb aus der Amts Kellerey zu Ottweiler, und halb aus der Landkasse daselbst empfangen, von Dato aber, bis zu besagter Zeit seines Vatters bisherige Besoldung beziehen – jedoch dabey, wie alle übrigen Ottweilersche Landmeyer von Hauß, Guth und Handwerk, die darauf gelegte Steuer Gelder, samt denen Landgeldern, gleich anderen Unterthanen an ihre Behörde zahlen, vor Papier und sonstigen Schreibmaterialien nichts empfangen, und nur allein von deren Frohnddiensten zu Fuß und mit dem Vieh befreiyet seye, den Schwein-Dechtum, wie auch zu Kriegszeiten, Fourage und Kontributionsgelder mit entrichten und er überhaupt in allen Stücken unseren anderen Ottweilerischen Unterthanen gleich gehalten werden solle, worauf der Meier also stracklich unterthänigst zu achten hat.
Saarbrücken den 11ten Oktobris 1774
LFZN.S (Ludwig Fürst zu Nassau-Saarbrücken)"

Darunter war ein Vermerk folgenden Inhalts mit der Unterschrift Rebenacks festgehalten:
Tax 10 Albus 4 Kreutzer, Bibliothek 10 Albus 4 Kreutzer, Stempel 3 Albus: 24 Albus dergestalten zu bezahlen, dass die 10 Albus 4 Kreutzer Bibliothekengelder von der Amtskellerei zur weitern Abgabe eingenommen werden.

Adam nahm den Bogen zur Hand und las das Schreiben, unterbrochen von längeren Verschnaufpausen, laut vor, während er stockend vor sich hinkaute. Er ließ auch hinterher die angehängte Randnotiz nicht aus, die der Rebenack verfasst hatte. Dann sah er abwechselnd seinen Sohn sowie den Boten an, grummelte ungehalten vor sich hin, verfiel in abruptes, unschlüssiges Sinnieren und setzte endlich sein Zeichen mit einem dicken Federstrich unter die beiden Exemplare, die er mit der Bemerkung: „das wäre nun also abgetan. Aus, Schluss, Vorbei“, seinem Sohn hinüberreichte. Dieser zeichnete fein und mit gestochen scharfen Oberlängen ab. Die Dielen knarrten. Vom Dompfaff aus dem Hintergrund kam kein Pieps.

Es wurde nicht gratuliert, es wurde kein Gruß überbracht, nicht der Gruß des durchlauchtigsten Fürsten, nicht der Gruß des Streccius oder des Oberamtsvorstehers Thomae, es wurde überhaupt nichts ausgerichtet, wenn man von den blödsinnig abgeleierten Botenfloskeln beim Eintreten in die Meierstube einmal absieht. Der Austräger Rebenack verstaute das abgezeichnete Original nur verlegen in seiner Mappe, ließ sich die Gebühren für das Dekret von zwanzig Weißpfennigen und elf Kreutzern aushändigen, gab ein angedeutetes Kopfnicken von sich und beeilte sich, nach draußen zu kommen.

Adam spuckte seinen Priem von sich in die Topfvase am Boden und schob das Dekret beiseite.

„Nun denn, Sohn, das ist von heute an Dein Platz, das ist Deine Stube. Und dies hier“, er wies auf den Beistellschemel, „wird ab jetzt der Meine sein. Mach das Beste aus Deinem Amt, auf meinen Rat kannst Du jederzeit zählen, das weißt Du. Den Dompfaffen lass ich Dir einstweilen hier stehen, er hat sich ja doch an die Luft und die Leute in der Meierstube gewöhnt. Lass ihm das bisschen Gesellschaft auf seine alten Tage, dümmer wird der Bursche davon nicht mehr werden.“

Adam blieb jedoch sitzen, er dachte nicht daran, seinen Stuhl zu räumen, stattdessen wies er seinem Sohn, wie immer, mit einer Handbewegung den Hocker zu, denn er war noch nicht fertig.

„So also dankt man heutzutage ab“, hob er an, „man schickt uns die hinterste Charge aus Ottweiler mit einem hingewischten Dekret auf den Hals, damit wir auch ja nur begreifen, wo wir hingehören. Wie zur hinterletzten *Gesippschaft* kommt man uns. Das ist gerade so, als würde man uns mit dem Meieramt den verschärften Karzer auferlegen. Und was tun wir? Wir nehmen untertänigst entgegen, sagen Amen und legen für den ganzen Schwindel auch noch Münz auf den Tisch. So, Sohn, wird man neuerdings in das Amt des Meiers eingeführt: Indem man für den Schrieb auch noch Taxe, Bibliothek, Stempelgeld draufzahlt".

Adam schaute zum Fenster hinaus in den wolkenbehangenen Himmel. Der Herbstwind pfiff durch den Kastanienbaum, der vor dem Haus stand. Der Dompfaff zog den Kopf ein. Dann legte der Altmeier los. Jacob hatte es längst erwartet:

„Was müssen wir uns eigentlich von denen noch alles gefallen lassen? Gehen wir auf dieser Gotteserde herum, um uns wie stinkendes Geschmeiß behandeln zu lassen, sind wir allesamt den Straßenkötern vom Arsche abgefallen, dass wir uns in solcher Weise abfertigen lassen müssen? Ist dies der Dank dafür, dass ich, der Altmeier, der Herrschaft über ein viertel Jahrhundert und länger! Und länger! - in aufrichtiger, untertänigster Christentreue gedient habe? Ist das der Dank? Wer sind wir, dass wir uns derart von den neuen Herrschaften in den Dreck treten lassen müssen, vom Lex und seiner korrupten Kammerbrut? Wenn das der alte Fürst noch erlebt hätte, der hätte seinem Stenz von Filius in den rechten Sterz verwiesen, der hätte dem beigebracht, wie man Umgang mit dem ehrlichen Landmann betreibt!"

„Im vierundfünfziger Jahr, zu meiner Amtsübernahme, da hat er mich noch höchstselbst in seinem Neunkircher Jägersberg empfangen, selbst die Fürstin hat es sich nicht nehmen lassen, mir ihre gnädigsten Grüße durch ihren Gemahl überbringen zu lassen. Sogar unseren gerade verstorbenen Vatter selig hat der Wilhelm-Heinrich damals für seine treuen Verdienste gelobt. Dass es im ganzen Oberamt keinen Landmeier gegeben habe, wie den Vatter, daran hatte der Fürst höchstselbst *sellemools* die Anwesenden erinnert, der habe seine Dörfer zusammengehalten. Wie die eigene Sippe stünden die

Heimeier hinter ihm, der habe sie alle im Griff gehabt, vor keinem Aufwiegler sei der zurückgewichen, der habe allen das offene Visier gezeigt, so habe der Vatter im Ostertal regiert! Da war noch Respekt, da waren noch Grundsätze und Geradlinigkeit bis ins Mark! Naja, vorbei."

Adam winkte erneut ab, was half das Lamentieren von vergangenen Zeiten, die waren dahin. Adam suchte nach Worten, auf dem Tisch, in den Ecken der Stube, mitten im Gesicht des Jacob - dann fuhr er fort:

„Ich habe damals unserem alten Wilhelm-Heinrich meine Amtstreue noch feierlich in seine Hand hinein geschworen, ihro Durchlaucht hat mir noch persönlich die Amtsmütze auf den Kopf gesetzt, er hat mir das Ernennungsschreiben eigenhändig, und dann gab es das Präsent, und...", Jacob kannte die Geschichte zur Genüge, aber er unterbrach ihn nicht, denn Adam sprach jetzt mehr zu sich selbst, als mit seinem Filius, er studierte wieder das Schreiben, während er kommentierte: „dahin ist es nun also gekommen. Mit einem drittklassigen Dekret, von einem viertrangigen Amtsboten werden wir abgespeist, verabschiedet und bestallt, ohne die geringste herrschaftliche Reverenz, mit nichts weiterem, als mit einem Fetzen Hadernpapier auf dem Tisch, weil seine Durchlaucht gerade besseres zu tun hat, weil er wahrscheinlich gerade in - Schäferstündchen mit seiner neuen Mätresse - verhindert ist".

Als sei ihm gerade Wichtiges eingefallen, wendete sich der Alte jetzt plötzlich wieder seinem Sohn zu und raunte resigniert: „Du hättest womöglich besser daran getan, Dich gar nicht erst einschirren zu lassen. Aber wer hat das vorher schon gewusst?"

Adam griff sich wieder das Papier, musterte es von oben bis unten ab und legte es dann wieder nieder. Gleich kam der nächste Anfall, die zweite Attacke. Und sie kam, indem Adam mit der flachen Hand auf den Bogen schlug und herausdonnerte:

„Da hast Du's! Alles gestrichen, kein Papier mehr, keine Schreibmaterialien mehr vom Oberamt, alles müssen wir uns selbst beschaffen, die Steuern auf Haus und Hof müssen wir jetzt auch noch zahlen, Fourage und Kriegsabgaben, alles neu dazugekommen!"

Adam griff erneut nach dem Dekret und hielt es Jacob unter die Nase.

„Ganze sechs Gulden im Monat dafür, dass unsere Äcker nicht recht bestellt werden können, dass unsere gesamte Haushaltung hintan stehen muss, wenn der geringste Ottweilersche Bedienstete uns herumkommandiert, After-Untertanen sind wir geworden, keine Sonderrechte mehr, keinerlei Steuerbefreiung mehr und müssen dabei auch noch unseresgleichen mit herrschaftlichem Befehl berauben und bestehlen! Jeder Ottweilersche Botengänger, jeder Büchsenspanner ist besser gestellt als wir."

„Lass Er's gut sein, Vatter, es ist ja nun einmal doch nicht zu ändern, es verlohnt nicht, sich weiter zu ereifern", würde Jacob seinem Vater wahrscheinlich geantwortet haben, kann auch sein, dass er sich überhaupt nicht geäußert hatte, wir wissen es nicht. Der Altmeier Adam würde vielleicht entnervt abgewinkt und nicht weitergegraben haben in der Grube, die für ihn ein Jaucheloch war, er mochte auch stillgehalten haben, weil die Überluft nun endlich heraus war, womöglich würde er sich aber ob seines Sprösslings stoischer Neigung zur Abwiegelei noch mehr angefeuert gefühlt haben und ihm geraten oder sogar angedroht haben, ja bloß nicht so anzufangen, dann hätten ihn die Herrschaften in Ottweiler genauso wie die Bauern auf der Remmesfurth gleich im Sack.

Was soll's, es war nun einmal wirklich nicht zu ändern, da konnte sich der Altmeier ins Zeug legen wie er wollte und deshalb ging es auch irgendwie weiter im Dorf, wie bisher.

Adam Weiler mochte von seiner einstigen Macht nicht ganz lassen und Jacob konnte darob nicht so fuhrwerken, wie er wollte, denn er hatte immer seinen Vater im Nacken. Der Alte wusste einfach alles besser. Aber das war Jacob nie anders gewöhnt, daher konnte er sich, der mit ganz anderen Missständen umzugehen wusste, auch hier leidlich arrangieren. Er machte einfach kein großes Aufheben um die neue Situation und tat seine Arbeit, erledigte die Aufträge des Oberamtes, wie er es seit nun schon fünfzehn Jahren hielt, nämlich diskret und so geräuschlos, wie er es für die jeweilige Sache angebracht erachtete.

Der Altmeier Adam sah dem ganzen Treiben zu, er mischte sich ein in Dinge, die ihn nichts mehr angingen, als sei er weiterhin für alles zuständig, wie vordem. Aber er machte es doch immerhin mit der Zeit aus einer Distanz heraus, die ihm nun eine etwas mildere Draufsicht auf die Geschäftigkeiten in den Meierorten gewährte. So dass er, was die laufenden Amtsgeschäfte anging, sich immer zurückziehen konnte, wenn ihm etwas nicht behagte. Und manche Dinge konnte er darob bisweilen durchaus auch aus der eher spöttischen Perspektive betrachten. Seinem Grundsatz aber blieb er unverrückt treu, nämlich dass das Oberamt in Ottweiler von lauter Lumpen unterwandert sei, die nichts im Sinne hätten, als sich ungeniert an den redlichen Bauersleuten zu bereichern. Und dass der junge Fürst Ludwig bei ihm unten durch war, weil er sich eine Mätresse um die andere hielt und weil er Gottes Wort von der unverbrüchlichen Treue in der Ehe zwar für die anderen, nur nicht für sich selbst gelten lassen wollte. Dabei wusste er doch genau so gut wie jedermann, dass er am Ende genau so vor seinem höchsten Richter hintreten müsse, wie der niedrigste Strauchdieb in den Hecken, wie der gemeinste Ackerer auf dem Land.

XXVI

Am fünfzehnten des Herbstmondes erschien der Schreinergehilfe Neufang, wie von der Herrschaft auferlegt, vor dem Ottweiler Oberamtsschreiber Schmoll. Er erhielt ohne Umschweife seinen Dispens, zahlte das Stempelgeld und wurde entlassen, ohne dass eine Bemerkung über die ausstehende Heiratserlaubnis gefallen war. Holle hatte erst gar nicht nachgefragt, er konnte auch so erkennen, dass der Bürokrat nur auf die Frage gewartet hatte. Es berührte ihn nicht im Mindesten - noch nicht.

Der Winterroggen wurde ausgesät, die letzten Spätkartoffeln aus dem Boden geholt und weil der Herbst den Bauern eine wider Erwarten ordentliche Ernte eingebracht hatte, ward der eine oder andere Korb abgezweigt und nach der Stadt auf den Markt getragen.

Nüsse, Eicheln, Eckern, Pilze und Wurzeln sammelte die alte Hirtemarie um diese Zeit, wie je, in den angrenzenden Wäldern und trocknete sie auf ihrem Öfchen in der Stube. Um die herrschaftlichen Verbote scherte sie sich nicht. Sie erachtete es als ihr ureigenes Recht, sich bei den Gottesgaben der Natur nach Belieben bedienen zu dürfen. Der Allmächtige hatte den Segen über die Wälder und Wiesen gebracht und wenn sich seine Kreaturen, die Vögel, die Rehe, die wilden Schweine, die Hirsche ihrer bemächtigten, dann durfte sie das ebenfalls.

Den abgewetzten Schrieb von vor fast einem Jahr hatte sie nicht mehr bei sich. Sie war ihn schließlich doch noch an den Neufang losgeworden. Dennoch war an der Stelle, wo sie ihn zuvor Tag und Nacht bei sich verwahrt hatte, so ein Gespür geblieben, das sie weiter mit sich herum trug. Dass sie darauf besondere Acht hatte, kann man wahrscheinlich nicht annehmen.

Was hatte sie eigentlich die ganze Zeit davon abgehalten, ihrer Botenpflicht nachzukommen? Der Schreiner Neufang war jedenfalls schon wieder eine Weile zurück im Dorf, da hätte sie doch mal den kurzen Abstecher nach dem Kirschgarten machen können, war ja nichts dabei. Sie war immerhin im Bild über die Korrespondenz, die insgesamt so gar nichts Ansehnliches hergab, vielmehr war ihr der Inhalt nicht sonderlich von Belang, soweit sie das zu beurteilen vermochte. Vielleicht war es einfach nur der Geruch von Veilchenwasser, der sie damals von dem Umschlag für sich einnahm, kann sein, sie getraute sich nicht, sich zu trennen? Der Duft war jedenfalls längst verflogen und die geschnörkelte Botschaft verblasst und reizlos geworden, wenn sie denn für die Marie je von wirklichem Interesse gewesen war, aber was weiß man schon von der Marie?

Der Oktober verging. An seinem letzten Sonntag wurde Kirchweih gehalten, wie üblich mit einem schönen Gottesdienst in der kleinen Dorfkapelle und anschließendem Tanz und Gesang auf dem Tanzplatz hinterm Schneirersch Haus. Das junge Paar aus Becke ließ sich die Gelegenheit nicht nehmen, den Maul schwenkenden Leuten, wie im letzten Jahr, vorzuführen, wie keck sie sich zur Begleitung der Fiedler im anstößigen Walzer, Boogie oder schamlosen Foxtrott über den Festboden bewegen konnten. Sie waren ein längst überfälliges Brautpaar, darüber mokierte sich inzwischen das ganze Dorf. So mancher der Zaungäste stellte sich kopfschüttelnd die Frage, ob es den Beiden nicht bald gebraten sei, ob denn endlich mal Geschick dahinter komme, was dem Gang zum Altar jetzt noch, Himmel nochmal, im Wege stehe? Natürlich wussten sie es, sie waren ja nicht blind. Außerdem hatte sich im Nachgang zu dem abendlichen Ausfall der Tabakskorona vom letzten Dezember längstens herumgesprochen, dass der Neufang in Ottweiler auf der Liste stehe, sonst müsse er nicht alle vier Wochen beim Oberamt vorstellig werden.

November. Die Scheuertore standen sperrangelweit offen. Im Dorf wurde einmal wieder der ewig gleiche Takt angestimmt, der zu dieser Jahreszeit genauso dazu gehörte, wie das Dengeln und Wetzen der Sensen im zeitigen Frühjahr oder der Kuckucksruf im April und das dumpfe *huphup* der Wiedehopfe im Mai. Es war dies der unaufhörliche Rhythmus der Dreschflegelhiebe auf die Ährengebinde, das Kornausdreschen, das in jedem Jahr nach der Ernte solange warten musste, bis die Arbeit auf den Feldern abgeschlossen war. Hart und schweißtreibend war die Arbeit. Eine regelrechte Schinderei erlegten sich die Leute in diesen Tagen und Wochen auf, bei der sich der Dreschtrupp akkurat im Takt der niedersausenden Flegel ergänzen musste, wenn das Unterfangen nicht im Tumult und heillosen Durcheinander enden wollte. Daher intonierten sie gemeinsam das *Hopp La Hopp im Galopp,* wenn sie zu dritt auf die Garben eindroschen. Waren es deren vier in der Runde, so wurde der Taktvers *Schlag aus das Korn noch mal von vorn* angestimmt.

Auch im Kirschgarten wurde das Scheuertor gelüftet, die Tenne gefegt, die Lederscharniere der Dreschflegel gefettet. Hier gingen sich, wie üblich, die Geschwister des Nickel aus Beckfritze gegenseitig zur Hand. Manches Mal auch der scheele Adam Müller aus Hanveldes. Mit dem künftigen Tochtermann, dem Neufang, hatte man jetzt immerhin wieder ein Vierergespann zusammen. So ließ es sich allenfalls fuhrwerken. Oder auch nicht. Jedenfalls stellte der Mensch sich dermaßen tölpelhaft an, dass man gerade denken konnte, er hätte es auf seiner Überfahrt nach Engelland restlos verlernt oder, schlimmer noch, nie recht besessen, das Gespür für den rechten Schwung an der Kartätsche, was den Tatsachen entsprach.

„Hast wohl alles drüben auf der Insel zurückgelassen", maulte der Beckfritz, „ nun stell Dich nicht so an, bringst uns ja ganz aus der Fassong. Und nicht so weit ausholen, fuchtelst mir ja den Deckel vom Kopf." Es hatte keinen Zweck, mit ihm weiterzumachen. Man schickte ihn hinauf auf den Heustall zum Garben herunterspissen. Normalerweise machten das die Frauen. Na gut, das war kein Ruhmesblatt, was Holle auf dem Druschplatz ablieferte, aber auch hier fand er sich mit der Zeit doch noch einigermaßen in die Arbeit ein. Ein ebenbürdiges Mitglied der Truppe wurde er in diesen Tagen gleichwohl nicht, aber er zeigte immerhin guten Willen und das hatte auch seinen Wert.

Während der ganzen Plackerei, die ihm ungleich stärker in die Knochen ging als den übrigen Bauern, grübelte er unaufhörlich über die staubige Szenerie des Ausdreschens nach. Das stundenlange Geklappere im gesamten Dorf, über Tage und Wochen hinweg, gemahnte ihn an einen nicht enden wollenden Bußgang, ein selbst auferlegtes regelrechtes Spießrutenlaufen der Dörfler durch den gesamten Nebelmond November hindurch. Dann wieder mutete es ihn an, wie die primitive, rohe Gewalt, bei der sich die übermütige Jugend hin und wieder abreagieren konnte. Aber das war es beileibe nicht. Es war in Wahrheit eine einzige elende Schinderei und hatte nicht die Spur von Romantik.

In der Handhabe des Kornausschlagens hatte sich sage und schreibe seit den alten Ägyptern, seit dreitausend Jahren, bis in die Gegenwart des achtzehnten Jahrhunderts, nicht allzu viel geändert. Holle bekam hier einmal mehr einen Eindruck davon, was es bedeutete, dass der Bauernstand kein Herrenstand war. Die Leute auf dem Land konnten diese Mühsal doch im Ernst nicht noch weitere hundert Jahre lang ertragen.

Wie aber sollte das Korn bei diesem Stand der Technik anders aus den Ähren heraus als durch pure Schlägerei? Naja, etwas sanfter vielleicht, etwa in der Art, wie er es beim Nickel gesehen hatte, wenn er zwischen seinen Handflächen eine Ähre zerrieb, um zu prüfen, ob geerntet werden konnte, oder nicht. Oder: warum nicht einfach den Ochsen oder den Pferden Holzbretter unter die Klauen oder Hufe montieren und sie im Kreis über die Garben marschieren lassen, die richteten gewiss nicht größeren Schaden an, als die brutalen Schläge der Buchenholzprügel. Konnte gut möglich sein, dass die Viecher dann nur ans Fressen dachten und nicht ans Rundlaufen, so dass sie einfach dastanden und Ähren zupften. Da konnte man den Tieren ja auch vorher einen Hafersack umbinden, dann hatten sie keinen Grund, stehen zu bleiben.

Wenn man in diesem finsteren Barock wenigstens statt des flachen Worfelkorbes eine Windmaschine erfunden hätte, welche die Spreu vom Korn trennen würde, so kompliziert konnte das nicht sein. Das Prinzip des Blasebalgs war an den Schmiedeessen doch auch längst eingesehen und Gang und Gäbe. Was hinderte die Leute daran, sich dort was abzuschauen? War es ihnen nicht gegeben? War es die knappe Zeit? Wahrscheinlich war es das. Ihnen fehlte wohl schlichtweg die Möglichkeit zum Nachsinnen. Niemand konnte sich hier den Luxus erlauben, seine Gedanken an derartig vertrackte Neuerungen zu vergeuden, wenn er gezwungen war, sich auf die täglichen Verrichtungen in Haushalt, Stall und Feld zu konzentrieren. Wahrscheinlich war es nicht mal das Material, auch nicht die Rundeisen, die Naben, all das Zeugs, das nicht zur Verfügung stand. Es waren die Steuerlast, der Zehnt, der Abgaben- und Zeitdruck, die den Menschen immerzu im Nacken saßen. Sie hatten abzuliefern, nicht zu träumen. Aber ausmalen, austüfteln, aufs Papier oder in eine rechte Vorstellung bringen, das war doch machbar. Was hielt die Bauern davon ab, überm Hin- und Her beim Pflügen, beim Dreschen, am Webstuhl, beim Spinnen, beim Kirchgang derlei auszuloten, da war doch der Kopf frei? Vielleicht sprachen die Leute bei dieser Arbeit einfach nur Gebete vor sich hin, wie er es gelegentlich sogar beim Schreiner Beck, seinem Meister in der Werkstatt während der Arbeit mitbekommen hatte, was ihm irgendwie peinlich war.

Und wenn man das Ganze aus Holz statt aus Eisen? Irgendwie musste man beim Blasebalgprinzip ansetzen. Oder bei der Weihnachtspyramide, die Holle in Vorbereitung hatte: Große Propellerschaufeln aus Holz, leicht gegeneinander versetzt auf einer Achse angebracht in einem Kasten, mit Kurbel, einer Art Schwungrad dahinter, die konnten es womöglich leisten. Dazu ein Sieb oder zwei übereinander, der Wind bläst von unten, die Spreu fliegt oben durch ein Kaminrohr hinaus, die Körner bleiben zurück, rieseln durch eine Führungsrinne nach unten, werden im freien Fall noch einmal gehörig durchgeblasen und gewirbelt, dass auch der letzte Spelz in alle Winde. Oder so ähnlich, keine Ahnung. Entsprechende Literatur hatte er fast bis hierher mitgenommen. Derlei Innovationen waren in seinem Landwirtschaftsbuch von 1838 durchaus nachzulesen gewesen, aber das lag auf dem Schlitten im Berg. Vielleicht hätte er, statt des neuen Pfluges, beim Lauwer besser einen Dreschapparat bestellen sollen. So was in der Art hatte sich der kurtriersche Düsentrieb gewiss auch schon längst ausgeheckt, naja. Aber wie's so geht, er hatte es neulich selbst erlebt, als er mit dem neuen Pflug im Kirschgarten aufgetaucht war: *Was der Bauer nicht kennt oder: Die Alten waren auch nicht dümmer, das hätten die längst ausgetüftelt, wenn's was Genaues gewesen wäre.*

Mochte auch sein, dass die Altvorderen solcherlei Nachsinnen vornweg von sich gewiesen hatten, weil sie auf die aufreibende tägliche Fron im Schweiße ihres Angesichts für ihr Seelenheil angewiesen waren. Die Bibel hatte es ihnen schließlich so auferlegt. Darin schmökerten sie ohnehin unaufhörlich herum, nahmen die Ermahnungen aus der Schrift für bare Münze und machten sich bei Alledem noch selbst

Glauben, das sei Gottes Wille und müsse so sein. So hatten sie es schließlich von klein auf in der Schule gelernt und jeden Sonntag vom Pfarrer Engel von der Kanzel herunter eingebläut bekommen. Konnte man ihnen verübeln, dass sie so waren, wie sie waren?

Am fünfzehnten kehrte Holle wieder einmal von Ottweiler ins Dorf zurück, ohne dass es von Amtsseite irgend Veranlassung gegeben hätte, sich zu seinem erneuten Einkommen um seine Vermählungserlaubnis endgültig zu äußern. Sogar eine schriftliche Aufstellung seiner Vermögenswerte, die sich weit über das geforderte Limit beliefen und vom neuen Meier Jacob Weiler mit Unterschrift beglaubigt worden war, legte Holle dem Schmoll auf den Tisch. Das ließ ihn vollkommen unbeeindruckt. Seine Aussage lief vielmehr darauf hinaus, dass derzeit und auch in absehbarer Zukunft kein Anlass für eine Entscheidung der Herrschaft über eine Copulationserlaubnis für den Neufang bestehe. Der Nickel und sein Eheweib wagten erst gar nicht nachzufragen, Katharina aber vertraute in all ihrer einfältigen Jugendlichkeit auf Holles neulich gesetzten Wahrspruch. Sie war sich Seiner wieder sicher wie am Tag ihrer Verlöbnis. Auch Holle sah noch lange keinen Grund zur Panik.

In jener Novemberwoche, es war der siebzehnte, geschah es, dass Peter Neufang beim Marktstand seiner Werschweiler Leute auf dem St. Wendeler Wochenmarkt vom jungen Schankburschen des Rosswirts Krap aufgesucht wurde und ein Päckchen ausgehändigt bekam.

„Dieses soll ich eigentlich bei der Hirtemarie abgeben. Der Tuchhändler aus Frankfurt hat mich geschickt, er ist heut zeitig abgereist“, verkündigte der Bube. Aber ich kenne Ihn ja und da steht Sein Name drauf, warum also den Umweg über die Marie machen, wo die heut sowieso nicht in der Stadt ist.“ Holle war erfreut: einmal über das unerwartete Pakete und dass die Hirtemarie diesmal die Chance verpasst hatte, sich in Angelegenheiten hineinziehen zu lassen, die sie nichts angingen. Das Paket war an ihn adressiert, die Aufschrift lautete: An Herzbruder Holle, genannt Peter Neufang, Werschweiler. Er ahnte, wo die Lieferung herkam, denn er hatte dem Absender vornweg, wenn auch verspätet, auf dessen ersten Brief geantwortet. Holle entschuldigte sich für eine Minute bei seiner Braut, er mochte die Sendung nicht unter allen Leuten öffnen und begab sich ins *Ross,* um zu sehen, was ihm sein *Herzbruder* in die Schachtel getan hatte. Darinnen befanden sich ein Brief, daneben zwei signierte und mit Widmungstext versehene Exemplare eines Büchleins sowie eine in Scherenschnittmanier angefertigte Handskizze, die zwei junge Burschen, auf einem Baumstamm hockend, mit einer Flasche Wein in Händen darstellte. Im Hintergrund war ein Hund, sein Areus, zu erkennen und ein Nest von flackernden Feuern im nächtlichen Tal.

Der Brief war kurz, geradezu fahrig abgefasst und lautete, soweit Holle das Gekrakel überhaupt entziffern konnte, in etwa wie folgt:

„Eine wunderbare Heiterkeit hat meine Seele ganz und gar eingenommen an jenem Sommerabend 70, da wir miteinander in die Sterne schauten und den herrlichsten Tropfen zusammen genießen durften. Was mich aber mit dem heutigen Tage von Dir, lieber Holder Bruder erreichte, das hat mich wahrlich bis in mein Innerstes verwirrt und erhellt. Es hat mir die Zukunft im besten Lichte schauen lassen, als wäre dieses alles dermaleinst aus meiner eignen Hand erstanden, was Du mir an kuriosen Heftlein in die Sendung gethan hast. Das alles will ich gerne für mein Künftiges bedenken und einweben. Herzbruder G.“

P.S.: Seine beiden Dauerschreiber sind die Attraktion in der ganzen Umgebung, besonders meinen Freund Merck haben sie außerordentlich belustigt. Wenn möglich, erbitte ich baldige Nachlieferung derselben oder um Indikation der Bezugsquelle.

Holle schlug das Herz bis zum Hals. Was er da in Händen hielt, war ihm wert und teuer, denn die Sachen kamen von jemandem, der sich vor Jahren ohne jede Vorbehalte beim Neunkircher Jägersberg zu ihm gesellt hatte, als er vollkommen verwirrt in diese alte Welt hineingeraten war. Und sie waren ihm Dokumente von Bedeutung, wenngleich sie für den Moment eben nichts weiter als eine einfache Postsendung waren. Er las den Brief wieder und wieder, er blätterte in dem Büchlein, stellte den auf ein Stück Karton gesetzten Scherenschnitt vor sich gegen den Weinbecher und betrachtete sich lange die Szene. Ja, er würde ihm wieder antworten, er würde die Gunst der Zeit nutzen und mit dem Mann in Verbindung bleiben. Hoch befriedigt trank er den Becher Wein aus, zahlte und kehrte mit einem Lächeln auf seinem Gesicht zurück zu seiner Katharina an den Butterstand auf dem Wochenmarkt.

Dezember. Der Gang nach dem Bliesstädtchen stand an, er wurde gegangen und aus Ottweiler gab es, wie üblich, in Sachen Heiratserlaubnis nichts, was einer Meldung wert gewesen wäre. Holle blieb weiterhin, gegen alle Vernunft, fröhlich und zuversichtlich, Katharina hielt treu zu ihm und vertraute fest auf sein Versprechen, dass nun bald der große Tag kommen werde.

Kurz vor Heiligabend kam der Schnee über die Gegend. Dann die Kälte. Jacob, der Meier, war noch einmal an der Kapelle tätig. Aber er war nach der Übernahme des Meieramtes im Begriff, seinen langjährigen Küsterdienst endgültig an den Nagel zu hängen, weil er dafür keine Zeit mehr erübrigen konnte. Außerdem waren jetzt andere an der Reihe, er hatte lange genug am Glockenstrick gezenkt[6]. Dieses Jahr richtete er die Kapelle ein letztes Mal her, sah nach dem Kirchhof, feuerte für den Gottesdienst am ersten Weihnachtstag ein. Ab dem nächsten Jahr war der junge Fuchs aus Nobauersch dran, das war längst so ausgemacht. Den Leonhardt hatte Jacob, wie gewöhnlich, beordert, das jeweilige Quantum an Reisig und Brennholz aus den Haushaltungen des Ortes für dic Kapelle zusammenzutragen. Der Büttel hatte seinen Auftrag kaum zur Hälfte erledigt, da war er auch schon auf und davon. Im Vorraum lagen wenig schäbige Reisergebunde. Wo war das Brennholz? Holzscheite hatte er überhaupt nicht herangeschafft, der Mann hatte sich unter der Hand empfohlen, aus dem Staub gemacht. Er war verschwunden. Niemand im Dorf konnte Auskunft geben, wo er sich in den letzten anderthalb Tagen herumgetrieben habe. Naja, dann hatte er also wieder seine Tour, schlief sich wo seinen Rausch aus. Bei den Temperaturen war das bedenklich.

Der Nachbar und Viehhirt Senft war es, der merkwürdige Geräusche aus der Kapellengruft meldete. Es würde dorten in der Krypta einmal wieder umgehen, sagte er in seinem alpenländischen Dialekt, das sei so knapp vor dem Christfest kein gutes Omen. In der Tat kam aus dem verschlossenen Verließ unterm Altar in größeren Abständen gedämpftes Wimmern herauf, vermengt mit einem trockenen Husten, der sich gerade so anhörte, als würde jemand einen staubigen Kartoffelsack oder eine Fußmatte gegen eine Wand ausschlagen. Das war kein Spuk, das war mehr irdisch, vielmehr unterirdischer Natur, was Jacob da zu hören bekam. Er rief ihn an und forderte ihn auf, sich zu erkennen zu geben, es würde ihm nichts geschehen.

„Ich bin's doch nur, der Leonhardt", rief die Stimme, „ich bin hier unten, denn ich bin eingesperrt und habe Hunger."

Als Jacob den Stein zum Abgang beiseite gerückt und den bedauernswerten Büttel aus seinem Kerker befreit hatte, sprach dieser dem Meier davon, dass drunten im Gebeinhort, zwischen den aufgestapelten Gesichtern der Altvorderen, vergangene Nacht einiger Betrieb gewesen sei. Dass der alte Sander, der Debald Zimer, der Hennsell Bohley und auch wohl der Schmied Hoffmann sowie der Stroh Nickel in den halb eingestürzten Gängen umeinander ihre Runde machten und ihm Namen nannten, heiser aber beileibe deutlich genug. Leid konnten die einem schon tun, wie sie ihre alten Knochen schinden müssten und kein Ende fänden. Welche Untoden ihm nun aber den Stein über den Kopf geschoben hätten, die seien ihm von oben beigekommen und nicht von unten, die würde er, darauf könnten die Übeltäter Stein und Bein zusammen schwören, schneller herausgefunden haben, als denen lieb sei. Die habe er so gut wie im Sack.

Das Weihnachtsfest war da und es wurde begangen wie jedes Jahr; halt, nicht ganz. Holle verbrachte Heiligabend bei den Seinen im Kirschgarten, wo er mit einigem Erstaunen einen kleinen, mit Holzwolle und Nüssen liebevoll geschmückten Fichtenbaum in der Stube vorfand. Das war in der Tat so etwas wie eine Premiere in den Werschweiler Bauernstuben, zumindest aber für den Schreiner Beck war es einmal wieder ein Novum. Und gewöhnungsbedürftig war es dazu. Ein grüner Baum mitten in der Stube, mitten im Winter, wo gibt's denn so was? Naja, wenn der Dorfschreiner mit seinem Holzkopf nicht als erster drauf kam, wer dann sonst im Dorf? Aber er war auch nicht der Nestor der Idee, denn das kleine Schmückwerk kam von der Margarete. Man konnte es ruhig sagen: der Nadelstrauch putzte die Kammer schon ungemein. Auf dem gedeckten Tisch prunkten in einer hölzernen Zierschale Äpfel, Nuss und Mandelkern mit Birnen, daneben reihten sich auf einem hölzernen Sternenbrett, das von Holle eingebracht worden war, allerlei flackernde Wachskerzen, aber von den guten. Pfeffernuss, Lebekuchen und Zimmetstern, auch feine Muskatringe durften nicht fehlen. Es war ein feierliches Arrangement, fehlten nur noch die Geschenke. Das Gabenbringen war hierorts nicht im Gebrauch, aber das kam Holle gerade recht. Dann konnte er endlich mal damit beginnen. Adam bekam nun endlich auch ein kleines grünes Plastikfeuerzeug, Holle hatte noch einige davon in seinem Rucksack bebunkert. Für Margarete hatte er auf dem Adventsmarkt ein Spanschächtelchen besorgt, worin er ein kleines Potpourri mit extravaganten Gewürzen, so Safran, Muskat und Ingwer arrangiert hatte. Diese hatte er bei den Enziankrämern zu einem aberwitzigen Preis erstanden. Seiner Braut aber stellte er eine mächtige hölzerne Weihnachtspyramide auf den Stubentisch, die er in den Wochen zuvor geschnitzt hatte. Auf den Schwibbogen vom vorigen Jahr musste er Diesjahr zur Güte noch einen draufsetzen.

Über drei volle Stockwerke hinweg hatte der Künstler in fleißiger Nachtarbeit ein Sammelsurium von Figuren komponiert, die allesamt oder doch fast alle, eine eher einfältige, aber gleichwohl liebenswerte Interpretation des hiesigen Dorfkosmos abgaben. Obenauf, auf der Spitze des hölzernen Reigens, prunkte das junge Brautpaar, wie es gerade vom alten Pfarrer Engel vor der Werschweiler Kapelle begrüßt wurde. Der Bräutigam setzte soeben seinen Fuß auf die Eingangsstiege, hielt in der linken Hand einen schwarzen Zylinder und in der anderen einen hellen Stöckelschuh. Die Braut betrat dementsprechend mit einem nackten Fuß den Stiegenabsatz. Sie trug ein strahlend weißes Hochzeitskleid inklusive Schleier und ebenso weißer, überlanger Schleppe, die weit über die oberste Etage der Pyramide herabwallte. Neben den beiden Hauptdarstellern standen zwei Brautjungfern und streuten Blumen auf den Boden.

Katharina fing sofort laut an zu weinen.

Darunter, auf der mittleren Plattform, grüßten in Miniaturformat sein Schwiegervater Nickel mit seiner Ehefrau Margarete herüber. Beide waren für die Trauung feierlich in die ortsübliche Bauerntracht gekleidet. Sie hielt einen riesigen Blumenstrauß in Händen, er eine Bügelsäge und eine Raubank als Symbol für das ehrbare Schreinerhandwerk. Ihnen gegenüber saßen auf einer steinernen Bank, es war der Steinsitz vor der Kapelle, Holles Steinbacher Eltern. Der Alte hielt die Hände auf die Knie gestützt, während Holles gedungene Mutter auf ihrem Schoß einen Fresskorb aus Weiden bereitgestellt hatte, der mit Würsten, Trauben, Weinflaschen und Schinken bestückt war. Auf der selben Etage war zur Rechten eine Art von Hängematte zwischen zwei Birkenbäumchen gespannt, aus der sich zwei Fäustchen emporreckten. Diesem Arrangement direkt gegenüber befand sich das Hirtenhaus, auf dessen Strohdach der Storch auf seinem Wagenrad stand und ein Körbchen im Schnabel trug, aus dem sich ebenfalls zwei kleine Fäuste in die Höhe hoben. Aus der unteren Kellertüre desselben Hauses trat gerade eine weibliche Person heraus. Wahrscheinlich sollte sie die junge Schnable oder ihre Großel, die Hirtemarie zum Ausdruck bringen, das war noch nicht ausgemacht. Auf dem Parterrerund der untersten Etage tummelte sich der Hund Areus, der hinter dem eigensinnigen Jakob mit Flanierstock empor sprang. Auch war der Altmeier Adam auf dem Parterre-Plateau zu erkennen, wie er futterstreuend vor einem filigranen Misthaufen stand, dessen Kuppe von einer Hühnerschar mitsamt Hahn bevölkert war. Diesem direkt gegenüber, also quasi auf der anderen Seite des Misthaufens, hatte Holle den Jungmeier Jacob mit einem Vogelbauer in der Hand postiert, worin sogar ein winziger Vogel mit roter Brust auszumachen war. Und schließlich, dem einfältigen Jakob gegenüber, hatte Napoleon, das stattliche Ross, in seiner graziösen spanischen Stelzpose Aufstellung genommen. Dicht davor aber stand breitbeinig ein fülliger, untersetzter Mann in Uniform mit schwarzen Stulpenstiefeln, weißer Leibweste, blauem Uniformrock, roter Schärpe und einem Dreispitz auf dem runden Kopf. Mit der linken Hand hielt er Napoleon, die Schimmelstute, am Zügel. Seine Rechte aber stak in der Knopfleiste seiner Weste. Ihn verriet niemand in der kleinen Runde. Wer um alles in der Welt sollte das denn sein? Holle hatte gute Lust, diese Figur den großen kleinen Unbekannten zu nennen, aber er ließ es bleiben und behauptete, das sei der Fürst Ludwig. Er sei ihm als einzige Figur im ganzen illustren Reigen etwas missraten. Dazu konnte sich die Runde nicht äußern, nur Katharina wollte wissen, was der *Ferscht* mit unserer Olga zu schaffen habe.

Der feierliche Akt der Bescherung nahm seinen Höhepunkt, als Holle die vier Kerzen unter dem Flügelrad aus Holzplättchen entzündete und sich die ganze illuminierte Hochzeitsschar der Weihnachtspyramide auf allen Stockwerken im Kreis zu tummeln begann. Da gab es Ahhs und Ohhs und Staunen und Strahlen in der Stube, denn für die Leute war auch dies wieder einmal eine kleine Premiere; es war zwar nur ein harmloser Ringelrein, eine neckische Spielerei, aber was für eine. Man konnte es nur enorm nennen, was der Mann an Ideen aus der Neuen Welt herübergebracht hatte.

Holle zückte seine Mundharmonika und musizierte einige Weihnachtsmelodien herunter, bei denen Katharina und Margarete tief gerührt mitsangen, sofern ihnen die Strophen bekannt waren: *o du fröhliche, Stille Nacht, heilige Nacht, Still, still, still, weil's Kindlein schlafen will, Vom Himmel hoch*, und so fort, erklangen in der Stube, auch das eine oder andere Verslein oder fromme Gedicht kamen noch zur Aussprache, dann wurde der Abend allmählich beschlossen. Es war insgesamt ein gar feierlicher und festlicher Tagesausklang um das kreiselnde Karussell umher und man kann ruhig sagen, dass Weihnachten in diesem Jahr endlich wieder als ein wahrhaft frohes Fest im Kirschgarten abgefeiert wurde, denn Stimmung war da. Alle Verstimmungen waren aus der Welt und das war ja doch wohl die Hauptsache: das junge Paar hatte sich wieder und war glücklich und zufrieden miteinander. Allein der Hausherr wollte der Einigkeit nicht recht trauen, das ging ihm alles zu hopplahopp.

In der nachweihnachtlichen Zeit der Raunächte, in welcher der alte Himmelshüne Wuotan mit seinen achtbeinigen Pferden und dem Heer der Verstorbenen wutschnaubend durch die Wolken ritt und ein Sausen und Brausen veranstaltete, dass die Bäume auf den Höhen ihre Wipfel neigten, die Füchse und Dachse sich in die hintersten Winkel ihrer Erdlöcher verzogen, da hielten die Leute auf dem Dorf nochmals Einkehr. Sie stiegen auf die Speicher, holten auch mal alte Gerätschaften oder persönliche Sachen aus den staubigen Truhen, hingen alten Erlebnissen nach und besannen sich auf ihre Voreltern oder die anderen längst Dahingegangenen. Man erzählte sich hinterm Ofen bisweilen sonderliche, ja hier und da sogar absonderliche Geschichten, sang alte Lieder und dachte auch ein wenig noch an die verbotenen altheidnischen Ahnbräuche, von denen an den verwitterten Türgewänden noch so mancher Donnerkeil[7], quer gestellter Besen in der Stalltüre oder verkrustetes Zeichen am Fenstergesimse gemahnte.

An einem dieser Tage, es war der Abend nach dem Wandertag der Knechtschaft, bog, aus dem Gässchen kommend, eine zweispännige Pferdekutsche in den Kirschgarten ein. Es war der Konker Krämer Weyel, der den Schreinergehilfen Neufang um eine neue Sendung Munition für seinen Landesherrn anging. Der Herzog weile zwischen den Tagen in Petersheim auf der Jagd. Daher benötige er sofort, auf der Stelle, Nachschub. Er werde heute noch beim Jagdschloss erwartet um zu liefern.

Holles Vorräte waren aufgezehrt.

Nicht eine Patrone hatte er noch in der Truhe liegen, das sagte er ihm. Es ging ein scharfer Disput hin und her aber er konnte dem Juden definitiv nicht dienen, obwohl der ihm fast ein kleines Vermögen für die abverlangte Ware in Aussicht stellte. Holle war erschrocken, denn es war offensichtlich, dass der Weyel jetzt tief in der Bredouille steckte. Was wäre gewonnen, wenn Holle ihm als Ersatz für das Verlangte seinen Repetierer anbot, der noch von der vorletzten Tour hierher auf dem Dachgebälk deponiert war? Für diese Waffe hatte er noch einiges an passender Munition gehortet, die dahinten in Petersheim für eine Zeitlang für neue, kleine Sensationen gut gewesen wären, aber nur für wenige verwegene Jagdausflüge des Herzogs. Das ganze Spiel würde, mit anderen Vorzeichen, von vorne beginnen, bis auch die Vorräte für die Mauser verfeuert waren. Also nahm er Abstand von der Idee und versuchte dem Mann klarzumachen, dass er ihm ja durchaus, unter allen Umständen... nein, beschied er, nichts mehr da, nichts mehr zu kriegen, leider.

Ein Nein kannte der Händler nicht. Daher bot er ihm dies und das, er drohte, bekniete ihn, er legte ihm einmal mehr seine brisante Situation dar, er brach vor ihm in Tränen aus, er entblößte, erniedrigte sich, machte sich vor Holle regelrecht lächerlich. Es war nichts zu machen, sein Lieferant ließ sich nicht erweichen. Am Ende beschimpfte er den Mann und wünschte ihm die Pest, *die Kränk*, an den Hals. Dann spuckte er vor ihm aus und bestieg seine Chaise. Holle sah das Gespann zum Gässchen hinausfahren, wo es hinter der Kapelle gegen die Niederkircher Chaussee aus dem Dorf in den Abend rumpelte.

Neujahr wurde begangen. Man schrieb das Jahr 1775, genau so war es. Und bis zum angekündigten Hochzeitstermin waren es noch lächerliche fünfzig Tage. Der fünfzehnte Januar verstrich, ohne dass Holle beim Schmoll Bewegung in die Sache gebracht hätte, im Gegenteil: der Bürokrat war mit seinem hartleibigen Werschweiler Kunden gleich fertig. Bevor er ihn aus der Stube jagte, plärrte er ihn an, nun sei es genug. Eine Hochzeit würde es nicht geben. Das sei sein letztes Wort und mithin das letzte Wort der Administration, denn er selbst sei die Administration. Ob er das nun endlich einmal begreifen wolle. Außerdem sei der Advokat Lauckhardt nicht mehr zuständig und der neue Advokat würde sich bestimmt nicht so bald mit ihm abgeben, denn er hätte weiß Gott Wichtigeres zu tun.

So spazierte der Januar in seine letzten Tage und Holle ermahnte seine Katharina, nicht länger zu säumen und sich allmählich für die anstehende Hochzeit in Stand zu setzen. Es mussten hübsche Schuhe für die Braut her, ein schönes Kleid müsse geschneidert sein, Schleier, Schleppe, Unterzeug stehe sämtlich noch aus. Nein, erklärte er großspurig, das Verlöbniskleid täte es sicher nicht, außerdem: das gehöre sich nicht, denn das brächte Unglück. Am besten, sie begleite ihn beim nächsten Amtstermin nach Ottweiler, denn dann würde er spätestens seinen Wisch bekommen. Der Reinshagen in der eng Gass könne so was oder in St. Wendel der Hallauer. Tüchtig wie er sei, dürfe er sich auch mal an einem festlichen Weibsgewand versuchen.

Je näher der Termin rückte, desto angespannter war die Stimmung im Haus. Der Februar, der Taumond, war da und beim Hausherrn herrschte die helle Aufregung. Der Nickel verstand Holle und Katharina und sein Eheweib und die Welt nicht mehr. Wie konnte der Mensch, vielmehr die Menscher um ihn herum, derart arglos auf den einundzwanzigsten hinleben, wo alle Anzeichen darauf standen, dass die Ottweiler sich nicht mehr von der Stelle bewegten. Der Peter solle nun endlich Stil und Schippe zusammenbringen und zur Tat schreiten, anstatt immerzu mit seinem ewigen *„wird schon werden“* abzuwiegeln. Jetzt müsse sich doch bald einmal der Altmeier und der Jacob einschalten und der Engel und auch die Kirchenschöffen, so gehe das nicht mehr hin. Die Hausfrau Margarete indes hielt ganz zu ihren Kindern. Wenn auch die Enttäuschung hinterher noch so groß sei, meinte sie, die Vorfreude auf ihren großen Tag dürften sich die beiden durch nichts verleiden lassen.

Lichtmess war auch schon wieder vorbei und der Februar ging in seine zweite Woche. Der Meldetag in Ottweiler stand vor der Tür. Es war dies das letztmögliche Datum zur Erteilung der Heiratserlaubnis und nur noch sieben Tage vom großartig angekündigten Hochzeitstermin entfernt. Wie sollte das in der verbleibenden Zeit bei allen Heiligen noch zu richten sein? Holle war zuversichtlich und lächelte, als sei alles längst geregelt. Das war ja doch abenteuerlich, wie der Mann sich in Sicherheit wähnte, als wäre er im Begriff, auf dem Weg nach dem Dörrenbacher Traualtar mal eben noch ein kleines Steinchen aus dem Weg zu räumen, eine Petitesse, die nicht weiter der Rede Wert sei.

Am fünfzehnten des Taumondes stand Holle herausgeputzt wie immer beim Schmoll, um seinen Stempel zu kassieren. Den bekam er wie alle Monate zuvor. Dann sprach er den Oberamtsschreiber ein letztes Mal in allem Respekt auf die ausstehende Heiratserlaubnis an. Schmoll rollte die Augen und bimmelte nach den Gardisten. Mit der Bemerkung: „für Morgen früh bin ich nach dem Schlosse Jägersberg zum Fürsten beordert, dort werde ich in meiner Angelegenheit direkt vorsprechen. Dann werden wir ja sehen ob ich meine Braut nun ehelichen werde oder nicht und der Thomae und der Lauckhardt bekommen gleichfalls sofort Order“, verließ Holle die muffige Amtsstube des Pfaffen und ging zum Reinshagen, um seiner Braut bei der Anprobe und Auswahl des Stoffes behilflich zu sein.

Schon wieder ein Bluff; bei Licht besehen leider ein geradezu tölpelhafter Spielzug. Was Holle gegenüber dem herrschaftlichen Amtsträger herausgelassen hatte, grenzte an Nötigung, nein, es war Nötigung. Das hätte ausgereicht, ihn schnurstracks für ein paar Tage in den Turm zu bringen, aber man wird es kaum glauben, was am selben Tag noch geschah: gegen die vierte Nachmittagsstunde kam ein Ottweilerscher Amtsbote ins Ostertal geritten und übergab dem Landmeier Weiler einen gesiegelten Umschlag, der im Namen des Oberamtes dem Schreinergehilfen Johann Peter Neufang gegen eine Gebühr von vier Albus und vier Kreutzern auszuhändigen sei. Jacob ließ durch seinen Bruder Jakob sogleich nach dem Kirschgarten schicken und der weissagte Holle auf dem Weg nach dem Schmidtseck, dass jetzt alles wieder zurückgekommen sei, dass Holle und die Becke Kath jetzt vom

Ferscht gekrönt werden und zwar dort drunten, in Saarbrücken auf dem Schloss.

Wenn es auch stark übertrieben war, was der Einfältige von sich gab, so stand es für den Bräutigam einer solchen kaum nach, es war ja so gut wie eine Inthronisierung. In dem Umschlag, den er sofort nach Erhalt erbrach, staken sieben Goldthaler in einem Ledersäckchen sowie drei Schreiben, als da waren: Die schriftliche Heiratserlaubnis des Oberamtes, unterschrieben von dem Advokaten Lauckhardt am zehnten Oktober 1774 und die beiden Schuldscheine des Nickel Beck. Der Brief von Schönberger fand sich nicht darunter.

Ohne seinen Leuten im Kirschgarten die Neuigkeit zu eröffnen, es war ja noch keine richtige Neuigkeit, ritt Holle auf dem direkten Weg nach Dörrenbach zum Pfarrhaus. Mitten auf der Türschwelle bat er den alten Engel direkt und rundheraus um einen Termin für seine kirchliche Verehelichung auf den nächsten Dienstag, den einundzwanzigsten Februar.

Das war ein starkes Stück.

Der Pfarrer meinte zuerst, sich verhört zu haben. Dann verzog er angewidert das Gesicht und straffte seinen Gehrock. Unerhört sei das.

Was sich der junge Mann in Dreigottesnamen erdreiste, die Geistlichkeit zu dieser Unzeit und überhaupt mitten in der Woche zu belästigen, das sei der Gipfel der Respektlosigkeit! Der Alte kniff die Augen zusammen und riss sie wieder auf. Außerdem, wo er überhaupt herkomme, doch wohl nicht aus seinem kirchlichen Behufe, denn dann würde er ihn gewiss verraten, er meinte: kennen. Auf Wiedersehen und Gott mit Dir, sagte er, aber bevor er die Türe hinter sich zuschlug, hielt er nochmal inne und tat, als sei es ihm gerade beigefallen.

Er sei doch wohl nicht der Neufang aus dem Kirschgarten, den er, wenn er sich recht ersinne, überhaupt erst einmal in der Werschweiler Filialkapelle gesehen habe, etwa bei seinem Verlöbnis? Ob er überhaupt dortselbst noch ansässig sei und warum eigentlich auf einmal so hopplahopp, wo er sich doch die ganze Zeit nicht bemüßigt gesehen habe, dem unhaltbaren Verlöbnisstand ein Ende zu machen. Sei stattdessen im Lande umhergezogen, habe sich empfohlen, ohne Nachricht abzugeben. Ja, ja, das habe sich auch bis hierher herumgesprochen. Es werde doch nicht auf einmal etwa *pressieren* mit seinem unverschämten Anliegen? Aber er kenne das ja ohnehin, das sei mal wieder typisch für die aufsässigen halbpapistischen Unterthanen dort hinter der Heiligenmühl, er sagte *Miehlhael*. Die hätten ja doch eher den Gang nach dem trierschen Domfratz im Sinn, als im gut Lutherischen sich fleißig zu üben.

„Nein“, wehrte der Alte ab, „keinen Widerspruch! Es kommt mir schon rechtzeitig zu Ohren, wer so hin und wieder in der Stadt am großen Tor zieht, wenn der Wochenmarkt ansteht. Oder will Er mir vielleicht weismachen, dass Er die Wendelskirche nicht hin und wieder von innen in Augenschein nimmt und auch noch in unziemlicher Begleitung Seiner Braut? Er wird mir des rechten Glaubens untreu, wenn Er so weitermacht. Sehe Er sich ja vor, dass ich Ihn nicht von der Obrigkeit maßregeln lassen muss.“

Damit hatte der alte Engel sich erstmal seines Ärgers entledigt und kam nun zur Sache: wie er sich das überhaupt vorstelle mit dem Heiraten? Ein kirchlicher Kopulationstermin würde auch knappe zweihundertzwanzig Jahre nach dem Augsburger Vertrag noch immer alleine vom Geistlichen festgelegt werden. Außerdem müsse die Proclamation, das Aufgebot, mindestens zwei Wochen vor der Hochzeit ausgebracht sein, wie es die Kirchenregeln vorsähen. Und die gälten auch für die Werschweiler Renitenten. Also, wenn der Neufang irgendwann einmal den rechten christlichen Ton und die ihm gebührende Demut gegenüber dem kirchlichen Würdenträger wieder gefunden haben würde, dann möge er gelegentlich mal den Werschweiler Kirchenschöffen Fuchs vorbeischicken. So gehe das jedenfalls nicht an!

Nach einer weiteren dreiviertel Stunde hatte sich die Unterredung zu Dritt überraschend zum Positiven gewendet, denn Engels zweiter Sohn und Nachfolger im Amte, Wilhelm Casimir, hatte sich mäßigend und fruchtbar in den lautstarken Disput eingeschaltet. Es waren noch ein, zwei Dinge zu klären, dann war sich das Trio einig.

Aber selbstredend könne die abgelaufene vierzehnmonatige Verlöbniszeit zur Gänze auf die Aufgebotsfrist angerechnet werden, befand der junge Pfarrvikar, er sehe keinerlei Einsprüche, die diesem Abkommen entgegen stünden. Dem schloss sich der Alte unbedingt an. Er erklärte sich am Ende sogar bereit, zur kommenden Sonntagspredigt, am neunzehnten Februar in der Dörrenbacher Kirche noch einmal die dringend erforderliche erste und zweite Proclamation der Brautleute von seinem Sohne ausrufen zu lassen. Nicht zu vergessen, der Meier und der Kirchenschöffe müssten selbstredend beide als herrschaftliche Trauzeugen anwesend sein, so auch die Schöffen aus Dörrenbach, Fürth und Lautenbach. Und nicht zu vergessen die Brautleute.

Es würden vielleicht, wenn sich der St. Wendeler Silberschmied Leinenbach ein bisschen extra tummele, er gebrauchte den Ausdruck *dommele*, schon vor der Frist von drei Wochen die beiden neuen Nachtmahlskelche zum Einsatz kommen können, die man sogleich in Auftrag geben werde. Die frisch Copulierten, das meinte, getrauten Eheleute, könnten diese Gelegenheit auch sogleich nutzen, sich beim Nachtsmahl durch den Trank aus den Silbergefäßen von ihren ersten ehelichen Sünden lossprechen zu lassen. Alles in Allem begrüßten sie zum Abschluss einmütig den Vorstoß des Neufang bei der Geistlichkeit, es sei schließlich auch im Interesse der hiesigen Kirche, dass die überständige Verlöbniszeit der Brautleute endlich einmal ein Ende nähme und in den wohlgeordneten gut lutherischen Stand der Ehe hinübergehen könne. Na also.

Im Kirschgarten wurde gerade die Abendsuppe aufgetischt. Die kleine Familie ließ sich zum Gebet nieder, faltete die Hände, sprach den frommen Spruch und beendete mit einem gemeinsamen Amen. Da erhob sich Holle von seinem Platz, reichte seiner Braut die Hand und wurde feierlich:

„Ich möchte Euch, liebe Katharina, liebe Eltern, nach dem Gebet und vor dem Mahl verkünden, dass ich heute Abend endlich mein Versprechen einlösen werde. Getreu meiner Ankündigung vom November vorigen Jahres ist unsere Hochzeit vor einer Stunde vom Pfarrer Engel für den kommenden Dienstag in der Dörrenbacher Kirche festgesetzt worden. Hier ist die schriftliche Erlaubnis aus dem Oberamt und da habe ich den Proclamations-Schrieb der Kirche. Was sagt Ihr nun?"

Schweigen in der Stube, das hieß soviel wie: „Schreck lass nach, was spricht der Mann da?"

Holle reichte seiner Braut den Proclamations-Bogen, seinem Schwiegervater aber händigte er das Oberamtsdekret aus. Und für seine Schwiegermutter hatte er ein drittes Schreiben, vielmehr zwei dritte Schreiben, die er ihr mit einer besonders umständlichen Geste anvertraute. Er ging um den Tisch herum und übergab ihr die Dokumente mit einem höflichen Handkuss. Das nahm sich zwar ziemlich ungeschickt, um nicht zu sagen etwas linkisch aus, aber Margarete war geschmeichelt und konnte sich ein gütiges Schmunzeln nicht versagen. Die Leute um den Tisch entfalteten, nachdem Holle ihnen aufmunternd zugenickt hatte, die Bögen, um zu sehen, was ihnen da so unerwartet vorgesetzt worden war. Was geschah? Die Kinnladen klappten herunter, die Augen wurden größer, die Hände wurden vor den Mund geschlagen und schon fiel Katharina dem Bräutigam kreischend um den Hals und überdeckte ihn mit tausend Küssen.

„Ja aber das ist doch – ist das nicht? Sind das nicht unsere Schuldscheine vom Weyel?" stammelte Margarete und zupfte ihren Mann ungläubig am Ärmel. Der blickte zuerst seine

Frau an, dann Holle und zuletzt überflog er die Dokumente, an deren Fußleiste sein eigenes Handzeichen platziert war.

„Was hat das zu bedeuten? Wo ist das her? Hat Er etwa dem Weyel die Schuldscheine...?“

Holle nickte ihm zu: „Es ist meine Morgengabe an Euch, liebe Eltern, zum Einstand in die Haushaltung. Diese Urkunden gehören jetzt Euch, es ist Eure Garantie, dass das Haus und die Werkstatt und überhaupt alles schuldenfrei und ohne jegliche Belastung ist, schon seit über einem Jahr. Ich habe damals mit dem Weyel getauscht, gegen einige Packen Munition für den Herzog Christian. Heute habe ich die Dokumente endlich vom Schmoll wiederbekommen, genauso wie die herrschaftliche Verehelichungserlaubnis, die das Ekel auf dem Ottweiler Katheder nicht länger zurückhalten konnte, denn sie wurde schon vor viereinhalb Monaten, einen Tag vor dem Meierwechsel, vom Lauckhardt ausgestellt. “

Vor dem Hallo, das jetzt im Kirschgarten ausbrach, zieht sich der Außenstehende, der weiß, was sich gehört, lieber diskret zurück. Die ausschweifenden Emotionen unter den Leuten, die mit einem Schlage um sich griffen, kann man durchaus sich selbst überlassen, denn die Beschreibung derselben würde nicht ganz frei von kitschigen Sentimentalitäten sein. Aber soviel sei zu dem Abend gesagt: die Stimmung war famos.

Am nächsten Morgen, es war Donnerstag, der sechzehnte Februar, standen bereits der Meier Jacob Weiler und der Kirchenschöffe Fuchs vor dem Meierhaus und traten von einem Fuß auf den anderen. Die Gruppe bestieg den hergerichteten kleinen Leiterwagen, vor den Holle die Stute Napoleon angespannt hatte. Die Fahrt ging über die Weißwies nach dem Dörrenbacher Pfarrhaus, wo Jacob als neues Oberhaupt der herrschaftlichen Landmeierei im Beisein der Brautleute sowie des Pfarrers die Eintragung in das Kirchenregister vornahm. Anschließend ward ein extra Proklamations-Gottesdienst abgehalten, der zwar die Wogen bei den hiesigen Bauern ob der kurzfristig angesetzten Extraveranstaltung für das Nachbardorf hochgehen ließ, darob aber nicht minder gut besucht war, als eine routinemäßige Sonntagspredigt. Kurz gesagt: Die Leute zerrissen sich die Mäuler, weil sich herumgesprochen hatte, dass der Neufang sich seine Sonderbehandlung durch eine satte Spende auf ein paar neue vollsilberne Abendmahlskelche erkauft habe. Als ob es die alten Blechdinger nicht noch lange getan hätten?

Am folgenden Sonntag, dem neunzehnten, fuhr das Brautpaar gemeinsam mit dem wunderlichen Jakob, mit den Eltern der Braut und den Steinbacher Eltern des Bräutigams, die von Holle tags zuvor in einem Intensivkurs auf Linie gebracht worden waren, gemeinsam nach der Dörrenbacher Kirche, wo sie zum zweiten und zum dritten Mal in Einem ausgerufen wurden. Die Braut trug, wie es der alte Brauch gebot, ein grünes Kleid mit weißer Schürze und schwarzer Haube. Zum Zeichen der mädchenhaften Reinheit ward die weiße Schürze angelegt, zum Zeichen der Fruchtbarkeit trug sie das grüne Kleid darüber, zum Zeichen des bevorstehenden ernsthaften Lebens zu zweit, bedeckte sie züchtig die schwarze Haube. Ungeschriebenes Gebot war hingegen, dass die Ankündigungen an drei hintereinander folgenden Sonntagen zu geschehen habe und zwar am ersten Sonntag ganz in weißer Brauttracht, am zweiten Sonntag in grünem Staat und am dritten Ausrufungstag in gänzlich schwarzem Habit. Das, was die beiden jungen Brautleute sich da erlaubten, war neu. Die Kirchgänger waren begeistert vor Empörung über diesen Affront und hielten daher auch sämtlich in der Kirche aus bis zum Schluss. Niemand ließ sich das Ereignis entgehen.

Am Sonntagnachmittag waren die beiden Brautführer, es waren Katharinas Cousins Johann Georg Beck aus Beckfritze und Johann Michael Fuchs aus Dörrenbach, unterwegs, um die Gäste zur Hochzeit zu heißen. Jeder trug eine Flasche Schnaps mit sich. Sie hatten sich, wie üblich bei den Ausläufern, das Dorf getauscht: der Fuchs aus Dörrenbach lud in Werschweiler, der Beck aus Werschweiler hieß die Dörrenbacher zur Hochzeit. Für Steinbach hatte es Holle seinen gedungenen Eltern überlassen, weitere fünf Gäste einzubringen.

Der Wechseltransfer der Ausrufer nach Dörrenbach und Werschweiler bereitete einmal wieder die Gelegenheit auf ein längeres Schwätzchen über dies und das, was sich in dem jeweils anderen Ort in letzter Zeit so zugetragen habe. Es sorgte für den aktuellen Kenntnisstand, wer mit wem und welcher Acker mit welchem Wiesengrundstück neu verbandelt worden war. Trotz des störrischen Pfarrers Engel, der die Werschweiler immer noch allesamt für aufsässige und verkappte triersche Papisten erklärte, hielten die Dörrenbacher und die Werschweiler insgesamt leidlich zusammen, schon wegen der gegenseitigen Interessen bei anstoßenden Äckern und Wiesen. Wer weiß, wie sich hier und da durch geschickte Heiratspolitik die eine oder andere Gewann über die Ortsgrenzen hinweg segensreich zusammenlegen ließ. Wenn etwas abgemacht war, dann war die Nachricht alleine schon mehr als buchenswert - für die, die leer ausgingen. Denn nun musste in manchem nachbarörtlichen Haushalt, der sich etwann Aussichten ausgesponnen hatte, so manche günstig ausgeheckte Partie über den Haufen geworfen werden. Dann wollte neu ausbaldowert sein. Aber das war ein Kapitel für sich.

Insgesamt war man bei Hochzeiten strikt gehalten, nicht mehr als dreißig Gäste zu deklarieren, so hatte es die Herrschaft vorgeschrieben. Das war an und für sich keine schlechte Vorschrift, denn es ging darum, unziemliche und für das Brauthaus ruinöse Ausschweifungen auf den dörflichen Festgelagen zu unterbinden. Die Gästeliste schaffte regelmäßigen Verdruss bei den Leuten, denn in den beiden Orten war so gut wie jeder mit jedem irgendwie verwandt oder verschwägert, sodass genau abgewogen werden musste, wer geladen wurde und wer nicht. Vor allem die Alten hatten darauf ein argwöhnisches Auge. Sie hatten praktisch alle Einladungslisten der letzten dreißig Jahre peinlich genau im Kopf und rechneten gnadenlos ab.

In allen Häusern, wo die Einlader Station machten, erklang der althergebrachte Spruch:

„Sie haben löblich sich verbunden
und woll'n mit Euch in heitren Stunden
den Bund der Ehe fromm bekunden.
Wir laden Euch in ihrem Namen,
Gott hüte und beschütz Euch, Amen."

So die Auserwählten ihre Teilnahme zugesagt und sich für die Ehre der Ladung bedankt hatten, wurde gemeinsam auf das Wohl des Brautpaares ein Krüglein Schnaps getrunken, hier und da auch mal ein zweites auf die Gesundheit und einen zum Abschluss hinterher .

XXVII

Dienstag, der einundzwanzigste Februar 1775 war der große Tag. Er kündete sich mit einem diesigen Morgen und wolkenbedecktem Himmel an. Er wäre auch Peter Neufangs Namenstag gewesen, aber der wurde hierorts nicht begangen. Im Kirschgarten flackerten schon lang vor Tag die Tranfunzeln und die Nerven lagen blank. Mitten in der Nacht, zur Unzeit früh, war der Bräutigam bereits rege, hatte sein Heu gerupft und in die Tenne vor die Futterlöcher geworfen. Die Futterläden waren längst beiseite geklappt, Sandsteintröge und Raufen beschickt, Wasser getragen, Eimer ausgeschwenkt, Euter gefettet, abgemolken, abgestriegelt, Saukobel gereinigt, gemistet, Misthaufen geplättet. Das Vieh spürte, wie sich die Aufregung des Hauses in den Stall hineintrug und wurde seinerseits unruhig. Allein die Schimmelstute Napoleon mahlte und grunzte gleichmütig vor sich hin.

Am aufgeregtesten war nicht die Braut; auch nicht Holle, viel weniger die geschäftige Margarete. Nein, der Nickel ging kopflos vorm Haus hin und her und stand seinem baldigen Schwiegersohn, zumeist aber sich selbst, unaufhörlich im Weg.

In der Küche, in der Stube, im Brunnenhaus klapperten ab der achten Frühstunde schon die Pfannen, es schepperten die zinnernen Schüssel, klirrten die Gläser und die irdenen Töpfe kullerten, es eilten die Zugehfrauen aus dem Dorf über die Dielen, es wurde geschnürt und geziert, drapiert und filetiert.

Es wurde in der Diele und quer durch die Kammern geräumt und gerückt, es wurde gebügelt und gestriegelt, geglättet und geplättet. Nur Katharina blieb, wie es der Brauch gebot, mit ihrer Mutter und den beiden Brautjungfern in der hintersten Stube verschwunden, wo sie festlich herausgeputzt wurde.

Drei Fetische hatte die Braut nach alter Sitte am Tag der Verehelichung am Leib zu tragen: das war erstens der zierliche Gemmenring, ein Erbstück aus der Familie ihres Bräutigams. Den trug sie an ihrem rechten Ringfinger zum Zeichen, dass sie die Familientradition getreulich fortführen werde. Das zweite Accessoire von Katharina war etwas gänzlich Neues: es war der Brautschleier, und zwar ganz in Weiß, zum Zeichen des Optimismus und der Zuversicht in die gemeinsame Zukunft. Als Drittes hatte sich die Maid mit einem aufreizenden Fetisch geziert, den nur einer erblicken durfte: ihr Ehemann. Das kleine Zierstück hatte die Braut um ihr Oberbein herum sitzen. Ihr rechter Schenkel war von einem kecken blauen Strumpfband mit winziger Schleife umfangen, welches sie von ihrer Freundin, der um ein Jahr älteren Waanerveldes Margarete, geliehen bekam. Das Liebesbändchen führte sie schon ganz in nervöser aber freudiger Erwartung zum Zeichen des bevorstehenden ehelichen Glücks mit sich. Der Bräutigam trug dieselbe Kleidung wie zur Verlobungszeremonie vor vierzehn Monaten, nämlich dunkelblauer, knielanger Mantelrock mit einem angehefteten Lorbeersträußchen, hellgraue Kniehose, weiße Strümpfe, blassgelbe Weste, grauer Dreispitz mit weißem Hutband und Buchsbaumsträußchen.

Holle hatte bereits am Vorabend gemeinsam mit seinem Schwäher und dem jungen Ulrich den großen Leiterwagen, den *Dommelwaan,* aufgeschlagen und die Ladefläche auf den beiden Längsseiten mit zusätzlichen Bohlen zur Sitzbank umgebaut. An jedem Holm und jeder Quersprosse flatterte ein Bändchen mit einem Buchsbaumsträußlein. Auch die Stute Napoleon war extra in Stand gesetzt worden. Wie gebügelt und gestriegelt erschien sie auf dem Hof. Der Schweif und der Fesselbehang waren gekämmt und die Hufe mit Pech geschwärzt worden, bunte Bändchen flatterten an der zopfbeflochtenen Mähne und am Zaumzeug. Sie war ohnehin eine Diva. Im Unterschied zur gewesenen Olga hatte sie diese Bezeichnung verdient, aber man soll ja nicht über Hingegangene herziehen. Heute hatte man sie zu einem wirklich stolzen Paradepferd befördert. Das Ross schien sich dessen irgendwie bewusst zu sein, denn es stolzierte auf dem Hof umher, hob sein würdiges Haupt in die Höhe und klimperte eitel mit den Wimpern, als würde sich heute alles um sie und nicht um die Brautleute drehen.

Jakob, dem freundlichen Sonderling aus dem Schmidtseck, war auf Holles Wunsch die Ehre zuteil geworden, die herausgeputzte Stute mitsamt der ganzen Hochzeitsschar im Kreuz anzuführen und nach Dörrenbach zu geleiten. Auch Areus, der ebenfalls mit Bändern und Schleifen um den Hals geziert war, fiel ein Part zu: er durfte die Korona auf dem Weg escortieren.

Der Meier Jacob hatte dem Bräutigam für den Ritt nach der Dörrenbacher Kirche sein Pferd zur Verfügung gestellt, denn Holle war es nach altem Herkommen nicht gestattet, seine Braut auf dem Hochzeitswagen zu begleiten. Er musste als Vorhut eine viertel Stunde vor dem Brautzug an der Kirche eintreffen, um dem Pfarrer die Ehrengabe der Brautleute zu überreichen. Vor der Kirche würden auch, so war es im Vorhinein abgemacht worden, des Neufangs Steinbacher Eltern auf die Gesellschaft warten. Sie waren nicht mehr ganz kapitelfest auf den Beinen und nicht bereit, den Umweg über Werschweiler zu machen. Katharina war übrigens gleich aufgefallen, dass seine beiden Schwägerinnen, Holles *Schwestern* Katharina und Elisabetha Neufang aus Steinbach, nicht gekommen waren, obwohl sie ausdrücklich geladen waren. Sie ließen dem Brautpaar ausrichten, ihnen sei nicht wohl. Außerdem hätten sie ja doch nichts Rechtes anzuziehen. Das sei schon allerhand, hörte man aus der Brautkammer. Was sagte Holle zu alledem? Was sollte er schon sagen? Nichts sagte er, er hob nur die Schultern und kümmerte sich nicht weiter.

Gegen zehn Uhr am Vormittag hatten sich die Gäste vollzählig auf dem Hof am Kirschgarten eingefunden. Alle miteinander prahlten sie in ihrem besten Sonntagsstaat, schauten unaufhörlich an sich herunter bis zu den klobigen, gewichsten Schuhen und murmelten aufgekratzt durcheinander. Die Frauen waren sämtlich in weit ausladende, mehrschichtige schwarze Faltenröcke gekleidet, die mit allerlei Bändern, Biesen und Borden, ebenfalls in schwarz, besetzt waren. Aufgeputzt mit ihren schwarzen, rüschenbesetzten Zierhäubchen, die unterm Kinn in wohlgesetzten Schleifen abschlossen, verweilten sie im Rund zur Seite der Haustür beieinander. Sie schwadronierten kreuz und quer, während sie sich gegenseitig die Bänder und Schabracken zupften und zurechtrückten. Beim Hauseingang war unter den Frauen ein Kommen und Gehen: rein zur Türe, raus aus der Türe, dass die Röcke nur so raschelten und rauschten. Abseits des Weiberpulks hatte sich die Männerschar, gekleidet in schwarzderbe, knielange Gehröcke, schäbigfarbene Bundhosen und kopfbedeckt mit flachen Dreispitzhüten und schwarzem Hutband, zusammengefunden. Sie gruppierten sich in der Mehrzahl um die Stute Napoleon und spekulierten immerfort Wichtiges in die Gegend hinein, während sie hier und da anerkennend das Pferd tätschelten. Es wurde über das unbehagliche Wetter, das gerade über den Himmelwald und den Hungerberg herein ziehe, geraunt, außerdem verhandelte man lebhaft über den derzeitigen Zustand der Äcker. Ach ja, zum Umpflügen sei es noch entschieden zu nass, da müsse man noch ein paar Tage aushalten, bis der *Spitzeschar*, die Meise, das Kommando gebe. Hier und da fiel auch mal ein Wort über den neuen Pflug, der von Holle extra auf dem Hof ausgestellt worden war. Hinüber ging niemand, man schielte eher nach dem Trumm, als ihn offen zu inspizieren. So ging das in gedämpfter Stimmung auf dem Hof zu, bis sich endlich alle in Richtung Haustüre wandten, wo sich jetzt was tat.

Und tatsächlich wurde jetzt die Türe geöffnet. Der Bräutigam trat auf die Schwelle, um eine kurze Begrüßungsansprache zu halten. Das war neu, das kannte man hier nicht, daher war die Aufmerksamkeit der Gäste umso größer, als der Mann in die Hände klatschte. Es ging nicht um Schwergewichtiges. Der Hochzeiter hieß die Gäste lediglich namens der Brauteltern und des Brautpaares willkommen, dankte für ihr Erscheinen, klärte die wichtigsten organisatorischen Angelegenheiten des Tages und betete zum Abschluss mit ihnen zusammen noch einen frommen Bittspruch für die bevorstehenden Feierlichkeiten. Danach hieß er die Gästeschar sich auf den Leiterwagen zu begeben. Es kam Bewegung in die Menge, Hände wurden gereicht, Frauen hinaufgeschoben, Plätze getauscht, die Bremsen gelockert und rumpelnd setzte sich die Gesellschaft endlich nach der Weißwies in Bewegung.

Von der Dörrenbacher Kirche läuteten die Glocken ins Ostertal hinein. Der Hochzeitszug kam, mit der Stute Napoleon vor dem Leiterwagen und Jakob als seinem Anführer, nach einer knappen halben Stunde in die Dorfgasse hineingepoltert. Am Straßenrand und auf den Misthaufen standen die Leute Spalier, winkten und salutierten dem vorbei schleichenden Tross und reckten hier und da extra die Hälse. Vor Fuchse Hanjobs kam die Fuhre zum Stehen. Kichernd ließen sich die Frauen von ihren Männern vom Wagen hieven und etwas ratlos stand die Hochzeitsschar hinter dem Wagen herum, bis der junge Maier endlich die Aufgabe übernommen hatte, für eine ordentliche Aufstellung in Marschformation zu sorgen.

Angeführt wurde der Zug, wie es sich von je gehörte, vom Pfarrer. Das übernahm für den alten Engel dessen Sohn, Vikar Wilhelm Casimir, gefolgt von den größeren Knaben aus der direkten Verwandtschaft der Brautleute. Es waren dies sämtlich die Cousins von Katharina, Georg, Jacob, Adam und Nikolaus Beck mit je einem irdenen Weinkrug und Lorbeersträußchen in den Händen. Sodann kam als Trauzeuge der Meier der Meierei Werschweiler, Jacob Weiler und ihm direkt zur Seite nahm Holle, der Bräutigam, Aufstellung. In seinem Rücken postierte sich der Taufpate und zweite Trauzeuge der Braut, Katharinas Onkel Jakob Beck aus Beckfritze in den Zug ein. Ihm folgte die Schar der übrigen Männer. Dahinter folgten die Brautführer mit je einem Ährensträußchen aus Hafer und Weizen sowie einem Buchsbaumzweig, das mit zierlichen Schleifen zusammengefasst war. Sie escortierten zusammen mit den beiden Brautjungfern, Katharinas Cousinen, die fünfzehnjährige Maria Elisabeth und die zehnjährige Maria Katharina Beck aus Werschweiler, die Braut. Dahinter schlossen sich die übrigen Frauen an. Der Zug wurde von den Eltern der Brautleute beschlossen.

Auf ein Zeichen des Pfarrers setzte sich die Gruppe Vater-Unser betend in Bewegung. Es ging an Maiersch im Dorf und Schuhmichels vorbei, wo sich ein paar Alte am Wegesrand aufgestellt hatten und verschämt mit ihren Schnäuztüchern winkten. An Wainersch schob sich der Pulk mühsam den Hügel hinauf, scheuchte die Hühnerschar aus dem Weg und hinter dem Herdehaus, vor der schrägen Treppe, war zum Abschluss der finale Anstieg zur Kirche hinauf zu bewältigen. Nicht alle schafften diesen Steig. Der Hochzeitszug löste sich daher vor seinem Ziel auf und ging auseinander. Einige nahmen die Südflanke hintenrum über den Pfarrgarten, durch des alten Engels Gemüsebeet, das ja noch brach lag und selbst für die Fußbeschädigten noch gangbar war. Andere umrundeten diesen vollständig und kamen von hinten über den Hof des Pfarrhauses geeilt.

Die Trauzeugen begaben sich als erste hinüber ins Pfarrhaus, wo der alte Engel wartete. Katharina, die Braut, wurde von den beiden Brautführern in die Mitte genommen. Der Bräutigam folgte ihnen mit den Brautjungfern. Dann schlossen sich die übrigen Gäste mit ihren zuvor an den Rockaufschlägen angesteckten Buchsbaumsträußchen an.

In der Kirche hatte sich der Dörrenbacher Dorfschullehrer Heinrich Jakob Niess vorne vor der Sandsteinkanzel mit seinen Zöglingen in Paradereihe aufgestellt und den Hochzeitszug mit dem Choral *Jesus meine Zuversicht* empfangen. Die Kompanie löste sich im Mittelgang auf. Zur rechten Hand des Korridors ließen sich die Männer und Buben nieder, zur linken die Frauen und die Mädchen. Nach dem Eingangsgebet wurde ein Danklied abgesungen, bevor der alte Engel - wieso der? Das war doch gar nicht ausgemacht - mit seiner Predigt zum Einsatz kam.

Wie stets bei solchen Anlässen zog der Geistliche zu seiner Eingangspredigt das biblische Gleichnis des ersten Wunders Jesu bei der Hochzeit zu Kanaan mit den stets gleichen Worten Martin Luthers heran:

„Wenn es denn so gut ist, in die Wüste zu gehen oder Zuflucht im Kloster zu nehmen, warum hat sich Jesus Christus wohl dann zu der Hochzeit rufen lassen? Ist es denn so böse, in der Welt zu leben und ehelich zu werden, warum ehrt dann Christus den ehelichen Stand mit Seiner Gegenwärtigkeit, insonderheit bald mit Seinem ersten Wunder? Derohalben so lernet hier, dass unser Herr und Gott das vierte Gebot gesetzet hat, denn wo Hochzeit, das ist, wo Vater und Mutter sind, da muss ein Haushalten sein, da wird Weib und Kind, Knecht und Magd, Vieh, Acker, Handwerk und Nahrung sein im Überfluss. Dieses alles zumal will der Herr uns als ein heilig Leben und einen seligen ehelichen Stand hiermit befohlen haben, dass Ihn niemand verachten, sondern ehren und für groß halten soll, wie er Ihn ehret. So möget Ihr Brautleute den Trost hier finden, wenn Ihr fromm und Gottesfürchtig seid,

dass Euch Gott nicht lassen, sondern mit Seinem Segen gern bei Euch zusetzen will und allen Mangel wenden, wie Er hier tut. Denn hier geht's nicht anders, Eheleute müssen viel Anstöße haben in ihrer Nahrung und in vielem anderen. Aber so Ihr Christum in Eurem Herzen bei Eurer Vermählung lasset einziehen, das ist, so Ihr Gottesfürchtig seid in Eurem Ehestand und im Glauben Ihn anrufet, so soll der Segen und die Hilfe nicht außen bleiben. Das sollt Ihr heute lernen und wissen, denn darum wird es gepredigt, dass Ihr desto williger in den Diensten, so zur Haushaltung geordnet seid, bleiben sollt und Euch nicht verführen lassen und allezeit den Bund der Ehe in Treue mit unserem allmächtigen Gotte in Christum teilet, Amen."

Holle wunderte sich bei diesen Zuständen keinesfalls, dass nicht ein Wort von Psalm dreiundzwanzig oder wenigstens die sonst gebräuchliche Standardpassage gefallen war, wie etwa: *die Liebe höret nimmer auf, sie rechnet nicht das Böse zu, die Liebe suchet nicht das ihre,* oder: *diese drei: Glaube, Hoffnung, Liebe; die Liebe aber ist die größte unter ihnen.* Ihm kam es vor, als habe der mürrische Alte vor der Gemeinde gerade eine seiner üblichen launischen Standpauken abgeleiert, in dem Stil von: „Ich aber sage Euch: rauft Euch gefälligst zusammen, haltet Euch redlich beieinander, aber die Hände auf der Bettdecke, lasst die Finger voneinander, denn der Herr wird's schon richten und seht zu, dass Ihr der Kirche und der Herrschaft keinen Ärger macht, Amen."

Der Alte schritt zur Trauhandlung. Die Braut schritt, von ihrem Vater geführt, zu Holle und gemeinsam traten sie jetzt vor den Altar. Katharina war ganz in feinem Schwarz gekleidet, wobei der skandalöse blütenweiße Brautschleier sie so vollkommen umfing, dass man ihr weiches Antlitz kaum erahnen konnte. Hinter ihnen her schritten die Brautjungfern mit den Myrtenkränzlein in ihren ausgestreckten Händen und stellten sich seitlich neben dem Paar auf. Auf ein Kopfnicken des Geistlichen zelebrierten sie das Geflecht über die Köpfe des Brautpaares und hielten es dort in der Schwebe. Die Brautleute gaben sich die Hand, gingen nicht ganz gleichzeitig vor dem griesgrämigen Engel in die Knie, senkten die Häupter, über ihnen zitternd das Grün, und schworen sich auf die Bibel ihre gegenseitige ewige Treue, die da währet in Freud und in Leid, in guten wie in schlechten Zeiten. Sodann gelobten sie nach wörtlicher Vorgabe des Pfarrers dem hochfürstlichen, gnädigsten Landesherren ihre untertänigste Gehorsamkeit, Treue und Pflichtschuldigkeit in allen Dingen mit dem Schwur, die Herrschaft stets zu achten und zu ehren, ihr allezeit zu huldigen, die schuldigen Abgaben, Zehnten und Fronden zu leisten und nicht aus der Herrschaft zu entweichen. Ihrem geistlichen Hirten und der Gemeinde beteuerten sie, auch ihre künftigen Kinder zu deren allzeitigen, ergebenen Untertanenpflichten anzuhalten und diese zu Rechtschaffenheit, Bescheidenheit, Fleiß und christlicher Fügsamkeit heranzuziehen.

Zuletzt erfolgte das gemeinsame feierliche Glaubensbekenntnis sowie der Eid auf die ewige christliche Treue gegen den Allmächtigen Gott und die christliche Kirche.

Peter Neufang zog die Trauringe aus seiner Tasche. Es waren dies zwei schwere Goldreifen, welche in jeweils vier dicht nebeneinander geführten Lagen des robustesten Runddrahtes angefertigt worden waren. Den ihren streifte er Katharina über ihren rechten Mittelfinger, ganz wie es in voralten Zeiten der Brauch war. Dasselbe tat die junge Braut bei dem Bräutigam. Der alte Engel hatte diese Handlung völlig übersehen, da er sich mit der aufgeschlagenen Schrift soeben dem Altar zuwandte, denn sonst hätte er diesem heidnischen Firlefanz sofort Einhalt geboten. Während des Treueschwures läuteten die Kirchenglocken und die Brautjungfern legten abermals wechselweise die Myrtenkränzlein auf das Haupt der Braut und des Bräutigams, welche nach dem Schwur ganz auf ihren Köpfen verblieben. Das junge Ehepaar wurde gesegnet, auch die Gemeinde erhielt den Segen des Pfarrers und während der

Kinderchor unter dem Schulmeister Niess abermals das Liedlein „Jesus meine Zuversicht“ sang, begann der Auszug aus dem Gotteshaus. Auf der Portalstiege lüftete Holle den Brautschleier und steckte Katharina die schöne Gemmenbrosche, sein Erbstück der Steinbacher Vorfahren, an die Brust. Dann nahm er sein Eheweib in die Arme und küsste sie so innig und schamlos, dass die Nachfolgenden ihre Hälse reckten und den Zaungästen in unmittelbarer Nähe sämtlich vor Schreck der Mund offen blieb.

Der Leiterwagen war übervoll besetzt, als der Tross die Rückfahrt antrat. Holles Steinbacher Eltern, der Schulmeister Niess sowie der alte Engel und selbstverständlich dessen Sohn Casimir hatten es sich nicht nehmen lassen, die Hochzeitsgesellschaft in den Nachbarort zu begleiten. Erstens stand das versprochene Couvert mit der ansehnlichen Kollekte für die beiden silbernen Nachtmahlskelche noch aus und zweitens erfüllte der Geistliche mit der Fahrt seine Aufsichtspflicht, die ihn dazu anhielt, bei der Zusammenkunft der Korona in Becke's guter Stube ein waches Auge auf Ehrbarkeit, christliche Bescheidenheit und sittliche Mäßigung bei Speis und Trank sowie bei Gebet, Gesang und womöglich anschließendem Tanz zu haben. Außerdem war Fastenzeit und da ließ er es sich nicht nehmen, einen besonders kritischen Blick auf die Nachmittagstafel zu werfen, auf dass ja nicht zu viel Fleisch in den Schüsseln und auf den Tellern dampfte.

Auf Nickels Kommando schnalzte Jakob mit der Zunge. Napoleon legte sich ins Geschirr, zog an, die Leute auf dem Wagen wippten zurück und Areus umrundete bellend die polternde Korona. Ab ging die Fahrt über die Weißwies, die Breischbach und die Mauer nach dem Kirschgarten. Holle führte sein geliehenes Pferd hinter dem Gespann am Zügel, Katharina stak umständlich im Sattel und wunderte sich, dass am Ende nun doch alles genau so gekommen war, wie ihr Peter es geweissagt hatte. Sie wäre, während der gesamten Zeit ihrer Verlöbnis, besonders nach seiner Rückkehr aus dem fernen Engelland, niemals auf die Idee gekommen, an seinem Gelöbnis zu zweifeln, denn auf ihn vertraute sie. Aber da war auf einmal ein seltsames Gespür in ihr, nein eher Respekt und Achtung vor den wunderlichen seherischen Gaben ihres Gatten, der stets genau wusste, was er wollte und seine Verehelichung zu dem vorausgesagten Tag prompt bekommen hatte. Ihr Glück war vollkommen.

Die Mittagstafel eröffnete zuerst der Brautvater mit einer kurzen Ansprache. Dann schloss sich unaufgefordert mit einem kleinen Gebet und einer Danksagung der junge Ehemann an. Schon wieder eine Ansprache vom Neufang. Das behagte dem Engel keinesfalls, denn das Predigen war sein Metier und darin hatte sonst niemand etwas verloren. Peter bedankte sich für das Kommen der Gäste. Er lobte zuerst seine liebenswerte junge Frau – ja, er sagte liebenswert -, sodann erwies er seinen Schwiegereltern und seinen Eltern seine Reverenz, ganz besonders aber schmeichelte er nach dem greisen Engel und dessen Sohn hinüber, die mit dafür gesorgt hätten, dass es überhaupt am heutigen Tage schon soweit gekommen sei und wünschte zum Abschluss der Runde einen gesegneten Appetit. Die Gläser wurden angehoben, es wurde ein frommer Trinkspruch ausgebracht, die Anwesenden beschlossen ihn mit einem braven Amen. Der alte Engel sprang von Stuhl auf, warf seine Serviette auf den Tisch und hob an, vor der Schar der Gäste eine eindringliche christliche Standpauke zur allseitigen Mäßigung, Gottergebenheit und Sittlichkeit in allen künftigen Dingen zu halten. Er ließ sich wieder auf seinen Stuhl fallen und betete laut und tief über seinen Teller gebeugt seine Bitte um die Segnung des Mahles, die allseits mit einem abermaligen Amen sekundiert wurde. Die Löffel fingen an, sich zu rühren, weißer Dampf stieg aus den Schüsseln auf, reichlich wurde mit der Kelle in die Kumpen und Teller geschöpft. Brotlaibe wurden kenntnisreich beklopft und berochen, anerkennend wurde dazu genickt. Es wurde aufgeschnitten, gebrochen, herüber und hinüber gereicht, auch der Schmalzhafen machte die Runde. Es schlürften die zitternden Alten, es schlappten die Jungen mit auffälligem Wohlgenuss die Klieten und Markklöße aus der Brühe heraus, Fett troff am Kinn herunter, es schnitten sich die Frauen ein paar Extrascheiben ab, es schnäuzten sich die Männer herzhaft in ihre Sacktücher und rieben sich ihre Nasenzinken ab, allseits herrschte der gesundeste Hochzeitsappetit.

Kurz vor dem Hauptgang legte Holle mit dem stillschweigenden Einverständnis des Geistlichen ein kleines Intermezzo für seine Eheliebste ein. Schließlich wollte er seine Gäste vom frommen Schweigebann, der während der Ouvertüre des ersten Ganges über der Stube hing, entbinden, und ihnen endlich einen artigen Zwischengang zur Erbauung und Aufmunterung bieten. Außerdem sollten sie ruhig miterleben dürfen, wie sich die junge Schöne sogleich an der nächste Gabe erfreuen würde. Er bat allseits um die geschätzte Aufmerksamkeit der Runde, indem er seine Arme ausbreitete und seine aufgekratzte Katharina zu sich winkte. Die Besonderheit, die er sich neulich erst ausgedacht hatte, hievte der junge Gatte unter großer Geste und umständlicher Ankündigung hinter der alten Schrankleiste hervor, sodass auch die Schwerhörigsten, von einem energischen Seitenstüber des Nachbarn getroffen, erschrocken aufstutzten.

Zum Vorschein kam ein einundvierzig mal dreiunddreißig Centimeter großes, aufwändig gerahmtes Pastellbildnis, das die junge Haustochter wiedergab und dermaßen treffend geraten war, dass sich die Leute vor anerkennendem Staunen nicht beruhigen konnten und *oooch!* und *du lieber Gott!* und *doo denkemool hieen!* und *dass ess doch allerhand! Und: guggemool wie scheen, kaa bissje wuschderlisch*[8] ausriefen. Holle hatte das Konterfei beim Sohn des Wagners Lauwer, dem jungen Nikolaus aus der St. Wendeler Grabenstraße heimlich in Auftrag gegeben, als dieser auf einem Kurzaufenthalt aus Trier in seiner Heimatstadt weilte.

Respekt vor diesem begnadeten Artisten der Bildnerei. Mit einem einzigen persönlichen Augenschein anlässlich ihres Besuches in der Werkstatt des Stellmachers hatte der junge Lauwer die äußere und, fast noch vollkommener, die innere Natur der Portraitierten sofort einwandfrei erfasst und sie getreu ihrem ganzen herrlichen jungen Antlitz nachgebildet. Der Mann war ein Phänomen. Den Namen musste man sich merken, nein, nicht die hier anwesenden Bauern, für die wäre das nicht in Frage gekommen, die hätten für den Kaufpreis des Gemäldes wahrscheinlich kein Verständnis aufgebracht.

Die Nachbarsmädel, adrett in weiße Schürzen herausgeputzt und rotwangig vor Aufregung, traten aus der Küchenkammer in die Stube herein. Sie trugen vor sich her den zweiten Gang, der von einigen besonders neugierigen Gästen voreilig inspiziert wurde. Abermals fuhr der alte Engel mit einem eindringlichen Tischgebet dazwischen. Die Tischgesellschaft schaute unter sich, sagte Amen in die gefalteten Hände und machte im Aufschauen dem Pfaffen zum Trotz noch mal so viel Aufhebens von alledem, was sich da inzwischen vor ihnen auf der Tafel aufgetürmt hatte. Dampfende Krautschüsseln, darunter Sauerkraut, Weißkraut, auch Wirsing, alles untermischt mit dicken weißen Bohnen und reichlich Kümmelspreu, wanderten von einer Hand zur nächsten. Es wurde reihum reichlich aufgetan, aus irdenen Brätern flutschten übergroße, daumendicke Rauchfleischlappen auf die untergehaltenen Teller. Mit weißem Pfeffer wurde hier und da deftig beigewürzt. Dazu gab es mit krausen Butterspirgeln gekrönte, mit Eierscheiben und getrocknetem *Peterling* garnierten *Grombeere-Schdambes*, dampfendes Kartoffelpürree, den sich auch die zahnlosen Gäste auf der Zunge zergehen lassen durften. Beißender Meerrettichduft zog durch die Stube in die Nasen und machte die Brust frei für Branntwein und Riesling-Traminer aus dem Alsenztal. Den hatte der Meier Jacob Weiler von seiner Verwandtschaft, aus der Mannweiler Hahnmühle nahe dem Städtchen Rockenhausen, in Extrasendung kommen lassen und etliche Flaschen als Brautgabe großzügig beigesteuert. Zum Beschluss dieser zweiten Runde tischte der junge Casimir Engel der zufriedenen Gemeinschaft seine Brautgabe auf, indem er sich von seinem Platz erhob und den Tischchoral *Nun danket alle Gott mit Herzen, Mund und Händen* anstimmte, in das der alte Meier Adam Weiler sogleich großspurig einstimmte, den Stuhl rückte und den Anwesenden mit erhobenem Zeigefinger bedeutete, ebenfalls aufzustehen und mitzusingen. Das war was Rechtes für die Alten und allenfalls für die Jungen, die sich alsbald ebenso in den Gesang einmischten, um den scheppernden Gang der Strophen etwas entschiedener voranzubringen. Der Choral war abgesungen, der alte Engel war's zufrieden, die Schar durfte sich wieder auf die Plätze begeben und ein wenig plaudern.

Es war nun an der Reihe, dass der Bräutigam, wie es sich gehörte, ein paar weitere weltliche Beiträge, ein paar hübsche Verse, eine Anekdote zum Besten gab, denn Dessert stand bevor. Warum nicht mit einem braven Ständchen den gehabten Gaumenschmaus abrunden, die Zungen kitzeln für kommendes Honigsüßes, ein Liedlein auf der Mundharmonika für seine junge Frau?

Ich bete an die Macht der Liebe intonierte Holle auf seinem Instrument und die Leute horchten auf! Das waren ja überirdische, geradezu himmlische Töne, die nun aus dem wunderlichen kleinen Tonkasten erklangen, den Zuhörern war das allesamt vollkommen neu und unbekannt. Als aber die selige Katharina nach der ersten Melodienstrophe mit dem christlichen Text in die Musik einfiel, da schloss sich zuerst der junge Casimir Engel, sodann sein Vater und gleich hinterher der Altmeier Adam an. Der Text war ihnen als Gebet geläufig, nicht jedoch die Melodie. Die aber rührte in seinem Zusammenspiel sofort die gesamte versammelte Hochzeitsgesellschaft dermaßen an, dass sich am Ende hier und da auch ein paar erweichte Gäste diskret schnäuzten, auch mal einige Tränen aufblitzten, die man verschämt mit dem Sacktuch aufsog. Holle hatte gepunktet. Mit einer noch herzergreifenderen Arie fuhr der Instrumentalist fort. Diesmal ganz seiner Katharina zugedacht, kam, teils gesungen, teils aus der Mundorgel gesaugt und geblasen, das sentimentalische alte Volkslied, das damals selbstverständlich noch jedermann völlig unbekannt war, zum Vortrag: *Sah ein Knab ein Röslein stehn, Röslein auf der Heide.* Holle hob mit einer kleinen Erklärung an, indem er der Runde zunächst zu verstehen gab, dass der Text vor gerade ein paar Jahren erst von einem wahren Kometen am Dichterhimmel in der Elsässer Gegend geschaffen worden sei, der ein paar Monate zuvor für Fouror mit seinem Werther-Büchlein gemacht habe, der Name sei Göthe. Na ja, niemand reagierte. War auch egal, Hauptsache, das gemütliche Lied ging den Leuten zu Herzen und konnte ihnen die gehörige Gemüts- und Leibes-Erbauung nach dem zweiten Gang bieten.

Der Bräutigam intonierte die Schubert-Melodie zunächst auf seiner kleinen Harmonika, die alleine schon für sich genommen auf größtes Erstaunen gestoßen war. Sodann sang er mit seiner schönen, getragenen Tenorstimme die beiden Strophen vor seiner Angebeteten ab und hinterdrein noch einmal, bis auf sein Zeichen die Gästeschar schließlich zaghaft einstimmte. Zuerst eher winselnd, mit dem Fortgang der Wiederholungen zunehmend beherzter, um hinterher seufzend vor Rührung zu der Erkenntnis zu kommen, dass man hier am Tische doch erstaunlich miteinander harmoniere. Das müsse man bei ähnlicher Gelegenheit unbedingt wiederholen. Auf energischen Wunsch des alten Adam kam zum Abschluss noch einmal *Ich bete an die Macht der Liebe* zur Aufführung, das sei schließlich was Reales, dazu könne ein jeder hier in dieser Stube uneingeschränkt stehen, außerdem sei es die rechte Vorlage zum Mitsingen und Gottgefällig allemal für diesen hohen Tag.

Es wurde endlich der Nachtisch serviert, bei dem die ersten Gäste, trotz ansprechender Zurichtung der kleinen Köstlichkeiten, es waren eingelegte Birnen auf Hafergries in einem Honignest, schon kapitulierten, indem sie doch lieber auf einen klaren Brand aus dem Zwetschgengarten auswichen. Die Gesellschaft löste sich gegen den späten Nachmittag auf, denn das Vieh war zu versorgen. Auch warteten Zuhause die bettlägerigen Alten auf den trockenen Brautkuchen und die Abendsuppe. Pünktlich kehrten die Gäste wieder, denn es wollte, wie es der Brauch von alters her gebot, die Abendsuppe im Brauthaus eingenommen sein.

Nach dem Abendessen wurde zuerst ein gehorsamster Toast auf den Fürsten ausgebracht, dem sich der alte Adam sichtlich halbherzig anschloss. Sodann kam endlich der ersehnte Brauttanz an die Reihe, indem zuerst der Bräutigam, danach der Brautvater und sodann alle männlichen Gäste der Reihe nach der Braut die Ehre gaben, eine halbe Runde mit ihr zu tanzen. Holle begleitete seinen ersten Tanz mit seiner Gesichtsharfe, indem er die eine Hand um die Taille seiner hübschen jungen Frau legte und mit der anderen Hand die Seitwärtsbewegungen der Harmonika an seinem Mund vollführte. Das war ein kurioses Bild, aber es funktionierte. Auch kamen Melodien zum Vortrag, die der Bräutigam wieder mal wer weiß woher aufgelesen hatte. Sie waren so eingängig, so melodiös, dass das Publikum sogleich einstimmte und zum Schluss sogar vor Ausgelassenheit fast mitkreischte.

Was er spielte? *Holle reiste jüngst zu Pfingsten* oder *Mein Hut der hat drei Ecken*, *Ein Vöglein wollte Hochzeit machen in dem grünen Walde* und so fort, allesamt höchst vergnügliche Melodeien, die er wieder und wieder geben musste, auch vorgesungen im Text. Es juckte den Weibern in den Füßen, sie zogen ihre Männer in die Mitte und wieder einmal karambolierten sie sich im Ostertaler Dreher mehr oder weniger geschmeidig schunkelnd über die Dielen. Hier und da wurde auch mal halblüstern ein spitzer Schrillschrei ausgestoßen, aber das hielt sich insgesamt in Grenzen, hatten sie doch eine höchst kompetente Oberaufsicht in ihrer Mitte, die darauf hielt, dass die Ausschweifungen nicht gar zu sehr escalierten.

Holle erwies sich an diesem Abend als regelrechte Stimmungskanone, der im Handumdrehen die Herzen der älteren Damen gewonnen hatte. Die Sympathien der Jugend hatte er längst, denn was er hier zum Besten gab, das war neu, modern, ein wenig aufsässig auch, eben ganz nach dem Geschmack der Halbwüchsigen.

Die Feierlichkeiten dauerten, trotz der strengen herrschaftlichen Auflagen, bis weit nach der mitternächtlich gesetzten Frist, aber das war für heute zu verantworten, denn sowohl der Meier, als auch der Altmeier hatten ein amtliches Auge auf den gesitteten Rahmen der Handlungen und auch die beiden Dörrenbacher Geistlichen hielten in ihrem Diensteifer wacker die Stellung. Das durfte nicht verwundern, denn Holle versäumte nicht, sie zwischendrein zu ihrem vollkommenen Einverständnis, wie es sich gehörte, mit den passenden frommen Psalm- und Lobliedern auf seiner Mundharmonika zu versorgen. Mit ehrerbietiger Beflissenheit, wie es sich für einen rechten Christenmenschen, einen frisch Vermählten zumal, ziemte, ließ er es überdies an löblich leiblicher Labung für Engel Vater und Engel Sohn an diesem Abend nicht ermangeln.

Dem Meieradjunktus Jacob aber - und nicht nur ihm - ging während des gesamten Abends ein Gedanke nicht aus dem Kopf: wie konnte es sein, dass der Neufang schon vor drei Monaten diesen einen Tag dermaßen exakt vorauszusagen wusste, dass seine Ankündigung eben genau so eintraf, wie am heutigen Tage geschehen? Das war ja doch mit geistlichem Beistand von oben, auch mit der pennsylvanischen Herkunft des Weissagers alleine nicht zu machen gewesen.

Unterhielt er etwa spezielle Kontakte zu einflussreichen Kreisen im Oberamt oder möglicherweise sogar darüber hinaus, von denen Jacob noch nichts wusste? Ob dies alles mit rechten Dingen zuging? Der Neufang wurde dem Meier allmählich irgendwie suspekt. Nicht so erging es seinem wunderlichen Bruder Jakob. Für ihn war alles sonnen-, vielmehr mondklar. Es war mit Holle eben, wie es war, Jakob hatte es bei seinem kurzen Ausflug, oder sollte man vielmehr sagen, bei seinen gelegentlichen spontanen Ausflügen, ja selbst miterlebt.

XXVIII

Der Mond versank gerade hinter der Althöh in den Hecken, als die letzten Hochzeitsgäste den Kirschgarten verließen. Holle hatte seine Steinbacher Vorfahren nach langem Hin und Her gegen zwei Uhr des Nachts auf den kurzen Leiterwagen gehievt, um sie hinüber auf die Höh nach ihrer Heimstatt zu schaffen. Sie hatten sich rundheraus verweigert, im Becke Haus ihr Nachlager zu nehmen, wo man ihnen vortags in Katharinas Kammer eigens eine Bettstatt hergerichtet hatte. Das ging ihnen, bei aller durch die Heirat und das ganze Drumherum neu erworbenen Freundschaft, denn doch zu weit, nein das komme nicht in Betracht, bewahre, auf keinen Fall und so weiter. Eigentlich waren sie nach dem üppigen geistlichen und geistigen Zuspruch an der Hochzeitstafel nicht mehr ganz Herr ihrer Sinne. Denn auf einmal brachen beide in Tränen aus und gaben ihren Gastgebern undeutlich schluchzend, aber allen Ernstes, zu verstehen, dass, wenn sie denn in dieser Nacht schon stürben, sie dieses gefälligst in ihren eigenen Betten tun dürften. Dann wäre zum Wenigsten sichergestellt, dass ihnen ihre Vorväter in der Kammer noch einen letzten Beistand würden zuliefern können. Außerdem würden sie droben auf der Steinbacher Höhe näher bei ihrem Gott sein als hier in der Fremde im Tal.

Auch die beiden Dörrenbacher Geistlichen, mitsamt dem stocknüchternen Schulmeister Niess, hatte Holle als Fahrgäste für ihren Heimweg nach dem Pfarrhause geladen. Erstere hielten sich, trotz der gehabten kräftigen Stärkung am ausgezeichneten Hahnmühler Tropfen, in leidlich ansehnlicher Verfassung, vermochten indes den angeschlagenen Steinbacher Mitreisenden auf der Fahrt nicht mehr zur Gänze die rechte Erbauung zu bieten. Alles Einreden auf die besinnungslosen Altenteiler in den Strohsäcken wollte nicht fruchten, auch nicht das hin und wieder besorgte Ruckeln an den schlaffen Schultern. Es kam lediglich ein undeutliches Quengeln und Gurgeln zurück. So wiesen sie denn den jungen Kutscher in christlicher Nachsicht an, keinen Umweg mehr über das Pfarrhaus zu machen, da sich hier jedes Säumen mit Rücksicht auf die zerbrechliche Fracht verbiete. Sie stiegen lieber vorher aus und machten ihre letzte Wegstrecke nach dem Pfarrhügel zu Fuß durch die Dunkelheit. Es war ja nur noch der kurze Fußpfad durch den Hainbuchenschlag nach dem alten Kirchgarten und den Kirchhof hinter dem Pfarrhaus zu nehmen. Nachdem der junge Casimir sich artig beim Fuhrmann für das freundliche Geleit durch die Osterwiesen bedankt und der gesamten nächtlichen Fracht seinen flüchtigen christlichen Segen gespendet hatte, entschwanden Vater und Sohn in die Nacht. Der Niess hatte sich schon vorher empfohlen und auf halber Strecke davongemacht.

Unterwegs hatte Holle zweimal das Gefährt anhalten müssen, weil er damit rechnete, dass der alte Neufang, der wie besinnungslos unter der Sitzbank kauerte und bedrohlich vor sich hin röchelte, die nächste Kehre nicht mehr erleben werde. Aber alle drei überstanden die Exkursion in erklecklichem Zustand, wenn es auch für Holle einiger Anstrengungen bedurfte, die beiden Alten die Stiege hinaufzuschaffen.

Auf diese Weise kam der Mann um seine erste Hochzeitsnacht, aber er hätte wahrscheinlich ohnehin nicht mehr allzu viel ausrichten können, denn auch er war beträchtlich angeschlagen und froh, endlich nach Hause in seine Kammer zu kommen. Beim Einfahren in das Gattertor nach Werschweiler zeichneten sich über den Dächern schon die grauen Konturen des heraufdämmernden Morgens gegen den Nachthimmel ab. Der alte Leonhardt war noch immer brav auf seinem Posten und salutierte dem jungen Hochzeiter sogar freundlich grinsend mit seiner Bouteille aus Steingut hinterher. Holle hielt seine Stute Napoleon beim Kastanienbaum vor dem Hofplatz an, betrachtete sich sein neues Zuhause nochmals aus dieser ungewöhnlichen Frühperspektive und vernahm den Amselhahn, der auf dem Strohfirst zu einem ersten zaghaften Frühlingslied anhob.

Seine Katharina lag längst schlafend im engen Bettkasten als er zu ihr stieg und sich an sie schmiegte. Was war es für ein seliger Moment, ihren Atem zu hören, ihr duftendes Haar zu riechen, ihren warmen, weichen Körper zu spüren. Holle konnte lange nicht einschlafen.

Gegen Mittag wachten sie Arm in Arm auf. Es war ein überwältigendes Gefühl der Geborgenheit, das die beiden in ihrer innigen Nähe umfing. Holle erkannte einmal mehr, wie zart, wie jung seine Frau noch war. Diese makellose Haut, die kein einziges Fältchen aufwies, diese strahlend weißen Zähne, die geradezu kindlich kleinen Hände, die in den seinen lagen, sie war ja nicht einmal achtzehn Jahre alt.

Drunten in der Stube herrschte gedämpfte Geschäftigkeit, vorsichtiges Stühle rücken, ab und zu sachtes Klappern des Geschirrs, leises Geplauder der Eltern. Durch die Stube wehte noch jetzt die Hochzeitstimmung von gestern nach, es klangen noch die fröhlichen Melodien zur Mundharmonika, das *Heideröslein*, der *Hut mit den drei Ecken* und *Es grünet die Hoffnung, bald hab ich gewonnen.* Im gesamten Haus hing der Geruch der vorabendlichen Speisen, dem saurem Kohl, dem Braten, der Hühnersuppe, von Branntwein, Alsenzer Riesling und abgestandenem Bier.

Katharina war glücklich und nahm nach einer Weile des seligen in sich Gehens abermals zärtlichen Kontakt mit ihrem Eheliebsten auf. Sie herzten und küssten sich, schmiegten sich gegeneinander und dann, errötend, aufgeregt und verschämt, erschrak sie, suchte ausweichend ihr Ebenbild an der Wand. Sie blickten sich beide ins Gesicht und konnten nicht voneinander lassen. Es war seltsam: Katharina schaute in ihr eigenes Konterfei wie in einen fernen Spiegel. Sie erkannte sich und doch wieder nicht. War sie eine andere geworden? Hatte eine einzige Nacht ihr ein anderes Antlitz verliehen? Aber nein, es war heller Tag und das Bildnis war jetzt noch schöner, strahlender als beim Kerzenschein des gestrigen Abends. Lange betrachtete sie sich ihr Selbst und nahm mit Herzklopfen und Staunen zur Kenntnis, dass ihr Gegenüber, wie sie sich auch drehe und wende, sie beständig anschaute. Das war ihr peinlich. Sie gestand es ihrem Liebsten, der nun seinerseits behauptete, nachdem er von seiner jungen Frau abgerückt war, um einen möglichst seitlichen Winkel zu dem Gemälde einzunehmen, dass das nicht sein könne, da das Konterfei doch immerzu ihm ihre volle Aufmerksamkeit zukommen lasse und ihm in allen schrägen und spitzen Winkeln unaufhörlich nachhänge, sie möge nur mal genau hingucken.

Die Köpfe wurden geneigt, verdreht, andere Perspektiven durch Aufstehen aus der Liegeposition, durch gewagtes Hinauslehnen aus dem Schlafkasten eingenommen, es blieb dabei: Das Pastell schenkte beiden gleichzeitig ihr mildes Lächeln. So standen die beiden Jungvermählten denn nach einigem schäkernden Disput endgültig aus ihrem Liebeslager auf und begaben sich barfüßig und nackend, wie Gott sie geschaffen hatte, in die gegenüberliegenden Stubenecken, nur um sich gegenseitig von ihrem eingenommenen Standort herüber bestätigen zu können, dass das Abbild im Rahmen ihre dunklen Augen gerade jetzt auf ihn, nein auf sie, gerichtet halte. Es war ja doch allzu kurios, was das Paar da um die Mittagszeit aufgedeckt hatte. Katharina nahm dies mit großem Enthusiasmus sofort als gutes Omen für beider gemeinsame Zukunft an. In diesem Bildnis wohnten gewiss die Seelen ihrer Voreltern, die immerzu ein wachsames, beschützendes Auge auf ihre Nachenkel hätten, auf beide zur gleichen Zeit. Zu diesem Beschluss kam die junge Frau mit großer Überzeugung, bevor ihr Holle liebevoll zustimmte und endlich ihre betörende Nacktheit erkannte. So kamen sie sich verlegen, ja schüchtern, einander näher, berührten und umarmten sich und teilten um diese späte Vormittagsstunde in erster inniger Liebe miteinander das gemeinsame Lager.

Drunten war es inzwischen schon munter geworden. Alles Gemahnen um das schlafende Paar war aufgegeben, es lachte und kicherte in der Küche, es klapperten die Schüssel, die Fenster wurden aufgestoßen, die Gardinen blähten sich, die Haustüre gerxte in den Angeln. Aus dem Dorf waren die letzten Grüße an das Brautpaar überbracht worden, Strohkränze wurden zusammen mit artigen Gratulationssprüchen überreicht, auch Kinderwiegen und Puppen aus Stroh waren auf der Treppenstiege abgestellt worden. Kuchen wurde an die Gratulanten ausgegeben, auch hier und da ein Gläschen Branntwein gereicht. Nun endlich kam das junge Paar, wie es sich gehörte, verschämt und mit einem schlechten Gewissen im Nacken, endlich die Stiege herabgeschlichen, um sich sogleich in die Stall- und die Aufräumarbeiten einzureihen. Was wurde gegrinst und gezwinkert und zweideutige Sprüche von den eifrigen Gratulanten herausgelassen. Die jungen Eheleute mussten an diesem Tage ein ums andere Mal errötend noch allerhand über sich ergehen lassen, aber so erging das wohl den meisten Jungvermählten. Holle und Katharina waren noch ganz und gar im Taumel der Seligkeit gefangen und fanden bei der tätigen Arbeit doch immer wieder mal in einem unbeobachteten Augenblick zusammen, um sich leidenschaftlich zu umarmen und zu küssen.

Gegen Abend kamen die Altenteiler des Dorfes, das waren alle Einwohner, die das sechzigste Jahr überschritten hatten, die ihre Haus- und Ackerwirtschaft an die Kinder weitergegeben hatten, unter dem Kommando des Adam Weiler im Kirschgarten vorbei, um die Nachhochzeit zu begehen. Das war von alters her der Brauch. Daran vermochten auch die jüngsten oberamtlichen Verordnungen nichts zu ändern, welche die Feierlichkeiten strikt auf einen Tag begrenzten und dessen peinlich genauer Einhaltung die Ottweilerschen Landgarden stets mit besonderem Fleiß nachkamen. Die Uniformierten brachten selbstverständlich jeden Vermählungstermin in den Dörfern ihres Beritts rechtzeitig in Erfahrung, um ja nicht zu säumen und pünktlich beim Hochzeiterhaus vorzusprechen, wo sie, durchaus willkommen, dem jungen Paar mit einem Verslein alles Glück und Gottes Segen wünschten. Kaum zu erwähnen, dass für sie immer auch eine probate Wegzehrung, wie Braten und Kuchen und in nicht wenigen Fällen auch mal ein Steinkrug Branntewein zur Wegzehrung abfiel.

Da saßen, vielmehr, kauerten die Greise nun in schäbiger Runde am Tisch. Kümmerliche acht Figürchen waren es, die zumeist stocktaub und zahnlos vor sich hin und wiederkäuten, hin und wieder tatternd ihr Stückchen Schmalzkuchen in die Abendsuppe tunkten und auf das untergehaltene Tischtuch sabberten. Der Älteste in der Runde war der Zensor Veltin Beck. Er zählte dreiundsiebzig Jahre und war in seinem gesamten Gehabe, überhaupt im ganzen verwitterten Leibgebäude bei weitem der baufälligste der Anwesenden. Er hüstelte immerfort vor sich hin und erklärte beständig blöde in die Runde, er käme heute wieder mal nicht *dahinter*. Dann holte er laut aus, um *dahinter* zu kommen. Es gelang ihm dies nicht, also ging er zur Gegenstrategie über, indem er mit seinem Daumen anhob, durch gegen–den-Mund-pressen die trockenen inneren Luftstöße gegen seine bläulichen Lippen aufzuhalten, was nicht den erwünschten Effekt zeitigte. Das war alles in allem ein kurioses Gehabe, aber es kümmerte sich schon lange niemand mehr recht um den Beck. Man hatte ihn eigentlich längst abgeschrieben, er war überfällig. Soviel stand fest: der Veltin stand als Nächster auf der Liste.

Der jüngste Alte war der Nachbar Valentin oder Veltin Wagner aus Waanerveldes mit satt einundsechzig. Er gehörte eigentlich noch gar nicht hierher, so tatkräftig er sich immerzu am Tischwerkzeug zu schaffen machte. Der Wagner konnte die Leute regelrecht anstecken und aufwiegeln mit seiner Nervosität, denn er war unaufhörlich am Schieben und Hantieren mit seinem Tischgeschirr. Löffel hierhin, Gabel dorthin, Messer ausgerichtet, Kumpen nach vorne, Tischtuch angezogen. Und wenn er nicht ordnete oder rückte, dann nestelte er mit dem eingehakten Zeigefinger und der vorgestreckten Schnute hinter seinem Halstuch herum, schob den Hals nach vorn, zog das Kinn glatt. Dann wieder suchte er zu lockern, zu weiten, hüpfte unruhig wandernden Blickes von einem zum anderen der aufwartenden Gastgeber, als sollten sie ihm endlich den Grund seines Hierseins gestehen. Als sollten sie ihm herausgeben, was er in Dreigottes Namen ausgefressen habe, dass er plötzlich mitten unter dieses Häuflein seniler Greise geraten sei und ob es mit dem Auftischen, zack, zack, nicht was schneller gehe. Er könne hier nicht den ganzen Abend in Untätigkeit verbummeln, müsse noch die Saat für morgen richten, müsse auch in den Stall, die Kuh stehe kurz vor dem Kalben. Er war nach dem Essen denn auch der erste, der den Teller von sich schob und aufsprang, um das Weite zu suchen.

Schau an! Da saß nun auch die Hirtemarie in der Runde der Senioren, wo sie doch sonst stets die Dorfgesellschaft mied wie die Pest. Wo sie doch aus Prinzip um alle Zusammenrottungen im Dorf einen weiten Bogen schlug, jeder Gelegenheit aus dem Weg zu gehen verstand; die auch anderweitig fremdelte und scheute wie eine unzeitige Herbstkatze. Was war in die Alte gefahren, dass sie sich hier plötzlich im Kirschgarten untermischte? Alt genug an Jahren war sie bei Leibe für die geladene Runde. Gehörte sie nach chronologischer Ordnung dazu? Ohne Frage, ja! Und nach sonstigem Gehabe auch? Da hätte ihr der eine oder andere am Tisch sicher gern in spitzer Anspielung das Seinige beigebogen, alleine, die schärfsten Maulschwenker bissen sich auf die Zunge, denn der Altmeier Adam saß dabei und verstand keinen Spaß.

Holle erbot sich, auf seiner Mundharmonika alte Choräle und Psalmen anzustimmen, auch schöne Lieder aus der Jugendzeit, wie *Heute scheid ich*, das *Laube Lindlein Laube* oder *ein Maidlein zu dem Brunnen ging*, sollten zum Vortrag kommen. Er musste bisweilen ganz nahe an die Alten heranrücken, damit diese überhaupt mitbekamen, was hier gespielt wurde. Was sie da endlich hörten, das veranlasste sie bald zu einem seligen Lächeln, zu heftigem Kopfnicken, zu regen Kaubewegungen mit ihren spitzen Unterkiefern und hier und da sogar zum Mitsummen.

Nur der alte Adam spähte mürrisch in die Runde und verlangte, mit diesem Unfug endlich aufzuhören. Der junge Hochzeiter möge gefälligst ein paar fromme Psalmlieder zum Besten geben. Er, Adam, habe kein Verständnis für das Gesäusel von der längst vergangenen holden Jugendzeit, die ja doch so hold gar nicht gewesen sei. Nach vorn müsse man blicken, nicht zurück und wo vorn sei, da sei Gott, da strahle Seine Verheißung, da winke ewige Jugend.

Diesen Gefallen tat ihm Holle sofort, denn er wollte das Seinige zum Gelingen des Abends beisteuern und das konnte nur geschehen, wenn er den Altmeier mit seinen weltlichen Unterhaltungen nicht unnötig reizte. Den Übrigen war es auch recht, wenn sie nur etwas zum Eintunken in die Suppe hatten. So kamen also denn nacheinander erbauliche Singstrophen zum Vortrag, als da waren: *Lobet den Herren den mächtigen König der Ehren. Ein feste Burg ist unser Gott. Den die Hirten lobeten sehre.* Adam übernahm lautstark die gesangliche Führung, indem er erst seinen Priem aus dem Fenster spie, sodann von seinem Platz aufstieg und mit vorauseilender Stimme die übrige winselnde, schleppende Singeschar in Eile vor sich her trieb. Sodann gab er seine umfassenden Kenntnisse der dargebrachten Lieder zum Besten, indem er Strophe um Strophe bis in die hintersten Zeilen hinein aussang, als alle anderen schon längst vor den unbekannten Gefilden der Lobestexte kapituliert hatten. Einige waren indessen entweder schon eingenickt, oder sahen betreten unter sich vor Hochachtung vor diesem Manne, der es bei seinem Alter ja doch noch gewaltig in sich hatte. Immerhin, er war ja nicht umsonst der Vorsteher, der herrschaftliche Meier gewesen.

Den schönsten Vortrag auf der Harmonika aber brachte Holle mit seinem Lieblingslied zur Aufführung. Es war das erbauliche Liedlein *Schafe können sicher weiden*, das vom großen Namensvetter des hiesigen Ahnherrn und Spielmanns, Johann Sebastian Beck, einst aufgeschrieben worden war. Niemand in der Runde kannte die herzergreifende Melodie, auch nicht der kapitelfeste Adam.

So manchem Pröbchen geistlicher und geistiger Erbauung wurde an diesem Abend noch zugesprochen, bis gegen die achte Stunde der letzte Überhälter endgültig aus seinem Sitzkissen gehoben wurde und von seinen Leuten in Empfang genommen und nach Hause abgeführt werden konnte. Adam lobte den guten Schluck, den er hier habe einnehmen dürfen. Auch für den jungen Hausmann hatte er ob seiner musikalischen Darbietung durchaus einige freundliche Worte gefunden. Der Neufang müsse, sagte er, unbedingt in der hiesigen Kapelle die Lobgesänge auf seiner Mundorgel begleiten, das sei doch erst ein rechter Gottesdienst, der auch im frommen Liede seinen erbaulichen Ausdruck finde. Was er von diesem Vorschlage halte?

Was sollte Holle dazu sagen?

Er fühlte sich geschmeichelt und gefordert zugleich, das war doch wohl der Ruf zur Fahne, zum Dienst an der protestantisch, christlichen Front.

Verweigern!

Verweigern gab es nicht, stand außerhalb jeder Diskussion und so kam es, dass der Schreinergehilfe Peter Neufang vom Altmeier Johann Adam Weiler als erster Mundorganist der Dörrenbacher Kirchengemeinde, Filialkapelle Werschweiler, in Dienst gestellt worden war. Gott sei Dank nur für vier Veranstaltungen jährlich, mehr war zum Glück aus dem Dörrenbacher Engel nicht herauszuholen gewesen.

Die Feierlichkeiten waren vorbei, die Wiederherstellung der altgewohnten Ordnung nahm ihren Lauf. Holles Schwiegereltern hatten sich mit ihrem neuen Sohn ohne größere Diskussion darauf geeinigt, dass er die Hälfte der Haushaltung überschrieben bekommen werde. Man wolle sich nicht nur die Erträge aus der Landwirtschaft teilen, auch die Einkünfte aus der Schreinerei sollten ab jetzt zu gleichen Teilen den Kindern zugesprochen werden. Das sei nicht nur gerecht, sondern auch so üblich. Dafür müsse der neue Sohn selbstverständlich alle Risiken mit tragen. Ob er mit diesen Vorschlägen einverstanden sei, fragten sie in aller Form nach, denn sie wussten, was sich gehört. Möglicherweise habe er dem Ganzen auch eigene Vorstellungen hinzuzufügen.

Holle war mit dem Vorschlag insgesamt mehr als zufrieden, was konnte er Besseres erwarten? Er hatte ja sein großes Ziel erreicht. Er war jetzt endgültig in seinem *alten Dorf* angekommen, hatte seine große Liebe geheiratet und war sogar Organist in der hiesigen Kirche, naja, Kapelle, geworden. Klar, dass er eine Menge neuer Ideen mit sich im Kopf herumtrug aber das sollte nicht alles auf einmal vorgebracht werden. Jetzt nicht übermütig werden, eins nach dem anderen, gab er sich als Devise aus. Also: womit beginnen?

In der Werkstatt waren einige Änderungen vorzunehmen, der junge Ulrich sollte eine gründliche Ausbildung durch ihn erhalten, dafür wollte er sich die nötige Zeit nehmen. Ein Projekt, das ihm besonders am Herzen lag, nämlich hinter dem

Beckschen Haus einige Räumlichkeiten durch einen Anbau zu erschaffen, wollte er unbedingt vorantreiben. Das Vorhaben legte er seiner Katharina mit der Begründung nahe, er sei aus seiner pennsylvanischen Heimat immerhin einen bequemeren Standard, ein großzügigeres Wohnen, auch in Sachen Hygiene, will heißen, Dusch- und Baderaum, gewohnt gewesen. Was er hier vorgefunden, das sei, gelinde gesagt, nicht zu ertragen, jedenfalls nicht auf Dauer. Wie gesagt, aus der Neuen Welt sei er mit Fortschrittlicherem umgegangen und derartiges beabsichtige er auch hier in seinem neuen Heim für die Haushaltung einzurichten. Katharina wurde gebeten, ihrem Vater die Pläne seines Schwiegersohnes nahe zu bringen. Das tat sie sofort, denn Katharina hing ihrem Eheliebsten an den Lippen.

Nickel stockte das Gesicht. Aha, noch keine drei Wochen legitimiert und schon reißt er das Kommando an sich. Jetzt war die Devise: Obacht!

„Tja also“, begann der Schreiner seinen Einwurf gegen Holle nach dem Abendessen: „das alles, was Er uns da vorbringt, bei allem Respekt vor Seinen Ideen, möge Er uns, bevor wir etwann *gut also* oder *abgemacht* sagen, doch um einiges genauer auseinandersetzen. Woher sollen wir wissen, wie es drüben zugeht, daran muss man sich erst mal gewöhnen. Baden, ja, davon habe ich gelegentlich gehört. Es gab sogar in St. Wendel und in Ottweiler vor Zeiten einmal ein Badhaus, aber was ich darüber so in Erfahrung gebracht habe, bittesehr, das gehört nun doch eigentlich nicht gerade in die maßgebliche Ordnung meiner sittlichen Vorstellungen hinein, aber gut. Und das andere, wie sagte Er gleich, Duschraum?“

Ganz einfach funktioniere das, meinte Holle, der schon voller Tatendrang war. Man müsse sich eine Dusche oder einen Duschraum in etwa wie einen warmen Regenschauer aus einer Gießkanne an einem Sommerabend vorstellen, vielmehr wie ein regelrechter Regenschwall. Oder besser: Regensturzbach. Bitteschön, das sei kein laues dahin Nieseln oder Plätschern, es sei eben eher wie ein Brausen – mehr ein Sturmbrausen. Unter einem derartigen Regenschwall, man könnte auch Regenbrause sagen, das aus einer Düse, einem sogenannten Duschkopf komme, hielt man sich, vollkommen nackend, versteht sich, auf und wasche sich unter der Wasserfontäne den gesamten Körper und die Haare von oben bis unten hin mit Seife ab.

Aha, mit Seife also. Wozu das aber gut sein solle, wo doch die Doktoren lehren würden, dass man von allzu vielem Wasser, kaltem zumal, vielleicht abgestandenem und damit schlechtem Wasser, schwer erkranken, am Ende gar hinsterben könne, wie es einem etwa geschehen könne, wenn man sich schlechter Luft, einer *mala aria*, zu lange aussetze.

Holle konnte darauf nur erwidern, dass es eben immer auf das rechte Maß ankomme, wie bei allem. Er teilte beschwichtigend die nachdrückliche Meinung seines Schwiegervaters, dass ein Zuviel des Guten, zumal des Wassers, ungesund, ja fatal sein könne. Derlei habe man vor Jahren bei der großen Überschwemmung, als im Tal sogar Hütten und Ställe von den Fluten mitgerissen worden waren, leidlich erfahren müssen. Aber ein Zuwenig an Materia sei eben darob nicht minder schädlich, wie man dergleichen wohl leicht am Essen, am Schlafen, am Trinken, am Tabak kauen, am Arbeiten, ja sogar am Beten demonstrieren könne. Beispiele gäbe es genug, auch aus der Natur. Aus der Pflanzen- und Tierwelt könne man erkleckliche Fälle aufzählen, die am Ende doch zu nichts Gutem führten, wenn das Maß nicht gehalten werde. Der Apfelbaum etwa, der in günstigen Jahren zu viele Früchte trage, müsse doch auch zurückgestutzt werden, müsse rechtzeitig um seine Überlast befreit werden, damit er nicht ganz in sich zusammenstürze. In anderen, trockeneren oder zu nassen Jahren hinwiederum halte man vergeblich Ausschau nach einer einzigen Frucht, was dem Bauern auch nicht schmecke. Oder der Regenschauer, so er völlig ausbliebe, ließe den Acker und die Frucht und die Wiesen gänzlich verdorren. Der übermäßige Wolkenbruch wiederum löse, im Gegenteil, alle fruchtbare Krume auf, schwemme sie hinweg und lasse nichts als Verwüstung zurück. Man gedenke nur der Sonne, wenn sie zu eindringlich auf die Erde niederbrenne. Sie erzeuge mit der Gewalt ihrer Einstrahlung nur Wüstenei. Ließe sie hingegen ihre wärmenden Strahlen ganz vermissen, dann herrsche arktische Einöde.

Seine Devise sei daher, in allen Dingen das rechte Maß zu halten. Das sei förderlich für die Gesundheit, es sei abhärtend und es sei vor allen Dingen Gott gefällig. So käme gerade dem Körper eine Behandlung nach der Maßgabe des rechten Ausgleichs vortrefflich zustatten. Man müsse sich dabei nur mal gewärtigen, dass dieser ja doch fast gänzlich aus Wasser bestünde. Wie bitte? Fast gänzlich aus Wasser? Ja, recht gehört, und daher benötige dieser den rechten Liquiditätshaushalt, fordere angemessenen Nachschub. Nicht zu viel, nicht zu wenig und zwar von innen wie von außen, genauso, wie ein Baum, der seine Feuchtigkeit sowohl aus den Wurzeln unter der Erde als auch über seine Blätter und seinen Stamm beziehe. Wasser, das sei es. Wasser von innen, getrunken als labende Ergötzung am Morgen und am Abend, ebenso wie auf den Körper zugeführt in regelmäßigem Quantum, sei überhaupt der Schlüssel. Wasser sei insgesamt der eigentliche Kräfte gebende und im Grunde der alles gesund erhaltende Lebensborn schlechthin. Genau genommen müsse sich der Mensch, wie die Tiere es eben auch täten, regelmäßig einem Regenschauer aussetzen. Oder habe er, sein Schwiegervater, je beobachtet, dass sich das Huhn, die Ente, der Esel, die Kuh oder das Pferd bei einsetzendem Regen sofort einen Unterschlupf suche. Das täten sie eben nur dann, wenn das rechte Maß überschritten sei. Was aber tun die Spatzen nach dem Gewitterschauer? Sie suchen geradezu die Wasserpfützen auf, um sich zu reinigen und sich durch die Federn das nötige Wasser zuzuführen, vor welchem sie zuvor aus übergroßer Scheu vor dem Regen unter die Traufe geflüchtet waren. In dieser Hinsicht seien die Sperlinge viel zu sehr auf den Mensch gekommen, mit dem Unterschied, dass sie sich das Nötige durch ihren Rest gesunden Naturinstinktes beim ausgleichenden Baden in der Pfütze hinterher wieder zurückholten.

So hatte der Nickel das auch noch nicht betrachtet. Aber es klang eigentlich nicht ganz abwegig, was ihm sein neuer Sohn da auseinandersetzte. Dass das Wasser mit der Quell allen Lebens sei, war ihm bewusst, dass es, in Maßen zugeführt, sogar heilen könne, davon hatte er gehört. Es gab sogar Orte, Kurorte, die sich der angemessenen Anwendung von Heilwasser bedienten, man badete dort unter Aufsicht von Heilkundigen. Also gut. Sein Schwiegersohn sollte seinen Willen und Segen bekommen. Wie das Ganze in die Tat umzusetzen sei, das wollte er sich dann auch mal an Ort und Stelle anschauen. Davon hatte er nicht den leisesten Anhauch einer Vorstellung. Warum sollte das eigentlich nicht funktionieren, wenn es in der Neuen Welt, in Pennsylvanien, nach Peters Bekunden gang und gäbe sei?

Das neue Bauvorhaben war so gut wie beschlossen. Holle gab seiner Katharina sowie der Schwiegermutter Nachricht von dem Projekt und die beiden waren angetan, ja geradezu begeistert vom Schaffensdrang des Mannes, dem sie mittlerweile so gut wie alles zutrauten. Hatte er doch den geweissagten Hochzeitstermin auf die Stunde eingehalten, wirkliche Neuigkeiten ins Dorf und in den Hof gebracht: die Stute Napoleon, das neue Ackergerät, die Mundharmonika, die schönen neuen Lieder, die Weihnachtspyramide, ein Plastikfeuerzeug, Minzekautabak; er war ja doch durch und durch ein Mann der Tat, der Schwiegersohn!

Holle legte in der Folgezeit einen Schaffensdrang, eine Energie an den Tag, dass man nur staunen konnte. Der Plan war bald aufgerissen und zwar von Holle selbst, der grundgenaue Vorstellungen zu seinem Vorhaben hatte. Die Steinbrecher aus dem Ort Oberlinxweiler wurden geheuert, beim Wingertsberger Steinbruch ans Werk zu gehen. Es wurde Sand gegraben, die guten Wingertswalder Sandsteine kamen zum Einsatz und bald konnte es mit dem Aufmauern des Erdgeschosses losgehen. Beim Materialtransport leistete die Stute Napoleon wertvolle Dienste. Auch Jakob, der einfältige Sonderling, beteiligte sich rege an dem Treiben, stand aber doch mehr im Wege als in der rechten Hilfe zu sein und verzog sich daher alsbald mit seinem Adjutanten, dem Weimaraner Areus, wieder in die Weiten seiner dörflichen Phantasiewelt zurück.

Holle sprach bei den Handwerkern, den Steinmetzen und den Maurern in wunderlichen Terminologien, von Schotterung, Drainage, Fundamentankerung, deren Umsetzung er kompromisslos einforderte. Bei den Handwerkern musste er wiederholt nachhelfen, wenn jenen nicht aufgehen wollte, was der Auftraggeber denn nun schon wieder von ihnen wollte. Aber auch diese konnten ihm mitunter den einen oder anderen Beweis ihrer Kunst in Gestalt so mancher Tricks und Kniffe ablegen. Im Vorhinein sei soviel gesagt, dass das Bauwerk binnen eines halben Jahres solide unter Dach und Fach war, dass es im Erdgeschoss zwei Stuben und im Obergeschoss ebenso viele zusätzlich hergab. Die Räume des Erdgeschosses überließ das junge Ehepaar den Schwiegereltern. Im Gegenzug erhielten sie zwei Kammern im Obergeschoss. Der Nickel und sein Weib Margarete zogen endgültig in die unteren Gefilde der Haushaltung, Peter Neufang breitete sich mit seiner Katharina im oberen Stockwerk aus. Alles in allem hatten sie damit vier Stuben gewonnen und insgesamt sechs Kammern für sich und die Kindlein, die sich ja doch hoffentlich bald einstellen würden, wie es Margarete, die Mutter, sehnlichst zum Ausdruck brachte.

Die historisch erste Duscheinrichtung des Ostertals, wahrscheinlich des gesamten Oberamtes Ottweiler, welche im

Werschweiler Kirschgarten im Jahre siebzehnhundertfünfundsiebenzig errichtet wurde, muss wegen ihrer segensreichen Bedeutung an dieser Stelle doch etwas genauer kommentiert werden:

Für die Spezialkonstruktion des Duschraumes zweigte Holle eine Ecke der Futterküche hinter der Küchenkammer ab. Zum Wasseranschluss musste er sich etwas einfallen lassen. Die Lösung hatte er schnell gefunden: Im etwas höher gelegenen Hausbrunnenraum hinter der Küchenkammer stellte er eine Art hölzernes Jauchefass auf, welches aus zwei Quellen mit Wasser gespeist wurde. Aus der Regenrinne, die als Bretterwanne an der rückwärtigen Dachtraufe angebracht war, führte ein hölzernes Fallrohr von oben direkt in das Spundloch des Fasses und speiste Regenwasser ein. Zusätzlich konnte mit einem Eimer genügend Grundwasser aus dem Ziehbrunnen in das Fass zugeführt werden. Der Behälter fasste immerhin gute zweihundert Liter und war mithin ausreichend für die Versorgung des Haushaltes mit Dusch- und Kochwasser ausgelegt.

Und nun kommt der Trick: Holle hatte sich aus Neunkirchen Kupferrohr besorgt und dieses vom Wurzelbacher Kesselschmied Schwingel für seine Zwecke herrichten lassen. Dieser drehte das Rohr in eine lange Spirale, welche Holle in die Esse des Küchenherdes einlegen ließ. Bei Bedarf gab man Glut nach beliebigem Quantum in die kuhlenartige, längliche Vertiefung, so dass das durchlaufende Wasser von Glut umschlossen war und dieses aufheizte. Die Fortsetzung der Spirale trat als Rohr aus dem Essentisch wieder hervor und zweigte mit einem Knick in die Wand, hinter der sich die Duscheinrichtung befand. Direkt hinter dem Knick aber hatte Holle sich vom Schwingel noch eine Art Wasserhahn montieren lassen, der bei Bedarf brühwarmes oder heißes Brauchwasser für die Küche abgab. Das war die größte Herausforderung, denn die Stelle war nicht dicht und tropfte unaufhörlich. Für Duschzwecke aber floss das heiße Wasser ungehindert mit dem nötigen Wasserdruck. Aufgrund des natürlichen Gefälles zwischen Wasserbehälter und Austritt durch den Duschkopf, bekam das heiße Nass den nötigen Schub, um in einem kräftigen Schwall wie von selbst dampfend aus den Sieblöchern herauszuschießen.

Das war eine ungeheure Erfindung, die segensreich für die gesamte Haushaltung war, allerdings einiger Vorübung bedurfte, wollte man sich nicht am heißen Wasser verbrühen. Nickel staunte nicht schlecht über das Gesamtergebnis der Maschinerie, aber er konnte sich nicht daran gewöhnen, diese Einrichtung für sich zu benutzen. Dagegen hatten Holle sowie die Frauen des Hauses schnell Gefallen an dem kleinen Wunderwerk gefunden und wussten die Gerätschaft einschließlich des Heißwasser spendenden Kupferhahns ausgiebig zu nutzen. Insgesamt viermal hatte Holle seine verwegene Konstruktion überarbeiten müssen, bis sie endlich einigermaßen reibungslos funktionierte. Das aber zog sich über die nächsten Monate hin und kostete den ungeduldigen Schwiegersohn des Hauses einige Nerven.

Holle handelte bei seinem Schwiegervater Neuerungen heraus, die dem Mann für die damalige Zeit zum Teil Erhebliches an Toleranz abverlangte. Wäre nicht die anmutige Margarete an dessen Seite gewesen, die Nickels gelegentlichen Verwirrungen wegen der Anliegen des eigensinnigen Tochtermannes geschickt abzufedern gewusst hatte, er wäre aus all den neuen Herausforderungen in seiner Haushaltung nicht ganz unbeschadet hervorgegangen.

Einer der deutlichsten Rückschläge für sein ehedem festes Weltbild bestand zum Beispiel darin, dass Holle eines Tages auf die ungeheuerliche Idee kam, das gegenseitige *Du* im Kirschgarten einzuführen. Der junge Mann machte allen Ernstes den Vorschlag, dass er und seine Frau Katharina ihre Eltern, bei allem Respekt, ab sofort mit ihrem Vornamen und vertraulichem *Du* anreden würden. Das sei hierzulande zwar ein Novum, aber in Pennsylvanien, bei den Engländern zumal, sei das *Du* seit langem entschieden gang und gäbe. Er selbst habe damit Zeit seines Aufenthaltes in der Neuen Welt immerzu nur gute Erfahrungen gemacht. Es erleichtere die unmittelbare Anrede, es ermögliche jedermann, im freimütigen Umgang ohne Verrenkungen und Zierungen etwaige Probleme an- und auszusprechen. Außerdem sei es nun überhaupt einmal an der Zeit, mit diesem althergebrachten *Unsinn*, wie er es nannte, mit diesem Unsinn der Anrede in der zweiten Person Plural, nein, nicht mal in der zweiten Person Plural, in der dritten Person Singular, ein Ende zu machen. Entsprechend seines Entschlusses betrachte er seine Eltern keineswegs nur als Schwäher und Schwäherin. Sein Verhältnis zu ihnen sei ja doch weit mehr als das. Es sei, wenn er sich so ausdrücken dürfe, ein vielmehr einmütiges, einträchtiges Verhältnis. Er meine, ein Verhältnis, wie unter - guten, sehr guten – Freunden eben. Holle hatte seine Antennen ausgefahren, er empfing sofort Signale, bedenkliche Signale.

Nickel stockte der Atem.

An dieser Stelle war Holle entschieden zu weit gegangen. Mit seinem Anliegen hatte er eindeutig die Grenze überschritten. Das Ansinnen seiner Kinder war für den Beck vollkommen inakzeptabel, nicht verhandelbar. Jetzt galt es die Notbremse zu ziehen. Sein erster Gedanke: Riegel vorschieben, den Anfängen wehren, einschreiten.

Sein zweiter Gedanke war: Halt!

Vorsichtig taktieren, nichts Unbedachtes unternehmen, der Haussegen sollte nicht schon wieder in Schieflage geraten. So direkt, wie er es eigentlich sollte, durfte er sich gegen den neuen Sohn in keinem Fall ausdrücken, das stand für ihn irgendwie fest. Erstmal zog er einen Schemel an sich heran und ließ sich darauf nieder, um durchzuschnaufen. Immerhin, Neufang tat es ihm gleich.

Hatte dieser *Einwanderer*, dieser Grünling im Dorf, nicht das leiseste Gespür für die hiesigen festgefügten Gepflogenheiten? Überall gab es Schranken, auch da, wo er herkam. Auch dort mussten doch ausgesprochene oder stille, erworbene oder ererbte Übereinkünfte existieren, die man nicht so einfach einreißen konnte. Ein derartiges rücksichtsloses Gehabe, wie es der Tochtermann gerade an den Tag legte, war hierzulande eigentlich niemandem, nicht mal ohne weiteres dem Serenissimus in Saarbrücken, erlaubt. Die indirekte Anrede den Respektspersonen, vor allem den Eltern gegenüber, war der unumstößliche Ausdruck des protestantischen, vielmehr, des christlichen Glaubensbekenntnisses. Und dieser manifestierte sich seit jeher in der höflichen Anrede gegenüber den Eltern und Voreltern. Das war nicht irgendein Herkommen, das man mal eben nach Belieben abstreifen konnte. Das war fest gemeißelt in die Tafel der Gebote, eingestanzt in das vierte von zehn. Mein Gott, was verlangt uns dieser Mensch noch alles ab?

Von da an übernahm die liebenswürdige Margarete die Verhandlungsführung, denn sie verstand es, mit Geschick und weiblicher Intuition, Holles Vorschlag elegant zu parieren. Die Mutter sagte doch in der Tat, sie schwärmte es geradezu heraus, welch eine verblüffende, schmeichelnde Idee dieser Antrag doch darstelle, den man sich, gerade weil er so viel Charme habe, in aller Ruhe durch den Kopf gehen lassen wolle. Nichts von derlei Bedeutung dürfe indes übers Knie gebrochen werden. Dabei strahlte sie ihr gewinnendstes Strahlen nach allen Seiten heraus, was soviel bedeutete, wie: Das ist ein bezaubernder Vorschlag mein lieber Schwiegersohn, den ich ganz und gar begrüße und mein Mann natürlich auch. Wenn da nicht ein kleines Häkchen wäre, das wir gemeinsam noch aus dem Weg räumen sollten, bevor wir endgültig zum *Du* übergehen.

An welcher diplomatischen Front hatte seine Schwiegermutter bloß dieses souveräne Auftreten erprobt? Sie war ja beinahe so eifrig wie der Meier Jacob, nur weit sympathischer als dieser. Im Handumdrehen hatte Holle verstanden, um was es hier ging, er war ja nicht begriffsstutzig. Und die Schwiegermutter? Es war schon ein Phänomen, wie sie sich, ohne groß Worte zu verlieren, klar und dabei gleichzeitig liebenswürdig, ja gewinnend auszudrücken wusste.

So kamen sie ohne viel Aufhebens und im scheinbar besten Einvernehmen zum Beschluss, dass die Kinder ihre Eltern im eigenen Verfügungsbereich des Kirschgartens nach Belieben duzen durften. In der Gegenwart Dritter hielten sie jedoch weiterhin an der zeit- und dorfkonformen Respektform des *Ihr* oder wie man sagte: *ehr*, fest. Seine Leute hatten mit ihm nochmal die Kurve gekriegt und Holle einmal mehr dazu gelernt. Daher hielt er sich akribisch an die getroffene Vereinbarung, wusste er doch, dass auch er eine Verpflichtung gegen die Seinen hatte. Holle durfte es mit seinen eigentümlichen Vorstellungen aus der *Neuen Welt* nun wirklich nicht zu weit treiben. Er machte seinem Vatter Nickel mit seinen ständigen Flausen ohnehin genug zu schaffen.

Den Vorstoß der vertraulichen Anrede durfte Holle eigentlich nicht wirklich als Erfolg verbuchen. Er hatte den Unmut seines Schwiegervaters deutlich empfunden und der Dissens blieb irgendwie eine Zeitlang zwischen ihnen hängen, er hatte ein komisches Gefühl. Die Abmachung, die zwischen Jung und Alt in der Folge getroffen wurde, war eine Konzession seiner Schwiegerleute, die ihm zu denken gab. Sie ließ ihn spüren, dass die Welt, in die er nun hineinwachsen würde, ihm immer noch bei weitem zu fremd war, um sie auch nur annähernd zu verstehen. In dieser Hinsicht hatte er in der Tat voreilig und unüberlegt gehandelt. Vielleicht war er mit seiner ganzen Prahlerei der Weissagung um den Hochzeitstermin und seinen anderen Späßen insgesamt zu weit gegangen. Womöglich hatte er unnötig Normen, Regeln und auch Gefühle verletzt, die hier weit wichtiger waren, als in seiner fernen Zukunft des einundzwanzigsten Jahrhunderts, wenn sie dann überhaupt noch einer Achtung wert sein würden.

Für ihn stand fest: er hatte hier noch eine Menge zu lernen, wenn er denn wirklich erfahren wollte, was es hieß, in dieses achtzehnte Jahrhundert hineingesetzt zu sein. Es waren die Zustände, die Sorgen und Nöte, die Belange, die Gebräuche, die Ängste, der Glauben, auch der Aberglauben, auf die er sich unvoreingenommen einzulassen hatte. Wenn er ehrlich zu sich selbst war, dann musste er einräumen, dass er noch nicht wirklich bereit gewesen war, von seiner bisherigen sogenannten aufgeklärten und modernen Sicht der Dinge Abstand zu nehmen. Holle sah in allem um sich herum nur die Rückständigkeit und die Beschränktheit der Verhältnisse, die ihm insgesamt allenfalls primitiv vorkamen. Was er dabei übersah, waren die Menschen in seiner Umgebung, insbesondere seinen Schwiegervater, der am wenigsten von allen über seinen Schatten zu springen vermochte.

Holle nahm durchaus wahr, dass sein Schwiegervater sich im Umgang mit ihm fortan irgendwie zurückhaltender benahm. Ganz anders hingegen Margarete: sie konnte die Vorbehalte ihres Ehemannes nicht ganz nachvollziehen, im Gegenteil: sie empfand es vielmehr sogar als wohltuend, dass in der Haushaltung ständig was *los* war, weil der junge Mann weiterhin unaufhörlich am Bauen, am Erneuern, am Verändern war. Ebenso seine junge Frau: sie teilte die Meinungen ihres Mannes ohne Wenn und Aber, sie himmelte ihn an.

Holle musste sich bewegen, einen Schritt auf den Nickel zugehen. Ihm leuchtete bei der Situation bald ein, dass es hier nur vordergründig um die Abmachungen im Hause Beck ging. Es ging um weit mehr: Holle hatte sich bisher nicht wirklich die Frage beantwortet, ob er, mit allen Konsequenzen, für immer hier zu bleiben bereit war? Es ging jetzt nicht darum, mal zu schauen, wie es sich im alten Dorf so einrichten ließ. Es stellte sich auch nicht die Überlegung, ob er für sein künftiges Bleiben genügend Sicherheitsanker ausgeworfen hatte. Seine Vorräte an Medikamenten, sein Geld im Rucksack, der bepackte Schlitten im Stollen gaben ihm bisher immerhin die beruhigende Gewissheit, im Notfall einigermaßen abgefedert zu sein.

Es war ein entschiedener Gedanke, mit dem er nicht recht umzugehen wusste, denn unter der uneingestandenen Überlegung des jederzeit Zurückkönnens war er doch ursprünglich erst zu seiner Rückreise hierher angetreten, wenn er auch die materiellen Brücken hinter sich so gut wie abgebrochen hatte. Je weiter er darüber nachdachte, desto stärker drängte es ihn, seinen Hort im Wingertsberg erneut aufzusuchen. Der Schlitten war seine Lebensversicherung, mehr noch, seine Nabelschnur hinüber in die Errungenschaften der Moderne, ohne die er sich ausgeliefert und regelrecht verlassen vorkam. Was aber, wenn ihm die Frau im Eichenbaum abermals den Zugang verwehrte?

„Du sollst mich nicht versuchen“, diese Mahnung war ihm bei seinem ersten Bittgang bedeutet worden. Seitdem hatte er die Wingertsberger Banneiche gemieden. Seither hatte Holle respektvoll Distanz zu der näheren Gegend gehalten. Er hatte ja doch einen ersten gescheiterten Versuch hinter sich. Es trieb ihn um, er fragte sich immer wieder mal, wann er sich dem Bannkreis erneut nähern durfte. Wann würde es ihm wieder gestattet sein, abermals anzutreten, um Zugang zur Zone zwischen Wunsch und Wirklichkeit zu erbitten? Stellte dieses Verlangen nicht abermals eine Versuchung gegen die Madonna dar? Keine Frage, das war es. Was aber würde das im Weiteren für ihn bedeuten?

War damit nicht jedes Begehren, alle Anrufung an die sogenannten höheren Mächte eine unziemliche menschliche Anmaßung, egal welches Ansinnen dahinter stak? So gesehen war ja doch jegliches fromme Gebet, jede gehegte Hoffnung, jegliche Fürbitte eine Art von Versuchung, eine Herausforderung an den Schöpfer. Was aber ist sodann Glaube, Liebe, Hoffnung anders als eine selbstsüchtige Überheblichkeit der menschlichen Kreatur, dass sich erfüllen möge, wonach sie begehrt, dessen Geschicke sie indessen nicht im geringsten

Maß würde beeinflussen können? Es war ein quälendes Ringen, das Holle in diesen Tagen mit sich austrug.

Holle suchte die Madonna nicht auf. Er hegte, entgegen seinen Einsichten, die zuversichtliche Hoffnung, ja er begann sogar - unbegründet tief - zu glauben, dass ihm der Zugang zu seinem Hort im Berg irgendwann gestattet werden würde und zwar dann, wenn seine Absichten nicht profan, eitel, beliebig oder sonst wie selbstsüchtig waren, sondern wenn er sie wahrhaft benötigte. In der Bedeutung von benötigen – von: Not haben, von: In allerhöchster Not sein – sah er den Schlüssel in den Berg. Der Tribut, den sich Holle als Gegenleistung für diese seine Zuversicht auferlegte, war die Bereitschaft um wirkliches Verständnis für die Welt, in der er sich einzurichten begann, obschon ihm klar war, dass seine Aussichten nicht tributpflichtig, ja nicht einmal tributfähig waren. Es handelte sich hier schließlich nicht um eine Jahrmarktsware, die bezahlt werden wollte, sondern um Glaube und Hoffnung. Das, was er zu leisten bereit war, konnte schon eher als eine Art Bußauferlegung verstanden werden, wie sie bei den Papisten nach der Beichte üblich waren. Holle war damit vollkommen einverstanden: Glaube und Hoffnung. Fehlte noch die Liebe, welche nach der Schrift die größte unter den dreien war. Diese musste er in ihrem wahren Wesen noch ergründen, denn sie war doch wohl weit mehr als Verliebtheit, Vertrauen und Zutrauen. Sie fing beim Verständnis für seine junge Frau an und reichte bis weit über die Schwiegereltern hinaus, vielleicht sogar bis hinüber nach Ottweiler und selbst Saarbücken.

XXIX

Bei aller Geschäftigkeit, die in diesem Frühjahr des Jahres 1775 die Arbeit auf dem Feld oder in der Schreinerwerkstatt bestimmte, hatte Holles oberster Vorsatz doch darin bestanden, sich in erster Linie seiner jungen Ehefrau zu widmen. Er suchte sie ganz und gar kennen- und verstehen zu lernen, weil er damit die Erwartung verband, durch sie auch die gegenwärtige Zeit mit ihren Gegebenheiten besser zu erfassen und zu begreifen.

Manches, was er in diesem Licht zu Anfang seines Hierseins als widerwärtig, ja geradezu als unerträglich empfunden hatte, wurde mit der Zeit weniger schlimm. Die primitiven Unzulänglichkeiten wurden ihm bald sogar fast zur Gewohnheit, weil er sich nicht ganz versperrte, sondern aufrichtig versuchte, sich der Lage wie sie war zu stellen.

Da waren beispielsweise die Gerüche, vielmehr, der allgegenwärtige Mief im Haus. Der scharfsaure Odem nach Sauerkraut, der ihm aus dem Kellerverlies entgegenschlug und ihm früher fast den Magen umdrehte, war für ihn bald weniger schlimm geworden. Daneben der bestialische Gestank nach vergärenden Sauerbohnen, der geradezu Atem beraubende Schwall von halbverdorbenen Kohlblättern in der dampfenden Mittagsschüssel, sie waren nach und nach eher zu ertragen gewesen als vordem. Auch der Anhauch nach abgetragenen Kleidern, nach geradezu wölfischem Achselschweiß, wenn er dem Nickel zu nahe kam, der beißende, ja geradezu betäubende Urinnebel in der Schlafkammer, wenn der Nachttopf einmal nicht ausgeleert worden war, der Geruch von Stallmist, Saukobel oder Kuhwärme in den gesamten unteren Räumen, sie alle stumpften ihn mit der Zeit geradezu gnädig ab. Man konnte meinen, Holle würde all diese Ausdünstungen mit der Zeit überhört, vielmehr, überrochen haben. Und wenn Holle früher von den kratzbürstigen Spelzen in den Leinenbezügen der Bettstatt schier zur Verzweiflung gebracht wurde, das harte Strohlager ihm schwer in die Knochen fuhr, dann war ihm dies inzwischen nicht nur erträglich geworden, sondern beinahe annehmbar Ach ja, und die Mäuse, die des Nachts in der Kammer auf und ab spazierten und auch mal über die Bettdecke huschten, die ihn anfangs aufschrecken ließen und ihm den dringend benötigten Schlaf raubten, was war das schon? Es waren halt Haustiere. Die ungewohnt harte Arbeit im Feld setzte ihm leider noch immer besonders heftig zu, zumal die einseitige und knappe Nahrung nicht für eine angemessene, die erlahmenden Leibeskräfte erneuernde Energiezufuhr sorgen konnte. Kein Wunder, dass er am Abend stets schlagkaputt war und für seine junge, tatendurstige Frau oftmals nicht viel mehr übrig blieb als ein paar im erschöpften Hinüberdämmern hingehauchte Zärtlichkeiten. Aber insgesamt konnte Holle feststellen, dass ihm das Leben erträglicher geworden war und dies machte ihn zuversichtlich.

Wasser, sagte sie. Wasser und Feuer, weniger die Erde, als jene beiden erstgenannten. Die seien es, was sie seit ihrer Kindheit immer wieder beschäftigten. Und das Warum. Warum? Weil ihr niemand recht zu bedeuten wusste, was das eigentlich sei oder vielmehr doch. Aber sie habe immerzu nach dem Feststehenden, dem Absoluten gewissermaßen verlangt, nach dem Beständigen in der Materia, wie Gott beständig war oder ihre Eltern oder das Haus für sie feststanden oder Holle, in gewissem Maße.

In gewissem Maße?

Er sei ja schließlich fort gewesen, gleich zweimal. Sie sorge sich um ihn, er müsse ihr fest in die Hand hinein versprechen, nicht mehr fort zu gehen. Gut, das habe er ja schon in der Kirche getan und sie glaube ihm aufs Wort. Dennoch sei da so eine Angst in ihr, sie wisse ja auch nicht recht.

Ja, also das Wasser: Unstet wie es sei, komme es in gewissen Situationen in stets neuem Gewand daher, zeige sich immerzu in einer anderen Verfassung, zeige an. Sie war überzeugt, dass das Wasser, mehr noch als das Feuer, eine oder gleich mehrere Bedeutungen habe, die in seinem Wesen innig mit ihr selbst verbunden seien, die ihr vielleicht sogar Gram wären und ihm, der sie ja doch vor Jahren vor dem Ertrinken errettet habe, sei das Wasser auch gram. Seit ihrer Kindheit, mehr noch, seit ihrer Errettung aus dem Osterbach habe sie sich in einsamen Stunden dem Wasser hingezogen gefühlt und sich den Pfützen, den Brunnen, den Bächen zugewandt. Wenn sie auf der Weide die Kälber hütete, habe sie stets dem glucksenden Wasser nachgelauscht, habe in die gurgelnden Rinnsale hineingeschaut, mit spitzen Fingern in die Strudel hineingelangt und zu ergründen gesucht, ob sie eine Seele zu fassen bekäme.

Wasser, sagte sie, kann eine schmeichelnde Seele haben, das habe sie sogar in Erinnerung behalten, als im Ertrinken in der Osterbach dieses rätselhafte Glücksgefühl über sie gekommen sei. Warum aber dieses durchsichtige Nass manchmal direkt vom Himmel in Tropfen, in Strömen nieder riesele, winters hinwiederum als zarte Flocken die Erde weiß umhülle, das sei ihr schleierhaft. Warum Wasser in der rauen Jahreszeit hart und zu Eis werde, im Topf über dem Herde sich aber in Rauch verwandele und gegen die Decke strebe, das sei ihr ein noch tieferes Rätsel, seitdem sie dieses Element für sich entdeckt habe. Wasser sei ihr, mehr noch als Feuer, zutiefst geheimnisvoll. Es sei ihr Offenbarung, Verhüllung, Lebensspende, Verflüchtigung, auch Gefahr, aber doch weniger Gefahr als Feuer. Während das Feuer mit ihrer Flamme ein lauerndes, hinterhältiges Dasein führe, wie ein grausames Teufeltier, das mal schmeichelnd um den Suppentopf umherzüngele, um die Speise zu wärmen, dann aber aus dem Ofenloch hervorspringe, um jemanden zu fassen, zu fressen, sei Wasser meist ein dahin fließendes, ein eher untierhaftes Geschöpf. Ein Wesen, das sogar Leben berge. In dessen Unterwelt sich Fische, Krebse, Molche, Frösche tummelten, was man vom Feuer nicht behaupten könne. Sie habe das Wasser dazu beim Duschen kürzlich neu erfahren dürfen. Klar, sei sie auch schonmal vom Regenguss überrascht worden aber Regenguss auf nackter Haut sei doch eine ganz andere Erfahrung. Veredeltes Wasser auch, als Thee mit Kamillenköpfchen, mit wilder Minze, Salbei, als Suppe, als Wein sei für sie nicht nur Wasser in einer anderen Form, das sei Weihe des Elements. Das wirkliche, das wahre Wesen des Wassers aber komme in der reinen Schneeflocke, in dem kurzlebigen sechseckigen Kristall zum Ausdruck. Es sei, wie ihre Mutter ihr einmal beigebracht habe, Inkarnation des Sterns von Bethlehem, sei Leben anzeigend. So sei Wasser. Wenn sie bedenke, wie sich Wasser vom Schnee ins Eis, vom Eis in den Bach, vom Bach ins Meer, vom Meer in den Himmel und wieder durch den Regenguss retour in ihre Haare und auf den Misthaufen, ja dann. Alles zusammen aber sei doch ständige Verflüchtigung von der einen in die andere Welt, gerade so, wie sich alles wandelt, wie alles um uns herum seine ihm zubestimmte Gestalt erhalte, um sodann nach einer Odyssee der Verwandlungen wieder zurückzukehren zu seinem Ausgangspunkt. Und wenn dabei die Sonne scheine, so direkt nach einem schweren Regenguss, dann würde uns der liebe Gott sogar Seine Freude über die Wiederkehr des Lebenselixiers, diese Auferstehung des Wassers als Regentropfen, über den strahlendsten Regenbogen anzeigen, manchmal sogar über deren zwei. Dann gäbe Er Sich und Seinen Bund mit uns in Seinen schönsten Farben zu erkennen. Warum Er das täte? Weil wir uns mit Ihm freuen sollen und weil Er uns damit zeigen wolle, dass Er Seinen Schutzschirm über uns hält, den Er von der einen Seite über das ganze Tal nach der anderen Seite aufspanne, so dass man am liebsten hingehen und den lieben Gott fassen wolle. Aber das ließe Er und auch die Bibel nicht zu, weil wir Ihn nicht versuchen sollen.

All das, was Wasser in sich beherberge, sei bezeichnend für das Leben. Und die Luft, der Wind, der Boden? Die wandelten sich nie. Ja gut, bis auf die beißende Kaltluft oder die sengende Hitze, bis auf den heulenden Sturm und die pfeifenden Böen sei die Luft nicht recht zu fassen, auch nicht zu sehen. Und doch sei sie ähnlich rätselhaft, weil sie die Vögel und die Wolken mit sich trage und im Herbst die Blätter. Und der Boden? Eigentlich immer derselbe, sicher doch, der spende auch das Leben, aber der verwandele sich nicht. Deshalb Wasser.

Holle, der die soeben beschriebenen Naturphänomene aus derart naiver Sichtweise nie in Betracht gezogen hatte, sondern, wie wir bereits gehört haben, von der ganz und gar praktischen Seite anging, musste schon staunen, was seine junge Frau diesen Dingen alles abgewinnen wollte. Er hingegen war gewohnt, bei derlei Überlegungen durch und durch nach dem Nutzen zu fragen. Ja, sicher, Wasser war auch ihm ein Anliegen, hätte er sonst soviel Eifer auf die Duscheinrichtung verwendet? Und sonst? Was war das schon, Wasser? Es waren doch nichts anderes, als verschiedene Aggregatzustände, was sie ihm da beschrieben hatte und Wasser war ja doch kein Element, im chemischen Sinne betrachtet. Auch konnte er sich nicht daran erinnern, sich in seiner Kindheit in derartiger Weise mit Feuer oder Wasser auseinandergesetzt zu haben. Es war für ihn, was es eben war: Feuer und Wasser, gefangen in Streichholzschachteln oder aus dem Wasserhahn heraustretend. Immerhin, er hatte in seinem jungen Weib mit ihren kuriosen Ansichten doch eine starke Fürsprecherin für seine, wenn auch höchst praktischen Anliegen gefunden, das war doch auch was. Damit konnte sie für sich etliche neue, auch höchst sinnliche Erfahrungen mit der Errungenschaft sammeln, zum Beispiel das gute Gefühl, sauber zu sein, die wohltuende Wirkung des heißen Duschregens auf ihrer Haut, wenn sie sich nach harter Feld oder Stallarbeit unwohl fühlte, oder wenn sie ganz einfach fror. Holle sah die Dinge eben ganz aus dem handfesten Blickwinkel, während Katharina in ihrer kindlichen Art mehr sehen wollte, aber da war eben nicht mehr, zumindest nicht für den Ehemann.

Einmal traf Holle seine Frau mit der Bibel in der Hand auf der Steinbank vor dem Haus an, wie sie der getigerten Katze auf ihrem Schoß aus dem Evangelium vorlas und allen Ernstes behauptete, das Tier würde der Andacht lauschen. Er möge ihr doch nur einmal in die Blinzelaugen schauen, wie aufmerksam diese das vorgetragene Gotteswort verfolge.

Wo sie diesen Unsinn herhabe? Eine Katze sei in der Tat nur ein Tier, und ein Tier habe keinen menschlichen Verstand. Die Katze könne ebenso wenig das Wort Christi verstehen, wie das Kalb auf der Weide oder Napoleon, die Stute und noch weniger der Hund Areus. Vielmehr, wenn es denn überhaupt so etwas gäbe, wie einen menschenähnlichen Verstand, dann würde der am ehesten noch Areus zukommen können, ganz bestimmt nicht der Katze. Ihr Vater und noch viel weniger ihre Mutter könne ihr derlei Märchen erzählt haben, da müsse er sich schon arg täuschen, wenn dem so wäre.

Holle möge sagen, was er wolle, sie sei sich da sicher, dass die Katze mehr sei, als nur ein gewöhnliches Tier, opponierte seine Frau selbstbewusst. Er möge sich doch nur mal den Kater anschauen, wie er abends mit seinen blinzelnden harzgoldnen Augen neben der lodernden Esse schnurrend auf der Bank liege und plötzlich im Widerschein des Feuers grün aufleuchte, das habe sie selbst oft genug, sie sagte *degger*, beobachten können. Außerdem habe die Hirtemarie ihr das neulich wieder ganz und gar bestätigen können.

Aha, die Hirtemarie also.

Die Hirtemarie habe ihr auch gesagt, dass sie selbst bei ihren Kräutergängen des Abends Gespenster habe umgehen sehen, meistens im Gefolge einer Katze. Im Katzenloch gingen sie auch um.

Aha. Jetzt also nicht nur einsichtige Katzen, auch noch Gespenster obendrein, warum denn das?

Weil da hinten im Tal die Katzen hausten und mit ihnen seien allesamt die Seelen der Ahnen unterwegs, so wusste es die Marie. Manches Mal wagten sie sich sogar bis an den Rand des Dorfes oder strichen des Nachts um die Häuser herum. Das habe der Nachtwächter Leonhardt auch schon beobachten können, vom wunderlichen Jakob aus Owwerschde Schmidts ganz zu schweigen. Der wüsste gewiss noch mehr, sage aber nichts oder doch nur Unbestimmtes. Er wüsste sogar von kaltem Glühen, Fauchen am Himmel, Brummen und Leuchten, das habe er einmal herausgelassen.

Der Jakob im Gefolge einer Katze, das sei doch wohl nicht gut zu machen, seinen Areus möge Jakob bei derlei Nachtgängen dann gefälligst zuhause lassen.

Apropos Glühen und Leuchten: So sind mithin die Glühwürmchen und das schimmernde Moderholz in den Wiesen und Wäldern auch umgehende Ahnen, falls sich zufällig ein paar leuchtende Augen in der Nähe befänden?

Das könne sie nicht sagen, habe sie auch noch nicht selbst zusammen gesehen, antwortete Katharina eingeschnappt. Jedenfalls zögen die Katzen die Gespenster an und Gespenster sind da. Die gibt es, das dürfe er nicht leugnen, das stehe sogar in der Schrift beim Matthäus und beim Lucas und der Bekenner der evangelischen Wahrheit, der Joseph Schaitberger, bestätigt das auch.

Aha, der Schaitberger. Was ging ihn der Schaitberger mit seiner geistlichen Seelen-Arzney an? Also gut, wenn es die Geister denn gäbe, was, denke sie, wollen die von uns oder von den Katzen? Hat die Hirtemarie darauf auch eine passende Antwort?

Die Hirtemarie sagt, die Gespenster wüssten ihr Stellen, wo sie fündig werden könne, sonst hätten sie sich noch nicht groß mitgeteilt. Aber die Katzen, die müsse man im Auge behalten, denn die wüssten vielleicht etwas. Vielleicht wüsste sogar der Areus ebenfalls was, der mit seinen stechenden Augen. Das habe sie noch nicht ausprobiert, könne aber noch kommen. Und deswegen könne es ja doch nicht schaden, wenn man die Katzen ein wenig in der christlichen Andacht unterweise, wie sie das jetzt täte, damit sie nicht dem Satan folgten, sondern dem Gebot Christi. Außerdem sei es beruhigend für sie, wenn sie sich mit ihrer Katze einvernehmlich halte, die könne sozusagen ein gutes Wort bei den Geistern für sie einlegen, wenn diese des Nachts hier im Hause umgingen. Das war ihr voller Ernst.

XXX

Es muss hier noch einmal kurz innegehalten werden, um die chronologische Ordnung der Abläufe etwas zurechtzurücken, damit das Hin- und Herspringen in der Zeit den Leser nicht unnötig verwirre. Das *Du* war ja in den ersten Tagen und Wochen nach der Hochzeit so hurtig noch nicht ausgedacht, geschweige denn ausgesprochen worden, genauso wenig, wie der Plan des Ausbaues zusätzlicher Kammern oder der Duschvorrichtung in der Futterküche. Dies alles geschah gewissermaßen zwischen den Ereignissen, über die im Folgenden zu berichten sein wird. Jedes der folgenden Geschehnisse würde dem ihnen zukommenden Wert nicht ganz entsprechen, würde man sie als bruchstückhaftes, beliebig ineinander greifendes Webstück aufschreiben wollen.

Daher soll an dieser Stelle noch einmal zur Monatsmitte des März zurückgekehrt werden, als der vom Oberamt für Holle auferlegte Meldetermin nach Ottweiler wieder anstand. Es war für ihn ein weiterer Routinegang, den er in den vorausgegangenen Monaten oft geübt hatte; mit dem Unterschied, dass der Ottweilersche Oberamtssekretär Schmoll sich mit einem Male regelrecht bemühte, zwar in den seiner Eigenart gesteckten engen Grenzen, aber dennoch höflich zu sein. Mehr noch, er gratulierte dem neuen Untertan und frisch erkorenen Gemeindsmann Johannes Peter Neufang sogar zu seiner Vermählung und stellte ihm anstandslos seine, wie er sich generös ausdrückte, vorläufig letzte Meldebestätigung, aus. Neufang habe ja doch mit seiner Verehelichung nachweisen können, dass er nicht auszureisen, nicht aus dem Lande zu entfliehen die Absicht habe. Außerdem sei er seiner regulären Präsenzpflicht beim Amte bislang stets ohne Säumen nachgekommen.

Dennoch, so setzte er nach einer Pause mit Stirnrunzeln hinzu, ständen nach wie vor etwelche ungeklärte Fragen an, die man aus der Welt schaffen müsse. Zu diesem Behuf möge er sich, zusammen mit dem Landmeier Weiler, am übernächsten Tag, dem siebenzehnten März mittags zwölf Uhr auf dem Jägersberger Schloss seiner Durchlaucht, bei Neunkirchen einfinden. Dort würde man ihnen weitere Ordres erteilen.

Das Jagdschloss lag auf einer Anhöhe, beziehungsweise am Abhang des Berges, der von Waldungen und einem eingezäunten Parforce-Jagdpark umgeben war. Direkt an den Gebäuden des Schlosses, das vom Baumeister Stengel noch unter Wilhelm-Heinrich in der Form eines Halbmondes angelegt war, lag auf seiner Vorderseite der akkurat hergerichtete englische Garten mit seinen barock eingefassten Buchsbaumrabatten und den frisch geharkten Blumenbeeten. Dort waren mehrere Hofgärtner gerade damit beschäftigt, gelbe und rotbraune Primeln einzupflanzen.

Das massive Gebäude wies bei den beiden ausladenden Seitenflügeln nur ein Geschoss, jedoch in der Mitte, dem Haupttrakt, eine zweite, prachtvolle Etage auf. An seiner Frontseite, nach dem Garten hinaus, war es über und über mit hochkapitalen Hirschgeweihen, Keilerzähnen und Rehkronen gespickt. Dieses Arrangement mutete die Besucher geradezu wie das mächtige Haupt eines wehrhaften Stacheltieres an, das seine Sichelarme weit in die Gegend hinausgestreckt hielt. Die Arme der Seitenpavillons schlossen an ihrem Ende mit je einem angesetzten, imposanten Lusthäuschen ab. Das ansehnliche Gebäudearrangement war sämtlich in einem blassgrünen Farbton mit zimtbraunen Fenster- und Türgesimsen geputzt und auf den Mansardendächern mit moselländischem Schiefer zugeschlagen. Es war dies insgesamt ein unbedingt harmonisch stimmiges Arrangement mit der umgebenden Natur, dem leider ein etwas grotesker fürstlicher Jagdpomp durch die ungeheure Masse von Geweihstangen und -spitzen aufgesetzt war. Der Anblick ließ zumindest Holle nicht unbeeindruckt. Jacob durfte in der Vergangenheit schon verschiedentlich den Prachtbau von außen bewundern.

Die Besucher schlugen den Weg nach der Rückseite der herrschaftlichen Anlage ein, wo sich das Einlasstor für die niederen Bediensteten und Besucher befand. Von hier aus hatte man die breit angelegten Hangterrassen im Blickfeld und eine herrlich weite Sicht auf die umgebende Landschaft mit ihren zahlreichen Eisenbrennöfen im Tal. Deren Glühen und Fauchen hatten den jungen Neufang schon vor fast fünf Jahren bei seinem denkwürdigen abendlichen Aufenthalt zusammen mit dem Herzbruder gefesselt.

Ein livrierter Torwächter öffnete den Ankömmlingen das Schmiedetor und führte sie bis zur Terrasse an der rückwärtigen Seite des Haupthauses. Dort wurden sie von einem ebenfalls betressten Bediensteten empfangen und in die prunkvolle Vorhalle begleitet, wo dieser die Besucher anwies zu warten. Hier waren die Wände übersät mit ausgestopften Eberköpfen, Hirschgeweihen, Rehgehörn, allerlei Wildgeflügel, wie Auerhähne, Waldrappe, Adler, Reiher, Haselhähne, Störche. Sogar ein imposanter Trappenvogel schien eben im Begriffe zu sein, zwischen zwei Seitentüren in die Halle hereinzutreten. Er streckte seinen halben Oberkörper sowie die kräftigen Beine aus der Wand heraus. Im Halbrund der beiden Prunktreppen zum Obergeschoss befand sich die augenscheinlich edelste jagdliche Trophäe des Anwesens. Es war ein präpariertes Wolfsrudel, welches sich gerade über ein flüchtendes Hirschkalb hermachte. Dieses Stillleben war mit der größten Kunstfertigkeit in den Raum hinein arrangiert worden. Die Szene stellte unzweifelhaft den zentralen Blickfang für den Ankömmling im Schloss dar und war mit Sicherheit der Stolz des jagdbesessenen Serenissimus.

Es dauerte keine halbe Stunde, bis sie wiederum von einem dritten Bediensteten willkommen geheißen und durch einen langen Flur geleitet wurden, von dessen Wänden herab ebenso rechts wie links ansehnliche Hirsch-, Reh- und Keilertrophäen in Spalierpose zu ihnen herunter salutierten. Holle schritt tief beeindruckt die Formation ab. Dagegen waren die Trophäen der Neuzeit, die er bisher zu Gesicht bekommen hatte, geradezu armselige Krüppel gegen diese kolossalen Zuchtkronen, die in den umliegenden Jagdgattern liebevoll herangehegt und gemästet worden waren. Sein Begleiter, der Meier Jacob, huschte unter der Ehrengarde hindurch. Er würdigte den Gekrönten über seinem Haupt keines Blickes.

Die Besucher wurden in einen Raum mit dunkelbrauner, intarsiendurchwirkter Holzvertäfelung geführt und vom Kammerdiener diskret gebeten, an dem ausladenden runden Tisch in der Mitte Platz zu nehmen. Die Wände über der Vertäfelung waren mit kunstvollen Teppichen behängt, die vor wilden Jagdmotiven nur so strotzten. Tür- und Fenstergriffe zeigten sich als Reh-, Hirsch-, Enten- oder Eberköpfe in blinkendem Silber. Von der Tischplatte prahlte es über und über mit Jagdintarsien, in deren Mitte sich eine berittene Jagdgesellschaft tummelte, die von zahlreichen Hunden und Pikeuren umgeben war. Der umlaufende Zierfries zeigte eine Darstellung von Sauen und Hirschen, die vor den Hetzhunden und berittenen Jägern davon rauschten. Von der hohen, ebenfalls holzvertäfelten Kassettendecke hing ein schwerer Geweihleuchter über den Tisch herab. Ebenso waren an den Wänden, zwischen den raumhohen Fenstern, Kerzenleuchter aus Eberzähnen und Geweihen angebracht worden, die weit in den Raum hinein ragten.

Eine Flügeltüre wurde aufgetan und herein kamen drei Herren. Einer von ihnen war der Ottweilersche Oberamtsadvokat Lauckhardt, der die Herbeibefohlenen, die sich sogleich von ihren Stühlen erhoben, aufgeräumt, ja beinahe freundlich begrüßte. Er stellte seinen Begleiter zur rechten Hand als den ehrwürdigen fürstlichen Leibmedicus Olivier de St. Leger, den anderen als den ehrenwerten fürstlichen Rat und Leibchirurgus Hauser vor und bat die beiden hohen Physici sowie die zwei Bauern aus dem Ostertal, am Tisch Platz zu nehmen.

Was folgte, war weniger ein Verhör als eine annähernd höfliche Befragung, bei der die Leibärzte des Fürsten höchst interessiert zuhörten und sich sogar die eine oder andere Notiz in ihre zierlichen Kladden machten. Gegenstand der Unterhaltung war eine Krankheit und deren Behandlungsmethoden, die schon vorher Gegenstand weit brisanterer Verhöre war, nämlich die schwarze Blattern- oder Pockenkränk. Die ehrenwerten Herren seien durch das nachgeordnete Oberamt Ottweiler von den Vorgängen um die Behandlungsmethode des Einimpfens mit Kuhblattern im unteren Ostertal ins Bild gesetzt worden und hätten die Entwicklungen der letzthin grassierenden Seuche mit großem Interesse selbst verfolgt. Es sei aufgefallen, dass während dieser Zeit kein einziger Blatternfall aus den Dörfern der Landmeierei Werschweiler gemeldet worden war. Die Herren seien aus professionellem Interesse gehalten, der Sache nachzugehen.

Zunächst bedankte sich der Landmeier Weiler untertänigst für die ihnen gestattete Visite im hochfürstlichen Jagdschloss und brachte noch einige bemüht galante Höflichkeiten hervor, ehe er das Wort an Holle weitergab. Von ihm erfuhren die drei Männer, was sie bereits aus den vorliegenden Protokollen wussten, nämlich, wie das Verfahren der Vakzination ins Land gekommen sei und im Groben, wie es funktioniere. Zum derzeitigen Verbleib des Ulmer Medicus Dr. Schönberger konnte Holle den Herren nur soviel sagen, dass dieser sich seit seinem Weggang aus dem Dorf Werschweiler im fernen Ausland, genauer, gegenwärtig wohl in dem Lande Neu-Holland, auch *Terra Australis* geheißen, aufhalte. Seines

Wissens, fügte Holle hinzu, habe der Doktor nicht vor, hierher zurückzukehren. Von ihm würde auf absehbare Zeit folglich keine weitere Aufklärung zu der ganzen Angelegenheit zu erwarten sein. Wenn jedoch nähere Erläuterungen zu der Methode der Behandlung gewünscht seien, stehe er ihnen selbstverständlich mit seinem Wissen, das er sich durch die Lehrzeit beim Ulmer Medicus ansammeln konnte, jederzeit zur Verfügung. Auch erböte sich sein Begleiter, der herrschaftliche Landmeier Jacob Weiler, das eine oder das andere, was etwann von Belang sein könne, aus eigener Anschauung beizutragen. Wichtig sei insbesondere, so schloss Holle seine ausschweifende Schilderung, dass bei der Einimpfung die Lanzette, wohlgemerkt eine Edelstahllanzette müsse es schon sein, nicht über eine brennende Kerzenflamme, auch nicht in glühende Kohle gehalten werde dürfe. Warum? Diese würde durch die Rußentwicklung des Wachses, auch des Kohlenstaubes in der Glut, die Blattern tötende Wirkung herabsetzen. So habe es ihm der Ulmer Arzt zur allergrößten Vorsicht eingebläut. Vielmehr sei eine rückstandsfreie Flamme zu wählen, etwa eine Flamme über Gas. Die beiden Medikusse warfen ein: „Aha, über Gas also!“ Es sei auch genau darauf zu achten, fuhr Holle fort, aus welcher Stelle der Blatternblasen das Kontagium entnommen werde. Bitte - niemals vom Rumpf aber immer aus den Händen oder von den Armen. Die Ärzte, insbesondere der kleine Franzose, der sich die Darlegungen des Neufang von Lauckhardt hatte in seine Landessprache übersetzen lassen, nickten nachdenklich mit ihren Köpfen.

Dann erläuterte der Meier in leidlich flüssigem Französisch, aber immerhin gut verständlich für den St. Leger, seine Sicht der Dinge. Er gab dabei zu bedenken, dass der Medicus Schönberger sogar bei seinen Behandlungen so weit gegangen sei, die so Geimpften ohne jegliche schädliche Folgen etwelchen Blatternpatienten aus der benachbarten kurtrierischen Gegend bis auf nächsten Körperkontakt auszuliefern.

Insgesamt sei er selbst, sogar sein Vater, der Altmeier Weiler, nach den Erfahrungen mit den Methoden des Medicus, zufrieden und davon überzeugt, hier eine sichere Präventionsmethode für diese schlimme Menschheitsgeisel gefunden zu haben. Allerdings müsse man noch den kommenden großen Seuchenzug abwarten, bis man endgültig würde Bescheid wissen, ob die Methode eine wirklich verlässliche sei. Jacob habe auch, so fügte er hinzu, von der höchst bedauerlichen Blatternerkrankung der durchlauchtigsten Fürstin Wilhelmine gehört. Er sei bestürzt, dass sie dermaßen habe leiden müssen. Doch sei es alleine der hohen Heilkunst der ehrenwerten Herren Physici anzurechnen, dass ihro fürstliche Durchlaucht jetzt wieder gesund und wohlauf sei.

Von den beiden Ärzten wurden noch wenige Fragen der belangloseren Art gestellt, die von Holle artig beantwortet wurden. Auch Lauckhardt wollte noch das eine oder andere wissen. Dann wurden Holle und Jacob gebeten, sich für allfällige weitere *Anhörungen* in ihren jeweiligen Behausungen bereitzuhalten und mit einem knappen Dank entlassen.

Auf dem Rückweg ins Ostertal wurde, nach einer ansehnlichen Strecke beiderseitiger Sprachlosigkeit, Jacob endlich mundrege, weil er nicht länger an sich halten konnte. Es drängte ihn, gegen seinen Begleiter herauszuspekulieren, welche Absichten er hinter der neuerlichen Befragung und dem offensichtlich stattgehabten Sinneswandel des Advokaten Lauckhardt vermutete. Die Auftritte des Advokaten und der Ärzte waren für den jungen Vorsteher viel zu beredt, um auf ihrer Retoure weiter darüber hinweg zu schweigen. Jacob gab nach einigen einführenden Überlegungen zu Bedenken, dass die Begegnung von vorhin bei aller Harmlosigkeit ja doch wohl allzu kurios gewesen sei.

„Soso...Warum denn das?“, wollte Holle einsilbig wissen. Da sei doch geradezu etwas im Busche, entgegnete Jacob. Das sei doch kein normales Verhör gewesen; ein regelrechtes

Plauderstündchen habe man sich vorhin abgehalten. Und Plauderstunde geht nicht.

„Soso, Plaudern geht also nicht?“, warf Holle ein.

Nein, geht nicht, weil sie die natürliche Konstellation zwischen Bauer und Herrschaft auf den Kopf stellt. Und deshalb stecke etwas anderes dahinter. Er jedenfalls habe beim Lauckhardt diesmal kein rechtes Gefühl gehabt, worauf er mit der Vorladung hinaus wolle: nicht die Spur von Nachhaken in Seinem Fall oder doch allenfalls noch ein paar verschlüsselte Belanglosigkeiten von wegen der schwebenden Schönbergerschen Causa. Es seien auch keinerlei bedenkliche Anspielungen mehr auf die Euromünze mit dem Stanzbild der Ludwigskirche gefallen, noch gab es die geringsten Anläufe von Maßregelung gegen sie, wie noch vor etlichen Monaten im Ottweilerschen Oberamt. Das sehe der Neufang doch auch so? Es müsse da alles in allem was anderes, als lediglich die pure Höflichkeit im Spiele sein. Die Herren hegten Absichten mit Hintergedanken. Das war sein Resümee.

So irritiert der soeben absolvierte Gang den jungen Meier zurückließ, so befriedigt, ja gelassen gab sich Holle ob der abgestatteten Audienz mit den Doktoren und dem Lauckhardt. Er konnte sich durchaus denken, welches Ansinnen hinter der Aushorchaktion im Jagdschloss stand. Dieses gab er seinem Begleiter kund, als sie an der Eicheltaler Mühle am Bachgrund der Oster vorbei ritten. Bis dahin hatte fast ausschließlich Jacob, der sonst so Schweigsame, das Wort geführt.

Und nun kam Holles Replik, die fast so etwas wie eine zweite Weissagung darstellte und dem jungen Meier einmal mehr ungläubiges Staunen abnötigte. Holle setzte ihm auseinander, er habe, wie Sache stünde, gute Ursache zu vermuten, dass hinter der gehabten ungleichen Audienz auf dem Schloss die neue Mätresse des Serenissimus, eine blutjunge Landschönheit aus dem Orte Fechingen bei Brebach, stecke. Ihr Name? Katharina Kest.

Man wisse auch schon in der näheren Umgebung der Herrschaft mit ihrem Necknamen *Fechinger Gänsegretel* durchaus etwas anzufangen.

Nein, nein, Jacob möge da nicht weiter nachhäkeln, er habe halt seine Informationen.

Übrigens sei das Mädel in Umständen, das sage ihm der Instinkt, vielmehr, sein gesunder Menschenverstand. Die erwähnten Graviditäten habe sie sich, klar doch, bereits bei einem ihrer ersten vertraulichen Zusammenkünfte mit ihrem höchsten Landesherrn eingefangen. Sie werde ihrem Lover, sorry, ihrem Gebieter, im anstehenden Rosenmond einen properen Spurius bescheren, so seine starke Vermutung.

Weiter.

Was weiter?

Was habe das mit unserer Visite nach dem Jagdschloss zu tun, wollte Jacob wissen?

Holle habe eine Mutmaßung, mehr nicht. Es könne immerhin sein, dass sich die neue Liebschaft des Ludewig unter ihren derzeit obwaltenden Umständen in einem immer noch virulenten Dunstkreis von gefährlichen Blatternmiasmen wähne, die in Gestalt von Zuträgern, Lakaien, Hofschranzen, Bittstellern, Antichambristen und ähnlichen anrüchigen Subjekten mit ihrer steten Anwesenheit am Hofe die Luft verpesteten. Hinter jedem in Gnade vorgelassenen Kratzfüßer könne dieser Tage die ärgste Kränk lauern.

Bei jeder noch so wohl gesonnenen Audienz könne man ihr genau so gut beiläufig den Tod in die Hand hinein, wenn nicht gar frei heraus mitten ins Gesicht versprechen. Sie wisse sehr wohl, dass die Reihe bislang noch nicht an ihr gewesen sei, dass sie, anders als ihre drei Geschwister, in ihrer Kindheit die Blattern noch nicht durchgemacht habe und sie sich daher immer noch leichtweg die Pusteln vor ihrer Niederkunft einhandeln könne.

Mein Gott, ergänzte Holle, man könne es weniger gestelzt

auch so ausdrücken: das Girly vom Lande wolle ihrem großen weltmännischen Liebhaber halt gefallen, ihn irgend an sich binden, das sei immerhin die ganz große Partie für sie. Also würde sie nicht bereit sein, auch nur das geringste Risiko einzugehen, etwa bei einer Erkrankung das gemeinsame Kind zu verlieren oder gar selbst durch eine Infektion verunstaltet zu werden. Nachdem die herrschaftliche Gemahlin neulich höchstselbst an den Blattern erkrankt und im vergangenen Jahr der französische König Ludwig XV. sogar daran gestorben war, ginge verständlicherweise überall an den umliegenden Höfen der Kleinstaaten immer noch die Furcht vor einem wiederholten Aufflammen der Seuche um. Naja und dann habe die Kest sicher auch die Fürstin Wilhelmine einmal aus der Nähe gesehen, wie die Hände, ihr Kratergesicht und ihre Schwulstaugen sie gleichsam über Nacht zu einem Monstrum verunstaltet hatten. Das sei, nebenbei gesagt, keineswegs der Grund für die Abkehr des Serenissimus von ihr gewesen. Der Anlass sei längst zuvor, nämlich mit ihrem Sturz vom Pferd bei einer Parforcejagd auf dem Pfaffenkopf geliefert worden. Das war damals, als sie mit zerschrammtem Kreuz und voller Häme ihrem Gemahl kundtat, wie sehr sie seine Leidenschaft für die Jagd verachte. Seine männlichen Ambitionen hätte er längst auf heimischem Feld unter Beweis stellen können, wenn es ihn schon nach der wilden Hatz gelüste. Ja, damals hatte sie ihn bereits verlassen und nicht erst, als sie sich, von der Krankheit entstellt, mit ihrem Sohn endgültig auf dem Brebacher Halberg von der Welt abwandte.

Der Fürst habe nach hartnäckigem Insistieren seiner jungen Geliebten seine Leibärzte wahrscheinlich dazu angehalten, alles zu tun, sie mit ihrer Heilkunst unter den gebotenen Umständen vor einer Blatterinfektion zu bewahren. Die konsultierten Ärzte, darunter der Leibarzt seiner Durchlaucht, der Hofmedicus Karcher, der beim ersten Vierer-Verhör des Jacob in Ottweiler zugegen war, wussten sich, wie denn auch, keinen rechten Rat, bis der Karcher sich womöglich an die

Vorfälle vom Ostertal erinnerte. Es sei übrigens interessant, dass der Leibarzt vorhin nicht mit dabei war. Vielleicht mochte es auch anders gewesen sein: Der Karcher hatte ja damals in Ottweiler wohl am lautesten gegen die Schönbergersche Methode opponiert. Womöglich war das Ansinnen der Kest dem Lauckhardt zu Ohren gekommen und der hatte die Sache aufgerollt.

Da sei nun aber doch die andere große Favoritin dazwischen, die Dorsberg. Wieso neue große Liebe, wieso Kest?, warf Jacob ein.

„Dorsberg, Dorsberg, wer spricht noch von der Dorsberg? Die ist dem hohen Fürsten in letzter Zeit eh zu respektlos geworden und zu direkt obendrein. Hat ihn am Hof vor allen Leuten unverblümt mit *„mein lieber Louis"* getadelt, wenn ihr was nicht passte. Als hätte sie neuerdings intime Rechte auch außerhalb des gelegentlichen gemeinsamen Bettkastens anzumelden. So etwas nimmt sich eine Maîtresse Seiner hochfürstlichen Gnaden nicht ohne Folgen heraus, zumal sie ihn mit ihren Szenen mehr und mehr langweilte. Wie eine hysterische Zicke hat sie sich bei der jungen Kest aufgeführt. Hat sie sogar einmal, wie man hört, im Beisein des Landesherrn geohrfeigt, weil sie einen heimlichen Handkuss von ihm mit einem Lächeln erwidert hatte. Die Dorsberg konnte halt nicht mehr ganz mithalten mit der natürlichen Anmut der jungen Kest. Ist eben in Ungnade gefallen, was weiß denn ich?"

„Hüte Dich, Jacob, nimm Dich in Acht", mochte dieser bei den Ausführungen seines Begleiters gedacht haben, „mit dem Neufang ist nicht zu spaßen." Mehr Einhalt war nicht drin, Holle duldete keinen Aufschub, es ging schon gegen die Dörrenbacher Osterwiesen zu.

„Aber soviel ist ja doch öffentlich, dass sie zwischenzeitlich mit vielen Gulden und dem Förster Malditz abgefunden worden ist. Außerdem ist der Neue schon vor Wochen aus Dank für die schnelle Heirat mit Ludwigs abgelegter Maîtresse zum Hofmarschall ernannt worden."

„Woher um alles in der Welt...?“

Das sei nicht von Belang, er habe seine Quellen und seine Inspiration. Jacob könne schon jetzt damit rechnen, dass in spätestens einer Woche eine neuerliche Audienz mit ihnen beiden fällig sei. Dann sei gewiss auch die junge Katharina von Ludwigsberg zugegen und vielleicht sogar der Serenissimus höchstselbst.

Die Für und Wider um Holles geradezu abenteuerliche Spekulationen bestimmten den restlichen Rückweg ins Ostertal. Jacob war sich sicher, dass, sofern die Konditionen der soeben angestellten Überlegungen annähernd zuträfen, es dennoch niemals zu einer Vakzination am Arm der jungen Schönen kommen werde. Man würde aus ärztlicher Sicht wahrscheinlich lieber zuwarten, die Auserwählte solange vor jedwedem äußeren Kontakt wegsperren und abschirmen, bis sie niedergekommen war. Niemals würden die Herren jetzt noch das unbestimmte Risiko eingehen, sie mit Pockenviren – und seien es auch nur die harmloseren Kuhpocken – zu traktieren, um damit eine Erkrankung, gleich welcher Art, auszulösen. Welcher der Medici war wohl bereit, im Falle eines Fehlschlags der Impfung, die Verantwortung zu übernehmen? Nein, er sei sich sicher, soweit würde es nicht kommen.

„Da hat Er's!“, rief Holle aus, „genau das ist der Grund dafür, dass man uns in die Verantwortung nehmen wird, deshalb werden wir in die Pflicht gerufen, damit die Kittel der Herren Leibärzte schön sauber bleiben!“

Genau so kam es. Die Woche war noch nicht um, da wurde Johann Jacob Weiler und Johann Peter Neufang von zwei Botenreitern mitten in der Stallarbeit abgefangen und nach dem Schloss Jägersberg bei Neunkirchen escortiert. Dort wurden sie von den beiden Ärzten, dem fürstliche Leibmedicus de St. Leger und dem fürstlichen Rat und Leibchirurgus Hausser sowie dem Advokatus Lauckhardt bereits erwartet. Jacob und Holle wurden erneut ausführlich zur Methode der

Vakzination befragt, jede Einzelheit mussten sie aufs Genaueste wiedergeben. Dann trat auf ein Zeichen, plaudernd wie ein Wasserfall, die Geliebte des hohen Fürsten Ludwig von Nassau-Saarbrücken, die Gänsegretel von Fechingen, mit zwei kichernden Begleiterinnen durch eine Seitentür in den Saal ein und ließ sich mit einer Verbeugung der Anwesenden begrüßen. Die junge Kest, besser, frisch geadelte von Ludwigsberg, hatte ein makelloses, etwas clownesk überpudertes und zerschminktes Gesicht, deren pechschwarze Brauen stark überzeichnet in zwei schwungvollen Bögen hoch über den großen, dunklen Augen standen. Diese wurden voneinander abgeteilt durch eine sehr ebenmäßige, etwas zu lang nach unten hängende Nase, unter deren Dach sich ein dünnlippiger und stets zu einem kindlich unbedarften Lächeln schön geschwungener Mund bewegte. Ihr Sturmgetöse von einem Haarschopf - oder trug sie etwa eine Perücke? -, das sich über der hohen Stirn in wilden Wellen in den Raum türmte und im Nacken in gedrehten Pirouetten auslief, war durchsetzt von einigen hellen Strähnen, die sie älter erschienen ließen, als ihr mädchenhaftes Gesichtchen auf den ersten Blick zum Ausdruck brachte. Sie war insgesamt eine außerordentlich offenherzige und sympathische Erscheinung, deren direktes Gehabe gleichwohl noch etwas unflügge und gekünstelt wirkte. Unter ihrer blühweißen Taftschürze wölbte sich gut erkennbar schon das Bäuchlein. Die Schwangere trug es mit sichtlichem Stolz vor sich her.

Nachdem die Ärzte ihr erklärten, wie die Prozedur der Impfung, es seien lediglich zwei winzige Piekser in den freien Oberarm, vor sich gehe, wollte sie von ihnen wissen, wer von beiden die Klinge führe. Die Männer zögerten. Sie schauten sich an, als ob sie sich nun selbst noch auf den Vortritt einigen müssten, sie waren sich unschlüssig. In diesem Augenblick meldete sich Holle zu Wort und erklärte sich in aller Form bereit, die Impfung vornehmen zu wollen. Er habe bei so vielen Inokulationen seinem Medicus aus Ulm assistiert, da werde er diese zwei lächerlichen Schnitzer wohl auch noch hinbekommen. Er stehe dem gnädigen Fräulein selbstverständlich mit seinem Worte, mit seiner ganzen Ehre dafür ein, dass durch die Behandlung weder ihr noch dem kleinen ungeborenen Erdenbürger auch nur das Geringste zukommen werde. Sie dürfe sich ihm ganz ungeniert anvertrauen.

Nun intervenierten die Ärzte empört und geboten dem Neufang energischen Einhalt. Ein Dorfbauer mit einem Messer in der Hand am Leib der Auserwählten! Das komme überhaupt nicht in Frage! De St. Leger trat vor und bedeutete dem Mädchen mit einer angedeuteten Verbeugung: „Il n'a aucune idée dans quel danger il s'engage. Bien sûr, je vais endosser cette procedure de vaccination, Mademoiselle".

Die Angesprochene schaute den Leibarzt an, dann Holle, dann beschloss sie, an St. Leger gewendet: „Nein, Monsieur, der da hat den größeren Schneid, er hat sich zuerst gemeldet, also soll er das Vergnügen der Messerstecherei auch alleine haben. Bitte, fange Er also an. Ich will das hinter mich gebracht haben".

Die beiden Ärzte beeilten sich, das Glasfläschchen zu entstöpseln, in dem leicht eingetrübt die frische Kuhpockenlymphe schwamm. Sodann stellten sie einen fünfarmigen Kandelaber auf das Beistelltischchen und legten ihre blitzsauberen Sezierbestecke auf ein dunkelblaues Samtkissen bereit. Nun traten sie konsterniert zurück und überließen Holle mit kritisch erwartungsvollen Blicken das Feld. Die Schwangere hatte ihren rechten Oberarm frei gemacht, Holle bedeutete ihr, den Linken zu nehmen. Falls dieser durch die Pusteln etwas erlahmen würde, was völlig normal sei, wäre sie dadurch in ihren angewohnten Handlungen weniger stark beeinträchtigt. Während er aus seiner Manteltasche seine eigene Lanzette, mehrere abgekochte Leinenläppchen sowie ein Fläschchen mit starkem Vorlaufbrand aus dem Beckschen Schnapsbestand hervorzog und ein - Plastikfeuerzeug -, erklärte er der Patientin den Vorgang, die Wirkung und die etwaigen Nebenwirkungen sowie die kleinen Unpässlichkeiten, welche sich aber nach wenigen Tagen wieder ganz von selbst gäben. Mit dieser Behandlung sei sie für den Rest ihres Lebens oder doch fast so lange vollkommen vor den grässlichen Blattern geschützt. Indem er so daherredete, entzündete er sein Feuerzeug und schwenkte die Lanzette, die er vorher in den Schnaps getaucht hatte, über der blauen Flamme. Dann strich er mit den getränkten Leinenläppchen über den Oberarm der Patientin und riet der jungen Frau dringend, ihren Sohn, den sie bald zur Welt bringen werde, wie werde sie ihn gleich nennen - Albrecht etwa? Ja, das sei ein trefflicher Name - nach seinem zweiten Lebensjahre auch vakzinieren zu lassen. Da war auch schon alles vorbei und die lächelnde Katharina, übrigens hieße seine eigene junge Frau ebenfalls Katharina und sei auch gleichen Alters, verspürte kaum ein Jucken.

„Das war's auch schon, gnädiges Fräulein, es ist überstanden. Jetzt noch ein wenig verbinden und wenn's juckt, nicht kratzen, sondern freuen und lachen, je mehr es unter den Lappen kribbelt, umso mehr kichern, bittesehr. So hat es uns unser verehrter Schönberger auch stets befohlen. In zehn Tagen fällt der Schorf von alleine ab, da müssen Sie überhaupt nicht nachhelfen. Voilà Messieursdames, wer ist der Nächste?"

Weil sich die beiden Plaisierdamen beim Impfen ihrer Freundin gegenseitig unaufhörlich in die Schürzen gekichert hatten, wurden sie von dieser kurzerhand ebenfalls an die Lanzette befohlen. Was taten die jungen Hühner? Sie wechselten die Gesichtsfarbe und entflohen kreischend dem Raum. Die Geimpfte knöpfte den Ärmel zusammen und war irgendwie froh, dass alles so glimpflich abgegangen war.

„Seht her, da haben wir also nicht nur einen beherzten Lanzenwerfer sondern auch einen vortrefflichen Wahrsager vor uns," scherzte sie, an Holle gewandt, „dass Er mir das Vergnügen bereitet, mir beim Eingravieren ein Söhnchen zu verheißen und dieses sogleich mit Namen zu versehen, das hat mich bei unserer kleinen Audienz doch allzu köstlich amüsiert. Hat meine hohe Durchlaucht etwa schon Geheimnisse herausgelassen, von denen ich selbst noch nichts weiß?"

Auf dem Heimweg durch das Ostertal hielten sich Jacob und Holle nach einigen wenigen anfänglichen Kommentaren kleinlaut im Gemachtrab mit ihren Pferden nebeneinander. Jacob sinnierte neben seinem Begleiter einher, wägte ab, erwog diese und jene Situation und wusste sich, nach einigem Hin und Her, insgesamt auf die Begebnisse im Jagschloss keinen rechten Reim zu machen. Daher zog er es vor, zu schweigen. Dieses alles war nicht lediglich in Gegenwart irgendeines, sondern im direkten Gegenüber mit der neuen Ersten Dame am Hof geschehen. Das würde gewiss nicht ohne Folgen bleiben. Jacob mochte es drehen und wenden, wie er wollte: er bekam es nicht hin. Was bekam er nicht hin? Sich auszudenken, wie die Dinge, die er im Schloss miterlebt hatte, die Gegenwart des Lauckhardt, der beiden Leibärzte, der neuen Favoritin des Serenissimus, ihres eigenen Hineingeratens, sich irgend zusammenreimen mochten. Was hatten sie als Leute vom Land mit den eingebildeten Petitessen des nassauischen Hofstaates zu schaffen? Wo waren sie da überhaupt hineingeraten? Das ging ihm alles zu hopplahopp, zu schnell und für seinen Geschmack entschieden zu weit. Es kam ihnen beiden, den einfachen Leuten, selbst ihm als Landmeier, schlichtweg nicht zu, sich in derartige hohe und höchste Angelegenheiten eigenhändig einzumischen. Sie mochten so profan sein wie sie wollten, dazu waren Menschen anderen Kalibers berufen.

Insbesondere Holles unbedachtes Vorpreschen bei der Federführung des Impfakts, mehr noch, dessen leichtfertige Bemerkungen, seine Zusicherungen und Empfehlungen an das Fräulein von Ludwigsberg, behagten Jacob ganz und gar nicht. Sie waren weder seiner Herkunft noch seiner Stellung angemessen. In den Augen der Leibärzte stellten sie geradezu eine freche Dreistigkeit dar. Dass es das Mädel überhaupt zugelassen hatte, sich vom Neufang traktieren zu lassen, war schon ungeheuerlich genug und doch eigentlich nur ihrer eigenen einfachen Herkunft, vielleicht auch ein wenig der guten Erziehung bei Hofe zuzuschreiben gewesen. Was hatte diesen Mann geritten, sich derartig zu produzieren?

Jacob hätte Holle einfach fragen können, wie er in Gottesnamen auf die Idee gekommen sei, den Leibärzten seiner Durchlaucht sprichwörtlich das Messer aus der Hand zu nehmen, der Schwangeren auf den Kopf zuzusagen, welchen Geschlechtes, sogar wessen Namens das Ungeborene sein würde. Er tat es nicht. Stattdessen ritt er nur wortlos vor sich hin.

Auch Holle schien in Grübeleien vertieft. Bereute er seine Tat womöglich schon? Maß er schon die etwaigen Folgen, den Fall der Fälle, ab? Jacob wusste, dass der heutige Tag für ihn, für seine weitere Arbeit als Meier, eigentlich für sie beide eine Zäsur darstellte, so oder so. An die Folgen, wenn infolge der Impfung irgendetwas schief laufen würde, mochte er lieber nicht denken. Und das alles, weil Peter Neufang eindeutig die Grenze überschritten hatte. Der Mann aus dem Kirschgarten wurde Jacob einmal mehr zum Rätsel und die Zeit bis zur Entbindung der Schwangeren würde für beide eine Zitterpartie werden.

XXXI

Das Frühjahr war trocken. Der Ostermond kam mit günstigem Wetter ins Land und die Sommersaat, zuerst der Hafer, dann die Gerste, der Sommerroggen und der Sommerweizen, fielen auf einen wohl bereiteten Boden. In der Steinbach stand die Winterfrucht schon stark knöchelhoch über der Krume. Napoleon hatte mit dem neuen Wendepflug in den letzten Wochen auf den liegenden Ländereien der Becke aus dem Kirschgarten ganze Arbeit geleistet. Das blieb den Dörflern nicht verborgen. Hin und wieder sah man den einen oder anderen Landmann mit seinen klumpigen Schuhen am Ackerrain stehen und anerkennend oder auch skeptisch blinzelnd Augenmaß über die ebenmäßig gezogenen Fuhren nehmen. Wenn sie so zusammenstanden, ließen sie sich nicht lange bitten. Es kamen die ungebetenen Kommentare, die manchmal störrisch vorgetragenen Ansichten zur Sprache. Die Auffassungen gingen hierhin, dahin, waren sich in einem Punkte einig, im anderen nicht, schweiften bald wieder ab, liefen auseinander, nahmen hier und da an Schärfe zu und kamen insgesamt keineswegs zu einem einhelligen Resultat. Wie denn auch?

„Ist schon was“, sagten die Einen.

„Nur mal langsam“, sagten die anderen.

Was hieß das schon, ein sauber gescheitelter Acker? Das hieß noch gar nichts. Nichts hatte das zu bedeuten. Erst einmal abwarten, wie die Frucht sich in den Mai und in den Juni hinein auf dem Halm entwickele, ja, dann vielleicht, dann konnte man sich noch mal unterhalten.

In der Schreinerei hatte der Becke Nickel jetzt, neben seinem Schwiegersohn, zwei tüchtig helfende Burschen an seiner Seite, nämlich den jungen Ulrich und den Christian Zeiger. Letzterer war der Jüngste des Jakob Zeiger, der aus dem Dorf Urexweiler kam und sich die Anna Maria Tröß genommen hatte. Auf eine zusätzliche Verstärkung hatte der Schwiegersohn gedrängt und damit einmal mehr das Heft energisch in die Hand genommen, denn es sollte in der Haushaltung, bei aller Rücksichtnahme auf den sensiblen Nickel, vorwärts gehen. Das tat es auch und das hieß, es ging mit den fälligen Reparaturarbeiten jetzt flottweg in Einem hin. Neue Aufträge mussten zwar warten, denn die Aussaat ging vor, aber mit dem neuen Schreinertrupp war schon was anzufangen, genug zu tun gab es um dese Jahreszeit sowieso. Auch das erwähnte Bauprojekt am Hinterhaus konnte mit der neuen Verstärkung seinen Fortgang nehmen, so dass rund um das Becksche Hofgering ein stetes Treiben, ein Kommen und Gehen war, wie in einem richtig großen Anwesen bei richtig feinen Leuten.

Die Tage nach Ostern waren frühsommerlich warm. In den Gärten spross die erste Saat, der Wiesengarten nach dem Gässchen hin war übersät mit Gänseblümchen und dem ersten leuchtend gelben Löwenzahn. Es duftete ins Haus herein, als würde man mitten im blühenden Kraut liegen und in den Himmel hinaufträumen. Bald standen die Kirschbäume in voller Blüte, es brummte und summte, es zwitscherte und krähte, das ganze Dorf war rege. In den Gärten, um die Häuser herum war unentwegte Geschäftigkeit und die Kinderscharen lärmten wild durch die Gassen.

Aus dem Jagdschloss Jägersberg bei Neunkirchen kamen in diesen Wochen keinerlei bedenkliche Nachrichten über den

Zustand der jungen Geliebten vom Fürst Ludwig ins Ostertal herüber. Vielmehr, es kam überhaupt nichts. Es war gerade so, als hätte die Konsultation der hohen Dame nie stattgefunden. Jacob, der Meier, war nervös. Er tat seine Arbeit, war mal hier, mal da, ging aber in jenen Tagen auf seinem Weg nach Fürth auch beim herrschaftlichen Jäger Schäfer vorbei, um von ihm mehr zu erfahren. Der Nimrod war einmal die Woche auf dem Jagdschloss, wo er regelmäßig vom Oberjäger Klein seine Ordres für das Ostertal entgegennahm. Zu berichten wusste der Schäfer überhaupt nichts von Belang. Er konnte dem Weiler nur sagen, dass sich von der Hofgesellschaft zurzeit niemand auf dem Schloss aufhalte. Holle hatte seinem Meier den Gefallen getan, zur Monatsmitte noch einmal nach Ottweiler zu gehen. Vielleicht würde er die Erlaubnis bekommen, beim Lauckhardt vorzusprechen. Bei diesem Gang nach dem Oberamt, der eigentlich nicht mehr erforderlich war, erkundigte er sich beim Schmoll, eher der Form halber als ernsthaft, nach dem Advokaten. Er fragte auch untertänigst nach, ob er diesen möglicherweise einmal konsultieren dürfe. Das wurde sofort abgelehnt. Wenn er ein Begehren habe, solle er gefälligst eine schriftliche Eingabe formulieren und dann auf eine Aufforderung des Herrn Advokaten warten. Was er hier überhaupt noch wolle, wurde gemault, sein Melderturnus sei im letzten Monat abgeschlossen und das sei ihm auch mitgeteilt worden.

Der Wonnemond Mai kam ins Land. Die Wiesen wurden gelb und die Natur war voller Singen und Klingen. Holle und seine junge Frau hatten die ausgelassenste Zeit miteinander. Sie freuten sich am Erwachen der Natur, am Frühling und an ihrem jungen Glück, genau so, wie die Eltern mit ihnen und an ihnen froh und zufrieden waren. Des Abends, nach der Suppe, zog Holle alle Woche einmal seine Mundharmonika hervor und spielte seinen Leuten was Neues oder schon Einstudiertes vor. Auch lehrte er sie jetzt, gemeinsam den Kanon zu singen. Das war im Hause Beck etwas gänzlich Unerhörtes. Das passende Lied kannten sie bereits, denn Holle hatte es schon früher ein paar Mal vorgetragen. Außerdem schickte es sich sehr artig in die Jahreszeit, es war das Stück: *Es tönen die Lieder, der Frühling kehrt wieder, es spielet der Hirte auf seiner Schalmei.* Katharina ward aufgetragen, vorzusingen bis zum Strophensatz *der Frühling kehrt wieder*. Genau hier gab es für ihre Mutter einen sanften Rüffler in die Seite, das Zeichen für sie, jetzt mit ihrem Vortrag zu beginnen. War sie ihrerseits beim *kehrt wieder* angelangt, kam der Nickel mit seiner Brummestimme zum Einsatz. Dreimal war die Strophe durchzusingen, bis Holle mit erhobenem Zeigefinger dem ganzen Treiben ein Ende setzte. Das hatte anfangs noch seine Schwierigkeiten, weil der Hausvater entweder seinen Einsatz vermasselte oder mittendrin den Text vergaß. Aber nach ein paar Wiederholungen hatten sie dann endlich alle vier den Bogen raus. Sie hielten tapfer ihren Part und Holle spielte auf der Mundorgel eine freie Improvisation dazwischen, dass das ganze Stück im Stolz seines Gelingens jetzt nur so vor sich hinprahlte. Wie wundervoll sich in diesem verwegenen Durcheinander der Einsätze, in diesem Dickicht des Stimmengewirrs mit einem Mal die Harmonien zusammenfügten, wie sich wohlige Stimmung entfaltete, wie ein ausgelassenes Schwingen und Klingen die Stube durchmaß und die Herzen ihrer Interpreten zu sentimentalen Seufzern anrührte! Das hatte schon was ganz Feines, das fast nicht in die einfache Bauernstube gehörte, so kultiviert und wohlklingend, wie es sich ausnahm. Im Vergleich zu einem einstimmigen Vortrag war dies ein regelrechter großer Choral, den sich doch eigentlich nur der einfühlsamste aller Christenmenschen, wenn nicht sogar der liebe Gott selbst ausgedacht haben konnte.

Zum Abschluss ward der Kanon *Abendstille überall, nur am Bach die Nachtigall. Singt ihre Weise klagend und leise, durch das Tal* und danach *Oh wie wohl ist mir am Abend, wenn im Dorf die Glocken läuten, bim bam bim bam* eingeübt. Katharina war mit ihrem Part regelrecht in Fahrt gekommen, schwang und schunkelte mit und wollte bald nicht mehr aufhören, weil beim „bimbam, bimbam“ der Vater so einfühlsam die Kuhglocke rührte, dass sie ihm unaufhörlich bedeutete, nur ja weiterzumachen. Die Singeabende im Kirschgarten waren regelrechte Ereignisse, die von dem kleinen Chor mit dem Fortgang der Übungen dermaßen eingeschliffen dargebracht wurden, dass sie schon so gut wie aufführungsreif waren. „Nein, keinen Frühling mehr ohne eine solche allwöchentliche Musestunde,“ frohlockte die junge Katharina, „wie haben wir das vorher bloß ausgehalten“?

Den gesamten Maienmond hindurch hatte das herrlichste Wetter ins Ostertal hineingestrahlt, die Saat wuchs und spross und aus Saarbrücken war nach wie vor nichts zu hören. Jacob hatte sich leidlich arrangiert und war schon auf dem besten Weg, den ganzen Vorfall um die Impfaktion auf dem Neunkircher Jagdschloss zu vergessen. Er ging wieder seiner gewohnten Tagesarbeit nach und werkelte nun öfter auf dem Acker als in der Meierstube beim Dompfaffen und seinem Vater Adam.

Aber im Juni: die Kartoffeläcker waren soeben zum zweiten Mal vom Unkraut befreit worden und schon wieder neu aufgehäufelt. Die Heuernte stand kurz bevor, denn die Wiesenkräuter fingen an rot und hell zu werden und stäubten schon in der Luft, da gab es doch noch Zeitung. Es hatte sich in Windeseile herumgesprochen, dass in Saarbrücken bei der *Neuen des Ludwig* etwas Kleines angekommen sei, ein gesunder Junge, ein kleiner Albrecht. Ein Tag alt war diese Nachricht, Jacob hatte sie sofort nach dem Kirschgarten getragen. Nun also doch: ein Albrecht. Das sollte ihm der Neufang endlich auseinandersetzen, wie er damals darauf gekommen war!

Da kam auch schon der Bote aus dem Jagdschloss Jägersberg mit einer dringenden Order für den Landmeier Weiler auf einem schmal gefalteten rosa Zettel. Darin stand gekritzelt:

Sofort nach Saarbrücken, nach dem Sitz Ludwigsberg kommen. Erwarte Beide, den herrschaftlichen Landmeier Weiler und den Ackerer Neufang noch heute. Unterschrift: LFZNS.

Der Fürst hatte gerufen!

Mit Jacobs Kaltblüter und Holles Napoleon dauerte die Tagestour hinunter an die Saar geschlagene viereinhalb Stunden, obwohl die aufgeregten Reiter für ihre Begriffe flott unterwegs waren. Auf ihrem Ritt nach dem Lustschlösschen bei Malstatt hatten sie einmal mehr Gelegenheit zum Spekulieren, was da drunten bei der hohen Herrschaft nun auf sie zukommen würde. Womöglich war ja doch etwas bei der Impfung mit der jungen Kest schief gelaufen, wofür sie nun zur Verantwortung gezogen werden würden. Warum sonst würde der hohe Fürst sie heute höchstpersönlich nach dem Ludwigsberg befehligt haben? Neufang winkte ungehalten ab. Hätten sie der Kest was angetan, dann würden sie längst im Turm sitzen. Nein, das war es nicht, Jacob und er werden es früh genug erfahren. Holle tat wieder einmal wissend und zuversichtlich wie je und zerging innerlich fast vor Neugier auf den Anblick der Stadt Saarbrücken, die er bisher nur aus dem einundzwanzigsten Jahrhundert kannte.

Als die beiden Reisenden mit ihren Kaltblütern gegen die vierte Nachmittagsstunde auf halber Hangeshöhe am Torturm zu den Parkanlagen des Ludwigsbergs angekommen waren, wartete bereits ein ungeduldiger livrierter Bediensteter auf sie. Er führte die beiden Ankömmlinge sofort in die Anlagen hinein. Die breiten Kieswege, die in verschlungenen Mäandern den Berg hinauf führten, waren rechts und links von hohen Nadelbäumen beflankt. Es deuchte die Besucher wie in einem Urwald, der sich immer wieder einmal zu einer wohlgestalteten Lichtung eröffnete. In dessen Mitte traten bald eine Säule, eine Köhlerhütte, ein ausladender Holzstoß, eine Eisgrube, ja sogar eine Einsiedlerkapelle mit kleinem Gottesacker in Erscheinung, bis auf dem Plateau endlich das kleine, hübsche Lustschlösschen in Sicht kam.

Von der repräsentativen Vorhalle führte eine *Escalier d'honneur*, eine Ehrentreppe, hinauf in die Beletage der gnädigen Frau, wo sich die fürstlichen Empfangsräume befanden. Dort hinauf wurden die Ankömmlinge geführt und angewiesen, sich im kleinen Vorraum zum Audienzzimmer bereitzuhalten.

Nicht lange, da kam die zierliche Frau von Ludwigsberg auch schon durch die Flügeltüre getreten und ging behänden Schrittes auf die Wartenden zu: „Ah, meine lieben Landsleute aus unserem hohen Norden, da seid Ihr ja endlich in meinem kleinen Reich eingetroffen. So kommt doch nur herein und plaudert ein wenig mit einer Rekonvaleszenten, die sich freut, den tüchtigen Landmeier und den wackeren Chirurgus aus dem fernen Ostertal einmal wieder zu sehen".

Holle nickte dem verdutzten Jacob aufmunternd zu. Frau von Ludwigsberg war in ihrem jugendlichen Liebreiz einmal mehr die strahlende, einfache Gänsegretel aus dem Orte Fechingen. Sie gebärdete sich ungekünstelt, herzlich und leutselig, froh, einmal wieder mit Menschen aus dem Volk, mit Ihresgleichen Umgang pflegen zu können. Als hätte sie nicht erst vor wenigen Tagen entbunden, schritt sie schon wieder leichtfüßig vor den Ankömmlingen her in das helle Audienzzimmer, wo sie ihre beiden Gäste anwies, sich an einem runden Tischchen in der großen, hellen Fensternische niederzulassen. Von ihrer Kammerzofe wurde sogleich der dampfende Kaffee hereingereicht. Dazu wurde frischer Sturzkuchen aufgetragen und gedeckt war die Tafel, wie die junge Katharina ausdrücklich erwähnte, mit dem feinen Ottweiler Porcellaine aus ihrer Gäste Heimat, dem Lieblingsgedeck der fürstlichen Durchlaucht.

Der Landmeier und Peter Neufang schickten sich an, der jungen Mutter aufs Höflichste zu ihrem neuen Erdenglück zu gratulieren und erkundigten sich umgehend nach beider Verfassung. Die Auserwählte erhob sich, strahlte ihr gesundes Lächeln und sagte: „So seht mich an, sehe ich aus, wie eine, die gerade dem Wochenbett entstiegen ist? Glänzend geht es mir, seitdem Er das Zeichen auf meinen Arm gesetzt hat“, und damit schob sie den Träger von ihren Schultern und legte den Oberarm frei. Jacob wandte seinen Blick erschrocken zur Seite.

„Da schaut her, ein christliches Kreuz hat Er mir verabfolgt. Das hat sich erst hinterher herausgeschält, nachdem der Arm die Kruste von sich geworfen hat. Er ist nicht nur ein flotter Graveur sondern auch ein allerchristlicher Schelm. Aber sei's drum: mit meinem Wundmal habe ich somit nicht nur eine ersprießliche Trutz vor den Blattern sondern auch noch das rechte Gottesschild vor dem Teufel und seinen Spießgesellen. Wenn das kein gutes Omen ist. Auch habe ich mich nach der Operation vom Jägersberg getreu an Seine Anweisungen gehalten und eine Woche lang aus vollem Leibe gelacht. Es war mir eine aufrichtige Freude, gewissermaßen auf ärztliches Rezept vergnügt zu sein. Und was mein Söhnchen anbelangt, so ist dieser gerade von der Amme an die Brust gelegt worden und schlummert augenblicklich seinen seligsten Träumen entgegen.“

In diesem Augenblick öffnete sich die Flügeltüre und herein kam - Serenissimus höchstpersönlich. Jacob und Holle sprangen sofort von ihren Stühlen auf und taten eine tiefe Verbeugung vor ihrem höchsten Herrn, den sie zum ersten Mal sahen. Der Fürst trat auf seine Erwählte zu - sie blieb sitzen - und küsste ihr zärtlich die Stirn. Dann hieß er die Besucher, sich wieder zu setzen und gesellte sich gut gelaunt an den Tisch.

Fürst Ludwig war eine stattliche Erscheinung mit gesunden, rundlichen Speckwülsten am Leib, Nacken und im Gesicht, die auf den ersten Blick etwas bubenhaft Schelmisches an sich hatten. Groß, ja übergroß gewachsen, stak er in einer eleganten Jägeruniform mit hohen Stulpenstiefeln, weißer Kniehose und grünem Mantelrock, der einfach, gleichwohl vornehm geschnitten und dekoriert war. Sein Kopf war über lang eierförmig und gleichsam ohne Hals, nur mit einem mächtigen Kinnwulst auf das Körpergebäude aufgesetzt. Die Augen klein, viel zu klein auf den ersten Blick für die massige Gesichtsfront. Aber die zierlichen Augenbrauen waren wohl gepflegt, kein Haar zu viel auf der hohen Stirn, überhaupt äußerst haararm, zeigte sich bei ihm rosa Puderflaum dort, wo bei einem einfachen Dorfbauern die Stoppeln aus Kinn, Ohren und Nase sprossen. Die Nase war ein wenig ärmlich, geradezu dürftig aufs Gesicht aufgesetzt. Sie schloss über der Vertikalrinne zum ausdrucksvoll geschwungenen Mund ab, der sich vornehm in das gepolsterte Dopplerkinn eingebettet hielt und zu beiden Seiten mit je einem Glückseligkeitsfältchen geschmückt war. Das linke Ohrläppchen trug einen goldenen Ohrring, das war allerdings höchst modern. Die ganze hohe Person, die sich da unvermittelt zu den beiden Dörflern gesellte, machte einen entspannten und aufgeräumten Eindruck. Ihm tat seine neue Favoritin augenscheinlich über die Maßen gut.

Der Fürst erkundigte sich beim neuen Landmeier nach dem Wohlergehen des werten Herren Vaters. Er dankte im Nachhinein nochmals für den reibungslosen Übergang im Amte, das dem alten Herren ja doch in der jüngsten Zeit etwas unbequem geworden sei, wie er aus dem Ottweiler Oberamt gehört habe. Und über den aktuellen Wildbestand rund um den Werschweiler Wilpertsgalgen wusste er natürlich bestens Bescheid. Auch hatte er für den Nachfolger im Amte, den neuen Landmeier Weiler, ein paar löbliche Worte für dessen geschickte Amtsführung und wendete sich sodann dem Neufang zu.

Erstaunliches habe ihm die gnädige Frau von der Impfkonsultation berichtet. Sie habe mit großem Enthusiasm allerlei wunderliche Gerätschaft erwähnt, insonderheit jene kleine Illuminiermaschine, vermittelst derer er bei dem Sezierritual die Klinge erhitzt habe. Aber nur zu, erzähle Er von Seinen Fertigkeiten, von Seiner Ausrüstung, von Seinen Reisen.

Aha, Serenissimus war also auch darüber im Bilde! Holle fing ohne Zögern an, zu dozieren und einmal mehr tischte er der hohen Gesellschaft seine abenteuerliche Geschichte um die Begebenheiten mit seinem Freund, dem Ulmer Physicus Doktor Schönberger auf. Er schwindelte seine Schiffsfahrt den schönen Rhein hinunter, besang mit ein paar einfühlsamen Strophen die schöne Loreley, das: *ich weiß nicht, was soll es bedeuten* und legte ganz am Schluss seiner Ausführungen dem Fürst und der gnädigen Frau je einen Streifen Minze in gezacktem Alupapier auf den Tisch. Jacob zog den Kopf ein aber es gab darob keinerlei Argwohn bei der hohen Zuhörerschaft, im Gegenteil: sie hörten höchst interessiert zu. In Sonderheit der Fürst war von den Sensationen in großem Maße angetan aber er rührte den Gegenstand auf dem Tisch nicht an.

Nun schaltete sich die junge Mutter wieder ein, denn das Ganze hatte ihr doch dermaßen fantastisch angemutet, dass sie einmal ihren gesunden Menschenverstand, den sie sich noch von früher her sorgsam bewahrt hatte, zur Anwendung kommen ließ:

„Dass Er mir ein Bübchen vorausgesagt hat, das war artig von Ihm, aber eine allzu große Kunst ist es dennoch keineswegs gewesen, denn das ist ja insgesamt nicht viel mehr als eine Münze werfen. Und der Name Albrecht hat mir aus Seinem Mund gar zu gut gefallen, da habe ich meinem Louis geraten, sich der Empfehlung unseres wunderlichen Wahrsagers und Medicus anzuschließen. Er sieht also: ein rechter Prophet, wie man ihn sich vorstellen möchte, so aus ganzem Schrot und Korn, spricht aus Ihm noch nicht. Wenn es Ihm jedoch beliebt, uns ein weiteres Mal von Seinem spekulativen Talent überzeugen zu wollen und so Er Seine hohe Kunst noch einmal in Gegenwart seiner Durchlaucht exercieren möchte, wäre uns das ein rechtes Plaisir. Ich stelle mir gar zu lebhaft vor, wie es zugehen würde mit unserem nächsten Spross in der Wiege. Also nur zu, wahrsage Er mir für das kommende Gottesgeschöpf, dem ich nur allzu gern in diese Welt verhelfen will und ich möchte fortan keinen Zweifel mehr an Seinem wunderlichen Genius gelten lassen".

Der Fürst nahm die Hand seiner Geliebten und ermahnte den Aufgeforderten gönnerhaft, keine windigen Zaubertricks zu veranstalten. Es gäbe in seinem Umfeld genügsam halbgare Gestalten, die sich durch hohle Versprechungen und hinterhältige Possen die Gunst der Herrschaft zu erschleichen bemüßigten. Wenn Er also nicht Falschspiel betreibe und Seine Kunst ehrlich beherrsche, dann sei man für derlei erquickliche Kurzweil sehr wohl zu haben.

Holle zögerte, schickte einen knappen Blick zum versteinerten Jacob hinüber, dann nickte er, ließ sich einen Zettel aushändigen und schrieb. Die fertige Botschaft faltete er bedeutungsvoll zusammen, bat um eine Siegelstange und verplombte den Inhalt unter dem roten Wachspfropf.

„Diese kleine Botschaft möge der durchlauchtigste Fürst höchstselbst gnädigst bewahren, bis Dero nächster Erdenbürger wohlbehalten angekommen ist. Ich aber sage, wie ich hier sitze, voraus, dass er von heute an gerechnet noch vor Jahresfrist auf diesem Erdenball ankommen wird. Sodann möge Ihro fürstliche Durchlaucht das Wachs erbrechen und Sich überzeugen, ob ich recht gesehen habe oder nicht."

Dies war Holles dritte Weissagung.

Jacob wechselte die Gesichtsfarbe ob dieser respektlosen Anmaßung seines Begleiters. Die muntere Katharina aber war auf einmal wieder ganz Kind vor erregter Neugier und klatschte vergnügt in die Hände: „Er macht mir eine artige Freude mit Seinem Spiel, so sind wir ganz zufrieden und erfreuen uns umso mehr an dem, was da kommen mag".

Das war noch nicht alles, denn die Besucher hatten ein Mitbringsel für die junge Favoritin und Mutter, vielmehr für den kleinen Sprössling, mitgebracht, wofür jetzt der rechte Zeitpunkt der Enthüllung gekommen schien. Holle streckte seinen Zeigefinger in Habacht-Stellung, nickte zuerst dem Serenissimus, sodann der jungen von Ludwigsberg zu und stellte demonstrativ ein weidenes Henkelkörbchen auf seinen Schoß.

Unter den Augen der neugierigen Herrschaften enthob er dem Behältnis ein Sammelsurium von Einzelstücken, ließ mit geübten Handgriffen ein zierliches Bauwerk in die Höhe wachsen und hatte im Nu eine Apparatur aus feinem Holz zusammen gezaubert, die er in der Schreinerwerkstatt selbst erschaffen hatte. Es war ein extrafein geschnitztes Geburtstagskarussell, ähnlich einer sich windmühlenartig drehenden Weihnachtspyramide, wo sich auf verschiedenen Etagen, wie auf einer Hochzeitstorte, die zierlichsten Figürchen und Bauwerke in hinreißenden Szenarien um eine Mittelachse drehten, sofern man die Maschinerie mittels untergestellten Kerzenflammen in Bewegung brachte.

„Bewegung", dozierte er, während er die Konstruktion zusammensteckte, „Bewegung und Licht sind nämlich so gut wie die Hauptsache in einem neu erwachenden, ungeübten Kinderuniversum. Sie wecken in ihrem Zusammenspiel die kleinen Lebensgeister und Phantasien im Säugling. Sie lassen ihn staunen über die übergroße illuminierte Schattenwelt an der Zimmerdecke, über die winzigen Holzgestalten auf dem Beistelltisch, wie sie auf der Drehbühne gehorsamst auf und ab marschieren und machen ihn zufrieden und lachen, wo ihm vielleicht vor lauter Langeweile einmal zum Weinen zumute wäre. Erleuchtung und Veränderung. Diese beiden sind doch allemal die beste Erziehung und Beschäftigung für so einen herrschaftlichen Spross zwischen Schlaf und Ammenbrust. So überhaupt auch späterhin, wenn auch in einer anderen Dimension, wenn er dereinst seinen Windeln längst entstiegen sein wird."

Nun erklärte er dem hohen Landesherrn und seiner Gefährtin das Spielzeug zu einer kleinen, kurzweiligen Huldigungsgabe für den Knaben in den Windeln. Durchlauchtigste Herrschaften dürften die bescheidene Stiftung als gehorsamen Liebes- und Treuebeweis ihrer Ostertäler, insbesondere der Werschweiler und Dörrenbacher Untertanen betrachten. Von diesen ließe er, namens ihres hier anwesenden Meiers, noch einmal herzlich gratulieren und grüßen. Jacob rührte keine Miene.

Die junge Mutter rückte sofort näher, um sich die allerliebste Attraktion genauer in Augenschein zu nehmen. Auch der hohe Fürst zeigte jetzt regeres Interesse an der Apparatur. Er erhob sich von seinem Platz und beugte sich ein wenig über das Gestell auf dem Tisch, denn seine Perspektive war sinnvoller Weise eine überhöhte, erhabene. Sie war sozusagen die Draufsicht von oben herab, damit er die Sache, ganz wie es sich gehörte, aus seinem Fürstenstandpunkt heraus inspizieren konnte. Was sie beide erblickten, war erhellend und amüsant zugleich.

Das unterste Rund war bevölkert von einer jungen Maid in weißer Schürze mit einer Rute in der Hand, die eine Horde Hals reckender Gänse vor sich hertrieb. Diesem Ereignis gegenüber, auf der anderen Seite des Plateaus, erkannte man, hoch zu Ross, einen stattlichen Herren in Uniform. Das war der Fürst höchstpersönlich, wie er der weißgeschürzten Magd seine Hand hinüberstreckte. Dazwischen tummelten sich Rehe, Wildschweine, Hirsche und Hasen auf dem Plan.

Ein Stockwerk darüber, auf dem nächsten, etwas kleineren Rund, war in dessen Mitte die Ottweiler Stadtkirche zu bestaunen. Davor stand dieselbe junge Person in weißer Schürze, diesmal mit Orden behangen und umgeben von einer sechsköpfigen Kinderschar. Das älteste unter ihnen trug ein kleines Namensschild, worauf *Albrecht* zu lesen war. Diesem Arrangement gegenüber war das Lustschlösschen Ludwigsberg auf einer Anhöhe zu erkennen und vis á vis das Jagdschloss Jägersberg. Davor stand der Fürst mit zwei weißen Jagdfalken auf seiner ausgestreckten Faust, die gerade im Begriff waren, eine Reiherschar anzufliegen, welche sich auf einer Fichte niedergelassen hatte. Die Zwischenräume waren von jagenden Hundemeuten, von Hirschen und Wölfen besiedelt.

Auf der obersten und kleinsten Etage, dem krönenden Plateau aber thronte eine prunkvolle, sechsspännige goldene Hochzeitskutsche. Dem Font entstiegen gerade der Fürst mit Schärpe und die junge Magd mit weißer Schürze und einem Krönchen auf dem Haupt. Über allem aber drehten sich an den hölzernen Flügelblättern, wie unter einem Kettenkarussell, an dünnen Schnürchen hängend, sechs Störche mit je einem Henkelkörbchen im Schnabel, im Kreis herum.

Dies war Holles vierte Weissagung.

Jacob sank in sich zusammen. Das war zuviel auf einmal.

Nun steckte Holle auf den Konsolenfüßen des Kleinods vier Kerzen auf, die er mit seinem grünen Plastikfeuerzeug nacheinander entzündete. Langsam setzte sich die Drehbühne des Miniaturgebildes in Bewegung. Es nahm Tempo auf, beschleunigte sich, ratterte hurtig im Rund umher und hatte schließlich soviel Fahrt genommen, dass die Störche an ihren dünnen Fäden im einheitlichen Pulk und in rasanter Schräglage die ganze *Mussik* umkreisten. Katharina war außer sich vor Entzücken. Der hohe Herrscher lächelte nachsichtig zu dem kreiselnden Spektakel. Für derlei Spielereien war er augenscheinlich nicht mehr ganz zu haben, denn es waren in seinen Augen doch rechte Kindereien. Was ihn vielmehr innehalten ließ, war zum einen die indirekte Weissagung der Szenerie, an die er nicht recht glauben wollte, weil ihm dies alles viel zu fern lag. Zum anderen fesselte ihn weit mehr das Illuminiergerät, von dem er aus dem Munde seiner Geliebten schon gehört hatte. Das war in der Tat unerhört und hatte seine Wirkung auf den Landesherrn nicht verfehlt. Dieses Feuerzeug übergab Holle mit einem Seitenstüber dem aufgeschreckten Landmeier, der es seinerseits als Gastgeschenk an seinen obersten Herrscher und Fürsten aushändigte. Mochten er und sein gesamter Hofstaat sich darüber ordentlich die Köpfe zerbrechen, lange würde es jedenfalls die verblüffenden Demonstrationen nicht aushalten.

Als die Audienz beendet war, war es draußen bereits stockdunkel und an einen Heimritt nach dem vier Meilen entfernten Werschweiler nicht mehr zu denken. Von herrschaftlicher Seite war indes alles bedacht und für ein komfortables Bauern-Logis der Gäste gesorgt worden. So wurden die beiden Pferde von Bediensteten in einem Stallgebäude untergebracht, Jacob und Holle aber von vier Laternenträgern nach einer Wiese im Tal unterhalb des Schlösschens geführt, in deren Mitte ein Leiterwagen von geradezu imposanten Ausmaßen stand, auf dem sich ein gewaltiger Heuhaufen auftürmte. Wie aber staunten die Besucher, als der Anführer sie zur Rückseite des Gebildes dirigierte und dort mitten ins Heu hineinlangte, anzog und sich unvermittelt eine niedrige Tür auftat. Es wurde eine kleine Treppe herausgeklappt und die beiden Reisenden geheißen, dem Laternenträger in die Höhlung hinein zu folgen. Vor ihnen tat sich eine beachtliche Räumlichkeit auf, deren Wände ganz von duftendem Heu ausgeschlagen zu sein schien und an deren Stirnseite eine geräumige, kniehohe Strohschütte vor ihnen ausgebreitet lag. Aus einer Seitenklappe wurden Decken und Kissen hervorgezogen und im Nu war das herrlichste Nachtlager für die Gäste errichtet. Zur Seite des Feldbettes befand sich ein kleines rundes Tischchen und darauf in einem hölzernen Kübel zwei Flaschen Champagner sowie zwei geschliffene Gläser. Die beiden Laternenträger präsentierten einen Korb mit reichlichem Essensproviant als da waren: duftendes Kornbrot, gebratene Hühnerbeine, allerlei Salate, gesalzene Fische, Rotwein und vieles mehr. Sie deckten die Tafel ein und wünschten, indem sie sich zurückzogen, vortrefflichen Appetit mit einem besonderen Gruß von der jungen Mutter und gnädigen Frau von Ludwigsberg.

Da waren sie nun für sich alleine und mussten sich erstmal *sekketieren*[9]. Allzu kurios war ihr Quartier, nicht minder abseitig als die gesamte soeben beendete Audienz mit ihren waghalsigen Andeutungen und zweideutigen Artistenstückchen, die allesamt auf das Konto des Schreinergehilfen Neufang gingen. Jacob, der Landmeier wusste nicht, ob er verstimmt oder erstaunt sein sollte. Er konnte nur den Kopf schütteln und: *wo schreibt man denn so was hin?*, sagen.

Der andere Morgen wurde mit einem Höllenkonzert der Waldvögel eingeläutet. Jacob hatte die halbe Nacht wach gelegen und hörte nicht auf, sich immerzu zu wundern, während Holle seine Gaumensegel flattern ließ.

Der Rotwein stak ihnen noch in den Knochen, Leib und Köpfe waren schwer vom ungewohnten Mahl, aber dennoch gab es zur Frühstunde kein Säumen, es musste aufgestanden sein und hinaus in den Tag. Weil sie den Sommer über nichts anderes als nur das Frühaufstehen mit den Hühnern kannten, hielt es den Jacob nicht länger auf der Pritsche. Im Marstall warteten schon die Pferde und Zuhause die Arbeit. Nicht bummeln, drängelte Jacob, es war mit diesem unnützen Ausflug sowieso schon wieder ein ganzer Tag verloren. Naja, vielleicht war er ja doch noch ganz passabel investiert. Mit der Extra-Audienz beim *Ferscht* hatte sich die Landmeierei Werschweiler vielleicht in ein günstiges Licht setzen können, wenn sich nur der vorlaute Neufang etwas diplomatischer präsentiert hätte. Das bringt er halt doch noch nicht, gestand sich Jacob ein. Bisher hatte er ihm eigentlich nur Scherereien bei der Obrigkeit eingebracht. Na gut, es war alles in allem nochmal gut gegangen. Dennoch behagte das Ganze dem Jungmeier keineswegs. Mal sehen, was noch hinterher kam.

Jacob wollte nichts wie weg von hier, wieder zurück an seinen Posten. Das kam für Holle nicht in Frage. Wo sie schonmal hier waren, sollten sie doch auch die Frühstunde nutzen, um sich über die Anlage und ihre Sehenswürdigkeiten kundig zu machen. Was sollte sein Begleiter dazu sagen?

Ihr erster Weg nach dem Ausstieg aus ihrem Heuwagengelass war die benachbarte Einsiedlerkapelle, deren spitzes Türmchen scharf aus dem Morgennebel heraus stach und sie zur Andacht lud. Als sie nach einem kleinen Gebet wieder hinaus auf die Wiese getreten waren, war das erste, was Holle auffiel, die Leichensteine, die, ungeordnet, bemoost und teilweise wie halb verfallen um das altertümliche Gotteshaus herum verstreut waren. Sie waren verwaist und allem Anschein nach seit etlichen Jahren nicht mehr besorgt worden[10].

Was aber fanden die beiden Frühgänger auf der Spiegelseite der ihnen zunächst stehenden Gedenkplatten eingeschrieben? Da mussten sie zweimal hinschauen, sich die Augen reiben, bis sie begriffen hatten, dass es kein Trugschluss war, was sich hier abspielte. Das war aber doch allerhand! Das spottete jeder christlichen Pietät, was sie da entzifferten. Hier hatte sich die Herrschaft offensichtlich weit mehr als nur einen harmlosen Spaß zur erbaulichen Kurzweil genehmigt.

Nein, das war nicht in Ordnung, bei allem Humor.

Was sich ihnen hier darbot, das war Gottverlassen, das war die reinste Gotteslästerung. Das überschritt die Grenze zur Blasphemie. Jacob war entsetzt. Auf den Inschriften war nicht etwa zu lesen: *Hier ruht selig in Gott* oder: *Ruhe in Frieden* oder: *der Herr sei seiner armen, sündigen Seele gnädig*, sondern gleich der erste Stein enthüllte sich ungeniert mit dem folgenden Vers:

Hier schmort der Schmorkoch Pimpernelle
Er war ein übler Spießgeselle.
Herr, schick den Wüstling auf der Stelle
zum Weiterschmoren – in die Holle!

Das konnte aber doch nicht im Ernst vom hohen Fürsten selbst gutgeheißen werden. Das warf ja das gesamte Weltbild des Landmeiers Weiler über den Haufen. Jacob war bestürzt. Nicht so Holle: „Sieh an, sieh an", schmunzelte er vor sich hin, „selbst bei der hohen Herrschaft hat man einen bodenständigen Sinn für kernigen Humor, das lob ich mir. So schau Er sich doch einmal diesen Spruch an", winkte er Jacob herbei und wies auf den hohen Stein, auf dessen Spiegel eingraviert war:

Hier ruht der Orgelspieler Klug,
der Kinder, Frau und Orgel schlug.
Am Ende schlug der Deckel zu
Nun hat die fromme Seele Ruh.

Das war entschieden zu weit gegangen! Darüber konnte sich Jacob, der Landmeier und aufrichtige Christ, alles andere als erheitern. Nein, prüde war er nicht. Er vertrug schon mal einen derben Spaß, aber es musste alles irgendwo seine Grenzen haben. Diese waren auf dem vor ihnen liegenden Feld der Schande entschieden überschritten und deshalb verweigerte der Meier jede weitere Inspektion, die Holle indessen mit dem größten Vergnügen fortsetzte.

Aus Diskretionserwägungen sollte man von einer ferneren Zitation der Inschriften eigentlich absehen. Es gehört sich einfach nicht, über Dahingegangene oder Lebende derart herzuziehen. Aber Holle war über das Spektakel dermaßen inspiriert, dass er sich doch noch ein paar besonders prägnante Verse gönnte, als da waren:

Hier ruht der Straßenkehrer Schieder
Jetzt ist er tot, er kehrt nie wieder.

Auf der Rückseite jenes Steins stand geschrieben:

Ach, alles was mich je bewegt
das hat der Tod hinweggefegt.

Und in der unteren Ecke stand als Fußnote zu lesen:

Hier liegen meine Beine,
ich wollt es wären Deine.

Der derbsten einer, der an den Sturz eines unbeliebten Maurerpoliers vom Glockenturm der im Bau befindlichen Ludwigskirche erinnerte, sei zuletzt nicht ganz ohne Scham vermerkt, aber sei's drum, er soll hier zum Abschluss präsentiert sein:

Hier liegt der Maurer Roggenwurm
Er fiel vom hohen Glockenturm
Der Sturz war tief, der Aufprall hart.
Was man noch fand, liegt hier verscharrt.

Sünde, Dreck, Gottlosigkeit!

Mehr war dazu nicht zu sagen. Das waren keineswegs die Worte, die der fromme Jacob ob jener Entgleisungen auf den Steinen in den Mund nahm, aber auf seiner Stirn, an seinem gesamten Gehabe war dergleichen an jenem Morgen überdeutlich zu entziffern. Nein, dass die Herrschaft es mit der Frömmigkeit nicht so genau nahm, das war ihm bekannt. Aber eine derart erbärmliche Gotteslästerung auf geweihtem Boden? Das war respektlos und eines Fürsten nicht würdig!

Auf der Rückreise nach dem fernen Ostertal hätten die geschmacklosen Inschriften auf dem Gottesacker trefflich Stoff zum Lamentieren abgeben können. Die Erlebnisse des Ausfluges, das Treffen mit dem hohen Fürsten, mit seiner Maitresse, waren indessen durch die schabigen Grabstein-Scherze an der Einsiedlerkapelle dermaßen überschmutzt worden, dass weder auf das Eine noch auf das Andere reflektiert wurde. Jacob hatte keine Lust, Kommentare abzugeben. Er war schwer verstimmt. So hatte ihn Holle noch nicht erlebt. Wieder war eine Gelegenheit versäumt worden, in offener Aussprache die ungeklärten Gegenstände und Fragen, die sich beim jungen Meier mittlerweile angestaut hatten, aus der Welt zu schaffen. Aber die Stimmung war versauert - nicht bei Holle, der konnte zufrieden mit dem Ausflug sein. Aber bei Jacob, der sich selbst darüber Rechenschaft abzulegen hatte, welchem feinen Herren er dort drunten in Saarbrücken seine ehrlichen Dienste, die aus aufrichtigster Bauernseele kamen, zur Verfügung stellte, war die Gemütsruhe dahin. Ihm hatte dieses Erlebnis auf dem Kirchhof offensichtlich einen schweren Schlag versetzt.

Nicht, dass er seiner Herrschaft ihre Eskapaden hätte irgend absprechen können, das musste letzthin jeder für sich alleine und dereinst vor dem großen Gottesgericht ausmachen. Nein, er machte sich mit seinen Diensten ja doch insgesamt zum indirekten Förderer, zum Steigbügelhalter für diese erbärmlichen Anstößigkeiten, bei denen die schamlose Hurerei mit einer Bauernmagd und die Schändung, ja die Schändung geweihter Erde, wahrscheinlich nur die Spitze darstellten. Schon dafür, dass er selbst als herrschaftlicher Meier das Geld der armen Untertanen für derlei Ausschweifungen mit heranschaffen half, würde er als Helfershelfer einstens vor dem Richterstuhl nicht ungestraft davonkommen.

Holle staunte indessen eher in die andere Richtung. „Na“, dachte er bei sich, „so steif und altbacken geht’s denn wohl doch nicht zu bei den Saarbrückern, die haben Sinn für schräge Sachen. Vielleicht haben die ja eine ähnliche lockere Einstellung, wenn's nicht nur um die eigene Kurzweil geht, sondern auch um praktische Dinge für das Land. Vielleicht war das ja eine nicht so schlechte Voraussetzung für ein neues, aufgeklärtes Denken, für das Überschreiten von Konventionen im Positiven? Jedenfalls", so dachte Holle bei sich, „habe ich ihm mit meinem Zettel und dem Bic–Feuerzeug fürs Erste eine kleine Denksportaufgabe in diese Richtung hinterlassen. Ob der höchste Mann im Land für die Kant'schen Imperative oder die Rousseauschen Lehren ein offenes Ohr haben würde? Das wäre ihm durchaus zuzutrauen. Wenn er nicht immerzu von lauter Ignoranten, Jasagern und Ewiggestrigen umgeben war und sich dem neuen Denken aus seiner westlichen Nachbarschaft nicht ganz verschloss. Und der Fürst mit seinem kecken Ohrring - auch nicht übel. Es ist halt alles schonmal dagewesen."

XXXII

Da staunten die Bauern aber nicht schlecht, als sie die mächtig wogenden Ährenwellen über die Äcker an der Steinbach gehen sahen. Die einen sagten: „Da schau sich einer an, wie die Frucht auf dem Halm steht. Scheint doch was dran zu sein am Wendepflug vom Beck“, während die anderen erwiderten: „Gemach Nachbarn, noch ist die Ernte nicht unterm Reff und in der Scheuer und noch lange ist sie nicht ausgedroschen. Erstmal den Drusch in die Hand nehmen, erstmal ausreiben und dann das Gekörn zwischen die Zähne. Ja, dann können wir immer noch auf die Spinnereien vom Beck zurückkommen. Bloß keine Vorschusslorbeeren vor der Zeit, Nachbarn. Wo soll denn, bitte sehr, bei der ganzen aufgeblasenen Schollenaufschneiderei, wie sie der Neufang Letztjahr mit seiner neuen Ackergerätschaft hier angestellt hat, die ganze Kraft fürs Korn herkommen? Etwa aus der tiefen Krume, drei Handbreit unterm Soden? Ja gut, meinetwegen auch mal bisschen was Nährendes aus der Unterkrume, aus dem Keller. Aber, Nachbarn, lasst Euch das gesagt sein: da sitzt sie nicht wirklich. Da sitzt vielleicht die untere, aber doch nicht die rechte obere Kraft. Diese hier geht ja doch zur Gänze direkt in den Stengel hinein und dort gehört sie nun mal nicht hin. Der Stengel, Nachbarn, der kann auch mal zur Unzeit herausprahlen, davon muss man sich nicht blenden lassen. Vom Stengel ist noch kein Brot gebacken worden, vom Stengel ist noch keiner satt geworden. In den Halm muss sie hinein, die Kraft, und nicht in den Stengel. Und die Halmeskraft sitzt schon immer mindestens eine Handbreit weiter oben, seht ihr, da, wo sie seit Generationen gesessen hat und wo sie seit Gedenken nun mal hingehört. Oder sind die Alten etwa dümmer gewesen als wir? Auch die Grombeere, Nachbarn, dürfen nur so tief in die Erde, dass sie die Mittagsglocke läuten hören. In den Keller kommen sie zum Lagern und nicht zum Wachsen."

Was die wieder alles wussten, so wichtig, wie sie daher redeten. Es war doch immer das Gleiche, wenn mehr als zwei Ackerer am Feldrain beieinanderstanden.

Johanni war vorbei, auf dem Kuhberg brannten die letzten Sommerfeuer. Lodernde Reifen aus Weidengeflecht, die mit Heu umwickelt waren, wurden die Lett heruntergerollt. Die Jugend lief johlend mit Ginsterwedeln hinterher, um die dahinpolternden Flammenfackel anzutreiben und in Schach zu halten. Glimmende, aufzüngelnde Brandspuren am Hang wurden kartätscht oder mit den blanken Füßen ausgetreten. Es war wie jedes Jahr ein Spektakel, das von der Jugend des Dorfes abgehalten und dominiert worden war. Im gleichen Maße, wie die Dörfler an diesem Ahnbrauch festhielten, wurde er vom störrischen Engel in Dörrenbach als altheidnischer Unfug gebrandmarkt, dem die renitenten Werschweiler mit ihren Überresten papistischen Bodensatzes endlich und ein für allemal abzuschwören hätten. Nach nunmehr über zweihundertfünfzig Jahren lutherischer Reformation müssten doch auch die Grindbauern an der Grenze zum Trierschen nun endlich einmal zur Vernunft kommen.

Die Tage wurden wieder merklich kürzer und dabei hitziger, denn der Juli 1775 war ein Sommermonat, wie er sich gehörte. Tags kochte die brennende Sonne überm Land und des Nachts prasselte erquickender Regen nieder, der die Frucht im Feld und auf den Bäumen rasch ins letzte Wachstum schickte und ausreifen ließ. So marschierten denn die

Schnitterkolonnen vor Tagesanbruch mit ihren geschulterten Sensen und kühlen Wasserkrügen unterm Arm aus dem Dorf hinaus in die hohen Wiesen. Dort fielen die Gräser, Skabiose, Schafgarbe, Dost, der wilde Thymian, die Wiesenkerbel, Sauerampfer und Wegerich unter den Schwüngen der Schnitter und dufteten aus. Die Heuernte war reichlich, sie bescherte den Gemeindsleuten übervolle Scheuern und wohlriechende Kräuterbündel unter den Dachtraufen.

Schon vor Monatsmitte kam der Winterroggen unters Blatt. Auch die Kornfelder an der Steinbach wurden gelegt. Es bedurfte keines großen Sachverstandes, um zu erkennen, dass der Wendepflug aus dem Kirschgarten ein sattes Ernteergebnis zustande gebracht hatte. Knapp um ein Drittteil mehr Korn trugen die Ähren, als vor drei Jahren und da war's auch schon ein gutes Jahr. Das gab den vormals skeptischen Bauern zu denken. In den Gärten wurden die ersten Saubohnen, Karotten, Erbsen und Mangold geerntet, im Kirschgarten färbten sich die Schwarzkirschen. Die alte Hirtemarie schleppte Körbchen um Körbchen duftiger Walderdbeeren und noch mehr Himbeeren auf den St. Wendeler Wochenmarkt und die Männer gingen sogar hier und da schon auf die Leinfelder, um den Flachs zu ernten.

In jenen sonnenblendenden Julitagen tappte der wunderliche Jakob mit einem neuen Spruch auf den Lippen durch die Gassen, den er werweiß woher aufgelesen hatte. Er sah den Erntefuhren beim Einfahren zu, folgte ihnen eine Weile durch die Wiesen und über die Feldwege und dann krähte er, während er immer mal wieder einen Schrillpfiff auf seiner Hundepfeife ausstieß, lauthals vor sich hin:
„Woà ess woà, kommt ma voà, nääkschtjoà gebbts e Deierjoà, schaff die Frucht enns Scheierdoà".

Seine eigensinnigen Feldpredigten nahmen die Bauern längst nicht mehr recht wahr, achteten nicht sonderlich auf seine Rempeleien, Grimassen und Gecken. Er redete bei seinen Stippvisiten an der Ackerfront ja eher mit sich selbst oder zu seinem ergebenen Gefährten Areus, als zu den Bauern, Knechten oder Mägden. Und wenn, dann trieben die halt ihre Scherze mit ihm und er tat mit, wenn er in Stimmung war. Und wenn mal jemand der Dörfler seine wunderlichen Botschaften aufschnappte, na gut, dann mochte er sich über den schrulligen Feldschrat allenfalls zu einem abfälligen Grinsen oder Kopfschütteln hergegeben haben, mehr war nicht. Ernst, ach was, nahm ihn niemand. Dazu war der Jokkob zu wirr im Kopf.

Ja Gott, was dem Guten wieder so beifiel, wenn er seine Selbstgespräche führte, mochten sie sich allenfalls gedacht haben, es kamen manchmal schon sonderliche Sprüche über seine Lippen. Was murmelte der da vor sich hin? „Wahr ist wahr, es kommt mir vor, nächstes Jahr wird's ein Teuerungsjahr, schafft die Frucht ins Scheunentor". Wer hatte ihm denn dieses Verslein eingeflüstert?

Darüber aber konnte sich immerhin Jakobs jüngerer Bruder reichlich wundern, als ihm der Getreue, wie aus heiterem Himmel, plötzlich den Reim auf den Kopf zu dahersagte und ihm dabei auf die Joppe tippte. Nicht einmal, nicht zweimal, er nervte ihn damit tageweise, wusste ihm aber nicht zu bedeuten, was ihn zu seinen Ungereimtheiten bewogen hatte. Nicht, dass Jacob den Ratschlag seines Bruders ernst nahm, das nicht. Aber der Spruch ging mit ihm heim, er lag ihm in den Ohren. Jacob sah ein, dass er gut daran tat, sich angelegentlich einmal um die brüderliche Obliegenheit zu kümmern. Er wusste Bescheid, wie damit umzugehen war. So kam er nicht umhin, ihm bei einer flüchtigen Begegnung zwischen Tür und Angel in die Hand zu versprechen, jadoch, er werde, keine Angst, für ihn schon die nötige Vorsorge tragen. Jakob möge sich nicht grämen, er müsse weder in diesem noch im kommenden Jahr Hunger leiden. Niemand, auch Holle und Katharina und auch Areus und selbstverständlich der Vatter und die Mutter und die Maria müssten keinerlei

Entbehrungen über sich ergehen lassen, alle seien wohlversorgt. Alles werde gut.

„Alles wird gut", wiederholte der wunderliche Jakob und war's erstmal zufrieden.

Über des älteren Geschwisters hellsichtige Wetterfühligkeit ließ der junge Meier in jenen Tagen bei einer Begegnung mit Holle ein paar Worte fallen, weil er die Vermutung nicht los wurde, woher der Wind... Womöglich kam er etwa doch aus der Richtung der Kirschgarter Schreinerei herüber geweht? Das Ganze sei anfürsich nicht weiter von Belang, beeilte sich Jacob abzuwiegeln. Der Jokkob komme halt in letzter Zeit wieder so in seine alten Marotten. Das lege sich schon von selbst und sei doch, wenn man's recht nimmt, ein gutes Zeichen. Was die Sache mit den Teuerungsjahren anbelange, ja bitte, soviel wüsste man seit ehedem, dass auf ein reiches Erntejahr auch mal ein weniger ergiebiges, nun gut, manchmal auch ein ganz mageres anstehe und dass die Bauern gemeinerhand von jeher vorgesorgt hätten. Der gute Jakob habe sich, das müsse er einräumen, bisher in dieser hartnäckigen Fasson noch nicht entäußert, das sei ihm immerhin neu. Er könne sich, genau genommen, auch nicht entsinnen, dass sein Bruder etwa damals, im achtundfünfziger Jahr, als das Korn sämtlich auf dem Halm verschimmelt sei und der Vatter sich mit einer Bittschrift an den Wilhelm Heinrich um Stundung der Steuern und Abgaben wenden musste, in vergleichbarer Weise benommen habe.

Als Jacob Holle bat, ihm seine Ansicht mitzuteilen, er wisse ja längst, dass er einen besonderen Zugang zu ihm habe, da zog dieser ausweichend die Schultern hoch und wusste erstmal nicht recht zu antworten. Holle zögerte. Dann murmelte etwas daher, wie:

„Aha, da haben die Gestirne den guten Jokkob also auch einmal ein wenig spekulieren lassen."

Nein, im Ernst, sagte er, man solle ihm doch ruhig seine harmlose Kurzweil gönnen, wenn's mehr nicht sei. Das sei eben der reine Zeitvertreib, die kleinen Auftritte über die Gasse. Richte er damit irgend Schaden an? Nicht, dass er wüsste. Er stehe den Leuten höchstens mal im Weg herum, muntere sie allenfalls ein wenig auf, was sei dagegen einzuwenden? Was täten die Bauern im Dorf anderes, als immerfort die Wetterfahne zu bedenken, wenn sie des Morgens und am Abend nach dem Kapellenfirst schielten? Das täte er, Jacob, doch genauso. Und so falsch lägen sie bisweilen mit ihren Wetten auf den kommenden Tag ja nicht, wenigstens komme ihre Weissagung der Wahrheit mitunter doch recht nahe. Außerdem, ergänzte Holle, man wäre vielleicht einmal wieder gut beraten, wenn man, wie es unser Hellseher reklamiere, außer der Reihe für das kommende Jahr etwas über das Übliche hinaus vorsorge, das könne immerhin nicht schaden.

Hatte Holle sich damit vorsichtig und unverbindlich genug ausgedrückt? Nein, das hatte er keineswegs, denn nun war Jacob soweit, ihn frontal anzugehen mit seinen Mutmaßungen über Holles diverse Weissagungen, die sich bisher allesamt auf den Punkt bewahrheitet hatten. Oder etwa nicht?

Jetzt wagte der junge Meier endlich den Schritt, den er über all die Wochen und Monate hindurch versäumt hatte, nämlich zu fragen, was da insgesamt in Gottes Namen vor sich gehe mit dem Neufang? Es seien doch seine wunderlichen Anspielungen auf die Zukunft so offensichtlich, dass sie neuerdings jedes Huhn vom Misthaufen hervorkratzen könne, die Deichsel des Wuotanswagens. Er möge es ihm nicht krumm nehmen, aber nun sei es doch einmal endlich an der Zeit für eine gründliche Aussprache.

Ganz unvorbereitet kam diese Attacke für Holle nicht, eigentlich hatte er lange darauf gerechnet. Daher kamen seine Darlegungen, die nun folgten, nicht irgendwie im Belanglosen oder Allgemeinen, weder umständlich noch ausflüchtig daher, sondern offen und geradeheraus, wie Jacob es eigentlich auch erwarten durfte.

Holle zückte aus seiner Rocktasche ein kleines in Leder gebundenes Notizbüchlein. Er nannte es sein *Protokollarium*. Dort hinein habe er getreulich alles niedergeschrieben, was ihm der Doktor Schönberger während beider gemeinsamer Reise über den Kanal hinüber nach Engelland hineindiktiert habe. Jetzt sei Jacob im Bilde. Da habe er es her. Alles. Den Hochzeitstermin und den Namen des *Albrecht* und auch den nächstkommenden Erdenbürger der Kest und was sich da noch so ergeben mochte im Umfeld des Schönbergerschen medizinischen Wirkungskreises. Jacob verzog ungläubig das Gesicht. Er wusste nicht recht, ob er lachen oder griesgrämen sollte. Das war ein starkes Stück, das war ein ganz starkes Stück.

Schönberger, so bedeutete Holle seinem Gegenüber, sei eben doch nicht nur irgendein Medicus gewesen. Er habe, so seine Überzeugung, Anzeichen eines Eingeweihten, eines regelrechten Illuminatus besessen, der ihm Dinge in die Feder diktiert habe, Dinge...

Ob Holle nicht bald selbst für bare Münze nahm, was er da wieder einmal von sich gegeben hatte? Was sollte Jacob anderes tun, als ihm zu glauben? Konnte es andere Erklärungen für die Gesichter von Holle geben, die sich allesamt, vor Jacobs Augen gewissermaßen, bewahrheitet hatten?

„Alles steht in diesem Büchlein niedergeschrieben“, ergänzte Holle, indem er sein Kleinod an die Lippen führte, „ich habe ihm in die Hand hinein versprochen, damit keine Possen zu treiben. Frage Er mich nicht, ob wir hier im Ort im vorvergangenen Jahr für einige Wochen einen *Nostredame* vor uns gehabt haben, ein halber Wunderdoktor ist er gewiss gewesen. Warum unser sonderlicher Jakob nun wieder seine Neigungen zur Wahrsagerei, wenn auch bis jetzt noch in harmlosen Versen, anfängt zu entwickeln, das steht in meinen Niederschriften nicht zu lesen, das muss Er schon selbst herausfinden.“

„Aber das ist doch - Ungeheuerlich - was Er mir da veroffenbart! So hat Ihm der Schönberger also wahrhaftig Seinen Hochzeitstermin und die Namen der herrschaftlichen Nachkommen...“? Holle nickte und steckte sein Büchlein wieder zu sich, „jadoch, hab ich doch gesagt. Die werden sich dort drunten auf dem Saarbrücker Ludwigsberg hübsch verwundern, falls die Voraussage, die ich dem Ludwig auf den gesiegelten Zettel gekritzelt habe, im kommenden Mai zutreffen sollte. Noch ist es ja nicht soweit, aber ich bin da ganz zuversichtlich“.

Jacob war diskret genug, nicht nach weiteren Notizen aus dem Büchlein zu fragen. Es war gar nicht zu ermessen, was der Ulmer Medicus dem Neufang augenscheinlich mit auf den Weg gegeben hatte. Nicht auszudenken, was zwischen dem Leder noch alles geschrieben stand. Wenn er etwa weitere Aufzeichnungen über das künftige Wetter, vielleicht sogar der nächsten zwei, drei Jahre aus dieser Gegend, wenn er künftige Geschehnisse aus dem Land, aus der Meierei, vielleicht sogar über seine Leute, über ihn selbst verfertigt hatte, wo führte das hin? Dann hatte der Neufang sie gewissermaßen alle in der Hand. Mehr noch, damit wäre der Mann in der Lage, die Zeitläufte vorausschauend vorwegzunehmen, zu manipulieren, künftige Geschehnisse gar abzuändern, kurzum, selbst in die Vorsehung einzutreten. Konnte es möglich sein, dass Gott, der das Schicksal dieses Tals, des gesamten Erdenrunds allein zu bestimmen vermochte, dass Dieser von Seiner großen Allmacht ein Quäntchen abstrahlen ließ, auf einen Erwählten, auf jenen Ulmer Erdenbürger, der seine Verheißungen ausgerechnet hierher ins Tal getragen hatte? „Keine Possen treiben“, hatte Schönberger seinen Reisebegleiter ermahnt. Konnte man dem Neufang trauen? Allmächtiger, was war die Macht des Fürsten Ludwig angesichts dieses Vermögens, welches Peter Neufang von seinem Reisebegleiter gegeben war, wenn dem wirklich so war?

Aber noch gab es erstmal nur drei vage Indizien für solcherlei verwegene Annahmen. Das Ganze wäre zu ungeheuerlich, unter Umständen ja doch auch mit dem puren Zufall zu erklären gewesen. Wie sagte die gnädige Frau von Ludwigsberg: „das ist ja bisher nicht viel mehr als eine Münze werfen". Daher beschied sich Jacob zunächst mit Gemach über die Sache. Die Vorratsbeschaffung für das kommende Jahr mochte ein erster Testlauf auf die Güte von Neufangs Wahrsagerei sein, wenn sie auch durch seines Bruders Andeutungen noch zusätzlich befeuert worden war.

Und was sage Holle zu der ganzen Angelegenheit? War die Hortung von Ernterzeugnissen infolge der Hinweise nicht bereits eine Versuchung der Vorsehung und damit eine Sünde? „Macht Euch die Erde untertan", sagt die Schrift, was soviel hieß, wie: „Nutzt Eure menschlichen Gaben zu Eurem Nutzen, auch wenn sie darin bestehen, in den Himmel zu blicken, um aus dem Zug der Wolken abzuschätzen, wie sich das Wetter entwickeln wird". In diesem Sinne mochten doch auch die Wetterregeln der Bauern verstanden sein, die seit Ahnzeiten die Tagesläufe auf dem Lande bestimmten, ohne dass je ein gottesfürchtiger Gelehrter bei derlei Getue von Versuchung gesprochen hätte.

Jacob und Holle vereinbarten, dass sie das ungeheuerliche Gespräch strikt für sich behalten wollten und sich künftig absprechen würden, sofern sich dazu in Neufangs *Protokollarium* entsprechende Hinweise würden finden lassen. Es sei selbstverständlich in Neufangs gänzliches Ermessen gestellt, welche Begebnisse für ihn von Belang seien, aber er möge in Gottes Namen das Schicksal nicht versuchen, keine Possen treiben.

Die reiche Getreideernte in der Gegend führte dazu, dass Frucht im Überfluss da war, den einen oder anderen Scheffel durfte man getrost zwecks geldlicher Alimentation zu Markte tragen. In St. Wendel und in Ottweiler deckte sich Holle nach exclusiver Absprache mit dem Landmeier Weiler um bald das

Dreifache des eigenen Bestandes ein. Das nötige Geld dazu wurde von Peter Neufang stillschweigend vorgestreckt. Die Ware wurde teilweise im Ottweiler Getreidemagazin, zum anderen Teil in St. Wendel zu einem annehmbaren Lagerzins in Verwahrung gegeben. Jacob Weiler wies auf den monatlichen Zusammenkünften mit seinen Heimeiern aus den Meierorten die Runde darauf hin, dass man dafür Sorge tragen möge, genügsam Vorräte für das kommende Jahr einzulagern und nicht weiterhin leichtfertig Überschüsse zu verkaufen. Nach dem allseits bekannten hundertjährigen Kalender stünde einmal wieder ein ganz schlechtes Jahr bevor. Es müsse jedoch letzthin jeder selbst für seine Vorsorge Verantwortung tragen und im Ort entscheiden, was man zu tun gedenke. Die Heimeier konnten nur den Kopf schütteln vor so viel übertriebener Panikmache. Was war bloß auf einmal in den Weiler gefahren? Auf den hundertjährigen Kalender gab man schon lange nichts mehr.

Es geschah in den ersten schwülheißen Augusttagen, als der Konker Jude Marum Weyel erneut persönlich mit seinem Zweispänner im Kirschgarten vorgefahren kam und dringend nach dem Schreiner Peter Neufang verlangte. Die Hausfrau Margarete verwies ihn höflich auf den Willenborner Flur nach dem Bosenberg, wo der Schwiegersohn mit seinen Leuten beim Kornladen sei.

Da streckten die Bauern in der Willenborner Gewann die Hälse, als plötzlich aus dem Geisrechwald eine vornehme Kutsche durch die Feldwege geschaukelt kam. Gleich bei den ersten Stoppelfeldern hielt sie an und dem Schlag entstieg ein im Sonntagsstaat gekleideter Mann, um seinerseits Ausschau zu halten.

Holle hatte nichts mehr anzubieten, denn seine Vorräte waren aufgebraucht. Das hatte er ihm alles schon verkündet, was er denn jetzt noch von ihm wolle? Die Verhandlungen gingen mitten auf freiem Feld eine Weile hin und her, bis die

Bauern die Kontrahenten in der geschlossenen Kalesche verschwinden sahen.

Er möge sich das alles nochmals gründlich überlegen, einem solch vorteilhaften Handel - er sagte Gschäftel - könne sich kein vernünftiger Mensch im Ernst verschließen, Weyel erwarte ihn nächstens in seinem Kontor. Holle machte dem Krämer klar, dass er weder jetzt noch in zwei Wochen noch irgendwann in der Zukunft das Verlangte würde herbeischaffen können. Im Inneren des Wagens entspann sich daraufhin ein Wortgerangel, bei dem Weyel seinem Gegenüber bald die hinterhältigste Arroganz, bald schamlose Basarmethoden vorwarf, überhaupt habe er ihn längst durchschaut. Der Goi wolle doch nur unnötig den Preis für die Ware in die Höhe treiben. Holle zog die Schultern hoch und bedauerte. Das war zuviel. Weyel stieß den Wagenschlag auf und warf den Bauern hinaus. Über die wüste Höhe sah man die Staubwolken der enteilenden Kalesche aufsteigen. Das sollte das vorläufig das letzte Mal sein, dass Holle seinem ehemaligen Geschäftspartner begegnet war. Noch einmal würde er ihm gegenüber treten, noch einmal, in einer denkwürdigen Situation.

An jenem Abend entschloss sich Holle, nach langem Für und Wider, den Weg nach seinem unterirdischen Hort erneut zu versuchen, denn er konnte sich denken, was beim Juden auf dem Spiel stand. Außerdem, so redete er sich ein, hatte er lange genug Respekt und Distanz gewahrt, um einmal wieder für sich das Recht in Anspruch nehmen zu dürfen, sich seinem Gral zu nähern. Zumal seine Absichten keine unlauteren waren. Er wollte dem Manne behilflich sein. War das seine wirkliche Absicht? Er hatte wohl völlig vergessen, was er sich im Sommer vorgenommen hatte.

Zwei Stunden nach Mitternacht war er wieder zurück, ohne Nachschub. Den Gang hätte er sich sparen können. Nun lastete auf seinem Gewissen die wirkliche, absichtliche Versuchung der Madonna. Aber noch war ihm ja genug Zeit beschieden, sich seines höchst eigenen Vermögens zu besinnen, um sich den Herausforderungen, die jetzt auf ihn zukommen würden, ohne die Fürsorge der Ortsheiligen in der Eiche zu stellen.

XXXIII

Ja, doch. Ein sauberes Sümmchen Geldes, ansehnliche Pretiosen, stattliche Pfründen durfte er sein Eigen nennen. Ein kleines Vermögen hatte sich der Projektemacher und Erste wirkliche Alchemist des Zweibrücker Herzogs, Doktor Josephus Michael Stahl, in den zurückliegenden gut neuneinhalb Jahren unter der Hand abzweigen können. Denn in dem enthusiastischen Landesherrn, Christian IV. hatte er seine bisher ergiebigste Goldader aufgetan.

Stahl saß im Schatten seiner Laube, strich sich behaglich seinen Schmerbauch und hielt stille Andacht auf die Gärten seines Landsitzes am Eschelbacherhof. Bald, nur noch einige wenige Wochen, zehn vielleicht, höchstens zwölf, dann war er am Ziel. Dann, wenn im Widerschein seines zehnten Dienstjubiläums am Zweibrückischen Hof seine Schatullen ausgiebig nachgefüllt sein würden, sollte er sein Lebenswerk vollendet haben und sich in Würde aus dem Tätigen zurückziehen.

Doch, doch, war schon Recht. Der November als sein Demissionsmonat kam ihm füglich zupass. Endlich würde Schluss sein mit der schnöden Plackerei, mit der schleimigen Kratzfüßerei hinter dem eitlen Herzog einher. Stahl war zuversichtlich wie lange nicht, ihm war wohl in seiner Haut. Der November eröffnete ihm schon jetzt die schönsten Aussichten auf bessere Zeiten. Wenn die Tage kurz und die Nächte empfindlich kalt werden würden, war die Gelegenheit günstig, sich endgültig aus dem undankbaren Getriebe am Hof zu verabschieden und gänzlich privatisieren zu dürfen. Wie sehnte er sich nach geruhsamer Beschaulichkeit, dienstbarer Betriebsamkeit um seine Person, nach behaglicher Erbauung. Er hatte es sich Weißgott verdient. Stahl sog tief die milde Sommerluft ein und gönnte sich noch einen Schluck Madeira.

Hier auf seinem Landsitz, den ihm der Herzog vor Jahren geschenkt hatte, war er schon recht präsentabel eingerichtet, kein Frage. Und er fühlte sich eigentlich rundheraus wohl. Dennoch dachte er nicht daran, sich seine künftige Wohnstatt auf Dauer hierorts im ewig zugigen Pfälzer Westrich zu nehmen. Auf diesem seinem Hof bei Baumholder würde er nicht bleiben, das war so gut wie ausgemacht und schon gar nicht in seinem Zweibrücker Stadthaus, im Dunstkreis des Hofstaates. Gott bewahre, das war nichts mehr für seine empfindliche Gemütskonstitution und seinen veredelten Geschmack, den er sich im Laufe seiner Karriere sorgfältig herausgebildet hatte. Er hatte Besseres, Nobleres im Sinn. Daher mochte er dies alles getrost hinter sich lassen, wenn es endlich so weit sein würde. Stahl strebte nach Höherem, Geläutertem. Etwas Lieblicheres, ein bisschen mehr *Gegend* durfte es schon sein. Zum Beispiel drunten im mildsonnigen Welschland konnte er sich's für seinen Lebensabend gefallen lassen. Dort, wo die wirklichen, die wahren Schöngeister, die wohlbestallten Privatiers es vorzogen, zu verweilen, um in heiterer Feierstunde der Ergötzungen des Schönen, Wahren, Guten zu pflegen. Dort müsste sich, in der großartigen Stadt Mailand oder Verona etwa, vielleicht gar bei Florenz, mit Leichtigkeit eine annehmliche Villa erstehen lassen, um mit seiner jungen Geliebten die reichen Früchte seines tätigen Schaffens in dankbarer Muße zu genießen. Oder vielleicht doch nicht im Toskanischen? Ach nein, doch lieber nicht gar zu weit in den heißen Süden, der war ja ein Backofen und bekam ihm gar nicht wohl. Dann lieber in die Gegend von Piacenza oder Ferrara. Ihm war direkt heimelig bei dem Gedanken, sich in den schattigen Olivenhainen und Zypressenalleen ergehen zu können und über sein tätiges Leben zu reflektieren. Auf Stahls Gesicht trat ein zufriedenes Lächeln und er schenkte sich noch ein Gläschen aus der geschliffenen Karaffe ein.

In seine Behaglichkeit dieses Nachmittags schlich sich allerdings ein Gedanke ein, der ihn in den letzten Tagen und Wochen doch hin und wieder beschäftigte. Nicht, dass er ihn sonderlich beunruhigte, Gott bewahre, dazu war die Angelegenheit zu albern, aber sie derangierte, belästigte ihn. Bisher hatte er alles Ansinnen seines hohen Herrn um die Ablieferung handfester Ergebnisse seiner Alchemistenbemühungen mit spitzfindigen Ausflüchten elegant parieren können. Aber neulich hatten doch dieser Hornochse von Bergmeister, Günther mit Namen, und so ein anmaßender Geologengehilfe namens Zindel, dem Herzog eine Causa zugetragen, die ihn, den Stahl, als großartigen Schwindler entlarven sollte. Er, Stahl, habe in all den Jahren seiner großspurigen Alchemistentätigkeit die Goldvermehrung bloß vorgetäuscht. Alles sei erfunden und erlogen, dafür könnten sie unwiderlegbare Beweise beischaffen. Der Chemicus habe nicht ein einziges Gran des edlen Metalls sich reproduzieren sehen, das sei alles ein einziger riesiger Betrug und spitzbübische Gaunerei.

Wie war er denen aber in die Parade gefahren! Alle beide hatte er sie sogleich der schäbigsten Verleumdung geziehen und sie davongejagt. Hatte sich der Herzog doch tatsächlich von diesem Günther einlullen lassen, hatte sie gar wieder zurückgeholt und war jetzt drauf und dran, eine Untersuchungskommission einzusetzen. Aber er, Stahl, wusste das Komplott mit energischer Verve zu beenden, das wäre ja noch schöner gewesen, wenn sich jeder dahergelaufene Hauer in seine Geschäfte einzumischen erdreistete. Dennoch, der Herzog war bei dieser ärgerlichen Bagatelle noch nicht zur Gänze besänftigt worden, er hatte hinfort ein Auge auf seinen ersten Alchemisten, verfolgte sein Tun gar mit gewissem Argwohn und das war Stahl gar nicht recht. Warum sich über solche Nichtigkeiten den Tag verderben lassen? Das hatte er alles weit hinter sich, davon ließ er sich nicht im Geringsten beeindrucken. Stahl lächelte zufrieden, nippte an seinem Glas und lehnte sich auf seinem Divan zurück.

Mit einem Anliegen höchster Priorität war Serenissimus letzthin bei ihm eingekommen, mit dessen rascher Lösung er sogar, so drohte der Herrscher ihm lächelnd, seinen künftigen Stand bei Hofe überprüfen werde. Er wolle nun endlich Resultate sehen, das sei ihm nach all den fruchtlosen Versprechungen der letzten Jahre jetzt eine allerletzte Probe aufs Exempel.

Wie oft hatte Stahl derlei Drohungen schon gehört. Er müsse nun endgültig handfeste und unwiderlegbare Beweise seiner Kunst abliefern. Stets war er in der Lage gewesen, mit Leichtigkeit dagegenzuhalten. Daher war Stahl wegen dieses neuerlichen Anliegens auch nicht sonderlich beunruhigt. Was ihm eher zu schaffen machte, war seine Abscheu gegenüber dem Gegenstand, der eigentlich so gar nicht mehr in sein Ressort fiel, nachdem sich seine einstige Idee der Salpeterplantage auf dem Königreicher Hof beim Flecken Selchenbach als Hirngespinst erwiesen hatte.

Es handelte sich bei dem fraglichen neuen Auftrag des Herzogs nämlich um eine Lieferung von Feuerwaffenmunition, welche im Einzelnen in Gestalt einer schmalen Messinghülse daherkam, die ihm der Fürst bei seiner Audienz sogleich aushändigen ließ. Diese Metallkartusche war etwa Kleinfingerlang und ebenso dick. Sie verjüngte sich nach oben und besaß einen gebördelten Hülsenboden, in dessen Oberfläche eine Delle hineingeschlagen war, wohingegen die obere Stirnseite, der Hülsenmund, offen blieb.

Der Herzog hatte den Gegenstand als *Patrone* bezeichnet, die der Schütze von hinten in den Gewehrlauf hinein zu bugsieren habe. Dessen stiftförmiger Bleibatzen, welcher in der Messinghülse aufsaß und sich nach vorne hin spitz verjüngte, werde vermittelst einer in der Hülse angefüllten Pulverladung zum Abschuss gebracht. So in etwa beschrieb der Fürst die Funktionsweise des gewünschten Gebildes. Stahl möge ihm binnen der kommenden acht Wochen, also spätestens nach seiner Rückkehr aus Paris, einen Posten von wenigstens Hundert jener Exemplare zukommen lassen. Falls er sie nicht von außen beschaffen könne, dann möge er seine seit einer vollen Dekade angepriesenen Fähigkeiten endlich selbst zur Anwendung bringen und zusammen mit seinen Büchsenmachern dafür sorgen, dass innerhalb dieser Frist das Gewünschte zur Verfügung stehe. Er beabsichtige, sich auf absehbare Zeit mit dem Fürsten Ludwig von Nassau zur Jagd begeben. Bis dorthin wünsche er die Execution seines Auftrages.

Wie oft hatte Stahl derlei vom Christian schon gehört. Es war geradezu lächerlich, dass er ihm schon wieder mit einem neuerlichen Ultimatum drohte.

Wenn Doktor Josephus Michael Stahl etwas hasste, dann war es die Jagd. Das Waidwerk war für ihn Dekadenz in Reinform. Jagd war sinnlose Spielerei, die in Zeiten der planvollen Viehhaltung, der Zucht von Nutztieren längstens ihre Berechtigung verloren hatte. Es war die pure Zeitverschwendung von Leuten, die ihre Stunden und Tage rechterdings sinnvoller verbringen sollten, es dennoch vorzogen, ihren unnützen Gelüsten nach martialischer Kurzweil nachzugehen. Dabei war es die liederlichste Verschwendung wertvoller Ressourcen, die ja doch anderweitig weit ökonomischer eingesetzt werden konnten. Die Unmengen an Schwarzpulver, die man in Schießrohre hineinstopfte, um sie unsinnig in die Luft verpuffen zu lassen und zu verfeuern, weil ja doch die meisten Kugeln danebengingen, waren als Schieß- und Sprengpulver in den Erzstollen weit besser aufgehoben als auf dem grünen Plan der Nimrode.

Und dieses ominöse Objekt der Herzogsbegierde, die Gewehrpatronen, hatten unzweideutig mit der Jagd zu tun. Sein hoher Gönner wusste genau, dass der Chemicus nicht sonderlich für das sogenannte edle Waidwerken zu haben war.

Aha, da also wehte der Wind her: Serenissimus wollte ihn mit diesem Auftrag reizen, ihn verdrießen. So also funktionierte das neueste Spielchen. Stahl schmunzelte in sich hineln. Na gut, er sollte seine Unterhaltung haben. Er ließ sich schließlich nicht lumpen, war kein Spielverderber, nicht in seiner Stellung als herzoglicher Geheimrat und Polizeikommandant, nicht mit ihm.

Stahl erhob sich und ging in die Stube, um die Karaffe nochmals nachzufüllen. Er war in gehobener Stimmung, denn der Madeira hatte ihn belebt. Ja, so ließe es sich trefflich über die Angelegenheit spekulieren, bei einem guten Tropfen, der einem den Geist stärkte und die Sinne erhellte. Stahl kehrte in seine Laube zurück und ließ sich erneut auf seinem Divan nieder. Seine Disputierlust erwachte.

Diese eingebildeten Trottel von Büchsenmacher, die er sich nach der Audienz sogleich hatte kommen lassen, besaßen nicht den blassesten Schimmer, was es mit jener Metallröhre auf sich hatte, die er ihnen auf den Tisch kredenzte. Sie zuckten allesamt mit den Achseln. Diese Nichtskönner wussten mit der Hülse nicht das Mindeste anzufangen. Verzogen nur blöde ihre dummen Gesichter und erklärten sogar hochnäsig, sie hätten mit derlei Hokuspokus nichts zu schaffen. Das seien doch Hirngespinste, was der Stahl ihnen da auftische. Nach einer Weile des Hin und Her streckten sie die Waffen und verweigerten im Anschluss einer heftigen Diskussion sogar hochmütig jede weitere Zusammenarbeit. Aber er wäre nicht Josephus Michael Stahl, der Geheimrat und Polizeikommandant des Herzogs gewesen, wenn er sie nicht augenblicklich alle miteinander flott gemacht hätte. Eine kurze Unterredung beim Fürsten genügte, um den Büchsenmachermeister sofort davonzujagen und die anderen auf Spur zu bringen. Leider musste er auch die restliche Bande aus den Werkstätten entfernen, weil nicht einer von ihnen imstande war, beim Experimentieren den kleinsten Fortschritt zu erzielen. Experimentieren? Ach was, ein Rumgepansche war das! Was waren diese Jammerlappen doch allesamt für erbärmliche Stümper! Musste er denn alles wieder einmal selber machen? Stahl legte die Beine hoch und schnaufte tief durch.

Dann hatte er seine Spitzel angesetzt. Wenigstens auf die war Verlass, denn sie hatten im Handumdrehen herausgefunden, woher der Herzog die Ware bisher bezogen hatte. Also doch wieder einmal: der Konker Schutzjude Weyel, der beim Christian in Ungnade gefallen war, dem der Herzog gerade erst einige seiner wichtigsten Privilegien entzogen hatte, der hatte ihm die Munition herbeigeschafft. Diesen nahm er sich vor. Den Weyel hatte er sofort nach Zweibrücken befohlen. Bei diesem Treffen musste der Jude dem Polizeikommandanten kleinlaut gestehen, dass seine Quelle versiegt war.

Was interessierte das den Stahl? Er hatte den Weyel ultimativ aufgefordert, die Ware innerhalb der nächsten Tage herbeizuschaffen, andernfalls er persönlich dafür sorgen werde, dass der Krämer die längste Zeit im Zweibrückischen geduldet werde. Die Frist war verstrichen, der Jude blieb seinen Rapport schuldig. Der Mann aus Konken war seit Tagen überfällig. Die Spitzel wurden ausgeschickt und kamen mit der Meldung zurück, Weyel habe Hals über Kopf die Gegend verlassen. Er habe sogar sein Haus verkauft, ohne seine Steuerschulden zu bezahlen. Das war der Stand der Dinge bis zum heutigen Tag, an dem sich Josephus Michael Stahl doch einmal selbst einschalten musste.

Bitte, keinen falschen Eindruck! Nicht dass sich Stahl veranlasst sah, sich ernsthaft um die Ware zu bemühen, das lag ihm fern. Mochte der Herzog drohen wie er wollte. Ach ja, resümierte Stahl, so war das Projekt bisher angelaufen und es forderte ihn irgendwie heraus. Stahl hielt das geschliffene Glas bedächtig in die Sonne, der Madeira funkelte rubinrot.

Nein, nicht dass er seinem Herzog noch sonderlich zu Gefallen sein wollte, die Kratzfüßerei interessierte ihn nicht mehr. Seine Motivation an dem Gegenstand lag woanders:

Die ganze Angelegenheit war jetzt, kurz vor seinem Rückzug aus dem überdrehten Getriebe am Hof, zum Abschluss noch einmal eher wie eine erfrischende Abwechslung für ihn. Es war wie eine nette kleine Herausforderung an sein altes Erfinder- und Organisationstalent. Es erwachte sogar wieder ein gewisser geistiger Ansporn in ihm, seine Muskeln spielen zu lassen. Im Grunde genommen gefiel es ihm, herauszuexperimentieren, was es mit diesem wunderlichen Messinggegenstand wirklich auf sich hatte, dessentwegen sogar der Judenkrämer Marum Weyel aus dem Land entwichen war. Stahl freute sich sogar in gewissem Sinn auf die Ermunterung, denn ihn packte einmal wieder der Ehrgeiz, es auf der Zielgeraden zum Finale allen zu beweisen, kurzum, er wollte es wissen. Er würde es ihnen zeigen, dass er in seinem Alter immer noch der Größte war. Dass er noch immer fähig war, aus dem unscheinbarsten Erzklumpen das reinste Edelmetall herauszulösen, seine schlummernden Potenziale aufzudecken, denn für ihn wurde es erst interessant, wenn die anderen Nichtskönner längst an ihre Grenzen gekommen und gescheitert waren.

Doktor Josephus Michael Stahl reckte sich. Er fühlte neuen Tatendrang. Grinsend prostete er in die Nachmittagssonne und führte das Glas an seinen Mund: „Auf ein einträgliches Gelingen“, murmelte er und stürzte den Inhalt hinunter.

XXXIV

Der fünfundzwanzigste August 1775 war noch mal ein sonnigheißer Spätsommertag. Er war ein Freitag, vor allem war er ein Festtag in der Residenzstadt Saarbrücken, denn er war das Einweihungsdatum der soeben fertig gestellten Ludwigskirche. Die Grundsteinlegung des Gotteshauses geschah noch zu Wilhelm-Heinrichs Regentschaft. Das Prachtgebäude sollte ursprünglich Wilhelm-Heinrich-Kirche heißen, aber nach über zwölfjähriger Bauzeit war das krönende Werk des Generalbaudirektors und wirklichen Kammerrats Friedrich Joachim Stengel erst jetzt vollendet worden und der alte Fürst, der sich damit sein Denkmal setzen sollte, lebte lange nicht mehr. Es war dies auch der Tag, an dem der einundachtzigjährige Stengel sein Amt als Generalbaudirektor aufgab, aber er durfte die Vollendung seines größten Werkes noch im Amte erleben.

Zu diesem Ereignis waren zahlreiche hohe und höchste Gäste geladen. Die Einladungskommission hatte sogar die Landmeier der Nassau-Saarbrückischen Ämter und Oberämter zum Untertanenspalier befohlen. Somit kam der Ottweilersche Landmeier Johann Jacob Weiler aus dem Ostertal zu der hohen Ehre, bei dieser denkwürdigen Zeremonie aktiv mitwirken zu dürfen. Wenn er schonmal an die Saar beordert worden war, was war dann passender, als den hohen Anlass kurzerhand zu einem kleinen Gemeinschaftsausflug in die Residenzstadt zu arrangieren. Also lud er sein Weib, seine fünf Heimeier, einige ausgewählte Bauern aus der Meierei sowie Peter Neufang mit dessen junger Frau Katharina, ein, die Tour auf dem festlich geschmückten Leiterwagen mitzumachen. Nach anfänglicher Ratlosigkeit, ob man sich das überhaupt würde erlauben können, stimmten die Angesprochenen allesamt erregt zu, denn dieses epochemachende Ereignis durften sie sich nicht entgehen lassen.

Alleine der Altmeier Adam stellte sich stur. Er wollte von dem *unchristlichen nassauischen Affentheater*, wie er sich abfällig ausdrückte, nichts wissen. Was ging ihn das Getue um die Denkmalspflege in dero fürstlich höchsteigener Sache an? Nicht mal vor dem Allerhöchsten würde der Ludwig zurückschrecken, maulte der alte Adam. Kirchen trügen seit jeher, wenn überhaupt, allenfalls die Namen der Apostel, der Jesusjünger, wie Johannes oder Paulus, nicht aber den des Landesherrn, das sei nicht gut lutherisch, mehr noch, es sei insgesamt unchristlich und außerdem eine freche Ungehörigkeit. Er blieb lieber im Dorf bei seinen Leuten, da wo er hingehöre. Jeder Stand habe schließlich seinen Stolz und solle gefälligst unter sich bleiben, nämlich dort, wo er von Gott hingestellt worden sei. Außerdem fühle er sich bei seinen Kälbern und Schweinen immer noch wohler als unter den gottlosen Prahlern von der Saar. So war Adam.

Der einfältige Jakob aus owwerschte Schmidts wurde geheißen, vorne auf dem Bock mitzufahren, denn er war dazu bestimmt, auf das Gespann der beiden Pferde Bella und Napoleon in den Saarwiesen acht zu haben, bis die Feierlichkeiten vorüber waren. Dazu ließ er sich nicht zweimal bitten. Noch in aller Frühe, weit vor Sonnenaufgang, machte sich der Tross auf den Weg.

Das war ein Treiben, wie es die Ostertäler Bauern noch nicht erlebt hatten. Die gesamte Gegend rund um die Residenzstadt schien auf den Beinen zu sein, alle hatten sie ihr feinstes Staatsgewand angelegt und strebten über die Brücke nach der anderen Saarseite zu. Die Saarwiesen diesseits wie jenseits des Flusses waren bereits am zeitigen Morgen mit Menschen und Fuhrwerken dermaßen bevölkert, dass kaum ein Durchkommen zu den vorbestimmten Standplätzen der Gespanne war. Da sprangen ausgelassene Kinder johlend um die Wagen herum, kläffende Hunde hetzten hinterher, es wurden von vornehmen Damen Schirme gegen die Sonne gedreht, es wurden von eleganten Herren Hüte gelupft und geschwenkt, von aufgebrachten Fuhrleuten wurde lauthals *„mache Eich ausem Weech“* geplärrt, es wurden von Bauchladenhändlern Getränke, Bänder und Schnallen angeboten, Musikanten tummelten sich um ein Lagerfeuer herum, Marktschreier priesen ihre Zahnkuren an. Es kreischten die Gänse, es schnatterten die Enten, es stöhnten die Esel, es blökten die Schafe, kurzum, es war ein Gedränge wie auf dem prächtigsten Jahrmarkt. Jacob sprang vorzeitig vom Bock, denn ihre zweispännige Fuhre bewegte sich im Tumult der Massen nur noch im Schneckentempo voran. Um rechtzeitig zur verabredeten Stunde auf dem Sammelplatz für die Spalieruntertanen einzutreffen, musste er sich jetzt sputen. Eine Rückfahrtszeit wurde für die siebente Nachmittagsstunde vereinbart, dann war der Mann auch schon in der wuselnden Menge verschwunden.

Direkt vor dem fürstlichen Schloss, auf dem Felsen über der Saar, nahm das imposante Ehrenspalier für die Herrschaften seinen Anfang, welches sich vom Schlossvorplatz in einem fort bis hinüber zur siebenhundert Schritte entfernten Ludwigskirche hinzog. Die hochfürstliche *garde d'honneur* wurde angeführt von den langen Reihen sämtlicher am Kirchenbau beteiligten Handwerksleute und Künstler mit ihren Werkzeugen und Instrumenten. Direkt an der Spitze schritt der Maurerpolier Lautemann mit einem vergoldeten Zirkel einher. Dann kam die Hauptperson der Ausführenden, Friedrich Joachim Stengel, escortiert von den Jagdhusaren zu Pferde, woran sich die übrigen Handwerker und Künstler anschlossen und hinter ihnen schritt die Bürgerschaft beider Städte. Im Ehrenspalier zu beiden Seiten salutierten vom Schlossplatz aus die nassauischen Landhusaren und die berittene Kreiskompagnie. Schon in direkter Sichtweite zur Kirche nahmen die Landmeier der fürstlichen Ämter und Oberämter Aufstellung, darunter auch Jacob Weiler. Dieser Abschnitt wurde durch die stärkste Fraktion, nämlich das gesamte fürstliche Jägerkorps abgelöst, das ihre Aufmarsch in akkurater Linie bis direkt auf den Ludwigsplatz bezogen hatte. Den Abschluss bildete das fürstliche Regierungskabinett, angeführt vom angesehenen Kanzler, dem sechzigjährigen Christian Lex, sodann gefolgt vom Geheimen Rat Handel, den Regierungsräten Jossa, Gerlach, Schmidt, Rollé und Dern. In der zweiten Reihe der hohen Administration waren versammelt: Hofrat Collin, Rodenberger, Posth, Isenbeck und Röchling. Ihnen gegenüber warteten die Kammerräte Ehrenpfort, Stengel, Gräser, Wirth und Rebenack, sowie weitere Honoratioren auf den fürstlichen Tross. An der Hauptpforte harrte die lutherische Geistlichkeit des Fürsten. Hinter der langen Spaliergasse drängten sich die übrigen Bürger der Städte und die Schaulustigen, unter ihnen nicht zuletzt auch die zusammen gewürfelte bäuerliche Abordnung aus dem Ostertal.

Da kam, unter den Böllerschüssen des Ehrensaluts und dem dröhnenden Glockengeläute der neuen Kirche, auch schon der Fürst mit seiner offiziellen Familie, der hinfälligen Gemahlin, Fürstin Wilhelmina und dem Erbprinzen Heinrich, in seinem Staatswagen mit vier Pferden durch die Gasse salutierender Menschen vorgefahren. Ihnen voraus liefen zwei herrlich geschmückte Läufer in silbernem Brustgitter und hohen Fahnenmützen, um den Serenissimus lauthals auszurufen und anzukünden. Auf dem vorderen Bock der festlich geschmückten, offenen Prachtkalesche saß der Kutscher in feinem Livree. Neben ihm behauptete der Hofmohr seinen angestammten Platz und auf der hinteren Rückbank standen über allem zwei riesige Heiducken mit hohen Bärenmützen. Hinterdrein folgte eine zweite Staatskarosse mit der neuen Blieskasteler Herrschaft. Es waren dies der schon hohlwangige Reichsgraf Franz Carl von der Leyen mit seiner Ehefrau, der Gräfin Marianne. Sie waren die neuen Nachbarn aus dem Bliesgau, die mit dem Fürsten Ludwig im besten Einvernehmen standen, denn gerade im letzten Jahr hatte sich ein lebhaft herzlicher Austausch zwischen den beiden Herrschaften entwickelt, nicht zuletzt auch deshalb, weil der Graf drüben im Städtchen an der Blies ebenfalls gerade eine neue Kirche, die Schloss- oder Franziskaner-Klosterkirche, errichten ließ. Zum wirklichen Abschluss des Konvois folgte in einer noch prachtvolleren Promenadenkutsche Herzog Christian IV. von Pfalz-Zweibrücken mit seinem Gefolge und drei unbekannten herrschaftlichen Insassen. Der Herzog war gerade auf seiner Rückreise von Paris hier eingetroffen und nutzte die Gelegenheit der Feierlichkeiten zu einem Höflichkeitsbesuch und zu Konsultationen in eigener Sache mit dem Fürsten. Soviel Herrschaft auf einem Platz hatte das Volk noch nicht gesehen, die Menschen waren bei bestem Weihewetter in ausgelassener Festtagslaune. Die Burschen und Männer schwangen beim Vorbeifahren der fürstlichen Karossen ihre Mützen, riefen laut ihr *Vivat* aus, die Mädchen und Frauen machten Hofknickse bis auf den Boden. Auch die Kinder bezeugten den hohen Herrschaften ihre Reverenz, indem sie in artiger Aufstellung herübersalutierten und von ihren Singe-Lehrern mit großen Parierstöcken angefeuert, Ehrenlieder absangen.

Vor dem Eingangsportal der Kirche war eine kleine Bühne als Podest errichtet, die nach der Ankunft der hohen Fürstlichkeit und der Gäste von den Serenissimi bestiegen wurde. Nachdem alle fürstlichen Nobilitäten Aufstellung genommen hatten, betrat der Hofprediger und Superintendent, der nunmehr achtzigjährige, hochgeachtete Thomas Balthasar Rollé, das Podium und hielt ein kleines Dankesgebet ab, dem die gesamte Menschenmenge auf dem Vorplatz schweigend folgte. Hinterher sprachen sein Nachfolger im Amte, der zweite

Stadtpfarrer Johann Friedrich Röchling und der Konsistorialrat Schmidt einige Worte an das versammelte Volk. Zum Abschluss der kleinen Eingangszeremonie trat der Fürst Ludwig vor und berief den scheidenden Generalbaudirektor Stengel sowie den ebenfalls an diesem Tage aus dem Amte scheidenden Pfarrer Rollé zu sich und heftete ihnen einen Orden zum Danke ihrer geleisteten Tätigkeit für das Fürstentum an der Saar an die Brust. Beide erhielten sie außerdem noch je eine prächtige Gedenkmünze mit der Prägung der Ludwigskirche überreicht. Während die Fürstlichkeiten im Anschluss an diese Dankesgeste nach dem Kirchengebäude abtraten, gefolgt von den ausgesuchten geladenen Gästen, wo der Einweihungsgottesdienst mit anschließender Kindtaufe und einer Trauung vom Konsistorialrat Schmidt abgehalten wurde, begann sich die Menge langsam nach allen Seiten aufzulösen. Die Spalierwache der Hofjägerschaft sowie der Husaren und Landmeier hielten ihre Aufstellung in militärischer Disziplin ein, bis der feierliche Gottesdienst beendet und die hohe Herrschaft wieder abgefahren war.

Holle war mit seiner jungen Frau zum ersten Mal in der großen Stadt. Überhaupt war seine Katharina noch nie zuvor weiter als bis nach Ottweiler gekommen. Man kann sich denken, was das für ein Ereignis für sie war, sie fühlte sich wie auf einer regelrechten Hochzeitsreise. Für Holle war der Aufenthalt in der Stadt um ein mehrfaches interessanter, konnte er doch unaufhörlich Vergleiche ziehen, wie sich die Anlagen, die Gebäude, die Straßenführungen in der Zukunft würden verändert haben. Hier herrschte, der Menschenmenge zum Trotz, insgesamt eine regelrechte Ruhe und Beschaulichkeit. Wenn man das Bild mit dem hastigen Treiben in der Zukunft verglich, dann mutete ihn das Geschehn hier regelrecht wie ein harmloser beschaulicher Sonntagsspaziergang an. Außerdem fiel ihm auf, dass die Ludwigskirche samt ihrem barocken Turm in einem vornehm gebrochenen Weiß verputzt war und dadurch viel leichter, himmelwärts gerichteter erschien, als der unverputzte massige Sandsteinblock des Gebäudes in der Zukunft. Jacobs Eheweib Maria hatte sich den beiden angeschlossen und zu dritt schlenderten sie an den Saarwiesen, in respektvollem Abstand zur Einweihungsfeier des Gotteshauses, durch die Menge der Schaulustigen. Sie blieben an Marktbuden stehen, entdeckten Fremdes und Imposantes, scheuten sich, näher zu treten, betrachteten sich mit großen Augen die bunte Schar der Straßenmusikanten, die imposanten Feuerspeier, die flinken Jongleure und kamen aus dem Staunen nicht heraus. Holle hieß Katharina sich einige schöne Bänder auszusuchen, auch erwarb er für sie von einem Bauchladenhändler einen neuen Strohhut mit hellblauer Schleife. An einer Essensbude erstand sich Holle für sich und seine Begleitung etwas Unerhörtes, was Katharina und Maria zuerst nicht anzufassen wagten. Es waren in kochendem Öl gegarte Kartoffelscheiben, welche in Form von Fischen und Sternen ausgestanzt waren und den Frauen, nachdem sie ihre anfängliche Scheu überwunden hatten, köstlich schmeckten, so dass Katharina und Maria sich fest vornahmen, diese kuriose Art der Grombeere-Zubereitung mit ins Ostertal zu nehmen. An jenem Marktstand wurden auch die Stanzförmchen in der Silhouette von Fischen, Blättern, Herzen, Mondsicheln und sogar Nasen und Ohren verkauft, die man in die Kartoffelscheiben einstanzte, um für eine leckere Überraschung auf dem Teller zu sorgen.

Bei einer Schar junger Straßenmusikanten blieben sie erneut stehen und hörten ihnen eine Weile zu. Katharina war von den Darbietungen sofort hingerissen, denn es wurden hier einige Stücke gegeben, die auch im bescheidenen Repertoire ihrer abendlichen Hausmusik enthalten waren. Holle war regelrecht aufgekratzt, wurde munter und nahm seine Frau in den Arm, um mit ihr auf dem Platz ein kleines Tänzchen zu wagen, was ihnen andere bald gleichtaten. Zum Schluss zückte er sogar seine kleine Mundorgel und stimmte bei den Musikanten mit ein, die vor Staunen groß die Augen aufrissen. Bald hatte sich ein regelrechter Menschenpulk um das Spektakel gebildet und Bravo-Rufe forderten eine Zugabe um die andere.

Holle erkannte sie sofort an ihrem Kreuzesmal auf dem Arm. Aber er blieb diskret und verriet weder sich noch sie. Ja, sie war es tatsächlich: Katharina von Ludwigsberg, die neue Grande Maîtresse des Fürsten, hatte an diesem Tag ebenfalls ihren Ausgang genommen. Die Regeln am fürstlichen Hof untersagten es ihr, an den hohen Feierlichkeiten zur Eröffnung der Kirche teilzunehmen, auch nicht als nachrangiger Gast. Auch dieses wäre für die Saarbrücker Bürgerschaft, am meisten jedoch für den alten Rollé, einem zu großen Affront gegen ihre geliebte Fürstin Wilhelmina gleichgekommen. Also kleidete sich die neue Auserwählte des Fürsten inkognito. Sie trat ganz wie eine einfache Bauernmagd, ungeschminkt und unfrisiert mit einem züchtigen Kopftuch auf und hakte sich bei ihrem Vetter - ihrem Lieblingsvetter - unter, der sie gern begleitete, damit sie nicht auffiel. Sie tanzte und sang sogar ein wenig mit, denn das Treiben auf dem Plan war eine erfrischende Abwechslung zu dem steifen Hof-Zeremoniell. Es war ihr geradezu wie in ihrer unbeschwerten, fröhlichen Kindheit zumute. Natürlich hatte sie ihn ebenfalls erkannt, aber sie gab sich nicht zu erkennen. Ein flüchtiges Zulächeln war ihre äußerste Geste, ähnlich dem höflichen Zeitbieten oder Zurückerwidern eines zufälligen Passanten. Es kam hier sogar soweit, dass er, Mundharmonika spielend, mit seiner Katharina ein paar Tanzschwünge an ihr und ihrem Tänzer vorbei machte. Im Drehen wurden für einen Augenblick die Tanzpartner getauscht, so dass er sogar mit der jungen Kest ein paar harmlose Schwünge tat. Es war ein flüchtiges Aufwallen der herrlichsten Feiertagsstimmung, bis man wieder seiner Wege ging. Für die junge Adelige war dies immerhin der beste Beweis für ihre gelungene Kostümierung, denn der Neufang, dem sie doch immerhin zweimal begegnet war, an dessen Namen sie sich sogar erinnern konnte, hatte sie nicht wiedererkannt. Wie sollte sie sodann von jemand Fremdem aus der Stadt als die neue Favoritin Seiner Fürstlichen Durchlaucht entlarvt werden? Es war eine beschauliche, unbeschwerte Promenade, die sich das unerkannte Paar in der Menge gönnte. Einmal begegneten sie sich sogar erneut, diesmal mit einem schon freudigen Lächeln und Zunicken. Später, als sich die Menschen schon wieder auf dem Heimweg befanden, weil die Fürstlichkeiten abgereist waren, entdeckte die adelige junge Dame mit gehörigem Schrecken an dem Gegenstand in ihrer Schürzentasche, dass sie eben doch nicht unerkannt geblieben war. Sie ertastete ein – blaues Plastikfeuerzeug. Blau war ihre Lieblingsfarbe.

Das träge Wasser des Saarflusses glitzerte im Widerschein des gleißenden Sonnenlichtes, als sie die Brücke überquert und zu ihrem Fuhrwerk zurückgekehrt waren. Holle und seine Frau hatten hier einen schönen Tag gemeinsam verbringen dürfen. Es tat beiden gut, dass sie ein paar ausgelassene Stunden miteinander hatten, sie waren regelrecht verliebt, lehnten Schulter an Schulter und hielten sich bei der Heimfahrt in den lauen Abend hinein unaufhörlich die Hände. Dabei schrieb sie ihrem jungen Gemahl mit ihrem Finger ein paar Geheimnisse in seine Hand hinein, die er ihr erratend ins Ohr flüstern sollte. Aber welche Enttäuschung für sie, er hatte die größten Schwierigkeiten, ihr imaginäres Gekritzel zu entziffern. Auch für die anderen Begleiter auf dieser Fahrt war es ein Erlebnis, von dem sie bei ihren Leuten lebhaft berichten konnten. Das war Gesprächsstoff für gut eine halbe Woche und Erinnerung fürs ganze Leben.

Jakob, der einfältige Sonderling, hatte seine Sache gut gemacht. Er war während des Tages nicht von der Fuhre gewichen und wurde auch einmal von Holle mit Essen und Trinken versorgt. Auch er war stolz, dabei gewesen zu sein. Unaufhörlich plapperte er auf seinen Bruder ein, wen und was und wann und wie viel und wie lange er all die lustigen Leute beobachtet hatte. Jacob kam hinterher auch noch mal zu Wort, ja, auch er hatte sein kleines Erlebnis zu berichten. Es war nicht viel, aber es hatte ihn doch mit einigem Stolz erfüllt, als der Fürst persönlich beim Vorbeifahren anhalten ließ und mit diesen und jenen ins kurze Gespräch kam. Auch an ihn habe er sich gewandt, wobei er ihm seine Hand sogar beinahe auf die Schulter gelegt habe, als er sagte: „Aha, da haben wir ja auch den wackeren Meier aus dem Ostertal, aus der alten Sippe, die uns schon durch so viele Jahrzehnte hindurch ihre unverbrüchliche Treue hält." An Holle gewandt, flüsterte Jacob ihm zu: „Er hat mich gefragt, was es um jenes bizarre Wunderding auf sich habe? Ob man ihm wohl noch mal einen solchen Flammenspeier besorgen könne? Der kleine Unhold sei ja doch zu kurios und unaufhörlich im Einsatz."

XXXV

Der August ging dahin und der September, der Herbstmond, kam ins Land wie ein Sturmbrausen. Er zeigte sich von seiner unwirtlichen Seite, mit aufwallenden Winden, welche die alte Wetterfahne auf dem Kapellenturm nur so im Kreis tanzen ließ. Mit tagelangen Regenschauern, die den Ackerboden in einen schlammigen Morast verwandelten und mit ungewöhnlich heftigen Herbstgewittern wütete das Wetter, das für bald zwei volle Wochen jegliche Feldarbeit unmöglich machte.

In Zweibrücken rüstete sich Herzog Christian unterdessen mit seinem Hofstaat für den alljährlichen Umzug seiner Jagdequipage von Jägersburg nach dem nahen Jagdschloss Petersheim. Die Hirschbrunft stand bevor. Sie begann in diesen Breiten schon um die Mitte des Monats, daher musste alles Jagdliche wohl gerichtet sein. Der Herzog war nach den überstandenen Gichtanfällen der letzten Wochen endlich wieder in erträglicher Laune. Er hatte sich fest vorgenommen, in dieser Saison mindestens zehn hochkapitale Mähnenträger zu erlegen. Bei dem Orte Bubach, an der Grenze zum ehemals kurpfälzischen Frohnhofen, war sogar ein starker ungerader Dreißig-Ender mit armdickem Gestänge über das Gatter zum diesseitigen Kahlwildrudel eingewechselt. Der durfte ihm nicht entweichen.

Bei seinem Besuch anlässlich der feierlichen Einweihung der Ludwigskirche hatte er seinem jungen Gastgeber Ludwig aus Dank für dessen herzlichen Empfang eine Einladung zur Parforcejagd in der Kuseler Gegend ausgesprochen. Bei dieser Gelegenheit konnte noch das eine oder andere offene politische Thema von Grenzstreitigkeiten und Gebietstausch besprochen und geklärt worden. Christian würde sich vielleicht sogar bereit finden, vorausgesetzt, man war sich bei den anstehenden Fragen einig geworden, dem Nachbarn seine außergewöhnliche Prachtwaffe zu präsentieren.

Es juckte ihn doch zu sehr, den ebenfalls Jagd versessenen Ludwig mit seiner kleinen Kostbarkeit ein wenig zu sticheln. Außerdem war es einmal wieder an der Zeit, dem Kulturbanausen von der Saar zu demonstrieren, dass hier im Zweibrückischen nicht nur die höhere Kunst der Musik, des Schauspiels, der Malerei, der Architektur, des Gartenbaues zuhause war, die in diesen Landen einen anderen Stellenwert genoss, als drüben bei den Nassauern. Er sollte ruhig auch mal erkennen, dass selbst in der Kunst der hohen Jagd in seinen Landen ein einzigartiger Standard herrschte, an den der Nassauer nicht heranreichen konnte. Immerhin hatte er seine kostbare Errungenschaft bislang noch vor fast jedem neugierigen Auge verbergen können. Außerdem war es langsam an der Zeit, sein dreiläufiges Kleinod im erlauchten Kreise von Seinesgleichen vorzustellen. Nachdem er seine Büchsenmacher mit einer groben Handskizze auf die Suche nach Ähnlichem angesetzt hatte, mit dem größten Misserfolg natürlich, konnte er beruhigt davon ausgehen, dass ihm niemand so schnell sein Wunderding durch ein noch gewagteres Prachtstück würde streitig machen. Wenn ihm sein langjähriger Intimus, der Stahl, der ihn mit seinem ganzen Schwindel der Herstellung von Gold aus Schwefelkies so bitterlich enttäuscht hatte, nur endlich die gewünschte Munition herbeischaffen wollte. Aber darauf konnte er auch nicht mehr mit Sicherheit rechnen. Was ihm da vor sechs Wochen sein Bergmeister Günther und dessen Gehilfe über die Betrügereien des Hofrats zugetragen hatten, das war die Höhe und fast nicht zu ertragen gewesen.

Aber der windige Alchemist stritt einmal wieder alles, wie gewohnt, mit der größten Entrüstung ab. Wenn sich seine Machenschaften als wahr erweisen würden, dann würde das für den Mann ein gewaltiges Nachspiel haben, das ließ Christian nicht mehr auf sich sitzen. Sein ehemaliger Lieferant, der Krämerjude Weyel, hatte ihn zu allem Überfluss auch im Stich gelassen, alles schien sich ihm in letzter Zeit widersetzen zu wollen.

Christian hatte gute Laune, endlich wieder einmal seine sensationelle Dreiläufige auszuführen, mit der zugehörigen Munition versteht sich. Auch mal schießen, nicht nur spazieren tragen. Das konnte doch wohl kein all zu großes Hexenwerk sein, die paar Messingstifte heranzuschaffen. Warum machten die alle bloß einen solchen Umstand um die paar Dinger? Er sei nahe daran, ihm die Erfolge seiner Bemühungen vorzustellen, da werde er staunen, hatte ihm Stahl neulich nach seiner Rückkehr aus Paris vorgeschwärmt. Sein Herzog möge sich ein wenig noch in Geduld üben, dann werde er schon sehen. Das war einmal mehr die Vertröstungsmasche, der er allmählich überdrüssig wurde. Lange wollte er seinen leeren Versprechungen nicht mehr nachgeben. Naja, dem Stahl hatte er deutlich genug zu verstehen gegeben, dass er in dieser Sache keine Ausreden mehr dulde. Er wollte es jetzt wissen. Noch einmal würde er ihn nicht mehr davonkommen lassen.

Ja, nun, der junge Fürst Ludwig, der sollte doch auch mal staunen, was der alte Haudegen aus Zweibrücken noch so alles vorzuweisen hatte. Diese Prachtwaffe war nicht mit viel Geld erkauft, sie war ein Präsent eines seiner Untertanen gewesen, wenn auch ein einzigartiges. Nein, den Preis für die Waffe kannte er nicht, es war nicht das Geld. Das interessierte ihn nicht, im Gegensatz zu seinem hochverschuldeten Nachbarn. Es war die Präzision, die nie gekannte Technik, die Brillanz des Glases, die elegante Führigkeit der Waffe, ihr gesamter hoher, dabei ehrlicher und einfacher Adel, was ihn für die Kostbarkeit dermaßen einnahm. Das war es, was zählte. Dabei war der Schaft regelrecht primitiv gearbeitet, ohne Verschneidungen oder Schnörkel, die Schlösser ohne aufwändige Gravuren, keine Stelle an der Waffe zeigte Goldeinlage oder Stein.

Aber wie lag die erst in seinen Armen, wenn er es darauf anlegte, wenn es galt: gutmütiger Schuss, keinerlei Pulverdampf im Gesicht, weicher Abzug, kein Verreißen und bisher stets totsichere Volltreffer auf der Pirsch. Einen Büchsenspanner hatte er hier nicht mehr nötig, einen Büchsenträger, eine Zweit-, Drittbüchse? War ihm bei diesem Kleinod nicht mehr erforderlich. Das ging alles in einem hin: Schlosssperre auf, Läufe brechen, Patronen raus, neue rein und schon war die Wunderwaffe wieder einsatzbereit. Störende Alleinunterhalter benötigte er bei seinen Jagdgängen ohnehin nicht mehr. Seine Waffe war ihm Unterhaltung genug.

Und jetzt das: keine Munition für die Paradewaffe. Ja wo um alles in der Welt gab's denn so etwas? Was war bloß in den Weyel gefahren, ihn mit seinem Nein auf seine Bitte nach Nachschub dermaßen zu beleidigen? Hatte er ihn nicht mit Sonderprivilegien geradezu überhäuft, als dieser das Präsent bei ihm ablieferte? Hatte er nicht die größten Vorteile ob dieses Geschenks genossen? War ihm doch dieser undankbare Judenkrämer mit seinen ominösen Quellen und Kontakten über Nacht und Nebel entwichen! Seine Leute würden ihn schon ausfindig machen. Der war doch wohl nicht ins Nassauische gegangen?

Ach ja, die neue Maîtresse des Fürsten, die Kest. Nicht ganz übel, das junge Ding. Hübsch war sie, geradeheraus war sie, wie überhaupt so manche Bauerstochter weit mehr Anmut und Natürlichkeit unter ihrer Haube verborgen hielt, als das weibliche Inventar aus den degenerierten Herrenhäusern und maroden Schlössern. Bei ihrer Vorgängerin, der Dorsberg, hatte das Mädel pikanterweise in Diensten gestanden, als sie ihrer Herrin den Fürsten ausspannte. Wacker, wacker. Die Dorsberg, die war ja mal gerade besserer Durchschnitt und ein typischer Fehlgriff aus der Panik heraus, da stand allemal Amüsanteres zur Auswahl. Was er an der gefunden hatte, war ihm sowieso von Anfang an ein unerklärliches Rätsel gewesen. Aber Ludwigs überhastete Wahl war andererseits auch verständlich, wenn man bedachte, dass er gegen seine Natur eben auch nicht immer ankonnte. Was soll so ein junger Springer mit gerade mal dreißig Jahren auch mit einem bettlägerigen fürstlichen Eheweib, die ihm an Amüsements so gut wie nichts mehr zu bieten hatte? Recht so, dass sich der Ludwig, der ja schließlich im besten Saft stand, etwas für sein Herz geholt hatte, das war doch überhaupt die Hauptsache in der ganzen Maîtressenwirtschaft.

Da konnte er, der Herzog, in seinem Alter immerhin auch noch mithalten, ja, ja. Das hatte er sich denn doch nicht nehmen lassen, seinem Nachbarn neulich, ganz im Vertrauen versteht sich, seine neueste kleine Pariser Errungenschaft vorzuführen. Die stellte doch auch was dar, etwas ganz Extravagantes hatte er sich aus der Seinemetropole mitgebracht und natürlich hatte das Mädel sofort Ludwigs größten Beifall gefunden, denn sie war schon eine ausgesprochen anmutige Exotin. Ihr Name war, obgleich sie durch und durch asiatischen, vielmehr, siamesischen Geblütes war, Mademoiselle Le Clerc. Sie war eine viel umschwärmte Tänzerin an der Pariser Oper gewesen, hatte all die kecken Cavaliere hochmütig abgewiesen, die im Wettlauf um ihre Gunst buhlten. Bis es dem noblen Christian gefallen hatte, sich ihr zu nähern. Ja, ja, seine Vorliebe für die Dienerinnen der Terpsichore ließ sich auch hier nicht ganz von der Hand weisen. Diese kleine amouröse Verbindung war er bereits im vergangenen Jahr bei seinem längeren Aufenthalt in der Metropole eingegangen, nachdem er Zerstreuung von seiner tiefen Verstimmung um den Tod seines *très cher Ami*, des Königs Louis XV. gesucht hatte. In diesem Jahr hatte die verschwiegene Messaillance eine unerwartete Fortsetzung gefunden und war zu mehr geworden.

Aber jadoch, gewiss war die gnädige Gräfin von Forbach noch immer seine unumstrittene Favoritin, er hatte sie ja vor Jahren schon heimlich geehelicht. Dennoch, diese rasseblütige Schönheit war doch mehr als nur eine flüchtige Fürstenlaune, sonst hätte er sie nicht in seinem Gefolge mit nach Zweibrücken an den Hof gebracht. Auch hatte er seinen Baumeister Mannlich beauftragt, in der Residenzstadt ein schönes Hoftheater zu errichten und für die erste Vorstellung, die für den kommenden Januar geplant war, bedurfte es einiger neuer Gesichter und Figuren. Da kam ihm die anmutige Le Clerc als seine neueste Tänzerinnen-Errungenschaft im doppelten Sinne gerade recht. Vielleicht würde es ihm im kommenden Jahr darüber hinaus sogar gelingen, endlich den Gluck aus Paris zu gewinnen. Denn der hatte mit seiner neuen Oper *Orpheus* einen ungeheuren Erfolg erzielt und in diesem Stück gab es eine Menge schöner Tanzszenen, die seinem neuen Schwälbchen geradezu auf den Leib geschnitten waren. So gingen seine Gedanken, als es dem Herzog wieder einmal beliebte, sich mit seinen Hauptleidenschaften und nächstliegenden Zerstreuungen zu beschäftigen.

XXXVI

Der dreizehnte September war ein trüber Donnerstag. Der Westwind blies die Wolken übers Tal und verhieß weiteren Regen. Holle hatte seine Stute Napoleon angespannt und war nach der Labacher Grube unterwegs, um von dort Kohlebrocken und Kohlekehricht für den Winter nach dem Kirschgarten zu schaffen. Er beeilte sich, denn er wollte noch vor dem einsetzenden Regen wieder Zuhause sein. Noch bei der Verladestelle am Schachteingang wurde er im Abfahren von zwei uniformierten zweibrückischen Gardisten überwältigt und festgehalten. Die Männer mussten ihm die Hände auf den Rücken binden, weil er sich heftig zur Wehr setzte. Zu zweit hievten sie ihn auf ein bereitgestelltes Pferd und schafften ihn im Galopp durch den einsetzenden Regen über den Pfalzberg nach dem zweibrückischen Ort Breitenbach. Dort wurde er ohne jede weitere Erklärung beim Wagner Emil Morgenstern in die Stellmacherwerkstatt gebracht und eingesperrt. Es gab an seiner Situation nichts zu rätseln.

Zwei geschlagene Stunden waren vergangen, in denen Holle zwischen hölzernen Radspeichen hin und herging, fieberhaft nach Reifmesser, Speichenhobel, Seitbeil suchte und nichts fand als Radbuchsen, Speichenzieher und sonstige stumpfe Gerätschaften. Es war vorab alles Kantige zur Seite geschafft worden. Holle konnte, so sehr er auch umging, keine Handhabe ausfindig machen, sich zu entbinden. Er blieb schließlich auf einem Zurichtklotz sitzen, wo er Zeit hatte, sich seine Gedanken zu machen.

Nach einer weiteren Stunde kam eine zweispännige Kalesche vorgefahren. Dieser entstieg der oberste Polizeichef Josephus Michael Stahl und reckte die Arme. Dann stieg er wieder ein und zog die Vorhänge zu. Wenig später wurde Neufang von den Uniformierten vorgeführt und zu dem Mann in den Wagenfond gehievt.

Das sei keineswegs eine Festnahme, dass er ihn da nur nicht missverstehe, widersprach ihm Stahl. Er möge sein Hiersein allenfalls als eine Art Einladung in guter Nachbarschaft auffassen. Ja, doch, der Schreiner Neufang möge dieses Treffen unbedingt als Chance begreifen, als gehorsamer Untertan des Fürsten von Nassau-Saarbrücken und dessen Verwandtem, dem Herzog Christian, einen kleinen Gefallen zu erweisen. Er rate ihm, die Gelegenheit für sich zu nutzen. Leider habe er hier und jetzt nicht die Zeit, Aufhebens um sein Anliegen zu machen, denn er müsse gleich wieder zurück nach Zweibrücken. Jedoch habe er vorsorglich von seinem hohen Herrn eine Partie abgeschossener Patronenhülsen in Verwahrung genommen, die er ihm hiermit übergebe. Am nächsten Nachmittag werde ein herzoglicher Reiter in Werschweiler vorbeikommen, um die fertige Ware abzuholen. Er möge in Erwägung ziehen, dass der Fürst Ludwig für den kommenden Samstag nach dem Jagdschloss Petersheim ins Zweibrückische geladen sei, um einige kleine Schießübungen zu veranstalten.

Holle war fassungslos. Dieser Mann war zu allem fähig. Jetzt hatte er ihm offen gedroht, hatte Gewalt angewandt, nachdem Holle kürzlich einen seiner Spitzel vom Beckschen Hof gejagt hatte, weil auch jener ihm unverhüllt drohte. Er werde diesem die gewünschte Ware nicht liefern und das sei sein allerletztes Wort. Nicht ihm, nicht dem Weyel und nicht dem Stahl, oder wie der hieß und nicht dem Herzog und überhaupt niemandem, auch nicht unter den größten Androhungen, *basta*, sagte er dem Fremden und war schon drauf und dran, ihm den Weimaraner Areus auf den Hals zu hetzen.

Jetzt saß er in Breitenbach fest, war in der Hand eines brutalen Schurken, der nicht lange fackelte und drüben, auf der anderen Seite hinterm Berg, stand seine führerlose Stute Napoleon mit dem Bretterwagen vor dem Grubenschacht. Es wurde nicht lange verhandelt. Der Geheime Rat stellt sich nochmals in aller Kürze vor, rühmte seinen Spürsinn, sprach einige belanglose Höflichkeiten aus und erwähnte am Rande, dass er Holles Frau Katharina für die Zukunft alles Gute wünsche. Und ihm natürlich ebenso. Dann verabschiedete er sich in aller verfeinerten Höflichkeitsform, indem er zum Schluss nochmals betonte, dass Holle bis Morgen alle Chancen habe, in die schönsten Geschäfte mit ihm einzutreten, wenn er seine kleine Scharte von vor ein paar Tagen wieder auszuwetzen bereit sei.

Holle wurde aus der Kutsche escortiert, es wurden ihm die Fesseln abgenommen, die beiden Uniformierten bestiegen ihre Pferde und hievten ihn auf ein drittes. An der Labacher Ziegelhütte des Kalkbrenners Phillip wurde der Entführte abgesetzt und ging ohne seine Kohlefuhre über die verfallene Siebershäuser Hofstatt und Bittersweiler wieder zurück in den Kirschgarten. Unterwegs regnete es in Strömen.

Auf dem Rückweg dachte er an Flucht. Wohin? Weglaufen war jetzt kein Ausweg mehr, das war Holle klar. Was sollte er seinen Leuten sagen, wo sich doch gerade so etwas wie Normalität im Kirschgarten eingestellt hatte? Er sagte ihnen die Wahrheit, ohne zu erwähnen, dass seine Katharina im Visier des Stahl stand.

Sein Schwiegervater war außer sich. Er bedrängte Holle, umgehend, noch heute den Meier zu konsultieren, damit dieser unfreundliche Akt aus dem Nachbarland an offizieller Stelle bekannt und aufs Schärfste gerügt werde. Das Pferd und der Wagen müssten sofort wieder her, was sollten sie ohne ihre wichtigsten Gerätschaften, ohne *Gescherr*, wie Nickel sagte, anfangen. Es müsse sofort der Schmidts Jokkob tätig werden, der Meier müsse sofort in Ottweiler intervenieren, das sei ein Verbrechen, eine Kriegserklärung gegen die Nassauischen, ein feindlicher Übergriff sei das dort in der Labach gewesen.

Dann schwenkte sein Schwiegervater um. Zuerst stammelte er herum, dann hielt er inne und holte aus, diesmal frontal gegen Holle: soviel sei doch allenfalls wahr, wenn das Sprichwort stimme, dass ein Bock alleine nicht stoße, dann möge Er ihm mal erklären, was da sonst noch alles im Busche sei, ihm mache Er nichts mehr vor. Er solle ihn auf der Stelle darüber aufklären, was Er seiner Hauserling etwa die ganze Zeit verheimlicht habe, dass so etwas geschehen könne. Da sei doch weit mehr im Spiel, als die Patronen von dem Schönberger.

Holle beschwor ihn, da sei nicht mehr, er habe sich ihnen neulich restlos veroffenbart, was es mit den Lieferungen an den Weyel auf sich gehabt habe. Er konnte geloben und zusichern, wie und was er wollte, Holle sprach gegen die Wand. Der Nickel ließ sich nicht beruhigen. Er ging in der Werkstatt auf und ab, er schob Beitel und Hammer, ordnete Stifte und Ringe, Holle musste ihn anflehen, jetzt bloß nicht auszurasten, sich wieder zu beruhigen. Er gelobte ihm, er habe alles im Griff. Der Hausherr verließ die Werkstatt und warf die Tür hinter sich ins Schloss. Holle konnte seine Katharina, die sofort zur Tür hereinkam, als ihr Vater ins Haus stürmte, leidlich beruhigen, aber sie ängstigte sich dennoch um ihn. Er wüsste genau, was er jetzt zu tun habe, versprach er ihr, sie könne sich ganz und gar auf ihn verlassen, wie alle Zeit zuvor. Dann ging er hinüber ins Haus und holte seine Sachen.

Die ganze Nacht werkelte er bei Kerzenlicht in der Werkstatt vor sich hin, zuerst planlos und hektisch, dann überlegter, zielgerichteter und zuletzt präzise und konzentriert. Ihm war doch noch die rettende Idee gekommen. Sein Vorhaben war nach hastiger Vorarbeit jetzt genau durchdacht. Mit seiner Unternehmung sah er den einzigen, aber reellen Weg, das Gewünschte doch noch zu beschaffen und sich damit Pferd und Wagen wieder zurückzuholen.

Holle hatte nämlich bei seiner zweiten Rückkehr ins *alte Dorf* seinen Repetierer mitsamt Patronenvorrat mitgebracht, die zwar das Kaliber des Drillings aufwiesen, als Gürtelpatrone aber nicht ins Patronenlager des Dreiläufers passten. Da das Geschoss jedoch das richtige war, musste er, vorausgesetzt, seine Idee funktionierte, lediglich Zündplättchen, Treibladung und Geschoss auf die leeren Randpatronen-Hülsen umladen. Dann konnte es passen. Holle hatte so etwas noch nie gemacht. Er war kein Widerlader, wie so viele seiner Jagdkollegen, aber er hatte ihnen oft genug assistiert. Ihm standen hier auch nicht die Superpräzisionsgeräte zu Umladen zur Verfügung aber er hatte eine Schreinerwerkstatt mit allen möglichen Gerätschaften vor sich, deren er sich bedienen konnte und, sei's drum, er musste es wagen.

Am nächsten Morgen, als es im Dorf gerade munter zu werden begann, hatte Holle zwar nicht hundert, aber doch zehn blitzsaubere Patronen hingezaubert, die in Stahls Hülsen für den Drilling staken. Er war ziemlich stolz auf seine Leistung. Als gegen den Nachmittag die beiden uniformierten Reiter im Kirschgarten erschienen, brachten sie sogar die voll beladene Kohlefuhre mit Pferd und Wagen mit. Napoleon ging es gut. Holle war entsetzt und erleichtert zugleich. Erleichtert fürs erste. Er musste einen Ausweg finden, denn sein Schwiegervater war diesmal richtig sauer, weil er nichts Gutes ahnte.

XXXVII

Stahl glänzte vor dem Herzog in seiner prächtigsten Uniform, als er in dessen Audienzzimmer im Petersheimer Jagdschloss eintrat. Es würde für ihn die Stunde des Triumphes werden.

„Ihr habt mich rufen lassen, hier bin ich, Durchlaucht. Ich glaube, Euch nicht zu viel versprochen zu haben, als ich Euer Gnaden angeboten habe, die Sache mit den Geschosskartuschen selbst in die Hand zu nehmen."

Der Herzog blieb an seinem Sekretär sitzen. Er wandte sich nicht um, sondern las weiter in den Unterlagen, die vor ihm ausgebreitet waren, während er vor sich hin brummte: „Trete Er näher und zeige mir, was Er zustande gebracht hat. Ich hoffe in Seinem Interesse, dass Er mich nicht wieder hinhalten will."

„Durchlauchtigster Herzog, wer denkt an Hinhalten? Ich bin geradezu geflogen, denn ich habe ein erstes vielversprechendes Ergebnis meiner bescheidenen alchemistischen Kunst bei mir und bin auf der Stelle bereit zur Präsentation derselben. Euer Durchlaucht mögen mein Werk aufs Strengste examinieren, an dem Ergebnis meines Erzeugnisses darf Er in Gnaden ermessen, was das Wort Eures Geheimen Rates vor Seinem Gebieter zählt."

Christian winkte seinen Hofrat ärgerlich zu sich heran, er sah sich offenbar in seiner Tätigkeit gestört. Stahl kam näher und hielt in einigem Abstand vor seinem Landesherrn inne. Als es dem Serenissimus beliebte, einen Blick nach der Seite zu werfen, präsentierte ihm Stahl zwischen Daumen und Zeigefinger eine glänzend präparierte Patrone, die er für diesen Augenblick extra hatte versilbern lassen.

„Es hat mich meinen ganzen Alchemistengenius gekostet, dieses Kleinod für Ihro Durchlaucht zu erzeugen. Nehme Er es in Seinen Augenschein. Mache Er eine Probe aufs Exempel, ich stehe zu Dero Verfügung. Ich denke, Ihr werdet zufrieden sein mit Eurem Diener“, schmeichelte er gegen seinen Herrn und versäumte nicht, hinzuzufügen, dass die fürstlichen Büchsenmacher dahinten in Zweibrücken, alle, wie sie da an ihren Werkbänken herumlungerten, blasierte Nichtskönner seien. Keiner von denen habe es verdient, sich herzoglicher Büchsenmacher oder Pulvermeister nennen zu dürfen. Nichts hätten sie ausrichten können und seinem Anliegen hätten sie nur ihr armseliges Achselzucken und Kopfschütteln entgegenzusetzen gewusst.

Stahl erwartete in diesem Augenblick seines Herrn gewohntes Wohlwollen. Mehr, er rechnete darauf, dass sich der Herzog von seiner ungewöhnlichen Tat auf der Stelle belebt, ja beeindruckt zeigen würde. Er forderte geradezu den altgewohnten Respekt des Landesvaters zurück, denn diesmal hatte er ihm nicht zu viel versprochen. Diesmal lieferte er ein vorzeigbares Ergebnis ab. Dieses Mal würde er ihn nicht enttäuschen.

Der Herzog verzog keine Miene. Er erhob sich, warf einen flüchtigen Blick auf das Objekt zwischen Stahls Fingern und hieß seinen Hofalchemisten mitzukommen. Den Seitenpavillon verließen sie durch den Ostflügel in das angrenzende alte Schlossgebäude nach der Waffenkammer zu. Christian ging alleine hinein. Nach wenigen Minuten kam er mit einem prachtvollen Waffenetui wieder zurück. Dann stiegen sie auf zwei bereitgestellte Pferde, die den Serenissimus und seinen Munitions-Lieferanten nach dem nahegelegenen Schießplatz brachten, wo bereits ein Läufer bereitstand, um des Herzogs Anweisungen entgegenzunehmen.

Josephus Michael Stahl gingen schier die Augen über, als er den hochgerüsteten Drilling zum ersten Mal erblickte. Das war ein wahrhaft beeindruckendes Instrument, wie es mit seinem dreifachen Laufbündel und aufgebockter Fernrohrkanone vor sich hinprahlte. Mit herkömmlicher Waffentechnik hatte dieses Unikat nicht das Geringste zu tun, das ging dem staunenden Stahl sofort auf. Die Waffe lag auf dem Schießtisch, einfach, erhaben, wie eine Gabe aus einer anderen Welt. In seiner ganzen Schlichtheit hatte es geradezu etwas Überirdisches, nie Dagewesenes. Jedenfalls war es im Entferntesten nicht zu vergleichen mit allem, was ihm bisher an herzoglichem Schießgerät unter die Augen gekommen war. Dies war also das Objekt, um welches in den höchsten Kreisen am Hofe seit bald einem Jahr hinter vorgehaltener Hand getuschelt und gerätselt wurde.

Christian öffnete mit einem Klick den Verschlusshebel der Waffe, winkte Stahl herbei, der ihm die Patrone überreichte, führte den Patronenstift in den unteren Lauf ein und bedeutete seinem Jagdläufer, das hinterste Hirschgatter zu öffnen. Das Gattertor war nicht dreißig und nicht siebzig, nein, es war unglaubliche einhundertfünfzig Schritt vom Schießpavillon entfernt, wo sich der Herzog nun an der Sitzauflage zum Anlegen bereit machte. Es dauerte etwa eine halbe Minute, bis ein Schmalspießer unschlüssig aus dem offenen Gatter heraustrat und sich breit stellte. Der Schuss gellte auf, das Tier sackte im selben Augenblick tödlich getroffen in sich zusammen.

„Weidmannsheil dem durchlauchtigsten Herzog, das war ein Prachttreffer“, entfuhr es dem Begleiter. Christian gab sich nicht sonderlich beeindruckt. Im Gegenteil, er blieb vollkommen gelassen und forderte Stahl ungehalten auf, ihm eine neue Patrone zu reichen. Der übergab ihm eine zweite, ebenfalls versilberte, mit dem Kommentar, dass diese beiden Munitionen lediglich erste bescheidene Prototypen seien. Er sehe, er könne sie noch optimieren. Diese sei leider die letzte, die er mit sich führe. In den nächsten Tagen schon könne

Durchlaucht mit einer weiteren bescheidenen Lieferung von ihm rechnen.

Christian schien seine geflissentlichen Anmerkungen vollkommen überhört zu haben. Das war einmal mehr eine Geringschätzung seiner Person, aber Stahl behielt die Nerven und trat auf ein Handzeichen des hohen Jägers einen Schritt zur Seite. Der Herzog fuchtelte seinen Jagdläufer herbei und befahl ihm, ein Hirschkalb aus dem Gatter einzufangen und in nunmehr aberwitzigen dreihundert Schritten Entfernung von ihrem Standort an einen Baum anzubinden. Während jener unverzüglich daran ging, die Ordre auszuführen, drehte der Herzog kenntnisreich an einem seitlichen Rändelrad des Zielfernrohres und ging erneut probehalber in geduckten Anschlag, um die Lage zu justieren. Mit einem leichten Kopfnicken bestätigte er sich die optische Einstellung der Gerätschaft und lehnte sich dann wieder in das Rückenpolster. Ein Diener reichte ihm ein parfümiertes Tuch und trat zurück. Eine Weile verging, ohne dass Worte gewechselt wurden, bis ihm von einem Läufer der Vollzug des Befehls gemeldet wurde. Der Herzog legte an, kniff ein Auge zusammen und atmete tief aus. Es knallte, das Kalb lag verendet auf der Schießbahn. Der Erleger streckte sich ins Kreuz und ließ sich die Waffe abnehmen. Bei Stahl, der auf einen erneuten Wink hinzugetreten war, orderte er für den kommenden Tag erneute verzwanzig Patronen. Die gesamte Partie solle er gefälligst vergolden lassen, denn der Fürst Ludwig von Nassau-Saarbrücken wurde in Petersheim erwartet.

In seinen alchemistischen Gemächern im alten Seitentrakt des Petersheimer Schlosses flackerten die Kerzen beim Blattvergolden der kostbaren Patronen bis in den frühen Morgen. Zehn hatte er dem Neufang abgepresst, jetzt waren es nur noch acht, immerhin. Das musste für ein paar Haupttreffer mit dem Fürsten von der Saar hinreichen. Der Herzog sollte froh sein, dass Stahl ihm überhaupt welche herbeigeschafft hatte. „Nicht alle auf einmal präsentieren“, dachte er, „das macht Serenissimus nur maßlos. Er soll getrost spüren, dass er diesmal auf mich angewiesen ist. Jetzt habe ich das Heft in der Hand.“

Stahl spürte wieder Oberwasser. Er warf sich in die Brust, atmete durch und ruckte die Schultern: „Na also“, grinste er in sich hinein, „jetzt haben wir die Figuren einmal wieder zurecht gerückt. Jetzt werde ich mich unentbehrlich machen, bis auf weiteres jedenfalls.“ Der Moment war gekommen, in dem er wieder Tatendrang, erhöhte Schaffenskraft spürte. Warum denn nicht also noch ein bisschen dazugeben, ein, zwei Jährchen; dann konnte aus der Villa auf dem Lande bei Verona doch noch ein prachtvolles Anwesen, ein kleines Schlösschen mitten in Verona werden.

Nach drei Stunden war er fertig. Wie die wunderlichen Patronen in Parade aufgereiht vor ihm auf dem grünen Samttuch lagen, jede einzelne war soeben durch seine veredelnde Hand gegangen, allesamt geradezu liebevoll mit einem Anhauch des honiggelben Edelmetalls geadelt, das hatte etwas Erhebendes, das war die Krönung seines Tuns. Ja, Stahl war ersichtlich stolz, als er über die klimpernden Reihen fuhr. Er sah den nassauischen Fürsten vor diesem Werk förmlich erstarren. Wie aber würde es dem Serenissimus von der Saar durch Mark und Bein fahren, wenn er erst die Tod bringenden Geschosse persönlich in Aktion miterlebte.

Es gab keinen Zweifel für den Alchemisten: Hatte der Fürst Ludwig erst erkannt, was ihm da auf dem Schießplatz des Pfälzer Westrich geboten worden war, würde dieser nicht eher ruhen, bis er dergleichen als Eigenbesitz auch in seinen Händen halten durfte. Und er selbst, der wirkliche geheime Hofrat Josephus Michael Stahl, würde der alleinige Lieferant für die Sensationen der Schießkunst sein, selbstredend auch für die Waffen, Kanonenfernrohre und die wertvolle Munition.

XXXVIII

Tags darauf, es war der sechsundzwanzigste September 1775, war der Herzog von Pfalz-Zweibrücken, Christian IV., noch vor Tagesanbruch von seinem Kammerdiener Meunier aus dem Schlummer aufgeweckt worden. Der Blieskasteler Reichsgraf Franz Carl von der Leyen war in der Nacht in seinem Schloss überraschend verschieden. Im Jagdschloss war es sofort rege geworden, Lichter wurden entzündet, Läden aufgestoßen, Diener und Zofen liefen hin und her, es klapperten die Töpfe und Pfannen, Ketten rasselten, Kutschen wurden aus den Remisen gezogen, Pferde hastig angespannt, der kleine Hof war in Aufruhr. Ein berittener Eilbote vom Jägersberger Schloss stand alleine gelassen in der Halle und wartete auf Ordres für die Nassauschen in Sachen Jagdeinladung. Soviel stand fest: aus des Herzogs kleiner Jagdgesellschaft mit dem Fürsten Ludwig würde nichts werden, denn auch der Saarfürst war von seinem Neunkircher Jagdschloss direkt nach dem Bliesstädtchen geeilt, um bei der Witwe vorzusprechen und zu kondolieren.

Als Josef Michael Stahl gegen neun Uhr vormittags in das Audienzzimmer seines Herrn eintrat, um Serenissimus seine vergoldete Patronenpalette zu überreichen, war der Herzog längst nicht mehr da. Er war mit seiner Gemahlin, Gräfin Forbach, nach Blieskastel abgereist und würde heute nicht mehr zurückkehren. Am Schloss Petersheim hatte Stahl nichts mehr verloren. Er schickte nach dem Stallknecht und ließ seine Kutsche anspannen. Dem Leibdiener des Regenten richtete er aus, er sei auf ein paar Tage in Geschäften ins Triersche gefahren.

Noch am selben Tag quartierte sich der Zweibrücker Hofrat Stahl am St. Wendeler Fruchtmarkt in der Demuthschen Weinstube *„Zur Krone"* ein. Von dort hatte er Aussicht auf den Markt und das Südportal der Wendalinuskirche. Er blieb zwei Tage in der Stadt, bis zum wöchentlichen Markttag, als er ihn ausfindig gemacht hatte. Der Laufbursche des Kronenwirtes wurde nach dem Marktstand der Werschweiler Bauern am südlichen Domportal hinüberbeordert, denn dort war, wie erwartet, soeben sein künftiger Geschäftspartner Neufang aus dem Ostertal eingetroffen. Neben ihm stand dessen Frau Katharina und war dabei, ihre Butterbatzen zum Verkauf auszulegen.

Wenig später erschien Holle in der hinteren Wirtsstube, wo er vom Stahl erwartet wurde. Holle hatte es geahnt.

„Hab ich es mir doch gleich gedacht, dass Er es ist, der mich zu Sich bestellt," rief Holle aus, „dass ich es Ihm hier und jetzt sage: es muss einmal Schluss sein mit dem Affentanz, ich werde nicht weiter mit Ihm zusammenarbeiten und auch nicht mehr liefern. Gehe Er meinethalben direkt zum Ludwig nach Saarbrücken, auch der wird mich nicht dazu bringen, mit Ihm Geschäft zu machen. Meinen letzten eisernen Vorrat hab ich Ihm letztens aushändigen lassen. Der Proviant ist dahin, aus, fini, *all*", sagte er.

„Stopp, lass Er mich ausreden: ich bin heute nicht in die Stadt gekommen, um Waffenhändel zu treiben und ich habe auch nicht vor, mich von Ihm dazu verleiten zu lassen. Ich werde jetzt hier zur Türe hinaus- und meiner ehrlichen Markttätigkeit nachgehen und es wird mich niemand daran hindern. Ich lasse mich auch nicht mehr von Ihm erpressen und schon gar nicht bedrohen, ich will Ihn nicht wiedersehen, Adieu, Herr Stahl!"

Mit diesen Worten trat Holle aus der Gaststube und erkannte sofort, wie töricht er gerade aufgetreten war. Stahl krähte ihm höhnisch hinterher: „Ich warte hier, bis späterhin also, Neufang!"

Die Tür flog ins Schloss.

Als Holle zum Werschweiler Marktstand zurückgekehrt war, standen die Bauern wie gewöhnlich hinter ihren Auslagen und ließen die Marktbesucher ihre frische Butter kosten. Holle war aufgebracht und im Begriff, sofort den Markt zu verlassen, um mit seiner Frau auf direktem Weg nach Werschweiler zurück zu kehren. Katharina war nicht da.

„Ist sie nicht zu Dir in die Krone gekommen?", erwiderte eine Magd auf Holles Frage, „Du hast doch gerade nach ihr schicken lassen?"

Holle stürmte sofort zurück in die Weinschenke. In der hinteren Schankstube grinste ihm Stahl breit entgegen: „Na also, Er hat es sich ja doch überlegt, das ist einsichtig, das ist klug. Können wir sodann in Ruhe über den Gegenstand reden? Nur zu, nehme Er Platz. Beim Mahlzeiten lässt sich's besser Konditionen aushandeln. Ich habe für uns extra einen Tisch herrichten lassen mit allerlei Köstlichkeiten. Möchte er mal probieren?" Stahl hielt seinem Gegenüber ein gebratenes Hühnerbein entgegen.

„Wo ist mein Weib?" fauchte Holle, „wenn Er ihr etwas antut, dann soll Er mich kennen lernen, gebt mir sofort meine Frau heraus!"

„Nicht so hitzig, Neufang, der jungen Maid geht's bestens, wie ich höre, außerdem will sie uns bei den vorteilhaften Verabredungen ein wenig zur Seite stehen, tue Er es ihr nach, es wird Sein Schaden nicht sein", wiegelte Stahl hämisch ab, um danach den Tonfall abrupt zu senken und Holle zu drohen, dass er von nun an keine Veranlassung mehr sehe, sich mit dem Schreinergehilfen weiters in alberne Plänkeleien zu verlieren. Entweder werde Er hier und sofort, ohne Konzessionen, mit ihm kooperieren oder Er werde die Folgen seiner

Starrköpfigkeit ersehen. Er möge ja nicht glauben, daheim in seiner Schreinerei unbehelligt zu bleiben. Wenn Er sich im Trierschen oder bei den Nassauern im Ostertal auf vermeintlich sicherem Terrain wähne, dann irre Er sich gewaltig. Stahl könne des Schreiners einschließlich seiner Leute allezeit und ohne jede Konsultation mit dem Ottweilerschen Oberamt habhaft werden. Es bedürfe dessen nicht einmal eines offiziellen Ersuchens nach dem Bliesstädtchen oder Saarbrücken. Spezielle Absprachen mit allen zweibrückischen Nachbarländern beständen seit Jahren und hätten sich aufs Beste bewährt.

Holle war dabei, zur Türe hinaus zu stürmen, aber im Augenblick seiner Flucht versperrten ihm zwei Männer den Weg und nötigten ihn, sich in die Stube zurück zu begeben und sich zu setzen. Sie stellten sich zur Seite des Ausgangs auf und ließen ihn nicht aus den Augen. Stahl winkte sie hinaus und bedeutete ihnen, vor der Türe zu warten.

Er kam sofort zur Sache:

„Wo hat Er die Dreiläufige erstanden, die ich letzthin beim Herzog gesehen habe? Keine Ausflüchte, ich weiß, dass die Waffe von Ihm über den Juden Weyel an den Hof gekommen ist."

Der Hofrat ruckte sich seine Rockschöße wie zur Bekräftigung des soeben Gesagten straff, legte den Kopf in den Nacken und drehte ihn, als wolle er eine innere Verspannung lösen. Dann fixierte er Holle wieder und blaffte ihn an: „Was jetzt?"

Holle senkte den Blick. Er gab keine Antwort.

„Vergälle Er mir ja nicht meine Laune", plärrte Stahl, „Spielverderber passen mir nicht. Mit denen mache ich kurzen Prozess!"

Stahl stand jetzt dicht vor Holle und hielt ihm seinen drohenden Zeigefinger entgegen, „Komme Er mir ja nicht mit windigen Ausflüchten, seine Kontakte bestünden nicht mehr oder dass Er nicht in der Lage sei, die Ware zu beschaffen. Das nehme ich Ihm nämlich nicht ab! Derlei Possen konnte Er mit dem Weyel treiben, mit mir macht er nicht den Hanswursten und Sauschneider!"

Nach einer Pause, in der er sich wieder von Holle abwandte und von den aufgetragenen Speisen auf seinen Teller schaufelte, versuchte er es mit einem anderen, geradezu jovialen Ton, als wolle er in seinen Forderungen nun einen Deut einlenken und um Holles Nachsicht für seine Verpflichtungen gegenüber seinem Auftraggeber werben. Der Mann, so schien es, wähnte sich Seiner sehr sicher, er hatte Holle in der Hand. Daher lenkte er seine Rede nun zunächst sogar heuchlerisch ins Kooperative und Partnerschaftliche:

„Also, Neufang, nun komme Er endlich zur Einsicht, dass es Ihm nichts nützen wird, Sich gegen mich und die Ordres meines Landesherrn zu stellen. Wenn Er kooperiert, soll das Sein Schaden ja nicht sein. Wie ich bereits bei anderer Gelegenheit sagte: großzügiger Anteil, anständiger Handel, keine Falschheiten, kann Sich auf mich verlassen. Aber nur, wenn Er seine albernen Fisimatenten sein lässt".

Was tat Holle? Er saß wie versteinert auf seinem Stuhl und rührte keine Miene. Sein Blick hob sich und ging an Stahl vorbei zum Fenster hinaus. Von Draußen drang gedämpfter Lärm der Marktschreier, das Gackern der Hühner, das Quieken der Schweine, das Klappern der eisernen Pfannen und Töpfe in die Schänke herein.

Mit einem Mal fuhr Holle zusammen, als habe ihn eine innere Stimme aufgeschreckt.

„Gut denn", verkündete er entschlossen, „so schlage ich Ihm meinerseits einen Handel vor. Sie werden alles Notwendige von mir bekommen, was Sie, äh, was Euer Gnaden begehren, um Seine Geschäfte machen zu können..."

Holle brach ab und schaute jetzt wieder wie abwesend an Stahl vorbei aus dem Fenster hinaus. Stahl hing längst an seinen Lippen, er wähnte sich am Ziel.

„Na gut“, beschloss Holle, „ich habe es mir überlegt. Ich – denke, ich sollte mich von meinen kleinen Spielsachen endgültig trennen. Er soll sie alle haben. Ich gebe mich drein und sehe, dass Er die besseren Argumente hat und mein Eheweib in seiner Gewalt. Ich gebe mich also geschlagen und werde tun, was Euer Gnaden verlangen.“

Holle erhob sich von seinem Stuhl, ging auf Stahl zu, nahm sich einen Happen von der Tafel und fuhr, jetzt direkt dem Hofrat aus Zweibrücken ins aufgedunsene Gesicht blickend, mit seiner Rede fort:

„Gebt mir ein wenig Zeit, bis die nächste Lieferung fertig gestellt ist. Die Abwicklung meiner Geschäfte werde ich sodann nach und nach mit Euer Gnaden vornehmen. Ich werde Ihm zum Beweis meiner Möglichkeiten auf heute in drei Wochen eine nächste Probe abliefern, die Ihn überzeugen wird. Und nun habe ich Hunger. Ich möchte zusammen mit meinem Weib von dieser Eurer Tafel speisen und dann werdet Ihr mir erlauben, wieder meinem Geschäft an der Kirche nachzugehen.“

Holle biss in das Hühnerbein und goss aus der Karaffe ein. Stahl rührte sich und gab seinen beiden Begleitern an der Türe ein Zeichen, worauf diese den Raum verließen. Wenig später öffnete sich die Tür und herein kam – Katharina.

Der Oktobermond war schon wieder in seine zweite Hälfte gegangen und die Kirmes, der alljährliche Höhepunkt der Werschweiler Feiertage, stand vor der Tür. Aber in diesem nassen Herbst wollte sich keine rechte Vorstimmung auf die sonst so ausgelassene Zeit einstellen, denn die späten Tage hatten nicht das ruhige Wetter gebracht, das die Bauern sonst gewohnt waren. So kam es, dass bei den garstigen Schauern die Feldarbeit um gut vierzehn Tage hinterher hing und niemandem recht der Sinn nach dem Kirchweihfest stand. Bei strömenden Regengüssen musste die letzte Kartoffelernte in aller Hastigkeit aus den durchweichten Äckern eingebracht werden. Die Lese war eine einzige nasse und schmierige Mühsal. So rumpelten die feuchten Erdknollen lehmverschmiert durch die Luken in die Keller und die Leute machten ein langes Gesicht. Im Brennhaus hinter dem Meieranwesen rauchte jetzt wieder der Schlot durch die Nieselregen hindurch. Vom Meierhof aus wurden die gefüllten Maischefässer hastig in die temperierte Destillierstube gerollt, der beißende Duft des hochprozentigen Vorlaufes legte sich in die Gassen und lockte zuerst die Alten herbei.

Holle hatte seinen Schwiegerleuten nur das Nötigste mitgeteilt, um sie nicht weiter über Gebühr zu beunruhigen. Der Hausherr war nach alledem, was vorgefallen war, endgültig auf Abstand zu seinem Schwiegersohn gegangen und beäugte ihn von nun an argwöhnisch. Seiner Katharina hatte Holle versprochen, für eine rasche Lösung der Situation zu sorgen. Sie sollte durch den Stahl nicht noch einmal in Gefahr geraten, dies schwor er ihr auf dem Nachhauseweg aus St. Wendel. Sie bedeutete ihrem Ehemann, dass dieser Zustand nicht von Dauer sein dürfe. Es musste eine Lösung gefunden werden.

Der Oktober ging nun in seine letzte Woche. Die Kirmestage waren gehalten, der traditionelle Tanz war wegen des Dauerregens vom Dorfplatz in die ausgeräumte Tenne des Koortshauses verlegt worden. Eine rechte Stimmung wollte sich trotz aller Anstrengungen der angereisten Spielmannsleute nicht einstellen. Die versprochene nächste Patronenlieferung an Stahl war überfällig, denn die letzten acht Exemplare aus der abgelieferten Charge waren verfeuert worden und der Hofrat Stahl schickte schon wieder seine Schergen ins Ostertal. Holle wusste, was das zu bedeuten hatte. Er handelte.

XXXIX

Am vierten November des Jahres 1775, gegen halb neun Uhr abends, schied Herzog Christian IV. von Pfalz-Zweibrücken, gerade dreiundfünfzig Jahre alt geworden, in seinem Jagdschloss Petersheim bei Kusel aus dem Leben. Als Todesursache war in den schriftlichen Bulletins seiner Ärzte eine unheilbare Lungenentzündung genannt worden. Diese habe sich der Herzog bei diversen alchemistischen Experimenten in seinem im Amte Meisenheim gelegenen Labors und Schmieden sowie Erzminen zugezogen. Da er bei seinen Laboratoriumstätigkeiten in übergroße Anstrengung und Schweißfluss geraten sei, habe der Fürst das Innere seiner Bergwerke aufgesucht, um sich abzukühlen. Dort habe ihn die feuchte Kälte angegriffen und infiziert. Schon beim Verlassen derselben habe seine Stimme heiser geklungen und der Serenissimus verspürte geringe Halsschmerzen. Er sei noch am Vorabend mit seiner Kutsche nach seinem Jagdschloss Petersheim aufgebrochen, wo er erst gegen den frühen Morgen in fiebrigem Zustand eintraf und sich sofort zu Bett begeben habe. Aus diesem sei er den ganzen Tag nicht aufgestanden. Einen Tag später schon befand sich der Herzog in großer Lethargie und war kaum noch ansprechbar. Bei seinem Leibdiener Meunier beklagte er sich, als er zu sich kam, über stechende Schmerzen in der Brust und fantasierte immerzu über die Jagd und einen Schuss auf einen Hirschen, wobei wiederholt der Name seines Hofalchemisten Stahl sowie ferner die

Namen seiner Leibärzte Robert und des Bauernarztes Koch gefallen sein sollen. Von da an habe der Schwerkranke sein Bett nur noch mit der tätigen Hilfe seines Leibdieners und nur noch ein einziges Mal verlassen, um aus seinem Sekretär etliche Stapel von persönlichen Papieren zu entnehmen, die er sogleich am Kamin den zehrenden Flammen übergab. Vor dem auflodernden Feuer habe er solange ausgeharrt, bis alles restlos zur Asche zerfallen war. Danach habe sich der Fürst in allergrößter Mühe zurück zu seinem Lager geschafft, wo er sogleich in seine letzte Ohnmacht gefallen sei, aus der nicht wieder erwacht war.

Die Nachricht vom Tode des Herzogs wurde dem Schreinergesellen Peter Neufang mit zwei Tagen Verspätung zugetragen. Das war am Abend des sechsten November. Sie kam herüber vom *Boten eines Freundes*, wie der Reitersmann sich nannte. Da lag der *gute Fürst* schon unter der Erde und Holle war gerade damit beschäftigt, Knochenleim zu sieden. Draußen fiel der erste Schnee in die Gärten. Die Leute im Dorf wussten von der Neuigkeit gewiss seit Stunden. Das war ein unerhörtes Ereignis. Wenn es auch nur in der ausländischen Nachbarschaft lag, war er immerhin der Herzog und Landesvater der Pfälzischen. Die Leute hatten bei der Nachricht gewiss vor Schrecken und Betroffenheit die Hände vor den Mund geschlagen, waren dann aber bald wieder zur Tagesarbeit zurückgekehrt. Holle jedoch fuhr die Meldung wie ein Grellblitz in die Glieder, sie ging ihm durch Mark und Bein.

Der Stahl! Was ist mit dem Stahl? Wo ist er? Keine Frage, dass er in den Unfall, in die Tat, verstrickt war. Vielleicht war er sogar der einzige Anwesende bei der unseligen Tragödie gewesen. War er etwa selbst verletzt, gar ebenfalls tot? Hatte er sich sofort abgesetzt, oder weit schlimmer für Holle: War er womöglich inzwischen bereits verhaftet worden und hatte alles gestanden? Derlei Fragen konnte ihm der Berittene nicht beantworten, er sei lediglich beauftragt worden, ihm den

Sachverhalt im Auftrag eines Freundes auseinanderzusetzen. Er sei auch nicht in der Lage, ihm Näheres zu berichten, er wüsste nur soviel, dass der neue Herrscher, Herzog Karl, sofort nach seiner Residenz Neuburg abgereist sei, um weitere entschlossene Schritte zur Aufklärung des Vorfalls einzuleiten.

Nachdem der Bote abgeritten war, stürzte Holle hinauf in die Stube. Fieberhaft kramte er in seiner Bettlade nach seinem Notizbüchlein und tatsächlich: Dort stand sie als Randbemerkung, die wichtige Passage war sogar unterstrichen: *„...+5.11.75: Herzog Christian IV. Pfalz-Zw., Jagdschl. Pettershm. Tod offiziell d. Lungenentzdg., aber angebl. Jagdunfall...(Wikip.)"*.

Alles Mögliche, alles beliebig Unwichtige an Ereignissen aus dem späten achtzehnten Jahrhundert hatte er sich damals wie fieberhaft zuhause vor seinem PC zusammengesucht und notiert. Wie viele Nebensächlichkeiten waren ihm geläufig, die sein Dasein hier in der Welt des Absolutismus nur am Rande gestreift hatten. Aber dieses Ereignis hatte ihn bis ins Mark getroffen und er hatte es schlichtweg vergessen, trotz Notiz. Wie um alles in der Welt konnte er diese Katastrophe und den zwingenden Zusammenhang mit seinen Munitionslieferungen an den Stahl nur übersehen haben? Es war definitiv die Katastrophe für ihn, für seine ganze Existenz in seinem alten Dorf, für die gesamte Familie!

Was für ein Satan hatte ihn in jener Nacht geritten, dass er sich zu dieser Wahnsinnstat der Treibladungs- und Geschoßmanipulation beim Widerladen hatte hinreißen lassen? Holle dachte einmal mehr an Flucht zusammen mit seiner Katharina, sie würde er nicht noch einmal im Stich lassen. Und seine Leute, seine Schwiegereltern? Sie waren ebenso in Gefahr wie seine junge Frau. Nun war nichts mehr zu vertuschen. Holle musste ihnen alles, aber auch alles beichten, musste ihnen seine wahre Herkunft aus der Zukunft bekennen, seine augenblickliche aussichtlose Situation und die Entscheidung verkünden, dass er sie allesamt mitnehmen würde, hinüber nach der neuen Welt, nach dem Werschweiler des einundzwanzigsten Jahrhunderts.

Es war doch eigentlich der schnellste Weg und der ungefährlichste von allen, wenn er dem Unweigerlichen, was jetzt auf ihn zukommen würde, noch entkommen wollte. Er hatte keine andere Wahl. Was, um Gottes Willen, hatte er seinen Leuten bisher schon angetan, was würde er diesen Menschen mit einer Flucht noch zumuten? Sie aus ihrem Leben herausreißen, in eine fremde Welt, in eine sterile, automatisierte, komfortable, betonierte Welt hineinzuschleppen, die für sie alle ungleich atemberaubender, unfassbarer war, als das, was er mit seinem Tun hatte geschehen lassen?

Hierbleiben oder in den Berg gehen? Was war das für eine Wahl, die ihnen in ihrer Lage eigentlich nur einen Ausweg ließ?

Den Weg zurück in die Zukunft, durch den Kalkstollen, den hatte er in den letzten Monaten zwei Mal vergebens versucht. Er hatte zwei Mal nicht funktioniert und er würde sich gewiss gerade jetzt nicht auftun. Vielleicht den wunderlichen Jakob zu Rate ziehen, der wusste vielleicht zu helfen. Und wenn das alles nicht fruchtete, wenn auch Jakob ihm nicht helfen konnte, was dann? Gab es aus diesem Desaster überhaupt einen Ausweg?

XL

Nun waren schon wieder über zwei Wochen vergangen, seit er den letzten Besuch von seiner Katharina erhalten hatte. Danach, bis heute, war noch kein Brief bei ihm eingekommen, er hatte noch keine Nachricht von ihrer Hand empfangen dürfen. Das war für ihn eine quälende halbe Ewigkeit. Aber ihr Bild, ihr Lächeln unter ihren Abschiedstränen waren ihm so gegenwärtig geblieben, als wäre sie soeben erst aus dem Raum gegangen. Wie hatte sie sich für ihn herausgeputzt, da sie ihn zum ersten Mal hier in seiner Zelle aufsuchen durfte. Wie hatte sie nach frischer Veilchen-Seife geduftet, als sie zur Türe herein trat. Wie war er selig, sie endlich wieder in seine Arme schließen zu dürfen. Sie war sein erster wirklicher Lichtblick in diesem kellerschwarzen Verließ. Ach, seine Katharina, wie musste sie leiden, wie fühlten die Eltern mit ihr, zumal jetzt, da sie in der Hoffnung war und er nicht bei ihr sein konnte.

Holle suchte seine junge Frau von Stunde zu Stunde, er konnte und wollte an nichts anderes denken. Dass sie schon wieder von ihm fort war, war ihm unerträglich. Warum nur kam sie nicht mehr zu ihm? Hatte sie einen anderen gefunden, der ihr mehr Sicherheit geben konnte, der nicht immerzu seltsame Dinge tat, wie er, der sie nicht recht verstand und ihr bisweilen fast wie aus einer fremden Welt deuchte?

Ja, sicher, Holle hatte doch auch alles Verständnis, dass sie jetzt von zu Hause nicht weg konnte, denn der Frühling hatte sich mit günstigem Wetter eingestellt und in der Hofhaltung waren seine Leute auf jede helfende Hand angewiesen. Die Saat musste rasch in die Erde, da war jede Stunde kostbar. So blieb Holle eigentlich nur die Phantasie, die Vorstellung, jetzt bei den Seinen zu weilen, die brave Stute Napoleon auf dem Acker vor dem Pflug zu führen, nach getaner Arbeit auf die Egge umzustellen, um das Bett für den Sommerweizen vorzubereiten. Es war doch jetzt eigentlich eine fröhliche Zeit. Eine Zeit des Grünens und Wachsens war es und er saß hier im klammen Loch unter der Erde mit nichts als einer Pritsche und einer schmalen Luke gegen den grauen Himmel. Ach, seine Stute Napoleon, dieses treue, verständnisvolle Tier, auch sie würde sicherlich längst seine Abwesenheit erwittert haben.

Und wie gerne hätte er Katharinens Hand gehalten, um ihr zu sagen, wie er sie vermisse, wie er sie liebe. Wie gerne würde er mit ihr jetzt auf der alten Steinbank vorm Haus sitzen und der Katze aus der Schrift vorlesen, vielleicht würde sie ja doch etwas vom Evangelium mitbekommen. Oder mit dem herrlich einfältigen, klugen Jakob über das Teuerjahr spekulieren, das war's. Er würde gewiss mit ihm übereinstimmen, in diesem Frühjahr gar nicht erst aufs Feld zu gehen, um auszusäen, denn die Saat würde ja doch nur verderben. Besser würde es jetzt allemal sein, stattdessen bloß vor der Türe auf dem Prellstein am Scheuertor zu hocken, den Wolken nachzuschauen oder feine Lieder auf seinem Knochenpfeifchen auszuprobieren oder auf der Mundorgel. Das Korn würde ja doch dahinrotten, wie es vorausgesagt war, denn so stand es ja in Holles Büchlein geschrieben. Aber er hatte längst vorgesorgt, Frucht war da im Überfluss. Da konnten sich seine Leute doch durchaus einmal auf die bestehenden Vorräte verlassen und hätten auch mal einen Tag für einen Extra-Besuch in Zweibrücken erübrigen können.

Wieder kam der Schauder des Pfälzischen Überfalls in der

Abenddämmerung über ihn, als er beim Rückweg mit dem Ochsenkarren vom oberen *Geisrech* auf dem *Schreck* von drei Uniformierten der Zweibrückischen Polizeygarde überwältigt und nach hier verschleppt worden war. Holle hatte doch längst nicht mehr damit gerechnet, dass man nach ihm fahnde, denn seit dem Tod des Herzogs waren über drei Monate ins Land gegangen, ohne dass sich irgendetwas tat.

Er war im Nachhinein beinahe schon froh gewesen, dass sich die Madonna im Baume nicht hatte erweichen lassen, als er an jenem Abend gegen Mitte November so Muttergottseelenallein vor ihr gestanden und sie angefleht hatte. Niemand behelligte ihn, nichtmal der Stahl meldete sich und so konnte allmählich im Kirschgarten alles weitergehen, wie bisher. Wie hätte es auch anders sein sollen? Es war, wie es eben war.

Aber dann. Hart hinter der Grenze, in den Saaler Hecken, hatten sie ihm aufgelauert, waren laut schreiend auf den vorbei schleichenden leeren Mistwagen gesprungen, hatten ihn von seinem Sitzbrett herunter in den Graben gezerrt und mit einem Knüppel auf ihn eingedroschen. Als er später wieder zur Besinnung gekommen war, fand er sich mit einem Sack über dem Kopf in einer holpernden Kutsche. Das Ochsengespann war unterdessen gewiss alleine durch die Dunkelheit hinunter ins Dorf getrottet, bis es vor dem Bauernhaus am Kirschgarten zum Stehen kam. Ihr Weg in den Stall war den beiden Rindviechern ja seit Jahren eingewohnt. Das war um die Mitte des Februars, des Taumonds, gewesen, da lag der Schnee noch in den Ackerfurchen und sein Schwiegervater wusste im selben Augenblick, dass das Unfassbare geschehen war.

Zum ersten Mail seit langer Zeit dachte Holle auch wieder an sein Dorf in der Zukunft. Was mochte dort drüben in der fernen Zeit gerade geschehen? Was war aus seinem Hirtenhaus geworden, wo es jetzt doch schon so lange leer stand? Würde seine Schwester ihre kleine Eigentumswohnung im

Hangarter Neubaugebiet verkaufen und nach Werschweiler ziehen? Womöglich hatte sie sein Häuschen in der Kleinbachstraße, Ecke Hirtenstraße mittlerweile längst verkauft. Seine Jägerkollegen Harald, Horst, Beckfritz, Armin, Martin, Jürgen, Otto-Werner, würden sie ihn vermissen? Was dachten die jetzt über ihn, wo er sich, ohne einem seiner Waidgenossen Bescheid zu geben, seit über eineinhalb Jahren spurlos verschwunden war; wieder einmal. Wer kümmerte sich jetzt im Revier um die Wege, um die Wildschwein-Kirrungen? Wer schnitt frei, wer sah nach den Fledermauskästen an den Kanzeln? Keine Frage, das war alles gewiss längst organisiert worden, man kam gut ohne ihn aus. Und seine Grube, sein Arbeitgeber Saarberg? Camphausen hatte ihm inzwischen ja längst die Kündigung zugestellt, das Kapitel war schon vorher vergessen. Und sein schmales Konto? War durch diverse Gebühren für die Grundsteuer, Abwasser, Müllentsorgung, Strom, Versicherungen, etc. längst in die Miesen geraten. Deshalb hatten sie ihm mittlerweile gewiss den Strom und das Wasser abgestellt, hatte sich der Schornsteinfeger von außen den Zugang auf das Dach verschafft. Ja, ja, sollten sie nur.

Was war mit seinen Leuten im Kirschgarten? Was sie betraf, so fuhr ihm jedesmal ein Stich in die Brust, weil sich niemand meldete. Dennoch musste er auch vernünftig sein, musste zu bedenken geben, dass in dieser kritischen Zeit der Aussaat jede Stunde im Feld zählte und keine Rücksicht auf den abermals abtrünnigen Tochtermann genommen werden konnte. Die Reise hierher nach dem Zweibrückischen Himmelsbergkeller, selbst mit Napoleon, dem Pferd, würde hin und zurück einen vollen Tag beanspruchen. Das war weder für die Schreinerei noch für die Ackerwirtschaft des Beck zu verantworten und konnte von Holle nicht ernsthaft in Betracht gezogen werden.

Aber der Jacob, den Holle noch im November in seiner ärgsten Not ins Vertrauen gezogen hatte, der wenigstens hielt in aufrichtiger Treue zu ihm. Er kam, ungeachtet seiner Tagespflichten in der Meierei oder auf dem Hof, so oft es ihm vom hiesigen Kerkerkommandanten erlaubt wurde, in das Gefängnis, um ihm beizustehen. Das war für Außenstehende außergewöhnlich, um nicht zu sagen, auffallend. Sogar sein Vater, der Altmeier Adam, raunzte ihn deswegen wiederholt an. Trotzdem, alle Woche trug Jacob dem Angeklagten die neuesten Nachrichten aus dem Ostertal zu und sprach wiederholt von dem großen Missverständnis der Arrestierung, das sich gewiss bald aufklären werde. Holle möge sich um Gottes Willen seine erprobte Zuversicht bewahren, es sei ja doch überhaupt noch nichts entschieden oder gerichtet. In seiner eigenen Jacobschen Manier gab er ihm den vermeintlich erforderlichen Zuspruch, dessen er in seiner gegenwärtigen Lage bedürfe. Der Neufang möge jetzt nur tapfere Geduld und guten Mut üben, denn diese beiden Grundtugenden würden gewiss mithelfen, die gegenwärtige Situation am Ende doch noch zum Besten zu kehren. Jacob war offen und meinte es ehrlich mit Holle, aber er hatte Angst, das sah ihm Holle an. Und er selbst? Wie stand es um seine Zuversicht, die er sich vorher stets aus seinem kleinen Notizbüchlein geholt hatte? Nein, diesmal kannte er seine eigene Zukunft nicht. In seiner Rubrik im Kirchenbuch waren keine gemeinsamen Kinder verzeichnet und komischerweise fehlte in der Eintragung sein eigenes Todesdatum. Sollte es also wirklich so sein, dass...? Aber seine Katharina war doch schwanger.

Ein wenig half ihm Jacob auch dabei, sich seine Langeweile in der kargen Zelle mit Kartenspielen zu vertreiben. Er werde schon sehen, das mit dem Anschlag auf den Herzog Christian selig sei ja doch ein großer, unsinniger Irrtum, damit habe er nicht das Geringste zu schaffen. Er sei schließlich zur fraglichen Zeit Zuhause und an der Hobelbank gestanden, dafür gäbe es verlässliche Zeugen, nicht nur sein Schwiegervater. Der Stahl, das sei doch klar, habe auf seine eigene boshafte Rechnung gehandelt, Peter Neufang sei keineswegs der treibende Hintermann gewesen, sondern vollkommen unschuldig. Es werde sich selbstverständlich alles bald zum Guten aufklären, ermutigte ihn Jacob und dann werde er bald wieder nach Hause zu den Seinen zurückkehren dürfen.

Was die Katharina betreffe, so beeilte sich Jacob, in ihrem Auftrag zu versichern, gehe es den obwaltenden Umständen entsprechend. Sie ließe ihn herzlich grüßen, er möge es ihr nicht nachtragen, dass sie ihn auf absehbare Zeit leider nicht besuchen, ihm nicht einmal würde schreiben können, er wisse ja: das Arbeitspensum auf den Feldern und im Stall und in der ganzen Hauserling seien grässlich aus den Fugen geratenen, seitdem er hier im Arrest sei. Ihre Füße, so habe sie sich neulich beklagt, seien jetzt durch das viele Laufen und Stehen immer so dick, das sei ihr alles fast zu viel bei ihrem derzeitigen Zustand.

Seit nunmehr bald sechs Wochen, seit Mitte Februar, war Johann Peter Neufang hier im Festungsgefängnis inhaftiert. Nach anfänglich heftigem Protest gegen die Umstände seiner Einkerkerung hatte sich der Gefangene allmählich an die Zustände in seinem unterirdischen Verlies gewöhnt und ertrug sein Dasein mit Gelassenheit, in den letzten Tagen sogar mit zunehmender Gleichgültigkeit. Die einzige erhellende Abwechslung in seiner Gruft bestand im wöchentlichen Besuch des Werschweiler Meiers. Die Verpflegung war erbärmlich, seine Notdurft verrichtete er in eine irdene Schüssel, die Behandlung durch das Wachpersonal und den Kommandanten war einigermaßen korrekt. Acht Tage nach seiner Verschleppung hierher hatte man ihm den Grund seines Arrestes auseinandergesetzt. Die Anklage lautete auf Urheber- und Haupttäterschaft am Tod des Landesvaters, des Herzogs Christian IV. Vom Neffen und Nachfolger Christians, dem Herzog Karl II. August war eigens eine Specialkommission zur Aufklärung der Todesumstände des Serenissimus einberufen worden. Die Beisitzer sowie das Schöffengericht waren angehalten, strengste Rechtsprechung gegen die Missetäter und ihre Hintermänner auszuüben. Der Prozess vor dem Zweibrücker

Schöffengericht sollte beginnen, sobald die Beweise und die Protokolle zu den Tatumständen zusammengetragen worden waren.

Am fünfzehnten April siebzehnhundertsechsundsiebzig, der Ostermond stand in seinem Zenith, wurde vor dem Zweibrücker Schöffengericht der Prozess gegen den Schreinereigehilfen und Ackerer Johann Peter Neufang aus dem Nassauischen Ort Werschweiler eröffnet. Es wurden zahlreiche Zeugen verhört, unter ihnen der Stellmachermeister Emil Morgenstern aus dem zweibrückischen Breitenbach, diverse Bedienstete der herzoglichen Obrigkeit und als Hauptzeugen der Polizeykommandant und Hofrat Joseph Michael Stahl aus dem Eschelbacherhof bei dem Orte Baumholder sowie der ehrenwerte Gymnasialdirektor Georg Christian Crollius aus Zweibrücken. Die Zeugenaufnahmen zogen sich in unglaublicher Weise und merkwürdiger Kleinlichkeit dahin, wobei der Lyceums-Professor Crollius den Hauptzeugen Stahl sogar übelster verbrecherischer Handlungen anlässlich mehrerer gemeinsamer Laboratoriumsbesuche des Herzogs Christian bezichtigte, die der Beschuldigte empört von sich wies und seinerseits den Rektor mit schwersten Vorwürfen und Denunziationen überzog.

Es ist interessant zu erwähnen, dass im Verlauf der Beweisaufnahme zwar von manipulierten Gewehrkugeln die Rede war, welche die Waffe beim Abfeuern zum Explodieren gebracht habe, niemals aber von jenem ominösen Drilling, der doch eigentlich im Zentrum des ganzen Unglücks hätte stehen müssen. Insbesondere der gewesene Geheimrat Stahl ging mit keinem Wort auf dieses *Corpus delicti* ein. Er sprach lediglich von einer Kugelbüchse des Herzogs, die seit der niederträchtigen Tat des Neufang spurlos verschwunden sei – wahrscheinlich sei diese von dem Hauptangeklagten beiseite geschafft worden.

Peter Neufang nahm den Verlauf der Verhandlungen nur

mit halbem Herzen wahr. Er gab zwar bereitwillig Auskunft, alleine mit der Herstellung spezieller Büchsengeschosse für den Juden Weyel und den Geheimrat Stahl befasst gewesen zu sein, bestritt indes beharrlich, davon gewusst zu haben, für wen diese Erzeugnisse bestimmt waren. Wenn er nicht direkt verhört wurde, dann saß er auf seiner Bank zwischen den beiden Wachmännern und weilte im Geiste längst bei den Seinen, bei seiner Katharina und bei der Stute Napoleon. Dann stand er an der Werkbank und spannte Holzzinken und Stiele, Türblätter und Tischbeine ein und begrüßte dabei den wunderlichen Jakob, der ihm regelmäßig einen Besuch mit seinem treuen Areus abstattete. Dass sich seine junge Frau seit nunmehr bald zweieinhalb Monaten nicht mehr bei ihm gemeldet hatte und lediglich regelmäßig die wärmsten Grüße über den treuen Jacob ausrichten ließ, war von Holle längst verdrängt worden. Es war ja gar nicht notwendig, sie vom Herd und vom Hof wegzuholen, für ihn war sie ja ohnehin stets in seiner Nähe, um ihm beizustehen. Sie musste sich seinetwegen auch nicht schämen, er war schließlich kein Verbrecher. Dass sie sich von ihm hätte abwenden können, das war ihm jetzt auch nicht mehr in den Sinn gekommen. Warum aber schwieg sein Weib Katharina? War etwas mit dem Kind, das sie unterm Herzen trug, war ihr selbst etwas zugestoßen?

Der Strafprozess gegen Johann Peter Neufang zog sich unnötig in die Länge, doch der Ausgang der Sache war absehbar.

Das Gerichtsverfahren wurde am zehnten Juni mit dem Urteil des hohen Schöffengerichtes Zweibrücken abgeschlossen. Der Angeklagte Johann Peter Neufang wurde von den anwesenden Schöffen einstimmig für schuldig befunden, den heimtückischen Mord an dem vormaligen Landesvater selig, dem hochwürdigen Herzog Christian IV. geplant, vorbereitet und ausgeführt zu haben. Der Richtspruch lautete auf Tod durch den Strang mit anschließender Zurschaustellung des

Leichnams auf dem Zweibrücker Hochgerichtsacker. Holle nahm den Schuldspruch teilnahmslos entgegen.

Das war also das Ende.

Einen Tag nach Verkündigung des Todesurteils, es sollte um die fünfte Frühstunde vollstreckt werden, wurde Johann Peter Neufang ohne den üblichen letzten geistlichen Zuspruch aus seiner Zelle geführt und in die bereitstehende Kutsche verbracht. Dort warteten schon die beiden Wachleute auf ihn, die er bereits vom Prozess her kannte. In umständlicher Fahrt ging es aus der Stadt hinaus, jedoch nicht dem Hochgericht zu, sondern nach dem Städtchen Homburg. Von dort rollte die Kalesche über Jägersburg, Waldmohr, die Waldziegelhütte, den Ort Bamberg und schließlich nach dem Flecken Breitenbach, wo man den Delinquenten oberhalb der Labacher Kohlegruben über die Pfälzer Landesgrenze nach dem Nassauischen Hoheitsgebiet abschob.

Was war geschehen?

Am dreißigsten des Wonnemondes siebzehnhundertsechsundsiebzig, elf Tage vor Holles Verurteilung, geschah etwas, was dem Lauf der Geschehnisse doch noch eine Wendung gab und zwar von außen. An diesem Tag kam die Mätresse des Fürsten Ludwig von der Saar, Katharina vom Ludwigsberg, nieder und gebar einen gesunden Sohn, den sie auf den Namen Ludwig Karl taufen ließ. Der Fürst hatte persönlich im Beisein der jungen Mutter das kleine Siegel erbrochen, nachdem der Taufakt für den Säugling beendet war. Auf dem entfalteten Zettel, den Holle im Jahr zuvor so bedeutungsvoll ausgefüllt hatte, war das Datum der Geburt und der Name des neuen Erdenbürgers in der typischen Kinderhandschrift von Holle korrekt niedergeschrieben worden. Das Paar staunte nicht schlecht.

Durch höchsten Einspruch des Herzogs Karl August war Holle in letzter Minute begnadigt und in der Nähe seines Dorfes Werschweiler in die Freiheit entlassen worden. Der Herzog hatte seinem Nachbarn, dem Fürsten Ludwig von der Saar, damit einen Gefallen erwiesen, eine entgegenkommende Antritts-Geste als neuer Herzog, die sich vielleicht noch mal auszahlen würde. Außerdem hatte er sich mit dem Akt der Begnadigung eines höchst fraglichen Urteilsspruchs seiner nichtsnutzigen Schöffen-Bande entledigt, der ihm sofort nach Bekanntwerden das allergrößte Unbehagen bereitete. Denn er hatte sich mittlerweile davon überzeugen lassen, dass sein Vorgänger keineswegs einem Komplott zum Opfer gefallen war, sondern dass, wie die Ärzte einstimmig bestätigten, ihr höchster Herr im vergangenen Herbst leider von einer lapidaren Lungenentzündung dahingerafft worden war. Der betrügerische Stahl würde dem Herzog jedoch nicht so einfach davonkommen. Dafür würde der neue Herrscher schon sorgen. Johann Peter Neufang wurde an der Landesgrenze mit der Auflage nach Hause geschickt, das Herzogtum Pfalz-Zweibrücken nie wieder zu betreten.

Seine Katharina kam ihm nicht entgegengelaufen. Sie stand nicht in der Haustür, als er in den Kirschgarten hinein eilte, sie war nicht in der Küche, nicht in der Stube, nicht im oberen Stockwerk, auch nicht im Stall. Sie war nirgendwo. Katharina war seit zweieinhalb Monaten spurlos verschwunden und niemand, nicht mal der junge Meier Jacob hatte ihm bei seinen regelmäßigen Besuchen im Zweibrücker Kerker ein Sterbenswörtchen darüber herausgelassen. Als hätte er den Delinquenten, der auf seine Frau und seine Hinrichtung wartete, damals noch vor irgendetwas schonen müssen.

Nickel Beck begrüßte ihn wortlos und verschwand sofort in der Schreinerei, weil er den Augenblick und den Anblick seines Schwiegersohns nicht ertragen konnte. Seine Schwiegermutter aber hielt Stand und umarmte ihn. Sie hatte längst aufgehört, sich in die Schürzen zu weinen, sie blickte den Ankömmling nur mit hohlen Augen an und zog die Schultern hoch, als Holle sie bittend anschaute.

„Der Stahl“, schoss es ihm in den Kopf, „das war der Stahl!“ Den hatten sie drüben in Zweibrücken auch schon wieder auf vorübergehenden freien Fuß gesetzt, damit er seine Betrügereien fortsetzen konnte. Katharina war die Geisel und damit die Gewähr für den Giftmischer, dass Holle ihn in allem ab sofort bedingungslos zur Hand gehen würde.

Und dann rückte der einfältige Sonderling Jakob mit der Sprache heraus: „Aber ja kann ich mir denken wo die Katharina ist, aber sicher kann ich das, denn da bin ich gewesen und die... die Hirtemarie vielleicht auch“, hampelte er gegen Holle gerichtet und kicherte sich in seine Faust. „Wie es ihr geht? Ooch, ganz, ganz, ich weiß nicht wie, aber ich glaube, ihr geht's gut. Ja, doch, ihr geht's gut, weil die Madonna hat gelächelt.“

Epilog

Was ist aus den Nachforschungen der jungen Medizinstudenten zu Holles DNA-Probe geworden? In der Zeitspanne der nacherzählten Ereignisse waren die beiden, wie anfangs erwähnt, zur Partneruniversität Shanghai geschickt worden und nach zwei Semestern, im Juni 2010 an die Universitätskliniken Homburg zurückgekehrt. Holle blieb weiterhin spurlos verschwunden. Gleichzeitig hatten die ergebnislosen Speichelproben ihre Brisanz eingebüßt, weil sich niemand mehr darum kümmerte.

Allerdings war in der Zwischenzeit etwas geschehen, was Johannes' Vater seinem Sohn sofort per Telefon mitteilte und dessen Aufenthalt in Fernost damit nur unnötig erschwerte.

Bei weiteren privaten Nachforschungen im Kartoffelkeller des Werschweiler Meierhauses, circa zwei Monate, nachdem die Medizinstudenten nach China gegangen waren, löste der Hauseigentümer hinter dem Krautstein in der Wand mit Einsatz eines Spatens eine Steinplatte heraus. Der Polizei war diese Stelle bei ihren Ermittlungen vor Ort nicht als auffällig erschienen. Es war ein Mauerstein, wie andere auch. Zum Vorschein kamen ein Stapel in morsches Linnentuch eingewickelte und beschriebene Hanfpapierbögen, die offensichtlich vor etlichen Jahren dort deponiert worden waren. Im Mauerloch lagen außerdem ein Haufen alter Kirschkerne, die wohl von Mäusen eingetragen wurden. Der Hausherr informierte sofort seinen Schwager Armin, den Vater der beiden Studenten. Der sah sich die Blätter an. Hatte er mit dem Fund gerade eine Botschaft von Holle in der Hand? Waren die Briefe oder Dokumente womöglich nach dessen Rückkehr aus dem Zweibrücker Gefängnis an seine Katharina gerichtet, weil er sie seit ihrem spurlosen Verschwinden in der Neuen Welt wähnte (hier war allerdings bislang keine Katharina eingetroffen)? Die Bögen waren brüchig und vermodert, die Schrift verblasst und kaum noch zu entziffern. Johannes' Vater spekulierte, das alles könnte seiner Einschätzung nach durchaus von Holle stammen, man solle sich nur mal die gekrakelten lateinischen Schriftreste anschauen. Die Handschrift sei doch erkennbar die Seine.

Andere jedoch vermuteten, dass das Depot wesentlich später, nach dem Zweiten Weltkrieg, in den fünfziger Jahren, von Kindern beim Spielen angelegt worden sein könne und mit Holle überhaupt nichts zu tun habe. Man solle mal beim Waachnerkarl nachfragen, der könne einem gewiss einige Tipps geben. Für die Holle-These sprach das Argument des offensichtlichen Alters sowie der typischen Handschrift. Außerdem war zu bedenken, dass der Briefeschreiber immerhin aus der Jetztzeit wüsste, wo sein *Briefkasten* am sinnvollsten zu installieren sei. Die Deponie müsse aus Sicht des achtzehnten Jahrhunderts dort angelegt werden, wo der Modernisierungswahn der Neuzeit einigermaßen uninteressiert vorbeiziehen werde. So sei das Becke Haus erst vor ein paar Jahren abgerissen worden, was der Protagonist ja noch selbst mitbekommen habe. Mithin kam der Kirschgarten für einen sicheren Hort nicht in Betracht. Holle hatte sich während seiner Haussanierung am Hirtenhaus sogar etliche Bruchsteine aus dem Abriss abgeholt, um seinen eigenen brüchigen Gewölbekeller auszumauern. Leider waren ihm seinerzeit einige windige Trödler beim schön behauenen Schlussstein überm Scheunentor zuvor gekommen.

Also, man müsse den Fund auf jeden Fall genauer untersuchen und zwar in Richtung Holle-These. Ein paar ganz Hartnäckige aus dem Dorf sitzen jetzt noch über der Dechiffrierung des Fundes.

Womöglich beinhalte das Bündel darüber hinaus auch eine Nachricht an die Hausbesitzer, Gerlinde und Werner, mit der Bitte seine Angehörigen, den Jägerkollegen oder seiner Schwester, Bescheid zu geben, dass der Absender nicht tot sei. Vielmehr, dass er ja eigentlich schon lange, vielleicht seit hundertfünfzig Jahren in der Erde ruhe, falls er nicht zwischenzeitlich irgendwann selbst wieder auftauchen werde, um sich seine Frau abzuholen. Bei der Gelegenheit könne man ihn auch selbst fragen, ob er die antike „*Flaschenpost*“ damals hinterm Stein deponiert habe. Das wäre dann für die Interessierten ein gespanntes Warten, was sich in der nächsten Zeit im Dorf so alles täte.

Jetzt könnte man einwenden, dass Holle ja selbst rechtzeitig die Sachen hätte finden können. Schließlich war er im besagten Keller eigenhändig zugange gewesen. Dem muss man entgegenhalten, dass er zum Zeitpunkt seines Wegganges noch gar nichts von seiner Tat im November 1775 wusste, mithin ihm seine eigene Botschaft noch nicht bekannt war. Was aber, wenn er das Versteck wirklich zufällig bei seinen Grabungsarbeiten gefunden hätte? So wäre er immerhin, vorausgesetzt er hätte sein eigenes Gekrakel entziffern können, gewarnt gewesen: doch nicht zu gehen, sich doch nicht in die Wirren der vorrevolutionären Zeit zu stürzen. Vielleicht wäre ihm manches erspart geblieben, was vielleicht noch erzählenswert ist. In diesem Fall aber hätte die ganze vorliegende Geschichte nie stattgefunden und das wäre für den Leser doch auch bedauerlich gewesen. So aber darf man abwarten, ob aus dem Dorf irgendwann jemand dahinter kommt, was auf den Bögen geschrieben steht und ob sich in absehbarer Zeit womöglich doch noch was tun würde.

Anhang und Anmerkungen

[0]*Bauernweisheit: „Wetz macht de Kuh e Detz, Klee awwer noch viel mee* =[Hahnenfuß (Butterblume) als Futter macht der Kuh ein dickes Euter, d.h. viel Milch; Klee noch viel mehr]

[1] *Angeratung zu einer Lebekuchenkomposition*

(Die folgenden Maßeinheiten sind des besseren Verständnisses wegen in den derzeit üblichen Größen angegeben.)

Zutaten:
1800 Gramm Mehl, mehrere Eigelb, 3 Eier, 1000 Gramm Waldhonig, 1/8 Liter Milch, abgehäutete Mandeln, 250 Gramm gute Butter

Gewürze:
20 Gramm Hirschhornsalz, 20 Gramm Pottasche, 4 Teelöffel gemahlenen Zimmet, 2 Teelöffel gemahlener Anis, 4 Teelöffel gemahlene Nelken, 2 Teelöffel gemahlene Muskatblüte, 2 Teelöffel fein gemahlenes Piment, 1 Teelöffel gemahlener Kardamom, 1 Teelöffel gemahlener Koriander.

Hirschhornsalz und Pottasche in angewärmter Milch auflösen und 10 Minuten stehen lassen. Honig und Eier sämig verrühren, dann die Gewürze und die Milch beigeben und weiter verrühren. Nach und nach das Mehl zugeben und den Teig verkneten. Mehl auf den Holztisch streuen und den Knetteig 1cm dick ausrollen. Nach Belieben 6 x 10 cm große Kasten ausschneiden, mit dem Eigelb bepinseln, an den Ecken und in der Mitte mit je einer Mandel belegen.
Ofen aufheizen zu 200 Grad. Die Lebekuchen 20 Minuten sorgsam ausbacken.

[2] *Angeratung zu einem grünen Haselnussschnaps*

Er war jeden Abend das Leib- und Magengetränk des Meiers Johann Jacob Weiler, das ihn bis ins hohe Alter von 82 Jahren auf den Beinen gehalten hatte (gefunden auf einem alten Zettel, der erhalten geblieben ist).

Zutaten: 400 gr. Haselnüsse, davon 100 gr. mit grüner Schale
700 ml. klaren Branntwein (mind. 45 %)
½ Stange gebrochenen Zimmet
2 Nelken (Neschelscher)
½ Vanilleschote
150 gr. Waldhonig
gute Butter

Die Haselnüsse (zuerst grün, dann braun) gründlich waschen und trocknen, dann knacken und die Kerne klein schneiden. Mit einem kleinen Würfel Butter und einem EL Bienenhonig leicht anrösten. Die grünen und dann braunen Schalen werden in ein Deckelglas (1 l) gegeben.

Die zerkleinerten Nüsse nun in eine große klare Glasflasche mit Stöpsel geben, dazu: Branntwein, Zimmet, Nelke, Vanille. Alles zusammen 6 Wochen an sonniger Stelle lagern, täglich schütteln, ziehen lassen. Solange ruhen lassen, bis sich alle Zutaten abgesetzt haben. Dann abseihen und beiseite stellen.

Der Honig wird mit etwas Wasser warm gelöst und dann mit dem klaren Haselnuss-Branntweinansatz in eine Glasflasche gegeben. Dazu werden braune und grüne Nussschalen gegeben. Der Ansatz bleibt nun noch mal 4 Wochen zum Ausgleichen im Keller stehen. Danach Nussschalen abseihen, fertig.

[3] *Enzian-Krämer*: Sie gehörten zur großen Gruppe von Wanderhändlern, die noch im 19. Jahrhundert aus fernen Landen hergezogen kamen, wie aus der Schweiz oder aus Österreich und die ländliche Bevölkerung mit Medikamenten und medizinischen Rohstoffen versorgte. Ihre Spezialität war das Sammeln verschiedenster Wurzeln, etwa der Enzianwurzel. Andere Wanderhändler verkauften Wagenschmiere als billiges Wundheilmittel, Schwefel als Mittel gegen Haut- und Darmerkrankungen, Asbest für die Herstellung von Augenheilmitteln, Lärchenpech als Grundstoff von Salben und Pflastern sowie Schwarzpulver als Mittel gegen Hautleiden, Nagelbettentzündungen und Schweinekrankheiten.

[4]Ännchen von Tharau

Ännchen von Tharau ist´s, die mir gefällt
sie ist mein Leben, mein Gut und mein Geld
Ännchen von Tharau hat wieder ihr Herz
auf mich gerichtet in Lieb und in Schmerz
Ännchen von Tharau, mein Reichtum, mein Gut
du meine Seele, mein Fleisch und mein Blut

Käm alles Wetter gleich auf uns zu schlahn,
Wir sind gesinnt bei einander zu stahn
Krankheit, Verfolgung, Betrübnis und Pein
soll unsrer Liebe Verknotigung sein.
Ännchen von Tharau, mein Reichtum, mein Gut
Du meine Seele, mein Fleisch und mein Blut!

Recht als ein Palmenbaum über sich steigt,
Je mehr ihn Hagel und Regen anficht;
So wird die Lieb' in uns mächtig und groß
Durch Kreuz, durch Leiden, durch allerlei Noth.
Ännchen von Tharau, mein Reichtum, mein Gut,
Du meine Seele, mein Fleisch und mein Blut!

Würdest du gleich einmal von mir getrennt,
Lebtest, da wo man die Sonne kaum kennt;
Ich will dir folgen durch Wälder, durch Meer,
Durch Eisen und Kerker, durch feindliches Heer.
Ännchen von Tharau, mein Reichthum, mein Gut,
Du meine Seele, mein Fleisch und mein Blut!
(Ännchen von Tharau, mein Licht, meine Sonn´
mein Leben schließ ich um deines herum)

ursprünglich "Anke von Tharaw " soll von Simon Dach 1637 geschrieben worden sein - von Johann Gottfried Herder (1744 - 1803), vom samländischen Original 1778 in das Hochdeutsche übertragen.

[5]***Es saß ein klein wild Vögelein***
Minnelied aus Siebenbürgen. Vor 1516

Es saß ein klein wild Vögelein
auf einem grünen Ästchen.
Es sang die ganze Winternacht,
die Stimme mußt' ihm klingen.

Sing du mir mehr, sing du mir mehr,
du kleines, wildes Vöglein!
Ich will um deine Federlein
dir Gold und Seide winden.

Behalt dein Gold, behalt dein Seid',
ich will dir nimmer singen.
Ich bin ein klein wild Vögelein,
und niemand kann mich zwingen.

Komm du herauf aus tiefem Tal,
der Reif wird dich auch drücken!
Drückt mich der Reif, der Reif so kalt,
Frau Sonn wird mich erquicken.

[6]***gezenkt***: Kommt von *zenken,* d.h.: kurz und ruckartig mehrere Male hintereinander am Glockenstrick anziehen, so dass der Klöppel nur gegen eine Glockeninnenseite schlägt. Traditionelles Glocken-Signal bei Beerdigungen während des Absenkens des Sarges in das Grab.

[7]***Donnerkeil:*** Im Acker fanden sich immer mal wieder steinzeitliche Faustkeile und –beile, die von den Bauern nicht recht zugeordnet werden konnten. Sie glaubten, dass der alte Himmelsgott Wuotan sie als Blitze auf die Erde geschleudert habe und nahmen sie mit nach Hause. Dort wurden sie meistens über der Stalltüre in den Sturz eingemauert, um das Haus vor Blitzschlag zu bannen.

[8]***wuschderlich:*** alter Ostertäler Ausdruck, heißt soviel wie: hässlich, abstoßend, ungepflegt

[9]***sekketieren:*** kommt wahrscheinlich von sektieren, sich separieren, sich ordnen, Orientierung finden. Alter Ostertäler Ausdruck.

[10]***Die Leichensteine an der Einsiedlerkapelle auf dem Park von Ludwigsberg**:* Aus einem Reisebericht des Adolf Freiherr von Knigge nach der Anlage Ludwigsberg auf dem Malstatter Bann, errichtet im Herbst 1769 („Briefe, aus einer Reise aus Lothringen nach Niedersachsen geschrieben", erschienen 1793):

„...Eine Einsiedlerkapelle ist von einem Gottesacker umgeben; auf demselben liegen alte bemooste Leichensteine mit Inschriften, und diese Inschriften enthalten Anspielungen auf kleine charakteristische Züge der Personen des Hofes, als wären sie gestorben und hier begraben, mit viel Witz entworfen, doch so, dass niemand dadurch gekränkt werden kann..."

„...Auf einer Wiese im Tale steht ein Fuder Heu, man ahnt nicht, dass sonst etwas darin verborgen sein könnte; aber nun tut sich eine Tür im Hinterteile des Wagens auf, man zieht eine kleine Treppe hervor, öffnet die versteckten Seitenfenster und hat dann einen Speisesaal vor sich..."

(aus: Köllner, Ruppersberg: Geschichte der Grafschaft Saarbrücken, 2. Teil, Saarbrücken 1979, S. 329)

Von Richard Linxweiler ist desgleichen erschienen:
Pockenmond - Der Wonnemond-Geschichte erster Teil

Pockenmond - Er breitet auf 394 Seiten liebevoll und detailreich die ganze Welt des Achtzehnten Jahrhunderts auf dem Dorf und in der Saargegend, in St. Wendel, Ottweiler, Neunkirchen, Homburg, Saarbrücken sowie der angrenzenden Pfalz aus. (TB ISBN: 978-3-9807541-3-2, 14,50€, Sehnert-Vlg.)

Inhalt: Nach über fünfundzwanzig Jahren weltweiter Verbannung des gefährlichen und gefürchteten Pockenvirus taucht plötzlich bei einem erkrankten Patienten in einer saarländischen Klinik eine bisher unbekannte Variante dieses Erregers auf und löst höchsten Alarm aus. Seine Herkunft ist für die Experten vollkommen unerklärlich. Alle verfügbaren Impfstoffe sind wirkungslos. Es besteht die Gefahr einer unkontrollierbaren weltweiten Epidemie durch einen Terroranschlag, da die Pockenproben in die Hände von Unbekannten geraten sind.

Der Patient behauptet, sich die Krankheit in einem mysteriösen *Alten Dorf* geholt zu haben. Eine spannende Reise in jenes *Alte Dorf* sowie eine nervenaufreibende Jagd nach einem Impfstoff des Virus beginnt. Dieser soll die zerstörerische Wirkung der Pocken aufhalten, ehe finstere Kräfte einen Weltenbrand damit entfesseln. Die Lösung ist unerwartet wie überraschend.

„...Mit großer Fantasie erzählt Richard Linxweiler eine Geschichte, die von der ersten Seite an fesselt..."
(„Rheinpfalz", S. Voltz 5.7.08)

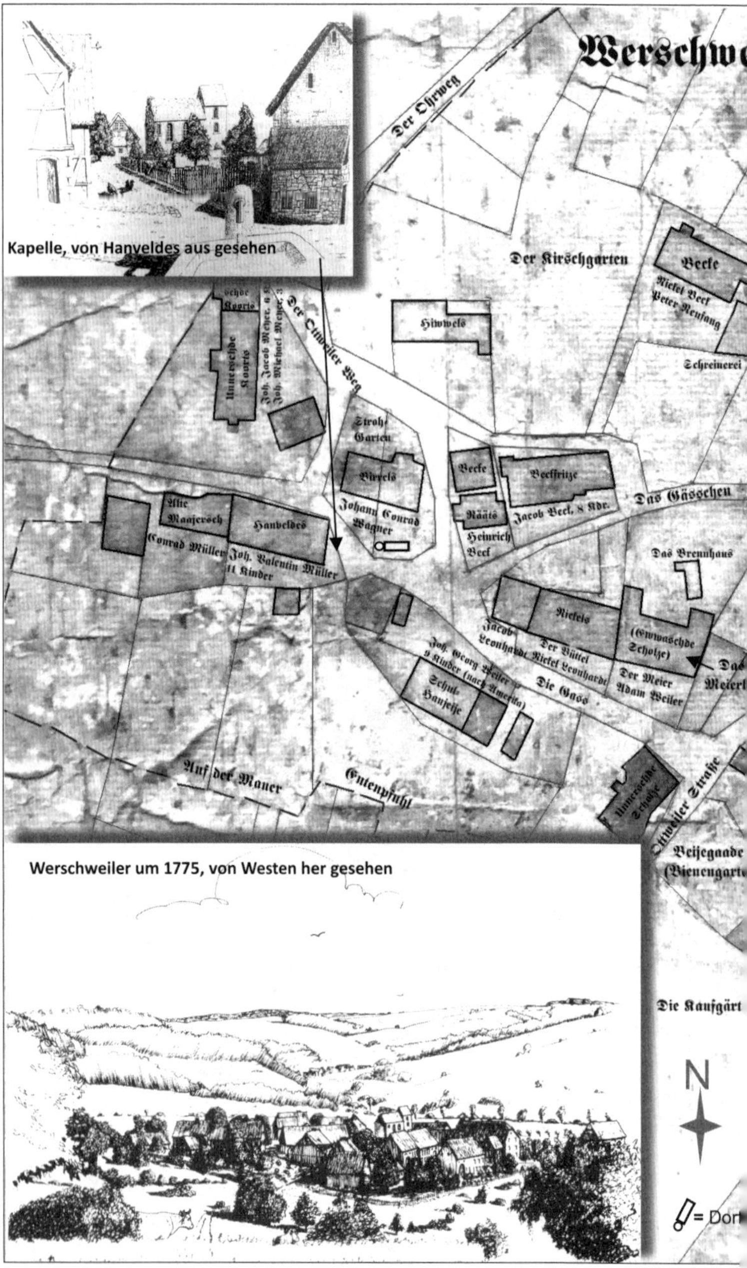

Kapelle, von Hanveldes aus gesehen

Werschweiler um 1775, von Westen her gesehen

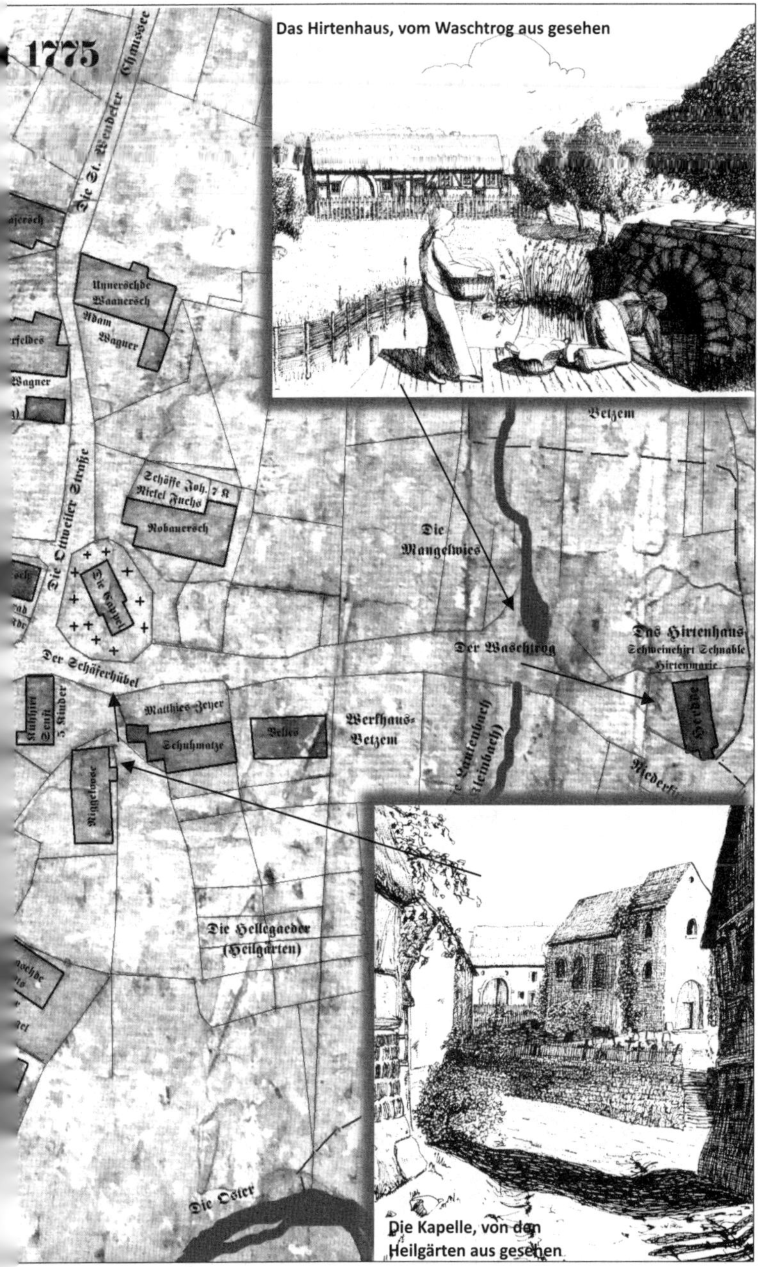

Das Hirtenhaus, vom Waschtrog aus gesehen

Die Kapelle, von den Heilgärten aus gesehen

Territoriale Gliederung der Saargegend im Jahre 1789

Bearbeiter: Wilhelm Fabricius
in: Geschichtlicher Atlas der Rheinprovinz 1894
Nachdruck aus den Ausschnitten von den Karten VI/VII
Quelle: Beilage zu Hermann, Hoppstädter, Klein, 1977

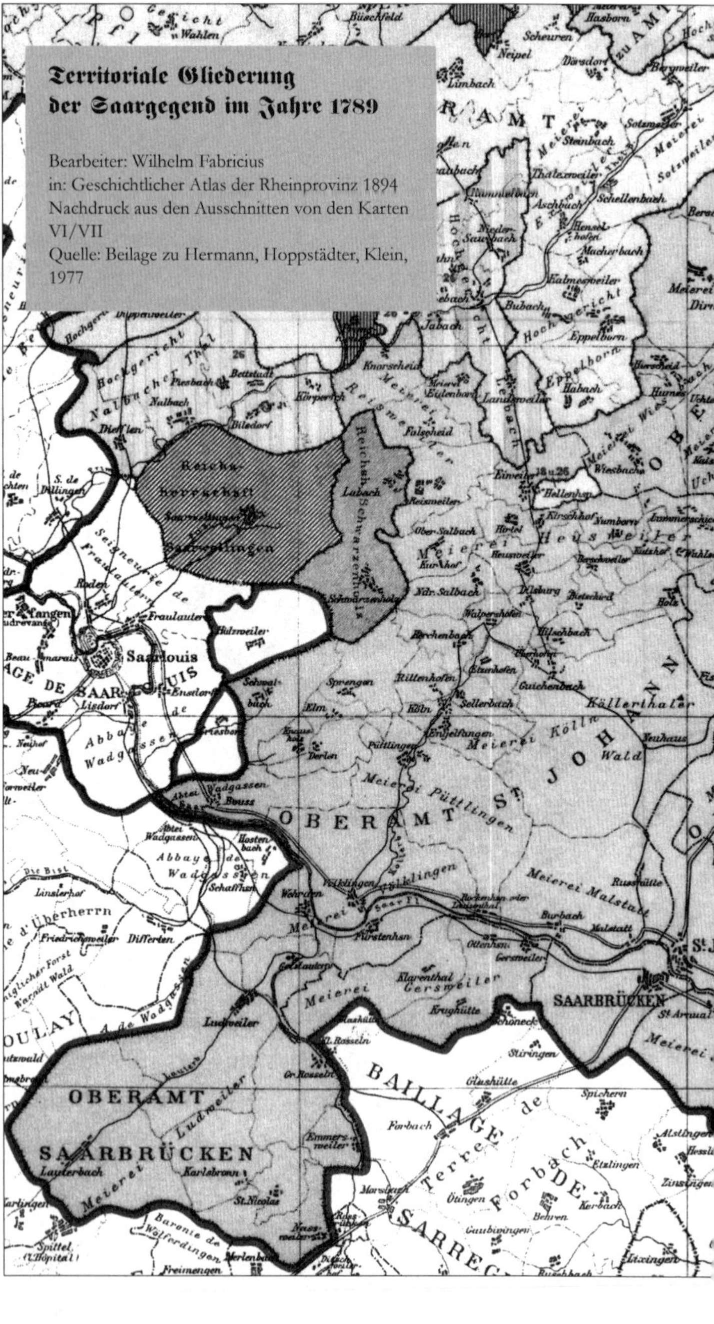

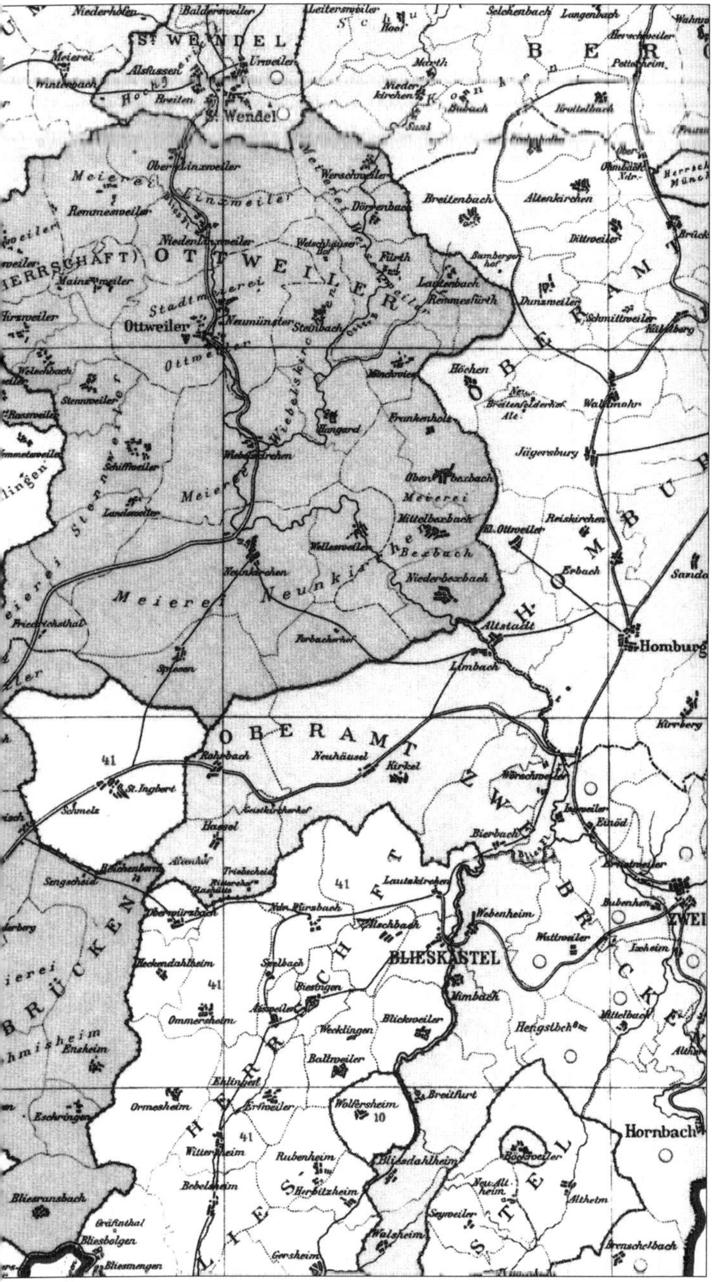

ST. WENDEL
St. Wendel
Niederhofen
Balderweiler
Leitersweiler
Selchenbach
Langenbach
Urweiler
Alsfassen
Breiten
Marth
Niederkirchen
Bubach
Saal
Herschweiler
Pettersheim
Krottelbach
Oberlinxweiler
Werschweiler
Dörrenbach
Remmesweiler
Niederlinxweiler
Breitenbach
Altenkirchen
Dittweiler
Mainzweiler
Fürth
Lautenbach
Remmesfürth
Dunzweiler
Schmittweiler
Kübelberg
OTTWEILER
Ottweiler
Neumünster
Steinbach
Münchwies
Höchen
Waldmohr
Welschbach
Stennweiler
Hangard
Frankenholz
Jägersburg
Wiebelskirchen
Schiffweiler
Oberbexbach
Mittelbexbach
Landsweiler
Wellesweiler
Kl. Ottweiler
Reiskirchen
Neunkirchen
Niederbexbach
Erbach
Friedrichsthal
Furbacherhof
Altstadt
Homburg
Limbach
Spiesen
Kirrberg
OBERAMT
Rohrbach
Neuhäusel
Kirkel
41
St. Ingbert
Schmelz
Werschweiler
Hassel
Ingweiler
Einöd
Bierbach
Sengscheid
Lautzkirchen
Oberwürzbach
Webenheim
Bubenhausen
BLIESKASTEL
Wattweiler
Ixheim
Heckendalheim
Seelbach
Biesingen
Mimbach
Ommersheim
Blickweiler
Hengstbach
Mittelbach
Wecklingen
Ensheim
Ballweiler
Ehlingen
Breitfurt
Ormesheim
Erfweiler
Wolfersheim
10
Eschringen
Hornbach
Wittersheim
Rubenheim
Bliesdahlheim
Böckweiler
Bebelsheim
Herbitzheim
Althorn
Bliesransbach
Seyweiler
Gräfinthal
Bliesbolgen
Walsheim
Brenschelbach
Bliesmengen
Gersheim
HERRSCHAFT BLIESKASTEL
OBERAMT ZWEIBRÜCKEN
OBERAMT HOMBURG